JUNG CHANG

Jung Chang est née à Yibin, dans la province du Sichuan, en Chine, en 1952. Victime de la Révolution culturelle, elle a été brièvement garde rouge à l'âge de 14 ans, puis successivement paysanne, « docteur aux pieds nus », ouvrière dans la sidérurgie et électricienne avant de devenir étudiante en anglais, et, plus tard, professeur à l'université du Sichuan. Jung Chang a quitté la Chine pour l'Angleterre en 1978, et a bénéficié d'une bourse de l'université de York, où elle a obtenu un doctorat de linguistique en 1982. Elle vit actuellement en Angleterre.

Les Cygnes sauvages (Plon, 1992) ont été traduits en 28 langues et vendus à plus de 10 millions d'exemplaires dans le monde, mais l'ouvrage reste interdit de publication en République populaire de Chine. Il a été élu en 1992 meilleur livre de non-fiction du Writer's Guild en Angleterre et couronné en 1993 Book of the Year.

Jung Chang est également coauteur d'une biographie de Mao Zedong : *Mao : l'histoire inconnue* (Gallimard, 2006).

LES CYGNES SAUVAGES

LES CYGNES SAUVAGES

JUNG CHANG

LES CYGNES SAUVAGES

**Les Mémoires d'une famille chinoise
de l'Empire Céleste à Tiananmen**

PLON

Titre original

WILD SWANS

Traduit de l'anglais par Sabine Boulongne

Pocket, une marque d'Univers Poche,
est un éditeur qui s'engage pour la
préservation de son environnement et
qui utilise du papier fabriqué à partir
de bois provenant de forêts gérées de
manière responsable.

© Globalflair Ltd, 1991.
© Plon, 1992, pour la traduction française.

ISBN : 978-2-266-2270303-2

SOMMAIRE

A ma grand-mère et à mon père qui n'ont pas vécu assez longtemps pour voir naître ce livre.

Mon nom « Jung », se prononce « Yung ».

Les noms des membres de ma famille et des personnages publics sont réels et écrits comme ils le sont le plus souvent. En revanche, j'ai modifié l'orthographe des autres protagonistes.

J'ai changé les noms de certaines organisations chinoises de façon à mieux rendre leur fonction officielle. Ainsi le « Département de la Propagande » (*xuan-chuan-bu*) est-il devenu le « Département des Affaires publiques », « Le groupe de la Révolution culturelle » (*zhong-yang-wen-ge*) étant rendu par l'« Autorité de la révolution culturelle ».

1

« Des lys dorés de trois pouces »

CONCUBINE D'UN GÉNÉRAL, SEIGNEUR DE LA GUERRE

1909-1933

A l'âge de quinze ans, ma grand-mère devint la concubine d'un général, auquel le fragile gouvernement chinois avait confié la responsabilité de la police nationale. C'était en 1924 et la Chine sombrait dans le chaos. La majeure partie du pays, y compris la Manchourie où demeurait mon aïeule, se trouvait sous la tutelle des seigneurs de la guerre. Ce « mariage » avait été monté de toutes pièces par son père, agent de police à Yixian, une ville de province située dans le sud-ouest de la Manchourie, à cent cinquante kilomètres environ au nord de la Grande Muraille et à quatre cents kilomètres au nord-est de Pékin.

A l'instar de la plupart des villes chinoises, Yixian était une véritable forteresse entourée d'une muraille de près de dix mètres de hauteur et de quatre mètres d'épaisseur, datant de la dynastie Tang (618-907). Les remparts qui surmontaient cet imposant ouvrage, suffisamment larges pour que l'on puisse y chevaucher à son aise, comportaient seize petits forts disposés à intervalles réguliers. Quatre portes, munies de barrières de défense extérieures, donnaient accès à la ville à chaque point cardinal ; un profond fossé ceinturait ces fortifications.

La ville de Yixian se singularisait par la présence d'un imposant clocher en pierre brun foncé, somptueusement décoré, bâti au VIe siècle, à l'époque où le bouddhisme avait investi la région. Chaque nuit, le carillon retentissait pour signaler le passage des heures ; il faisait aussi fonction de sirène en cas d'incendie ou d'inondation. Yixian était une ville marchande prospère. Les paysans des plaines avoisinantes produisaient du coton, du maïs, du sorgho, du soja, du sésame, ainsi que des fruits — poires, pommes et raisin. Dans les prairies et les collines situées plus à l'ouest, ils élevaient des moutons et du bétail.

Mon arrière-grand-père, Yang Ru-shan, naquit en 1894. A cette époque-là, l'ensemble de la Chine était gouverné par un empereur résidant à Pékin. La famille impériale descendait des Manchous, qui conquirent la Chine en 1644. Quant aux Yang, ils appartenaient au groupe ethnique des Hans, qui s'étaient aventurés au nord de la Grande Muraille dans l'espoir d'y connaître un sort meilleur.

Yang Ru-shan était l'unique fils de la famille, ce qui lui conférait un rôle d'une extrême importance. Lui seul pouvait perpétuer le nom des siens ; sans lui, la lignée s'arrêtait, ce qui constituait, aux yeux des Chinois, la pire trahison imaginable vis-à-vis de leurs ancêtres. On l'envoya donc dans une bonne école, avec l'espoir de faire de lui un mandarin, un haut fonctionnaire. Telle était l'aspiration de la majorité des Chinois de son temps. Ce statut garantissait en effet le pouvoir, le pouvoir permettant à son tour d'avoir de l'argent. Dépourvu à la fois de l'un et de l'autre, aucun Chinois ne pouvait se croire à l'abri des dilapidations de la bureaucratie ou de la violence gratuite. La Chine n'avait jamais connu de système juridique à proprement parler. L'arbitraire était la règle, et il se pratiquait d'une manière aussi institutionnalisée que fantasque. Un fonctionnaire doté de pouvoir *devenait* la loi. Pour le fils d'une famille roturière, le mandarinat était donc l'unique moyen d'échapper à ce cercle infernal d'injustice et de peur. Aussi le père de Yang décida-t-il que ce dernier renoncerait à reprendre l'affaire familiale de fabrication de feutre pour se lancer dans des études coûteuses, même s'il fallait que tout le monde se sacrifie. Les femmes de la famille effectuèrent de fastidieux travaux d'aiguille pour les tailleurs et les couturières de la région, besognant souvent jusque tard dans la nuit. Par souci d'économie, elles baissaient au maximum le niveau de leurs lampes à huile, se ruinant ainsi la vue; les articulations de leurs doigts enflaient à force de tirer l'aiguille.

Conformément à la coutume, on avait marié mon arrière-grand-père de très bonne heure: à l'âge de quatorze ans, il épousait une femme de six ans son aînée. On estimait alors qu'une épouse devait prendre part à l'éducation de son mari.

L'histoire de mon arrière-grand-mère ne diffère guère de celle de millions d'autres Chinoises de cette époque. Elle venait d'une famille de tanneurs, les Wu. Ses parents n'étant pas des intellectuels, dans la mesure où ils n'occupaient aucune fonction officielle, et en raison de son appartenance au sexe faible, on ne lui avait pas donné de nom du tout. Comme elle était la deuxième fille à naître dans la famille, on l'appela simplement «Fille numéro deux» (*Er-ya-tou*). Son père mourut peu de temps après sa naissance; elle fut donc élevée par un de ses oncles. Un soir, alors qu'elle avait six ans, l'oncle en question dînait avec un ami dont l'épouse était enceinte. Au cours du repas, les deux hommes décidèrent que, si l'enfant à naître était un garçon, il épouserait la petite nièce. Les futurs époux ne se rencontrèrent pas une seule fois avant leur mariage. De toute façon, on considérait le fait de tomber amoureux comme une véritable honte, une manière de disgrâce pour la famille. Non pas que l'amour fût tabou — n'existait-il pas une vénérable tradition d'amour romantique en Chine? Seulement, la morale prohibait toute rencontre entre des personnes célibataires de sexe opposé. Le mariage était avant tout considéré comme un devoir, un arrangement entre deux familles. Avec un peu de chance, les deux époux s'éprenaient l'un de l'autre après leur union.

A quatorze ans, après une enfance très protégée, mon arrière-grand-père n'était qu'un tout jeune adolescent au moment de son mariage. La première nuit, il refusa catégoriquement d'entrer dans la chambre nuptiale et alla se coucher dans le lit de sa mère. Il fallut attendre qu'il s'endorme pour le porter auprès de sa jeune épouse. Pourtant, même si c'était un enfant gâté que l'on devait aider à s'habiller, à en croire sa femme, il savait déjà comment s'y prendre pour «planter les enfants». Ma grand-mère naquit moins d'un an plus tard, au cinquième jour de la cinquième lune, au début de l'été 1909. Elle bénéficia d'un meilleur statut que sa mère puisqu'on lui octroya un nom: Yu Fang. Yu, qui signifie «jade», était le nom attribué à tous les rejetons de sa génération. *Fang* voulait dire « fleurs parfumées ».

Yu Fang vit le jour dans un monde sens dessus dessous. L'empire manchou, qui gouvernait la Chine depuis plus de deux cent soixante ans, chancelait. En 1894-1895, les Japonais avaient lancé une vaste offensive contre la Manchourie, infligeant à la Chine des défaites cuisantes et lui extorquant de vastes portions de son territoire. En 1900, il avait fallu huit armées étrangères pour écraser la «révolte des Boxers», d'inspiration nationaliste ; des contingents de ce corps expéditionnaire international étaient restés stationnés sur place, notamment en Manchourie et le long de la Grande Muraille. En 1904-1905, une guerre sans merci avait opposé le Japon et la Russie sur les plaines manchoues. Après sa victoire, le Japon devint la principale force étrangère présente dans l'empire. En 1911 enfin, Pou-Yi, l'empereur de Chine, âgé de cinq ans, fut destitué, cédant la place à un gouvernement républicain présidé par la charismatique figure de Sun Yat-sen.

Les nouvelles autorités ne tardèrent pas à lâcher prise. Le pays se disloqua alors en une mosaïque de fiefs. La Manchourie se trouva plus éloignée encore de la république que les autres provinces, à cause du rôle joué par la dynastie manchoue. Les puissances étrangères, à commencer par le Japon, redoublèrent d'efforts pour empiéter sur la région. Sous l'effet de toutes ces pressions, les vieilles institutions s'effondrèrent, entraînant la désintégration du pouvoir, de la moralité et de l'autorité. Nombre de gens cherchèrent à profiter de la situation pour s'élever sur l'échelle sociale en graissant la patte des potentats locaux. Mon arrière-grand-père n'avait pas les moyens de s'acheter une charge lucrative dans une grande ville, comme il l'aurait souhaité. A trente ans, il n'était encore qu'un petit agent de police au commissariat de Yixian, sa ville natale. Il avait des ambitions, cependant, et bénéficiait d'une carte maîtresse : sa fille.

Ma grand-mère était ravissante. Elle avait un visage ovale, des joues roses, une peau satinée. Ses longs cheveux noirs et brillants formaient une natte épaisse qui lui descendait jusqu'à la taille. Elle savait faire preuve de retenue lorsque la situation l'exigeait, c'est-à-dire la plupart du temps, mais, sous cette réserve affectée, elle débordait d'énergie. Elle était de petite taille — un mètre cinquante-huit — et toute mince, avec des épaules tombantes, satisfaisant ainsi aux canons chinois de la beauté.

Au-delà de ses charmes indéniables, elle détenait un atout majeur sous la forme de ses pieds bandés, surnommés en chinois «lys dorés de trois pouces» (*san-tsun-gin-lian*). Elle évoluait telle «une tendre pousse de saule agitée par la brise printanière», selon la formule consacrée. La vision d'une femme trottinant sur ses pieds atrophiés était censée avoir un effet érotique sur les hommes, cette vulnérabilité manifeste provoquant, disait-on, chez la gent masculine des sentiments protecteurs.

Ma grand-mère avait eu les pieds bandés à l'âge de deux ans. Sa mère, qui avait subi jadis le même sort qu'elle, commença par les lui envelopper dans une pièce de tissu blanc de six mètres de long, en prenant bien soin de replier tous les orteils, mis à part le pouce, sous la plante. Après quoi, elle posa une grosse pierre dessus afin de faire pression sur la cambrure. La malheureuse hurla de douleur et supplia que l'on mît fin à son supplice. Il fallut lui introduire un mouchoir dans la bouche pour étouffer ses cris. Sous l'effet de la douleur, elle perdit connaissance à plusieurs reprises.

Ce calvaire devait durer plusieurs années. Une fois les os brisés, il importait de maintenir les pieds serrés jour et nuit dans une étoffe épaisse, car, dès l'instant où on les libérait de cet étau, ils tendaient naturellement à reprendre leur forme normale. Pendant des années, ma grand-mère endura ainsi en permanence d'insoutenables souffrances. Lorsqu'elle implorait sa mère de lui défaire ses bandages, celle-ci répondait en sanglotant qu'en lui obéissant elle ruinerait son existence, alors qu'au contraire elle agissait ainsi pour son bien.

En ce temps-là, lorsqu'une femme se mariait, sa belle-famille commençait invariablement par lui examiner les pieds. De grands pieds, ou plus exactement des pieds de taille normale, constituaient un déshonneur pour les parents du futur époux. La belle-mère soulevait la longue jupe de la fiancée et, si ses pieds mesuraient plus de trois pouces de long, elle la rabaissait violemment en un geste de mépris manifeste et s'éloignait aussitôt. Les convives assassinaient la malheureuse de regards incendiaires tout en marmonnant des insultes. Il arrivait qu'une mère, s'apitoyant sur le sort de sa fille, lui enlève ses bandages; mais lorsqu'à la veille de son mariage, cette dernière devait affronter les brimades de sa belle-famille et la réprobation de la société, elle en venait le plus souvent à reprocher à sa mère sa faiblesse.

Le bandage des pieds était une coutume vieille d'un millénaire dont on attribuait l'invention à la concubine d'un empereur. S'ils trouvaient érotique la vision d'une femme trottinant sur des pieds minuscules, les hommes prenaient, paraît-il, aussi un plaisir certain à jouer avec ces pieds atrophiés, dissimulés dans des chaussons en soie brodée. Même à l'âge adulte, les femmes étaient condamnées à porter ces bandages en permanence, de peur que leurs pieds ne se remettent à grandir. La nuit seulement, elles connaissaient un répit de courte durée en desserrant cette entrave pour enfiler des souliers à semelles souples. Il était rare qu'un homme voie des pieds bandés nus, généralement enveloppés de chairs malodorantes et en putréfaction. Je me souviens que, lorsque j'étais petite, ma grand-mère souffrait continuellement. Quand nous revenions des commissions, elle se hâtait de prendre un bain de pieds dans une cuvette d'eau chaude, en poussant des soupirs de soulagement. Après quoi, elle se mettait en devoir de couper les lambeaux de peau morte. La douleur provenait non seulement des fractures osseuses mais aussi des ongles des orteils incarnés dans la plante du pied.

En réalité, à l'époque où sa mère commença à bander les pieds de ma grand-mère, cette redoutable coutume était sur le point de disparaître. Lorsque sa sœur naquit à son tour, en 1917, on l'avait pour ainsi dire abandonnée, de sorte que cette dernière se vit épargner ce supplice. Mais en 1909, dans une petite ville provinciale comme Yixian, les pieds bandés restaient considérés comme la condition *sine qua non* d'un bon mariage. Son père avait résolu de faire d'elle une jeune fille modèle ou une courtisane de première classe. Dédaignant les théories de l'époque qui voulaient qu'une femme de basse souche demeurât illettrée, il l'envoya dans une école de filles ouverte en ville depuis 1905. Elle apprit aussi à jouer aux échecs chinois, au mah-jong et au jeu de go. Elle étudia le dessin et la broderie, son motif favori étant les canards mandarins (symboles de l'amour parce qu'ils évoluent toujours par deux); elle en brodait sur ses chaussons minuscules. Pour parfaire son éducation, on loua les services d'un maître de musique chargé de lui apprendre à jouer du *qin*, un instrument comparable à la cithare.

Ma grand-mère passait pour la plus jolie fille de la ville. Les gens disaient qu'elle se distinguait des autres, tel « un cygne au milieu des poussins ». Mais, en 1924, elle avait déjà quinze ans et son père commençait à s'inquiéter de gaspiller son seul véritable atout — et son unique chance de connaître une existence aisée. Cette année-là, le général Xue Zhi-heng, inspecteur général de la Police métropolitaine au service du gouvernement de Pékin, eut la bonne idée de se rendre en visite officielle à Yixian.

Xue Zhi-heng avait vu le jour en 1876, dans le comté de Lulong, à cent cinquante kilomètres environ à l'est de Pékin et juste au sud de la Grande Muraille, là où l'immense plaine de la Chine du Nord se heurte à un bouclier de montagnes. C'était l'aîné des quatre fils d'un instituteur de campagne.

Sa beauté et sa prestance frappaient tous ceux qui croisaient son chemin. Plusieurs diseuses de bonne aventure aveugles, en lui tâtant le visage, avaient prédit qu'il s'élèverait à une position de puissance. C'était un remarquable calligraphe, un don tenu en haute estime. En 1908, un seigneur de la guerre du nom de Wang Huai-qing, en visite à Lulong, remarqua l'admirable calligraphie d'une plaque apposée au-dessus du portail du grand temple et demanda à en rencontrer l'auteur. Très vite, le général Wang se prit d'amitié pour le jeune Xue, alors âgé de trente-deux ans, et l'invita à devenir son aide de camp.

Ce dernier fit des prouesses et ne tarda pas à être promu au rang de directeur de l'Intendance. Ce poste l'obligeait à de nombreux déplacements dont il profita pour acheter plusieurs magasins d'alimentation aux abords de Lulong, ainsi qu'en Manchourie, de l'autre côté de la Grande Muraille. Son ascension rapide reçut un coup de pouce supplémentaire lorsqu'il aida le général Wang à écraser une révolte en Mongolie intérieure. En peu de temps, il accumula ainsi une véritable fortune. Il se fit construire à Lulong une demeure de quatre-vingt-une pièces qu'il avait lui-même dessinée.

Pendant les dix années qui suivirent la fin de l'empire, aucun gouvernement ne parvint à établir son autorité sur l'ensemble du pays. De puissants seigneurs se disputaient le contrôle du gouvernement central. La faction de Xue, dirigée par un seigneur appelé Wu Pei-fu, détint les rênes du pouvoir jusqu'au début des années vingt. En 1922, Xue fut nommé inspecteur général de la Police métropolitaine et directeur adjoint du département des Travaux publics de la capitale chinoise. Il commandait ainsi vingt régions de part et d'autre de la Grande Muraille et plus de 10 000 hommes d'infanterie et de la police montée. Son rôle de policier lui assurait un ascendant certain, ses fonctions dans le domaine des travaux publics lui permettant par ailleurs de jouer les bienfaiteurs.

Les allégeances de ce genre ne duraient qu'un temps. En mai 1923, la faction du général Xue décida de se débarrasser du président Li Yuan-hong qu'elle avait elle-même élevé au pouvoir un an auparavant. Avec l'appui d'un général et seigneur chrétien du nom de Feng Yu-xiang, entré dans la légende pour avoir baptisé ses troupes en bloc à l'aide d'une pompe à incendie, Xue mobilisa 10 000 hommes et encercla les principaux bâtiments officiels du gouvernement de Pékin, exigeant les arriérés de soldes que les autorités, en faillite, devaient à ses soldats. Son objectif véritable était d'humilier le président Li et de le forcer de cette manière à renoncer à ses fonctions. Li refusa de démissionner ; Xue ordonna alors à ses hommes de couper l'eau et l'électricité au palais présidentiel. Au bout de quelques jours, les conditions à l'intérieur du palais devinrent insupportables, au point que, le 13 juin au soir, le président Li dut fuir sa résidence nauséabonde pour aller se réfugier dans le port de Tianjin, à une centaine de kilomètres de là.

En Chine, l'autorité conférée par une charge tient autant aux sceaux officiels dont on dispose en tant que titulaire de cette charge qu'à la charge elle-même. En l'occurrence, aucun document n'était valide, même si la signature du président lui-même y figurait, à moins qu'il ne porte son cachet. Conscient que personne ne pourrait s'emparer du pouvoir sans ces fameux sceaux, le président Li les confia avant de partir à l'une de ses concubines, en convalescence dans un hôpital de Pékin administré par des missionnaires français.

Aux abords de Tianjin, le train de Li fut intercepté par la police qui lui intima l'ordre de lui remettre les sceaux. Le président refusa longtemps de révéler leur cachette ; au bout de plusieurs heures, toutefois, il lui fallut céder. A 3 heures du matin, le général Xue se présenta à l'hôpital français. Lorsqu'il apparut au chevet de la jeune concubine, celle-ci alla jusqu'à refuser de le regarder : « Comment pourrais-je confier les sceaux du président à un simple policier ? » déclara-t-elle avec mépris. Pourtant, le général Xue avait l'air tellement intimidant en grand uniforme qu'elle ne tarda pas à lui remettre humblement l'objet de sa requête.

Au cours des quatre mois qui suivirent, Xue fit appel à sa police pour garantir la victoire de Tsao Kun, choisi par sa faction pour remplacer Li à la présidence. On distribua des pots-de-vin aux 804 membres du parlement; Xue et le général Feng placèrent des sentinelles à l'intérieur de l'édifice parlementaire et firent circuler le bruit que tous ceux qui voteraient « dans le bon sens » bénéficieraient d'une généreuse indemnité. On vit alors de nombreux députés rentrer précipitamment de leur province. Lorsque tout fut prêt pour les élections, 555 parlementaires avaient rallié Pékin. Quatre jours auparavant, après moult tractations, on leur avait octroyé à chacun la somme substantielle de 5 000 yuans d'argent. Le 5 octobre 1923, Tsao Kun fut élu à la présidence de la Chine avec 480 voix. Pour dédommager Xue de ses efforts, il le nomma officiellement général. Il promut aussi dix-sept « conseillères particulières », toutes maîtresses ou concubines de divers seigneurs et généraux. Cet épisode demeure gravé dans les annales chinoises comme un exemple notoire de manipulations électorales. D'aucuns l'évoquent encore aujourd'hui pour démontrer que la démocratie ne pourra jamais fonctionner en Chine.

L'année suivante, au début de l'été, le général Xue se rendit à Yixian. S'il s'agissait d'une petite ville, elle avait néanmoins son importance sur le plan stratégique puisque c'était vers ces latitudes-là que l'emprise du gouvernement central de Pékin commençait à s'étioler. Au-delà, le pouvoir appartenait en effet au grand seigneur du Nord-Est, Chang Tso-lin, surnommé le vieux Maréchal. Le général Xue était officiellement en voyage d'inspection, mais il avait des intérêts personnels dans la région. Il était en effet propriétaire des plus gros entrepôts de céréales et des principaux magasins de la ville; il possédait aussi une maison de prêt qui faisait office de banque et émettait sa propre monnaie, dont la circulation se limitait à la ville et à ses environs.

Mon arrière-grand-père comprit qu'il tenait sa chance. Aurait-il de sa vie une autre occasion d'approcher d'aussi près une vraie célébrité? Il s'arrangea pour escorter lui-même le général Xue et annonça de but en blanc à sa femme qu'il mettrait tout en œuvre pour qu'il épouse leur fille. Il ne lui demandait pas son avis; il se contenta de l'informer de sa décision. Une telle attitude n'avait rien d'étonnant compte tenu des mœurs de l'époque, mais il se trouvait aussi que mon arrière-grand-père méprisait son épouse. Elle pleura mais ne protesta pas. Il lui fit promettre de ne pas en parler à la jeune fille qui n'avait évidemment pas son mot à dire. Le mariage était une transaction et non pas une affaire de sentiments. On lui annoncerait la nouvelle lorsque tout serait arrangé.

Mon arrière-grand-père savait qu'il devait aborder le sujet de façon indirecte. En proposant ouvertement la main de sa fille au général Xue, il la déprécierait et courrait le risque de se voir éconduit. Il fallait donner au visiteur l'occasion de juger par lui-même. A l'époque, il ne pouvait être question de présenter une femme respectable à un étranger. Il convenait donc d'organiser une rencontre en apparence fortuite.

Il y avait à Yixian un magnifique temple bouddhiste du xe siècle en bois précieux. Ce vénérable édifice haut de plus de trente mètres se situait dans une élégante enceinte de dix hectares, ornée de rangées de cyprès. A l'intérieur du temple trônait une statue de Bouddha en bois peint de couleurs vives, de près de dix mètres ; d'admirables fresques retraçaient la vie du maître décoraient les murs. N'était-ce pas là un site idéal pour emmener le général en promenade ? D'autant plus que les temples faisaient partie des rares endroits où les jeunes filles de bonne famille pouvaient s'aventurer seules.

Ma grand-mère reçut donc un jour l'ordre de se rendre au temple. Afin de manifester son respect à Bouddha, elle emporta des sels parfumés et passa des heures à méditer devant un petit autel où se consumaient des bâtons d'encens. Pour prier au temple, elle était censée se trouver dans un état de sérénité absolu et s'être affranchie de toute émotion. Elle s'était mise en route de bonne heure dans une voiture louée, en compagnie d'une servante. Elle portait une jupe plissée rose parsemée de fleurs minuscules, et une veste bleutée couleur œuf de canard aux bordures brodées de fils d'or mettant en valeur ses formes simples ; une rangée de boutons figurant des papillons ornait le côté droit de ce vêtement. Ses longs cheveux noirs étaient assemblés en une tresse unique, rehaussée à son sommet d'une pivoine en soie vert foncé, imitant la variété la plus rare de cette fleur. Sans aucun maquillage, elle était fortement parfumée comme il convenait pour une visite au temple. Une fois à l'intérieur, elle s'agenouilla devant l'effigie géante de Bouddha. Elle se prosterna à plusieurs reprises puis demeura à genoux, les mains jointes en prière.

Pendant qu'elle se recueillait, son père arriva en compagnie du général Xue. Les deux hommes l'observèrent un moment depuis l'allée obscure. Mon arrière-grand-père avait monté son affaire avec minutie. La posture de la jeune fille révélait son pantalon de soie, souligné d'or comme sa veste, ainsi que ses pieds minuscules dans des chaussons en satin brodés.

Lorsqu'elle eut achevé sa prière, elle s'inclina trois fois devant Bouddha. En se relevant, elle perdit légèrement l'équilibre, ce qui se produisait fréquemment lorsqu'on avait les pieds bandés. Elle tendit le bras pour prendre appui sur l'épaule de sa servante. Le général Xue et son père s'avancèrent alors, prêts à intervenir. En les voyant, elle rougit et baissa la tête. Puis elle se détourna d'eux et s'éloigna à petits pas comme il se devait. Son père choisit ce moment pour s'approcher d'elle et lui présenter le général auquel elle fit la révérence sans relever la tête.

Comme il seyait à un homme de son rang, le général ne fit pour ainsi dire aucun commentaire sur cette rencontre à mon arrière-grand-père, qui n'était qu'un subordonné; mais ce dernier vit bien qu'il avait fait mouche. Il ne lui restait plus qu'à organiser une entrevue plus directe. Quelques jours plus tard, au risque de se ruiner, il loua le meilleur théâtre de la ville et y fit jouer un opéra régional auquel il convia le général Xue en qualité d'invité d'honneur. Comme la plupart des théâtres chinois, celui-ci était bâti autour d'un espace rectangulaire à ciel ouvert, avec des structures en bois sur trois côtés, le quatrième formant une scène totalement dépouillée. Il n'y avait ni rideau ni décors. La salle ressemblait plus à un café qu'à un théâtre tel qu'on les conçoit en Occident. Les hommes prenaient place à des tables disposées dans l'espace en plein air pour y manger et y boire, et parlaient à voix haute pendant toute la représentation. Quant aux femmes, elles se voyaient reléguées aux balcons, situés latéralement, et installées à de petites tables d'où elles assistaient au spectacle dans la plus grande discrétion, leur servante se tenant debout derrière elles. Mon arrière-grand-père s'était débrouillé pour placer sa fille de manière que le général puisse l'observer à son aise pendant la représentation.

Ce soir-là, elle était beaucoup plus élégante que lors de sa visite au temple. Elle avait revêtu une robe en satin somptueu-

sement brodée et des bijoux ornaient sa chevelure. Elle
manifestait aussi sa vivacité et son entrain naturels en
bavardant et en riant avec ses amies. Ce fut tout juste si le
général Xue regarda ce qui se passait du côté de la scène.

Le spectacle fut suivi d'un divertissement traditionnel
baptisé charades-lampions. Hommes et femmes y participaient
dans deux salles distinctes ; on suspendait des douzaines de
lampions en papier décorés sur lesquels étaient collées plusieurs devinettes en vers. Celui ou celle qui trouvait le plus de
réponses remportait un prix. Le général Xue fut bien entendu
le grand vainqueur masculin tandis que ma grand-mère
l'emportait haut la main sur ses compagnes de jeu.

Mon arrière-grand-père avait donné au général Xue la
chance d'apprécier non seulement la beauté mais aussi l'intelligence de sa fille. Il fallait encore le convaincre de ses talents
artistiques. Deux jours plus tard, il le convia à dîner chez lui.
C'était une douce nuit de pleine lune, cadre idéal pour un
concert de *qin*. Après le dîner, les hommes se retirèrent sur la
véranda et l'on pria ma grand-mère de jouer dans le jardin.
Confortablement installé sous un treillage chargé de seringas
dont le parfum embaumait l'air, le général passa un moment
délicieux. Plus tard, il dirait à ma grand-mère qu'en lui jouant
la sérénade ce soir-là au clair de lune, elle avait pris possession
de son cœur. Lorsque ma mère naquit, il la baptisa Bao Qin,
qui signifie « Précieuse Cithare ».

Avant la fin de la soirée, le général avait fait sa demande, non
pas à la jeune fille, mais à son père. Il ne proposait pas de
l'épouser mais de faire d'elle sa concubine. Yang ne s'était
jamais attendu à autre chose. Bien des années plus tôt, la
famille Xue avait organisé un mariage pour leur fils à des fins
de promotion sociale. De toute façon, les Yang étaient issus
d'un milieu bien trop modeste pour espérer marier leur fille.
Un homme comme le général Xue se devait d'avoir des
concubines. Les épouses n'étaient pas faites pour le plaisir —
les concubines, si. Elles pouvaient d'ailleurs acquérir un
ascendant considérable, même si leur statut différait totalement de celui d'une femme légitime. Une concubine était une
sorte de maîtresse officielle, librement acquise et rejetée.

Quelques jours avant la date prévue pour le « mariage », mon
arrière-grand-père fit connaître à sa fille le sort qui l'attendait.
La malheureuse pleura à chaudes larmes mais elle se résigna.
L'idée de devenir une concubine lui faisait horreur, mais la

décision de son père était irrévocable; il ne pouvait être question de s'opposer à la volonté parentale. En se rebiffant, elle aurait manifesté une attitude «peu filiale». Autant dire qu'elle se serait comportée en traîtresse. En outre, on ne l'aurait pas prise au sérieux; son geste aurait été interprété comme un désir de rester auprès de ses parents. Mis à part le suicide, il n'existait aucune manière de dire vraiment non, et d'être prise en considération. Ma grand-mère accepta donc son sort. Elle n'avait guère le choix. Une approbation de sa part n'aurait pas été jugée plus digne d'une femme, car on aurait pu en conclure qu'elle se réjouissait de quitter ses parents.

Comprenant son chagrin, sa mère s'efforça de la réconforter en insistant sur le fait qu'elle n'aurait pu espérer meilleur parti. Son mari lui avait vanté l'influence dont jouissait le général Xue : «A Pékin, on dit que lorsqu'il tape du pied, toute la ville tremble.» En réalité, ma grand-mère n'avait pas été insensible à l'allure martiale de son prétendant. Elle n'avait pas manqué d'être flattée par les nombreux compliments qu'il avait adressés à son père à son sujet; à force d'y penser, elle les avait d'ailleurs considérablement magnifiés. Aucun homme de Yixian n'avait la prestance du seigneur-général. A quinze ans, ma grand-mère n'avait encore qu'une vague idée de ce que représentait le statut de «concubine». Elle s'imaginait pouvoir gagner l'amour de Xue et mener ainsi une vie heureuse.

Le général avait fait savoir qu'elle pourrait demeurer à Yixian, dans une maison qu'il allait acheter à son intention. Elle resterait donc à proximité de sa famille. Elle se réjouissait surtout de ne pas avoir à vivre sous son toit et d'éviter ainsi la cohabitation avec son épouse légitime et ses autres concubines, auxquelles il lui aurait fallu se soumettre. Dans la résidence d'un potentat tel que Xue, en effet, les femmes, véritables prisonnières, passaient leur temps à se chamailler, aiguillonnées par un sentiment profond d'insécurité, leur unique assurance étant la faveur de leur époux. Ma grand-mère fut donc ravie d'apprendre qu'elle aurait sa propre maison. Le général avait aussi promis d'officialiser leur «union» en organisant une véritable cérémonie de mariage. Elle n'ignorait pas à quel point sa famille et elle y gagneraient en prestige. Une ultime considération, très importante à ses yeux, l'incitait à se féliciter de ce qui lui arrivait : maintenant que son père était parvenu à ses fins, elle espérait qu'il ménagerait un peu sa mère.

Mme Yang souffrait d'épilepsie et estimait de ce fait ne pas mériter les égards de son mari. D'une soumission parfaite, elle acceptait humblement l'absence de considération qu'il lui manifestait, y compris vis-à-vis de sa santé précaire. Pendant des années, il lui reprocha de ne pas lui avoir donné de garçon. Après la naissance de ma grand-mère, elle endura une kyrielle de fausses couches, jusqu'au jour où elle eut enfin un deuxième enfant, en 1917. Seulement, cette fois-là encore, c'était une fille.

Mon arrière-grand-père était obnubilé par l'idée de s'offrir des concubines, seulement il n'en avait pas les moyens. Le « mariage » de sa fille allait lui permettre de satisfaire ce désir. Le général Xue prodigua en effet à la famille de sa nouvelle conquête des présents somptueux, conformément à son statut social. Yang en fut bien entendu le principal bénéficiaire.

Le jour du « mariage », un palanquin drapé d'épais rideaux de satin et de soie brodés, rouge vif, arriva chez les Yang, précédé d'une procession brandissant des bannières, des pancartes et des lampions en soie ornés de peintures représentant un phénix doré, symbole par excellence de la féminité. La cérémonie se déroula le soir, comme le voulait la tradition. A la lueur des lanternes rouges, un orchestre composé de tambours, de cymbales et d'instruments à vent stridents joua une musique joyeuse. Dans ces grandes occasions, il importait de faire beaucoup de bruit, de crainte que les gens ne s'imaginent que l'on avait quelque chose à cacher. La mariée était somptueusement parée de broderies aux tons éclatants, un voile de soie rouge lui dissimulant le visage et la tête. Huit hommes se chargèrent de la porter jusqu'à sa nouvelle demeure. Il faisait une chaleur étouffante à l'intérieur du palanquin ; elle écarta discrètement le rideau de quelques centimètres. En guignant par-dessous son voile, elle découvrit avec bonheur les curieux amassés dans les rues pour regarder passer la procession. Une simple concubine n'aurait jamais eu droit à de tels honneurs : il lui aurait fallu se contenter d'une petite chaise à porteurs enveloppée d'une simple cotonnade indigo et brinquebalée sur les épaules de deux personnes, ou quatre tout au plus, sans fanfare ni procession. On lui fit faire le tour de la ville, en passant par les quatre portes, comme l'exigeait le rituel, et l'on exhiba ses prestigieux cadeaux de mariage dans des charrettes et de grands paniers en osier transportés à sa suite. Après s'être pavanée ainsi devant ses concitoyens, elle atteignit sa nouvelle demeure, une vaste et élégante résidence. Elle avait tout lieu d'être satisfaite. Cette cérémonie fastueuse lui donnait le sentiment d'avoir beaucoup gagné en prestige et en estime. Jamais on n'avait vu pareil étalage de richesse à Yixian.

En grande tenue militaire, le général Xue l'attendait sur le seuil, entouré des dignitaires de la région. Le couple pénétra dans le salon situé au centre de la maison. A la lumière des bougies rouges et d'éblouissantes lampes à gaz, ils se prosternèrent cérémonieusement devant les tablettes du Ciel et de la Terre. Après quoi ils s'inclinèrent l'un devant l'autre, puis ma grand-mère entra, seule, dans la chambre nuptiale, tandis que le général s'en allait festoyer avec les autres hommes.

Après ce banquet, il la rejoignit et ne la quitta plus pendant trois jours. Ma grand-mère était heureuse. Elle se disait qu'elle l'aimait et se satisfaisait de l'affection un peu rude qu'il lui témoignait. Il n'aborda pour ainsi dire aucune question sérieuse avec elle, fidèle au dicton traditionnel chinois qui veut que « les femmes aient les cheveux longs et une intelligence courte ». L'homme chinois était censé garder ses distances et préserver sa dignité en toute circonstance, y compris en compagnie de ses proches. Elle resta discrète elle aussi, se bornant à lui masser les orteils, le matin, avant qu'il se lève, et à lui jouer du *qin* le soir. Au bout d'une semaine, il lui annonça brusquement qu'il partait, sans préciser où il allait ; elle savait qu'elle serait fort mal avisée de lui poser la question. Son devoir l'obligeait à attendre son retour. Elle attendit six ans.

En septembre 1924, les factions des deux principaux seigneurs de la guerre en Chine du Nord entrèrent en conflit. Le général Xue fut nommé commandant en second de la garnison de Pékin ; au bout de quelques semaines, son vieil allié, le général Feng, celui qui s'était converti au christianisme, changea de camp inopinément. Le 3 novembre, Tsao Kun, qu'ils avaient installé ensemble au pouvoir un an plus tôt, fut contraint d'abdiquer. Le jour même, les troupes de la garnison de Pékin se débandèrent ; quarante-huit heures plus tard, le bureau de la police pékinoise était démantelé à son tour. Le général Xue dut quitter la capitale au plus vite. Il se retira dans sa maison de Tianjin, située dans le périmètre de la concession française qui bénéficiait d'une immunité extraterritoriale. C'était précisément l'endroit où le président Li avait trouvé refuge l'année précédente, lorsque Xue l'avait évincé du palais présidentiel.

Ma grand-mère subit comme tout le monde le contrecoup de cette reprise des hostilités. Le contrôle du Nord-Est jouait en effet un rôle clé dans l'affrontement entre ces armées seigneuriales, et les villes jalonnant la voie ferrée, en particulier les nœuds ferroviaires tels que Yixian, constituaient des cibles de choix. Peu après le départ du général, les combats s'étendirent jusqu'aux murs de la ville ; des batailles rangées se déroulèrent aux portes mêmes de Yixian. Les pillages se multiplièrent. Une compagnie de l'armée italienne alla jusqu'à proposer ses services aux seigneurs désargentés contre le « droit de mettre des villages à sac ». Le viol était aussi très répandu. Comme beaucoup d'autres femmes, ma grand-mère badigeonna son visage de suie pour se défigurer et décourager ainsi ses éventuels assaillants. Fort heureusement, cette fois-là, Yixian s'en tira presque indemne. Les combats se déplacèrent vers le sud, et la vie reprit son cours normal.

Pour ma grand-mère, cela signifiait trouver le moyen de tuer le temps dans sa grande demeure vide. La maison était bâtie dans le style typique du nord de la Chine autour d'une cour qu'elle fermait sur trois côtés, face à un mur, au sud, de deux mètres de haut ; un portail en forme de lune donnait accès à une autre cour extérieure, gardée par une porte à deux battants qu'ornait un heurtoir en cuivre, rond.

Ces constructions étaient conçues de manière à résister aux conditions climatiques très rudes dans cette région où des hivers glacials succédaient à des étés torrides, sans qu'il y eût véritablement de saisons intermédiaires. En été, le thermomètre atteignait facilement 35º, tandis qu'en hiver la température pouvait descendre jusqu'à — 10º. A ce froid s'ajoutaient des vents violents venus de Sibérie qui balayaient en rugissant les plaines manchoues. Presque toute l'année, une poussière tenace vous picotait les yeux et vous mordait la peau, au point de contraindre les gens à porter des masques qui leur couvraient tout le visage et la tête. Dans les cours intérieures des maisons, toutes les fenêtres des pièces principales s'ouvraient vers le sud de manière à laisser entrer le soleil au maximum, tandis que, du côté nord, on élevait systématiquement des murs pour faire obstacle au vent et à la poussière. La chambre de ma grand-mère se situait au nord, dans le corps du logis, de même que son salon ; les ailes du bâtiment servaient aux domestiques et à toutes les activités de la maisonnée. Les pièces principales étaient dallées et du papier tapissait les châssis en bois des fenêtres. Des ardoises noires et lisses recouvraient le toit en pente.

Ma grand-mère vivait dans le luxe par rapport aux normes locales et elle occupait une maison bien plus confortable que celle de ses parents : mais cela ne l'empêchait pas de se sentir affreusement seule et malheureuse. Elle avait à sa disposition plusieurs domestiques : un portier, un cuisinier et deux servantes, dont la tâche consistait à la servir, bien sûr, mais aussi à la maintenir sous bonne garde et à l'espionner ! Le portier avait reçu l'ordre exprès de ne jamais la laisser sortir seule, sous aucun prétexte. Avant de prendre congé d'elle, en guise d'avertissement, le général lui avait raconté une terrifiante histoire à propos d'une de ses autres concubines. Ayant découvert un jour que cette dernière avait une liaison avec un de ses domestiques, il l'avait ligotée sur son lit et bâillonnée. Après quoi, il avait fait verser de l'alcool pur, au goutte à goutte, sur son bâillon. La malheureuse était morte étouffée à petit feu. « Je ne pouvais évidemment pas lui octroyer le plaisir d'une mort rapide. Car tromper son mari est pour une femme l'acte le plus vil qui soit », lui avait-il dit. Cocufié de la sorte, un personnage de cette stature était enclin à se venger plus brutalement sur la femme coupable que sur son amant : « Quant au domestique, je me suis contenté de le faire fusiller », avait-il ajouté avec désinvolture. Ma grand-mère ne sut jamais si ce sinistre épisode avait réellement eu lieu, mais elle fut épouvantée, comme on peut l'imaginer à un âge si tendre.

Dès lors, elle vécut dans la terreur. Puisqu'elle ne sortait pour ainsi dire jamais, il lui fallut se créer un univers à elle, dans l'enceinte de ses quatre murs. Même là, elle n'était pas vraiment maîtresse de la situation. Elle passait un temps infini à essayer d'amadouer ses domestiques pour les dissuader d'inventer des histoires à son sujet — un fait quasi inévitable. Elle les couvrait de cadeaux et organisait souvent des parties de mah-jong, les gagnants étant contraints de donner au personnel de généreux pourboires.

Jamais elle ne manquait d'argent. Le général lui envoyait régulièrement sa pension que le gérant de la maison de prêt venait lui remettre chaque mois ; il en profitait pour éponger les dettes qu'elle avait pu contracter au mah-jong.

Dans toute la Chine, ces soirées de mah-jong faisaient partie de la vie quotidienne des concubines. De même que l'opium, denrée fort répandue, considérée comme un moyen commode de s'assurer la soumission des femmes de son espèce : droguées, elles devenaient dépendantes. Un grand nombre de concubines s'accoutumaient à l'opium pour tâcher de supporter leur solitude. Le général Xue encouragea ma grand-mère à prendre cette habitude, mais elle ne voulut rien entendre.

A de très rares occasions, on l'autorisait à sortir pour se rendre à l'opéra. Le reste du temps, elle restait assise chez elle jour après jour, du matin jusqu'au soir. Elle lisait beaucoup, des romans surtout et des pièces de théâtre, et s'occupait de ses fleurs : des balsamines, des hibiscus, des belles-de-nuit et des roses de Saron disposés dans des pots autour de la cour où elle cultivait aussi des arbres nains. Sa seule autre consolation, dans sa prison dorée, était la compagnie d'un chat.

Elle avait le droit d'aller voir ses parents de temps en temps, bien que cette permission lui fût consentie avec réticence ; il fallait qu'elle rentre dormir chez elle. Même s'ils étaient les seules personnes auxquelles elle puisse se confier, ces visites étaient pour elle une véritable épreuve. Grâce à ses relations avec le général Xue, son père avait été nommé chef adjoint de la police locale, ce qui lui avait permis d'acquérir des terres et des biens. Chaque fois qu'elle se lamentait de son sort, il entreprenait de lui faire la leçon, en lui disant qu'une femme vertueuse devait réprimer ses émotions et se contenter de remplir son devoir vis-à-vis de son époux. On comprenait très bien que son mari lui manque, c'était un sentiment tout à fait louable, mais une femme n'était pas censée se plaindre. De fait, une épouse méritante n'avait pas d'opinion du tout et, même si c'était le cas, elle ne devait certainement pas avoir l'impudence de l'exprimer. En conclusion, il citait un célèbre proverbe chinois : « Si tu as épousé un poulet, obéis au poulet ; si ton mari est un chien, obéis au chien. »

Six années s'écoulèrent ainsi. Au début, le général lui écrivait de temps en temps, puis ce fut le silence. Dans l'impossibilité de dépenser son énergie débordante et d'assouvir ses besoins sexuels, incapable de faire ne serait-ce que les cent pas à cause de ses pieds bandés, elle en était réduite à trottiner dans la maison comme une souris. Pendant les premiers mois, elle attendit patiemment ses messages tout en ressassant inlassablement les quelques journées passées en sa compagnie. Elle en vint même à penser avec une certaine nostalgie à cette période de soumission physique et psychologique totale. Le général lui manquait beaucoup, même si elle savait pertinemment qu'il avait un grand nombre d'autres concubines, sans doute éparpillées dans toute la Chine, même si elle n'avait jamais imaginé qu'il passerait le reste de son existence à ses côtés. Pourtant, elle se languissait de lui, d'autant plus qu'il représentait son unique chance de mener une vie normale.

A mesure que les semaines se changeaient en mois et les mois en années, ses regrets finirent néanmoins par s'émousser. Elle comprit qu'elle n'était pour lui qu'un jouet, qu'il ne reprendrait qu'au moment opportun. Ses ardeurs n'avaient plus d'objet ; elle se sentait prise dans une véritable camisole de force. Lorsque la pression devenait trop forte, ses nerfs lâchaient. Il lui arrivait de perdre connaissance brusquement et de tomber raide à terre. Ces évanouissements allaient ponctuer son existence jusqu'à la fin.

Et puis un beau jour, après six ans d'absence, le général réapparut comme il était parti. Leurs retrouvailles ne ressemblèrent guère à ce dont elle avait rêvé au tout début de leur séparation. Elle s'était imaginée se livrant à lui tout entière, passionnément. En réalité, elle ne put guère puiser en elle qu'une grande docilité mêlée de réserve. Elle mourait de peur à l'idée qu'elle avait peut-être offensé l'un de ses serviteurs ou qu'ils inventeraient des histoires pour se concilier les bonnes grâces du général, ruinant ainsi sa vie. Tout se déroula pourtant sans anicroche. Le général, qui avait dépassé la cinquantaine entre-temps, semblait s'être adouci ; il lui parut bien moins intimidant que la première fois. Il ne se donna évidemment pas la peine de lui dire où il était allé, pourquoi il était parti si précipitamment ni encore pourquoi il était de retour. Elle se garda bien de lui poser des questions. Elle ne tenait pas à ce qu'il lui reproche sa curiosité. Et puis surtout, cela lui était égal.

En réalité, pendant tout ce temps-là, le général était resté dans les parages. Il avait mené l'existence paisible d'un riche dignitaire à la retraite, partageant son temps entre sa résidence de Tianjin et sa maison de campagne voisine de Lulong. Le monde dans lequel il avait prospéré faisait de plus en plus partie du passé. Les seigneurs et leur système féodal s'étaient trouvés annihilés, la majeure partie de la Chine était désormais sous le contrôle d'une seule et unique force, le Kuo-min-tang, parti nationaliste dirigé par Chiang Kai-shek. Pour marquer la coupure avec un passé chaotique et essayer de donner l'apparence d'un nouveau départ dans la stabilité, le Kuo-min-tang avait déplacé la capitale de Pékin («capitale du Nord») à Nanjing («capitale du Sud»). En 1928, le vieux maréchal, Chang Tso-lin, chef militaire de la Manchourie, fut assassiné par les Japonais, déterminés à mettre la main sur cette province. Son fils, Chang Hsueh-liang, surnommé le jeune maréchal, allia ses forces à celles du Kuo-min-tang et intégra officiellement la Manchourie au reste de la Chine — même si les nationalistes ne purent établir un gouvernement en Manchourie.

La seconde visite du général Xue à ma grand-mère fut de courte durée. Comme la première fois, au bout de quelques jours, il lui annonça brusquement son départ. La veille au soir, il lui avait demandé de venir vivre avec lui à Lulong. Elle crut que son cœur allait s'arrêter de battre. Si elle devait le suivre, cela signifiait pour elle un emprisonnement à vie sous le même toit que sa femme et ses autres concubines. Elle sentit la panique l'envahir. Tout en lui massant les pieds, elle le supplia d'une voix douce de la laisser vivre à Yixian. Elle lui rappela la délicatesse dont il avait fait preuve en promettant à ses parents de ne jamais l'éloigner d'eux et évoqua avec émotion la santé précaire de sa mère qui venait d'avoir un troisième enfant, le fils tant attendu. Elle insista sur sa volonté de remplir ses devoirs filiaux tout en le servant, bien sûr, lui, son maître et mari, chaque fois qu'il honorerait Yixian de sa présence. Tant et si bien que, le lendemain, elle lui prépara ses bagages et le laissa partir seul. Au moment de son départ, comme à son arrivée, il la couvrit de bijoux — d'or, d'argent, de jade, de perles et d'émeraudes. A l'instar de la plupart des hommes de son espèce, il voyait là le moyen de conquérir le cœur d'une femme. Quant aux femmes dans la position de ma grand-mère, elles trouvaient dans ces joyaux une source d'assurance sur l'avenir.

Quelque temps plus tard, ma grand-mère s'aperçut qu'elle était enceinte. Au printemps 1931, le dix-septième jour de la troisième lune, elle donna naissance à une petite fille — ma mère. Elle écrivit au général Xue pour lui annoncer la nouvelle; il lui répondit en lui disant d'appeler l'enfant Bao Qin et de la conduire à Lulong dès qu'elles auraient repris suffisamment de forces pour supporter le voyage.

Ma grand-mère était ravie d'avoir un enfant. Elle avait enfin le sentiment d'avoir un but dans la vie et épancha son trop-plein d'amour et d'énergie sur ma mère. Une année de bonheur s'écoula ainsi. Le général lui écrivit à plusieurs reprises pour lui demander de se rendre à Lulong; chaque fois, elle trouva moyen de repousser l'échéance. Puis, un jour de l'été 1932, un télégramme lui apprit que le général Xue était gravement malade, on lui ordonnait de faire venir la petite au plus vite. Au ton de ce message, elle comprit que, cette fois, elle ne pouvait plus se dérober.

Lulong se trouvait à plus de 350 kilomètres de là, et pour ma grand-mère, qui n'avait jamais voyagé, ce périple n'était pas une mince affaire. Avec des pieds bandés et un tout jeune enfant dans les bras, elle ne pouvait pas porter de bagages. Elle décida donc d'emmener avec elle sa jeune sœur de quatorze ans, Yu-lan, qu'elle appelait « Lan ».

Elles vécurent une véritable aventure. La région venait une fois de plus d'être mise sens dessus dessous. En septembre 1931, les Japonais qui étendaient progressivement leur emprise sur la région avaient entrepris une vaste incursion en Manchourie. Depuis le 6 janvier 1932, les troupes nippones occupaient Yixian. Deux mois plus tard, les Japonais annonçaient la naissance d'un nouvel État qu'ils baptisèrent Manchukuo (« Pays manchou ») et qui couvrait presque tout le nord-est de la Chine (une région équivalant à l'Allemagne et à la France réunies). Ils proclamèrent officiellement l'indépendance du Manchukuo, qui n'était en réalité qu'un État fantoche à la solde de Tokyo. A sa tête, ils établirent Pou-Yi, naguère dernier empereur de Chine. A l'origine, ils le nommèrent chef de l'exécutif; par la suite, en 1934, il devint empereur du Manchukuo. Tout cela ne signifiait pas grand-chose pour ma grand-mère qui n'avait guère eu de contacts avec le monde extérieur. Quant au peuple, il avait fini par adopter vis-à-vis de ses dirigeants une attitude fataliste, sachant que, de toute façon, on ne lui demanderait pas son avis. Pour beaucoup, Pou-Yi était un souverain naturel, un empereur manchou, le Fils du ciel. Vingt ans après la révolution républicaine, il n'y avait toujours pas de nation unifiée pour remplacer la domination de l'empereur, de même qu'en Manchourie les gens n'avaient pas vraiment l'impression d'appartenir à un pays baptisé « la Chine ».

Un après-midi torride de l'été 1932, les deux jeunes femmes et la petite montèrent donc dans un train à destination du Sud.

A Shanhaiguan, où la Grande Muraille dégringole des montagnes jusqu'à la mer, elles quittèrent le territoire manchou. Tandis que le train suivait la plaine côtière en haletant, le paysage se métamorphosa sous leurs yeux : au sol jaunâtre des plaines désolées du Nord-Est succédait une terre plus sombre propice à une végétation dense, presque luxuriante. Juste au-delà de la Grande Muraille, le train bifurqua vers l'intérieur des terres. Une heure plus tard, il faisait halte dans une ville appelée Changli. Elles descendirent devant un bâtiment au toit vert pareil à une gare sibérienne.

A Changli, ma grand-mère loua une voiture à cheval et elles continuèrent leur voyage sur une route cahotante et poussiéreuse. La maison du général Xue se trouvait à une trentaine de kilomètres de là en direction du nord, au pied des remparts d'une petite ville baptisée Yanheying, jadis un important camp militaire où les empereurs manchous séjournaient fréquemment avec leur cour. D'où le nom prestigieux de « Voie impériale » attribué à cette route en mauvais état, bordée de peupliers dont les feuilles vert tendre chatoyaient dans la clarté du soleil. De part et d'autre s'étendaient des champs de pêchers qui bénéficiaient du sol sablonneux. Ma grand-mère ne profita guère du paysage, car elle était couverte de poussière et malmenée par les soubresauts de la voiture. Elle était surtout bien trop préoccupée de savoir ce qui l'attendait au bout du chemin.

En découvrant la résidence du général, elle fut bouleversée par tant de grandeur. Des sentinelles, raides comme des piquets, montaient la garde devant le monumental portail d'entrée flanqué de lions couchés. Il y avait une rangée de huit statues en pierre pour attacher les chevaux : quatre éléphants et quatre singes. Ces animaux avaient été choisis parce que leur nom portait chance. En chinois, les mots « éléphant » et « haute charge » s'expriment par le même son *xiang* ; il en va de même pour « singe » et « aristocratie », *hou*. Quand la voiture eut franchi le grand portail pour pénétrer dans la cour intérieure, ma grand-mère ne vit d'abord qu'un immense mur face à elle ; finalement, sur le côté, elle aperçut un second portail. Il s'agit là d'un stratagème architectural classique en Chine, ce mur dissimulateur permettant de préserver l'intimité d'une propriété tout en empêchant d'éventuels assaillants de tirer des coups de feu ou de charger directement depuis l'entrée principale.

A peine eurent-elles dépassé le portail intérieur qu'une servante fit son apparition et arracha Bao Qin des bras de ma grand-mère. Une autre domestique vint ensuite la chercher pour la conduire à l'intérieur de la maison, dans le salon de l'épouse du général.

Dès qu'elle fut dans la pièce, ma grand-mère s'agenouilla et commença les prosternations d'usage en disant: « Je vous salue, ma maîtresse. » Sa sœur, n'ayant pas eu le droit d'entrer avec elle, l'attendait devant la porte, comme une simple employée. Cela n'avait rien de singulier puisque les parents des concubines n'étaient pas considérés comme faisant partie de la famille. Au bout d'un laps de temps approprié, pendant lequel ma grand-mère continua ses courbettes, son hôtesse lui indiqua qu'elle pouvait se relever, en utilisant une formule de politesse qui établissait sans équivoque la place de ma grand-mère dans la hiérarchie de la maison, en qualité de « sous-maîtresse », plus proche d'une domestique privilégiée que d'une épouse.

La femme du général la pria d'aller s'asseoir. Il s'agissait pour ma grand-mère de prendre une décision rapide. Dans un foyer chinois traditionnel, le siège que l'on occupe reflète automatiquement le statut individuel. L'épouse de Xue avait pris place à l'extrémité nord de la pièce, comme il seyait à une personne de son rang. A ses côtés, mais séparée d'elle par une petite table, se trouvait une autre chaise également orientée au sud : c'était la place du général. De part et d'autre du salon s'alignaient des rangées de sièges destinés à des individus de statuts différents. Ma grand-mère recula à petits pas et choisit l'une des chaises les plus proches de la porte, pour faire preuve d'humilité. La maîtresse de maison lui demanda alors de s'avancer de quelques places. L'étiquette voulait qu'elle manifestât une certaine générosité.

Quand ma grand-mère fut assise, l'épouse du général lui annonça de but en blanc qu'elle se chargerait désormais elle-même d'élever Bao Qin comme sa propre fille, en lui précisant que la petite l'appellerait « maman ». Quant à ma grand-mère, elle devrait considérer l'enfant comme la maîtresse de la maison et la traiter avec respect.

Sur ce, on appela une servante pour conduire ma grand-mère dans ses appartements. Le cœur brisé, elle réussit à retenir ses larmes et attendit d'être dans sa chambre pour laisser libre cours à son chagrin. Elle avait encore les yeux rouges lorsqu'on vint la chercher pour la présenter à la favorite du général Xue, la concubine numéro deux qui dirigeait la maison. C'était une jolie femme aux traits délicats. Contrairement à toute attente, elle témoigna de la sympathie à ma grand-mère qui fit pourtant de son mieux pour lui cacher sa tristesse. Dans cet environnement inconnu, elle sentait intuitivement que la prudence s'imposait.

Quelques heures plus tard, on la mena auprès de son « époux »; elle put prendre la petite avec elle. Le général gisait sur un *kang* (le genre de lit utilisé dans toute la Chine du Nord). C'était une grande surface plane, rectangulaire, dressée à une soixantaine de centimètres du sol et chauffée par en dessous grâce à un poêle en briques. Deux concubines, ou des servantes, étaient agenouillées de part et d'autre du malade et lui massaient les jambes et l'estomac. Le général avait les paupières fermées et il paraissait épuisé. Ma grand-mère se pencha vers lui et l'appela d'une voix douce : il ouvrit les yeux et esquissa un sourire. Elle déposa l'enfant sur sa couche en chuchotant : « Voici Bao Qin. » Avec un effort visiblement colossal, le général Xue caressa faiblement la tête de ma mère en bredouillant : « Bao Qin te ressemble ; elle est très jolie. » Puis il referma les yeux.

Elle l'appela encore une fois, mais ses paupières restèrent obstinément baissées. Elle voyait bien qu'il était gravement malade, mourant peut-être. Elle reprit la petite et la serra très fort dans ses bras. Elle n'eut qu'un bref instant pour la cajoler avant que la femme du général, qui rôdait depuis un moment à proximité, lui tirât la manche avec impatience. Une fois hors de la pièce, cette dernière lui recommanda de ne pas déranger le maître trop souvent. En fait, le mieux serait qu'elle demeure dans sa chambre jusqu'à ce qu'on l'appelle.

Ma grand-mère était atterrée. Compte tenu de son statut de concubine, son avenir et celui de sa fille lui paraissaient désormais irrémédiablement compromis. Elle n'avait plus aucune prise sur son existence. Le jour où le général mourrait, elle serait à la merci de sa femme, qui jouissait d'un droit de vie ou de mort sur elle. Celle-ci pourrait faire d'elle ce qu'elle voudrait — la vendre à un homme riche, voire à un bordel. Tant de concubines finissaient ainsi ! Auquel cas elle ne reverrait plus jamais sa fille. Elle comprit qu'il lui fallait trouver un moyen de fuir au plus vite en emmenant l'enfant.

De retour dans sa chambre, elle fit un effort considérable sur elle-même pour tâcher de se calmer et planifier son évasion. Mais ses pensées refusaient de s'ordonner; elle avait l'impression que sa tête allait exploser. Ses jambes se dérobaient sous elle; elle arrivait à peine à marcher sans se tenir aux meubles. Le désespoir l'envahit et elle se remit à pleurer. La situation lui paraissait sans issue. La pensée que le général puisse mourir d'un instant à l'autre, l'abandonnant dans ce piège à tout jamais, la terrorisait plus que tout.

Elle finit par se reprendre et s'obligea dès lors à réfléchir posément. Elle commença par inspecter la résidence dans le détail. Celle-ci se composait de plusieurs cours, réparties à l'intérieur d'une vaste enceinte entourée de murs élevés. L'aménagement du jardin lui-même avait été dicté par des impératifs de sécurité plutôt que par un souci esthétique. Il y avait bien quelques arbres, des cyprès, des bouleaux et des pruniers d'hiver, mais pas un seul à proximité des murs. Pour être absolument certain qu'aucun individu malintentionné ne pût s'y dissimuler, on s'était même abstenu d'y planter de gros buissons. Les deux portails étaient cadenassés, et des sentinelles armées montaient la garde en permanence devant la porte d'entrée de la maison.

Ma grand-mère n'avait pas le droit de sortir de l'enceinte. On l'avait finalement autorisée à rendre visite au général une fois par jour, mais seulement en compagnie d'autres femmes, ce qui donnait lieu à un étrange rituel. L'une après l'autre, les concubines défilaient devant le lit du malade en murmurant: « Je vous salue, mon maître. »

Par ailleurs, elle commençait à se faire une idée un peu plus précise des autres personnalités de la maison. Après la femme du général, c'était apparemment la concubine numéro deux qui avait le plus d'autorité. Ma grand-mère découvrit qu'elle avait donné l'ordre aux domestiques de bien la traiter, ce qui lui facilita considérablement la vie. Dans une demeure comme celle du général, l'attitude des employés était dictée par la position hiérarchique de ceux qu'ils servaient. Ils adulaient les favoris et n'hésitaient pas à rudoyer les disgraciés.

La concubine numéro deux avait une fille un peu plus âgée que Bao Qin. Ce fait, qui contribua dans une large mesure à rapprocher les deux femmes, expliquait aussi en partie que la concubine en question fût la préférée du général qui n'avait pas d'autres enfants, en dehors de ma mère.

Au bout d'un mois, au cours duquel des liens d'amitié étroits se tissèrent entre les deux concubines, ma grand-mère alla trouver la femme du général pour lui demander la permission de rentrer chez elle y chercher des vêtements. Cette dernière y consentit bien volontiers mais refusa catégoriquement de la laisser emmener sa fille, malgré les supplications de ma grand-mère qui voulait que la petite revoie ses aïeux une dernière fois. Il ne pouvait être question d'éloigner de la maison la progéniture du général Xue.

Ma grand-mère reprit donc seule la route poussiéreuse de Changli. Quand le cocher l'eut déposée à la gare, elle entreprit d'interroger les gens qui traînaient par là. Elle finit par trouver deux cavaliers disposés à lui fournir le moyen de transport dont elle avait besoin. Elle attendit la tombée de la nuit puis regagna Lulong en toute hâte grâce à un raccourci que connaissaient ses deux compagnons. L'un d'eux la hissa sur la selle de son cheval et courut devant en tenant l'animal par la bride.

En arrivant à la demeure du général, elle se faufila jusqu'au portail de derrière et fit le signal convenu. Au bout de quelques minutes d'attente qui lui parurent une éternité, l'un des battants s'entrouvrit et sa sœur apparut dans le clair de lune, tenant la petite Bao Qin dans ses bras. La porte avait été préalablement ouverte par la conciliante concubine qui n'avait pas hésité à la frapper d'un coup de hache pour donner l'impression qu'on avait essayé de la forcer.

Ma grand-mère prit tout juste le temps d'étreindre son enfant. Elle ne voulait surtout pas la réveiller de peur qu'elle ne se mette à pleurer et n'attire l'attention des gardes. On attacha Bao Qin sur le dos d'un des hommes, puis les deux femmes enfourchèrent les chevaux à leur tour. La bande repartit dans la nuit. Les cavaliers, grassement rémunérés, chevauchèrent à bride abattue. A l'aube, ils avaient atteint Changli et, avant même que l'alerte eût été donnée, les fugitives avaient réussi à attraper le train du Nord. Lorsqu'il s'immobilisa en gare de Yixian, le soir venu, ma grand-mère s'écroula brusquement, comme une masse, à terre, et resta prostrée là un long moment, incapable de bouger.

A trois cent cinquante kilomètres de Lulong, elle était relativement en sécurité et hors de portée du clan Xue. Toutefois, elle ne pouvait garder son enfant avec elle, à cause des domestiques, et pria donc une de ses anciennes camarades d'école de la cacher chez elle. Cette amie vivait chez son beau-père, un médecin mandchou. Le docteur Xia avait la réputation de rendre service et on le disait incapable de trahir qui que ce soit.

Ma grand-mère savait que la famille Xue ne tenait pas suffisamment à elle, simple concubine, pour lui donner la chasse ; c'était Bao Qin, l'héritière de sang, qui comptait à leurs yeux. Elle envoya par conséquent un télégramme à Lulong pour annoncer que sa fille était tombée malade dans le train et qu'elle était morte. Une terrible attente s'ensuivit, au cours de laquelle ma grand-mère passa par toutes sortes d'humeurs. Elle se disait parfois que les Xue avaient dû croire à son histoire. A d'autres moments, elle en doutait et s'imaginait qu'ils allaient tenter de la ramener de force à Lulong avec l'enfant. En définitive, elle se rassura en songeant qu'ils devaient être bien trop préoccupés par le décès imminent du patriarche pour s'inquiéter de son sort et que les femmes de la maisonnée étaient sans doute contentes de ne pas avoir la petite sur les bras en un moment pareil.

Quand elle comprit que les Xue la laisseraient en paix, elle s'installa tranquillement dans sa maison de Yixian avec ma mère. Elle cessa même de se soucier de la présence des domestiques, puisqu'elle savait que son « mari » ne reviendrait pas. Le silence se prolongea pendant une année, jusqu'au jour de l'automne 1933 où un télégramme lui apprit que le général Xue venait de mourir et qu'elle était attendue à Lulong de toute urgence pour les funérailles.

Le général était mort à Tianjin en septembre. On avait rapatrié sa dépouille à Lulong dans un cercueil laqué enveloppé d'une soie rouge brodée. Deux autres cercueils l'accompagnaient, l'un d'eux laqué et drapé dans la même étoffe rouge, l'autre en bois ordinaire et sans ornement. Le premier contenait les restes d'une de ses concubines qui avait avalé de l'opium pour l'accompagner dans la mort, un geste considéré comme le summum de la fidélité conjugale. Plus tard, une plaque gravée par le célèbre seigneur Wu Pei-fu serait apposée en son honneur sur la demeure du général Xue. Le deuxième cercueil renfermait le corps d'une autre concubine, morte de la typhoïde deux ans plus tôt. Sa dépouille avait été exhumée pour être remise en terre auprès du général, comme le voulait la coutume. Elle reposait dans une caisse toute simple parce que, étant morte d'une horrible maladie, on estimait qu'elle portait malheur. On avait déposé du mercure et du charbon de bois à l'intérieur de chaque cercueil pour ralentir le processus de décomposition des cadavres, et chaque défunt avait des perles dans la bouche.

Le général Xue et ses deux concubines furent ensevelis dans le même tombeau; sa femme et toutes ses autres compagnes reposeraient un jour à leurs côtés. A l'occasion des funérailles chinoises, le fils du défunt était investi d'une mission primordiale : il devait brandir un drapeau destiné à invoquer l'esprit du mort. Comme le général n'avait pas de fils, son épouse adopta son neveu, âgé de dix ans, afin qu'il accomplisse cette honorable tâche. L'enfant exécuta ensuite un autre rituel : il s'agenouilla près du cercueil en s'écriant : « Évite les clous! » La tradition voulait que l'on prît cette précaution afin d'empêcher que le défunt ne se blesse.

Le site de la sépulture avait été choisi par le général Xue lui-même, selon les principes de la géomancie. C'était un endroit magnifique et paisible : des montagnes se profilaient en toile de fond, au nord, tandis qu'au premier plan un petit ruisseau se faufilait parmi les eucalyptus. Ce: emplacement rendait compte du désir du défunt de prendre appui sur un horizon solide tout en jouissant des reflets radieux du soleil sur l'eau claire, symboles de la prospérité.

Ma grand-mère ne vit jamais ce site : elle ignora l'ordre qui lui avait été donné et ne se présenta pas aux funérailles. Quelque temps plus tard, le gérant de la maison de prêt interrompit ses visites; on lui coupait les vivres. Puis ses parents reçurent une lettre de l'épouse du général : juste avant de mourir, mon grand-père avait exprimé le désir qu'on lui rendît la liberté. Cette décision était remarquablement éclairée pour l'époque. Ma grand-mère n'arrivait pas à croire à sa chance.

A l'âge de vingt-quatre ans, elle était enfin libre.

2

« Vivre d'amour et d'eau fraîche »

MA GRAND-MÈRE
ÉPOUSE UN MÉDECIN MANCHOU

1933-1938

La lettre de la veuve du général Xue suggérait aussi à mes arrière-grands-parents de reprendre leur fille chez eux. En dépit du style indirect, conventionnel, de cette missive, ma grand-mère comprit fort bien qu'on lui donnait l'ordre de déguerpir.

Ce fut avec beaucoup de réticence que son père la vit réintégrer le foyer familial. Il avait renoncé depuis longtemps à jouer les pères de famille. Depuis le jour où il avait combiné le « mariage » de sa fille avec le général Xue, il s'était élevé dans la société. Sa nomination au rang de chef adjoint de la police de Yixian lui avait permis de se faire d'excellentes relations. Il jouissait à présent d'une certaine opulence, il avait acheté des terres et s'était mis à fumer de l'opium.

Peu après sa promotion, il avait acquis une concubine, une Mongole que son patron lui avait présentée. Donner une concubine en cadeau à un collègue en pleine ascension se faisait beaucoup à l'époque; par ailleurs, le chef de la police n'était que trop content d'obliger un protégé du général Xue. Quoi qu'il en soit, mon arrière-grand-père ne tarda pas à se mettre en quête d'une autre maîtresse. Un homme de son rang n'avait-

39

il pas intérêt à en posséder le plus possible pour se faire valoir ? Il n'eut pas besoin de chercher très loin ; sa concubine avait une sœur.

Quand ma grand-mère réintégra la maison de ses parents, la situation ne ressemblait guère à celle qu'elle avait connue près de dix ans auparavant. En plus de sa pauvre mère, tyrannisée, vivaient là désormais deux autres épouses. L'une des concubines avait une fille à peu près du même âge que ma mère. Quant à Lan, la sœur de ma grand-mère, elle n'était toujours pas mariée bien qu'elle eût déjà seize ans, ce qui tracassait beaucoup Yang.

Ma grand-mère avait quitté un foyer de discorde et d'intrigue pour un autre. Son père lui en voulait terriblement, comme il en voulait à sa femme. La présence de cette dernière suffisait à l'irriter et il se montrait encore plus déplaisant avec elle maintenant qu'il avait deux concubines, traitées avec bien plus d'égards. Il prenait ses repas avec elles, laissant son épouse manger seule. Il reprochait par ailleurs à sa fille d'être revenue au bercail alors qu'il avait enfin réussi à se créer un nouvel univers.

Parce qu'elle avait perdu son mari, il estimait qu'elle lui porterait malheur. En ce temps-là, on considérait superstitieusement les veuves comme responsables du décès de leur époux. Mon arrière-grand-père jugeait la présence de sa fille de si mauvais augure qu'il ne rêvait que d'une chose : se débarrasser d'elle au plus vite.

Les deux concubines l'encourageaient d'ailleurs dans ce sens. Avant le retour de la jeune femme, elles avaient toujours obtenu ce qu'elles voulaient. Mon arrière-grand-mère était un être doux et sans défense ; en dépit de sa supériorité hiérarchique théorique, elle avait été le jouet de leurs caprices. En 1930, elle avait eu un fils, Yu-lin, privant ainsi les deux femmes d'un avenir assuré, puisque, à la mort de son père, l'enfant hériterait automatiquement de tous ses biens. Les concubines ne manquaient jamais de faire une scène à mon arrière-grand-père s'il s'avisait de manifester la moindre affection au petit. Depuis le jour de sa naissance, elles menaient une guerre psychologique encore plus violente contre mon arrière-grand-mère, lui imposant une sorte de quarantaine dans sa propre maison. Elles ne lui adressaient la parole que pour la harceler ou se plaindre et ne levaient les yeux sur elle que pour la dévisager avec froideur. Son mari ne lui apportait pas le moindre soutien ; la naissance de son fils n'avait pas suffi à diminuer sa hargne. Il avait très vite trouvé de nouveaux motifs de récrimination.

Ma grand-mère avait une personnalité plus forte que sa mère, et les vicissitudes qu'elle avait connues depuis dix ans l'avaient aguerrie. Son père lui-même était assez impressionné par elle. Elle décida de mettre un terme aux années de soumission que ce dernier lui avait imposées et de se défendre, ainsi que sa mère. Tant qu'elle serait dans la maison, les concubines n'auraient qu'à se contenir ; elles avaient même intérêt à sourire de temps en temps. Telle fut l'atmosphère dans laquelle ma mère vécut ses années de formation, de deux à quatre ans. Quoique protégée par l'amour de sa mère, elle n'était pas insensible aux tensions qui l'entouraient.

Ma grand-mère était à présent une ravissante jeune femme de vingt-cinq ans. Elle possédait aussi de nombreux talents et plusieurs hommes se présentèrent à son père pour lui demander sa main. Seulement, du fait de sa situation passée de concubine, les seuls qui proposaient de l'épouser vraiment étaient sans fortune, et n'avaient par conséquent aucune chance.

En attendant, elle ne pouvait plus supporter la mesquinerie et la rancœur qui régnaient dans le monde des concubines où l'unique alternative était d'être victime ou de brimer les autres, sans qu'il y eût de moyen terme. Elle ne demandait rien à personne, hormis qu'on la laisse élever sa fille en paix.

Son père ne cessait de la harceler pour qu'elle se remarie. Il émettait à tout propos des remarques désobligeantes et n'hésitait pas à lui dire carrément qu'elle devait se débrouiller pour débarrasser le plancher. Seulement, elle n'avait pas d'autre endroit où aller. Elle n'avait plus de maison, et pas le droit de travailler. Au bout de quelque temps, lasse de toutes ces pressions, elle eut une dépression nerveuse.

On fit venir un médecin, en l'occurrence le docteur Xia chez qui ma mère avait vécu cachée trois ans auparavant, après que ma grand-mère se fut enfuie de chez le général Xue. En dépit de l'amitié qui liait sa belle-fille à elle, le docteur Xia n'avait jamais vu ma grand-mère, conformément à la rigoureuse ségrégation des sexes en vigueur à l'époque. Quand il entra dans sa chambre, il fut à ce point frappé par sa beauté que, dans sa confusion, il ressortit sur-le-champ à reculons en marmonnant à la domestique qu'il ne se sentait pas très bien. Finalement, il retrouva ses esprits, s'assit au chevet de la jeune femme et s'entretint longuement avec elle. C'était la première fois qu'elle rencontrait un homme auquel elle pouvait parler ouvertement de ses sentiments. Elle lui livra son chagrin et ses espérances, avec une certaine retenue, toutefois, comme il convenait à une femme s'adressant à un homme qui n'était pas son mari. La douceur et la générosité du médecin la touchèrent profondément. Jamais personne ne lui avait témoigné autant de compassion. Ils ne tardèrent pas à tomber amoureux l'un de l'autre, et le docteur demanda sa main. Il annonça directement à ma grand-mère qu'il voulait faire d'elle sa femme et élever sa fille comme son propre enfant. Ma grand-mère accepta, les larmes aux yeux. Son père, ravi, s'empressa de préciser au docteur Xia qu'il ne pouvait pas lui fournir de dot. Ce dernier lui répondit que cela lui était complètement égal.

Le docteur Xia avait une importante clientèle à Yixian, où il exerçait la médecine traditionnelle. A la différence de la famille Yang, et de la plupart des Chinois, il appartenait non pas à l'ethnie des Hans mais à celle des Manchous, jadis les premiers occupants de la Manchourie. Certains de ses ancêtres avaient été médecins à la cour des empereurs manchous qui avaient récompensé leurs services.

Réputé excellent médecin, le futur époux de ma grand-mère était aussi renommé pour sa générosité. Il lui arrivait souvent de soigner gratuitement les pauvres gens. C'était un homme d'une très haute stature, puisqu'il mesurait plus d'un mètre quatre-vingts, ce qui ne l'empêchait pas d'évoluer avec grâce. Il portait toujours de longues tuniques et des vestes tradition-nelles. Il avait des yeux bruns, très doux, une barbichette et une longue moustache tombante. Tout son être respirait le calme.

Le docteur avait déjà soixante-cinq ans quand il demanda la main de ma grand-mère. Sa première épouse était morte mais il avait trois garçons et une fille, tous adultes et mariés. Les trois garçons vivaient sous le même toit que leur père. L'aîné s'occupait de la maison et administrait la ferme familiale, le cadet travaillait dans le cabinet médical de son père. Quant au troisième fils, celui qui avait épousé la camarade d'école de ma grand-mère, il enseignait. A eux trois, les fils du docteur Xia avaient huit enfants, dont un marié, déjà, et lui-même père de famille.

Un beau jour, le docteur Xia convoqua ses fils dans son bureau pour leur faire connaître ses projets. Ils échangèrent des regards incrédules. Après un silence pesant, l'aîné prit la parole : « Je présume, père, que vous voulez dire qu'elle sera votre concubine. » Le médecin lui répondit qu'il entendait bel et bien épouser cette femme. Cette décision impliquait des conséquences énormes : le jour où ma grand-mère deviendrait leur marâtre, ils seraient forcés de la traiter comme les autres membres de l'ancienne génération, en d'autres termes de la vénérer, au même titre que son époux. Au sein d'une famille chinoise ordinaire, les jeunes devaient en effet se soumettre à leurs aînés ; cette subordination s'accompagnait de tout un décorum destiné à définir clairement le statut de chacun. Or le docteur Xia adhérait à l'étiquette mandchoue, plus complexe encore. Matin et soir, la jeune génération devait présenter ses hommages aux aînés, les hommes s'agenouillant devant eux tandis que les femmes faisaient la révérence. A l'occasion des cérémonies, le protocole exigeait même que les hommes se prosternent. Les fils du docteur Xia ne pouvaient accepter de témoigner pareils égards à une ancienne concubine, plus jeune qu'eux de surcroît.

Ils réunirent donc le reste de la famille, bien décidés à faire éclater leur indignation. En dépit de sa vieille amitié avec ma grand-mère, la plus jeune belle-fille ne décolérait pas à l'idée que ce mariage lui imposerait une position d'infériorité par rapport à une de ses anciennes camarades d'école. Elle ne pourrait plus manger à la même table qu'elle, ni même s'asseoir en sa compagnie. Elle allait devoir la servir docilement et se prosterner devant elle.

Tous les membres de la famille — fils, belles-filles, petits-enfants et même l'arrière-petit-fils — s'en furent tour à tour supplier le docteur Xia de « prendre en compte les sentiments des siens ». Ils se mirent à genoux, se prosternèrent devant lui, versèrent un flot de larmes et crièrent tant et plus.

Ils conjurèrent le docteur Xia de considérer les préceptes de ses ancêtres. Selon la tradition mandchoue, en effet, un homme de sa condition ne devait en aucun cas épouser une Han. Le médecin leur répliqua que cette règle avait été abolie depuis longtemps. Ses enfants lui firent remarquer que, s'il était un bon Mandchou, il l'observerait quand même. Ils insistèrent aussi longuement sur la différence d'âge. N'avait-il pas plus de deux fois l'âge de sa fiancée ? A ce sujet, l'un de ses parents ressuscita même un vieil adage : « Une jeune femme mariée à un vieil homme est en fait l'épouse d'un autre. »

Le docteur Xia fut profondément offensé par ce chantage

émotionnel. Il supportait très mal qu'on lui rappelle qu'en épousant une ancienne concubine il porterait atteinte à la position sociale de ses enfants. Il savait pertinemment qu'ils essuieraient une humiliation, et se sentait d'autant plus coupable. Mais il était déterminé à faire passer le bonheur de celle qu'il aimait avant toute autre chose. S'il la prenait comme concubine, ce serait elle qui perdrait la face en devenant l'esclave de toute la famille. Son amour ne suffirait pas à la protéger s'il ne faisait pas d'elle sa femme.

Il implora donc les siens de le laisser satisfaire un désir de vieil homme. On lui répliqua qu'un souhait aussi irresponsable ne pouvait être entendu. Certains allèrent jusqu'à le soupçonner de sénilité. D'autres osèrent lui demander : « Vous avez déjà des fils, des petits-enfants et même un arrière-petit-fils, une grande famille prospère. Que vous faut-il de plus ? Pourquoi vouloir épouser cette femme ? »

Les arguments se succédaient. Une foule de parents et d'amis défilèrent chez le docteur Xia, tous invités par ses fils. Ils déclarèrent à l'unisson que ce mariage ne tenait pas debout. Après quoi, ils répandirent du venin contre ma grand-mère. « Se remarier alors que la dépouille de son époux n'est même pas encore froide ! » « Cette femme-là a tout manigancé : elle veut un statut de femme mariée. Si elle vous aime vraiment, pourquoi ne se satisfait-elle pas d'être votre concubine ? » Ils lui prêtaient toutes sortes d'intentions mauvaises, prétendant même qu'elle complotait de se faire épouser par le docteur Xia pour s'assurer la mainmise sur sa famille et maltraiter ses enfants et ses petits-enfants.

Ils insinuèrent aussi qu'elle voulait s'approprier l'argent du docteur Xia. Derrière tous ces raisonnements touchant aux biens de la famille, à la moralité, au bonheur de leur père, se dissimulaient en réalité de sinistres calculs. Les fils du docteur Xia redoutaient surtout que la nouvelle venue ne fît main basse sur la fortune familiale puisque, après le mariage, ce serait elle qui régirait la maison.

Or, le docteur Xia était fortuné. Il possédait 1 000 hectares de terres cultivables dispersées dans le comté de Yixian et détenait même du terrain au sud de la Grande Muraille. Il était propriétaire de la maison que sa famille occupait en ville, une grande bâtisse en pierre grise élégamment rehaussée de peinture blanche ; les plafonds avaient été blanchis à la chaux et l'on avait tapissé les pièces de papier peint, de manière à dissimuler les poutres et les assemblages, ce que l'on considérait comme un indéniable indice de prospérité. Le médecin bénéficiait, on l'a dit, d'une clientèle florissante et son officine, attenant à son cabinet, marchait aussi très bien.

Lorsque la famille comprit qu'elle n'arriverait à rien avec lui, elle décida de s'adresser directement à ma grand-mère. Un jour, son ancienne camarade d'école fut dépêchée chez elle en émissaire. Après avoir bu le thé et échangé quelques propos badins, elle en vint au motif de sa visite. Ma grand-mère éclata en sanglots. Elle lui prit la main comme les femmes avaient l'habitude de le faire dans l'intimité. « Que ferais-tu à ma place ? » s'enquit-elle. Comme l'autre ne lui répondait pas, elle insista : « Tu sais très bien ce que représente le statut de concubine. Aimerais-tu en être une, toi-même ? Tu connais la formule de Confucius : *Jiang xin bi xin* — Imagine que ton cœur soit le mien ! » Faire appel aux bons sentiments d'un interlocuteur en évoquant un précepte du grand sage pouvait se révéler plus habile que de multiplier les arguments pour le convaincre.

L'amie rentra chez elle en se sentant un peu coupable et fit part à la famille de son échec. Elle avoua qu'elle n'avait pas eu le courage de pousser ma grand-mère à bout. De-gui, le deuxième fils du docteur Xia et le plus proche de lui puisqu'il exerçait le même métier, se rangea de son côté. Il choisit en effet ce moment pour annoncer aux autres qu'à son avis le mariage devrait avoir lieu. Le benjamin se laissa fléchir à son tour lorsque son épouse lui fit part de la détresse de ma grand-mère.

Mais toute cette affaire continuait à indigner le fils aîné et sa femme. Lorsque cette dernière comprit que ses deux beaux-frères commençaient à céder, elle déclara à son mari : « Évidemment, cela leur est égal. Eux ont un métier que cette femme ne peut pas leur prendre. Mais toi, qu'as-tu ? Tu n'es que le gestionnaire du domaine de ton vieux père. Elles auront tout, elle et sa fille ! Qu'adviendra-t-il alors de moi et de nos pauvres enfants ? Nous n'avons pas d'autres ressources. Sans doute vaudrait-il mieux que nous mourions tous. Peut-être est-ce là le désir profond de ton père ! Peut-être devrais-je me tuer pour qu'ils soient tous heureux ! » Cette tirade fut ponctuée de plaintes et d'un flot de larmes. « Donne-moi jusqu'à demain », lui répliqua finalement son mari avec agacement.

En se réveillant le lendemain matin, le docteur Xia trouva toute sa famille, à l'exception de De-gui — soit quinze personnes —, agenouillée devant la porte de sa chambre. Au moment où il apparut, l'aîné s'écria : « Inclinez-vous ! » Et tout le monde de se prosterner comme un seul homme. Puis, le plus âgé de ses fils prit la parole d'une voix tremblante d'émotion : « Père, sachez que vos enfants et toute votre famille resteront étendus ici à vos pieds jusqu'à la mort, à moins que vous ne vous décidiez à penser à nous, et par-dessus tout à moi-même, votre aîné. »

Son père fut pris d'une telle fureur qu'il en tremblait des pieds à la tête. Il les pria de se relever, mais avant que quiconque ait pu bouger, l'aîné reprenait sa harangue : « Non, mon père ! Il n'en est pas question. Pas tant que vous n'aurez pas renoncé à cette union. » Le docteur essaya de le raisonner, mais le jeune homme continua à le harceler d'une voix chevrotante. Pour finir, Xia s'exclama : « Je sais ce qui vous tracasse. Je ne serai bientôt plus de ce monde. Si vous vous inquiétez de savoir quelle sera l'attitude de votre future belle-mère après ma mort, sachez que je n'ai pas le moindre doute qu'elle vous traitera tous très bien. C'est une femme de cœur. Vous comprendrez que je ne puis vous donner d'autre assurance que sa personnalité... »

En entendant ce mot, le fils aîné émit un grognement sonore : « Comment oses-tu parler de "personnalité" à propos d'une concubine ! Une femme digne n'aurait jamais accepté de s'abaisser de cette façon ! » Sur ce, il se mit à insulter ma grand-mère. Le docteur Xia perdit alors le contrôle de lui-même. Il brandit sa canne et commença à frapper son fils.

Toute sa vie, le docteur Xia avait été l'image même de la retenue et du calme. Sa famille fut consternée par sa réaction. Son arrière-petit-fils se mit à pleurer en poussant des hurlements. L'aîné perdit contenance mais, très vite, il se reprit et recommença à vitupérer son père, aiguillonné par la douleur et par l'humiliation. Brisé par la fatigue et la colère, le docteur Xia finit par s'arrêter. Son fils entama alors un nouveau chapelet d'insultes à l'encontre de ma grand-mère. Son père lui cria de se taire et le battit de nouveau avec une telle violence que sa canne se rompit en deux.

Le fils réfléchit quelques secondes à l'insoutenable affront qu'il venait de subir. Puis il tira un pistolet de sa poche et regarda son père droit dans les yeux. « Un sujet loyal n'hésite pas à sacrifier sa vie pour protester contre son empereur. Un fils dévoué devrait pouvoir en faire autant vis-à-vis de son père.

La mort est la seule issue qu'il me reste!» Un coup de feu retentit. Le fils vacilla avant de s'effondrer à terre. Il venait de se tirer une balle dans l'abdomen.

Transporté à l'hôpital le plus proche sur une charrette à bras, il mourut le lendemain. Sans doute n'avait-il pas l'intention de se tuer et cherchait-il simplement, par ce geste dramatique, à faire pression sur son père.

Le docteur Xia fut ravagé par sa mort. Même s'il ne se départit pas de son calme en apparence, ses proches se rendaient bien compte qu'une profonde tristesse entamait désormais sa sérénité naturelle. Dès lors, il fut sujet à des accès de mélancolie qui ne lui ressemblaient guère.

Lorsqu'elle apprit la nouvelle, toute la ville bouillonna d'indignation, de rumeurs et d'accusations. On blâmait le docteur Xia et surtout ma grand-mère de cette mort. Le médecin voulut montrer qu'il ne se laisserait pas dissuader pour autant. Peu après l'enterrement de son fils, il fixa la date de son mariage. Il avertit ses enfants qu'ils devaient témoigner à leur future belle-mère le respect qui lui était dû et envoya des invitations aux dignitaires de la ville. La coutume voulait en effet qu'ils assistent à la cérémonie et qu'ils apportent des cadeaux aux époux. Il pria ma grand-mère de préparer de grandes festivités. Elle redoutait les calomnies et leur effet imprévisible sur le docteur Xia, et s'efforçait désespérément de se convaincre qu'elle n'était pas responsable. Et puis surtout, elle se méfiait de tout le monde. Elle consentit cependant à un cérémonial en grande pompe. Le jour de son mariage, elle quitta la maison de son père dans une voiture somptueusement décorée, accompagnée d'une procession de musiciens. Conformément à la tradition manchoue, sa famille loua l'équipage qui la conduisit à mi-chemin de sa nouvelle demeure, et son fiancé lui en envoya un autre pour lui faire parcourir la deuxième moitié du trajet. Au point de rencontre, son petit frère, Yu-lin, âgé de cinq ans, se planta près de la portière du véhicule, le dos plié en deux, symbolisant ainsi l'idée qu'il la portait sur son dos jusqu'à la voiture du docteur Xia. Il recommença d'ailleurs le même manège en arrivant chez les Xia. Une femme ne pouvait entrer d'elle-même dans la maison d'un homme sans s'avilir. Il fallait qu'on l'y accueillît et qu'elle manifestât une réticence de bon ton.

Deux demoiselles d'honneur la conduisirent dans la pièce où devait avoir lieu la cérémonie du mariage. Le docteur Xia se recueillait devant une table recouverte d'une lourde soie rouge brodée sur laquelle on avait disposé les tablettes du Ciel, de la Terre, de l'Empereur, des Ancêtres et du Maître. Il portait une sorte de couronne ornée d'une plume interminable à l'arrière, et une longue tunique ample, brodée, avec des manches pagode. Ce vêtement traditionnel, adapté à l'équitation et au tir à l'arc, remontait au passé nomade des Manchous. Le docteur s'agenouilla et s'inclina à cinq reprises devant les tablettes, puis il entra seul dans la chambre nuptiale.

Toujours escortée, ma grand-mère fit à son tour cinq révérences, effleurant ses cheveux de la main droite en une sorte de salut. Sa coiffure de cérémonie l'empêchait en effet de se prosterner. Après quoi, elle suivit le docteur Xia dans la chambre nuptiale où il enleva le voile rouge qui lui dissimulait le visage. Avant de prendre congé, les demoiselles d'honneur leur présentèrent à chacun un vase aux formes arrondies, qu'ils échangèrent religieusement. Ils demeurèrent seuls un moment en silence, puis le médecin sortit accueillir ses parents et invités. Pendant plusieurs heures, l'épouse restait alors assise sans bouger sur le *kang*, face à la fenêtre qu'ornait un énorme découpage rouge, emblème du «double bonheur». On appelait cela «l'imprégnation de bonheur», métaphore de la sérénité absolue, considérée comme une qualité primordiale de la femme. Une fois tous les convives partis, un jeune parent du docteur Xia rejoignit ma grand-mère dans la chambre nuptiale et la tira à trois reprises par la manche. A ce moment seulement, elle était autorisée à descendre du *kang*. Avec l'aide de ses deux assistantes, elle enleva sa somptueuse tenue et enfila un pantalon rouge et une simple tunique de la même couleur. Elle retira sa coiffe volumineuse et tous ses bijoux cliquetants, et se tressa deux macarons.

Ce fut ainsi qu'en 1935 ma grand-mère, âgée de vingt-six ans, et sa fille de quatre ans s'installèrent dans la confortable demeure du docteur Xia. C'était une bâtisse imposante comprenant la maison à proprement parler, située dans la cour, le cabinet de consultation et la pharmacie qui donnaient sur la rue. Les médecins populaires possédaient souvent leur propre échoppe. Le docteur Xia vendait des remèdes chinois traditionnels, des herbes médicinales et des extraits animaux, préparés dans l'officine attenante par trois laborantins.

La façade de la maison était surmontée d'auvents rouge et or richement sculptés. Au centre trônait une plaque rectangulaire indiquant qu'il s'agissait de la résidence des Xia, en caractères dorés. Derrière la pharmacie, se trouvait une cour sur laquelle donnaient plusieurs pièces destinées aux domestiques et aux cuisiniers. Au-delà, le terrain se divisait en diverses courettes, autour desquelles se répartissaient les logements familiaux. Derrière encore, on arrivait dans un grand jardin planté de cyprès et de pruniers d'hiver. Il n'y avait pas une once d'herbe dans tous ces espaces découverts, le climat étant trop rude; ils étaient tapissés d'une terre brune, dure, qui volait en poussière en été et se transformait en bourbier pendant le bref printemps. Le docteur adorait les oiseaux; un jardin leur était consacré. Chaque matin, qu'il pleuve ou qu'il vente, il faisait son *qigong* — une forme d'exercices gracieux, au ralenti, plus connu sous le nom de *tai chi* —, tout en les écoutant pépier et chanter.

Après la mort de son fils, le docteur Xia dut endurer les reproches tacites de sa famille. Jamais il ne parla à ma grand-mère du chagrin que ce deuil lui avait causé. Chez les Chinois, il est essentiel de ne pas manifester ses émotions. Ma grand-mère savait très bien ce qu'il ressentait, et souffrait avec lui, en silence. Elle se montrait très affectueuse à son égard et s'occupait de lui avec dévouement.

Elle gardait toujours le sourire en présence de la famille, malgré le mépris qu'on lui témoignait le plus souvent sous couvert de respect. Son ancienne camarade d'école elle-même s'efforçait de l'éviter. L'idée que l'on pût la juger responsable de la mort du fils aîné la mortifiait.

Sa vie avait complètement changé sous l'effet des coutumes manchoues. Elle partageait désormais sa chambre avec ma mère, le docteur Xia dormant dans une autre pièce. Tous les matins, de très bonne heure, bien avant de se lever, elle se réveillait en sursaut, les nerfs à vif, en prévision du défilé familial rituel. Elle devait se laver à la hâte et accueillir chaque membre de la famille à tour de rôle selon un cérémonial rigoureux. Il lui fallait par ailleurs disposer ses cheveux d'une manière extrêmement compliquée pour faire tenir sur sa tête une énorme coiffe sous laquelle elle portait de surcroît une perruque. Elle n'obtenait jamais rien d'autre qu'une succession de « bonjours » glacials, pour ainsi dire les seules paroles qu'on voulût bien lui adresser. Lorsqu'elle les regardait s'incliner devant elle en minaudant, elle savait parfaitement qu'ils portaient la haine dans leur cœur. Leur hypocrisie lui rendait ce rite astreignant encore plus insupportable.

A l'occasion des fêtes et autres événements importants, la famille au grand complet devait se prosterner devant elle et multiplier les révérences. La coutume voulait qu'elle-même se lève de son siège d'un bond et s'écarte de côté pour montrer qu'elle libérait symboliquement la place au profit de leur défunte mère, à laquelle ils pouvaient ainsi rendre hommage. Tous les rites manchous conspiraient à maintenir le docteur Xia et elle à l'écart l'un de l'autre. Ils n'étaient même pas censés partager leurs repas. L'une de ses belles-filles se tenait en permanence derrière sa chaise, prête à la servir ; seulement, elle montrait un visage tellement peu aimable que ma pauvre grand-mère avait toutes les peines du monde à finir son repas, sans parler de l'apprécier.

Un jour, peu après son arrivée, ma mère venait de prendre place sur un coin du *kang* qui lui avait paru agréablement chaud et confortable, lorsqu'elle vit le visage de son beau-père s'assombrir. Il se rua sur elle et la releva sans ménagement. Elle venait de s'asseoir à la place du maître de maison, considérée comme sacrée par la tradition manchoue. Ce fut l'unique fois où il la rudoya.

Si l'installation de ma grand-mère dans la maison du docteur Xia lui avait permis de connaître enfin un certain degré de liberté, elle se sentait paradoxalement prise au piège. La situation de ma mère était d'ailleurs tout aussi ambiguë. Le docteur Xia se montrait extrêmement gentil à son égard et l'élevait comme sa propre fille. Elle l'appelait «papa» et il lui donna son patronyme, Xia, qu'elle porte toujours aujourd'hui, ainsi qu'un autre nom, «De-hong», formé de deux caractères : *hong*, qui signifie «cygne sauvage» et *De*, le nom de sa génération, qui veut dire «vertu».

La famille du docteur Xia n'osait pas insulter ma grand-mère en face. C'eût été se comporter en traîtres. Vis-à-vis de ma mère, en revanche, ils prenaient moins de gants. En dehors des cajoleries maternelles, elle garda surtout de son enfance le souvenir des brutalités que lui infligeaient les jeunes Xia. Elle s'efforçait de ne pas crier et de cacher ses bleus, mais sa mère savait ce qu'il en était. Cette dernière s'abstenait d'ailleurs d'en parler à son époux pour ne pas le tourmenter ou compliquer ses relations avec les siens. Seulement, ma mère était affreusement malheureuse. Elle suppliait souvent qu'on la ramène chez ses grands-parents ou dans la maison du général Xue, où tout le monde l'avait traitée comme une princesse. Elle finit pourtant par comprendre qu'elle devait mettre un terme à ces prières dont le seul effet était de faire pleurer sa mère.

A défaut d'amis, ma mère avait des animaux familiers. Elle possédait une chouette, un ménate noir capable de dire quelques phrases simples, un faucon, un chat, des souris blanches, ainsi que quelques sauterelles et des grillons qu'elle conservait dans des flacons. En dehors de sa mère, son seul compagnon humain était le cocher du docteur Xia, le vieux Lee, un homme fruste, au visage buriné, originaire des monts Khingan, dans l'extrême nord du pays, au point de jonction des frontières de la Chine, de la Mongolie et de l'Union soviétique. Il avait la peau très foncée, une tignasse drue, de grosses lèvres et un nez retroussé. En fait, il n'avait pas du tout l'air d'un Chinois. Il était grand, mince, nerveux. Son père avait fait de lui un chasseur et un trappeur ; il lui avait appris à dénicher les racines de ginseng et à chasser l'ours, le renard et le cerf. Pendant quelque temps, la vente des peaux leur avait permis de gagner gentiment leur vie, mais ils avaient fini par se faire évincer par des brigands, dont les plus redoutables travaillaient au service du vieux Maréchal, Chang Tso-lin. Le vieux Lee parlait souvent de lui en disant «ce sale bandit». Par la suite, lorsque ma mère apprit que le vieux Maréchal s'était comporté en glorieux patriote dans la lutte contre les Japonais, elle se souvint des railleries de son ami Lee à l'encontre de ce grand «héros» du Nord-Est.

Le vieux Lee prenait soin des bêtes de ma mère et l'emmenait souvent en expédition avec lui. Cet hiver-là, il lui apprit à patiner. Au printemps, au moment de la fonte des neiges, ils se rendaient ensemble au cimetière pour assister au rite annuel dit «du balayage des tombes» et regarder les gens fleurir les sépultures de leurs ancêtres. L'été, ils s'en allaient pêcher ou cueillir des champignons. A l'automne, enfin, ils partaient chasser le lièvre aux abords de la ville.

Pendant les longues soirées mandchoues, quand le vent hurlait sur les plaines et que le givre formait une pellicule opaque à l'intérieur des fenêtres, le vieux Lee s'asseyait sur le *kang* douillet et prenait ma mère sur ses genoux pour lui raconter les fabuleuses légendes des montagnes du Nord. Elle allait se coucher la tête remplie d'images d'immenses arbres mystérieux, de fleurs exotiques, d'oiseaux multicolores chantant des airs harmonieux et de racines de ginseng qui se transformaient en petites filles. Une fois déterrées, il fallait leur attacher une ficelle rouge de peur qu'elles ne prennent la fuite!

Le vieux Lee lui relatait aussi toutes sortes d'histoires sur les animaux. Les tigres qui rôdaient dans les montagnes de la Mandchourie du Nord avaient le cœur tendre; ils ne faisaient jamais de mal aux humains s'ils ne se sentaient pas menacés. Le brave homme adorait les tigres. Il n'en allait pas de même des ours, franchement féroces, qu'il fallait à tout prix éviter. Si, par malheur, on en trouvait un sur son chemin, le mieux était de rester immobile jusqu'à ce qu'il baisse la tête. Car l'ours avait sur le front une mèche de poils qui lui tombait dans les yeux et l'aveuglait alors complètement. En présence d'un loup, il ne fallait jamais se retourner et essayer de fuir car il courait de toute façon bien plus vite que vous. Mieux valait au contraire rester sur place et lui faire face, comme si l'on n'avait pas peur. Après quoi, il convenait de reculer, très, très lentement. Bien des années plus tard, les judicieux conseils du vieux Lee devaient sauver la vie de ma mère.

Un jour, lorsqu'elle avait cinq ans, ma mère se trouvait dans le jardin en train de parler à ses animaux lorsque les petits-enfants du docteur Xia surgirent tout à coup et s'agglutinèrent autour d'elle. Ils commencèrent par la bousculer en la traitant de tous les noms, puis ils se mirent à la frapper. Pour finir, ils l'entraînèrent près d'un puits asséché, au fond du jardin, et la précipitèrent dedans. Le puits était assez profond et elle tomba durement sur le gravier qui tapissait le fond. Quelqu'un entendit ses cris et appela le vieux Lee qui arriva en courant avec une échelle que le cuisinier maintint en place pendant qu'il escaladait la margelle. Ma grand-mère se précipita sur les lieux, folle d'inquiétude. Au bout de quelques minutes, le vieux Lee refit surface, la petite dans ses bras, couverte de plaies et d'ecchymoses et à demi inconsciente. Il la confia à sa mère. On emmena l'enfant à l'intérieur et le docteur Xia l'examina. Elle avait une hanche cassée; pendant des années, sa hanche se déboîta régulièrement. Depuis cet accident, ma mère a toujours eu une démarche un peu clopinante.

Lorsque le médecin l'interrogea pour savoir ce qui s'était passé, ma mère lui répondit que le «numéro six» (le sixième petit-fils) l'avait poussée. Plus que jamais attentive aux humeurs du docteur Xia, ma grand-mère essaya de la faire taire, sachant que le coupable était le préféré de son époux. Dès qu'il eut quitté la pièce, ma grand-mère recommanda à sa fille de ne plus jamais se plaindre du «numéro six», pour ne pas fâcher le docteur Xia. Pendant quelque temps, ma mère dut garder la chambre. Les autres enfants la bannirent complètement.

Peu de temps après ce sinistre épisode, le docteur Xia commença à faire des escapades de plusieurs jours. Il se rendait en fait à Jinzhou, chef-lieu de la province, à une quarantaine de kilomètres au sud, en quête d'un emploi. L'atmosphère familiale devenait insoutenable, et l'accident de ma mère, qui aurait pu lui coûter la vie, avait achevé de le convaincre qu'il fallait déménager.

Il s'agissait là d'une décision importante. En Chine, la cohabitation de plusieurs générations d'une même famille sous un même toit était considérée comme un grand honneur. On trouvait même des rues baptisées «cinq générations sous un seul toit» en hommage à ces vénérables familles. Briser une grande famille passait pour une tragédie à éviter à tout prix. Le docteur Xia s'efforçait pourtant de garder le sourire devant ma grand-mère, en lui assurant qu'il ne serait que trop heureux de se décharger d'une part de ses responsabilités.

Ma grand-mère se sentait extrêmement soulagée, quoi-qu'elle s'efforçât de ne pas le montrer. En réalité, elle avait elle-même subrepticement poussé le docteur Xia à déménager, surtout depuis l'épisode du puits. Elle ne pouvait vraiment plus supporter cette famille, toujours présente, toujours glaciale, ni sa barbarie à son égard, et aspirait à un peu de compagnie et d'intimité.

Le docteur Xia répartit ses biens entre les différents membres de sa famille, en ne conservant pour lui que les dons accordés à ses ancêtres par les empereurs manchous. A la veuve de son fils aîné, il donna toutes ses terres. Le cadet hérita de la pharmacie, et la maison alla au benjamin. Il fit aussi en sorte que le vieux Lee et les autres serviteurs ne manquent de rien. Lorsqu'il demanda à ma grand-mère si cela l'ennuyait d'être pauvre, elle lui répondit qu'elle serait comblée de vivre à ses côtés avec sa fille: «Quand on a l'amour, on peut vivre d'eau fraîche.»

Un jour glacial du mois de décembre 1936, toute la famille se rassembla devant le portail d'entrée pour prendre congé d'eux. Personne ne versa la moindre larme, hormis De-gui, le seul fils qui avait soutenu le remariage de son père. Le vieux

Lee les conduisit à la gare dans la voiture à cheval ; sur le quai, ma mère lui fit ses adieux avec beaucoup d'émotion. Une fois dans le train, toutefois, l'excitation lui fit presque oublier sa tristesse. C'était la première fois qu'elle voyageait depuis l'âge d'un an. Ravie, elle n'arrêtait pas de bondir sur place en regardant le paysage.

Jinzhou était une grande ville de près de 100 000 habitants, capitale d'une des neuf provinces du Manchukuo. Elle se situait à une vingtaine de kilomètres à l'intérieur des terres, là où la Manchourie se rapproche de la Grande Muraille. A l'instar de Yixian, elle avait été bâtie jadis comme une forteresse, mais elle s'étendait rapidement et avait déjà largement dépassé le périmètre de ses murailles. Elle possédait plusieurs usines textiles et deux raffineries de pétrole ; c'était aussi un important nœud ferroviaire et on y trouvait même un aéroport.

Les Japonais l'avaient occupée au début du mois de janvier 1932, après des combats acharnés. Site hautement stratégique, Jinzhou avait joué un rôle clé dans la prise de la Manchourie. La mainmise nippone sur la ville avait été à l'origine d'un grave incident diplomatique entre les États-Unis et le Japon ; ce fut l'un des principaux maillons d'une longue chaîne d'événements qui devaient déboucher sur Pearl Harbor, dix ans plus tard.

Quand les Japonais lancèrent leur assaut contre la Manchourie, en septembre 1931, le jeune Maréchal, Chang Hsuehliang, fut contraint de leur abandonner Mukden, la capitale. Il s'enfuit à Jinzhou avec 200 000 hommes et y établit son quartier général. A l'occasion d'une des premières attaques de ce genre dans l'histoire, l'aviation japonaise bombarda la ville. Puis les troupes nippones investirent Jinzhou, qu'elles saccagèrent.

Tel était le contexte dans lequel le docteur Xia, alors âgé de soixante-six ans, allait devoir recommencer sa vie. Il en était réduit à louer une cahute de terre de moins de vingt mètres carrés dans un quartier misérable, proche du fleuve, au pied d'une digue. La plupart de ses voisins étaient trop pauvres pour s'offrir un vrai toit : ils se contentaient de disposer sur leurs quatre murs des couches de tôle ondulée maintenues en place par de grosses pierres pour essayer d'empêcher les fréquentes bourrasques de les emporter. Le quartier en question se situait à la périphérie de la ville ; des champs de sorgho occupaient l'autre rive du fleuve. Quand ils arrivèrent à Jinzhou, en décembre, la terre brune était gelée, ainsi que le fleuve, qui à cet endroit-là s'étendait sur une trentaine de mètres de largeur. Au printemps, au moment du dégel, les alentours de la hutte se changeaient en un véritable bourbier, et la puanteur des égouts, que vous épargnait le gel hivernal, s'installait en permanence dans vos narines. En été, l'endroit était infesté de moustiques et l'on redoutait à tout instant les inondations, car le niveau du fleuve s'élevait bien au-dessus des maisons et les berges étaient instables.

De cette période de sa vie, ma mère garda surtout le souvenir d'un froid quasi insoutenable. Toutes les activités de la journée, et pas seulement le sommeil, devaient impérativement se dérouler sur le *kang*, qui occupait presque toute la place dans la cahute, en dehors d'un petit poêle logé dans un coin. Ils dormaient tous les trois ensemble. Ils n'avaient ni eau ni électricité. Les toilettes communes se trouvaient à l'extérieur, dans une cabane.

Juste en face de leur maison s'élevait un temple aux couleurs éclatantes, consacré au dieu du Feu. Les fidèles qui venaient y prier attachaient leurs chevaux devant la porte du docteur Xia. Quand le temps se fit plus clément, ce dernier prit l'habitude d'emmener Bao Qin en promenade le soir, le long du rivage. Face à de magnifiques couchants, il lui récitait des poèmes classiques. Ma grand-mère ne les accompagnait pas. Qui avait jamais entendu parler de deux époux flânant ensemble ! De toute façon, avec ses pieds bandés, marcher lui était plus une torture qu'un agrément.

A cette époque, ils mouraient pour ainsi dire de faim. A Yixian, les terres du docteur Xia permettaient au moins de nourrir la famille ; il y avait toujours du riz, même après que les Japonais eurent prélevé leur dîme. Les revenus du médecin avaient considérablement baissé. En outre, les Japonais s'appropriaient une part beaucoup plus importante des denrées disponibles. L'essentiel de la production régionale était impérativement exporté au Japon, et l'importante force armée nippone stationnée en Mandchourie réquisitionnait d'office presque tout ce qui restait de riz et de blé. La population locale réussissait parfois à mettre la main sur un peu de maïs ou de sorgho, mais ces denrées-là elles-mêmes étaient rares. La nourriture de base consistait en une purée de glands qui avait très mauvais goût et empestait.

Ma grand-mère n'avait jamais connu une telle misère, mais ce fut la période la plus heureuse de son existence. Le docteur Xia l'aimait et elle avait sa fille auprès d'elle. Elle n'était plus obligée de supporter les ennuyeux rites manchous, et la minuscule cahute de terre résonnait d'éclats de rire. Ils passaient parfois toute la soirée à jouer aux cartes ; ils avaient établi un curieux règlement selon lequel, si le docteur Xia perdait, elle pouvait le taper trois fois ; si c'était elle qui perdait, il devait l'embrasser trois fois.

Elle avait de nombreuses amies dans le voisinage, un bonheur qu'elle n'avait jamais connu auparavant. En tant que femme de médecin, on la respectait, même si son époux n'avait pas un sou. Après des années d'humiliation et de soumission, elle découvrait véritablement la liberté.

De temps en temps, pour leur plaisir, ses amies et elle montaient un spectacle manchou traditionnel, chantant et dansant en s'accompagnant au tambourin. Elles jouaient sur des rythmes répétitifs très simples et inventaient les paroles au fur et à mesure. La tradition voulait que les femmes mariées fassent état de leur vie sexuelle en musique, tandis que les vierges leur posaient des questions sur le sexe. Le plus souvent illettrées, les jeunes filles profitaient de ces occasions joyeuses pour apprendre les réalités de la vie. A travers leurs chants, les Chinoises échangeaient aussi toutes sortes de considérations sur leur existence, leur époux, et faisaient circuler les ragots.

Ma grand-mère adorait ces festivités en prévision desquelles elle passait des heures à s'exercer à la maison. Elle s'asseyait sur le *kang* et agitait son tambourin de la main gauche tout en chantant en rythme, ajoutant les paroles de sa composition. Souvent, le docteur Xia lui suggérait des idées. Bao Qin était trop jeune pour participer à ces réunions féminines, mais elle avait le droit de regarder sa mère répéter. Ce spectacle la fascinait et elle voulait à tout prix savoir quels étaient les mots proposés par le docteur Xia ; ils devaient être très drôles, car sa mère et lui riaient chaque fois comme des fous. Seulement, quand sa mère les lui répétait, elle « tombait dans le brouillard et les nuages ». Elle n'avait pas la moindre idée de ce que tout cela pouvait signifier.

La vie n'était pas facile. Chaque jour, il fallait se battre pour survivre. On ne trouvait plus de riz et de blé, hormis au marché noir. Ma grand-mère se décida donc à vendre une partie des bijoux que le général Xue lui avait donnés. Elle ne mangeait pour ainsi dire rien, prétextant qu'elle avait déjà mangé, qu'elle n'avait pas faim ou qu'elle mangerait plus tard. Quand le docteur Xia découvrit qu'elle écoulait ses biens les plus précieux, il exigea qu'elle cesse : « Je suis un vieil homme, lui dit-il. Un jour, je mourrai et tu auras besoin de ces bijoux pour vivre. »

Le docteur Xia travaillait comme salarié dans le cabinet de consultation d'un confrère, ce qui ne lui donnait guère l'occasion de démontrer ses talents. Mais il se donnait beaucoup de peine et sa réputation grandit progressivement. Il fut bientôt invité à faire sa première visite à domicile. En revenant ce soir-là, il portait un paquet enveloppé dans une étoffe. Il fit un clin d'œil à l'adresse de sa femme et de la petite en leur demandant de deviner ce qu'il y avait à l'intérieur. Le regard de ma mère était rivé sur le paquet fumant, et avant même de crier : « des rouleaux à la vapeur ! », elle ouvrait déjà l'emballage. Tandis qu'elle dévorait les délicieux rouleaux, elle leva les yeux et son regard rencontra celui de son beau-père. Plus de cinquante ans plus tard, elle se souvient du bonheur qu'elle y lut, et aujourd'hui encore, elle affirme qu'elle n'a jamais rien mangé d'aussi exquis que ces simples rouleaux de blé.

Les visites à domicile avaient leur importance dans la mesure où les familles payaient directement le médecin qui venait les soigner, plutôt que son employeur. Quand les clients fortunés étaient satisfaits, il leur arrivait de se montrer très généreux. A la Nouvelle Année et dans les grandes occasions, ils offraient souvent à leur médecin des cadeaux de valeur en témoignage de leur reconnaissance. De sorte qu'au bout d'un certain temps, la condition du docteur Xia commença à s'améliorer.

Sa réputation s'étendait aussi. Un jour, l'épouse du gouverneur de la province sombra dans le coma ; on fit venir le docteur Xia qui parvint à lui rendre ses sens. Dans l'esprit de l'époque, autant dire qu'il l'avait ressuscitée ! Le gouverneur commanda une plaque sur laquelle il inscrivit lui-même : « Docteur Xia, qui donne la vie aux hommes et à la société. » Il ordonna que cette plaque fût portée dans toute la ville en procession.

Quelque temps plus tard, le gouverneur s'adressa à nouveau au docteur Xia pour lui demander un service d'un tout autre ordre. Il avait une épouse et douze concubines, mais aucune d'entre elles ne lui avait donné d'enfant. On lui avait dit que le médecin possédait de grandes connaissances en matière de fertilité. Ce dernier lui prescrivit des potions, ainsi qu'à ses treize compagnes, et plusieurs d'entre elles se trouvèrent enceintes. En réalité, le problème venait du gouverneur, mais le judicieux médecin eut le tact de «soigner» aussi ses femmes. Fou de joie, le futur père rédigea en son honneur une plaque encore plus grande, sur laquelle on pouvait lire: «La réincarnation de Kuanyin» (déesse bouddhiste de la Fertilité et de la Bienveillance); on la transporta chez les Xia et cet événement donna lieu à une procession encore plus impressionnante que la première fois. Dès lors, les gens venaient le consulter depuis Harbin, à plus de 700 kilomètres de là. Le docteur Xia faisait désormais partie des «quatre médecins célèbres» du Manchukuo.

A la fin de 1937, soit un an après leur arrivée à Jinzhou, les Xia purent enfin déménager. Ils s'installèrent dans un logis de trois pièces en briques rouges, juste à l'extérieur de la vieille porte nord de la ville. Leur nouvelle demeure était bien plus confortable que la minuscule cahute en terre voisine du fleuve où ils vivaient tous les trois entassés dans la même pièce. Le docteur Xia put se constituer une nouvelle clientèle et établit son cabinet de consultation dans le salon.

Leur maison occupait le flanc sud d'une grande cour qu'ils partageaient avec deux autres familles, mais ils étaient les seuls à disposer d'une porte donnant sur cet enclos. Les autres habitations faisaient face à la rue et n'avaient même pas de fenêtres de leur côté. Quand leurs voisins voulaient se rendre dans la cour, ils devaient faire le tour par la rue. Un grand mur leur bouchait la vue au nord. Entre les quelques cyprès et yeuses de la cour, les trois familles accrochaient leur corde à linge. Il y avait aussi des roses de Saron, suffisamment résistantes pour survivre aux rigueurs de l'hiver. L'été, ma grand-mère sortait ses chères plantes: des volubilis à la crête blanche, des chrysanthèmes, des dahlias et des balsamines.

Ma grand-mère et le docteur Xia n'eurent pas d'enfant ensemble. Ce dernier souscrivait à une théorie selon laquelle un homme de plus de soixante-cinq ans ne devait pas éjaculer, de manière à conserver son sperme, considéré comme l'essence de l'homme. Bien des années plus tard, ma grand-mère confia à sa fille qu'à travers le *qigong*, le docteur Xia avait mis au point une technique mystérieuse qui lui permettait d'avoir un orgasme sans éjaculation! Pour un homme de son âge, il bénéficiait d'une santé remarquable. Jamais malade, il prenait une douche froide tous les jours, même quand il faisait — 10°. Conformément aux injonctions de la secte quasi religieuse à laquelle il appartenait, la *Zai-li-hui* (la Société de Raison), il ne touchait jamais à l'alcool ni au tabac.

En dépit de sa profession, il n'aimait guère les médicaments, soutenant qu'un corps sain était le garant d'une bonne santé. Il s'opposait catégoriquement à tout traitement qui risquait d'endommager une partie de l'organisme en en soignant une autre, et refusait d'utiliser des remèdes puissants à cause de leurs effets secondaires éventuels. Ma mère et ma grand-mère étaient souvent obligées de se soigner à son insu. Quand il leur arrivait de tomber malades, il faisait venir un autre médecin, adepte de la médecine chinoise traditionnelle, ainsi qu'un chaman, estimant que certains maux étaient causés par des mauvais esprits qu'il fallait apaiser ou exorciser par des rites religieux particuliers.

Ma mère connaissait enfin le bonheur. Pour la première fois de sa vie, elle se sentait entourée. Elle était ravie d'être libérée de la tension qu'elle avait connue chez ses grands-parents pendant deux ans, et des tracasseries constantes que les petits-enfants du docteur Xia lui avaient fait subir durant toute une année.

Les fêtes qui avaient lieu presque chaque mois la comblaient de joie. La notion de semaine de travail échappait alors au Chinois moyen. Seuls les bureaux gouvernementaux, les écoles ainsi que les usines japonaises avaient droit à un jour de congé, le dimanche. Pour les autres, ces festivités quasi mensuelles offraient enfin un répit dans la routine quotidienne.

La fête de l'hiver débutait le vingt-troisième jour de la douzième lune, soit sept jours avant le Nouvel An chinois. Selon la légende, c'était le jour où le dieu de l'Âtre, qui vivait au-dessus du fourneau avec son épouse — sous la forme de deux portraits —, montait au ciel faire son rapport sur le comportement de la famille auprès de l'Empereur Céleste. Un compte rendu favorable assurait aux membres du foyer une nourriture abondante pendant toute l'année à venir. Ce jour-là, chaque famille se prosternait à qui mieux mieux devant les effigies des dieux de l'Âtre ; après quoi, on les brûlait afin de symboliser leur ascension au ciel. Ma grand-mère demandait toujours à ma mère de leur mettre d'abord un peu de miel sur les lèvres. On jetait aussi au feu des chevaux miniatures et des figurines représentant des domestiques, confectionnés à l'aide de plantes de sorgho, de façon que les divinités, satisfaites du service soigné dont elles bénéficiaient, soient d'autant plus enclines à vanter les mérites des Xia auprès de l'Empereur Céleste.

On passait ensuite plusieurs jours à préparer toutes sortes de mets. On découpait de la viande dans des formes particulières et l'on moulinait riz et soja pour faire des petits pains, des boulettes, des rouleaux. Puis on entreposait toutes ces délices dans la cave en attendant la nouvelle année. La cave était effectivement un véritable réfrigérateur naturel : la température y descendait parfois jusqu'à — 30°.

La veille du Nouvel An, à minuit, avait lieu un gigantesque feu d'artifice. Aux anges, ma mère suivait ses parents dehors et se prosternait dans la direction d'où le dieu de la Bonne Fortune était censé venir. Tout au long de la rue, les gens en faisaient de même. Après quoi, ils se saluaient les uns les autres en disant : « Que la chance vous sourie. »

A la Nouvelle Année, on échangeait aussi des cadeaux. Dès que les premières lueurs de l'aube illuminaient le papier blanc des fenêtres, ma mère se levait d'un bond et enfilait à la hâte sa nouvelle tenue : une veste, un pantalon, des chaussettes et des souliers neufs. Puis, sa mère et elle allaient voir leurs voisins et leurs amis, se prosternant devant tous les adultes. Chaque fois que sa tête touchait le sol, ma mère avait droit à une « enveloppe rouge » contenant quelques sous. Ces dons devaient lui servir d'argent de poche durant toute l'année.

Au cours des quinze jours qui suivaient, les grandes personnes se rendaient mutuellement visite pour se souhaiter bonne chance. La bonne fortune, à savoir l'argent, était une véritable obsession chez la plupart des Chinois ordinaires. Les gens n'avaient guère de moyens et, dans la famille Xia comme ailleurs, cette période des fêtes était la seule occasion de manger de la viande en quantité relativement abondante.

Ces festivités atteignaient leur apogée au quinzième jour, lors d'un défilé de carnaval suivi, à la nuit tombée, d'un spectacle de lanternes. La procession consistait en réalité en une visite d'inspection du dieu du Feu, exhibé dans tout le voisinage pour mettre les gens en garde contre les risques d'incendie. La plupart des maisons étant partiellement bâties en bois, et le climat étant sec et venteux, le feu représentait en effet une menace permanente. La statue du dieu du Feu au temple qui lui était dédié recevait d'ailleurs des offrandes toute l'année. La procession commençait dans ce temple, situé en face de l'ancienne maison des Xia. Huit jeunes gens transportaient sur un palanquin découvert une réplique de la statue, un géant rouge des pieds à la tête — cheveux, barbe, sourcils et cape; suivaient des dragons et des lions à la démarche convulsive, sous la crinière desquels se dissimulaient plusieurs hommes, ainsi que des chars, des acrobates montés sur des échasses et des danseurs de *yangge* agitant les extrémités d'une longue étoffe de soie brillante attachée autour de leurs tailles. Des feux d'artifice et un concert de tambours et de cymbales accompagnaient cette parade d'un terrible vacarme. Ma mère gambadait joyeusement derrière la procession. La plupart des familles disposaient devant leur porte des plats alléchants en offrande à la divinité, qui passait pourtant assez vite en se dandinant, sans rien toucher. Ma grand-mère disait toujours: « De la bonne volonté pour les dieux, des offrandes pour nos estomacs. » En cette période de disette, ma mère attendait les fêtes avec impatience, sachant qu'elle pourrait satisfaire son appétit. Elle se montrait beaucoup moins intéressée par les célébrations d'ordre plus poétique que gastronomique et s'énervait un peu quand sa mère mettait trop de temps à élucider les devinettes collées sur les magnifiques lanternes accrochées aux portes d'entrée pendant la fête des Lanternes, ou à passer en revue les chrysanthèmes des jardins voisins le neuvième jour de la neuvième lune.

Une année, pendant la fête du temple du dieu de la Ville, ma grand-mère l'emmena voir à l'intérieur de cet édifice une rangée de sculptures en argile, redécorées et peintes pour l'occasion. Il y avait des scènes de l'enfer, montrant les terribles châtiments infligés aux pécheurs. Ma grand-mère lui fit remarquer un personnage auquel on tirait la langue d'au moins trente centimètres, tandis que deux diables aux cheveux hérissés et aux yeux de crapaud le découpaient en morceaux. Le supplicié avait été un menteur dans sa vie antérieure; voilà ce qui lui arriverait, à elle aussi, si elle s'avisait de ne pas dire la vérité!

Elles évoluèrent un long moment parmi la foule et les appétissants étals de nourriture, et examinèrent une douzaine de groupes de statues illustrant diverses leçons de morale. Ma grand-mère lui désigna allégrement toutes sortes de scènes d'horreur, jusqu'au moment où elles arrivèrent près d'un curieux ensemble de figures devant lequel elle se hâta de la faire passer, sans le moindre commentaire. Des années plus tard, ma mère découvrit qu'il représentait une femme sciée en deux. Il s'agissait d'une veuve qui s'était remariée et que ses deux époux se partageaient ainsi monstrueusement, puisqu'elle avait appartenu à l'un comme à l'autre. En ce temps-là, de nombreuses veuves, craignant que la même chose ne leur arrive, restaient à jamais fidèles à leur défunt époux, malgré leur misère. Certaines allaient jusqu'à se suicider si leur famille les obligeait à se remarier. Ma mère comprit alors à quel point la décision d'épouser le docteur Xia avait dû être difficile pour sa mère.

3

« Ils disent tous que l'on est tellement heureux au Manchukuo »

LA VIE SOUS LA DOMINATION DES JAPONAIS

1938-1945

Au début de 1938, ma mère avait presque sept ans. Elle était très éveillée et avide d'apprendre. Ses parents décidèrent qu'elle commencerait l'école dès la prochaine rentrée scolaire, c'est-à-dire juste après le Nouvel An chinois.

Les Japonais contrôlaient rigoureusement l'éducation, en particulier l'histoire et les cours de morale. Le japonais était d'ailleurs la langue officielle de l'enseignement. Dès l'école primaire, au-delà de la neuvième, les cours avaient lieu dans cette langue et la plupart des professeurs étaient d'origine nippone.

Le 11 septembre 1939 — ma mère était alors en deuxième année d'école primaire —, Pou-Yi, l'empereur du Manchukuo, et son épouse vinrent à Jinzhou en visite officielle. Ma mère fut désignée pour offrir un bouquet d'accueil à l'impératrice. Une foule nombreuse s'était rassemblée sur la grande estrade d'honneur habillée de décorations pimpantes, chacun tenant à la main un drapeau en papier jaune, aux couleurs du Manchukuo. Ma mère attendait fièrement, son énorme bouquet dans les bras, à proximité de la fanfare et d'un groupe de dignitaires

63

en jaquette. Un garçonnet du même âge se tenait auprès d'elle, droit comme un i, lui aussi armé d'un bouquet destiné à Pou-Yi. Au moment où le couple royal apparut, la fanfare attaqua l'hymne national du Manchukuo. Tout le monde se mit au garde-à-vous. Ma mère s'avança alors et fit la révérence en tenant son bouquet avec grâce. La princesse portait une robe blanche et de magnifiques gants immaculés qui lui montaient jusqu'aux coudes. Ma mère la trouva extrêmement belle. Elle réussit à jeter un coup d'œil en coulisse à Pou-Yi, en tenue militaire. Derrière ses verres épais, il lui sembla qu'il avait « des yeux de cochon ».

Entre autres raisons, ma mère avait été choisie pour honorer ainsi l'impératrice parce qu'elle se disait d'origine manchoue, comme le docteur Xia, et l'indiquait scrupuleusement sur tous les formulaires. Or le Manchukuo était censé être l'État indépendant des Manchous. Pou-Yi servait admirablement la cause des Japonais dans la mesure où la plupart des Manchous, ceux que cela concernait tout au moins, continuaient à se croire gouvernés par leur empereur. Le docteur Xia se considérait d'ailleurs comme l'un de ses loyaux sujets, et ma grand-mère partageait son point de vue. Traditionnellement, en Chine, la femme exprimait notamment son amour pour son mari en se rangeant à toutes ses opinions, ce que ma grand-mère faisait en l'occurrence avec le plus grand naturel. Elle était tellement heureuse avec le docteur Xia qu'elle n'aurait songé à le contredire d'aucune manière.

A l'école, ma mère apprit qu'elle vivait dans un pays appelé Manchukuo et que, parmi les nations voisines, se trouvaient deux républiques chinoises : l'une hostile, dirigée par Chiang Kai-shek, l'autre amie, gouvernée par Wang Jing-wei (dirigeant fantoche d'une partie de la Chine, à la solde des Japonais). Il ne fut jamais question d'une « Chine » dont la Manchourie aurait fait partie.

On s'appliquait à faire des petits écoliers des sujets soumis de l'État du Manchukuo. Voici l'une des premières chansons que l'on enseigna à ma mère :

Des garçons en rouge et des filles en vert marchent dans les rues.
Ils disent tous que l'on est tellement heureux au Manchukuo.
Tu es heureux, je suis heureux.
Tout le monde vit en paix et travaille dans la joie, sans tracas.

Les professeurs soutenaient que le Manchukuo était un paradis sur la terre. Même à son âge, ma mère voyait pourtant bien que, si paradis il y avait, les Japonais étaient les seuls à en profiter. Leurs enfants fréquentaient des écoles bien équipées et bien chauffées, avec des sols astiqués et des carreaux propres aux fenêtres. Les écoliers chinois se retrouvaient pour leur part dans des temples pillés et des maisons en ruine, mis à leur disposition par quelque âme généreuse. Il n'y avait jamais de chauffage. En hiver, les élèves étaient souvent obligés de faire le tour du pâté de maisons au pas de course au milieu d'une leçon ou de taper énergiquement des pieds à l'unisson pour essayer de se réchauffer un peu.

Les enseignants japonais n'hésitaient pas à recourir à des méthodes de leur cru, à savoir qu'ils frappaient les enfants comme si cela allait de soi. La plus petite erreur, le moindre manquement au règlement ou à l'étiquette — par exemple, si les cheveux d'une petite fille dépassaient le lobe de son oreille — se soldaient par une correction. On giflait sans retenue filles et garçons ; ces derniers enduraient même des coups de massue en bois sur la tête. Certains professeurs allaient jusqu'à obliger les coupables à s'agenouiller dans la neige pendant des heures.

Lorsque les petits Chinois croisaient un Japonais dans la rue, ils devaient le saluer et s'écarter pour le laisser passer, même si l'individu en question était plus jeune qu'eux. Des enfants japonais les arrêtaient souvent au passage pour les gifler sans motif. A chaque rencontre, les écoliers devaient se prosterner devant leurs professeurs. Ma mère disait en plaisantant à ses amis qu'un enseignant japonais qui venait à passer s'apparentait à un tourbillon s'abattant sur un champ d'herbes !

Beaucoup d'adultes s'inclinaient eux aussi devant les Japonais, par crainte de les offenser. Au début, la présence nippone ne gêna pas particulièrement les Xia. Aux échelons moyens et inférieurs de l'administration, des fonctionnaires régionaux, manchous ou hans, restaient en poste, tel mon arrière-grand-père qui avait pu conserver ses fonctions de chef adjoint de la police de Yixian. En 1940, pourtant, on comptait déjà 15 000 Japonais à Jinzhou. Les voisins des Xia étaient japonais ; ma grand-mère s'entendait d'ailleurs bien avec eux. Le mari travaillait pour le gouvernement. Chaque matin, son épouse se postait devant le portail en compagnie de ses trois enfants et s'inclinait profondément devant lui au moment où il montait dans un pousse-pousse pour se rendre à son travail. Après quoi, elle entamait sa besogne quotidienne qui consistait à pétrir de la poussière de charbon en boule pour en faire du combustible. Pour une raison que ni ma mère ni ma grand-mère ne comprirent jamais, elle portait toujours des gants blancs, qui se salissaient évidemment en peu de temps.

La voisine japonaise venait souvent voir ma grand-mère. Elle se sentait très seule, son mari n'étant pour ainsi dire jamais à la maison. Elle apportait un peu de saké et ma grand-mère préparait quelque chose à grignoter, des légumes en condiments, par exemple. Ma grand-mère parlait un peu le japonais et sa nouvelle amie baragouinait le chinois. Elles se fredonnaient des chansons et versaient quelques larmes lorsqu'elles étaient émues. Elles jardinaient aussi ensemble. La voisine avait un outillage très sophistiqué que ma grand-mère admirait beaucoup, et elle invitait souvent ma mère à venir jouer dans son jardin.

Cependant, les Xia ne pouvaient pas ignorer les rumeurs qui circulaient sur les agissements des Japonais. Dans les vastes plaines de la Manchourie du Nord, ils brûlaient des villages entiers, regroupant les survivants dans des «hameaux stratégiques». Plus de cinq millions de personnes, soit un sixième de la population, se retrouvèrent ainsi sans abri, et il y eut des centaines de milliers de victimes. Dans les riches mines de Manchourie, on faisait trimer des hommes jusqu'à la mort sous la surveillance de gardes nippons dans le seul but d'étendre les exportations de minerais à destination du Japon; le plus souvent, on privait ces hommes de sel pour qu'ils n'aient pas l'énergie de prendre la fuite.

Le docteur Xia affirma longtemps que l'empereur, lui-même pour ainsi dire prisonnier des Japonais, n'était pas au courant de toutes ces barbaries. Toutefois, lorsque Pou-Yi cessa de faire référence au Japon en tant que «pays voisin ami» pour parler de «la nation aînée» et finalement de «notre mère patrie», il abattit son poing sur la table en traitant l'empereur de «lâche» et d'«imbécile». Il continua néanmoins à douter de la part de responsabilités qui lui revenait dans ces atrocités, jusqu'à ce que deux événements viennent chambouler sa vision du monde.

Un jour, à la fin de l'année 1941, un inconnu fit irruption dans son cabinet. L'homme, vêtu de haillons, était d'une grande maigreur et marchait pour ainsi dire plié en deux. Il expliqua qu'il était cheminot et qu'il souffrait d'épouvantables douleurs à l'estomac. Son travail consistait à porter des charges pesantes, de l'aube au crépuscule, 365 jours par an. Il ne savait pas comment il allait réussir à continuer, mais sans emploi, il ne pourrait plus faire vivre sa femme et son nouveau-né.

Le docteur Xia lui expliqua que son estomac ne pouvait pas digérer les aliments grossiers dont il se nourrissait. Le 1er juin 1939, le gouvernement avait en effet décrété que, désormais, le riz serait réservé aux Japonais et à un nombre restreint de collaborateurs. La population locale devait se contenter de purée de glands et de sorgho, difficiles à assimiler. Le docteur Xia donna quelques remèdes à son patient sans les lui faire payer et pria ma grand-mère de lui céder un petit sac de riz qu'elle avait acheté en fraude, au marché noir.

Quelque temps plus tard, il apprit que l'homme était mort dans un camp de travail. En quittant son cabinet, il avait mangé du riz, puis il était retourné sur son chantier où il avait régurgité son repas. Un garde japonais avait constaté la présence de riz dans ses vomissures. On l'avait arrêté en tant que «criminel économique» et expédié dans un camp. Étant donné son état de faiblesse, il n'avait survécu que quelques jours. En apprenant la mort de son époux, sa femme s'était noyée avec le bébé.

Ce sinistre épisode plongea le docteur Xia et ma grand-mère dans la consternation. Ils se sentaient affreusement responsables. Le docteur Xia répétait sans cesse : « Le riz peut aussi bien tuer que sauver ! Un petit sac de riz a coûté trois vies ! » Il en vint à qualifier Pou-Yi de «tyran».

Quelque temps plus tard, une autre tragédie les toucha d'encore plus près. Le plus jeune fils du docteur Xia enseignait dans une école d'Yixian. Comme dans tous les établissements scolaires du Manchukuo, il y avait dans le bureau du proviseur japonais un immense portrait de Pou-Yi, devant lequel chacun était tenu de s'incliner en entrant dans la pièce. Un jour, le jeune homme oublia cette formalité. En hurlant, le directeur lui ordonna de se prosterner sur-le-champ et le gifla avec une telle violence qu'il en perdit l'équilibre. Le fils Xia explosa : « Faut-il que je me plie en deux à longueur de journée ? Ne puis-je rester droit ne serait-ce qu'un moment ? Je viens juste d'achever les prosternations réglementaires de la réunion du matin... » Le proviseur le frappa à nouveau en aboyant : «Il s'agit de votre empereur! Vous n'avez donc aucun sens des convenances, vous autres Manchous!» Et l'autre de lui rétorquer: «Qu'est-ce que ça peut faire! Ce portrait n'est qu'un bout de papier.» A ce moment, deux autres professeurs, chinois l'un et l'autre, vinrent à passer et réussirent à le faire taire avant qu'il ne se compromette davantage. Il retrouva finalement le contrôle de lui-même et s'obligea à une sorte de vague génuflexion devant le portrait.

Ce soir-là, un de ses amis vint l'avertir qu'il avait été taxé de «criminel de la pensée», un délit passible d'une peine d'emprisonnement, voire de mort. Il s'enfuit, et sa famille n'entendit plus jamais parler de lui. Il fut probablement pris et mourut en prison ou dans un camp de travail. Le docteur Xia ne se remit jamais de ce choc qui acheva de faire de lui un ennemi juré du Manchukuo et de Pou-Yi.

Cette triste histoire eut d'autres conséquences. Prétextant le «crime» de son frère, des voyous chinois commencèrent à harceler De-gui, l'unique fils qu'il restât au docteur Xia. Ils le firent chanter, soutenant qu'il avait échoué dans son devoir de frère aîné. Il leur donna l'argent qu'ils voulaient, mais ils en exigèrent davantage. Finalement, De-gui fut obligé de vendre la pharmacie et de quitter Yixian. Il alla s'installer à Mukden où il ouvrit un autre commerce.

En attendant, à Jinzhou, la réputation du docteur Xia ne cessait de grandir. Il soignait aussi bien les Japonais que la population locale. Quelquefois, après avoir guéri un haut fonctionnaire japonais ou un collaborateur, il s'exclamait: «J'aimerais mieux qu'il soit mort.» Pourtant, jamais ses opinions personnelles n'influençaient son comportement professionnel. «Un patient est un être humain, disait-il. Un médecin ne devrait penser qu'à ça. Il n'a pas à s'occuper de savoir de quelle sorte d'individu il s'agit.»

Quelque temps plus tôt, ma grand-mère avait fait venir sa mère à Jinzhou. En épousant le docteur Xia, elle l'avait laissée seule à la maison en compagnie d'un mari méprisant et des deux concubines mongoles qui la détestaient. La malheureuse avait commencé à soupçonner celles-ci de vouloir l'empoisonner ainsi que son fils, Yu-lin. Elle utilisait toujours des baguettes en argent — les Chinois croyaient que l'argent noircissait s'il était en contact avec une substance toxique —, et ne touchait jamais à un plat avant de l'avoir fait goûter au chien, obligeant son fils à en faire de même. Un jour, quelques mois après le départ de ma grand-mère, le pauvre animal tomba effectivement raide mort. Pour la première fois de sa vie, elle eut une violente dispute avec son mari ; avec l'aide de sa belle-mère, la vieille Mme Yang, elle partit s'installer avec Yu-lin dans un logement en location. Mme Yang s'en alla avec eux, tellement écœurée par son fils qu'elle ne le revit plus jamais — hormis sur son lit de mort.

Pendant les trois premières années, M. Yang leur fit parvenir bien à contrecœur une rente mensuelle, mais, au début de 1939, il cessa brusquement ses envois et le docteur Xia et ma mère se trouvèrent dans l'obligation de subvenir à leurs besoins. A cette époque, aucune loi ne régissait les pensions alimentaires, dans la mesure où il n'existait pas véritablement de système juridique, de sorte qu'une femme était à la merci de son mari. A la mort de la vieille Mme Yang, en 1942, mon arrière-grand-mère et Yu-lin allèrent vivre à Jinzhou, chez le docteur Xia. Dès lors, elle se considéra comme un être de condition inférieure sous prétexte qu'elle vivait de la charité. Elle passait par conséquent sa journée à faire la lessive et le ménage, se montrant d'une agaçante obséquiosité vis-à-vis de sa fille et du docteur. Bouddhiste convaincue, elle priait chaque jour son dieu de ne pas la réincarner en femme. « Faites que je devienne un chien ou un chat et non pas une femme », marmonnait-elle en permanence tout en déambulant dans la maison en traînant les pieds, susurrant des excuses à chaque pas.

Ma grand-mère avait également fait venir sa sœur, Lan, qu'elle aimait beaucoup. Lan avait fini par épouser un homme de Yixian, qui se révéla homosexuel. Il l'avait proposée à un riche oncle, propriétaire d'une fabrique d'huile végétale pour lequel il travaillait. L'oncle en question avait violé plusieurs femmes de sa maison, y compris sa petite-fille. En tant que chef de famille, il exerçait un pouvoir immense sur tous ceux qui l'entouraient et Lan n'avait pas osé lui résister. Toutefois, lorsque son mari avait ensuite voulu l'offrir au partenaire de l'oncle en question, elle avait catégoriquement refusé. Une femme ne pouvant demander le divorce, ma grand-mère avait dû verser à l'époux indigne le prix de son reniement (*xiu*). Ensuite, elle avait fait venir Lan à Jinzhou, où elle s'était remariée avec un certain Pei-o.

Pei-o était gardien de prison. Il venait rendre visite à ma grand-mère avec Lan et lui racontait des histoires à faire dresser les cheveux sur la tête. La prison était bondée de prisonniers politiques. Pei-o parlait souvent de leur bravoure ; il affirmait que même sous la torture, ils continuaient à insulter les Japonais. Ces sévices étaient courants, et les prisonniers ne recevaient aucun soin médical ; on laissait leurs plaies s'infecter.

En apprenant cela, le docteur Xia proposa d'aller les soigner. Lors d'une de ses premières visites, Pei-o lui présenta un de ses amis, un certain Dong, bourreau de son état, spécialiste du garrot. Son rôle consistait à attacher le prisonnier à une chaise, avec une corde autour du cou ; après quoi, il resserrait la corde lentement, provoquant ainsi une mort d'une insupportable lenteur.

Le docteur Xia savait par son beau-frère que Dong n'avait pas la conscience tranquille. Chaque fois qu'une exécution approchait, il commençait par se saouler. Le docteur Xia invita le bourreau chez lui. Il lui offrit des cadeaux et lui suggéra qu'il pourrait peut-être éviter de serrer la corde complètement. Dong lui répondit qu'il verrait ce qu'il pouvait faire. Une sentinelle japonaise ou un collaborateur de confiance était en général présent au moment de l'exécution, mais quelquefois, si la victime n'était pas suffisamment importante, les Japonais ne se donnaient pas la peine de se déplacer. A d'autres moments, ils partaient avant que le prisonnier ait rendu l'âme. Dans ces cas-là, Dong laissa entendre qu'il pouvait effectivement arrêter le garrottage avant que le malheureux succombe.

Après l'exécution, on mettait la dépouille des prisonniers dans de minces boîtes en bois que l'on transportait dans une charrette sur un terrain vague, à un endroit baptisé la Colline du sud. Là, on les jetait dans une fosse. Les lieux étaient infestés de chiens sauvages qui se nourrissaient de ces cadavres. Les nouveau-nés de sexe féminin tués par leurs familles, comme cela se produisait souvent à l'époque, finissaient eux aussi dans cette fosse.

Le docteur Xia se lia avec le charretier ; il lui donnait la pièce de temps en temps. Le vieil homme débarquait parfois à l'improviste dans le cabinet de consultation et se mettait à divaguer sur la vie. Il finissait toujours par parler du cimetière : « J'ai dit aux âmes des défunts que ce n'était pas ma faute si elles s'étaient retrouvées là. Je leur ai dit que, pour ma part, je ne leur souhaitais que du bien. Revenez l'année prochaine pour votre anniversaire, âmes mortes. Mais en attendant, si vous souhaitez prendre votre envol et vous mettre en quête d'un meilleur corps pour vous réincarner, sachez qu'il faut prendre la direction dans laquelle votre tête est orientée. C'est le meilleur chemin possible pour vous. » Le docteur Xia ne sut jamais combien d'hommes Dong et le charretier avaient réussi à sauver; les deux complices n'en parlaient pas entre eux. Après la guerre, les «cadavres» ressuscités se cotisèrent pour acheter à Dong une maison et un bout de terrain. Le charretier était mort entre-temps.

L'un des hommes qu'ils avaient sauvés se trouvait être un cousin éloigné de ma grand-mère, un certain Han-chen, figure importante du mouvement de résistance. Jinzhou étant le principal nœud ferroviaire au nord de la Grande Muraille, la ville fut le point de rassemblement des troupes japonaises au moment de l'attaque contre la Chine elle-même, qui débuta en juillet 1937. La sécurité était extrêmement serrée; un espion s'infiltra dans l'organisation de Han-chen et l'on arrêta le groupe. Ils furent tous torturés. On commença par leur introduire dans le nez de l'eau contenant des piments rouges. Puis on leur frappa le visage avec un soulier à clous. En définitive, la plupart d'entre eux furent exécutés. Longtemps, les Xia pensèrent que Han-chen était mort, jusqu'au jour où l'oncle Pei-o leur annonça qu'il était bien vivant — mais sur le point d'être exécuté. Le docteur Xia s'empressa de contacter Dong.

Le soir de son exécution, le docteur Xia et ma grand-mère se rendirent à la Colline du sud en voiture. Ils rangèrent le véhicule sous un bouquet d'arbres et firent le guet. Des chiens sauvages rôdaient autour de la fosse d'où s'élevait l'odeur nauséabonde de la chair en décomposition. A la nuit, une charrette apparut. Dans l'obscurité, ils aperçurent le vieux charretier qui mettait pied à terre et déversait quelques corps hors de leurs boîtes en bois. Ils attendirent qu'il s'éloigne pour s'approcher de la fosse. Après avoir cherché à tâtons parmi les cadavres, ils découvrirent Han-chen, sans pouvoir dire s'il vivait encore. Pour finir, ils se rendirent compte qu'il respirait. Il avait subi de tels sévices qu'il ne pouvait plus marcher; rassemblant leurs forces, ils le hissèrent dans la voiture et le ramenèrent chez eux.

Ils le cachèrent dans une pièce minuscule, tout au fond de la maison. L'unique porte s'ouvrait sur la chambre de ma mère, à laquelle on accédait par celle de ses parents. La maison étant la seule à donner directement sur la cour, Han-chen pouvait y faire quelques pas en toute sécurité, dès lors que quelqu'un montait la garde.

Il fallait toujours craindre une descente de la police ou des comités de voisinage. Au début de l'occupation, les Japonais avaient instauré un système de contrôle de voisinage. Ils firent des gros bonnets locaux les chefs de ces unités, chargées de contribuer à la collecte des impôts et de surveiller les «éléments subversifs» à toutes les heures du jour et de la nuit. C'était une forme de gangstérisme institutionnalisé, fondé sur le chantage et la délation. Les Japonais offraient de fortes récompenses aux dénonciateurs. La police du Manchukuo, plutôt antijaponaise dans l'ensemble, représentait une moindre menace par rapport à la population civile. L'une de ses tâches principales consistait à effectuer des vérifications d'identité; elle opérait donc de fréquentes perquisitions chez les particuliers. Seulement, les gendarmes avaient la délicatesse de prévenir de leur arrivée en criant: «Contrôle d'identité! Contrôle d'identité!», de manière que les suspects aient amplement le temps de se cacher. Chaque fois que cet avertissement parvenait aux oreilles de Han-chen ou de ma grand-mère, celle-ci s'empressait de le dissimuler sous un tas de sorgho séché entreposé dans la pièce du fond pour alimenter le feu. Les gendarmes entraient dans la pièce d'un air dégagé et s'asseyaient tranquillement pour prendre une tasse de thé avec ma grand-mère en s'excusant presque de leur intrusion: «Tout cela n'est qu'une formalité, vous savez...»

Ma mère avait onze ans à l'époque. Même si ses parents ne l'informaient pas toujours de ce qui se passait, elle savait qu'elle ne devait pas parler de la présence de Han-chen dans la maison. Dès l'enfance, elle avait appris la discrétion.

Ma grand-mère soigna Han-chen et l'aida à recouvrer ses forces. Trois mois plus tard, il était suffisamment en forme pour repartir. Ce furent des adieux émouvants. «Sœur aînée et beau-frère, leur dit-il, je n'oublierai jamais que je vous dois la vie. Dès que cela me sera possible, je vous le revaudrai.» Trois ans plus tard, il revenait, fidèle à sa parole.

Les Japonais avaient intégré dans les programmes scolaires la projection d'actualités rendant compte du déroulement de la guerre. Loin de dissimuler leur brutalité, ils l'exhibaient au contraire, pour inculquer la peur. On montrait des soldats nippons découpant des gens en deux et des prisonniers attachés à des pieux déchiquetés par des chiens. On voyait de longs plans rapprochés des visages épouvantés des victimes au moment où leurs assaillants fondaient sur eux. Les enseignants japonais surveillaient les écolières de onze à douze ans pour s'assurer qu'elles ne fermaient pas les yeux et qu'elles n'essayaient pas de s'enfoncer un mouchoir dans la bouche pour étouffer leurs cris. Ma mère eut des cauchemars pendant des années.

En 1942, alors que leur armée progressait à travers toute la Chine, l'Asie du Sud-Est et l'océan Pacifique, les Japonais constatèrent qu'ils manquaient de main-d'œuvre. Toute la classe de ma mère fut alors enrôlée pour travailler dans une fabrique de textiles. On embaucha aussi les enfants japonais. Ma mère et ses camarades d'école parcouraient chaque jour près de sept kilomètres à pied aller et retour ; les autres faisaient le trajet en camion. Pour toute nourriture, les premières devaient se contenter d'un gruau liquide de maïs moisi dans lequel flottaient des vers morts ; les petites Nippones avaient droit quant à elles à des casse-croûte composés de viande, de légumes et de fruits.

Elles effectuaient pourtant les besognes les plus faciles — nettoyer les vitres par exemple —, tandis que les petites Chinoises devaient faire marcher de grosses machines à tisser dont le maniement exigeait des efforts considérables et pouvait se révéler fort dangereux, y compris pour les adultes. Leur tâche consistait aussi à reconnecter les fils cassés alors que les machines tournaient à pleine vitesse. Quand elles ne repéraient pas à temps le fil cassé, ou ne le réintégraient pas suffisamment vite, le superviseur japonais les battait sauvagement.

Les malheureuses étaient terrorisées. L'angoisse, le froid, la faim et la fatigue concouraient à provoquer de nombreux accidents. Plus de la moitié des camarades de classe de ma mère furent grièvement blessées. Un jour, une navette se décrocha d'une machine et vint arracher l'œil de la voisine de ma mère. Pendant tout le trajet de l'usine à l'hôpital, le superviseur japonais réprimanda la fillette.

Après ce passage forcé à l'usine, ma mère entra au lycée. Les temps avaient changé depuis l'époque de ma grand-mère, et les jeunes filles n'étaient plus confinées entre les quatre murs de leur maison. On admettait à présent qu'elles accèdent à un enseignement secondaire. Garçons et filles ne recevaient pourtant pas la même éducation. Dans le cas des filles, l'objectif consistait à faire d'elles «des épouses gracieuses et de bonnes mères», comme le proclamait d'ailleurs la devise de l'école. On leur apprenait ce que les Japonais appelaient «leur rôle de femme», en d'autres termes à tenir une maison, à faire la cuisine et la couture, outre la cérémonie du thé, les arrangements floraux, la broderie, le dessin et quelques notions d'histoire de l'art. Il convenait avant tout de plaire à son époux, c'est-à-dire de savoir s'habiller, se coiffer, faire la révérence et, surtout, obéir sans poser de questions. Selon la formule de ma grand-mère, ma mère semblait avoir «des os rebelles» et n'assimila pour ainsi dire rien de tout cela, pas même la cuisine.

Les examens se déroulaient sous la forme de travaux pratiques : on demandait par exemple aux élèves d'apprêter un mets ou de confectionner un bouquet. Le jury se composait de fonctionnaires locaux, tant japonais que chinois. Non seulement ils évaluaient leurs ouvrages, mais ils les jugeaient physiquement. Sur le tableau d'affichage des examens, on épinglait des photos de ces jeunes filles portant de jolis tabliers qu'elles avaient cousus elles-mêmes. Les officiels japonais en profitaient souvent pour se trouver une fiancée, les autorités les encourageant à épouser des femmes locales. On sélectionnait même certaines candidates pour partir au Japon et se marier avec de parfaits inconnus. Elles y consentaient parfois volontiers — elles ou plutôt leur famille. Vers la fin de la période d'occupation, une amie de ma mère fut ainsi choisie, mais elle manqua le bateau et se trouvait toujours à Jinzhou lorsque les Japonais se rendirent. Ma mère jugea cela suspect.

A l'inverse des mandarins chinois, que l'activité physique rebutait, les Japonais étaient de grands amateurs de sport. Ma mère adorait cela aussi. Elle s'était complètement remise de sa fracture de la hanche et courait fort bien, au point qu'elle fut sélectionnée pour participer à une course importante. Elle s'entraîna pendant des semaines et se sentait très sûre d'elle. Quelques jours avant la course, l'entraîneur chinois la prit à part et lui demanda de ne pas essayer de gagner, en lui précisant qu'il ne pouvait pas lui donner les raisons de sa requête. Ma mère n'eut aucun mal à comprendre. Elle savait très bien que les Japonais ne supportaient pas d'être battus par des Chinois, dans quelque domaine que ce fût. Il y avait une autre petite Chinoise dans la course; l'entraîneur pria ma mère de lui passer la consigne, sans lui dire que cela venait de lui. Le jour de la course, ma mère ne figura même pas dans les six premières. Ses amies ne furent pas dupes. En revanche, l'autre Chinoise en lice refusa de se laisser distancer : elle arriva en tête.

Les Japonais ne mirent pas longtemps à prendre leur revanche. Chaque matin, on réunissait toutes les élèves de l'école lors d'une assemblée présidée par le directeur, surnommé « Ane » parce que son nom, lu à la manière chinoise (*Mao-li*), s'apparentait au mot « âne » (*Mao-lü*). Il aboyait des ordres d'une voix gutturale en vue de l'exécution des quatre prosternations réglementaires selon des orientations fort précises. Il criait d'abord « Honneur à la lointaine capitale impériale ! », et tout le monde se tournait dans la direction de Tokyo. Puis : « Honneur à notre capitale nationale ! », Hsinking, la capitale du Manchukuo. Ensuite : « Honneur et dévouement à l'Empereur Céleste ! », c'est-à-dire l'empereur du Japon. Enfin : « Honneur et dévouement au portrait impérial ! » (celui de Pou-Yi, cette fois-ci). Après quoi, les élèves s'inclinaient plus profondément encore devant leurs enseignants.

Ce matin-là, une fois ce rituel accompli, « Ane » fit brusquement sortir du rang la gagnante de la veille, sous le prétexte qu'elle ne s'était pas inclinée suffisamment bas devant le portrait de Pou-Yi. Il la gifla et lui donna un violent coup de pied, puis il lui annonça qu'elle était renvoyée. C'était une véritable catastrophe pour elle comme pour sa famille.

Ses parents la marièrent en hâte à un petit fonctionnaire. Après la défaite japonaise, son mari ayant été taxé de collaborateur, elle en fut réduite à prendre un emploi dans une usine chimique. A cette époque-là, on n'effectuait aucun contrôle de pollution. Quand ma mère retourna à Jinzhou en 1984, elle revit son amie. La malheureuse avait presque totalement perdu la vue à force de manier des produits chimiques. Elle ironisa sur les paradoxes de son existence : alors qu'elle avait vaincu les Japonais à la course, on avait fini par la traiter comme une sorte de « collabo ». Quoi qu'il en soit, elle avoua ne pas regretter cette victoire.

La population du Manchukuo avait de la peine à se faire une idée de ce qui se passait dans le reste du monde et de la situation du Japon dans la guerre. Les combats se déroulaient très loin de là, les informations étaient rigoureusement censurées et la radio ne débitait rien d'autre que de la propagande. Plusieurs indices, en particulier la pénurie de denrées alimentaires, laissaient cependant supposer que le Japon connaissait des difficultés.

Les premières nouvelles dignes de foi commencèrent à arriver au cours de l'été 1943. Les journaux annoncèrent alors que l'Italie, alliée des Japonais, avait déposé les armes. Au milieu de l'année suivante, certains civils japonais, membres des bureaux gouvernementaux du Manchukuo, furent enrôlés de force dans l'armée. Le 29 juillet 1944, des B 29 américains apparurent pour la première fois dans le ciel de Jinzhou, sans pour autant bombarder la ville. Les Japonais ordonnèrent à toutes les familles de creuser des abris antiaériens et imposèrent des exercices de sauvetage quotidiens dans les écoles. Un jour, une camarade de classe de ma mère s'empara d'un extincteur et en déversa le contenu sur un professeur japonais qu'elle détestait. Naguère, ce genre de comportement lui aurait valu un châtiment sévère ; cette fois, elle s'en tira indemne. La roue commençait de tourner.

Il y avait déjà longtemps que les Japonais avaient mis en place une campagne destinée à éliminer mouches et rats. Les enfants étaient censés couper les queues des rats qu'ils attrapaient, les mettre dans une enveloppe et les livrer à la police ; quant aux mouches, il fallait les entasser dans des flacons. La police faisait le décompte des queues de rats et des mouches mortes. Un jour de 1944, alors que ma mère remettait à un gendarme une petite bouteille remplie de mouches, ce dernier s'exclama : « Cela ne suffit pas pour un repas. » Devant son air ahuri, il ajouta : « Tu ne sais donc pas ? Les Japs adorent les mouches mortes. Ils les mangent frites ! » Ma mère voyait bien à la lueur cynique qui brillait dans son regard qu'il ne craignait plus les Japonais comme avant.

Persuadée que les choses n'allaient pas tarder à s'arranger, ma mère attendait avec impatience la suite des événements. Au cours de l'automne 1944 pourtant, un nuage vint assombrir son existence : le bonheur ne semblait plus régner dans la maison comme avant. Elle sentait une forte tension entre ses parents.

La quinzième nuit de la huitième lune avait lieu la fête dite de la mi-automne, consacrée à l'union familiale. Ce soir-là, selon la coutume, ma grand-mère disposait sur une table, dehors, au clair de lune, des melons, des petits pains et des biscuits ronds. *Yuan* est un mot chinois qui signifie à la fois «union» et «rond», ou «plein». La pleine lune d'automne étant censée être d'une plénitude parfaite, on choisissait traditionnellement ce jour-là pour célébrer l'harmonie en famille. Tous les aliments absorbés à cette occasion devaient avoir une forme arrondie.

A la lumière soyeuse de la lune, ma grand-mère racontait à sa fille toutes sortes d'histoires sur cet astre mystérieux. La plus grande ombre que l'on voyait de la terre était supposée être un cassier géant qu'un certain seigneur Wu Gang passait sa vie à essayer de couper. Seulement l'arbre était enchanté, et le pauvre seigneur n'arrivait jamais à ses fins. Ma mère regardait fixement le ciel et écoutait, fascinée. Elle trouvait la pleine lune d'une beauté envoûtante; ce soir-là, toutefois, elle n'avait pas le droit de la décrire, sa mère lui ayant interdit de prononcer le mot «rond», étant donné que le cercle familial du docteur Xia avait été brisé. Toute la journée, ainsi que plusieurs jours avant et après la fête, ce dernier sombrait d'ailleurs dans une profonde mélancolie. Ma grand-mère en perdait jusqu'à ses talents de conteuse.

Cette année-là, le soir de la fête, ma mère et ma grand-mère avaient pris place sous un treillage couvert de melons d'hiver et de pois. Elles contemplaient l'immense ciel sans nuages, à travers les interstices du feuillage obscur lorsque ma mère brisa le silence: «La lune est particulièrement ronde ce soir», dit-elle. Ma grand-mère l'interrompit brutalement, puis elle éclata en sanglots. Elle se précipita dans la maison, mais ma mère continua à entendre ses sanglots et ses cris: «Retourne chez ton fils et tes petits-fils! Laisse-moi seule avec ma fille et va vivre ta vie ailleurs!» Puis, entre deux hoquets, elle ajouta: «Est-ce ma faute, ou la tienne, si ton fils s'est suicidé? Pourquoi faudrait-il que nous portions ce fardeau année après année? Ce n'est certainement pas moi qui t'empêche de voir tes enfants. Ce sont eux qui refusent de te rendre visite...» Depuis qu'ils avaient quitté Yixian, en effet, seul De-gui s'était donné la peine de venir voir son père. Ma mère eut l'impression que le docteur Xia ne réagissait même pas.

A partir de ce jour, elle comprit que quelque chose n'allait vraiment pas. Le docteur Xia devenait de plus en plus taciturne; instinctivement, elle l'évitait. De temps à autre, ma grand-mère se mettait à pleurer et marmonnait qu'ils ne seraient jamais heureux à cause du lourd tribut qu'ils avaient dû payer pour leur amour. Elle serrait alors sa fille dans ses bras en lui disant qu'elle était l'unique réconfort de sa vie.

Tandis que l'hiver s'abattait sur Jinzhou, ma mère, d'un naturel pourtant jovial, sentit une irrésistible tristesse l'envahir. L'apparition d'un deuxième vol de B 29 américains dans le ciel limpide et glacial de décembre ne put suffire à lui remonter le moral.

Les Japonais étaient de plus en plus sur les nerfs. Une camarade d'école de ma mère dénicha un jour un ouvrage d'un auteur chinois banni. Elle s'en fut dans la campagne à la recherche d'un endroit tranquille pour le lire et tomba sur une grotte qui lui parut être un ancien abri antiaérien. En tâtonnant dans l'obscurité, elle effleura une sorte de commutateur. Un bruit strident s'ensuivit. Une alarme ! Elle avait pénétré par hasard dans un dépôt d'armes. Les jambes en coton, elle essaya malgré tout de prendre la fuite, mais au bout de quelques centaines de mètres à peine, une poignée de soldats japonais la rattrapèrent.

Deux jours plus tard, tous les élèves de l'école furent conduits au pas de course sur un terrain vague enneigé à l'extérieur de la porte ouest de la ville, dans une boucle du Xiaoling. Les comités de voisinage avaient également convoqué sur place la population locale. On annonça aux enfants qu'ils allaient assister « au châtiment d'un individu malfaisant qui avait osé se rebeller contre le grand Empire japonais ». Soudain, ma mère aperçut son amie que des gardes japonais entraînaient vers un endroit situé juste devant elle. La fillette enchaînée pouvait à peine marcher. On l'avait torturée et son visage était tellement enflé que ma mère eut peine à la reconnaître. Très vite, les soldats brandirent leurs fusils et les pointèrent sur la gamine, qui paraissait vouloir dire quelque chose, quoique aucun son ne sortît de sa bouche. Il y eut une série de détonations et l'enfant s'effondra comme une masse dans la neige déjà éclaboussée de son sang. « Ane », le directeur de l'école, n'avait pas quitté ses élèves des yeux. Ma mère fit un formidable effort sur elle-même pour tâcher de dissimuler son émotion. Elle s'obligea à regarder le corps de son amie qui gisait maintenant dans une mare de sang éclatante sur la neige blanche.

Des sanglots étouffés lui parvinrent alors. C'était Miss Tanaka, une jeune enseignante japonaise qu'elle aimait bien. L'instant d'après, « Ane » se ruait sur la malheureuse qu'il frappa brutalement. Elle s'effondra et tâcha d'esquiver ses coups de bottes, mais il continua à la piétiner férocement. Elle avait trahi la race japonaise, beugla-t-il. Finalement, il s'arrêta, leva les yeux sur ses élèves et leur ordonna de se remettre en marche.

Ma mère jeta un dernier regard au corps recroquevillé de son professeur et au cadavre de son amie, et ravala sa haine.

4

« Des esclaves apatrides »

RÉGIS PAR PLUSIEURS MAÎTRES

1945-1947

En mai 1945, la nouvelle que l'Allemagne avait capitulé,
mettant ainsi fin à la guerre en Europe, se répandit à Jinzhou.
Les Américains survolaient la région de plus en plus souvent.
D'autres villes manchoues avaient été bombardées par des B
29, bien que Jinzhou eût été épargnée. Beaucoup commençaient à avoir le sentiment que le Japon serait bientôt vaincu.

Le 8 août, tous les élèves de l'école reçurent l'ordre de se
rendre dans un sanctuaire afin de prier pour la victoire du
Japon. Le lendemain, plusieurs unités soviétiques et mongoles
pénétraient au Manchukuo. On annonça aussi que les Américains avaient largué deux bombes atomiques sur le Japon : les
Manchous applaudirent à cette nouvelle. Les journées suivantes furent ponctuées d'alertes aériennes, et l'école ferma ses
portes. Ma mère resta à la maison pour aider à creuser un abri
antiaérien.

Le 13 août, les Xia apprenaient que les Japonais demandaient la paix. Deux jours plus tard, un voisin chinois qui
travaillait au service du gouvernement fit irruption chez eux
pour leur dire qu'il allait y avoir un important communiqué à
la radio. Le docteur Xia interrompit son travail et vint s'asseoir
dans la cour avec ma grand-mère. Le speaker annonça que

l'empereur du Japon avait capitulé. Aussitôt après, on apprit que Pou-Yi renonçait au trône du Manchukuo. Les gens descendirent dans les rues, en pleine euphorie. Ma mère se rendit à l'école pour voir ce qui s'y passait. L'endroit lui parut désert, mais elle perçut un bruit confus provenant d'un des bureaux. Elle se hissa sur le rebord de la fenêtre pour jeter un coup d'œil à l'intérieur et découvrit l'ensemble des enseignants japonais blottis les uns contre les autres, en larmes.

Elle ne ferma pour ainsi dire pas l'œil de la nuit et se leva à l'aube le lendemain. En ouvrant la porte d'entrée, elle vit dans la rue un petit attroupement. Les cadavres d'une femme japonaise et de deux enfants gisaient sur la chaussée. Un fonctionnaire japonais s'était fait hara-kiri et l'on avait lynché sa famille.

Un matin, quelques jours après la capitulation, les voisins japonais des Xia furent retrouvés morts chez eux. Certains affirmèrent qu'ils s'étaient empoisonnés. Dans toute la ville, des Japonais se suicidaient ou se faisaient lyncher. On pillait leurs maisons et ma mère remarqua qu'une voisine sans le sou détenait tout à coup une quantité suspecte d'objets précieux à vendre. Des écoliers se vengeaient des cruautés passées de leurs professeurs nippons en leur administrant des raclées. Certains Japonais allaient jusqu'à abandonner leur nouveau-né sur le pas de porte de leurs voisins dans l'espoir qu'il serait sauvé. Plusieurs femmes japonaises furent violées; beaucoup se rasèrent la tête dans l'intention de se faire passer pour des hommes.

Ma mère se faisait beaucoup de souci pour Miss Tanaka, l'unique enseignante de l'école qui ne frappait jamais ses élèves et la seule Japonaise à avoir manifesté sa détresse au moment de l'exécution de sa camarade. Elle supplia ses parents de l'autoriser à la cacher dans la maison. Ma grand-mère parut inquiète, mais elle ne fit rien pour s'y opposer. Le docteur Xia se contenta de hocher la tête.

Ma mère emprunta une tenue à tante Lan, qui avait à peu près la même taille que la jeune enseignante, avant d'aller trouver cette dernière, barricadée dans son appartement. Les vêtements lui convenaient parfaitement. Elle était plus grande que la moyenne des Japonaises et pouvait aisément passer pour une Chinoise. Au cas où quelqu'un leur poserait des questions, elles diraient qu'elles étaient cousines. Les Chinois avaient tellement de cousins qu'il était difficile de vérifier quoi que ce soit. Miss Tanaka s'installa donc dans la chambre du fond, jadis le refuge de Han-chen.

Dans le vide laissé par la reddition du Japon et l'effondrement du régime du Manchukuo, il n'y eut pas que des victimes japonaises. Toute la ville de Jinzhou était sens dessus dessous. La nuit, des coups de feu retentissaient et l'on entendait fréquemment des appels au secours. Dans chaque foyer, les hommes se relayaient pour monter la garde sur le toit, armés de pierres, de haches et de couteaux — y compris Yu-lin, mon grand-oncle, alors âgé de quinze ans, et les apprentis du docteur Xia. A la différence de ma grand-mère, qui s'en montrait fort étonnée, ma mère ne semblait pas du tout effrayée. « C'est le sang de ton père qui coule dans tes veines », lui disait-elle.

Pillages, viols et assassinats se multiplièrent pendant toute la semaine qui suivit la capitulation japonaise. Puis la population fut informée qu'une nouvelle armée était en route: l'Armée rouge soviétique. Le 23 août, les chefs de voisinage ordonnèrent à la population de se rendre à la gare de bonne heure le lendemain matin pour accueillir les Russes. Le docteur Xia et ma grand-mère restèrent à la maison, mais ma mère se joignit à l'immense foule de jeunes enthousiastes brandissant des drapeaux de papier multicolores en forme de triangle. Dès que le train entra en gare, ils commencèrent à agiter leurs drapeaux en criant: « Wula » (l'équivalent chinois approximatif de *Ura*, « Hourra » en russe). Ma mère avait imaginé les soldats soviétiques comme des héros glorieux aux barbes impressionnantes, montés sur des chevaux puissants. Elle se trouva face à un groupe de jeunes gens mal fagotés, aux visages émaciés. Hormis les visions furtives de quelque personnage mystérieux derrière la vitre d'une voiture, c'étaient les premiers Blancs qu'elle voyait de sa vie.

Près d'un millier de soldats soviétiques furent stationnés à Jinzhou. Au début, les gens leur furent extrêmement reconnaissants de les avoir aidés à se débarrasser des Japonais. Mais les Russes suscitaient d'autres problèmes. Les écoles avaient fermé leurs portes au moment de la capitulation japonaise, et ma mère prenait désormais des cours particuliers. Un jour, en revenant de chez son précepteur, elle aperçut un camion garé sur le bas-côté de la route: une poignée de soldats russes se tenaient à proximité et distribuaient aux passants des pièces de tissu. Sous le joug des Japonais, ces marchandises étaient rigoureusement rationnées. Elle s'approcha pour jeter un coup d'œil et découvrit ainsi que ces articles provenaient de l'usine où elle avait travaillé lorsqu'elle était à l'école primaire. Les Russes les échangeaient contre des montres, des pendules et autres babioles. Ma mère se souvint alors qu'il y avait une vieille pendule enfouie quelque part au fond d'une malle dans la maison. Elle se hâta de rentrer et alla dénicher l'objet. Elle fut un peu déçue de s'apercevoir qu'elle était cassée, mais les Russes, fous de joie, lui donnèrent malgré tout en échange un ravissant coupon de tissu blanc piqué de fleurs roses. Le soir au dîner, elle raconta son aventure et elle eut toutes les peines du monde à convaincre sa famille de l'invraisemblable comportement de ces étrangers collectionneurs de vieilles montres cassées et autres breloques hors d'usage.

Les Russes ne se contentaient pas d'écouler les stocks des usines. Ils démantelèrent totalement toutes les installations industrielles de Jinzhou, y compris les deux raffineries de pétrole, et expédièrent tout cet équipement en Union soviétique. Ils prétendaient procéder à des « réparations », mais tout le monde savait qu'ils condamnaient ainsi l'industrie locale.

Les soldats soviétiques s'introduisaient aussi chez les particuliers et s'emparaient de tout ce qui leur faisait envie — montres et vêtements en particulier. Des rumeurs de viols perpétrés par des Russes se répandirent dans la ville. Beaucoup de femmes ne sortaient plus par crainte des « libérateurs ». Très vite, les esprits furent gagnés par la colère et l'angoisse.

Les Xia habitaient à l'extérieur des murailles de Jinzhou, dans un quartier très mal protégé. Un ami de ma mère proposa de leur prêter une maison entourée de hauts murs de pierre, dans l'enceinte de la ville. La famille décampa immédiatement, en emmenant Miss Tanaka. Ce déménagement imposait à ma mère une marche beaucoup plus longue — près d'une demi-heure aller et retour —, pour se rendre chez son précepteur. Le docteur Xia insistait pour l'y conduire et revenir la chercher en fin d'après-midi. Pour lui éviter une telle expédition, elle se hâtait de couvrir seule une partie du chemin de retour, afin de le retrouver en route. Un jour, une jeep remplie de soldats russes hilares s'arrêta brusquement non loin d'elle ; plusieurs hommes en descendirent et se mirent à courir dans sa direction. Elle prit ses jambes à son cou, les Russes à ses trousses. Au bout de quelques centaines de mètres, elle aperçut son beau-père au loin, qui brandissait sa canne. Les Russes se rapprochaient dangereusement. Elle obliqua alors en direction d'une école maternelle déserte qu'elle connaissait comme sa poche, un vrai labyrinthe. Elle y resta cachée pendant plus d'une heure avant de filer par la porte de derrière, et réussit ainsi à rentrer chez elle, saine et sauve. Le docteur Xia avait vu les Russes la poursuivre dans le bâtiment; à son grand soulagement, il n'avait pas tardé à les voir ressortir bredouilles, manifestement déconcertés par la disposition des lieux.

Un peu plus d'une semaine après l'arrivée des Russes, ma mère reçut du chef de son comité de voisinage l'ordre exprès d'assister à une réunion le lendemain soir. Elle se trouva en présence d'un groupe de Chinois dépenaillés, parmi lesquels elle remarqua quelques rares femmes, en train de disserter sur l'irrésistible lutte qu'ils avaient menée pendant huit ans contre l'envahisseur japonais afin que les masses populaires pussent être maîtresses d'une Chine nouvelle. Il s'agissait de communistes — de communistes chinois. Ils étaient arrivés en ville la veille au soir, sans tambour ni trompette. Les femmes portaient des vêtements informes, identiques à ceux des hommes. « Comment peuvent-ils prétendre avoir vaincu les Japonais ? Ils n'ont même pas de fusils ni de vêtements corrects », pensa ma mère. Ces communistes lui paraissaient plus démunis et plus minables que des brigands.

Elle était déçue, car elle les avait imaginés grands et beaux, avec quelque chose de surhumain. Son oncle Pei-o, le gardien de prison, et Dong, le bourreau, lui avaient dit que les communistes manifestaient encore plus de courage que les autres détenus face à la mort : « Ils ont les os plus solides », disait souvent Pei-o. « Ils chantent, braillent des slogans et maudissent les Japonais jusqu'à ce que le garrot les étrangle », précisait Dong.

Les communistes placardèrent des affiches appelant la population à maintenir l'ordre. Ils commencèrent à arrêter les collaborateurs et ceux qui avaient travaillé au service des forces de sécurité japonaises. Yang, mon arrière-grand-père, toujours chef adjoint de la police de Yixian, fit partie des premiers individus appréhendés. Il fut emprisonné dans sa propre geôle, et son supérieur hiérarchique, le chef de la police, fut exécuté. Les communistes ne tardèrent pas à restaurer l'ordre et à remettre en marche l'économie. Les approvisionnements, extrêmement difficiles jusque-là, s'améliorèrent. Le docteur

Xia put à nouveau recevoir ses patients et le lycée de ma mère rouvrit ses portes.

Les communistes logeaient chez l'habitant. Ils paraissaient honnêtes, modestes, et bavardaient facilement avec les familles: «Nous n'avons pas suffisamment de gens éduqués dans nos rangs, disaient-ils aux jeunes étudiants. Joignez-vous à nous et vous pourrez devenir chef de comté.»

Ils avaient besoin de nouvelles recrues. Au moment de la capitulation japonaise, les communistes avaient rivalisé avec le Kuo-min-tang pour essayer d'occuper le territoire le plus vaste possible; les forces nationalistes bénéficiaient toutefois d'une armée plus importante et beaucoup mieux équipée. Les uns et les autres s'efforçaient d'établir solidement leurs positions, en prévision de la reprise de la guerre civile partiellement suspendue huit ans auparavant par le conflit contre les Japonais. En réalité, les hostilités étaient déjà engagées entre les communistes et le Kuo-min-tang. Les atouts économiques de la Mandchourie faisaient de cette région un terrain de bataille de toute première importance. Déjà à proximité, les communistes avaient été les premiers à disposer leurs forces en Mandchourie, sans que les Russes lèvent le petit doigt. En revanche, les Américains aidaient Chiang Kai-shek à s'établir dans la région en transportant des dizaines de milliers de soldats du Kuo-min-tang vers le nord de la Chine. A un moment donné, ils essayèrent d'en débarquer un certain nombre dans le port d'Huludao, à une cinquantaine de kilomètres de Jinzhou, mais ils durent battre en retraite sous le feu des communistes. Les troupes du Kuo-min-tang furent contraintes de mettre pied à terre au sud de la Grande Muraille et de remonter au nord par le train. Les Américains leur assurèrent une couverture aérienne. Au total, plus de 50 000 Marines américains débarquèrent en Chine du Nord, occupant Pékin et Tianjin.

Les Russes reconnurent officiellement le parti de Chiang Kai-shek en tant que gouvernement chinois. Le 11 novembre, l'Armée rouge quittait Jinzhou et se retirait dans le nord de la Mandchourie, Staline s'étant engagé à évacuer la région dans les trois mois qui suivraient la victoire. Les communistes se retrouvaient donc seuls aux commandes. Un soir de la fin novembre, en rentrant de l'école, ma mère vit une masse de soldats se diriger vers la porte sud de la ville après avoir rassemblé leurs armes et leur équipement à la hâte. Elle savait que de violents affrontements avaient eu lieu dans la campagne avoisinante et devina que les communistes devaient être en train de partir.

Ce retrait se conformait à la stratégie de Mao Tsê-tung visant à ne pas essayer de garder les villes où le Kuo-min-tang disposait d'un avantage militaire certain et à se replier dans les zones rurales. Encercler les villes depuis nos campagnes et les prendre ensuite d'assaut, tel était en résumé le mot d'ordre du chef communiste pour cette nouvelle phase de la lutte.

Au lendemain de l'évacuation des communistes, une autre armée faisait son entrée dans Jinzhou. La quatrième en quatre mois ! Les nouveaux venus arboraient des uniformes impeccables et des armes américaines flambant neuves. Il s'agissait du Kuo-min-tang. Tout le monde sortit précipitamment de chez soi et se rassembla dans les allées de terre battue pour les acclamer au passage. Ma mère était parvenue à se frayer un chemin jusqu'au premier rang de la foule en liesse. Elle s'aperçut tout à coup qu'elle agitait les bras et braillait comme les autres. Il suffisait de jeter un coup d'œil à ces soldats-là pour savoir que c'étaient eux les vainqueurs, pensa-t-elle. Elle rentra chez elle en courant, tout excitée, pour décrire à ses parents la magnifique armée qui venait d'arriver.

Une ambiance de fête régnait à Jinzhou. Chacun insistait pour loger un soldat. Les Xia accueillirent un officier qui se montra extrêmement respectueux à leur égard et sut se faire aimer de toute la famille. Ma grand-mère et le docteur Xia avaient le sentiment que le Kuo-min-tang saurait faire respecter l'ordre et la loi et apporterait enfin la paix. Pourtant, toute cette bonne volonté céda bientôt la place à une déception cruelle. La plupart des officiers du Kuo-min-tang venaient d'autres régions de la Chine et méprisaient les Manchous qu'ils qualifiaient ouvertement de *Wang guo nu*, d'« esclaves apatrides » ; ils ne cessaient de leur répéter qu'ils devaient se montrer reconnaissants vis-à-vis du parti nationaliste qui les avait libérés des Japonais. Un soir, une fête fut organisée dans l'école de ma mère à l'intention des étudiants et des officiers du Kuo-min-tang. La fille d'un fonctionnaire, âgée de trois ans, récita un discours qui débutait ainsi : « Nous, les membres du Kuo-min-tang, avons lutté contre les Japonais pendant huit années et nous vous avons sauvés, vous qui n'étiez que les esclaves de l'occupant... » Ma mère et ses amies sortirent de la pièce sans demander leur reste.

Ma mère fut tout aussi écœurée par la manière dont les nouveaux venus se mettaient éperdument en quête de concubines. Au début de 1946, Jinzhou était littéralement envahi par les troupes du Kuo-min-tang. L'unique école de filles de la ville recevait régulièrement la visite d'officiers et de fonctionnaires débarquant en troupeaux dans l'espoir de trouver une concubine, ou, à l'occasion, une femme. Certaines jeunes filles se mariaient de leur plein gré, d'autres se voyaient dans l'obligation d'obéir à leur famille, convaincue qu'un mariage avec un officier leur assurerait un bon départ dans la vie.

À quinze ans, ma mère était indiscutablement un excellent parti. Toujours première en classe, elle était aussi très jolie et très aimée de ses camarades. Plusieurs officiers avaient déjà demandé sa main, mais elle avait décrété à ses parents qu'elle n'en voulait aucun pour époux. Après que les lingots d'or qu'il offrait lui eurent été rendus, l'un de ses soupirants, chef d'état-major d'un général, alla jusqu'à menacer d'envoyer un palanquin pour l'emmener de force. Ma mère écoutait à la porte au moment où il revint à la charge auprès de ses parents. Elle entra en coup de vent dans la pièce et lui déclara sans détour qu'elle se suiciderait en chemin. Fort heureusement, quelques semaines plus tard, son unité reçut l'ordre d'évacuer la ville.

Ma mère avait résolu de se choisir elle-même un mari. Elle était dégoûtée par le traitement réservé aux femmes et le système du concubinage ne lui inspirait que de l'horreur. Ses parents subvenaient à ses besoins mais, harcelés de demandes, ils devaient déployer toute une panoplie de ruses pour éconduire ses prétendants sans risquer de provoquer de représailles.

Parmi les professeurs de ma mère se trouvait une jeune femme appelée Mlle Liu qui avait beaucoup d'affection pour elle. En Chine, lorsque les gens s'attachent ainsi à vous, ils essaient souvent de faire de vous un membre honorable de leur famille. À cette époque-là, même si la ségrégation des sexes n'était plus aussi draconienne que du temps de ma grand-mère, les garçons et les filles n'avaient pas beaucoup d'occasions de se mêler les uns aux autres. Pour les jeunes que l'idée d'un mariage arrangé rebutait, le mieux était souvent de rencontrer les frères et sœurs d'amis dans l'espoir de trouver un bon parti. Mlle Liu présenta ainsi ma mère à son frère. Il fallait encore que les parents du jeune homme approuvent leurs relations éventuelles.

Au début de 1946, ma mère fut conviée à passer le Nouvel An chez les Liu qui vivaient dans une maison assez luxueuse. M. Liu était l'un des principaux propriétaires de commerces de la ville. Son fils, âgé de dix-neuf ans, avait des manières d'homme du monde. Il portait ce jour-là un élégant costume vert foncé rehaussé d'une pochette, détail remarquablement sophistiqué et tape-à-l'œil pour une ville de province comme Jinzhou. Il suivait des cours à l'université de Pékin, où il étudiait le russe et la littérature russe. Ma mère fut très impressionnée par le jeune homme. De son côté, la famille Liu la jugea digne de lui. Quelque temps plus tard, elle envoyait chez le docteur Xia un messager chargé de demander sa main, sans lui en souffler un mot à elle, bien entendu.

Beaucoup plus libéral que la plupart des hommes de son temps, le docteur Xia voulut savoir ce que ma mère en pensait. Elle lui répondit qu'elle consentait à être «une amie» du jeune Liu. A cette époque-là, pour qu'un garçon et une fille se parlent en public, il fallait au moins qu'ils soient fiancés. Ma mère mourait d'envie de s'amuser et d'avoir un peu de liberté; elle voulait nouer des amitiés masculines sans s'engager pour autant. Connaissant les idées de ma mère, le docteur Xia et son épouse se montrèrent prudents vis-à-vis des Liu et déclinèrent systématiquement les inévitables cadeaux. Dans la tradition chinoise, il arrivait souvent que la famille de la jeune fille ne consente pas tout de suite à une union afin de ne pas manifester trop d'empressement. En acceptant les présents qui leur étaient adressés, ils laissaient supposer qu'ils souscrivaient au mariage. Le docteur Xia et ma grand-mère s'en abstinrent donc, redoutant que ne s'établisse un malentendu.

Ma mère sortit avec le jeune Liu pendant quelque temps. Son raffinement l'avait passablement séduite, et toute sa famille, ses amis, ses voisins lui disaient qu'elle avait trouvé chaussure à son pied. Ses parents estimaient qu'ils formaient un très beau couple et se réjouissaient secrètement d'avoir un jour ce charmant jeune homme comme beau-fils. Seulement, ma mère le trouvait superficiel. Au bout d'un moment, elle constata qu'il n'allait jamais à Pékin, préférant traîner dans la maison et mener une existence de dilettante. Elle découvrit un jour qu'il n'avait même pas lu *Le Rêve de la chambre rouge*, célèbre roman classique du XVIIIᵉ siècle que tous les Chinois érudits connaissaient. Quand elle lui avoua sa déception, le jeune Liu lui répondit avec désinvolture que les classiques chinois n'étaient pas son fort, qu'en fait il aimait surtout la littérature étrangère. Pour tâcher de réaffirmer sa supériorité, il ajouta : « Et toi, as-tu lu *Madame Bovary*? C'est mon roman favori. Je le considère vraiment comme le meilleur roman de Maupassant. »

Ma mère avait lu *Madame Bovary*; elle savait pertinemment qu'il fallait attribuer cette œuvre à Flaubert et non pas à Maupassant. Cette riposte vaniteuse acheva de la dégoûter de Liu. Elle s'abstint pourtant de l'affronter tout de suite pour ne pas avoir l'air agressive.

Liu adorait le jeu, en particulier le mah-jong qui ennuyait ma mère au plus haut point. Quelque temps plus tard, au beau milieu d'une partie, une domestique entra et demanda à brûle-pourpoint au jeune homme : « Par quelle servante maître Liu voudrait-il être servi ce soir? » Avec une désinvolture parfaite, Liu lui répondit : « Une telle. » Ma mère en tremblait de rage, mais Liu se contenta de lever un sourcil comme si sa réaction le surprenait. Puis, d'un air profondément méprisant, il décréta : « Il s'agit d'une coutume tout à fait courante au Japon. Tout le monde fait la même chose. On appelle ça *si-qin* » (mot à mot : « lit avec service »). Il s'évertuait à lui donner l'impression qu'elle n'était qu'une petite provinciale jalouse, la jalousie étant traditionnellement considérée en Chine comme le pire vice féminin qui soit. On considérait d'ailleurs ce travers comme un motif suffisant pour qu'un mari déshérite sa femme. Une fois de plus, ma mère garda le silence, bien qu'elle bouillonnât de colère.

Elle en vint à la conclusion qu'elle ne pourrait jamais être heureuse avec un homme qui considérait le flirt et les aventures extra-conjugales comme des manifestations indispensables de sa « virilité ». Elle voulait partager sa vie avec quelqu'un qui l'aimerait et ne chercherait pas à la faire souffrir. Ce soir-là, elle décida donc de mettre un terme à sa relation avec Liu.

Quelques jours plus tard, le père du jeune homme mourait brutalement. A l'époque, les funérailles prenaient une ampleur spectaculaire, surtout si le défunt était chef de famille. Faute de satisfaire les attentes des parents et de la société, des obsèques sans éclat risquaient de jeter l'opprobre sur toute la famille. Les Liu organisèrent donc un cérémonial complet plutôt qu'une simple procession de la maison au cimetière. On fit venir des moines pour lire le sûtra bouddhiste dit du « repos de la tête », en présence de tous les proches du mort. Aussitôt après, la famille entière devait se mettre à pleurer. A partir de cet instant, en effet, et jusqu'au jour de l'enterrement qui avait lieu quarante-neuf jours après le décès, de l'aube jusqu'à minuit, on devait entendre le son ininterrompu de sanglots et de lamentations. Pendant tout ce temps-là, on brûlait de l'argent fictif à l'usage du défunt dans l'autre monde. De nombreuses familles n'arrivaient pas à assumer jusqu'au bout pareil marathon et engageaient des professionnels pour pleurer à leur place. Trop attachés à leur patriarche pour confier cette mission à d'autres, les Liu s'en chargèrent eux-mêmes, avec l'appui de leurs innombrables parents.

Quarante-deux jours après sa mort, la dépouille de M. Liu que l'on avait placée dans un cercueil en bois de santal magnifiquement sculpté fut disposée sous une grande tente, dans la cour. Pendant les sept dernières nuits qui précédaient l'inhumation, le défunt était censé grimper au sommet d'une haute montagne dans l'autre monde et passer sa famille en revue. Pour qu'il fût satisfait, il fallait que tous fussent présents et à l'abri du besoin. Dans le cas contraire, on estimait qu'il lui serait impossible de trouver le repos. Les Liu insistèrent donc pour que ma mère participe au rituel en sa qualité de future belle-fille.

Elle refusa catégoriquement. La mort du vieux Liu l'avait affectée, d'autant plus qu'il s'était toujours montré très gentil à son égard. Seulement, si elle prenait part aux cérémonies funéraires, elle n'avait plus aucune chance d'échapper au mariage prévu. La famille Liu dépêcha une kyrielle de messagers chez les Xia. En vain.

Le docteur Xia expliqua à ma mère qu'en rompant ces liens en un moment pareil, elle faisait un véritable affront au défunt. Quoiqu'il n'eût rien trouvé à redire à cette rupture en temps normal, il estimait que, dans les circonstances présentes, elle devait subordonner sa volonté à un impératif plus élevé. Ma grand-mère était de son avis. « A-t-on jamais entendu parler d'une fille rejetant un homme parce qu'il a oublié le nom d'un auteur étranger ou parce qu'il a des liaisons ? s'exclama-t-elle. Tous les jeunes gens riches aiment s'amuser et faire des fredaines. Et puis, tu n'as pas à t'inquiéter de la rivalité de concubines et de servantes. Tu as suffisamment de caractère pour que ton mari ne t'échappe pas. »

Ce n'était pas du tout le genre de vie que ma mère souhaitait mener, et elle ne se priva pas de le dire. Au fond d'elle-même, ma grand-mère la comprenait fort bien, mais, en raison des propositions insistantes des officiers du Kuo-min-tang, elle redoutait de la garder à la maison. « Nous pouvons en éconduire un mais pas tous, expliqua-t-elle à ma mère. Si tu n'épouses pas Zhang, il faudra accepter Lee. Réfléchis bien : Liu n'est-il pas beaucoup mieux que les autres ? Si tu te maries avec lui, plus aucun officier ne pourra venir te harceler. Je m'inquiète jour et nuit pour ton avenir et je ne serai pas en paix tant que tu n'auras pas quitté la maison. » Ma mère lui répliqua qu'elle préférait mourir plutôt que de lier son sort à un homme qui ne lui donnerait ni bonheur ni amour.

Les Liu étaient furieux contre elle et le docteur Xia et ma grand-mère commençaient eux-mêmes à en avoir assez. Pendant des jours, ils s'efforcèrent de lui faire entendre raison, la suppliant, l'amadouant, criant et pleurant tour à tour. En vain. Finalement, pour la première fois depuis le jour où il l'avait frappée lorsqu'elle s'était assise à sa place sur le *kang*, le docteur Xia perdit son sang-froid et s'en prit violemment à elle : « Tu t'obstines à ternir le nom de Xia. Je ne veux pas d'une fille comme toi ! » Alors ma mère se leva, et lui rétorqua : « Très bien, tu n'auras plus de fille comme moi. Je m'en vais. » Sur ce, elle sortit précipitamment de la chambre, fit ses bagages et quitta la maison.

Du temps de ma grand-mère, il aurait été impensable d'abandonner ainsi le domicile de ses parents. Une femme n'avait aucune chance de trouver un emploi, hormis celui de domestique. (Encore fallait-il avoir des références.) Heureusement, les temps avaient changé. En 1946, une femme pouvait vivre seule et exercer un métier, dans l'enseignement par exemple ou le secteur médical, même si la plupart des familles considéraient encore le travail comme un ultime recours. L'école de ma mère comportait un département de formation d'institutrices qui proposait un logement et des cours gratuits aux jeunes filles ayant fréquenté l'établissement pendant un minimum de trois ans. Mis à part l'examen d'entrée, l'unique condition d'admission était que les élèves se destinent véritablement à l'enseignement. Les effectifs de ce département se composaient surtout de jeunes filles issues de familles pauvres, et incapables de leur payer des études ; d'autres s'y inscrivaient parce qu'elles estimaient n'avoir aucune chance d'accéder à une université et préféraient par conséquent renoncer au cursus scolaire normal. Depuis 1945 seulement, les Chinoises pouvaient envisager de faire des études universitaires ; auparavant, sous le joug des Japonais, elles ne dépassaient jamais le niveau du secondaire et se contentaient le plus souvent d'une formation de ménagère.

Jusqu'à ce moment, ma mère n'avait jamais songé à intégrer cette filière, généralement considérée comme une piètre alternative à l'enseignement régulier. Elle pensait qu'elle était faite pour entreprendre des études universitaires. Sa candidature étonna quelque peu les responsables, mais elle les persuada de son désir ardent de devenir enseignante. Elle n'avait pas encore achevé les trois années réglementaires, mais elle avait la réputation d'être la meilleure élève du lycée. Le département l'accueillit donc avec joie, après lui avoir fait passer un examen qu'elle réussit haut la main. Elle partit vivre à l'école. Très vite, ma grand-mère vint la supplier de revenir à la maison. Ma mère fut enchantée de cette réconciliation ; elle promit de lui rendre visite régulièrement, mais insista pour garder sa chambre indépendante. En dépit de l'affection qu'on lui témoignait, elle était déterminée à ne dépendre de personne. L'orientation qu'elle avait choisie lui paraissait idéale : elle lui garantissait un emploi à sa sortie de l'école, alors que les diplômés universitaires avaient souvent des difficultés à trouver du travail. Par ailleurs, cet enseignement présentait l'avantage d'être gratuit. Or, le docteur Xia commençait à pâtir des effets d'une mauvaise gestion de l'économie manchoue.

Le personnel du Kuo-min-tang chargé des usines — tout au moins celles qui n'avaient pas été démantelées par les Russes — échouait en effet lamentablement dans ses tentatives pour relancer la machine économique. Et, lorsqu'ils réussissaient à en remettre quelques-unes en marche, au demeurant bien en dessous de leur capacité, les responsables empochaient aussitôt l'essentiel des bénéfices.

De surcroît, cette nouvelle vague d'opportunistes avait réquisitionné les élégantes demeures évacuées par les Japonais. La maison voisine de l'ancien logis des Xia, naguère habitée par un officier de l'armée nippone, était désormais occupée par un fonctionnaire du Kuo-min-tang et sa nouvelle concubine. Le maire de Jinzhou, un certain M. Han, était un personnage sans envergure. Grâce aux revenus des propriétés confisquées aux Japonais et aux collaborateurs, il amassa en peu de temps une véritable fortune. Il acquit ainsi plusieurs concubines, et la population locale commença à qualifier la municipalité de

« maisonnée Han », tant ses parents et amis y étaient nombreux.

Lorsque l'armée du Kuo-min-tang s'empara de Yixian, elle relâcha mon arrière-grand-père, Yang, emprisonné depuis des mois — à moins qu'il n'ait acheté sa liberté. Les gens estimaient que les fonctionnaires du Kuo-min-tang devaient gagner des fortunes sur le dos des anciens « collabos », ce en quoi ils n'avaient pas tort. Yang essaya de se protéger en mariant la seule fille qu'il lui restait, née de son union avec l'une de ses concubines, à un militaire du Kuo-min-tang. Ce dernier n'étant que capitaine, il n'avait malheureusement pas le pouvoir de lui offrir une protection véritable. Ses biens lui furent donc confisqués et il en fut réduit à vivre comme un mendiant, « accroupi dans le caniveau », comme disaient les gens du voisinage. En apprenant la nouvelle, son épouse ordonna à ses enfants de ne pas lui donner d'argent et de ne rien faire pour lui venir en aide.

En 1947, un peu plus d'un an après sa libération, il commença à souffrir d'un goitre cancéreux. Conscient qu'il allait mourir, il envoya un message à Jinzhou, suppliant qu'on lui laisse voir ses enfants. Mon arrière-grand-mère lui refusa cette faveur, mais il s'obstina à écrire. Elle finit par céder. Lan, Yu-lin et ma grand-mère partirent donc un beau jour pour Yixian par le train. Il y avait dix ans que cette dernière n'avait pas vu son père. Le vieillard n'était plus que l'ombre de lui-même. Des larmes inondèrent ses joues quand il les vit arriver. Il leur était difficile de lui pardonner la manière dont il avait traité leur mère ainsi qu'eux-mêmes, et ils s'adressèrent par conséquent à lui en utilisant des formules de politesse distantes. Yang supplia Yu-lin de l'appeler « père », mais ce dernier s'y refusa. Un profond désespoir se lisait sur le visage ravagé du vieil homme. Ma grand-mère implora donc son frère d'accéder à sa demande, ne serait-ce qu'une fois. Il finit par s'y résigner, en serrant les dents. Son père lui prit la main et lui dit : « Tâche d'être un intellectuel ou monte une petite affaire. N'essaie jamais d'être fonctionnaire. Cela te ruinera, comme je l'ai été moi-même. » Ce furent les dernières paroles qu'il adressa à sa famille.

Il mourut avec une seule de ses concubines à ses côtés. Il était si pauvre qu'il n'avait même pas pu s'acheter un cercueil. On rangea son cadavre dans une vieille malle que l'on enterra sans cérémonie. Aucun membre de sa famille n'était présent.

La corruption prenait une telle ampleur en Chine que Chiang Kai-shek établit pour la combattre une organisation spéciale, baptisée l'« Escadron de la chasse aux tigres », parce que les gens comparaient les fonctionnaires corrompus à ces redoutables fauves. Les particuliers étaient invités à déposer leurs plaintes auprès de ladite organisation. Il apparut très vite qu'il s'agissait d'un nouveau stratagème concocté par les nouveaux maîtres pour extorquer de l'argent aux riches. La chasse aux tigres était effectivement une entreprise lucrative.

Les malversations flagrantes faisaient encore plus de ravages. De temps à autre, le docteur Xia recevait la visite de soldats qui le saluaient obséquieusement, après quoi ils lui annonçaient d'un ton mielleux: «Votre Honneur, certains de nos collègues sont à court d'argent. Pourriez-vous nous en prêter un peu?» Mieux valait ne pas refuser. Quiconque se hasardait à contrarier le Kuo-min-tang courait le risque de se faire qualifier de communiste, ce qui se soldait généralement par une arrestation, souvent assortie de tortures. Il arrivait aussi que des soldats entrent en plastronnant dans le cabinet de consultation, exigeant d'être soignés et de recevoir des médicaments sans verser un sou. Le docteur ne voyait pas d'inconvénient à les soigner gratuitement; il considérait que c'était le devoir d'un médecin. Mais les intrus s'emparaient quelquefois de remèdes sans lui demander quoi que ce soit, dans l'intention de les revendre au marché noir. Or on en manquait terriblement à l'époque.

A mesure que la guerre civile s'intensifiait, un nombre croissant de soldats affluaient à Jinzhou. Les troupes du commandement central, directement sous les ordres de Chiang Kai-shek, étaient relativement disciplinées, mais les autres, ne recevant aucun argent du gouvernement, devaient «se débrouiller avec les moyens du bord».

Parmi les nouvelles camarades d'études de ma mère se trouvait une ravissante jeune fille de dix-sept ans, appelée Bai. Elle était d'une nature très vive et ma mère avait beaucoup d'admiration pour elle. Elles ne tardèrent pas à devenir amies. Quand elle confia à Bai sa déception vis-à-vis du Kuo-min-tang, celle-ci lui répondit de «considérer la forêt et non pas les arbres». Toute forme de pouvoir avait immanquablement des points faibles, lui dit-elle. Bai était passionnément pro-Kuo-min-tang, à telle enseigne qu'elle rallia l'un des services secrets de l'organisation. Lors d'un cours d'apprentissage, toutefois, on lui fit comprendre qu'elle était censée «faire son rapport» sur les autres élèves de sa classe. Elle refusa. Quelques jours plus tard, ses camarades entendirent un coup de feu dans sa chambre. En ouvrant la porte, elles la découvrirent, gisant sur son lit, le souffle court, d'une pâleur mortelle. Il y avait du sang sur l'oreiller. Elle mourut sans avoir le temps de prononcer un mot. Ce sinistre épisode parut dans les journaux à la rubrique des «affaires couleur de pêche», en d'autres termes comme s'il s'agissait d'un «crime passionnel». On affirma qu'elle avait été assassinée par un amant jaloux. Personne n'y crut. Bai n'avait jamais prêté beaucoup d'attention aux garçons. Ma mère entendit dire qu'on l'avait éliminée parce qu'elle avait voulu quitter les rangs de l'organisation.

Cette tragédie ne s'arrêta pas là. La mère de Bai travaillait comme domestique à demeure chez une famille fortunée, propriétaire d'une petite orfèvrerie. La mort de sa fille unique lui avait brisé le cœur, et elle avait été profondément offensée par les sous-entendus outrageants de la presse selon laquelle la jeune fille avait eu plusieurs amants qui auraient rivalisé pour obtenir ses faveurs avant de la tuer. La virginité était l'un des biens les plus précieux d'une femme, qu'elle devait défendre jusqu'à la mort s'il le fallait. Quelques jours après le décès de Bai, sa mère se pendit. Puis son employeur reçut la visite de voyous qui l'accusèrent d'être responsable de cette mort. C'était un bon prétexte pour lui extorquer de l'argent et il ne fallut pas longtemps au malheureux pour perdre son affaire.

Un jour, un homme d'une quarantaine d'années, vêtu d'un uniforme du Kuo-min-tang, frappa à la porte des Xia. Il entra et salua ma grand-mère en l'appelant «grande sœur», puis le docteur Xia qu'il qualifia de «beau-frère aîné». Il leur fallut un moment pour réaliser que cet homme élégant, sain, bien nourri, n'était autre que Han-chen, autrefois torturé et sauvé du garrot, qu'ils avaient caché pendant trois mois et rendu à la vie. Un grand jeune homme mince, ressemblant davantage à un étudiant qu'à un soldat, l'accompagnait, lui aussi en uniforme. Han-chen le leur présenta comme son ami Zhu-ge. Ma mère conçut aussitôt un vif intérêt pour lui.

Depuis leur dernière rencontre, Han-chen était devenu un des hauts responsables des services secrets du Kuo-min-tang; il dirigeait une des branches de cette organisation pour l'ensemble de la ville de Jinzhou. Au moment de repartir, il déclara : « Sœur aînée, ta famille m'a sauvé la vie. Si tu as besoin de quoi que ce soit, qu'il te suffise de nous le faire savoir et ce sera fait. »

Han-chen et Zhu-ge venaient leur rendre visite régulièrement. Han-chen ne tarda pas à trouver des postes au sein des services de renseignement, tant pour Dong, l'ancien bourreau qui l'avait épargné, que pour le beau-frère de ma grand-mère, Pei-o, l'ancien gardien de prison.

Zhu-ge se lia avec la famille. Il étudiait les sciences à l'université de Tianjin lorsqu'il avait rallié le Kuo-min-tang, au moment où la ville était tombée entre les mains des Japonais. Lors d'une de ses visites, ma mère lui présenta Miss Tanaka qui vivait toujours chez les Xia. Ils tombèrent amoureux l'un de l'autre, se marièrent et partirent vivre dans un meublé. Un jour, alors que Zhu-ge nettoyait son fusil, il toucha accidentellement la détente et la balle partit. Elle traversa le plancher et tua le fils cadet de son propriétaire qui dormait à l'étage en dessous. La famille n'intenta pas de procès à Zhu-ge car elle redoutait les hommes des services secrets, capables d'accuser n'importe qui d'être communiste. Leurs paroles faisaient loi et ils avaient pouvoir de vie et de mort sur autrui. La mère de Zhu-ge donna à la famille du défunt une importante somme d'argent en guise de compensation. Zhu-ge était horrifié, mais les malheureux n'osèrent même pas manifester la moindre rancœur à son égard. Bien au contraire, ils firent preuve d'une gratitude outrancière de peur qu'il ne les croie furieux et ne leur fasse du tort. Cette situation lui fut très vite insupportable et il ne tarda pas à déménager.

Oncle Pei-o, le mari de Lan, fit son chemin au sein des services secrets. Il était tellement enchanté de ses nouveaux employeurs qu'il changea son nom, se faisant désormais appeler « Xiao-shek » (mot à mot « Loyauté à Chiang Kai-shek »). Il faisait partie d'une équipe de trois hommes sous les ordres de Zhu-ge. Leur mission consistait en principe à éliminer tous ceux qui avaient manifesté des sympathies projaponaises, mais très vite, ils en vinrent à donner la chasse aux étudiants procommunistes. Pendant quelque temps, « Loyauté » Pei-o se plia aux injonctions de son chef, mais sa conscience le tracassait. Il ne voulait pas que des gens fussent envoyés en prison par sa faute et refusait de choisir ceux auxquels il fallait arracher des aveux. Il finit par demander son transfert. On lui confia un poste de sentinelle à l'une des portes de la ville. Les communistes avaient bien quitté Jinzhou, mais ils n'étaient pas allés très loin. Ils affrontaient constamment les troupes du Kuo-min-tang dans la campagne avoisinante. Les autorités de la ville s'efforçaient de maintenir un contrôle étroit sur les produits alimentaires de base afin d'empêcher les communistes de s'en emparer.

L'appartenance de Pei-o aux services de renseignement lui conférait un certain pouvoir et lui permettait de gagner de l'argent. Il commença à changer. Il se mit à boire, à fumer de l'opium, à jouer et à fréquenter les bordels. Très vite, il contracta une maladie vénérienne. Ma grand-mère lui proposa de l'argent pour essayer de le remettre sur le droit chemin, mais il refusait de s'amender. Toutefois, il voyait que les Xia avaient de plus en plus de mal à se procurer de la nourriture ; aussi les invitait-il souvent à dîner chez lui. Le docteur Xia ne voulait pas que ma grand-mère y aille. « C'est de l'argent mal acquis. Nous ne pouvons pas en profiter », disait-il. Mais la pensée d'un bon repas constituait parfois une tentation trop forte pour ma grand-mère, et il lui arrivait de se rendre chez Pei-o en catimini avec Yu-lin et ma mère afin d'y manger à leur faim.

A l'époque où le Kuo-min-tang fit main basse sur Jinzhou, Yu-lin avait quinze ans. Il étudiait la médecine avec le docteur Xia qui lui prédisait un avenir prometteur dans cette branche. Ma grand-mère assumait désormais le rôle de chef de famille puisque sa fille, sa sœur et son frère dépendaient tous de son époux pour vivre ; elle estima qu'il était temps que Yu-lin se marie. Elle lui choisit une épouse de trois ans son aînée, issue d'une famille pauvre, ce qui voulait dire qu'elle était capable et travailleuse. Ma mère l'accompagna le jour où elle alla voir la promise ; cette dernière vint saluer ses visiteuses au salon, vêtue d'une tunique de velours vert empruntée pour l'occasion. Le couple se maria civilement, en 1946. La mariée portait un voile en soie blanche à l'occidentale, qu'il avait fallu louer. Yu-lin avait seize ans et son épouse dix-neuf ans.

Ma grand-mère pria Han-chen de trouver un emploi pour Yu-lin. Ce dernier devint ainsi gardien de sel. La vente de ce produit de première nécessité avait été interdite à la campagne, les autorités se chargeant bien entendu de son écoulement sur le marché noir. A plusieurs reprises, Yu-lin faillit être mêlé à de violentes escarmouches contre des francs-tireurs communistes ou des bandes du Kuo-min-tang, décidés à s'emparer de cette denrée précieuse. Ces affrontements firent de nombreuses victimes. Yu-lin trouvait son travail terrifiant et sa conscience le tourmentait, lui aussi. Au bout de quelques mois il démissionna.

A cette époque, le Kuo-min-tang perdait du terrain dans les campagnes. Il éprouvait des difficultés croissantes à trouver de nouvelles recrues, la jeunesse refusant de se changer en « cendre de bombes » (pao huî). Toujours plus sanglante, la guerre civile avait déjà fait un nombre considérable de victimes, et le danger d'être enrôlé de force dans l'armée menaçait un nombre grandissant de jeunes gens. Il n'y avait qu'un seul moyen d'échapper à ce recrutement forcé : se trouver une « planque ». Aussi ma grand-mère demanda-t-elle à Han-chen de dénicher un emploi pour son jeune frère dans les services secrets. A sa grande surprise, il refusa, sous prétexte que ce n'était pas un milieu convenable pour un jeune homme comme il faut. Ma grand-mère n'avait pas deviné combien Han-chen était désespéré par son travail. Comme « Loyauté » Pei-o, il fumait de l'opium, il buvait énormément et fréquentait les bordels. Il paraissait épuisé. Han-chen avait toujours été un être très discipliné, doté d'un profond sens moral, et cela ne lui ressemblait pas du tout de se laisser aller ainsi. Ma grand-mère pensait que le souverain remède du mariage avait des chances de le tirer de cette mauvaise passe, mais lorsqu'elle lui fit part de son idée, il lui répondit qu'il ne pouvait pas se marier pour la bonne raison qu'il n'avait aucune envie de vivre. Cette réponse la choqua. Elle le pressa de lui expliquer les motifs de sa détresse, mais Han-chen se mit à pleurer et lui déclara amèrement qu'il n'avait pas la liberté d'en parler et que, de toute façon, elle n'y pouvait rien.

La haine des Japonais avait incité Han-chen à rallier les rangs du Kuo-min-tang. Seulement, les choses ne se déroulaient pas comme il l'avait imaginé. Son engagement dans les services secrets signifiait qu'il pouvait difficilement éviter d'avoir du sang d'innocents sur les mains — en l'occurrence celui de ses frères chinois. Pourtant, il ne lui était pas possible de s'y soustraire. Ceux qui essayaient de revenir sur leur engagement risquaient de connaître le sort réservé à Bai, la camarade de lycée de ma mère. Han-chen pensait probablement qu'il n'avait pas d'autre solution que de se donner la mort. Seulement, le suicide était considéré comme un geste de protestation susceptible d'attirer de sérieux ennuis à sa famille. Han-chen avait dû en arriver à la conclusion que la seule issue était de mourir «d'une mort naturelle», ce qui expliquait qu'il abuse à ce point-là de son corps et qu'il refuse de prendre soin de lui.

En 1947, à la veille du Nouvel An, il regagna la maison de sa famille à Yixian pour y passer les fêtes en compagnie de son frère et de son vieux père. Comme si un pressentiment l'avait averti que ce serait leur ultime réunion, il resta plus longtemps que prévu. Quelque temps plus tard, il tomba gravement malade, et mourut dans l'été. Il avait dit à ma grand-mère que son seul regret serait de ne pas être en mesure de remplir son devoir filial en organisant de grandes funérailles pour son père.

Avant de mourir, toutefois, il prit la peine de s'acquitter de ses obligations vis-à-vis de ma grand-mère et de sa famille. Bien qu'il eût refusé de faire entrer Yu-lin dans les services secrets du Kuo-min-tang, il se débrouilla pour lui procurer une carte d'identité le déclarant membre de cette organisation. Yu-lin ne fit jamais le moindre travail pour eux, mais sa pseudo-appartenance à ladite organisation le préservait du risque d'être enrôlé dans l'armée. Il put ainsi rester à Jinzhou et continuer à seconder le docteur Xia à la pharmacie.

Parmi les professeurs de ma mère se trouvait un jeune homme du nom de Kang qui enseignait la littérature chinoise. Il était intelligent et cultivé, et ma mère avait beaucoup de respect pour lui. Un jour, il confia à quelques-unes de ses élèves, dont ma mère, qu'à Kumming, dans le sud-ouest de la Chine, il avait participé à des activités anti-Kuo-min-tang. Sa fiancée avait été tuée par une grenade à main au cours d'une manifestation. Ses cours avaient une forte teneur procommuniste et firent une vive impression sur ma mère.

Un matin, au début de l'année 1947, le vieux portier intercepta celle-ci au passage à l'entrée du lycée. Il lui tendit un petit mot en lui annonçant que Kang était parti. Ma mère ignorait que Kang avait été vendu. Certains agents des services secrets du Kuo-min-tang travaillaient en effet à la solde des communistes. A ce moment-là, ma mère ne savait pas grand-chose des communistes et elle n'avait pas la moindre idée que Kang en fît partie. Elle comprit seulement que le professeur qu'elle admirait le plus au monde avait dû prendre la fuite parce que l'on était sur le point de l'arrêter.

Le message était de Kang et ne comportait qu'un seul mot: «Silence». Ma mère y vit deux explications possibles. Il pouvait s'agir d'une référence à un vers d'un poème que Kang avait écrit en souvenir de sa petite amie : « Silence, grâce auquel on rassemble ses forces » ; en ce cas il l'exhortait à ne pas perdre courage. A moins qu'il ne faille y voir une mise en garde contre toute action intempestive. Ma mère avait la réputation de n'avoir pas froid aux yeux, et elle jouissait d'un ascendant certain sur ses camarades.

Peu de temps après, une nouvelle directrice fut nommée à la tête de son école. C'était une déléguée du Congrès national du Kuo-min-tang, qui passait pour membre des services secrets. Elle amena d'ailleurs avec elle plusieurs officiers de renseignement, notamment un dénommé Yao-han, « superviseur politique », dont la tâche consistait à surveiller les élèves. Quant à la « supervision académique », elle fut confiée au secrétaire de la section locale du Kuo-min-tang.

Ma mère avait à l'époque pour ami intime un cousin éloigné appelé Hu. Son père, propriétaire d'une chaîne de grands magasins à Jinzhou, Mukden et Harbin, avait une femme et deux concubines ; son épouse lui avait donné un fils — le cousin Hu —, mais ses concubines n'avaient pas eu d'enfants. La mère du cousin Hu faisait par conséquent l'objet d'une terrible jalousie de la part des deux autres femmes. Une nuit, alors que son mari était absent, les deux concubines lui firent avaler un somnifère à son insu. Elles droguèrent aussi un jeune domestique ; après quoi, elles couchèrent les deux endormis dans le même lit. Lorsqu'en rentrant chez lui, M. Hu trouva sa femme, apparemment ivre morte, au lit avec un serviteur, il entra dans une colère noire. Il enferma la malheureuse dans une minuscule pièce tout au fond de la maison en interdisant à son fils d'aller la voir. Il soupçonnait vaguement qu'il pût s'agir d'un coup monté ; aussi s'abstint-il de déshériter son épouse et de la jeter dehors, ce qui aurait été l'ultime disgrâce (pour lui autant que pour elle). Craignant que ses concubines ne fassent du mal à son fils, il l'envoya en pension à Jinzhou. Ce fut ainsi que ma mère le rencontra. Elle avait alors sept ans et lui douze ans. Dans l'isolement total, sa mère n'avait pas tardé à perdre la raison.

En grandissant, cousin Hu devint un garçon hypersensible et taciturne. Il ne s'était jamais vraiment remis de ce triste épisode de son enfance et il lui arrivait d'en parler à ma mère. Ses confidences incitèrent cette dernière à se poser des questions sur la morne existence des femmes de sa propre famille et à réfléchir sur le sort tragique de tant de mères, filles, épouses et concubines. L'impuissance des femmes et la barbarie des coutumes ancestrales, sous couvert de «tradition», voire de «moralité», la mettaient hors d'elle. Même si les choses avaient changé, cette évolution demeurait ensevelie sous une masse de préjugés toujours aussi insurmontables. Aussi attendait-elle avec impatience qu'il se produisît un changement radical.

A l'école, elle entendit parler d'une force politique qui promettait ouvertement cette transformation drastique: le parti communiste. Cette information lui fut transmise par une de ses propres amies, une jeune fille de dix-huit ans appelée Shu, qui avait rompu les ponts avec sa famille et logeait à l'école depuis que son père avait essayé de lui faire épouser de force un garçonnet de douze ans. Un beau jour, Shu vint prendre congé de ma mère : elle avait décidé de prendre la fuite avec l'homme dont elle était secrètement amoureuse afin de rejoindre les communistes. «C'est notre unique espoir», lui dit-elle en guise d'adieu.

A peu près à cette époque, les liens se resserrèrent entre ma mère et son cousin Hu. En découvrant à quel point il jalousait le jeune Liu qu'il considérait comme un dandy, ce dernier avait pris conscience qu'il était amoureux d'elle. Il fut ravi d'apprendre qu'elle avait rompu avec Liu et vint désormais la voir presque tous les jours.

Un soir de mars 1947, ils allèrent au cinéma ensemble. On pouvait se procurer deux types de billets: les premiers vous donnaient droit à un siège, les autres, meilleur marché, vous obligeaient à rester debout. Cousin Hu offrit à ma mère une place assise et se contenta d'un ticket moins cher sous prétexte qu'il n'avait pas assez d'argent sur lui. Ma mère trouva cela un peu étrange. De temps en temps, elle jetait un coup d'œil dans sa direction. Au beau milieu du film, elle remarqua une élégante jeune fille qui se faufilait vers lui; elle se glissa discrètement à côté de lui et, l'espace d'un instant, leurs mains se touchèrent. Ma mère se leva aussitôt et voulut à tout prix s'en aller. Dès qu'ils furent dehors, elle exigea des explications. Cousin Hu essaya d'abord de nier toute l'affaire. Comme ma mère insistait, clamant qu'elle ne se laisserait pas berner si facilement, il finit par lui dire qu'il lui rendrait des comptes plus tard. Il y avait des choses qu'elle ne pouvait pas comprendre parce qu'elle était trop jeune. En arrivant à la maison, elle l'empêcha d'entrer. Au cours des jours suivants, il vint la voir à plusieurs reprises, mais elle refusa de le recevoir.

Au bout de quelque temps, elle eut grande envie de se réconcilier avec lui. Elle était même prête à lui faire des excuses 'il le fallait. Elle ne cessait de regarder en direction du portail dans l'espoir de le voir venir. Un soir qu'il neigeait à gros flocons, elle l'aperçut enfin dans la cour en compagnie d'un autre homme. Seulement, au lieu de se diriger vers sa porte d'entrée, il alla tout droit chez le locataire de son beau-père, un certain Yu-wu. Très vite, Hu réapparut et marcha d'un pas rapide jusqu'à sa chambre. Très agité, il lui annonça qu'il devait quitter Jinzhou sur-le-champ. La police était à ses trousses. Quand elle lui demanda pourquoi, il lui répondit laconiquement : « Je suis communiste », avant de disparaître dans la nuit.

Ma mère comprit alors que l'épisode du cinéma devait être lié à quelque mission clandestine. Elle en eut le cœur brisé, car il était trop tard pour se faire pardonner. Il lui vint à l'esprit que Yu-wu lui-même devait faire partie des communistes. On avait conduit le cousin Hu chez lui pour qu'il s'y cache. Jusqu'à ce soir-là, les deux hommes avaient ignoré leur identité réciproque. Mais ils s'étaient rendu compte alors qu'étant donné sa relation avec ma mère, il ne pouvait être question que le cousin Hu trouve refuge chez Yu-wu. Si le Kuo-ming-tang venait le chercher là, Yu-wu serait appréhendé en même temps que lui. Cette nuit-là, cousin Hu essaya de rallier la zone contrôlée par les communistes, à une trentaine de kilomètres de la ville. Au printemps suivant, au moment de l'éclosion des premiers bourgeons, Yu-wu apprit qu'il avait été capturé à sa sortie de la ville. Son escorte avait été tuée sur place. Un autre rapport lui révéla que Hu avait été exécuté.

Depuis quelque temps déjà, l'aversion de ma mère contre le Kuo-min-tang ne cessait de croître. Elle ne connaissait pas d'autre possibilité que les communistes, dont elle appréciait l'engagement de mettre un terme aux injustices envers les femmes. Jusqu'à maintenant — elle n'avait encore que quinze ans —, elle ne s'était pas sentie prête à s'engager pleinement. La nouvelle de la mort du cousin Hu la poussa à prendre une décision. Elle résolut de rallier le camp des communistes.

5

« Fille à vendre pour dix kilos de riz »

COMBAT POUR UNE
CHINE NOUVELLE

1947-1948

Yu-wu avait débarqué chez les Xia quelques mois plus tôt, porteur d'une lettre d'introduction d'un ami commun. Les Xia, qui venaient de quitter leur résidence d'emprunt pour une grande maison située à l'intérieur des murs de la ville, près de la porte nord, recherchaient justement un locataire pour les aider à payer le loyer. Yu-wu arriva, vêtu d'un uniforme d'officier du Kuo-min-tang, accompagné d'une femme qu'il présenta comme son épouse et d'un jeune enfant. Sa compagne était en réalité son assistante. Le bébé lui appartenait, mais son vrai mari se trouvait à des kilomètres de là, dans les rangs de l'armée communiste. En définitive, Yu-wu et sa fausse femme en vinrent à fonder une véritable famille; ils eurent deux enfants ensemble et leurs conjoints respectifs se remarièrent chacun de leur côté.

Yu-wu appartenait au parti communiste depuis 1938. Il se trouvait à Yen-an, au quartier général du parti en temps de guerre, lorsqu'on l'avait envoyé à Jinzhou, peu après la capitulation des Japonais; il s'occupait de la collecte et de la distribution d'informations auprès des forces communistes postées à l'extérieur de la ville. Il opérait sous l'identité d'un chef de bureau militaire du Kuo-min-tang pour l'un des quartiers de Jinzhou, une charge que les communistes lui avaient tout bonnement achetée. A cette époque, en effet, la plupart des postes à responsabilités au sein du Kuo-min-tang, y compris dans les services secrets, étaient à vendre au plus offrant. Certains s'en procuraient un pour protéger les leurs d'un enrôlement forcé ou du chantage, d'autres dans le but d'extorquer de l'argent. En raison de la position stratégique de Jinzhou, il s'y trouvait un grand nombre d'officiers du Kuo-min-tang, ce qui facilitait l'infiltration communiste du système.

Yu-wu jouait son rôle à la perfection. Il donnait beaucoup de dîners et de soirées de jeu, pour se faire des relations mais aussi dans le but de tisser autour de lui un réseau de protection. Un interminable défilé de « cousins » et d'« amis » se mêlait aux allées et venues incessantes des officiers du Kuo-min-tang et des agents des services secrets. Ce n'étaient jamais les mêmes, mais personne ne posait de questions.

Yu-wu bénéficiait d'une autre couverture pour ces nombreux visiteurs. Le cabinet du docteur Xia étant toujours ouvert, les « amis » de Yu-wu pouvaient en effet y entrer sans attirer l'attention, puis gagner en catimini la cour intérieure. Curieusement, le docteur Xia tolérait les soirées tapageuses de Yu-wu, bien que sa secte, la Société de la Raison, interdît formellement le jeu et l'alcool. Ma mère s'en étonnait mais attribuait cette indulgence à la nature compréhensive de son beau-père. Des années plus tard, elle se rendit compte qu'il connaissait sans doute la véritable identité de Yu-wu, ou tout au moins qu'il en avait eu l'intuition.

Après avoir appris que cousin Hu avait été éliminé par le Kuo-min-tang, ma mère fit part à Yu-wu de son désir de travailler pour les communistes. Ce dernier l'envoya promener, sous le prétexte qu'elle était trop jeune.

Elle s'était fait passablement remarquer à l'école et espérait donc que les communistes entreraient un jour en relation avec elle. C'est effectivement ce qu'ils firent, mais ils prirent d'abord le temps de se renseigner sur elle. En réalité, avant de partir pour la zone contrôlée par les communistes, son amie Shu avait parlé d'elle à son contact et la lui avait présentée comme une « amie ». Un jour, cet homme s'approcha d'elle dans la rue et lui annonça qu'elle devait se rendre quelques jours plus tard dans un tunnel à mi-chemin entre la gare sud de Jinzhou et la gare nord. Là, lui dit-il, un jeune homme séduisant d'une vingtaine d'années et parlant avec un accent de Shanghai la contacterait. Le jeune homme en question s'appelait Liang, comme elle le sut plus tard, et devint son superviseur.

Sa première mission consista à distribuer des ouvrages tels que *Le Gouvernement de coalition* de Mao Tsê-tung, et des brochures sur la réforme agraire et les autres projets politiques communistes. Ces documents arrivaient clandestinement en ville, le plus souvent dissimulés dans d'énormes gerbes de sorgho censées servir de combustible ; puis, on les cachait ailleurs, par exemple à l'intérieur de gros poivrons verts.

L'épouse de Yu-lin se chargeait parfois d'acheter les poivrons ; elle surveillait aussi la rue quand les camarades de ma mère venaient chercher les documents. Elle aidait à les cacher dans la cendre des poêles, ses amas de remèdes chinois ou les tas de combustibles. Il fallait les lire en secret, alors que les romans de gauche circulaient assez librement.

Un jour, une brochure distribuée par ma mère et intitulée *A propos d'une nouvelle démocratie* se retrouva en la possession d'une de ses camarades un peu distraite qui la mit dans son sac et en oublia aussitôt l'existence. Lorsqu'elle se rendit au marché, elle ouvrit son sac pour en sortir son porte-monnaie et le document tomba. Deux agents des services secrets qui se trouvaient là par hasard n'eurent aucun mal à identifier ce fin papier jaune. Ils arrêtèrent la fille qui subit un interrogatoire en règle. Elle mourut sous la torture.

Les services de renseignement du Kuo-min-tang avaient déjà fait de nombreuses victimes et ma mère savait qu'elle risquait le pire si elle se faisait prendre. Loin de la décourager, pourtant, cet épisode la rendit plus téméraire encore. Son moral était aussi considérablement renforcé par le fait qu'elle se sentait désormais partie intégrante du mouvement communiste.

La Manchourie constituait l'épicentre de la guerre civile, et l'issue des combats pour l'ensemble de la Chine dépendait de plus en plus de l'évolution de la situation à Jinzhou. On ne pouvait pas véritablement parler de front, dans le sens d'une zone de bataille précise. Les communistes tenaient le nord de la Manchourie et une grande partie des régions rurales. Quant au Kuo-min-tang, il contrôlait les grandes villes, à l'exception de Harbin dans le Nord, outre les ports et la majorité des voies ferrées. A la fin de 1947, pour la première fois, les armées communistes de la région dépassèrent en effectifs celles de leur ennemi ; au cours de cette seule année, elles avaient neutralisé plus de 300 000 soldats du Kuo-min-tang. Les paysans étaient toujours plus nombreux à rallier le camp communiste ou à lui apporter leur appui. Il faut dire que les communistes avaient élaboré un vaste programme de réforme agraire visant à une redistribution des terres aux cultivateurs.

A l'époque, les communistes occupaient donc la plus grande partie des environs de Jinzhou. Les paysans hésitaient à entrer en ville pour y vendre leurs produits, car ils devaient passer par les postes de contrôle établis par le Kuo-min-tang qui les soumettait à toutes sortes de harcèlements : on leur extorquait des droits de passage exorbitants, à moins qu'on ne leur confisquât tout simplement leurs marchandises. Le prix des céréales montait en flèche, et les manipulations des marchands cupides et des officiels corrompus n'arrangeaient pas les choses.

Dès son arrivée, le Kuo-min-tang avait émis une nouvelle monnaie baptisée « argent de la loi ». Les nouveaux venus se révélèrent pourtant incapables de juguler l'inflation. Le docteur Xia s'était toujours inquiété de savoir ce qu'il adviendrait de ma mère et de ma grand-mère le jour où il mourrait. Il avait près de quatre-vingts ans. Il convertit ses économies en « argent de la loi » parce qu'il avait confiance dans le gouvernement. Au bout de quelque temps, cette monnaie fut remplacée par le *yuan d'or*, qui se déprécia très vite, à telle enseigne que lorsque ma mère voulut s'acquitter de ses droits d'inscription, elle dut louer un pousse-pousse pour transporter l'énorme tas de billets nécessaire. (Pour « sauver la face », Chiang Kai-shek refusa d'imprimer tout billet d'une valeur supérieure à 10 000 yuans.) Toutes les économies du docteur Xia fondirent ainsi.

Au cours de l'hiver 1947-1948, la situation économique continua à se détériorer. Les protestations contre la pénurie alimentaire et les manipulations de prix se multipliaient. Jinzhou était la principale base d'approvisionnement des importantes troupes du Kuo-min-tang déployées au nord de la ville. A la mi-décembre, 20 000 personnes pillèrent deux entrepôts de céréales pleins à craquer.

Un secteur commercial connaissait pourtant un grand essor : le trafic des jeunes filles destinées à la prostitution ou à une sorte d'esclavage au service des riches. La ville était envahie de mendiants proposant leur progéniture en échange de nourriture. Pendant des jours, à la porte de son école, ma mère vit une misérable femme émaciée, en haillons, affalée sur le sol gelé. À côté d'elle se tenait une gamine de dix ans, les traits figés par la tristesse. Dans le col de son vêtement à hauteur de la nuque, elle portait un écriteau sur lequel on avait inscrit d'une écriture maladroite : « Fille à vendre pour 10 kilos de riz. »

Les enseignants eux-mêmes avaient de la peine à joindre les deux bouts. Ils avaient demandé une augmentation à laquelle le gouvernement avait répondu en élevant les frais d'inscription. Cette mesure resta sans effet, étant donné que les parents ne pouvaient pas se permettre de débourser davantage. Un des professeurs de ma mère succomba à une intoxication alimentaire après avoir mangé un morceau de viande ramassé dans la rue. Il savait que cette viande était avariée, mais il avait tellement faim qu'il n'avait pas pu résister à la tentation.

Ma mère avait été nommée présidente du syndicat des élèves de son lycée. Liang, son « superviseur », lui ayant donné pour instruction de rallier à la bonne cause ses camarades aussi bien que ses professeurs, elle prit l'initiative d'une campagne de collecte de fonds en faveur du corps enseignant. Elle se rendait dans les cinémas et les théâtres en compagnie d'autres jeunes filles pour faire la quête avant le début de la représentation. Elles montaient aussi des spectacles de chants et de danses et organisaient des ventes de charité, mais leurs efforts ne furent guère récompensés, les gens étant trop démunis ou trop avares.

Un jour, elle rencontra une de ses amies, petite-fille d'un commandant de brigade et épouse d'un officier du Kuo-min-tang. Celle-ci lui apprit qu'un banquet devait avoir lieu ce soir-là dans un grand restaurant de la ville, à l'intention d'une cinquantaine d'officiers et de leurs épouses. Ce genre de réjouissances était fréquent à Jinzhou. Ma mère courut à l'école et ameuta toutes celles qu'elle put trouver. Elle les invita à se rassembler à 5 heures précises devant le site le plus célèbre de la ville, la fameuse tour-tambour en pierre du XIᵉ siècle, haute de 18 mètres. En arrivant sur place, à la tête d'un contingent assez important, elle trouva plus d'une centaine de jeunes filles attendant ses ordres. Elle leur fit part de son plan. Vers 6 heures, les invités commencèrent à arriver, en voiture ou en pousse-pousse. Les femmes étaient resplendissantes dans leurs parures de soie et de satin et couvertes de bijoux.

Lorsque ma mère jugea que les dîneurs devaient avoir largement entamé leur festin, elles investirent le restaurant. La décadence des officiers du Kuo-min-tang était telle qu'ils négligeaient totalement la sécurité. Ma mère grimpa sur une chaise, sa simple tunique bleu marine en coton faisant d'elle l'image même de l'austérité parmi toutes ces soieries et ces joyaux clinquants. Elle prononça un bref discours sur les vicissitudes des enseignants, et conclut par ces mots : « Nous savons tous que vous êtes des gens généreux. Vous devez donc vous réjouir de l'occasion qui vous est donnée d'ouvrir vos porte-monnaie et de faire preuve de libéralité. »

Les officiers étaient bien embarrassés. Personne ne voulait avoir l'air radin. En réalité, ils avaient tout intérêt à essayer de profiter de la situation pour se faire valoir. Et puis, ils espéraient surtout se débarrasser le plus vite possible de ces trouble-fête. Les filles passèrent de table en table et prirent soigneusement note de la contribution promise par chaque convive. Puis, de bonne heure le lendemain matin, elles allèrent sonner chez eux pour collecter l'argent. Sachant que le temps pressait, elles coururent ensuite le porter à leurs professeurs. Profondément touchés, ceux-ci se hâtèrent de le dépenser avant que la monnaie ne fût totalement dévaluée. Ce qui se produisit effectivement dans les heures qui suivirent.

Il n'y eut pas de représailles contre ma mère, peut-être parce que les ripailleurs avaient trop honte d'avoir été pris sur le fait et ne voulaient pas courir d'autres risques de se voir ridiculiser, bien que toute la ville fût évidemment au courant. Ma mère avait réussi à retourner contre eux leurs propres règles du jeu. Elle était écœurée par les gaspillages de l'élite du Kuo-min-tang alors que des gens mouraient de faim dans la rue, et son engagement vis-à-vis de la cause communiste s'en trouva encore affermi.

Si les produits alimentaires de base faisaient cruellement défaut à l'intérieur de la ville, dans les campagnes, c'étaient les vêtements qui manquaient, le Kuo-min-tang ayant interdit la vente des textiles. En sa qualité de sentinelle aux portes de la ville, « Loyauté » Pei-o avait pour tâche principale d'empêcher la sortie clandestine de tissus et leur vente aux communistes. Parmi les contrebandiers, on trouvait un mélange de profiteurs du marché noir, de magouilleurs à la solde des responsables du Kuo-min-tang et de communistes clandestins.

La méthode habituelle de « Loyauté » et de ses collègues consistait à arrêter les voitures et à confisquer la marchandise ; après quoi, ils relâchaient le fraudeur dans l'espoir qu'il reviendrait avec un autre chargement, dont ils pourraient à nouveau se saisir. Parfois, ils s'entendaient avec les contrebandiers pour obtenir un pourcentage. Qu'ils aient fait affaire avec eux ou pas, les gardes écoulaient la marchandise dans les zones contrôlées par les communistes. L'opération était d'un excellent rapport pour « Loyauté » et ses collègues.

Une nuit, un chariot brinquebalant et crasseux arriva cahin-caha à la porte où « Loyauté » montait la garde. Ce dernier fit son numéro habituel, plongeant sa pique sur la plate-forme arrière en tournant autour du véhicule avec des airs conquérants, dans l'espoir d'intimider le charretier et de le préparer à conclure avec lui un marché avantageux. Tout en évaluant la valeur de la cargaison et la résistance potentielle du charretier, il espérait l'inciter à parler et à lui révéler le nom de son employeur. Cette fois-ci, « Loyauté » prit son temps car il s'agissait d'un lot volumineux, trop sans doute pour qu'il puisse tout sortir de la ville avant l'aube.

Il finit par monter à côté du conducteur, et lui ordonna de faire demi-tour et de ramener ses marchandises à l'intérieur de la ville. Habitué à obéir sans poser de questions, le charretier s'exécuta.

Ma grand-mère dormait à poings fermés lorsqu'elle entendit frapper ; il était une heure du matin. En ouvrant, elle découvrit « Loyauté » sur le pas de la porte. Il lui expliqua qu'il devait entreposer la cargaison dans la maison pour la nuit. Ma grand-mère fut obligée d'accepter, l'usage lui interdisant en effet de refuser une faveur à un membre de sa famille. Les obligations vis-à-vis de la famille, proche ou éloignée, prenaient toujours le pas sur le jugement moral individuel. Elle n'en parla pas au docteur Xia qui dormait toujours.

Bien avant l'aube, « Loyauté » réapparut avec deux charrettes, sur lesquelles il transféra toute la marchandise. Il repartit au moment où le soleil se levait. Moins d'une demi-heure plus tard, des gendarmes armés firent irruption chez les Xia et encerclèrent la maison. Le charretier, qui travaillait en réalité pour une autre branche des services secrets, avait averti ses patrons. Ces derniers voulaient naturellement récupérer leur bien.

Le docteur Xia et ma grand-mère étaient consternés ; heureusement, la marchandise n'était plus là. Pour ma mère, cependant, cette descente de police faillit tourner à la catastrophe. Elle avait caché quelques brochures de propagande dans la maison. En voyant débarquer la police, elle les rassembla à la hâte et se rua dans les toilettes. Elle engouffra le tout dans son pantalon bouffant, serré autour des chevilles pour conserver la chaleur, et enfila un gros manteau d'hiver. Après quoi elle sortit en prenant un air aussi détaché que possible et prétendit qu'elle partait pour l'école. Les gendarmes l'interceptèrent et lui annoncèrent qu'ils allaient la fouiller. Elle hurla qu'elle rapporterait à son «oncle» Zhu-ge la manière dont ils l'avaient traitée.

Jusqu'à ce moment, la police n'avait jamais soupçonné les rapports de la famille Xia avec les services secrets. Par ailleurs, les policiers n'avaient pas la moindre idée de l'identité de celui qui avait confisqué les textiles. L'administration de Jinzhou était dans la confusion la plus totale en raison de la multitude de factions du Kuo-min-tang stationnées dans la ville; en outre, quiconque était armé d'un fusil et bénéficiait d'une protection quelconque jouissait d'un pouvoir arbitraire. Quand «Loyauté» s'était approprié la cargaison du charretier, l'homme ne lui avait même pas demandé pour qui il travaillait.

Dès que ma mère eut mentionné le nom de Zhu-ge, le brigadier changea d'attitude. Zhu-ge se trouvait être un ami de son chef. Un signal suffit pour que ses subordonnés abaissent leurs armes et se départissent de leurs airs insolents. Le policier s'inclina avec raideur et s'excusa vivement d'avoir dérangé une auguste famille. Ses hommes paraissaient encore plus déçus que lui. Pas de butin, cela voulait dire pas d'argent, et donc pas de nourriture. Ils s'en allèrent tristement, en traînant les pieds.

Une nouvelle université avait ouvert ses portes à Jinzhou, l'université d'exil du Nord-Est, constituée autour des étudiants et des enseignants ayant fui la Mandchourie du Nord occupée par les forces communistes. Dans cette région, ces dernières avaient souvent utilisé des méthodes cruelles: un grand nombre de propriétaires terriens avaient été tués. Dans les villes, les petits directeurs d'usine et même les commerçants faisaient l'objet de dénonciations et voyaient leurs biens confisqués. La plupart des intellectuels présents à Jinzhou venaient de milieux relativement aisés, et beaucoup avaient vu leur famille souffrir sous le régime communiste, ou avaient eux-mêmes subi des sévices.

L'université de l'Exil comportait une faculté de médecine, dans laquelle ma mère souhaitait s'inscrire. Elle avait toujours eu l'ambition d'être médecin. L'influence du docteur Xia y était évidemment pour quelque chose, mais cette profession offrait par ailleurs à une femme les meilleures chances d'indépendance. Liang soutenait cette idée avec enthousiasme. Le parti avait de grands projets pour elle. En février 1948, ma mère entra donc à la faculté de médecine pour suivre des cours à mi-temps.

L'université de l'Exil était un véritable champ de bataille où le Kuo-min-tang et les communistes rivalisaient âprement. Conscients de la précarité de leur situation en Manchourie, les dirigeants du parti nationaliste encourageaient fortement étudiants et intellectuels à fuir vers le sud. Quant aux communistes, ils redoutaient de perdre leur intelligentsia. Ils révisèrent leur programme de réforme agraire et insistèrent pour que l'on traite les capitalistes des villes avec respect et pour que l'on protège les intellectuels issus de familles aisées. Armées de ces intentions politiques plus modérées, les forces clandestines de Jinzhou se mirent en devoir de convaincre étudiants et enseignants de rester sur place. Cette tâche incombait notamment à ma mère.

En dépit de ce revirement communiste, une partie des étudiants et enseignants préférèrent prendre la fuite. A la fin du mois de juin, un bateau rempli d'étudiants appareilla pour Tianjin, à près de 400 kilomètres au sud-ouest de Jinzhou. En arrivant sur place, les malheureux exilés découvrirent qu'il n'y avait rien à manger et aucun logement disponible. Les responsables locaux du Kuo-min-tang leur enjoignirent alors d'intégrer l'armée. « Défendez votre patrie », leur dirent-ils. Ce n'était pas du tout le motif qui les avait incités à fuir la Manchourie. Une poignée d'ouvriers communistes clandestins débarqués du même bateau qu'eux les encouragèrent pour leur part à défendre leur position, et, le 5 juin, les étudiants manifestèrent dans le centre de Tianjin afin de réclamer nourriture et logements. Les soldats ouvrirent le feu ; il y eut des dizaines de blessés parmi les protestataires, certains grièvement, et l'on releva plusieurs morts.

Dès que la nouvelle parvint à Jinzhou, ma mère décida d'organiser une campagne de soutien en faveur des étudiants de Tianjin. Elle convoqua les chefs des syndicats d'étudiants des sept lycées et écoles techniques de la ville, qui se prononcèrent en faveur de l'établissement d'une Fondation des syndicats estudiantins de Jinzhou. Ma mère fut élue présidente de ladite fondation. Ils décidèrent d'envoyer un télégramme de solidarité aux étudiants de Tianjin et d'organiser une marche jusqu'au quartier général du commandant du siège, le général Chiu, afin de lui présenter une pétition.

Réunies à l'école, les amies de ma mère attendaient anxieusement des informations. C'était une journée grise et pluvieuse et les rues s'étaient changées en un véritable bourbier. La nuit tomba. Toujours pas de nouvelles de ma mère et des six autres chefs syndicaux. Finalement, on apprit que la police avait fait une descente sur les lieux du rassemblement et les avait embarqués. Yao-han, le «surveillant» politique du lycée, les avait dénoncés.

On les conduisit au quartier général. Au bout d'un moment, le général Chiu fit son entrée dans la pièce. Il s'installa à un grand bureau, face à eux, et commença à leur parler sur un ton calme et paternaliste, apparemment plus chagriné qu'en colère. Ils étaient très jeunes et par conséquent enclins à s'emballer un peu vite, leur dit-il. Mais que savaient-ils de la politique? Se rendaient-ils compte qu'ils étaient les jouets des communistes? Ne feraient-ils pas mieux de se préoccuper de leurs études? Pour finir, il promit de les relâcher s'ils acceptaient de signer des aveux reconnaissant leurs erreurs et identifiant les communistes qui les chapeautaient. Sur ce, il marqua une pause pour mesurer l'effet de ses paroles.

Ma mère avait trouvé ce discours et l'attitude même du général parfaitement odieux. Elle s'avança et demanda d'une voix forte: «Dites-nous, commandant, quelle erreur avons-nous commise?» Le général commençait à s'impatienter: «Ces bandits de communistes se sont servis de vous pour semer le trouble. N'est-ce pas là une erreur suffisante?» «Quels bandits communistes? renchérit ma mère. Nos amis sont morts à Tianjin parce qu'ils ont fui les communistes, sur votre conseil. Méritaient-ils ce sort? Qu'avaient-ils fait de mal?» Après quelques échanges virulents, le général abattit son poing sur la table et appela ses gardes d'une voix tonitruante. «Montrez-lui les lieux», leur dit-il, puis, se tournant vers ma mère: «Il faut que vous sachiez où vous vous trouvez.» Avant que les soldats aient le temps de s'emparer d'elle, ma mère bondit en avant et tapa du poing sur la table à son tour: «Quel que soit l'endroit où je me trouve, je n'ai rien à me reprocher!»

L'instant d'après, des mains fermes lui saisissaient les poignets et l'éloignaient de la table. On l'entraîna dans un couloir et on la conduisit dans une salle obscure, en bas d'un escalier. Tout au fond de la pièce, elle distingua la silhouette d'un homme en haillons, assis sur un banc, appuyé contre un pilier, ma tête penchée de côté. Elle finit par comprendre qu'il était attaché au pilier et lié au banc par les cuisses. Deux hommes lui glissaient des briques sous les pieds. Chaque brique supplémentaire lui arrachait un gémissement profond et étouffé. Ma mère sentit son sang se glacer dans ses veines : il lui semblait avoir entendu des craquements d'os. Puis on l'emmena dans un autre cachot. Son guide, un officier, attira son attention sur un homme nu jusqu'à la ceinture qui pendait par les poignets à une poutre en bois. Ses cheveux emmêlés lui tombaient sur le visage, dissimulant ses traits. Sur le sol, à proximité, se trouvait un brasero ; un garde assis à côté fumait tranquillement une cigarette. Sous le regard de ma mère, il sortit du feu une barre de fer dont l'extrémité, de la taille d'un poing, était incandescente. Puis, en ricanant, il l'appliqua sur la poitrine de l'homme suspendu à la poutre. Un hurlement de douleur s'ensuivit, accompagné d'un grésillement atroce ; de la fumée monta de la blessure et une forte odeur de chair brûlée se répandit dans la pièce. Ma mère réussit pourtant à ne pas crier et serra les poings pour ne pas s'évanouir. L'horreur de cette scène avait déchaîné en elle une rage puissante qui décupla ses forces et lui permit de surmonter sa peur.

L'officier lui demanda alors si elle était prête à passer aux aveux. Elle refusa, répétant qu'elle avait agi sans l'appui d'aucun communiste. On l'enferma dans une petite pièce contenant un grabat et quelques draps. Elle y passa plusieurs journées interminables à écouter les cris de ceux que l'on torturait dans les pièces voisines. A plusieurs reprises, on vint l'interroger sans succès.

Puis, un matin, on la conduisit dans une cour tapissée d'herbes et de gravier, à l'arrière du bâtiment. Là, elle reçut l'ordre de se planter contre un mur élevé. On amena ensuite à côté d'elle un homme manifestement anéanti par la torture qui tenait à peine debout. Un peloton d'exécution vint nonchalamment se mettre en position. Quelqu'un lui mit un bandeau. Bien qu'elle ne pût de toute façon rien voir, elle ferma les yeux. Elle était prête à mourir, fière de donner sa vie à une grande cause.

Elle entendit des coups de feu, mais ne sentit rien. Au bout d'une minute environ, on lui retira son bandeau et elle regarda autour d'elle, en clignant des yeux. L'homme adossé à côté d'elle tout à l'heure gisait maintenant à terre. L'officier qui lui avait fait visiter les cachots s'approcha d'elle, en grimaçant. Il considéra d'un air un peu surpris cette gamine de dix-sept ans qui n'avait même pas sourcillé. Ma mère lui répéta avec calme qu'elle n'avait aucun aveu à faire.

On la reconduisit dans sa cellule. Personne ne l'importuna plus et elle échappa à la torture. Elle fut libérée quelques jours plus tard. Depuis une semaine, les communistes clandestins s'évertuaient à tirer toutes les sonnettes possibles en sa faveur. Ma grand-mère s'était rendue chaque jour au quartier général, pleurant, suppliant, menaçant de se suicider. Le docteur Xia avait rendu visite à ses patients les plus influents, porteur de cadeaux coûteux. On mobilisa aussi les relations de la famille dans les services secrets. Un grand nombre de gens écrivirent aux autorités pour plaider la cause de ma mère, soutenant qu'elle n'était pas communiste, mais seulement jeune et impétueuse.

Ce séjour en prison ne la refroidit pas le moins du monde. Dès sa libération, elle entreprit d'organiser une cérémonie à la mémoire des victimes de Tianjin, avec l'aval des autorités. Les gens de Jinzhou enrageaient devant le traitement subi par ces jeunes gens qui avaient effectivement quitté la ville sur le conseil du gouvernement. Dans le même temps, les écoles s'empressèrent d'annoncer une fin anticipée du trimestre, faisant fi des examens, dans l'espoir que les étudiants rentreraient chez eux.

Le mouvement clandestin conseilla à ses membres de gagner au plus vite les zones contrôlées par les communistes. Ceux qui ne pouvaient pas partir ou ne le souhaitaient pas devaient impérativement suspendre toute activité secrète. Le Kuo-min-tang resserrait les mailles de ses filets, et de trop nombreux agents avaient été arrêtés et exécutés. Liang avait décidé de partir. Il demanda à ma mère d'en faire autant, mais ma grand-mère s'y opposa. Aucun soupçon ne pesait sur elle. Si elle s'en allait avec les communistes, en revanche, elle deviendrait automatiquement suspecte. Qu'adviendrait-il de ceux qui avaient témoigné en sa faveur? Si elle fuyait à présent, ne risquaient-ils pas le pire?

Elle resta donc, rongeant son frein; en désespoir de cause, elle se tourna alors vers Yu-wu, l'unique communiste qu'elle connût encore en ville. Yu-wu n'avait jamais rencontré Liang ni aucun des autres contacts de ma mère. Diverses organisations clandestines opéraient en effet en parallèle, de manière que si l'un de leurs membres se faisait prendre et ne résistait pas à la torture, il ne puisse révéler qu'un nombre limité de noms.

Jinzhou était le centre de logistique et d'approvisionnement de toutes les unités du Kuo-min-tang stationnées dans le Nord-Est. Celles-ci regroupaient plus d'un demi-million d'hommes, dispersés le long des voies ferrées vulnérables et concentrés dans quelques zones de plus en plus restreintes autour des grandes villes. A l'été 1948, quelque 200 000 soldats du Kuo-min-tang opéraient à Jinzhou, sous des commandements différents. Chiang Kai-shek avait eu des prises de bec avec plusieurs membres de son état-major qui jonglaient avec les instructions, d'où une grave démoralisation des troupes. Les différentes forces armées, mal coordonnées, se méfiaient les unes des autres. De nombreux stratèges pensaient que Chiang Kai-shek avait tout intérêt à renoncer une fois pour toutes à la Manchourie, ses conseillers américains en particulier. Or, en cas de retraite, « volontaire » ou forcée, par mer ou par voie ferrée, il lui fallait à tout prix conserver le contrôle de Jinzhou. La ville se trouvait en effet à cent cinquante kilomètres seulement au nord de la Grande Muraille, à proximité de la zone sud donc, où la position du Kuo-min-tang semblait encore relativement stable. De surcroît, on pouvait aisément compter sur des renforts de la Marine : à une cinquantaine de kilomètres au sud, le port d'Huludao était relié à Jinzhou par une voie ferrée apparemment sûre.

Au printemps 1948, le Kuo-min-tang avait entamé l'édification d'un nouveau système de défense autour de Jinzhou, fait de blocs de ciment revêtus de structures en acier. Ses dirigeants pensaient en effet que les communistes n'avaient pas de tanks, qu'ils disposaient d'une artillerie médiocre et qu'ils n'avaient aucune expérience en matière d'attaque de positions fortifiées. Le projet consistait à entourer la ville d'un chapelet de forteresses autonomes, chacune pouvant opérer indépendamment même si elle était encerclée. Ces fortifications devaient être reliées entre elles par des tranchées de deux mètres de large et autant de profondeur, protégées par une barrière ininterrompue de barbelés. Le général Wei Li-huang, commandant en chef de la Manchourie, venu faire une visite d'inspection, déclara ce système imprenable.

Mais, les travaux ne furent jamais achevés, faute de matériel, d'une planification convenable, mais surtout à cause de la corruption. Le responsable de ce gigantesque chantier détourna une grande partie des matériaux de construction pour les vendre au marché noir; les ouvriers sous-payés n'avaient même pas de quoi se nourrir. En septembre, lorsque les forces communistes entreprirent d'assiéger la ville, un tiers seulement de la couronne de défense était construit, l'essentiel consistant en une succession de petits forts en ciment isolés les uns des autres. D'autres remparts avaient été élevés à la hâte avec de la boue provenant du mur de la vieille ville.

Il fallait absolument que les communistes aient une idée précise de l'importance du système de défense en place et de la disposition des troupes du Kuo-min-tang. Ils s'apprêtaient en effet à donner un assaut décisif pour lequel ils avaient regroupé des effectifs considérables — près d'un quart de million d'hommes. Zhu De, commandant en chef des armées communistes, envoya à Lin Biao, l'officier chargé de l'attaque, le télégramme suivant : « Prenez Jinzhou... et toute la situation chinoise est entre vos mains. » L'équipe de Yu-wu reçut l'ordre de recueillir des renseignements détaillés avant l'assaut final. Il avait un besoin urgent de nouvelles recrues et, lorsque ma mère le contacta pour lui demander du travail, ses supérieurs et lui furent ravis.

Les communistes avaient dépêché en ville quelques officiers déguisés chargés de reconnaître le terrain, mais un homme déambulant seul dans les faubourgs attirerait immédiatement l'attention. En revanche, un couple d'amoureux courait beaucoup moins de risques de se faire repérer. Le Kuo-min-tang admettait sans trop de peine que des garçons et des filles se montrent ensemble en public. Tous les officiers de reconnaissance étant des hommes, ma mère tombait à pic pour jouer le rôle de « petite amie ».

Yu-wu lui fixa donc un rendez-vous, en lui précisant de se vêtir d'une tunique bleu clair et de mettre une fleur en soie rouge dans ses cheveux. L'agent communiste tiendrait à la main un exemplaire du *Central Daily*, l'organe de presse du Kuo-min-tang, plié en triangle, et se ferait identifier en essuyant la sueur sur sa joue gauche, puis sa joue droite, à trois reprises.

Au jour indiqué, ma mère se rendit dans un petit temple situé juste au-delà de l'ancienne enceinte, au nord de la ville, à l'intérieur du périmètre de défense. Un homme portant un journal triangulaire s'approcha d'elle et fit les signaux convenus. Ma mère s'exécuta à son tour, puis elle lui prit le bras, et ils se mirent en route.

Elle ignorait quasiment tout de la mission de son compagnon, mais elle s'abstint de poser des questions. Pendant leur «promenade», ils marchèrent en silence, se contentant d'échanger quelques mots quand ils croisaient quelqu'un. Ils eurent d'autres rendez-vous similaires dans les faubourgs de la ville ou le long de la voie ferrée, artère de communications vitale.

Si la collecte de renseignements présentait des difficultés, il était encore bien plus compliqué de les transmettre aux troupes stationnées dans la campagne avoisinante. A la fin du mois de juillet, les postes de contrôle aux portes de la ville furent hermétiquement fermés, et ceux qui essayaient d'entrer ou de sortir subissaient une fouille en règle. A court d'idées, Yu-wu consulta ma mère dont il appréciait de plus en plus l'habileté et le courage. Seuls les véhicules des hauts fonctionnaires pouvaient aller et venir librement, et ma mère pensa aussitôt à utiliser une de ses relations. Parmi ses camarades figurait la petite-fille du général Ji, commandant d'une brigade locale, le frère de cette amie exerçant les fonctions de colonel au sein de la même brigade.

Vieille famille de Jinzhou, les Ji bénéficiaient d'un ascendant considérable. Ils occupaient toute une rue, baptisée «la rue des Ji», où ils possédaient une grande propriété entourée d'un vaste jardin bien entretenu. Ma mère s'y était souvent promenée avec son amie, et elle s'entendait bien avec Hui-ge, le grand frère.

Hui-ge était un beau jeune homme d'environ vingt-cinq ans, diplômé d'une école d'ingénieurs. Contrairement à la plupart des jeunes gens issus de familles nanties et puissantes, il n'avait rien d'un dandy. Ma mère avait beaucoup d'affection pour lui, et Hui-ge le lui rendait bien. Il venait souvent la voir et l'invitait à prendre le thé. Ma grand-mère le trouvait sympathique et courtois, et se disait qu'il ferait un excellent parti pour sa fille.

Hui-ge n'avait pas tardé à inviter ma mère à sortir seule avec lui. Dans les premiers temps, sa sœur les accompagnait pour leur servir de chaperon, mais très vite, elle s'éclipsait en invoquant quelque excuse fumeuse. Quand les jeunes filles étaient seules, cette dernière vantait les mérites de Hui-ge, en précisant qu'il était le préféré de leur grand-père. Elle devait aussi parler de son amie à son frère, car ma mère s'aperçut vite qu'il connaissait une foule de choses sur elle, y compris son arrestation pour ses activités progressistes. Les deux jeunes gens se découvrirent une foule de points communs. Hui-ge exprimait très ouvertement son opinion sur le Kuo-min-tang. Une ou deux fois, il tirailla sur son uniforme de colonel en marmonnant qu'il espérait que la guerre serait bientôt finie pour qu'il puisse retourner à sa passion, l'ingénierie. Il avoua à ma mère qu'à son avis les jours du Kuo-min-tang étaient comptés, et elle éprouva vraiment le sentiment qu'il était profondément sincère avec elle.

Il tenait sans aucun doute à elle, mais elle se demandait quelquefois si son attitude n'était pas motivée par des considérations politiques. Elle finit par conclure qu'il essayait vraisemblablement de lui transmettre un message et, à travers elle, aux communistes. Un message qu'elle interprétait ainsi : je n'aime pas le Kuo-min-tang et je suis disposé à vous aider.

Ils devinrent ainsi des conspirateurs tacites. Un jour, ma mère lui suggéra de se rendre aux communistes avec quelques-uns de ses hommes (ce qui se produisait assez souvent). Il lui répondit qu'en tant qu'officier d'état-major, il n'avait pas de troupes sous ses ordres. Ma mère lui demanda alors d'essayer de convaincre son grand-père de changer de camp, mais il lui répliqua tristement que le vieil homme le ferait probablement fusiller s'il lui proposait une chose pareille.

Ma mère tenait Yu-wu informé et ce dernier lui recommanda d'entretenir soigneusement sa relation avec Hui-ge. Quelque temps plus tard, il lui suggéra de demander au jeune colonel de l'emmener faire une promenade en jeep dans la campagne. Ils firent plusieurs excursions de ce genre. Chaque fois, au moment où ils passaient à proximité de toilettes primitives en pleine nature, elle demandait à s'arrêter. Elle descendait de voiture et allait dissimuler un message dans une cachette à l'intérieur de la petite cabane pendant qu'il l'attendait derrière le volant. Jamais il ne lui posa de questions. De plus en plus souvent, il lui faisait part de ses inquiétudes quant à son sort et celui des siens. D'une manière détournée, il lui laissa entendre que les communistes risquaient de l'exécuter. « J'ai peur de n'être bientôt plus qu'une âme affranchie de son corps devant la porte de l'Occident. » (Les Cieux de l'Occident étaient supposés être la destination des morts, le havre de paix éternelle. A Jinzhou, comme en bien d'autres endroits en Chine, les exécutions se déroulaient dans un terrain vague situé à l'extérieur de la porte ouest). En disant cela, il scruta avidement le regard de ma mère, dans l'espoir qu'elle le contredirait.

Ma mère était certaine qu'étant donné l'aide qu'il leur avait fournie, les communistes l'épargneraient. Bien qu'il ne lui eût rien dit de précis, elle lui répondait d'un ton confidentiel : « Cesse de ruminer des idées noires ! Je suis sûre que tu n'as aucune raison de t'inquiéter ! »

Tout au long de l'été 1948, la situation du Kuo-min-tang continua à se détériorer — et pas uniquement sur les champs de bataille. La corruption faisait en effet de terribles ravages. A la fin de 1947, l'inflation avait dépassé le seuil inimaginable de 100 000 %. Elle devait atteindre 2 870 000 % l'année suivante, dans les régions contrôlées par le Kuo-min-tang. Le prix du sorgho, principale céréale disponible, fut multiplié par sept du jour au lendemain. La population civile sombrait inexorablement dans la famine, d'autant plus que l'armée réquisitionnait une quantité croissante de nourriture, l'essentiel étant vendu au marché noir par les commandants locaux.

Les officiers du haut commandement du Kuo-min-tang n'arrivaient pas à se mettre d'accord sur la stratégie à suivre. Chiang Kai-shek conseillait de renoncer à Mukden, la plus grande ville de Mandchourie, et de concentrer l'action sur le siège de Jinzhou, mais il était incapable d'imposer une stratégie cohérente à ses généraux. Il semblait placer tous ses espoirs dans une intervention américaine de grande envergure. Le défaitisme régnait en maître au sein de son état-major.

En septembre, le Kuo-min-tang ne détenait plus que trois bastions en Mandchourie : Mukden, Changchun (l'ancienne capitale du Manchukuo, alors baptisée Hsinking) et Jinzhou, outre les 450 kilomètres de voies ferrées reliant ces villes entre elles. Les communistes encerclaient simultanément les trois villes, et le Kuo-min-tang se demandait où se produirait le principal assaut. En fait, ce devait être Jinzhou, la plus au sud des trois et la meilleure cible stratégique : une fois celle-ci tombée, les deux autres seraient coupées de leurs sources d'approvisionnement. Les communistes étaient incapables de déplacer d'importants corps d'armée sans se faire remarquer, mais le Kuo-min-tang dépendait pour sa part du chemin de fer, soumis à des attaques constantes, et, à un moindre degré, du transport aérien.

L'offensive sur Jinzhou commença le 12 septembre 1948. Le

23 septembre, un diplomate américain, John F. Melby, prenant l'avion pour Mukden, nota dans son journal : « Au nord du couloir menant à la Manchourie, l'artillerie communiste défonçait systématiquement le terrain d'atterrissage de Chinchow (Jinzhou). » Le lendemain, 24 septembre, les forces communistes avancèrent encore. Vingt-quatre heures plus tard, Chiang Kai-shek ordonnait au général Wei Li-huang de sortir de Mukden à la tête de quinze divisions pour aller renforcer les troupes chargées de défendre Jinzhou. Le général Wei refusa d'obtempérer et, le 26 septembre, les communistes avaient pour ainsi dire isolé Jinzhou.

Le 1er octobre, la ville était cernée de toutes parts. Yixian, à 35 kilomètres au nord, tomba le même jour. Chiang Kai-shek s'envola pour Mukden afin de prendre le commandement en main. Il ordonna l'engagement de sept divisions supplémentaires dans la bataille de Jinzhou, mais ne put obtenir du général Wei qu'il sorte de Mukden avant le 9 octobre, soit deux semaines après qu'il lui en eut intimé l'ordre. De surcroît, ce dernier n'emmena avec lui que onze divisions, et non pas quinze. Le 6 octobre, Chiang Kai-shek prenait l'avion pour Huludao où il ordonna aux troupes stationnées sur place de monter sur Jinzhou pour prendre la relève. Une partie d'entre elles s'exécutèrent, mais sans aucune méthode, et se retrouvèrent bientôt totalement éparpillées, pour ne pas dire décimées.

Pendant ce temps-là, les communistes se préparaient à transformer l'offensive sur Jinzhou en un véritable siège. Yuwu contacta ma mère pour la charger d'une mission délicate : il s'agissait d'introduire clandestinement des détonateurs dans un des dépôts de munitions du Kuo-min-tang, en l'occurrence celui qui approvisionnait la division de Hui-ge lui-même. Les munitions étaient stockées dans une vaste enceinte, entourée de murs surmontés de barbelés que l'on disait électrifiés. On fouillait systématiquement tous ceux qui entraient ou sortaient du dépôt. Les soldats qui vivaient à l'intérieur de ce complexe passaient le plus clair de leur temps à boire et à jouer. On faisait parfois venir des prostituées à leur intention. Les officiers organisaient alors un bal dans une sorte de club de fortune. L'un d'eux devait avoir lieu dans les prochains jours, et ma mère confia à Hui-ge qu'elle était très curieuse de voir comment cela se passait. Il accepta de l'emmener sans poser de questions.

Le lendemain, un homme que ma mère n'avait jamais vu vint

120

lui remettre les détonateurs. Elle les rangea dans son sac et se rendit au camp en voiture comme convenu, en compagnie de Hui-ge. On les laissa entrer sans les fouiller. Une fois à l'intérieur, elle demanda à Hui-ge de lui faire visiter les lieux et laissa son sac dans la voiture, conformément aux instructions qu'elle avait reçues. Dès qu'ils seraient hors de vue, des agents clandestins étaient censés venir prendre possession de la marchandise. Ma mère s'appliquait à marcher à pas comptés pour leur donner plus de temps. Quant à Hui-ge, il était ravi de lui faire plaisir.

Ce soir-là, la ville fut secouée par une énorme explosion. Des détonations en chaîne ébranlèrent la nuit et la dynamite et les obus illuminèrent le ciel, tel un spectaculaire feu d'artifice. Toute la rue du dépôt était la proie des flammes. Les vitres volèrent en éclats sur un rayon d'au moins 50 mètres. Le lendemain matin, Hui-ge fit venir ma mère chez lui. Il avait les yeux cernés et il ne s'était pas rasé. D'évidence, il n'avait pas fermé l'œil de la nuit. Il l'accueillit avec une froideur inhabituelle.

Après un silence pesant, il lui demanda si elle avait appris la nouvelle. Son expression confirma probablement ses pires craintes, à savoir qu'il avait contribué à massacrer une partie de sa division. Il lui annonça qu'une enquête allait avoir lieu. «Je me demande si cette explosion va me coûter la tête, soupira-t-il, ou bien si elle me vaudra une gratification.» Profondément affligée pour lui, ma mère lui répondit d'un ton rassurant : «Je suis sûre que l'on ne pourra jamais te soupçonner. Il ne fait aucun doute que tu seras récompensé.» Sur ce, Hui-ge se leva et prit congé d'elle courtoisement. «Merci de ta promesse!» acheva-t-il.

En attendant, les obus de l'artillerie communiste avaient commencé à déferler sur la ville. La première fois qu'elle les entendit siffler au-dessus de sa tête, ma mère s'affola un peu. Par la suite, les bombardements s'intensifiant, elle s'y habitua. On aurait cru des coups de tonnerre permanents. Une sorte d'indifférence mêlée de fatalisme finit par émousser la peur. Le siège eut aussi pour effet de briser les rituels manchous religieusement observés jusque-là par le docteur Xia : pour la première fois, toute la maisonnée mangeait ensemble, hommes et femmes, maîtres et domestiques. Auparavant, ils prenaient leur repas en huit groupes distincts, chacun mangeant des mets différents. Un jour, alors qu'ils étaient tous réunis autour de la table et sur le point de dîner, un obus s'engouffra par la fenêtre et vola au-dessus du *kang* où le fils de Yu-lin, âgé d'un an, était en train de jouer, pour atterrir finalement avec un bruit sourd juste sous la table. Fort heureusement, comme un grand nombre d'obus, il n'explosa pas.

Une fois le siège commencé, il devint impossible de trouver de la nourriture, même au marché noir. Une centaine de millions de dollars du Kuo-min-tang suffisait à peine pour se procurer une livre de sorgho. Comme la plupart des familles qui pouvaient se le permettre, ma grand-mère avait emmagasiné un peu de sorgho et de soja, et son beau-père, « Loyauté » Pei-o, se servait de ses relations pour obtenir des vivres supplémentaires. Pendant le siège, l'âne de la famille fut tué par des éclats d'obus, alors on le mangea.

Le 8 octobre, les communistes disposèrent plus de 250 000 soldats en position d'attaque. Les bombardements s'intensifièrent encore, devenant très précis. Le général Fan Han-jie, commandant en chef du Kuo-min-tang, déclara qu'il avait l'impression que les obus le suivaient partout où il allait. Un grand nombre de positions d'artillerie furent anéanties, et les forteresses inachevées subirent des dommages irréparables, de même que les routes et les voies ferrées. Le téléphone et les câbles télégraphiques furent coupés et la ville se trouva privée d'électricité.

Le 13 octobre, les défenses extérieures cédèrent. Plus de 100 000 soldats du Kuo-min-tang se retranchèrent au cœur de la ville. Cette nuit-là, une douzaine de soldats hagards firent irruption chez les Xia, réclamant de la nourriture. Ils n'avaient rien mangé depuis deux jours. Le docteur Xia les accueillit courtoisement et l'épouse de Yu-lin se mit aussitôt en devoir de leur préparer un énorme plat de nouilles au sorgho. Quand tout fut prêt, elle posa la casserole fumante sur la table de la cuisine et alla prévenir les soldats, dans l'autre pièce, que leur repas les attendait. Au moment où elle s'apprêtait à regagner la cuisine, un obus atterrit dans la casserole. Celui-ci explosa, expédiant des nouilles dans toute la pièce. L'épouse de Yu-lin eut le réflexe de s'abriter sous une table étroite, à proximité du *kang*. Un soldat se tenait devant elle ; elle le saisit par la jambe et le força à s'accroupir. Rétrospectivement, son geste terrifia ma grand-mère. « Et s'il s'était retourné et avait appuyé sur la détente ? » chuchota-t-elle dès qu'il fut hors de portée de voix.

Jusqu'à l'ultime étape du siège, les bombardements furent

étonnamment précis; peu de maisons particulières furent touchées, mais la population civile subit les conséquences des effroyables incendies provoqués par les obus, d'autant plus que l'on manquait d'eau pour éteindre les flammes. Une épaisse fumée noire obscurcissait le ciel en permanence et on n'y voyait pas au-delà de quelques mètres, même en plein jour. Le vacarme de l'artillerie était assourdissant. On entendait des gémissements, sans jamais savoir d'où cela venait ni ce qui se passait.

Le 14 octobre, les communistes amorcèrent l'offensive finale. Neuf cents pièces d'artillerie bombardèrent la ville sans interruption. Toute la famille se réfugia dans un abri antiaérien improvisé, creusé quelques jours plus tôt, à l'exception du docteur Xia qui refusa de quitter la maison. Il resta assis tranquillement sur son *kang*, dans un coin de sa chambre, près de la fenêtre, priant Bouddha en silence. A un moment donné, quatorze chatons se ruèrent dans la pièce. Il fut ravi de leur venue: un endroit où un chat essaie de se cacher porte forcément bonheur, se dit-il. Effectivement pas une seule balle ne pénétra dans la pièce, et tous les chatons survécurent. Mon arrière-grand-mère s'était elle aussi rebiffée à l'idée de descendre dans l'abri: pendant toute l'attaque, elle resta blottie sous une table en chêne, près de son *kang*. Après la bataille, elle s'aperçut que les couvertures et les dessus-de-lit dont elle avait recouvert la table étaient transformés en de véritables passoires.

En plein milieu d'un bombardement, le fils de Yu-lin, qui se trouvait en bas dans l'abri, eut besoin de se soulager. Sa mère l'emmena dehors. Quelques secondes plus tard, la paroi de l'abri s'effondra à l'endroit précis où elle se tenait avant de sortir. Ma mère et ma grand-mère durent remonter et se réfugier dans la maison. Ma mère alla se tapir près du *kang* de la cuisine mais, très vite, des éclats d'obus vinrent frapper le côté en briques du *kang* et la maison se mit à trembler. Elle partit dans le jardin en courant. Le ciel était noir de fumée. Des balles fendaient l'air de toutes parts et ricochaient partout. On aurait dit qu'il tombait une pluie torrentielle à laquelle se mêlaient des plaintes et des hurlements.

Au petit matin, une bande de soldats du Kuo-min-tang s'introduisit dans la maison, traînant avec eux une vingtaine de civils terrorisés, les résidents des trois cours voisines. Les soldats étaient au bord de l'hystérie. Ils venaient de quitter leur poste d'artillerie, installé dans le temple d'en face et bombardé quelques instants plus tôt avec une précision telle qu'ils étaient persuadés qu'un des civils présents avait vendu la mèche. Ils ne cessaient de hurler qu'ils voulaient la peau du coupable. Comme personne ne parlait, ils jetèrent leur dévolu sur ma mère et la plaquèrent contre un mur. Épouvantée, ma grand-mère se hâta d'aller déterrer quelques petites pièces d'or qu'elle remit de force aux soldats. Le docteur Xia et elle les supplièrent à genoux d'épargner leur enfant. La femme de Yu-lin raconta par la suite que c'était la seule fois de sa vie qu'elle avait vu la peur crisper le visage du docteur Xia. « C'est ma petite fille, implorait-il. Je vous supplie, elle n'a rien fait. Croyez-moi... »

Les soldats empochèrent l'or et relâchèrent ma mère. Puis ils entassèrent tout le monde dans deux pièces, sous la menace de leurs baïonnettes, et les y enfermèrent. Pour être sûrs qu'ils n'enverraient plus de signaux, décrétèrent-ils. Il faisait nuit noire à l'intérieur des pièces, et ce n'était pas très rassurant. Ma mère s'aperçut bientôt que les bombardements semblaient se calmer. Les bruits du dehors se modifiaient aussi. Au sifflement des obus se mêlèrent bientôt des explosions de grenades à main et des claquements de baïonnettes. On entendait crier : « Rendez les armes et vous aurez la vie sauve ! » Il y eut des hurlements à vous glacer le sang et des cris de colère et de douleur. Coups de feu et éclats de voix ne cessaient de se rapprocher. Pour finir, le son précipité de bottes frappant les pavés leur parvint distinctement : les soldats du Kuo-min-tang étaient en train de prendre la fuite en courant.

Ensuite, le tumulte s'apaisa quelque peu et les Xia constatèrent que l'on donnait de grands coups dans le portail latéral du jardin. Le docteur Xia s'avança prudemment jusqu'à la porte de la chambre et l'entrouvrit sans peine : les soldats étaient partis. Il gagna le portail et demanda qui frappait. Une voix lui répondit : « Nous sommes l'armée du peuple, venue vous libérer. » Le docteur ouvrit aussitôt et plusieurs hommes vêtus d'amples uniformes entrèrent à la hâte. Dans l'obscurité, ma mère vit qu'ils portaient des serviettes blanches autour de leur manche gauche, en guise de brassards, et qu'ils tenaient leur fusil au poing, baïonnette au canon. « Ne craignez rien, dirent-ils. Nous ne vous ferons pas de mal. Nous sommes votre armée, l'armée du peuple. » Puis ils déclarèrent qu'ils avaient l'intention de fouiller la maison à la recherche de soldats du Kuo-min-tang. C'était plus un ordre qu'une requête, mais ils s'exprimèrent poliment. Ils eurent la décence de ne pas mettre les lieux sens dessus dessous, de ne rien voler, et ne demandèrent pas de nourriture. Après leur perquisition, ils s'en allèrent comme ils étaient venus en prenant aimablement congé de la famille.

Ce fut seulement au moment où les soldats entrèrent dans la maison que les Xia comprirent que les communistes avaient bel et bien pris la ville. Ma mère était folle de joie. Cette fois, les uniformes déchirés et couverts de poussière des nouveaux venus ne la déçurent pas.

Les voisins qui avaient trouvé refuge chez les Xia étaient impatients de rentrer chez eux pour s'assurer que leur logement tenait encore debout et n'avait pas été pillé. De fait, une maison avait été rasée, et une femme enceinte, restée sur place, avait péri sous les décombres.

Peu de temps après le départ des voisins, on frappa de nouveau au portail. Ma mère alla ouvrir et se retrouva face à une demi-douzaine de soldats du Kuo-min-tang, visiblement terrorisés. Ils étaient dans un état pitoyable et la peur incendiait leurs regards. Ils se prosternèrent devant le docteur Xia et son épouse en les suppliant de leur prêter des vêtements civils. Les Xia eurent pitié d'eux et leur donnèrent quelques vieux habits qu'ils enfilèrent à la hâte par-dessus leurs uniformes avant de déguerpir.

Dès les premières lueurs du jour, la femme de Yu-lin ouvrit le portail d'entrée. Plusieurs cadavres gisaient dans la rue, juste sous ses yeux. Elle poussa un cri d'horreur et rentra dans la maison en courant. En entendant son hurlement, ma mère sortit voir ce qui se passait. Un grand nombre de morts jonchaient la route, certains privés de tête ou de membres, d'autres les tripes à l'air. Plusieurs corps étaient réduits à l'état de bouillie. Des lambeaux de chair, des bras et des jambes pendaient aux poteaux télégraphiques. Une eau ensanglantée parsemée de gravats et de débris de chair humaine bouchait les caniveaux.

Jinzhou avait été le théâtre d'une bataille colossale. L'assaut final avait duré trente et une heures, et, à bien des égards, ce fut le tournant décisif de la guerre civile. On dénombra 20 000 victimes du côté du Kuo-min-tang et les communistes firent plus de 80 000 prisonniers, dont dix-huit généraux. Notamment le commandant suprême des forces du Kuo-min-tang à Jinzhou, le général Fan Han-jie, capturé au moment où il essayait de prendre la fuite, déguisé en civil. Ma mère vit défiler dans la rue d'interminables colonnes de prisonniers de guerre en route pour les camps provisoires. Parmi eux, elle reconnut une de ses amies aux côtés de son mari, officier du Kuo-min-tang, tous deux enveloppés dans des couvertures pour se protéger du froid matinal.

Les communistes s'étaient engagés à épargner tous ceux qui rendraient les armes de bonne grâce et à traiter correctement leurs prisonniers. Cette politique devait les aider à rallier à leur cause une bonne partie des hommes du rang, généralement issus de familles paysannes démunies. Les vainqueurs ne prirent même pas la peine d'établir des camps de détention. Ils maintinrent sous bonne garde les officiers moyens et supérieurs et dispersèrent presque immédiatement le reste des troupes. Ils organisèrent à l'intention des soldats des séances dites d'« expression des griefs » au cours desquelles on encouragea ces derniers à parler de l'âpreté de leur existence de paysans exploités. La révolution signifiait avant tout une redistribution des terres, leur affirma-t-on. Les soldats avaient deux solutions : rentrer chez eux, auquel cas on leur donnait l'argent du voyage, ou demeurer aux côtés des communistes pour les aider à éliminer le Kuo-min-tang afin que l'on ne puisse plus jamais leur reprendre leurs terres. La plupart d'entre eux restèrent de leur plein gré et intégrèrent l'armée communiste. Certains n'étaient évidemment pas en mesure de regagner leur village à cause de la guerre. Des anciennes guerres chinoises, Mao avait tiré une leçon précieuse : à savoir que le meilleur moyen d'assujettir le peuple consistait à conquérir les cœurs et les esprits. La clémence des communistes vis-à-vis de leurs prisonniers eut des résultats inespérés. Après Jinzhou, en particulier, un nombre croissant de soldats du Kuo-min-tang se rendirent volontairement. Plus d'un million d'entre eux passèrent dans le camp opposé pendant la guerre civile. Au cours de la dernière année du conflit, les victimes des combats représentèrent moins de 20 % du total des pertes enregistrées par le Kuo-min-tang.

L'un des généraux capturés par les communistes se trouvait en compagnie de sa fille au moment de son arrestation. Cette dernière étant à un stade de grossesse très avancé, il demanda à l'officier du commandement communiste la permission de demeurer auprès d'elle à Jinzhou. Il s'entendit répondre qu'il n'appartenait pas à un père d'aider sa fille en pareille circonstance; on enverrait par conséquent une «camarade» pour assister cette dernière au moment voulu. Le général crut qu'on cherchait simplement à le contraindre à obéir aux ordres. Il apprit par la suite que sa fille avait été très bien traitée. La camarade en question s'était d'ailleurs révélée être l'épouse de l'officier auquel il avait eu affaire. L'attitude générale des communistes vis-à-vis de leurs prisonniers alliait subtilement des calculs d'ordre purement politique à un indéniable souci humanitaire. Ce fut l'un des éléments clés de leur victoire. L'objectif des communistes n'était pas seulement d'écraser l'armée ennemie, mais aussi de provoquer sa désintégration dans la mesure du possible. La démoralisation de l'armée du Kuo-min-tang causa sa perte autant que les feux ennemis.

Après la bataille, la priorité fut donnée au nettoyage de la ville, une tâche dont les soldats communistes s'acquittèrent pour l'essentiel. Toutefois, la population locale se montra fort empressée à les aider, dans la mesure où elle souhaitait se débarrasser au plus vite des cadavres et des gravats qui encombraient rues et maisons. Pendant des jours, on vit défiler de longs convois de charrettes remplies de cadavres et de gens chargés de paniers se frayant un chemin hors de la ville. Dès qu'il fut à nouveau possible de se déplacer, ma mère découvrit qu'un grand nombre de gens qu'elle connaissait avaient péri, certains sous les obus, d'autres ensevelis sous les décombres de leur propre maison.

Le lendemain de la libération de Jinzhou, les communistes placardèrent des affiches incitant les citadins à reprendre leur vie normale aussi vite que possible. Le docteur Xia se hâta de suspendre son enseigne colorée pour montrer que la pharmacie était ouverte. L'administration communiste lui fit savoir par la suite qu'il avait été le seul médecin de la ville à prendre cette initiative. La plupart des magasins rouvrirent le 20 octobre, alors que tous les cadavres n'avaient pas encore été déblayés. Deux jours plus tard, les écoliers reprenaient les cours et les bureaux retrouvaient leurs horaires habituels.

Le problème majeur restait la nourriture. Le nouveau gouvernement exhorta les paysans à venir vendre leurs marchandises en ville; il les y encouragea en doublant leurs prix par rapport à ceux pratiqués à la campagne. Le prix du sorgho chuta brutalement, de 100 millions de dollars kuo-min-tang la livre à 2 200 dollars. Un simple ouvrier fut rapidement en

127

mesure d'en acheter quatre livres avec ses gages journaliers. Le spectre de la famine commença à s'éloigner. Les communistes distribuèrent des céréales, du sel et du charbon d'appoint aux plus démunis. Jamais le Kuo-min-tang n'avait eu des initiatives pareilles et les gens furent terriblement impressionnés.

La discipline de l'armée communiste lui valut aussi la reconnaissance de la population. Il n'y eut ni pillage ni viol. De surcroît, un grand nombre de soldats firent preuve d'un comportement édifiant. On était à des lieues de l'insigne arrogance des troupes du Kuo-min-tang.

Jinzhou demeurait en état d'alerte. Menaçants, des avions américains planaient au-dessus de la ville. Le 23 octobre, un important contingent de l'armée du Kuo-min-tang tenta en vain de reprendre ses positions à Jinzhou en organisant une manœuvre en tenailles depuis Huludao et le Nord-Est. Une fois Jinzhou perdue, les énormes armées regroupées autour de Mukden et de Changchun ne tardèrent pas à se disperser ou à se rendre à leur tour et, dès le 2 novembre, les communistes contrôlaient l'ensemble de la Mandchourie.

Ils firent preuve d'une efficacité remarquable en restaurant l'ordre et en relançant l'économie dans des délais record. Le 3 décembre, les banques de Jinzhou rouvraient leurs portes ; le lendemain, l'électricité revenait. Le 29 décembre, des affiches annonçaient l'instauration d'un nouveau régime administratif des rues, des comités de résidents remplaçant les anciens comités de voisinage. Ces nouveaux organes seraient appelés à jouer un rôle crucial dans le système communiste d'administration et de contrôle. Le jour suivant, on rétablissait l'eau courante et, le 31, les trains recommençaient à circuler.

Les communistes réussirent même à juguler l'inflation, en offrant un taux de change favorable pour la conversion de la monnaie du Kuo-min-tang, totalement dévalorisée, en une nouvelle unité monétaire communiste dite «de la Grande Muraille».

Depuis l'arrivée des forces communistes, ma mère mourait d'envie de se lancer dans la bataille pour la révolution. Elle se sentait partie prenante de la cause communiste. Au bout de quelques jours d'attente fébrile, un représentant du parti la contacta enfin pour lui dire qu'elle avait rendez-vous avec le camarade Wang Yu, responsable du travail de la jeunesse à Jinzhou.

6

« A propos d'amour »

UN MARIAGE RÉVOLUTIONNAIRE

1948-1949

Un doux matin d'automne, la plus belle saison à Jinzhou, ma mère partit pour son rendez-vous avec le camarade Wang. Les grandes chaleurs estivales étaient passées, l'air commençait à fraîchir, mais il faisait encore assez bon pour porter des habits d'été. On appréciait délicieusement l'absence du vent et de la poussière qui vous empoisonnaient l'existence presque tout le reste de l'année.

Elle portait ce jour-là une robe bleu pâle de forme traditionnelle et une écharpe en soie blanche. Elle venait de se faire couper les cheveux très court, conformément à la nouvelle mode révolutionnaire. En entrant dans la cour intérieure des nouveaux locaux du gouvernement provincial, elle aperçut un homme debout sous un arbre, le dos tourné, en train de se brosser les dents à la lisière d'un parterre de fleurs. Elle attendit qu'il eût fini. Quand il releva la tête, elle vit son visage à la peau sombre et ses grands yeux pensifs ; il n'avait pas trente ans. Son corps fluet semblait flotter dans son uniforme ample. Il devait être un peu plus petit qu'elle. Son air rêveur la frappa. On aurait dit un poète. « Camarade Wang, je suis Wia De-hong, de l'association des étudiants, lui dit-elle. Je suis ici pour vous faire un rapport sur notre travail. »

« Wang » était le nom de guerre de l'homme qui devait devenir mon père. Quelques jours auparavant, il était entré dans Jinzhou avec les forces communistes. Depuis la fin de 1945, il commandait l'une des unités de guérilleros opérant dans la région. Membre du comité du parti communiste de Jinzhou depuis peu, il venait d'être nommé à la tête du secrétariat local et n'allait pas tarder à être promu directeur du département des Affaires publiques de la ville, un organe important chargé de l'éducation, de la campagne d'alphabétisation, de la santé, de la presse, des loisirs, des sports, de la jeunesse, ainsi que des sondages d'opinion publique.

Il était né en 1921 à Yibin, dans la province sud-ouest du Setchouan, à près de 2000 kilomètres de Jinzhou. Yibin, qui comptait alors 30 000 habitants environ, se situe à la confluence du fleuve Min et du fleuve de Sable doré, deux affluents du Yang-tzê, le plus long cours d'eau de Chine. Le bassin de Yibin, surnommé le « grenier du ciel », constitue l'une des zones les plus fertiles du Setchouan ; son climat chaud et humide en fait un site idéal pour la culture du thé. L'essentiel du thé de Chine consommé de nos jours en Grande-Bretagne provient de cette région.

Wang était le septième d'une famille de neuf enfants. Dès l'âge de douze ans, son père avait travaillé comme apprenti au service d'un fabricant de textiles. Parvenus à l'âge adulte, son frère, employé dans la même usine, et lui décidèrent de monter une affaire. Au bout de quelques années, ils prospérèrent et furent en mesure de s'acheter une grande maison.

Malheureusement, leur ancien patron était terriblement jaloux de leur succès. Il engagea des poursuites contre eux sous prétexte qu'ils lui avaient volé de l'argent pour démarrer leur entreprise. Le procès dura sept ans, et les deux frères épuisèrent leur capital à essayer de prouver leur innocence. Tous les magistrats liés à l'affaire leur extorquèrent de l'argent ; la cupidité de ces fonctionnaires n'avait pas de bornes. Finalement, on jeta mon grand-père en prison. Pour le sortir de là, il fallait que son frère obtienne de leur ancien employeur qu'il retire sa plainte. Ce dernier finit par y consentir, mais il lui réclama 1 000 pièces d'argent qu'il fut obligé d'emprunter. Ce fut le coup de grâce. Mon grand-oncle mourut peu après, à l'âge de trente-quatre ans, miné par l'angoisse et l'épuisement.

Mon grand-père se retrouva ainsi dans la nécessité de subvenir aux besoins de deux familles, soit quinze personnes au total. Il démarra une autre affaire et, vers la fin des années vingt, il commençait à remonter la pente. A cette époque-là, toutefois, les seigneurs de la guerre levaient d'énormes impôts pour financer leurs sempiternels combats. Ces ponctions colossales, combinées aux méfaits de la Grande Dépression, compliquaient considérablement la gestion d'une usine de textile. En 1933, mon grand-père mourut à son tour sous l'effet du surmenage et d'un trop-plein de tensions; il avait quarante-cinq ans. On vendit son entreprise pour rembourser ses dettes, et la famille se dispersa. En désespoir de cause, certains s'enrôlèrent dans l'armée; leurs chances de survivre étaient minces, si l'on songe à toutes les guerres en cours. Plusieurs frères et cousins de mon père trouvèrent des emplois divers, et les filles se marièrent aussi bien qu'elles le purent. L'une de ses cousines, âgée de quinze ans, à laquelle il était particulièrement attaché, fut contrainte d'épouser un opiomane beaucoup plus âgé qu'elle. Quand le palanquin arriva pour l'emmener au loin, mon père courut désespérément après elle, en se demandant s'il la reverrait jamais.

Il adorait les livres. Dès l'âge de trois ans, il apprenait à lire les classiques! Après le décès de son père, il lui fallut abandonner l'école. Il n'avait que treize ans et fut ravagé à l'idée de devoir renoncer à ses études. Il dut trouver un emploi. L'année suivante, en 1935, il quitta Yibin pour s'installer à Chongqing, une ville beaucoup plus grande, sur les rives du Yang-tzê. Il y dénicha une place d'apprenti dans une épicerie où il trimait douze heures par jour. L'une de ses tâches consistait à porter l'énorme pipe à eau de son patron chaque fois que l'envie venait à ce dernier d'aller se pavaner en ville dans un palanquin en bambou juché sur les épaules de deux hommes. Ceci dans l'unique but de montrer à tout le monde que ses moyens lui permettaient de payer un domestique pour trimbaler sa pipe à eau, que l'on aurait aussi bien pu poser sur le palanquin. Mon père ne recevait pas de gages; il avait droit à un lit et à deux repas frugaux par jour. Comme on ne lui donnait rien à manger le soir, il allait toujours se coucher avec des crampes à l'estomac. La faim devint chez lui une véritable obsession.

Il avait une sœur aînée qui vivait elle aussi à Chongqing. Elle avait épousé un instituteur. Après la mort de son mari, leur mère était venue vivre avec le jeune couple. Un jour, mon père avait tellement faim qu'il alla dans la cuisine et dévora une patate douce froide. Quand sa sœur s'en aperçut, elle fondit sur lui en hurlant : «J'ai déjà assez de mal à subvenir aux besoins de notre mère. Je ne vais tout de même pas te nourrir en plus. » Mon père fut tellement blessé par sa réaction qu'il partit de la maison en courant pour n'y plus jamais revenir.

Il supplia son patron de lui donner à dîner. Non content de lui refuser cette faveur, l'épicier se mit à l'injurier. Fou de rage, mon père s'en alla, il retourna à Yibin, où il survécut en travaillant comme apprenti dans différents magasins. Il ne rencontrait que la souffrance, non seulement dans sa vie mais aussi tout autour de lui. Chaque jour, en se rendant à son travail, il croisait un vieil aveugle qui vendait des petits pains. Plié en deux par l'âge, le vieillard marchait avec peine. Pour attirer l'attention des passants, il fredonnait une mélodie déchirante. Chaque fois que mon père l'entendait, il se disait qu'il fallait que les choses changent. Il devait aussi trouver un moyen de s'en sortir.

Il n'avait jamais oublié la première fois qu'il avait entendu le mot «communiste»: c'était en 1928, et il avait sept ans. Il jouait devant chez lui lorsqu'il aperçut une foule rassemblée à un carrefour voisin. Il courut et se fraya un passage jusqu'au premier rang. Un jeune homme était assis par terre, les jambes croisées, les mains attachées derrière le dos. Debout à côté de lui, un personnage robuste brandissait un énorme sabre. Curieusement, on autorisa le condamné à parler quelques minutes de ses idéaux et de quelque chose qu'il appela communisme avant que l'arme du bourreau ne s'abatte sur sa nuque. Mon père poussa un hurlement et se couvrit les yeux. Il fut terriblement secoué par cette exécution, mais le courage et la sérénité de cet homme face à la mort devaient rester gravés à jamais dans sa mémoire.

Dès 1935, même dans un endroit aussi reculé que Yibin, d'importants mouvements communistes clandestins avaient commencé à s'organiser, leur principal objectif étant de s'opposer à l'envahisseur nippon. Face à la prise de la Mandchourie par les Japonais et à leurs empiétements croissants sur le territoire chinois, Chiang Kai-shek avait choisi une politique de non-résistance, préférant s'acharner sur les communistes qu'il s'était juré d'annihiler. Ces derniers lancèrent un slogan de choc : «Les Chinois ne doivent pas se battre contre leurs compatriotes», et firent pression sur lui pour qu'il concentre ses forces contre les Japonais. En décembre 1936,

Chiang Kai-shek fut enlevé par deux généraux de sa propre armée, dont le jeune maréchal, Chang Hsueh-liang, originaire de Manchourie. Il fut sauvé en partie grâce aux communistes, qui intervinrent en faveur de sa libération contre la promesse d'un front uni face au Japon. Chiang Kai-shek fut obligé de céder, bien malgré lui, sachant qu'il leur donnait ainsi la possibilité de survivre, mais aussi d'étendre leur empire. « Si les Japonais sont une maladie de la peau, disait-il, les communistes, eux, sont une maladie du cœur. » En dépit de cette prétendue alliance avec le Kuo-min-tang, les communistes furent presque partout contraints de poursuivre leurs activités dans la clandestinité.

En juillet 1937, les Japonais lancèrent une offensive tous azimuts sur la Chine même. Mon père, comme bien d'autres, était épouvanté et désespéré de la situation de son pays. A peu près à ce moment-là, il fut engagé comme gardien de nuit dans une librairie qui vendait des publications de gauche. Il passait toutes ses heures de veille à dévorer les livres.

Il augmentait ses revenus en travaillant le soir comme « commentateur » dans un cinéma. On passait le plus souvent des films muets américains. Sa tâche consistait à se tenir près de l'écran et à expliquer aux spectateurs ce qui se passait, les films n'étant ni doublés ni sous-titrés. Il faisait par ailleurs partie d'une troupe de théâtre antijaponais. Comme il était mince avec des traits délicats, on lui confiait le plus souvent des rôles féminins.

Ce fut par l'intermédiaire des camarades de cette troupe que mon père entra pour la première fois en contact avec des communistes clandestins. Leur attitude de fermeté vis-à-vis des Japonais et leur volonté de se battre pour une société équitable embrasèrent son imagination et dès 1938, à l'âge de dix-sept ans, il ralliait le parti. A l'époque, le Kuo-min-tang se montrait extrêmement vigilant à l'égard des activités communistes dans la province du Setchouan. En décembre 1937, Nanjing, la capitale, était tombée entre les mains des Japonais, à la suite de quoi Chiang Kai-shek avait transféré son gouvernement à Chongqing. Ce déplacement donna lieu à une profusion de manœuvres policières qui obligèrent la troupe de mon père à se dissoudre. Plusieurs de ses amis furent arrêtés; d'autres durent prendre la fuite. Mon père supportait très mal de ne rien pouvoir faire pour son pays.

Quelques années auparavant, au cours de leur Longue

Marche de 10 000 kilomètres qui les avait finalement conduits dans la petite ville de Yen-an, dans le Nord-Ouest, les communistes avaient pénétré dans les coins les plus reculés de la province du Setchouan. Certains acteurs de la troupe parlaient beaucoup de Yen-an comme d'un havre de camaraderie où l'on pouvait rester intègre et travailler comme il faut, ce dont mon père avait toujours rêvé. Au début de 1940, il entama sa propre Longue Marche sur Yen-an. Il se rendit d'abord à Chongqing, où l'un de ses beaux-frères, officier dans l'armée de Chiang Kai-shek, lui fit une lettre de recommandation pour l'aider à traverser les zones occupées par le Kuo-min-tang et à franchir le blocus établi par Chiang Kai-shek autour de la ville même de Yen-an. Le voyage lui prit près de quatre mois. Il atteignait sa destination en avril 1940.

Yen-an se situe au cœur du plateau de la Terre Jaune, dans une région lointaine et désolée du nord-ouest de la Chine. Dominée par une pagode de neuf étages, la ville se composait alors principalement de rangées de grottes creusées dans la falaise, dont mon père fit sa demeure pendant plus de cinq ans. A la fin de leur Longue Marche, Mao Tsê-tung et ses forces, considérablement amoindries, y avaient abouti par vagues successives, échelonnées entre 1935 et 1936. Yen-an devint la capitale de l'Armée de la libération ; cernée de territoires hostiles, elle avait pour principal avantage d'être éloignée de tout et par conséquent difficilement attaquable.

Après un bref passage à l'école du parti, mon père demanda à être intégré dans l'une de ses plus prestigieuses institutions, l'Académie d'études marxistes-léninistes. L'examen d'entrée était ardu, mais il en sortit premier, grâce à ses longues heures de lecture nocturne dans le grenier de la librairie de Yibin. Ses camarades en furent sidérés. La plupart d'entre eux venaient de grandes villes comme Shanghai, et l'avaient à l'origine considéré comme un rustre. Il devint le plus jeune chercheur de l'Académie.

Ravi de l'enthousiasme, de l'optimisme et de la détermination des gens qui l'entouraient, mon père adorait Yen-an. Contrairement à leurs homologues du Kuo-min-tang, les dirigeants du parti vivaient simplement, comme tout le monde. Yen-an n'était pas vraiment une démocratie, mais, par rapport à ce qu'il avait connu auparavant, il eut l'impression d'être au paradis.

En 1942, Mao lança une vaste campagne de « rectification »

ainsi qu'une enquête visant à recueillir des critiques sur la gestion de la municipalité de Yen-an. Un groupe de jeunes chercheurs de l'Académie, dirigé par Wang Shi-wei et dans lequel figurait mon père, placarda des affiches vilipendant les dirigeants et exigeant davantage de liberté ainsi que le droit à une plus grande expression individuelle. Leur initiative déchaîna un ouragan sur la ville, et Mao en personne vint prendre connaissance de ces avis.

Le leader communiste s'emporta et transforma sa campagne en une véritable chasse aux sorcières. Wang Shi-wei fut taxé de trotskiste et d'espion. En tant que cadet de l'Académie, mon père fut simplement accusé par Ai Si-qi, champion chinois du marxisme et l'un des directeurs de ladite Académie, d'avoir « commis une erreur bien naïve ». Avant cet incident, Ai Si-qi avait souvent loué « son esprit brillamment subtil ». Après coup, ses acolytes et lui subirent d'implacables remontrances. Pendant des mois, on les obligea à procéder publiquement à des autocritiques approfondies. On décréta qu'ils avaient semé le trouble à Yen-an et gravement entamé l'unité et la discipline du parti, portant ainsi préjudice à la grande cause qui consistait à sauver la Chine des Japonais, de la pauvreté et de l'injustice. Les leaders du parti leur inculquèrent inlassablement la nécessité absolue de se plier à la règle du parti, pour le bien de la cause.

Finalement, on ferma l'Académie, et on envoya mon père à l'École centrale du parti enseigner l'histoire de la Chine à des paysans semi-analphabètes promus fonctionnaires. Contrairement à toute attente, ce passage difficile avait fait de lui un adepte du communisme encore plus intraitable. Comme tant d'autres jeunes, il avait investi sa vie et sa foi en Yen-an. Il n'allait pas céder si facilement à la déception. Au-delà du fait de considérer le dur traitement qu'il avait subi comme justifié, il y voyait une expérience noble, une sorte de purification de l'âme en vue de la mission de sauvegarde de la Chine dont il s'estimait investi. Seules des mesures de discipline strictes, draconiennes même, passant par un immense sacrifice personnel et une subordination absolue, pouvaient permettre d'arriver à ses fins.

Ses activités n'étaient pas toutes astreignantes. Il lui arrivait de sillonner la campagne avoisinante dans le but de recueillir des poèmes folkloriques. A force de fréquenter les bals à l'occidentale, très en vogue à Yen-an, il devint un danseur gracieux et élégant. La plupart des dirigeants communistes, y compris le futur Premier ministre, Zhou En-lai, y prenaient eux aussi beaucoup de plaisir. Et puis, il allait souvent se baigner dans les eaux limoneuses du Yan, l'un des innombrables affluents du majestueux fleuve Jaune, qui serpentait au pied des collines arides et poussiéreuses de la ville ; il adorait nager sur le dos en contemplant les formes dépouillées mais solides de la pagode.

La vie n'était pas toujours facile à Yen-an, mais on ne s'ennuyait jamais. En 1942, Chiang Kai-shek intensifia le blocus. Les approvisionnements en vivres, vêtements et autres produits de base s'en trouvèrent considérablement restreints. Mao exhorta chacun à prendre sa houe et sa quenouille afin de produire soi-même les biens indispensables à la vie. Mon père devint ainsi un excellent tisserand.

Il demeura à Yen-an jusqu'à la fin de la guerre. En dépit du blocus, les communistes réussirent à consolider leur emprise sur de vastes régions, notamment dans le nord de la Chine, derrière les lignes japonaises. Mao avait judicieusement calculé son affaire : les communistes disposaient désormais d'un espace de manœuvre vital. Au lendemain du conflit, ils pouvaient se targuer de contrôler 95 millions d'individus, soit 20 % de la population chinoise, répartis sur dix-huit « zones de base ». Tout aussi important, ils avaient acquis une précieuse expérience en matière de gestion politique et économique dans des conditions particulièrement difficiles. Ils se trouvaient donc en bonne posture, d'autant plus qu'ils avaient toujours fait preuve d'une capacité d'organisation et de contrôle phénoménale.

Le 9 août 1945, les troupes soviétiques envahirent le nord-est de la Chine. Quarante-huit heures plus tard, les communistes chinois leur proposèrent une coopération militaire contre les Japonais, mais leur offre fut rejetée : Staline soutenait Chiang Kai-shek. Le même jour, le PC chinois commença à ordonner l'envoi en Manchourie d'unités de l'armée accompagnées de conseillers politiques. Tout le monde savait que cette initiative aurait une importance capitale.

Un mois après la capitulation japonaise, mon père reçut l'ordre de partir pour Chaoyang, dans le sud-ouest de la Manchourie, à quelque 1 200 kilomètres à l'est de Yen-an et à proximité de la frontière avec la Mongolie intérieure.

En novembre, après avoir marché deux mois entiers, il

atteignit cette destination en compagnie d'une petite équipe. Les environs de Chaoyang se composaient surtout de collines et de montagnes dépouillées, presque aussi pauvres que les alentours de Yen-an. Trois mois auparavant, cette région faisait encore partie du Manchukuo. Un petit groupe de communistes locaux y avaient institué leur propre « gouvernement » ; les clandestins du Kuo-min-tang n'avaient pas tardé à les imiter. En définitive, des troupes communistes furent dépêchées sur place en catastrophe depuis Jinzhou, à soixante-quinze kilomètres de là. Elles arrêtèrent le gouverneur du Kuo-min-tang et l'exécutèrent sommairement sous prétexte qu'il « complotait de renverser le gouvernement communiste ».

La bande de mon père prit le pouvoir, avec l'assentiment des autorités de Yen-an ; en l'espace d'un mois, une administration efficace fut mise en place sur l'ensemble de la région de Chaoyang, qui regroupait une population d'environ 100 000 âmes. Mon père occupait le second rang au sein de cette hiérarchie. L'une des premières initiatives du nouveau « gouvernement » consista à afficher des avis énonçant ses décisions politiques : libération de tous les prisonniers, fermeture des bureaux de prêteurs sur gages, les articles mis au clou pouvant être récupérés gratuitement, fermeture des bordels, les prostituées recevant de leur propriétaire six mois d'indemnités, ouverture de tous les magasins à grains et distribution des marchandises aux plus démunis. Par ailleurs, tous les biens appartenant aux Japonais ou aux collaborateurs devaient être confisqués, les infrastructures industrielles et commerciales appartenant aux Chinois étant au contraire protégées.

Ces mesures remportèrent bien évidemment un énorme succès. Elles profitaient aux pauvres, qui constituaient la majeure partie de la population. Chaoyang n'avait jamais connu que des administrations inefficaces et corrompues. A l'époque des seigneurs de la guerre, la région avait été mise à sac par plusieurs armées successives, après quoi les Japonais l'avaient occupée et saignée à blanc pendant plus de dix ans.

Quelques semaines après que mon père eut entamé ses nouvelles fonctions, Mao ordonna brusquement à ses forces de se retirer de toutes les villes et des grands axes de communication jugés vulnérables pour se replier dans la campagne — « renoncer à la grande route pour s'emparer des terres de part et d'autre » dans le but d'« encercler les villes depuis la campagne ». L'unité de mon père abandonna donc Chaoyang et se réfugia dans les montagnes voisines. C'était une région presque dénuée de végétation, en dehors d'herbes sauvages ou d'un rare noisetier. La nuit, la température descendait au-dessous de — 35°, avec des rafales de vent glaciales. Quiconque se laissait surprendre par la nuit sans abri mourait de froid. Il n'y avait de surcroît pratiquement rien à manger. Après l'exaltation suscitée par la défaite japonaise et leur expansion rapide dans de vastes zones du Nord-Est, l'apparente victoire des communistes semblait tourner à la débâcle en un temps record. Terrés dans des grottes et des cabanes de paysans misérables, mon père et ses hommes commencèrent à broyer du noir.

Pendant ce temps, les communistes et les forces du Kuo-min-tang s'efforçaient les uns et les autres de se mettre en bonne posture en préparation d'une reprise de la guerre civile. Chiang Kai-shek avait rétabli sa capitale à Nanjing. Grâce à l'aide des Américains, il transféra une grande partie de ses troupes en Chine du Nord, avec l'ordre secret d'occuper tous les sites stratégiques dans les plus brefs délais. Dans l'espoir de persuader Chiang Kai-shek de former un gouvernement de coalition avec les communistes, relégués au demeurant à un rôle subalterne, les États-Unis dépêchèrent en Chine l'un de leurs plus grands généraux, George Marshall. Une trêve fut signée le 10 janvier 1946; elle devait entrer en vigueur trois jours plus tard. Le 14, le Kuo-min-tang occupa Chaoyang et commença aussitôt à mettre en place une importante force de police armée ainsi qu'un réseau de services de renseignement, et à armer des escouades constituées de propriétaires terriens locaux. Ils rassemblèrent ainsi des effectifs de plus de 4 000 hommes, dans le but d'annihiler les forces communistes de la région. En février, mon père et son unité durent prendre la fuite; ils s'engagèrent sur un terrain de plus en plus inhospitalier. La plupart du temps, ils étaient obligés de se cacher chez les paysans les plus démunis. En avril, faute de retraite, il leur fallut se disperser. La guérilla était désormais leur unique chance de salut. Mon père établit finalement sa base dans un hameau baptisé le « Village aux six maisons », parmi les collines où le fleuve Xiaoling prend sa source, à une centaine de kilomètres à l'ouest de Jinzhou.

Les guérilleros communistes disposaient de très peu d'armes; le plus souvent, ils s'en procuraient auprès de la police locale, ou bien ils les « empruntaient » aux seigneurs.

Autre source d'approvisionnement : les anciens membres de l'armée et de la police du Manchukuo, auxquels ils firent appel en raison de leurs armements, précisément, et de leur expérience des combats.

Dans la région où se trouvait mon père, la politique communiste avait pour principal objectif d'obtenir une réduction du prix du fermage et des intérêts dont les paysans étaient redevables aux propriétaires terriens. A ces derniers, ils confisquèrent des vivres et des vêtements afin de les distribuer aux paysans démunis. Les débuts furent difficiles, mais dès le mois de juillet, à la veille des moissons, lorsque les champs de sorgho eurent atteint leur pleine maturité et qu'il devint par conséquent possible de s'y cacher, les différentes unités de guérilleros purent se rassembler dans le Village aux six maisons, sous un arbre gigantesque qui semblait monter la garde près du temple. Mon père ouvrit le débat en évoquant l'histoire du Robin des bois chinois, intitulée *La Marge de l'eau* : « Ceci est notre "Salle de justice". Nous sommes ici pour définir la manière de libérer notre peuple du mal et faire observer la Justice au nom du Ciel. »

A ce moment les hommes de mon père se battaient principalement dans l'Ouest, et les régions dont ils acquirent le contrôle comportaient de nombreux villages peuplés de Mongols. En novembre 1946, à l'approche de l'hiver, les forces du Kuo-min-tang multiplièrent leurs assauts. Un jour, mon père faillit être pris dans une embuscade. Après d'intenses échanges de coups de feu, il parvint *in extremis* à s'en tirer. Ses vêtements étaient en lambeaux et son sexe pendait de son pantalon, au grand amusement de ses camarades.

Ils dormaient rarement deux soirs de suite au même endroit. Comme ils étaient souvent contraints de se remettre en route plusieurs fois dans la nuit, ils ne pouvaient jamais se déshabiller avant de se coucher. Leur vie n'était qu'une suite ininterrompue d'embuscades, d'encerclements et de percées. L'unité de mon père comportait plusieurs femmes qu'il résolut d'expédier vers le sud, dans une région plus sûre, proche de la Grande Muraille, en compagnie des blessés et des malades. Un long et hasardeux voyage les attendait, à travers des zones tenues par le Kuo-min-tang. Le moindre bruit pouvait leur être fatal, aussi mon père ordonna-t-il que tous les bébés fussent confiés aux soins de paysans de la région. Une des femmes ne pouvait se résigner à abandonner son enfant ; pour finir, mon père l'informa qu'elle devait choisir entre obéir à l'ordre qui lui était donné et la cour martiale. Elle se sépara de son nouveau-né.

Au cours des mois suivants, l'unité de mon père se déplaça plus à l'est, en direction de Jinzhou et de l'importante voie ferrée reliant la Manchourie à la Chine. Ses hommes luttèrent pied à pied dans les collines à l'ouest de Jinzhou en attendant l'arrivée de l'armée régulière communiste. Le Kuo-min-tang lança en vain contre eux plusieurs «campagnes d'annihilation». Ils commencèrent à marquer des points. A vingt-cinq ans, mon père jouissait d'une telle réputation que sa tête avait été mise à prix; dans toute la région de Jinzhou, on placarda des avis de recherche avec son portrait. Ma mère les vit; elle entendit aussi beaucoup parler de lui et de ses guérilleros par l'intermédiaire de ses parents engagés dans les services de renseignement du Kuo-min-tang.

Lorsque l'unité de mon père fut obligée de battre en retraite, les forces du Kuo-min-tang regagnèrent du terrain et reprirent aux paysans les vivres et les vêtements confisqués aux propriétaires terriens par les communistes. Dans bien des cas, ces paysans furent torturés, certains même exécutés, en particulier ceux qui avaient mangé leurs provisions — ce qui était généralement le cas puisqu'ils mouraient de faim — et se trouvaient par conséquent dans l'impossibilité de les restituer.

Dans le Village des six maisons, le plus gros propriétaire terrien, un certain Jin Ting-quan, exerçait aussi les fonctions de chef de la police. On savait qu'il avait violé plusieurs femmes de la région. Au moment de l'arrivée des communistes, il s'était enfui avec les troupes du Kuo-min-tang. L'unité de mon père avait présidé la réunion au cours de laquelle il avait été décidé d'ouvrir sa maison et son stock de céréales au bénéfice de la population. Quand Jin revint avec le Kuo-min-tang, il obligea les paysans à ramper devant lui et à lui rendre tous les vivres que les communistes leur avaient donnés. Ceux qui avaient déjà consommé leur part furent torturés et on rasa leurs maisons. Un homme qui refusait d'obtempérer mourut brûlé à petit feu.

Au printemps 1947, la roue commença à tourner. Dès le mois de mars, l'unité de mon père parvint à reprendre la ville de Chaoyang, puis la région environnante. Pour célébrer leur victoire, ils organisèrent un festin suivi de divertissements. Mon père fut mis à contribution; il avait le don d'inventer de subtils rébus à partir de noms de famille, ce qui lui valait une grande popularité parmi ses camarades.

Les communistes mirent en application un vaste programme de réforme agraire, consistant à confisquer les domaines détenus jusque-là par une poignée de propriétaires pour les redistribuer équitablement aux paysans. Dans le Village aux six maisons, ces derniers refusèrent tout d'abord de prendre les terres du sinistre Jin Ting-quan, pourtant emprisonné entre-temps. Bien qu'il fût hors d'état de nuire, les malheureux continuaient à le craindre comme la peste. En rendant visite à plusieurs familles, mon père découvrit peu à peu la terrible vérité à son sujet. Le gouvernement de Chaoyang le condamna à mort. Il devait être fusillé, mais la famille de l'homme qu'il avait fait brûler vif, soutenue par les parents de ses autres victimes, résolut de lui faire subir le même sort. Lorsque les flammes commencèrent à lécher son corps, Jin serra les dents. Il ne laissa pas échapper le moindre gémissement, jusqu'au moment où le feu circonscrit son cœur. Les responsables communistes chargés de procéder à son exécution ne firent pas le moindre geste pour empêcher les villageois de le torturer. Bien que les communistes fussent opposés à la torture, en théorie et par principe, les responsables locaux avaient reçu l'ordre de ne pas intervenir si les paysans souhaitaient épancher leur colère par un acte de revanche irrépressible.

Les riches propriétaires terriens comme Jin exerçaient jusqu'alors sur la population locale un pouvoir de vie et de mort absolu dont ils profitaient impudemment. On les surnommait d'ailleurs *e-ba* (mot à mot « despotes féroces »).

Dans certaines régions, les exécutions s'étendirent aux propriétaires terriens ordinaires, surnommés « pierres », en d'autres termes, obstacles à la révolution. L'attitude à leur égard était on ne peut plus simple : « Dans le doute, éliminons-les. » Mon père n'était pas d'accord avec ce point de vue et décréta à ses subordonnés, ainsi qu'à l'auditoire des réunions publiques qu'il présidait, que seuls ceux qui avaient indubitablement du sang sur les mains méritaient une condamnation à mort. Dans ses rapports à l'intention de ses supérieurs, il répéta à maintes reprises que le parti ne devait pas traiter des vies humaines à la légère, en affirmant que ces exécutions sommaires auraient pour seul effet de faire du tort à la révolution. Ce fut en partie parce qu'un grand nombre de gens comme mon père haussèrent le ton qu'en février 1948 la direction communiste lança des appels pressants afin que l'on mît fin à ces abus.

En attendant, les principales forces militaires communistes se rapprochaient. Au début de 1948, les guérilleros de mon père rejoignirent les rangs de l'armée régulière. Lui-même fut chargé d'un réseau de collecte de renseignements couvrant toute la région de Jinzhou et de Huludao ; son travail consistait à surveiller le déploiement des forces du Kuo-min-tang et à évaluer leur situation sur le plan alimentaire. L'essentiel de ses informations provenait d'agents infiltrés dans le Kuo-min-tang, et notamment de Yu-wu. Ce fut dans le contexte de ces rapports qu'il entendit parler de ma mère pour la première fois.

L'homme mince et rêveur que ma mère surprit en train de faire sa toilette dans la cour en ce matin d'octobre avait parmi ses camarades la réputation d'être coquet. Il se brossait les dents chaque jour, une nouveauté chez les guérilleros et les villageois qu'il avait côtoyés au fil des combats. Contrairement à ses compagnons qui se mouchaient simplement en se bouchant une narine, il se servait d'un mouchoir qu'il lavait aussi souvent que possible. Sachant combien les maladies oculaires étaient répandues, il évitait de tremper son gant de toilette dans les lavabos publics, comme le faisaient les autres soldats. On le disait aussi très érudit. Passionné de lecture, il portait toujours sur lui quelques ouvrages de poésie classique, même pendant la bataille.

Lorsque ma mère avait remarqué les premiers avis de recherche le concernant et que l'on avait commencé à parler autour d'elle de ce dangereux « bandit », elle s'était vite rendu compte qu'il inspirait autant d'admiration que de crainte. En le voyant ce matin-là de ses propres yeux, elle ne fut pas du tout déçue que le légendaire guérillero n'eût rien d'un guerrier.

De son côté, le camarade Wang n'ignorait rien du courageux passé de ma mère. Surtout, et c'était là un fait inhabituel, il savait qu'à dix-sept ans elle commandait à des hommes. Une femme admirable et émancipée, s'était-il dit, mais il l'avait imaginée sous l'aspect de quelque dragon féroce. A son grand plaisir, il la trouva jolie, féminine, plutôt coquette même. Elle s'exprimait avec une éloquence à la fois douce et persuasive. Il se félicita en particulier de la précision de son langage, si rare chez les Chinois. C'était une qualité extrêmement importante à ses yeux ; il détestait en effet ce parler vague, fleuri, irréfléchi qui caractérisait un si grand nombre de ses concitoyens.

Comme il riait beaucoup, elle remarqua la blancheur éclatante de ses dents qui contrastait agréablement avec la dentition le plus souvent brunâtre et cariée des autres guérilleros. Sa conversation l'enchanta aussi lorsqu'elle découvrit à quel point il était érudit et cultivé. Ce n'était vraiment pas le genre d'homme capable de confondre Flaubert et Maupassant !

Quand ma mère lui eut annoncé qu'elle venait lui faire son rapport sur les activités du syndicat des étudiantes, il l'interrogea d'abord sur les lectures des étudiantes en question. Elle lui fournit un récapitulatif précis. Puis elle lui demanda s'il serait disposé à leur faire des conférences sur l'histoire et la philosophie marxistes. Il accepta bien volontiers, mais voulut savoir combien d'élèves fréquentaient son école. Elle lui indiqua immédiatement le chiffre exact. Il lui demanda encore quelle proportion de ces effectifs soutenait les communistes ; là encore, elle lui donna aussitôt une estimation prudente.

Quelques jours plus tard, il entamait sa série de conférences. Il fit également découvrir aux élèves les œuvres de Mao et leur expliqua en termes simples certaines de ses théories fondamentales. Il s'exprimait admirablement, et les filles étaient fascinées, ma mère en particulier.

Mon père annonça un jour aux étudiantes que le parti organisait un voyage à Harbin, capitale provisoire des communistes, située dans le nord de la Mandchourie. Construite en grande partie par les Russes, Harbin était connue comme « le Paris de l'Est », en raison de ses larges boulevards, de ses édifices richement décorés, de ses boutiques élégantes et de ses cafés à l'européenne. Présenté comme une excursion touristique, ce voyage avait en réalité un tout autre objectif. Le parti s'inquiétait de l'éventualité d'une reprise de Jinzhou par le Kuo-min-tang. Aussi voulait-on éloigner les enseignants et les étudiants procommunistes, ainsi que l'élite professionnelle — notamment les médecins —, au cas où la ville serait à nouveau occupée, sans pour autant déclencher les sonnettes d'alarme. Ma mère et plusieurs de ses camarades figuraient parmi les 170 personnes sélectionnées pour ce voyage.

A la fin novembre, ma mère prit donc le train pour le nord, en proie à une grande excitation. Ce fut parmi les vieux édifices romantiques d'Harbin sous la neige, au cœur d'une ambiance russe mêlant poésie et mélancolie, que mes parents tombèrent amoureux l'un de l'autre. Mon père y écrivit de très beaux poèmes d'amour. Ma mère fut éblouie par l'élégance de son style classique, si difficile à manier. Elle découvrit par ailleurs son remarquable talent de calligraphe, ce qui l'éleva encore dans son estime.

La veille du Nouvel An, il l'invita chez lui avec une de ses amies. Il occupait une chambre dans un vieil hôtel russe, sorti tout droit d'un conte de fées, avec un toit de couleurs vives, des pignons décorés et de délicats ornements en plâtre autour des fenêtres et de la véranda. En entrant dans la pièce, ma mère aperçut une bouteille posée sur une table rococo, portant une étiquette rédigée en lettres étrangères: du champagne! Mon père n'en avait jamais bu de sa vie, mais il en avait entendu parler dans les livres.

Toutes les camarades de ma mère savaient qu'ils étaient épris l'un de l'autre. En sa qualité de porte-parole des étudiantes, cette dernière se rendait régulièrement chez le camarade Wang pour lui faire son rapport, et l'on avait remarqué qu'il lui arrivait de rentrer très tard dans la nuit. Mon père avait plusieurs autres admiratrices, y compris la jeune fille qui accompagnait ma mère ce soir-là; mais celle-ci avait bien vu à la manière dont il couvait ma mère des yeux, à ses taquineries et à la façon dont ils saisissaient toutes les occasions pour se rapprocher l'un de l'autre, qu'il était amoureux d'elle. Lorsque l'amie en question s'en alla, vers minuit, elle savait que ma mère allait rester. Mon père trouva un petit mot sous la bouteille de champagne vide: «Hélas! Je n'aurai plus d'autre raison de boire du champagne! J'espère que la bouteille sera toujours pleine pour vous!»

Cette nuit-là, le camarade Wang demanda à ma mère si elle était engagée vis-à-vis de quelqu'un d'autre. Elle lui parla franchement des relations qu'elle avait eues auparavant et lui avoua qu'elle n'avait vraiment aimé qu'un seul homme dans sa vie: son cousin Hu, que le Kuo-min-tang avait exécuté. Ensuite, conformément au nouveau code éthique communiste qui voulait, et c'était là une innovation sans précédent, qu'hommes et femmes fussent égaux, il lui dévoila à son tour son passé sentimental. Il lui confessa qu'il avait été épris d'une femme de Yibin; cette liaison avait tourné court quand il avait dû partir pour Yen-an. Par la suite, il avait eu plusieurs petites amies à Yen-an même, ainsi que pendant la période de la guérilla mais, en des temps aussi troublés, il ne lui avait pas été possible de songer au mariage. L'un de ses anciens flirts devait épouser Chen Boda, chef du département de mon père à l'académie de Yen-an, appelé à exercer plus tard un pouvoir considérable en qualité de secrétaire de Mao.

Après ces aveux mutuels, mon père annonça qu'il avait l'intention d'écrire au comité municipal du parti de Jinzhou afin d'obtenir la permission de lui « parler d'amour » (*tan-nian-ai*), en vue de l'épouser. La procédure était incontournable. Ma mère s'imaginait que cette démarche revenait en quelque sorte à obtenir l'aval d'un chef de famille, ce en quoi elle n'avait pas tort : le parti communiste remplaçait les patriarches d'antan. Cette nuit-là, après leur longue conversation, ma mère reçut de mon père son premier cadeau, un roman sentimental russe intitulé *Ce n'est que l'amour*.

Le lendemain, elle écrivit à ses parents pour leur annoncer qu'elle avait rencontré un homme qui lui plaisait beaucoup. Une forte inquiétude tempéra au premier abord leur enthousiasme dans la mesure où leur futur gendre était un fonctionnaire ; ces gens-là avaient toujours eu fort mauvaise réputation parmi les Chinois moyens. Outre les vices qu'on leur supposait, le pouvoir arbitraire dont ils étaient investis incitait à penser qu'ils ne pouvaient en aucun cas traiter une femme correctement. Ma grand-mère s'imagina que le camarade Wang, déjà marié, voulait faire de ma mère sa concubine. Après tout, n'avait-il pas déjà largement dépassé l'âge de se marier ?

Au bout d'un mois environ, on estima que le groupe de Harbin pouvait rentrer à Jinzhou sans courir de risques. Au même moment, le parti fit savoir à mon père qu'on l'autorisait à « parler d'amour » à ma mère. Deux autres hommes avaient également sollicité cette permission, mais leur requête avait trop tardé. L'un d'eux n'était autre que Liang, le superviseur de ma mère. Sa déception fut telle qu'il demanda son transfert. Ni Liang ni l'autre soupirant n'avaient jamais touché un mot à ma mère de leurs intentions.

A son retour, mon père apprit aussi sa nomination à la tête du département des Affaires publiques de Jinzhou. Quelques jours plus tard, ma mère l'emmena chez elle pour le présenter à sa famille. A peine apparut-il sur le seuil que ma grand-mère lui tourna le dos. Il la salua malgré tout, mais elle refusa de répondre. Il avait la peau foncée et il était terriblement maigre, conséquence des épreuves qu'il avait endurées pendant la période de la guérilla. De surcroît, ma grand-mère était persuadée qu'il avait largement dépassé la quarantaine et elle n'arrivait pas à croire qu'il n'ait pas été marié auparavant. Quant au docteur Xia, il le reçut poliment mais avec une certaine froideur.

Mon père ne s'attarda guère. Dès qu'il fut parti, ma grand-mère fondit en larmes. Un fonctionnaire n'augurait forcément rien de bon, geignit-elle. Heureusement, le docteur Xia avait déjà compris, au travers de sa brève entrevue avec mon père et des explications de ma mère, que les communistes exerçaient un contrôle bien trop rigoureux sur leurs effectifs pour qu'un officiel tel que mon père pût tricher. Ma grand-mère n'était pourtant qu'à moitié rassurée. « Mais il est originaire de la province du Setchouan, renchérit-elle. Comment les communistes peuvent-ils vérifier quoi que ce soit quand les gens viennent de si loin ? »

Elle continua obstinément à élever contre son futur beau-fils un barrage de doutes et de reproches, mais le reste de la famille ne tarda pas à se prendre d'affection pour lui. Le docteur Xia, en particulier, s'entendait fort bien avec lui ; ils bavardaient ensemble pendant des heures. Yu-lin et sa femme l'aimaient aussi beaucoup.

Cette dernière venait d'une famille très pauvre. Sa mère avait été obligée de se marier contre son gré, son propre père l'ayant perdue au jeu ! Pris dans une rafle par les Japonais, son frère avait enduré trois ans de travaux forcés, qui l'avaient brisé physiquement. Depuis le jour où elle avait épousé Yu-lin, elle se levait à 3 heures du matin pour s'atteler à la préparation des différents mets requis par la complexe tradition manchoue. Ma grand-mère gérait la maison et, bien qu'elles fussent de la même génération, l'épouse de Yu-lin s'estimait inférieure dans la mesure où son mari et elle dépendaient financièrement des Xia. Mon père était la seule personne qui s'obstinât à la traiter d'égal à égal, ce qui tranchait avec l'attitude traditionnelle des Chinois. A plusieurs reprises, il donna au jeune couple des billets de cinéma, un véritable événement dans leur vie monotone. Le camarade Wang était bien le premier fonctionnaire qu'ils rencontraient à ne pas se donner des airs. L'épouse de Yu-lin trouvait que, vraiment, les communistes laissaient présager un avenir meilleur.

Moins de deux mois après leur retour de Harbin, mes parents déposèrent leur dossier de mariage. Le mariage était par tradition un contrat entre deux familles; il n'avait jamais été question de registre civil ni de certificat de mariage. A présent, pour ceux qui avaient « rallié la révolution », le parti jouait bel et bien le rôle de chef de famille. Les critères en vigueur, résumés par la formule « 28-7 régiment-1 », étaient les suivants: l'homme devait avoir au moins vingt-huit ans, il devait être membre du parti depuis un minimum de sept ans et avoir un rang équivalant à celui de commandant de régiment; le « 1 » se référait à l'unique qualification requise pour la femme, à savoir qu'elle devait travailler au service du parti depuis un an au moins. Mon père avait effectivement vingt-huit ans selon la méthode de calcul de l'âge des Chinois (un an à la naissance); il appartenait au parti depuis plus de dix ans et occupait un poste correspondant à celui de commandant de division en second. Bien que ma mère ne fût pas membre du parti, on estima que ses activités clandestines passées satisfaisaient au critère dit « 1 »; par ailleurs, depuis son retour, elle travaillait à plein temps pour une organisation intitulée la Fédération des femmes. Celle-ci était chargée de superviser l'affranchissement des concubines, de fermer les bordels et de mobiliser des femmes pour la fabrication de chaussures destinées à l'armée; elle organisait aussi l'éducation et l'emploi féminins et informait les femmes sur leurs droits, en les empêchant notamment de contracter un mariage contre leur gré.

La Fédération des femmes était désormais « l'unité de travail » (*dan-wei*) de ma mère. Il s'agissait d'une institution placée totalement sous la coupe du parti, auquel tous les citadins devaient appartenir et qui régentait pour ainsi dire tous les aspects de la vie de ses fonctionnaires, telle l'armée. Ma mère était censée vivre dans les locaux de la Fédération; elle devait solliciter auprès d'elle la permission de se marier. En définitive, celle-ci abandonna la décision à l'unité de travail de mon père, puisqu'il occupait un rang supérieur dans la hiérarchie. Le comité municipal du parti de Jinzhou donna rapidement son aval. Toutefois, compte tenu de la position élevée de mon père, il fallait également obtenir l'accord du comité du parti pour la province du Liaoning occidental. Convaincus qu'il n'y aurait aucun problème, mes parents fixèrent la date de leur mariage au 4 mai, jour du dix-huitième anniversaire de ma mère.

Ce matin-là, bien résolue à s'installer sur-le-champ chez son mari, ma mère prépara sa literie et ses quelques effets. Elle portait sa robe bleu pâle préférée et un foulard en soie immaculé. Ma grand-mère était épouvantée. Avait-on jamais entendu parler d'une fiancée se rendant à pied chez son futur époux? Il fallait à tout prix trouver un palanquin pour la transporter là-bas. Marcher jusque chez cet homme aurait signifié qu'elle était indigne de lui, qu'il ne voulait pas vraiment d'elle. « Qui se préoccupe de ces choses-là maintenant? » s'exclama ma mère tout en finissant ses bagages. Ma grand-mère était encore plus consternée à la pensée que sa fille fût privée du faste d'un mariage traditionnel. Dès l'instant où une petite fille voyait le jour, sa mère commençait à mettre des articles de côté pour son trousseau. Conformément à la tradition, celui de ma mère contenait une douzaine de parures de lit et d'oreillers garnis de satin et brodés de canards mandarins, outre des rideaux et un lambrequin ouvragé destiné à un lit à baldaquin. Pourtant, ma mère ne voulait pas d'un mariage traditionnel, qu'elle considérait comme démodé et déplacé. Mon père et elle faisaient fi de tous ces rituels, estimant qu'ils n'avaient rien à voir avec leurs sentiments. L'amour était la seule chose qui comptait aux yeux de ces deux révolutionnaires.

Ma mère partit donc à pied chez son futur époux. Comme tous les fonctionnaires, il habitait sur son lieu de travail, à savoir dans les locaux du comité municipal du parti. Les employés étaient logés dans des rangées de bungalows à portes coulissantes disposés tout autour d'un vaste enclos. A la tombée de la nuit, alors qu'ils étaient sur le point d'aller se coucher, ma mère venait de s'agenouiller devant mon père pour l'aider à retirer ses souliers lorsque l'on frappa à la porte. Le visiteur tendit à mon père une lettre en provenance du comité provincial du parti, leur annonçant que le mariage devait être retardé. Seul un léger pincement de lèvres laissa deviner le désappointement de ma mère. Elle baissa la tête, rassembla ses affaires en silence, et s'en alla en disant simplement: « A plus tard. » Il n'y eut pas de larmes, ni de scène, pas la moindre manifestation de colère. Ce moment resta gravé à jamais dans la mémoire de mon père. Lorsque j'étais enfant, il me disait souvent: « Ta mère fut tellement gracieuse. » Puis, sur le ton de la plaisanterie, il ajoutait: « Comme les temps ont changé! Tu ne ressembles guère à ta mère : je te vois mal à genoux devant un homme en train de l'aider à retirer ses chaussures ! »

En réalité, le comité provincial se méfiait de ma mère en raison des relations de sa famille avec les services secrets du Kuo-min-tang ; telle était la cause du délai. On l'interrogea longuement sur les origines de ces liens, en insistant sur le fait qu'elle devait dire toute la vérité. Elle eut l'impression de témoigner au tribunal.

Elle dut également s'expliquer sur les demandes en mariage de plusieurs responsables du Kuo-min-tang et sur les nombreux amis qu'elle comptait parmi les membres de la Ligue de la jeunesse dudit parti. Elle souligna que ses camarades étaient profondément antijaponais et conscients des réalités sociales, et précisa que lorsque le Kuo-min-tang était arrivé à Jinzhou, en 1945, tout le monde l'avait considéré comme le gouvernement chinois. Elle aurait pu y adhérer elle aussi, mais à quatorze ans, elle était trop jeune. De surcroît, la plupart de ses amis n'avaient pas tardé à rallier la cause communiste.

Les instances du parti n'arrivaient pas à se mettre d'accord : le comité municipal estimait que les amis de ma mère avaient agi sous l'impulsion de considérations patriotiques, mais certains dirigeants du comité provincial continuaient à douter de leurs motivations. On demanda à ma mère de « tirer un trait » sur ses amis. « Tirer un trait » était un mécanisme capital instauré par les communistes pour creuser le fossé entre ceux qui étaient « dans la révolution » et ceux qui ne l'étaient pas. Rien n'était laissé au hasard, pas même les relations personnelles. Si ma mère voulait se marier, il fallait qu'elle renonce à ses amis.

Elle se montrait particulièrement affligée du sort que les communistes avaient réservé à Hui-ge, le jeune colonel du Kuo-min-tang. Dès la fin du siège, après l'élan de joie qu'elle avait éprouvé en apprenant la victoire des communistes, elle avait voulu s'assurer qu'il ne lui était rien arrivé de fâcheux. Elle avait couru d'une seule traite jusqu'à la résidence des Ji, à travers les rues inondées de sang. Il ne restait plus rien : ni rue ni maisons, plus qu'un gigantesque amas de gravats. Hui-ge avait disparu.

Au printemps, alors qu'elle se préparait à se marier, elle découvrit qu'il était vivant, mais incarcéré dans la prison de Jinzhou. Au moment du siège, il avait réussi à s'enfuir vers le sud et s'était finalement réfugié à Tianjin ; en janvier 1949, lorsque les communistes avaient repris la ville, cependant, ils l'avaient capturé et ramené à Jinzhou.

Hui-ge n'était pas considéré comme un prisonnier de guerre ordinaire. Compte tenu de l'influence de sa famille à Jinzhou, il appartenait à la catégorie des «serpents dans leurs propres nids», à savoir des figures locales établies et puissantes, jugées particulièrement dangereuses en raison de la loyauté sans borne que leur vouait la population locale; leurs penchants anticommunistes constituaient une grave menace pour le nouveau régime.

Ma mère était convaincue que Hui-ge serait traité convenablement dès que les communistes sauraient ce qu'il avait fait au profit de leur cause. Elle entreprit aussitôt d'intercéder en sa faveur. La procédure voulait qu'elle commence par s'adresser à son supérieur hiérarchique au sein de sa propre unité, la Fédération des femmes, qui transmettrait son appel à une autorité supérieure. Ma mère ignorait qui prendrait la décision finale. Elle alla trouver Yu-wu, qui connaissait fort bien ses relations avec Hui-ge pour les avoir lui-même incitées, et lui demanda de témoigner en faveur du colonel. Yu-wu rédigea un rapport faisant état des prouesses de Hui-ge, en précisant toutefois qu'il avait agi poussé par son amour pour ma mère et que, aveuglé par cette passion, il ignorait peut-être même qu'il aidait en réalité les communistes.

Ma mère résolut alors de faire appel à un autre chef clandestin, informé lui aussi de ce que le colonel avait fait. Ce dernier refusa catégoriquement d'admettre qu'il avait aidé les communistes. Il occulta le rôle joué par Hui-ge dans le transfert d'informations aux communistes, de manière à pouvoir s'attribuer le plein mérite de cet acte. Ma mère affirma que le colonel et elle n'avaient jamais été amoureux l'un de l'autre, mais reconnut qu'elle ne pouvait pas le prouver. Elle mentionna les requêtes et les promesses voilées qu'ils avaient échangées, mais les communistes y virent la preuve que le colonel essayait d'«assurer» son avenir, une attitude que le parti jugeait suspecte.

Toute cette affaire se déroula alors que mes parents préparaient leur mariage et jeta par conséquent une ombre sur leur relation. Mon père compatissait malgré tout à la détresse de ma mère; il trouvait lui aussi que Hui-ge méritait un jugement équitable. Il ne se laissa pas influencer par le fait que ma grand-mère avait voulu faire du colonel son beau-fils.

150

A la fin du mois de mai, ils reçurent enfin la permission de se marier. Ma mère participait à une réunion à la Fédération des femmes lorsque quelqu'un entra et lui glissa un billet dans la main. Le message provenait du chef du parti municipal, Lin Xiao-xia, neveu du général Lin Biao qui avait conduit les forces communistes en Mandchourie; rédigé en vers, il disait en substance: «Les autorités provinciales ont donné leur consentement. Vous n'aurez certainement pas envie de rester coincée dans une réunion. Allez vite vous marier!»

Ma mère se leva et alla porter le mot à la présidente de l'assemblée en s'efforçant de ne pas se départir de son calme. Celle-ci hocha la tête, et elle sortit. Elle courut chez son futur époux, sans même prendre la peine d'aller se changer. Elle portait donc pour ce grand jour son «costume de Lénine» bleu, l'uniforme des employés du gouvernement, composé d'une veste croisée et d'un pantalon ample. En ouvrant la porte, elle aperçut Lin Xiao-xia, les autres dirigeants du parti et leurs gardes du corps, qui venaient juste d'arriver. Mon père lui annonça que l'on avait envoyé une voiture chercher le docteur Xia. «Et votre belle-mère?» s'enquit Lin. Mon père ne répondit rien. «Ce n'est pas juste», renchérit Lin, et il ordonna aussitôt qu'on la fasse venir, elle aussi. Ma mère fut profondément blessée par cette «négligence» de son fiancé qu'elle attribua sans hésitation à la rancœur qu'inspiraient à ce dernier les relations de ma grand-mère avec les services secrets du Kuomin-tang. Tout de même, se dit-elle, était-ce la faute de sa mère? Elle ne songea même pas que l'attitude de mon père pût être une réaction à la froideur que sa mère avait manifestée à son égard.

Il n'y eut pas véritablement de cérémonie de mariage. Le docteur Xia vint féliciter le jeune couple. Puis la petite assemblée prit place autour d'une table pour déguster des crabes frais envoyés par le comité municipal pour fêter l'événement. Les communistes s'efforçaient en effet d'imposer la notion de noces frugales, à contre-courant de la tradition qui faisait de ce rituel l'occasion de dépenses phénoménales, dépassant largement les moyens des familles et les contraignant le plus souvent à s'endetter. Mes parents eurent tout de même droit à des dattes et à des cacahuètes, servies à l'occasion des mariages à Yen-an, ainsi qu'à des fruits secs appelés *longan*, symboles traditionnels d'une union heureuse et de la venue future de fils. Assez rapidement, le docteur Xia et la plupart des invités s'en allèrent. Une délégation de la Fédération des femmes fit son apparition un peu plus tard, une fois le reste des convives dispersé.

Le docteur Xia et ma grand-mère n'avaient pas été informés tout de suite du mariage ; le conducteur de la première voiture n'avait même pas pris la peine de le leur annoncer. Ma grand-mère apprit la nouvelle lorsqu'une deuxième voiture vint la chercher. Elle arriva donc en retard. Dès qu'elles l'aperçurent par la fenêtre, les déléguées de la Fédération se mirent à chuchoter entre elles, puis s'éclipsèrent à la hâte par la porte de derrière. Mon père s'empressa lui aussi de quitter la pièce. Ma mère faillit éclater en sanglots. Elle savait fort bien que ses camarades méprisaient sa mère à cause de ses rapports avec le Kuo-min-tang, mais aussi et surtout parce qu'elle avait été concubine. Loin d'être émancipées à cet égard, un grand nombre de femmes communistes, issues de familles paysannes analphabètes, demeuraient obnubilées par la tradition. A leurs yeux, une jeune fille digne n'aurait jamais accepté un sort aussi vil. Le parti avait pourtant stipulé qu'une concubine devait bénéficier du même statut qu'une épouse et pouvait annuler son « mariage » au même titre que l'homme. Il se trouvait que ces femmes de la Fédération étaient précisément celles que l'on chargeait de mettre en vigueur la politique d'émancipation du parti !

Ma mère cacha la vérité à sa mère, en prétendant que son nouvel époux avait dû retourner au travail : « Les communistes n'ont pas l'habitude d'octroyer un congé aux gens pour se marier, lui dit-elle. D'ailleurs, je suis sur le point de regagner moi-même mon poste. » Ma grand-mère trouva extraordinaire que les communistes traitent à la légère une institution aussi sérieuse que le mariage, mais ils avaient déjà enfreint tellement de règles liées aux valeurs traditionnelles qu'elle ne s'en étonnait plus.

A l'époque, ma mère avait notamment pour mission d'apprendre à lire et à écrire aux employées de l'usine textile où elle avait elle-même travaillé sous le joug des Japonais, et de les informer à propos de l'égalité des femmes et des hommes. L'usine appartenait toujours à des intérêts privés, et l'un des contremaîtres continuait à battre les travailleuses chaque fois que l'envie l'en prenait. Ma mère se démena pour obtenir son renvoi et aida les ouvrières à élire son remplaçant. Toutefois, le courroux qu'elle suscita chez ses camarades de la Fédération pour une autre affaire ternit le mérite que cette action courageuse aurait dû lui valoir.

L'une des principales tâches des femmes de la Fédération consistait à fabriquer des chaussures en coton pour l'armée. Ma mère ne savait absolument pas comment s'y prendre; aussi pria-t-elle sa mère et ses tantes de s'en charger à sa place. Seulement, celles-ci avaient appris à confectionner des souliers brodés, très délicats. Un beau jour, ma mère apporta donc à la Fédération une grande quantité de chaussures magnifiquement ouvragées, dépassant de beaucoup le quota requis. A son grand étonnement, au lieu de la féliciter de son ingéniosité, on la réprimanda comme une enfant. Les paysannes de la Fédération ne pouvaient pas imaginer qu'il existât une femme sur la terre qui ne sût pas confectionner des chaussures. Elles n'auraient pas été plus surprises d'apprendre qu'elle ne savait pas manger. Au cours des réunions suivantes, elle fut sévèrement critiquée pour sa «décadence bourgeoise».

Ma mère ne s'entendait pas bien avec plusieurs de ses supérieures hiérarchiques. Il s'agissait de paysannes plus âgées et très rigoristes, ayant vécu des années avec les guérilleros. Elles n'aimaient guère ces jeunes citadines jolies et cultivées qui enjôlaient facilement les hommes du parti. Lorsque ma mère sollicita son adhésion au sein dudit parti, elles décrétèrent donc qu'elle n'en était pas digne. Chaque fois qu'elle allait voir ses parents, elle essuyait des reproches. On l'accusait d'être «trop attachée à sa famille», une attitude jugée «bourgeoise»; elle en fut réduite à voir sa mère de moins en moins souvent.

A l'époque, une loi morale tacite voulait qu'aucun révolutionnaire ne soit autorisé à passer la nuit loin de son bureau, hormis le samedi. Ma mère avait l'obligation de dormir dans les locaux de la Fédération, séparés de ceux de mon père par un mur en terre bas. Le soir, elle escaladait ce mur en catimini et rejoignait mon père dans sa chambre au bout d'un petit jardin, pour rentrer chez elle à l'aube. On ne tarda pas à repérer son manège, et mon père et elle furent blâmés publiquement lors de réunions du parti. Les communistes avaient engagé une restructuration radicale des institutions, mais aussi de la vie des citoyens, des «révolutionnaires» en particulier. L'idée étant que toute part de l'existence individuelle prenait une dimension politique, l'intimité, le «privé» cessèrent d'exister. On mit en valeur les bas instincts en leur donnant un prétexte politique, les réunions du parti devinrent une sorte de forum qui permettait aux membres du parti de donner libre cours à leurs animosités personnelles.

Mon père fut contraint de se livrer à une autocritique publique. Dans le cas de ma mère, on se contenta d'une confession écrite. On l'accusa d'avoir «placé l'amour en premier» alors que la révolution devait avoir la priorité. Elle se sentit extrêmement brimée. Quel tort pouvait-elle faire à la révolution en passant la nuit avec son mari? Elle aurait admis le bien-fondé d'un tel règlement au temps de la guérilla, mais plus maintenant. Elle était farouchement opposée à l'idée de rédiger sa propre autocritique et l'avoua à mon père. A sa grande consternation, il la réprimanda vertement: «La révolution n'est pas encore gagnée, lui dit-il. La guerre continue. Nous avons enfreint le règlement et nous devons reconnaître nos erreurs. La révolution nécessite une discipline de fer. Tu dois obéir au parti même si tu ne comprends pas, même si tu n'es pas d'accord.»

Quelque temps plus tard, une terrible affaire éclata. Un poète du nom de Bian, qui avait fait partie de la délégation de Harbin et avec lequel ma mère s'était liée d'amitié, attenta à ses jours. Bian était un partisan de l'école de poésie du «Croissant», qui comptait notamment parmi ses défenseurs Hu Shi, futur ambassadeur de la Chine nationaliste aux États-Unis. Fortement influencé par Keats, ce mouvement mettait l'accent sur l'esthétique et la forme. Bian avait rallié la cause communiste pendant la guerre. Par la suite, il s'aperçut que son œuvre poétique était considérée comme ne concordant pas avec la révolution, qui voulait de la propagande et non pas des états d'âme. Il accepta partiellement cette opinion, mais n'en fut pas moins déchiré et plongea dans la dépression. Il en vint à penser qu'il ne pourrait plus écrire, tout en sachant qu'il ne pouvait pas vivre sans la poésie.

Sa tentative de suicide fut un choc pour le parti. Que l'on pût être déçu par la libération au point de vouloir mourir, voilà qui ne flattait guère son image de marque. Bian enseignait à l'école des cadres du parti de Jinzhou, parmi lesquels se trouvait un grand nombre d'illettrés. L'organisation du parti au sein de l'établissement mena une enquête et en arriva très vite à la conclusion que Bian avait voulu se supprimer à cause d'un chagrin d'amour, ma mère l'ayant prétendument éconduit. Au cours des réunions qui suivirent, la Fédération des femmes soutint que cette dernière avait commencé par répondre aux avances de Bian avant de le laisser tomber pour une meilleure proie, en l'occurrence mon père. Folle de rage, ma mère exigea qu'on lui fournisse des preuves de cette accusation. Bien évidemment, on n'en trouva jamais aucune.

Mon père défendit son épouse dans cette affaire. Il savait que pendant le voyage à Harbin, lorsque ma mère était censée avoir flirté avec Bian, elle était déjà amoureuse de lui et non pas du poète. Il avait vu Bian lui lire ses poèmes et connaissait l'admiration qu'elle avait pour lui, mais il ne voyait pas de mal à cela. Pourtant, ni lui ni ma mère ne purent mettre un terme à ce déluge de ragots, alimenté en particulier par les femmes de la Fédération, acharnées à flétrir la réputation de ma mère.

Au plus fort de cette campagne diffamatoire, ma mère apprit que son appel en faveur de Hui-ge avait été rejeté. Elle était folle d'angoisse. Elle avait fait une promesse au colonel et estimait à présent l'avoir trompé. Elle lui rendait visite régulièrement en prison afin de le tenir au courant des efforts qu'elle déployait pour obtenir la révision de son jugement, et n'avait pas imaginé une seule seconde que les communistes ne l'épargneraient pas. Elle manifestait un optimisme sincère et s'efforçait de le rassurer. Cette fois-là, lorsqu'il vit ses yeux rougis et ses traits figés par la volonté de dissimuler sa détresse, il sut qu'il n'y avait plus d'espoir. Ils pleurèrent ensemble, sous les yeux des gardiens et séparés par une table sur laquelle reposaient leurs mains. Hui-ge prit celles de ma mère dans les siennes ; elle ne fit rien pour l'en empêcher.

On informa mon père des fréquentes visites de sa femme à la prison. Au début, il ne protesta pas. Il comprenait la situation. Puis, peu à peu, il perdit son sang-froid. Le scandale provoqué par la tentative de suicide de Bian battait son plein. On affirmait à présent haut et fort que ma mère avait eu une liaison avec un colonel du Kuo-min-tang. Dire qu'ils étaient censés être en pleine lune de miel ! La rage finit par s'emparer de lui, mais ses sentiments personnels n'étaient pas le motif principal de l'assentiment qu'il apporta à l'attitude du parti vis-à-vis du colonel. Il décréta à ma mère que si le Kuo-min-tang revenait, des gens comme Hui-ge seraient les premiers à faire usage de leur autorité pour lui restituer le pouvoir. Les communistes ne pouvaient pas se permettre de prendre ce genre de risque, lui dit-il. « Notre révolution est une affaire de vie ou de mort. » Quand ma mère essaya de lui expliquer comment Hui-ge avait aidé les communistes, il lui rétorqua que ses visites à la prison avaient desservi le colonel, surtout lorsqu'ils s'étaient tenus par la main. Depuis l'époque de Confucius, hommes et femmes devaient être mariés, ou tout au moins amants, pour se toucher en public; même dans ces circonstances, cela se produisait très rarement. Ce geste d'affection mutuelle prouvait qu'ils avaient été amoureux l'un de l'autre et que les services rendus par le colonel aux communistes avaient eu des motivations «douteuses». Ma mère pouvait difficilement lui prouver le contraire, ce qui ne fit qu'augmenter son isolement.

Cette terrible sensation d'arriver dans une impasse fut encore aggravée par les ennuis qui frappèrent alors plusieurs de ses parents ainsi qu'un grand nombre de gens autour d'elle. Dès leur prise de pouvoir, les communistes avaient exigé que tous les anciens collaborateurs des services secrets du Kuomin-tang se présentent immédiatement à eux. L'oncle Yu-lin n'avait jamais travaillé pour cette organisation, mais il possédait une carte d'affiliation; il estima par conséquent de son devoir de se faire connaître aux nouvelles autorités. Sa femme et ma grand-mère essayèrent de l'en dissuader, mais il préféra dire la vérité. Il se trouvait dans une situation extrêmement difficile. S'il ne s'était pas dénoncé et que les communistes découvrent le pot aux roses, ce qui avait de fortes chances d'arriver étant donné l'ampleur de leur organisation, il se retrouverait dans de bien mauvais draps. En se présentant de son plein gré aux responsables communistes, toutefois, il leur donnait de sérieuses raisons de le soupçonner.

Le verdict concernant Yu-lin fut le suivant : « Antécédents politiques douteux. Pas de peine infligée, mais doit impérativement être employé sous stricte surveillance. » Cette sentence, comme presque toutes les autres, fut délivrée non pas par un tribunal mais par un organe du parti. On ne savait pas très bien comment l'interpréter, mais il en résulta que, pendant trente ans, la vie de Yu-lin dépendit étroitement du climat politique et de ses supérieurs hiérarchiques. A cette époque, toutefois, le comité municipal de Jinzhou était relativement indulgent, et Yu-lin fut autorisé à aller seconder le docteur Xia dans sa boutique.

Quant au beau-frère de ma grand-mère, « Loyauté » Pei-o, on l'exila à la campagne où il fut astreint à des travaux manuels. Parce qu'il n'avait commis aucun crime, il écopa d'une peine dite «de surveillance». Cela signifiait qu'au lieu d'être emprisonné, il serait placé sous le contrôle (tout aussi efficace) de la société. Sa famille décida de le suivre à la campagne. Avant de partir, toutefois, «Loyauté» dut être hospitalisé. Il avait contracté une maladie vénérienne. Les communistes avaient lancé une vaste campagne destinée à éliminer ce fléau et tous ceux qui en étaient atteints devaient se soumettre à une série de traitements.

Il trima trois années «sous surveillance». Ce statut particulier revenait à purger une peine de travaux forcés en ayant été libéré sur parole. «Loyauté» bénéficiait d'une certaine liberté, mais il devait se présenter régulièrement à la police à laquelle il faisait un compte rendu détaillé de ce qu'il avait fait, et même pensé, depuis sa dernière visite. Il était par ailleurs surveillé ouvertement par cette même police.

Après avoir purgé cette peine, il rejoindrait les gens comme Yu-lin dans une catégorie moins astreignante dite de surveillance «discrète». On parlait de manière imagée d'un contrôle en «sandwich», dans la mesure où tous les faits et gestes des suspects étaient épiés par deux voisins chargés spécifiquement de cette mission. «Deux rouges prenant un noir en sandwich», telle était l'expression consacrée. Il va sans dire que les autres voisins, par l'intermédiaire des comités de résidents, étaient également habilités — et encouragés — à faire leur rapport et à dénoncer le «noir» fautif. D'une étanchéité absolue, la «justice du peuple» jouait un rôle disciplinaire vital, puisqu'elle mettait à contribution une majorité de citoyens en collusion avec l'État.

Zhu-ge, l'officier des services secrets aux allures d'intellectuel qui avait épousé Miss Tanaka, fut condamné à une peine de travaux forcés à vie et exilé dans une région isolée proche de la frontière. (A l'instar d'un grand nombre d'anciens responsables du Kuo-min-tang, il fut libéré à l'occasion d'une amnistie en 1959.) On renvoya sa femme au Japon. Comme en Union soviétique, presque tous ceux qui furent condamnés à une peine d'emprisonnement furent expédiés non pas en prison mais dans des camps de travail, où ils se virent souvent confier des tâches périlleuses ou affecter dans des zones fortement polluées.

Certaines figures importantes du Kuo-min-tang, y compris des membres des services secrets, échappèrent aux représailles des communistes. Ce fut notamment le cas du surveillant académique du lycée, ancien secrétaire de district du Kuo-min-tang. On put prouver qu'il avait contribué à sauver la vie d'un grand nombre de communistes et sympathisants, y compris celle de ma mère. Il fut donc épargné.

La directrice de l'école et deux professeurs ayant travaillé pour les services secrets réussirent à se cacher et s'enfuirent finalement à Taiwan. Yao-han, le surveillant politique responsable de l'arrestation de ma mère, les imita.

Les communistes firent grâce aussi aux personnalités éminentes, telles que le «dernier empereur», Pou-Yi, et les généraux susceptibles de leur être «utiles». La politique déclarée de Mao était la suivante: «Nous tuons les petits Chiang Kai-shek. Nous épargnons les gros.» Une telle clémence vis-à-vis de gens comme Pou-Yi favoriserait, pensait-il, son image de marque à l'étranger. Personne ne pouvait se plaindre ouvertement de cette politique, bien qu'elle causât de sérieux mécontentements qui ne s'exprimaient guère qu'en privé.

Ce fut une période d'anxiété terrible pour la famille du docteur Xia. Au ban de la société, l'oncle Yu-lin et son épouse Lan, dont le sort était inexorablement lié à celui de son mari, redoutaient l'avenir. En même temps, la Fédération des femmes exigeait de ma mère qu'elle multiplie les autocritiques, son chagrin prouvant en effet l'«intérêt certain qu'elle portait au Kuo-min-tang».

On lui reprocha aussi d'avoir été rendre visite au prisonnier Hui-ge, sans en avoir demandé la permission à la Fédération. Personne ne lui avait dit qu'une telle démarche était nécessaire. La Fédération lui expliqua qu'on l'avait laissée faire au départ parce que l'on se montrait toujours indulgent envers les «nouveaux révolutionnaires»; on voulait voir quel délai lui serait nécessaire pour apprendre à s'autodiscipliner et à prendre ses ordres du parti. «Mais quels sont les domaines dans lesquels je dois solliciter des instructions?» demanda-t-elle. «Tous les domaines», lui répondit-on. La nécessité d'obtenir une autorisation pour «tout» sans spécification allait devenir un des instruments fondamentaux du pouvoir communiste chinois. Cela signifiait aussi que les gens apprendraient à ne plus prendre la moindre initiative.

Ma mère se retrouva donc totalement isolée au sein de la Fédération, qui était pourtant tout son univers. On chuchotait que Hui-ge s'était servi d'elle pour préparer un retour du Kuo-min-tang. «Dans quel pétrin s'est-elle fourrée, s'exclamaient les autres femmes, tout cela par libertinage. Songez à toutes ces liaisons qu'elle a eues! Et avec quels hommes!» Des doigts accusateurs la désignaient de toutes parts. Celles-là mêmes qui étaient censées être ses camarades de lutte au sein d'un mouvement glorieux et libérateur mettaient en doute sa personnalité et son engagement, alors qu'elle avait risqué sa vie pour la cause. On alla jusqu'à lui reprocher d'avoir quitté la réunion de la Fédération des femmes pour aller se marier, plaçant ainsi effrontément l'amour avant le parti. Elle souligna que le chef du comité municipal lui-même l'avait priée de quitter la séance. A cela, la présidente lui rétorqua: «Mais c'était à vous de manifester une attitude correcte en faisant passer la réunion en premier.»

Agée de dix-huit ans à peine, jeune mariée pleine d'espoir en une vie nouvelle, ma mère se sentait pourtant affreusement confuse et seule. Elle avait toujours fait confiance à son instinct du bien et du mal, mais ses convictions les plus intimes semblaient à présent en conflit avec les vues du parti et celles de son mari, qu'elle aimait pourtant profondément. Pour la première fois de sa vie, elle commença à douter d'elle-même.

Elle ne blâmait ni le parti ni la révolution. Pas plus qu'elle ne pouvait jeter la pierre aux femmes de la Fédération, puisqu'elles étaient ses camarades et représentaient à ses yeux la voix du parti. Sa rancœur s'exprima en définitive à l'encontre de mon père. Elle avait le sentiment qu'il n'était pas aussi loyal envers elle qu'il aurait dû l'être et qu'il prenait systématiquement position contre elle avec ses camarades. Elle comprenait qu'il lui fût difficile de lui manifester son soutien en public mais, dans l'intimité, elle aurait voulu qu'il se montre plus compréhensif. Il la décevait toujours. Dès le début de leur mariage, il y eut une différence fondamentale entre mes parents. Mon père était dévoué corps et âme au communisme; il estimait devoir tenir le même langage en privé qu'en public, même avec sa femme. Ma mère, elle, était beaucoup moins rigoriste, la raison et l'émotion tempérant son engagement. Contrairement à son époux, elle ménageait une certaine place à sa vie privée.

Elle en vint à trouver Jinzhou insupportable et finit par déclarer à mon père qu'elle voulait s'en aller sur-le-champ. Il se plia à sa volonté, bien qu'il fût sur le point d'obtenir une promotion. Il demanda donc son transfert au comité municipal du parti, sous le prétexte qu'il voulait retourner dans sa ville natale, Yibin. Les membres du comité en furent très étonnés, car il venait précisément de leur dire que c'était ce qu'il ne voulait pas faire. Depuis toujours, en Chine, les fonctionnaires étaient affectés à des postes éloignés de leur ville natale afin d'éviter tout risque de népotisme.

Au cours de l'été 1949, les communistes progressèrent vers le sud à un rythme constant : ils venaient de prendre Nanjing, la capitale de Chiang Kai-shek, et paraissaient sur le point d'atteindre la province du Setchouan. Leur expérience en Manchourie leur avait montré qu'ils avaient terriblement besoin d'administrateurs locaux et loyaux.

Le parti consentit au transfert de mon père. Deux mois après leur mariage — et moins d'un an après la libération —, les ragots et la médisance finirent donc par les chasser de Jinzhou. La joie que ma mère avait éprouvée au moment de la libération s'était changée en une immense tristesse mêlée d'angoisse. Sous le joug du Kuo-min-tang, l'action lui avait permis de se libérer de sa tension ; il lui était facile alors de se convaincre qu'elle agissait pour le bien, et cela lui donnait du courage. A présent, elle avait constamment l'impression d'avoir tort. Lorsqu'elle essayait d'en parler avec son mari, il lui répondait que la conversion au communisme était un processus extrêmement douloureux. Il ne pouvait en être autrement.

7

« Le passage des cinq cols »

LA LONGUE MARCHE DE MA MÈRE

1949-1950

Juste avant de quitter Jinzhou, ma mère se vit octroyer une carte provisoire du parti, grâce à l'adjoint au maire qui supervisait la Fédération des femmes. Il souligna en effet qu'elle en aurait besoin dans son nouveau lieu de résidence. Dans un délai d'un an, elle pourrait devenir membre du parti à part entière si l'on estimait son comportement digne d'une telle promotion.

Mes parents devaient se joindre à un contingent d'une centaine de personnes en route vers le sud-ouest, la plupart se rendant dans la province du Setchouan. Ce groupe se composait en majorité d'hommes, cadres communistes originaires du Sud-Ouest. Les rares femmes étaient des Manchouriennes qui avaient épousé des Setchouans. Pour le voyage, on leur donna des uniformes verts de l'armée et on les répartit en unités. La guerre civile continuait à faire rage sur tout leur parcours.

Le 27 juillet 1949, ma grand-mère, le docteur Xia et quelques amis proches de ma mère, dont la plupart étaient tenus pour suspects par les communistes, se rendirent à la gare pour faire leurs adieux au jeune couple. Tandis qu'elle leur disait au revoir sur le quai, ma mère était tiraillée par des sentiments contradictoires. D'un côté, elle avait la sensation d'être un oiseau enfin libéré de sa cage et prêt à s'envoler vers le ciel. De l'autre, elle ne pouvait s'empêcher de se demander si elle reverrait un jour tous ces gens qu'elle aimait, en particulier sa mère. Le voyage qui l'attendait était semé d'embûches et la province du Setchouan restait entre les mains du Kuo-min-tang. Ils s'apprêtaient à parcourir près de 1 500 km, et rien ne disait qu'elle pourrait un jour revenir à Jinzhou. Elle avait une irrésistible envie de pleurer mais retint ses larmes pour ne pas attrister sa mère davantage. Tandis que le quai disparaissait de sa vue, mon père s'efforça de la consoler. Il lui recommanda d'être forte. En tant que jeune étudiante nouvellement acquise à la cause révolutionnaire, lui dit-il, elle devait impérativement « passer les cinq cols », selon la formule consacrée, c'est-à-dire changer radicalement d'attitude vis-à-vis de sa famille, de sa profession, de l'amour, de son mode de vie et du travail manuel, en acceptant de bonne grâce les épreuves et les souffrances. Le parti insistait pour que les jeunes gens cultivés comme elle cessent d'être des « bourgeois » et se rapprochent des masses paysannes qui composaient plus de 80 % de la population. Ma mère avait entendu ces théories une bonne centaine de fois. Elle admettait la nécessité de s'amender au bénéfice d'une Chine nouvelle. Elle venait d'ailleurs d'écrire un poème sur l'acceptation du défi représenté par « la tempête de sable » qui balayerait son avenir. Mais elle désirait aussi plus de tendresse et de compréhension et en voulait à mon père de ne lui donner ni l'une ni l'autre.

Quand le train arriva en gare de Tianjin, à près de 500 km au sud-ouest de Jinzhou, il leur fallut descendre, pour la bonne raison que la voie ferrée s'arrêtait là. Mon père déclara qu'il voulait emmener sa femme visiter la ville. Tianjin était un port gigantesque où les Américains, les Japonais et plusieurs puissances européennes disposaient jusqu'à récemment d'enclaves extra-territoriales baptisées concessions. Des quartiers entiers avaient été construits dans des styles occidentaux divers et agrémentés d'édifices grandioses : élégants palais français du début du siècle, ravissants *palazzi* italiens, somptueuses résidences austro-hongroises datant de la fin de la période rococo. C'était un extraordinaire étalage d'opulence architecturale, déployé par huit nations rivalisant entre elles d'élégance et déterminées à impressionner les Chinois. Mises à part les banques japonaises, massives, grises et écrasées, connues en Manchourie, ou encore les banques russes aux toits verts et aux murs peints de délicates tonalités roses et jaunes, ma mère n'avait jamais vu des bâtiments de styles aussi différents. Quant à mon père, il avait lu de nombreux ouvrages de littérature étrangère et les descriptions des constructions européennes l'avaient toujours fasciné ; mais c'était la première fois qu'il les découvrait de ses propres yeux. Ma mère sentait bien qu'il multipliait les efforts pour tâcher de lui faire partager son enthousiasme, mais elle ne put sortir de sa torpeur tandis qu'ils déambulaient dans les rues de Tianjin, bordées d'arbres aux senteurs entêtantes. Sa mère lui manquait déjà et elle n'arrivait pas à pardonner à son mari son manque de compassion et sa rigidité, même si elle savait qu'il tentait maladroitement de dissiper sa mélancolie.

L'interruption de la voie ferrée ne fut que le début de leurs épreuves. Il fallut continuer le voyage à pied. Leur route était infestée de bandes armées à la solde des seigneurs locaux, de brigands et d'unités du Kuo-min-tang abandonnées sur place au fil de l'avancée des communistes. Le groupe de voyageurs disposait en tout et pour tout de trois fusils, dont un appartenait à mon père. A chaque étape, tout au long du trajet, les autorités locales leur envoyaient une escouade de soldats, généralement armés d'une ou deux mitrailleuses, pour les escorter.

Ils couvraient chaque jour de longues distances, sur des sentiers souvent difficiles, en portant sur leur dos leur sac de couchage et leurs quelques effets. Les anciens guérilleros avaient l'habitude de ce genre d'expédition. Dès le premier soir, ma mère avait les plantes des pieds couvertes d'ampoules. Il était impossible de s'arrêter pour se reposer. Ses camarades lui recommandèrent de prendre un bain de pieds bien chaud à la fin de la journée et de percer ses ampoules avec une aiguille dans le chas de laquelle elle passerait un cheveu. Cette opération la soulageait sur le moment mais, le lendemain, elle souffrait le martyre dès qu'il s'agissait de se remettre en marche. Chaque matin, elle serrait les dents et repartait en s'armant de courage.

Il n'y avait pas de routes goudronnées. Les voyageurs progressaient donc avec beaucoup de difficultés, surtout lorsqu'il pleuvait. La terre se changeait alors en un bourbier glissant et ma mère se retrouva un nombre incalculable de fois les quatre fers en l'air. A la fin de la journée, elle était couverte de boue. Dès qu'ils faisaient halte pour la nuit, elle s'effondrait comme une masse et restait prostrée là, incapable de bouger.

Un jour, ils durent marcher plus de cinquante kilomètres sous une pluie battante. Il faisait près de 35° C, et ma mère était trempée de sueur et de pluie. Ils gravissaient une montagne peu élevée — 900 mètres d'altitude environ —, mais elle n'en pouvait vraiment plus. Sa literie lui pesait sur le dos comme une énorme pierre. Les gouttes de sueur qui lui dégoulinaient du front brouillaient sa vue. Quand elle ouvrait la bouche pour reprendre son souffle, elle avait l'impression de ne plus pouvoir emplir ses poumons suffisamment pour arriver à respirer. Des milliers d'étoiles dansaient devant ses yeux et elle parvenait tout juste à mettre un pied devant l'autre. En atteignant le sommet, elle pensa que son calvaire était terminé, mais la descente se révéla encore plus difficile. Elle avait la sensation que ses mollets s'étaient liquéfiés. L'étroit sentier escarpé longeait un ravin de plusieurs centaines de mètres de profondeur. Ses jambes tremblaient et elle était sûre qu'elle allait tomber dans l'abîme d'un instant à l'autre. A plusieurs reprises, elle dut se cramponner aux arbres pour ne pas dégringoler de la falaise.

Une fois la montagne franchie, plusieurs rivières profondes, au débit rapide, leur barrèrent la route. L'eau lui arrivait à la taille et elle avait toutes les peines du monde à ne pas perdre l'équilibre. Au beau milieu d'une des rivières, elle trébucha et sentit que le courant allait l'emporter lorsqu'un homme l'empoigna avec force. Elle faillit éclater en sanglots, d'autant plus qu'à cet instant précis elle aperçut l'une de ses camarades à califourchon sur les épaules de son mari. Ce dernier étant haut fonctionnaire, il avait droit à une voiture, mais il avait renoncé à ce privilège de manière à pouvoir marcher aux côtés de son épouse.

Mon père, lui, ne portait pas ma mère. Il voyageait en jeep, en compagnie de son garde du corps. Son rang lui donnait effectivement droit à un moyen de transport, voiture ou cheval, selon les disponibilités. Ma mère espéra souvent qu'il proposerait de l'emmener, ou tout au moins de transporter ses bagages, mais il ne se donna jamais cette peine. Ce soir-là, après son sauvetage *in extremis* dans la rivière, elle décida d'avoir avec lui un entretien. Elle avait eu une journée épouvantable. De surcroît, elle vomissait constamment. Ne pourrait-il pas la laisser monter de temps en temps dans sa voiture? Il lui répondit que c'était impossible, car on prendrait cela pour du favoritisme, ma mère n'étant pas habilitée à bénéficier d'un transport. Il estimait de son devoir de lutter contre le népotisme chinois traditionnel. De plus, ma mère était censée s'aguerrir par l'épreuve. Quand elle mentionna le fait que son amie avait traversé la rivière sur les épaules de son mari, mon père lui rétorqua que cela n'avait rien à voir : la femme en question était une communiste de la vieille école. Dans les années 1930, elle avait commandé une unité de guérilleros aux côtés de Kim Il-Sung (futur président de la Corée du Nord). Ils avaient combattu les Japonais dans des conditions épouvantables au nord-est du pays. Au cours de sa longue carrière révolutionnaire, elle avait enduré une kyrielle d'épreuves, à commencer par la mort de son premier mari, exécuté sur l'ordre de Staline. Ma mère ne pouvait évidemment pas se comparer à cette héroïne, insista-t-il. Elle n'était qu'une jeune étudiante. Si les autres s'apercevaient qu'elle se faisait dorloter, elle aurait de sérieux ennuis. « C'est pour ton bien », ajouta-t-il en lui rappelant que son intégration définitive au parti dépendait d'elle et de personne d'autre. « Tu as le choix : entrer dans ma voiture ou entrer au parti. C'est l'un ou l'autre. »

Mon père n'avait pas tort. La révolution s'appuyait avant tout sur la paysannerie. Or les paysans menaient une existence d'une rudesse impitoyable. Ils regardaient d'un mauvais œil les privilégiés qui jouissaient d'un certain confort et ceux qui recherchaient de telles prérogatives. Tous les « révolutionnaires » étaient censés s'endurcir au point d'être immunisés contre la souffrance. C'était précisément ce que mon père avait fait à Yen-an, ainsi que pendant la guérilla.

Ma mère comprenait tous ces arguments en théorie, mais cela ne l'empêchait pas de reprocher amèrement à son mari de ne pas lui apporter le moindre soutien alors qu'elle était malade, à bout de forces, peinant chaque jour pour avancer, ses bagages sur le dos, transpirant, la nausée aux lèvres, les jambes en coton.

Un soir, n'en pouvant vraiment plus, elle éclata en sanglots. Ils passaient généralement la nuit dans un entrepôt désaffecté ou une salle de classe. Ce soir-là, ils avaient trouvé refuge dans un temple et dormaient tous à même le sol, serrés les uns contre les autres. Mon père était couché à côté d'elle. Quand elle commença à pleurer, elle détourna le visage et l'enfouit dans sa manche pour essayer de réprimer ses hoquets. Mon père ne tarda pas à se réveiller et s'empressa de lui mettre la main sur la bouche. A travers ses sanglots, elle l'entendit lui murmurer à l'oreille : « Ne fais pas de bruit ! Si on t'entend pleurer, on te réprimandera. » Auquel cas elle risquait gros. Ses camarades diraient alors qu'elle n'était pas digne « de faire partie de la révolution ». On la traiterait de lâche. Il lui glissa un mouchoir à la hâte afin qu'elle puisse étouffer ses sanglots.

Le lendemain, son chef d'unité, celui qui l'avait sauvée de la noyade, la prit à part et lui fit savoir que des gens s'étaient plaints de l'avoir entendue pleurer. On l'accusait de se comporter comme « une précieuse des classes exploiteuses ». Il se montra relativement compatissant, mais insista sur le fait qu'il était obligé de prendre en compte les remarques des autres. C'était une honte de se mettre à pleurnicher au bout de trois pas, lui dit-il. Elle n'agissait pas du tout comme une révolutionnaire. A partir de ce moment-là, ma mère ne pleura plus jamais, ce qui ne l'empêchait pas d'en avoir bien souvent envie.

Elle continua son chemin cahin-caha. Il leur restait encore à traverser la province du Shandong, qui n'était entre les mains des communistes que depuis quelques mois et demeurait particulièrement dangereuse. Un jour, ils s'étaient à peine engouffrés dans une vallée encaissée qu'une pluie de balles s'abattit sur eux. Ma mère se réfugia derrière un rocher. La fusillade se poursuivit une bonne dizaine de minutes ; après coup, ils découvrirent qu'un des membres du groupe avait été tué en essayant de prendre à revers leurs assaillants, qui se révélèrent être des bandits. Il y avait aussi plusieurs blessés. Ils enterrèrent le mort au bord de la route. Mon père et les autres officiels cédèrent leur monture ou leur véhicule aux blessés.

Au bout de quarante jours de marche ponctués de plusieurs autres embuscades, ils atteignirent enfin la ville de Nanjing, à près de 1 000 kilomètres au sud de Jinzhou, ancienne capitale du gouvernement du Kuo-min-tang. On a surnommé Nanjing la « fournaise chinoise ». A la mi-septembre, il y faisait encore une chaleur accablante. Ils logeaient dans des baraquements. Sur le matelas en feuilles de bambou de ma mère se dessinait une forme humaine noirâtre imprimée par la sueur des précédents occupants. En dépit de la canicule, ils faisaient quotidiennement des exercices militaires : il s'agissait d'apprendre à plier leur sac de couchage, leurs bandes molletières et leur sac en deux temps trois mouvements, et à marcher au pas de charge en transportant tout leur équipement sur leur dos. En tant que soldats, ils devaient se soumettre à une discipline rigoureuse. Ils portaient des uniformes kaki, des chemises et des caleçons en coton grossier. Il leur fallait boutonner leur veste jusqu'au menton. Interdiction formelle de défaire leur col. Ma mère avait de la peine à respirer. Comme le reste de la bande, elle arborait en permanence une énorme tache de sueur dans le dos. Tous étaient coiffés d'une casquette en coton double épaisseur qui serrait étroitement la tête de manière qu'aucun cheveu ne dépasse. De ce fait, ma mère transpirait encore plus, et le bord de sa casquette était continuellement trempé.

De temps à autre, ils avaient le droit de sortir. Ma mère se hâtait alors de dévorer plusieurs glaces coup sur coup. La plupart des gens du groupe n'avaient jamais été dans une grande ville de leur vie, en dehors de leur bref séjour à Tianjin. Ravis de découvrir ces sucettes délicieuses et si rafraîchissantes, la première fois, ils en achetèrent tout un lot pour leurs camarades restés dans le baraquement; ils les enveloppèrent soigneusement dans des serviettes blanches avant de les ranger dans leur besace. Quelle stupéfaction lorsqu'en arrivant ils s'aperçurent qu'il ne restait que de l'eau!

Ils étaient astreints à assister à des conférences politiques, présidées notamment par Deng Xiaoping, futur dirigeant chinois, et le général Chen Yi, futur ministre des Affaires étrangères. Ma mère et ses camarades s'asseyaient à l'ombre, sur la pelouse de l'université centrale, tandis que les orateurs discouraient parfois deux ou trois heures d'affilée sous un soleil de plomb. En dépit de la chaleur, leur auditoire était suspendu à leurs lèvres.

L'unité de ma mère reçut un jour l'ordre de parcourir plusieurs kilomètres au pas de charge, avec tout leur équipement sur le dos, afin d'aller se recueillir sur la tombe de Sun Yat-sen, père fondateur de la république. Au retour, ma mère ressentit une violente douleur dans le bas-ventre. Or la troupe de l'Opéra de Pékin donnait ce soir-là une représentation dans un quartier éloigné de la ville, l'une des plus grandes vedettes chinoises interprétant le rôle principal. Ma mère avait hérité de la passion de ma grand-mère pour cet opéra si célèbre et elle se réjouissait d'aller l'admirer.

Le soir venu, ses camarades et elle partirent donc à pied, à la queue leu leu, pour l'Opéra situé à sept ou huit kilomètres de leur baraquement. Mon père s'y rendit pour sa part en voiture. En chemin, sentant sa douleur empirer, ma mère songea à faire demi-tour, puis elle se ravisa. En plein milieu de la représentation, sa souffrance devint insoutenable. Elle alla trouver mon père discrètement et le pria de la ramener en voiture, sans préciser le motif de sa requête. Il se tourna vers son chauffeur et vit ce dernier, cloué dans son fauteuil, béat d'admiration. « Comment pourrais-je interrompre son bonheur simplement parce que ma femme veut rentrer ? » chuchota-t-il en lui faisant face à nouveau. Ma mère ne prit même pas la peine de lui expliquer qu'elle souffrait le martyre et s'éclipsa sans demander son reste.

Elle rentra au baraquement à pied, en proie à une douleur déchirante. Tout tournait autour d'elle. Elle avait l'impression d'avancer dans des ténèbres parsemées d'étoiles brillantes et ses jambes flageolantes la portaient à peine. Elle ne voyait pas la route et perdit toute notion du temps. Il lui semblait qu'elle marchait depuis des années. En arrivant, elle ne trouva personne. Tout le monde était à l'Opéra, hormis les sentinelles. Elle parvint à se traîner jusqu'à son lit ; à la lumière d'une lampe, elle découvrit alors que son pantalon était trempé de sang. A peine étendue, elle s'évanouit. Elle venait de perdre son premier enfant. Et il n'y avait personne pour s'occuper d'elle.

Mon père rentra un peu plus tard. Comme il était en voiture, il arriva avant les autres. Il trouva ma mère étalée sur son lit. Il crut d'abord qu'elle était simplement épuisée, puis il vit le sang et comprit qu'elle avait perdu connaissance. Il se hâta d'aller chercher un médecin, qui diagnostiqua une fausse couche. Étant médecin de l'armée, ce dernier n'avait pas la moindre idée de ce qu'il fallait faire ; il téléphona donc à un hôpital en demandant que l'on envoie une ambulance. L'hôpital en question accepta de s'occuper d'elle à la condition d'être payé en dollars pour le transport en ambulance et l'opération en urgence. Bien qu'il n'eût pas un sou, mon père s'y engagea sans hésitation. Le statut de « révolutionnaire » conférait le droit à une assurance-santé automatique.

Ma mère avait échappé de justesse à la mort. On lui fit une transfusion et un curetage. En rouvrant les yeux, après l'opération, elle vit mon père assis à son chevet. « Je veux divorcer », lui dit-elle aussitôt. Mon père s'excusa longuement. Il n'avait aucune idée qu'elle fût enceinte — elle non plus d'ailleurs. Elle avait bien eu un retard de règles, mais elle l'avait attribué à l'épuisement. Il lui avoua qu'il ne savait même pas auparavant ce que c'était qu'une fausse couche. Il promit de faire beaucoup plus attention à elle et lui répéta un nombre incalculable de fois qu'il l'aimait et qu'il s'amenderait.

Pendant qu'elle était dans le coma, il avait lavé ses habits tachés de sang, une initiative tout à fait inhabituelle de la part d'un Chinois. Finalement, ma mère renonça à son idée de divorce, mais elle lui annonça qu'elle souhaitait retourner en Manchourie pour reprendre ses études de médecine. Elle lui expliqua qu'elle ne pourrait jamais répondre aux besoins de la révolution, malgré toute sa bonne volonté; on lui faisait constamment des reproches. «Je ferais mieux de m'en aller», lui dit-elle. «Il n'en est pas question!, lui répliqua mon père avec angoisse. On interpréterait ton départ comme une fuite, une désertion. Tu n'aurais plus aucun avenir. Même si l'université accepte ta candidature, tu ne trouveras jamais une bonne place. Tu seras bannie jusqu'à la fin de tes jours.» Ma mère n'avait pas encore pris conscience de l'existence d'une loi inviolable et tacite qui interdisait formellement à tout individu de sortir du système. Mais elle perçut l'urgence dans sa voix et comprit qu'une fois engagé dans le processus révolutionnaire il n'y avait plus moyen de s'y soustraire.

Le 1er octobre, ma mère gisait toujours dans son lit d'hôpital lorsque ses camarades et elle furent averties qu'un bulletin spécial allait être retransmis par l'intermédiaire de haut-parleurs installés à cet effet dans tout l'établissement. Elles se rassemblèrent donc pour écouter Mao proclamer la fondation de la République populaire, du haut de la porte de la Paix céleste, à Pékin. Ma mère pleura comme un enfant. La Chine qu'elle avait tant espérée, pour laquelle elle s'était battue, voyait enfin le jour. Elle allait enfin pouvoir se dévouer corps et âme à ce pays dont elle rêvait depuis toujours. En écoutant Mao annoncer fièrement que «le peuple chinois s'était enfin levé», elle se reprocha amèrement d'avoir vacillé par le passé. Les épreuves qu'elle avait endurées étaient sans importance en regard de la grande cause: sauver la Chine. Débordante d'orgueil et de sentiments nationalistes, elle se jura d'adhérer à jamais à la révolution. Après la brève allocution radiophonique du leader chinois, ses camarades et elle applaudirent à tout rompre en jetant leur casquette en l'air — un geste inspiré aux communistes chinois par les Russes. Puis, une fois leurs larmes séchées, elles organisèrent une petite fête improvisée pour célébrer l'événement.

Quelques jours avant la fausse couche de ma mère, mes parents avaient fait faire leur première photographie officielle. On les voit tous les deux en uniforme militaire, fixant l'objectif d'un air pensif et un peu triste. Ce cliché fut pris pour commémorer leur arrivée dans l'ancienne capitale du Kuo-min-tang. Ma mère en envoya immédiatement un exemplaire à ma grand-mère.

Le 3 octobre, on évacua l'unité de mon père. Les forces communistes approchaient du Setchouan. Ma mère passa un mois de plus à l'hôpital ; après quoi, on lui octroya un peu de temps pour se remettre dans une magnifique résidence ayant appartenu au principal financier du Kuo-min-tang, H.H. Kung, le beau-frère de Chiang Kai-shek. Un jour, on annonça à ma mère et aux camarades de son unité qu'on allait faire appel à eux pour jouer des rôles de figurants dans un documentaire sur la libération de Nanjing. On leur donna des vêtements civils afin de les faire passer pour des citoyens ordinaires accueillant les communistes. Cette « reconstitution », qui n'avait strictement rien à voir avec la réalité, fut présentée dans toute la Chine comme un « documentaire ». Il s'agissait là d'une pratique courante.

Ma mère resta deux mois encore à Nanjing. De temps en temps, elle recevait un télégramme ou un paquet de lettres de mon père. Il lui écrivait tous les jours, mais il lui fallait attendre de trouver une poste ouverte pour pouvoir les lui envoyer. Dans chacune de ses missives, il lui disait combien il l'aimait, lui promettant de s'amender et insistant pour qu'elle ne retourne pas à Jinzhou en « abandonnant la révolution ».

Vers la fin décembre, elle apprit qu'il y avait une place réservée pour elle sur un vapeur. Elle devait retrouver d'autres gens, retardés eux aussi par des problèmes de santé, sur le quai à la tombée de la nuit. Les bombardements du Kuo-min-tang rendaient en effet périlleux tout déplacement de jour. Un brouillard glacial enveloppait le port. Les quelques lumières avaient été éteintes par mesure de précaution contre les raids aériens. Un vent du nord chargé de neige balayait le fleuve. Ma mère attendit des heures sur l'embarcadère en trépignant sur place pour tenter de réchauffer un peu ses pieds engourdis. Elle portait en effet une paire de chaussures standards, en coton, baptisées « souliers de la libération » avec sans doute un slogan du style «Écrasons Chiang Kai-shek» ou «Sauvons notre patrie» peint sous la semelle!

Le vapeur les emporta sur le Yang-tzê en direction de l'ouest. Pendant les 350 premiers kilomètres, jusqu'à la ville d'Anqing, il ne se déplaça que la nuit, passant la journée amarré parmi les roseaux qui bordaient la rive nord du fleuve, à l'abri du regard des pilotes ennemis. Le bateau transportait un contingent de soldats qui installèrent des mitrailleuses sur le pont, et ses soutes contenaient d'importantes réserves de munitions et d'équipement militaire. De temps à autre, des affrontements avaient lieu avec les forces du Kuo-min-tang ou des bandes à la solde des propriétaires terriens. Un jour qu'ils s'enfonçaient dans les roseaux afin de s'y abriter pour la journée, ils essuyèrent une attaque particulièrement violente; des soldats ennemis essayèrent de monter à bord. Les femmes se réfugièrent dans la cale tandis que les sentinelles repoussaient tant bien que mal l'envahisseur. Finalement, le bateau dut se remettre en route et alla jeter l'ancre un peu plus loin.

En atteignant les gorges du Yang-tzê, où commence la province du Setchouan et où les rives du fleuve se resserrent d'une manière spectaculaire, les passagers durent s'entasser à bord de deux embarcations plus petites que l'on avait fait venir de Chongqing. On transféra la cargaison militaire et quelques gardes dans l'une, tandis que le reste de la troupe prenait place dans l'autre bateau.

Les gorges du Yang-tzê portaient un surnom de mauvais augure: «les portes de l'Enfer». Un après-midi, l'éblouissant soleil hivernal disparut tout à coup. Ma mère se précipita sur le pont pour voir ce qui se passait. De gigantesques falaises verticales dominaient le fleuve de part et d'autre; on avait l'impression qu'elles allaient écraser le bateau. Tapissées d'une dense végétation, elles étaient si élevées qu'elles obscurcissaient presque totalement le ciel. Elles se succédaient inexorablement, toujours plus à pic. On aurait dit qu'une magistrale épée descendue du ciel avait fendu un passage entre elles.

La fragile embarcation lutta des jours entiers contre les courants, les tourbillons, les rapides, évitant miraculeusement les écueils. Quelquefois, la force du courant la ramenait en arrière; à tout instant, elle paraissait sur le point de se retourner. D'innombrables fois, ma mère pensa qu'ils allaient s'écraser contre la paroi rocheuse, mais, avec une extraordinaire habileté, le timonier réussissait toujours à redresser le cap à la dernière minute.

Les communistes occupaient depuis moins d'un mois la majeure partie du Setchouan. Des troupes du Kuo-min-tang, abandonnées sur place lorsque Chiang Kai-shek avait renoncé à la résistance sur le continent pour fuir à Taiwan, infestaient encore la région. Un jour, une bande de soldats ennemis bombardèrent le premier bateau, qui transportait les munitions. Une salve l'atteignit de plein fouet. Ma mère se tenait sur le pont de l'autre embarcation au moment où il sauta, à une centaine de mètres d'elle. On aurait dit que le fleuve avait pris feu. Des tronçons de bois enflammés s'abattirent sur le second bateau et il paraissait impossible d'éviter une collision avec l'épave en feu. Pourtant, au moment où le télescopage allait avoir lieu, la deuxième embarcation passa miraculeusement à côté, à quelques centimètres seulement. Personne ne manifesta ni peur ni joie. La mort avait cessé de les impressionner. La plupart des gardes du premier bateau avaient péri dans l'explosion.

Ma mère découvrait une nature et un climat qui lui étaient totalement étrangers. De gigantesques rotangs grimpants tapissaient les parois de la gorge, rendant l'étrange atmosphère encore plus exotique. Des singes sautaient de branche en branche dans le feuillage luxuriant. Ces impressionnants escarpements, interminables, magnifiques, contrastaient de manière saisissante avec les plaines qui entouraient Jinzhou.

Parfois, le bateau s'amarrait au pied d'un étroit escalier de pierres noires qui semblait gravir sans fin le flanc d'une montagne dont le sommet allait se perdre dans les nuages. Les voyageurs découvraient souvent une petite ville juchée tout en haut, enveloppée d'une couche de brouillard qui ne se dissipait jamais. Les habitants devaient laisser allumées en permanence leurs lampes à huile de colza, même au cœur de la journée. Il faisait un froid pénétrant, des vents chargés d'humidité soufflant des montagnes et du fleuve. Ma mère trouva les paysans de la région affreusement foncés de peau, osseux, minuscules, avec des traits beaucoup plus aigus, des yeux plus grands et plus ronds que les gens qu'elle avait l'habitude de voir. Ils portaient une sorte de turban fait d'une longue pièce de tissu blanc qui leur cachait le front. Le blanc étant en Chine la couleur du deuil, elle crut d'abord qu'ils portaient tous le deuil.

Au milieu du mois de janvier, ils atteignirent Chongqing, capitale du Kuo-min-tang au temps de la guerre contre les Japonais. Là, ma mère embarqua sur un bateau de taille encore plus modeste pour la prochaine étape de son voyage qui devait la conduire à Luzhou, à cent cinquante kilomètres environ en amont. En arrivant dans cette ville, elle trouva un message de mon père lui annonçant qu'on avait envoyé un sampan la chercher ; elle pouvait par conséquent se rendre à Yibin sur-le-champ. Elle sut ainsi qu'il était arrivé vivant à destination. Avec le temps, elle avait cessé de lui en vouloir. Il y avait quatre mois qu'elle ne l'avait pas vu et il lui manquait terriblement. Elle avait imaginé le bonheur qu'il avait dû éprouver en route en découvrant tous ces sites décrits par les poètes anciens et elle se sentait quelque peu réconfortée à l'idée qu'il avait sans doute composé des poèmes à son intention pendant le voyage.

Elle partit le soir même. Le lendemain matin, au réveil, elle fut ravie de sentir la douce chaleur du soleil filtrant à travers la couche de brouillard. Des vallons vert tendre bordaient le fleuve. Elle se détendit en écoutant le clapotis des vagues qui léchaient la proue du sampan. Elle arriva à Yibin dans l'après-midi. C'était la veille du Nouvel An chinois. La ville surgit tout à coup sous ses yeux, telle une apparition. Image délicate d'une cité flottant sur des nuages. Tandis que le bateau se rangeait le long du quai, elle chercha mon père du regard. Enfin, à travers la brume, elle distingua sa silhouette floue : il était là, dans son manteau militaire déboutonné, son garde du corps derrière lui. La berge était large et tapissée de sable et de gravier. Au-delà, la ville grimpait jusqu'au sommet de la colline. Certaines maisons construites sur des pilotis en bois semblaient se balancer dans le vent, donnant l'impression qu'elles allaient s'effondrer d'un instant à l'autre.

Le sampan s'amarra à la jetée, sur un promontoire situé au bout de la ville. Un marinier installa à la hâte une planche en bois en guise de passerelle, et le garde du corps monta à bord pour prendre les affaires de ma mère. Au moment où elle s'apprêtait à sauter de la planche, mon père tendit les bras pour la rattraper. Cela ne se faisait pas du tout de s'embrasser en public, mais ma mère était trop contente de voir qu'il était aussi heureux qu'elle de leurs retrouvailles. Elle se sentit comblée de bonheur.

8

« De retour au foyer,
paré de soie brodée »

FAMILLE ET BANDITS

1949-1951

Pendant tout le voyage, ma mère s'était demandé quelle serait sa vie à Yibin. Y aurait-il de l'électricité? Les montagnes seraient-elles aussi hautes que celles qui longeaient le Yangtzê? Y aurait-il des théâtres? En grimpant la colline au côté de mon père, elle fut ravie de découvrir qu'elle venait d'arriver dans un site splendide. La ville de Yibin s'étendait sur une colline au confluent de deux fleuves. Des lampes électriques éclairaient les rangées de maisons aux murs de terre et de bambous. Celles-ci étaient coiffées de toits gracieux aux tuiles incurvées, qui lui parurent avoir la délicatesse de la dentelle, comparées aux lourdes tuiles que l'on devait utiliser en Manchourie pour supporter les vents et la neige. Au loin, à travers le brouillard, elle distingua des fermettes disséminées sur les flancs vert foncé de montagnes couvertes de bouquets de camphriers, de métaséquoias et de théiers. Elle se sentait enfin libérée d'un lourd fardeau, d'autant plus que le garde du corps de mon père portait toujours son bagage! Après avoir traversé tant de villes et de villages dévastés par les bombardements, elle était ravie de se retrouver dans un endroit où la guerre n'avait pas laissé sa sinistre empreinte. Les 7 000 hommes de la garnison locale du Kuo-min-tang s'étaient rendus sans opposer la moindre résistance.

Mon père vivait dans une élégante résidence réquisitionnée par le nouveau gouvernement pour abriter à la fois des bureaux et des logements de fonction. Ma mère s'installa avec lui. Il y avait un jardin avec des plantes qu'elle n'avait jamais vues, des papayers, des bananiers, éparpillés à travers un grand espace tapissé de mousses vert tendre. Des poissons rouges nageaient dans un bassin ; il y avait même une tortue. Un double canapé-lit trônait dans la chambre. Elle qui n'avait jamais connu autre chose que des *kangs* en briques, durs comme la pierre ! A Yibin, même en hiver, une simple couette suffisait. Fini le vent mordant et la poussière envahissante de la Mandchourie ! Inutile de se mettre une écharpe de gaze sur la figure pour pouvoir respirer. Pas de couvercle sur le puits. Il suffisait d'une perche en bambou à l'extrémité de laquelle on attachait un seau pour puiser de l'eau. Les gens faisaient leur lessive sur des dalles de pierre douces et brillantes dressées légèrement en oblique, en frottant leurs habits avec une brosse en fibres de palme. En Mandchourie, il aurait été impossible de recourir à une méthode aussi simple, car les vêtements auraient été immédiatement couverts de poussière ou raidis par le gel. Pour la première fois de sa vie, ma mère mangeait tous les jours du riz et des légumes frais.

Au cours des semaines qui suivirent, mes parents vécurent leur vraie lune de miel. Ils pouvaient enfin vivre ensemble sans qu'on leur reproche de «faire passer l'amour en premier». L'atmosphère générale était détendue. Les communistes avaient accumulé les victoires et ils avaient le cœur joyeux, aussi renoncèrent-ils à séparer les couples mariés.

Yibin était tombée moins de deux mois auparavant, le 11 décembre 1949. Parvenu sur place six jours plus tard, mon père avait été nommé responsable du comté de Yibin qui regroupait une population d'un million d'habitants, dont 100 000 vivaient en ville. Il était arrivé en bateau avec un groupe d'une centaine d'étudiants de Nanjing. En remontant le Yang-tzê, ils avaient fait halte à la centrale électrique de Yibin, sur la rive opposée à la ville, ancien bastion de la résistance clandestine. Plusieurs centaines d'ouvriers étaient venus les accueillir sur le quai, en agitant des petits rectangles de papier rouge ornés de cinq étoiles — le nouveau drapeau de la Chine communiste —, et en scandant des slogans de bienvenue. En fait, les étoiles n'étaient pas disposées comme il convenait ; les communistes locaux ne savaient pas où les placer. Mon père débarqua en compagnie d'un autre officiel et s'adressa aux ouvriers qui furent ravis de l'entendre s'exprimer dans le dialecte de Yibin. Au lieu de la casquette ordinaire, il arborait une vieille coiffure à huit angles comme en portaient les soldats de l'armée communiste dans les années 1920 et 1930, ce que son auditoire trouva insolite et plutôt coquet.

Le bateau les conduisit ensuite en ville. Il y avait dix ans que mon père était parti. Il était très attaché à sa famille, et en particulier à sa plus jeune sœur à laquelle il avait écrit depuis Yen-an des lettres enthousiastes à propos de sa nouvelle vie et de son désir de la faire venir un jour auprès de lui. Ses missives avaient cessé d'arriver à destination lorsque le Kuo-min-tang avait resserré le blocus. Quand les parents de mon père reçurent la photographie de ma mère et de lui prise à Nanjing, il y avait des années qu'ils étaient sans nouvelles de lui. Durant sept ans, ils ignorèrent même s'il était vivant. Il leur avait terriblement manqué ; ils avaient pleuré en pensant à lui et prié Bouddha pour qu'il leur revienne sain et sauf. Un petit mot accompagnait la photographie, annonçant qu'il serait bientôt de retour et qu'il avait changé de nom. Pendant son séjour à Yen-an, comme bon nombre de ses camarades, il avait pris un nom de guerre, Wang Yu. Yu signifie « Altruiste au point d'être considéré comme insensé ». Dès son arrivée à Yibin, il reprit son vrai nom de famille, Chang, auquel il incorpora son nom de guerre en se faisant appeler Chang Shou-yu, ce qui veut dire « Garde Yu ».

Dix ans plus tôt, lorsqu'il avait quitté Yibin, mon père n'était qu'un pauvre apprenti exploité et affamé ; voilà qu'à moins de trente ans il revenait en pleine puissance. Il avait ainsi réalisé un rêve commun à tous les Chinois depuis toujours et symbolisé dans le langage courant par la formule *Yi-jin-huan-xiang*, mot à mot : « rentrer au foyer paré de soie brodée ». Il était la fierté de sa famille ; tous attendaient avec impatience de voir ce qu'il était devenu en dix ans, car ils avaient entendu toutes sortes de choses étranges à propos des communistes. Quant à sa mère, elle voulait surtout connaître sa nouvelle bru.

Mon père parla beaucoup et rit à gorge déployée en retrouvant les siens. Il était l'image même d'un bonheur sans contrainte et presque enfantin. Il n'avait pas tellement changé au fond, songea sa mère, en poussant un soupir de soulagement. En dépit d'une réserve toute conventionnelle et profondément enracinée, la joie éclatait dans les regards avides, brouillés par les larmes, de sa famille. Seule la cadette de ses sœurs se montra plus animée ; elle babillait sans relâche tout en jouant avec ses longues tresses qu'elle rejetait de temps en temps par-dessus ses épaules quand elle penchait la tête pour donner plus d'emphase à ce qu'elle disait. Mon père souriait en reconnaissant là le geste traditionnel du badinage chez les femmes setchouannes. En dix ans d'austérité et d'exil au nord du pays, il l'avait presque oublié.

Ils avaient tant de choses à se dire. Sa mère avait presque achevé le récit des péripéties traversées par la famille depuis son départ lorsqu'elle lui fit part d'une chose qui lui causait beaucoup de souci, à savoir le sort de sa fille aînée, qui s'était occupée d'elle à Chongqing. Le mari de celle-ci était mort en lui laissant quelques terres qu'elle avait louées en fermage à une poignée de paysans. Diverses rumeurs circulaient à propos de la réforme agraire envisagée par les communistes, et la famille redoutait qu'on lui confisque ces biens sous prétexte qu'elle faisait partie des propriétaires terriens. Bouleversée par cette perspective, sa mère lui exposa ses inquiétudes, qui prirent bientôt des allures de récriminations : « Que va-t-elle devenir ? Comment survivra-t-elle ? Comment les communistes peuvent-ils faire une chose pareille ? »

Mon père prit la mouche. Exaspéré, il finit par exploser : « J'attendais ce jour avec tellement d'impatience. Je souhaitais tant partager cette victoire avec vous. L'injustice fait désormais partie du passé. L'heure est venue de se réjouir et de se montrer enthousiaste. Voilà que vous vous méfiez, que vous nous faites des reproches. Vous ne pensez qu'à ce qui ne va pas... » Sur ce, il éclata en sanglots comme un enfant. Puis tout le monde pleura de concert. Lui pleurait de déception et de frustration. Des sentiments plus complexes étaient à l'origine du chagrin de sa famille, parmi lesquels le doute et l'incertitude.

Ma grand-mère paternelle vivait en dehors de la ville, dans la vieille demeure familiale que son mari lui avait laissée à sa mort. C'était une maison de campagne assez luxueuse, en bois et en briques, avec un seul étage ; un mur élevé la rendait invisible de la route. Il y avait un grand jardin devant, tandis qu'à l'arrière du bâtiment s'étendait un vaste champ peuplé de pruniers d'hiver exhalant un parfum délicieux et d'épais bosquets de bambous qui créaient une ambiance de jardin enchanté. L'intérieur de la maison était remarquablement bien entretenu ; les vitres étincelaient et l'on n'aurait pas pu trouver un seul grain de poussière. Le mobilier, impeccablement ciré, était en bois de corail, d'un rouge foncé magnifique tirant sur le noir. Dès sa première visite, le lendemain de son arrivée à Yibin, ma mère tomba amoureuse de la maison.

Cette première visite revêtait une importance considérable. La tradition chinoise conférait aux belles-mères un complet ascendant sur leurs brus qui devaient se soumettre entièrement à elles, et supporter quelquefois leur tyrannie. Lorsqu'une mère se retrouvait à son tour dans ce rôle, elle tendait par conséquent à maltraiter sa belle-fille comme elle l'avait été elle-même. L'amélioration du sort des jeunes mariées comptait au nombre des mesures récemment mises en place par les communistes, et des rumeurs couraient selon lesquelles les brus affiliées au parti étaient de véritables dragons, résolues à malmener leur belle-mère. Toute la famille était donc sur des charbons ardents en attendant de voir comment ma mère se comporterait.

Mon père faisait partie d'une famille très nombreuse. Ce jour-là, tout le monde s'était réuni dans la grande maison. En approchant du portail d'entrée, ma mère les entendit chuchoter : « Elle arrive ! Elle arrive ! » Les adultes s'efforçaient de faire taire les enfants qui bondissaient sur place pour tâcher d'apercevoir l'étrange « pièce rapportée » communiste venue du Nord.

En entrant dans le salon en compagnie de son mari, ma mère découvrit sa belle-mère assise à l'autre bout de la pièce, dans un fauteuil de cérémonie, carré et magnifiquement sculpté, en bois de corail. De chaque côté de la pièce, deux rangées symétriques de sièges identiques à celui-ci conduisaient jusqu'à elle, ajoutant encore à la solennité des circonstances. De petites tables ornées d'un vase, ou d'un autre objet décoratif, séparaient les fauteuils entre eux. Tout en remontant l'allée centrale, ma mère remarqua la sérénité qui émanait du visage de sa belle-mère, ainsi que ses pommettes hautes (dont mon père avait hérité), ses petits yeux, son menton pointu et ses lèvres minces aux commissures légèrement tombantes. Elle était minuscule et il lui sembla qu'elle avait les yeux à demi clos, comme si elle méditait.

Ma mère s'avança lentement jusqu'à elle, aux côtés de mon père. Puis elle s'agenouilla devant son fauteuil et se prosterna à trois reprises, conformément aux rites traditionnels. Tout le monde s'était demandé si elle s'y plierait. Des soupirs de soulagement se firent entendre. A l'oreille de sa belle-mère, manifestement ravie, les sœurs et les cousines de mon père chuchotèrent: «Quelle charmante bru! Si douce, si jolie et tellement respectueuse! Vous avez vraiment de la chance, mère!»

Ma mère était assez fière de son succès. Mon père et elle avaient passé un certain temps à définir l'attitude à observer. Les communistes avaient décrété qu'ils supprimeraient toutes ces courbettes qu'ils considéraient comme une insulte à la dignité humaine. Ma mère avait cependant tenu à faire une exception, rien que cette fois-ci, et son mari s'était soumis à sa volonté. Il ne voulait pas offenser sa mère ni heurter son épouse — pas après sa fausse couche. De surcroît, cette révérence-là avait une portée différente puisqu'elle servait la cause des communistes! Il se refusa pourtant à s'incliner lui-même devant sa mère comme le voulait la tradition.

Dans la famille de mon père, toutes les femmes étaient des bouddhistes convaincues et dévotes, en particulier sa sœur Jun-ying, restée célibataire. Elle emmena ma mère se recueillir devant une statue de Bouddha; puis ce fut le tour des sanctuaires des ancêtres édifiés à la Nouvelle Année chinoise et des bosquets de pruniers et de bambous du jardin! Tante Jun-ying était convaincue que tous les arbres, toutes les fleurs avaient un esprit. Elle convia ma mère à s'incliner une douzaine de fois devant les bambous, en les suppliant de ne pas fleurir. Les Chinois pensaient en effet que cela portait malheur. Tous ces rites amusaient follement ma mère. Ils lui rappelaient son enfance et lui donnaient l'occasion de se laisser aller à son amour du jeu. Mon père n'apprécia guère, mais elle parvint à l'amadouer en lui disant qu'elle participait à cette mascarade dans le seul but de rehausser l'image des communistes. Le Kuomin-tang avait prétendu que ces derniers feraient table rase de toutes les coutumes traditionnelles. Il fallait à tout prix que les gens se rendent compte qu'il n'en serait pas ainsi, insista-t-elle.

Sa belle-famille se montra très attentionnée à son égard. En dépit de sa réserve initiale, ma grand-mère paternelle était en réalité très facile à vivre. Elle se permettait rarement de juger et ne faisait jamais de reproches. Tante Jun-ying avait un visage tout rond et grêlé, mais son regard était très doux. On voyait bien qu'elle avait un cœur d'or et qu'elle ne vous voulait que du bien. Ma mère ne pouvait s'empêcher de comparer son nouvel entourage familial à sa mère. Si sa belle-famille ne possédait ni l'énergie ni la nature pétillante de cette dernière, son naturel et sa sérénité la mirent parfaitement à l'aise. Tante Jun-ying préparait de délicieux mets setchouans épicés, qui la changeaient agréablement de la nourriture un peu fade du Nord. Les plats portaient des noms exotiques dont elle raffolait : « tigre se mesurant à un dragon », « poulet de la concubine royale », « canard fripon épicé », ou encore « coq doré boudant chantant le cocorico à l'aube » ! Ma mère allait souvent dîner chez sa belle-mère avec le reste de la famille en contemplant le verger de pruniers, d'amandiers et de pêchers qui se changeaient peu à peu en un océan de boutons roses et blancs en ce début de printemps. Elle trouvait auprès des femmes de la famille Chang une compagnie chaleureuse qui la comblait d'aise.

Ma mère fut bientôt affectée au département des Affaires publiques du comté de Yibin. Elle passait très peu de temps au bureau, l'objectif prioritaire étant de nourrir la population, ce qui commençait à poser de sérieux problèmes.

Le Sud-Ouest demeurait le dernier bastion des dirigeants de l'armée nationaliste. Un quart de million de soldats étaient restés à la traîne dans la province du Setchouan lorsque Chiang Kai-shek avait pris la fuite vers Taiwan, en décembre 1949. C'était par ailleurs l'une des rares régions où les communistes s'étaient abstenus d'occuper les campagnes avant de s'emparer des villes. Des unités du Kuo-min-tang, désorganisées mais souvent bien armées, contrôlaient encore presque toute la campagne au sud de la province, et l'essentiel des vivres était entre les mains des propriétaires terriens pronationalistes. Il fallait aux communistes trouver d'urgence de quoi nourrir les villes, ainsi que leurs propres forces et les masses de soldats du Kuo-min-tang qui s'étaient rendus.

Au début, ils envoyèrent des émissaires chargés d'acheter de la nourriture autant que faire se peut. Les bandes armées dont disposaient traditionnellement la plupart des gros propriétaires terriens s'étaient jointes aux troupes du parti nationaliste. Quelques jours après l'arrivée de ma mère à Yibin, ces forces lancèrent une offensive massive dans le sud de la province. Yibin risquait de mourir de faim.

Les communistes dépêchèrent alors à la recherche de ravitaillement des équipes armées, composées de fonctionnaires accompagnés d'escortes militaires. Presque tout le monde fut mobilisé; il n'y avait plus personne dans les bureaux gouvernementaux. Sur l'ensemble de l'administration du comté de Yibin, deux employées seulement restèrent en poste: une réceptionniste et une autre femme mère d'un nouveau-né.

Ma mère participa à un certain nombre de ces expéditions, qui duraient généralement plusieurs jours. Son équipe comptait quatorze personnes: sept civils et sept militaires. Pendant les déplacements, elle portait sur son dos son rouleau de couchage, un sac de riz et un lourd parapluie en toile huilée. Ils marchaient des jours durant en pleine nature et sur des chemins de montagne étroits et fort traîtres qui se faufilaient le long de précipices et de ravins à pic; les Chinois les appellent des «sentiers en intestins de mouton». En arrivant dans les villages, ils s'installaient dans un logement misérable et essayaient d'entrer en rapport avec les paysans les plus démunis. Ils leur promettaient que les communistes leur rendraient leurs terres et leur apporteraient le bonheur, ils tâchaient aussi de savoir quels étaient les propriétaires terriens qui accaparaient le riz. La plupart des paysans avaient hérité d'une peur ancestrale des fonctionnaires, dont ils se méfiaient terriblement. Un grand nombre d'entre eux n'avaient que vaguement entendu parler des communistes, le plus souvent en mal. Ma mère, qui s'était empressée de colorer son dialecte septentrional d'une pointe d'accent local, savait s'exprimer et se montrer persuasive. Elle se révéla experte dans l'art d'exposer les nouvelles politiques du parti. Dès qu'ils réussissaient à obtenir des informations sur les propriétaires terriens, ses compagnons et elle s'évertuaient à les convaincre d'apporter leurs productions sur des sites de collecte qu'on leur indiquait et où l'on promettait de les payer au moment de la livraison. Un certain nombre d'entre eux prenaient peur et s'exécutaient sans faire d'histoires. D'autres envoyaient leurs bandes armées à l'assaut des équipes communistes. Ma mère et ses camarades essuyèrent de nombreuses fusillades; ils passaient toutes les nuits sur le qui-vive, et il leur arrivait de se relever à plusieurs reprises pour échapper à leurs assaillants.

Dans les premiers temps, ils trouvèrent refuge chez des

paysans misérables. Seulement, quand les bandits découvraient que ces derniers avaient aidé des communistes, ils les trucidaient sans pitié. Après plusieurs massacres, l'équipe décida donc de cesser de mettre en péril la vie d'innocents. Dès lors, ils dormirent à la belle étoile ou dans des temples abandonnés.

Au cours de sa troisième expédition, ma mère commença à avoir la nausée et des étourdissements fréquents. Elle était de nouveau enceinte. Elle rentra à Yibin totalement épuisée et avide de se reposer, mais, à peine de retour, son équipe se vit confier une nouvelle mission. Les autorités n'avaient pas indiqué clairement l'attitude qu'elles attendaient d'une femme en pareil cas, et elle n'arrivait pas à décider si elle devait partir ou non. Elle avait grande envie de se remettre en route, d'autant plus que l'abnégation était de mise à l'époque. On voyait les geignards d'un fort mauvais œil. Mais elle tremblait en pensant à la fausse couche qu'elle avait subie cinq mois plus tôt et redoutait de revivre la même épreuve en pleine nature, sans médecin ni moyen de transport à sa disposition. De surcroît, ces expéditions s'accompagnaient d'affrontements quasi journaliers avec des bandits, et il fallait absolument pouvoir courir, et vite. Rien qu'en marchant, elle avait la tête qui tournait.

Elle résolut de partir malgré tout. Il y avait une autre femme dans l'équipe, qui elle aussi était enceinte. Un après-midi, ils s'installèrent dans une cour déserte pour déjeuner. Ils s'imaginaient que le propriétaire des lieux avait dû fuir en les voyant arriver. Les murs de terre à hauteur d'homme qui entouraient la cour envahie par les mauvaises herbes s'écroulaient en plusieurs endroits. Le portail en bois, resté ouvert, claquait dans la brise printanière. Le cuisinier de l'équipe était en train de préparer du riz dans la cuisine abandonnée lorsqu'un homme d'âge moyen fit son apparition. Il avait l'allure d'un paysan. Il portait des sandales en raphia et un pantalon ample agrémenté d'un grand pan de tissu semblable à un tablier rentré d'un côté dans une large ceinture en coton, et un turban d'un blanc douteux lui enveloppait la tête. Il leur annonça qu'une bande de brigands appartenant à un gang notoire connu sous le nom de Brigade du Sabre s'apprêtait à les attaquer; il précisa qu'ils tenaient tout particulièrement à s'emparer de ma mère et de l'autre femme parce qu'ils savaient qu'elles étaient les épouses de hauts fonctionnaires communistes.

L'inconnu n'était pas un paysan ordinaire. Du temps du Kuo-min-tang, il avait été le chef de la bourgade locale qui administrait plusieurs villages, notamment celui où se trouvait l'équipe. La Brigade du Sabre avait essayé de se concilier sa coopération, comme elle le faisait d'ailleurs avec tous les propriétaires terriens et les anciens membres du parti nationaliste. L'homme en question avait effectivement intégré les rangs de la Brigade, mais il voulait se laisser des portes ouvertes, il avait donc décidé d'avertir les communistes afin de se ménager leurs faveurs. Il leur indiqua même la direction à prendre pour échapper à leurs poursuivants.

Tout le monde se leva d'un bond, et ce fut la débandade. Ma mère et sa compagne ne pouvaient pas filer aussi vite que les autres; leur sauveteur les fit passer à la hâte par une brèche du mur et les aida à se cacher dans une meule de foin voisine. Avant de déguerpir, le cuisinier prit le temps d'emballer le riz cuit et de refroidir son *wok* pour pouvoir l'emporter. Il s'agissait là de biens beaucoup trop précieux pour qu'on les abandonnât sur place. Les *woks* en fer étaient difficiles à trouver, surtout en temps de guerre. Deux des soldats restèrent avec lui dans la cuisine pour l'aider et l'obliger à se hâter. Enfin, le cuisinier fut prêt, et ils détalèrent par la porte de derrière. Mais les bandits arrivaient déjà par l'autre accès; au bout de quelques mètres, ils les rattrapèrent, s'abattirent sur les trois malheureux et les tuèrent sauvagement à coups de couteau. Ils manquaient de fusils et n'avaient pas assez de munitions pour tirer sur le reste de l'équipe encore en vue. Ils repartirent finalement sans avoir découvert ma mère et l'autre femme tremblantes de peur dans leur meule de foin.

Quelque temps plus tard, leurs assaillants furent capturés, ainsi que l'homme qui les avait avertis. Étant à la fois le chef du gang et l'un de ces fameux «serpents dans leur vieux nid», il risquait l'exécution. Seulement, il avait prévenu l'équipe et sauvé la vie des deux femmes. A cette époque, les condamnations à mort devaient être sanctionnées par un comité de supervision, sorte de tribunal composé de trois membres. Il se trouva que mon père en était le président, secondé par l'époux de l'autre femme enceinte et le chef de la police locale.

Le verdict tomba : deux voix pour et une voix contre. Le mari de la femme enceinte fut le seul à vouloir épargner la vie du chef. Ma mère plaida sa cause auprès du tribunal mais mon père refusa de se laisser attendrir. L'homme savait ce qu'il faisait, lui déclara-t-il. Il avait choisi d'épargner cette équipe-là parce qu'il savait que deux épouses de hauts responsables se trouvaient parmi ses membres. « Il a beaucoup de sang sur les mains », insista mon père. Le mari de l'autre femme protesta avec véhémence. « Il n'est absolument pas question d'être indulgent, lui rétorqua mon père en abattant son poing sur la table, précisément parce que nos femmes sont impliquées dans cette affaire. Si nous laissons nos sentiments personnels influencer notre jugement, quelle différence y aura-t-il alors entre la nouvelle Chine et l'ancienne ? » Pour finir, on exécuta le chef de la bande.

Ma mère n'arrivait pas à pardonner à mon père son attitude dans cette affaire. Elle estimait que l'inculpé aurait dû être épargné parce qu'il avait sauvé un grand nombre de vies ; mon père lui-même ne lui devait-il pas d'avoir encore son épouse auprès de lui ? A ses yeux, et un grand nombre de Chinois auraient jugé les choses de la même manière, le comportement de mon père prouvait qu'il ne tenait pas à elle, contrairement au mari de sa compagne.

A peine le procès clos, l'équipe de ma mère se remit en campagne. Cette dernière était toujours très incommodée par sa grossesse, sujette à des vomissements et à une indicible fatigue. Depuis le jour où elle avait dû courir pour se réfugier dans la meule de foin, elle souffrait souvent de douleurs au ventre. L'époux de l'autre femme enceinte avait décidé que, cette fois, il ne la laisserait pas repartir. « Je veux la protéger, elle et notre enfant, avait-il décrété. Une femme enceinte ne devrait pas avoir à affronter de pareils dangers. » En apprenant la nouvelle, Mme Mi, la supérieure de ma mère, s'en prit violemment à lui. De souche paysanne, elle s'était battue aux côtés des guérilleros. Elle estimait impensable qu'une femme se repose sous le prétexte qu'elle attendait un enfant. Les paysannes travaillaient sans relâche jusqu'à l'accouchement, et on ne comptait plus les histoires de femmes coupant le cordon ombilical avec leur faucille en plein champ avant de se remettre à l'ouvrage. Mme Mi avait elle-même accouché sur un champ de bataille, mais il lui avait fallu abandonner le nouveau-né sur place, ses cris risquant de mettre en danger toute son unité. Depuis qu'elle avait perdu son enfant, elle semblait décidée à ce que les autres femmes connaissent les mêmes souffrances qu'elle. Elle insista pour renvoyer ma mère en mission, en étayant sa décision sur un argument des plus persuasifs. A ce moment-là, aucun membre du parti n'était autorisé à se marier, en dehors des fonctionnaires supérieurs (ceux qui satisfaisaient au fameux règlement « 28-7-régiment-1 »). Toute femme enceinte appartenait donc nécessairement à l'élite. Or si ces femmes-là ne montraient pas l'exemple, comment le parti pouvait-il espérer convaincre les autres d'agir ? Mon père partageait le point de vue de Mme Mi et pressa ma mère de suivre son équipe.

En dépit de ses craintes d'une nouvelle fausse couche, ma mère finit par s'avouer vaincue. Elle était disposée à mourir pour la cause, mais elle avait espéré que mon père s'opposerait à son départ et le ferait savoir de vive voix. Elle aurait alors pu penser qu'il faisait passer sa sécurité avant tout. Une fois de plus, elle avait la preuve que la révolution comptait plus à ses yeux que toute autre chose, et elle en fut amèrement déçue.

Elle passa plusieurs semaines épuisantes à escalader collines et montagnes. Les affrontements se multipliaient. Presque tous les jours, on apprenait que des membres d'autres équipes avaient été torturés et massacrés par des bandits. Ces derniers se montraient particulièrement sadiques envers les femmes. Un jour, le cadavre d'une des nièces de mon père fut retrouvé devant une des portes de la ville ; la malheureuse avait été violée, puis poignardée et ses agresseurs avaient réduit son vagin en bouillie. Une autre jeune femme fut capturée par la Brigade du Sabre au cours d'une escarmouche. Cernés par des communistes armés, les bandits ligotèrent leur prisonnière et lui intimèrent l'ordre de crier à ses camarades de les laisser s'échapper. Au lieu de quoi, elle hurla : « Allez-y ! Ne vous préoccupez pas de moi ! » Chaque fois qu'elle ouvrait la bouche, l'un des forbans lui tranchait un lambeau de chair avec un couteau. Elle mourut affreusement mutilée. A la suite de plusieurs épisodes de ce genre, on décida finalement de ne plus intégrer de femmes aux équipes d'approvisionnement.

Pendant ce temps-là, à Jinzhou, ma grand-mère se faisait beaucoup de mauvais sang pour sa fille. Dès qu'elle reçut une lettre lui annonçant qu'elle était arrivée saine et sauve à Yibin, elle décida de s'y rendre pour s'assurer que tout allait bien. En mars 1950, elle entama donc seule sa propre longue marche à travers la Chine.

Elle ne savait rien du reste de ce gigantesque pays et s'imaginait le Setchouan comme une province montagneuse, coupée du monde et par conséquent privée des produits de première nécessité. Elle songea d'abord à se charger d'abondantes provisions. Seulement, le pays était toujours sens dessus dessous et les combats se poursuivaient sur le trajet qu'elle envisageait de suivre ; elle se rendit compte qu'elle devrait porter ses bagages elle-même et couvrir à pied une bonne partie du chemin, ce qui était une véritable gageure avec des pieds bandés. Pour finir, elle se décida à n'emporter qu'un baluchon qu'elle pouvait porter elle-même.

Ses pieds avaient grandi depuis qu'elle avait épousé le docteur Xia. Les Manchous ne pratiquaient pas le bandage des pieds, aussi ma grand-mère en avait-elle profité pour retirer ses bandelettes et ses pieds s'étaient un peu allongés. En réalité, ce processus était presque aussi douloureux que le bandage lui-même. Les os brisés ne pouvaient évidemment pas se ressouder, de sorte que les pieds ne recouvraient jamais leur forme originelle et restaient recroquevillés et tordus. Ma grand-mère voulait que ses pieds aient l'air normal ; elle prit donc l'habitude de bourrer ses chaussures de coton.

Avant son départ, Lin Xiao-xia, l'homme qui l'avait conduite au mariage de mes parents, lui donna un document attestant qu'elle était la mère d'une révolutionnaire ; grâce à ce précieux papier, les organisations du parti qu'elle rencontrerait en chemin lui fourniraient des vivres, un logis et de l'argent. Elle suivit pour ainsi dire le même itinéraire que mes parents, d'abord par le train, puis tour à tour en camion ou à pied lorsqu'il n'y avait pas d'autre solution. Elle se trouvait un jour sur la plate-forme d'un camion en compagnie d'un groupe de femmes et d'enfants appartenant à des familles communistes. Le véhicule s'arrêta pour permettre aux petits de se soulager. Aussitôt, une volée de balles s'abattit sur le camion, plusieurs projectiles venant se loger dans les planches en bois protégeant la plate-forme arrière. Ma grand-mère se coucha à plat ventre, des balles sifflèrent à quelques centimètres au-dessus de sa tête. Les gardes ripostèrent à coups de mitrailleuses et parvinrent à repousser leurs assaillants qui se révélèrent être des déserteurs de l'armée nationaliste. Ma grand-mère s'en sortit indemne, mais plusieurs enfants et un certain nombre de gardes périrent lors de cet affrontement.

En arrivant à Wuhan, une grande ville située au centre de

la Chine, aux deux tiers du voyage environ, ma grand-mère apprit que l'étape suivante, qu'elle devait effectuer en bateau sur le Yang-tzê, était trop périlleuse pour l'instant en raison de la présence de bandits. Il lui fallut attendre un mois que les choses se calment. Malgré cela, son bateau fut attaqué à plusieurs reprises depuis la rive. L'embarcation, authentique pièce d'antiquité, comportait un vaste pont dégagé et plat que les gardes entourèrent d'un mur de sacs de sable de plus d'un mètre de haut en y ménageant des créneaux pour leurs fusils. On aurait dit une véritable forteresse flottante. A chaque assaut, le capitaine lançait son bateau à pleine vapeur en essayant de s'extirper au plus vite de la fusillade, tandis que les gardes contre-attaquaient depuis leurs barricades improvisées. Quant à ma grand-mère, elle descendait dans la cale en attendant la fin de la bagarre.

A Yichan, elle embarqua sur un bateau plus petit pour franchir les gorges du Yang-tzê. Dès le mois de mai, elle approchait de Yibin dans une embarcation abritée par un auvent de feuilles de palmier voguant paisiblement parmi les vaguelettes limpides comme du cristal ; une petite brise lui apportait des effluves de fleurs d'oranger.

Une douzaine de rameurs faisaient avancer le bateau à une cadence soutenue. Tout en s'activant, ils chantaient des arias de l'opéra traditionnel setchouan ou des mélodies improvisées inspirées par les noms des villages qu'ils traversaient, les légendes des collines, les esprits des bouquets de bambous ou leur humeur du moment. Ma grand-mère s'amusait beaucoup des chants enjôleurs qu'ils adressaient à une des jeunes passagères en lui décochant des œillades malicieuses. Elle comprenait difficilement la plupart de leurs expressions, mais elle voyait bien à la manière dont les jeunes femmes riaient sous cape, trahissant ainsi un plaisir mêlé de gêne, qu'ils faisaient allusion à des choses coquines. Elle avait entendu parler du caractère setchouan, supposé aussi piquant et épicé que la nourriture locale. Elle se sentait d'humeur joyeuse. Elle ignorait que sa fille avait frôlé la mort à plusieurs reprises ; elle n'était même pas au courant de sa fausse couche.

Elle arriva à la mi-mai, après deux mois de voyage. Ma mère, très affaiblie tant physiquement que moralement, fut ravie de la voir. Ce qui ne fut pas le cas de mon père. A Yibin, il s'était enfin retrouvé seul avec sa femme dans une situation relativement stable. Il venait à peine de se débarrasser de sa belle-mère, et voilà qu'elle ressurgissait alors qu'il la pensait à des centaines de kilomètres de là. Par ailleurs, il savait pertinemment qu'il ne faisait pas le poids face à l'attachement qui liait la mère et la fille.

Ma mère continuait à lui en vouloir terriblement. Depuis que la menace des bandits s'était intensifiée, on avait réinstauré un mode de vie quasi militaire. Constamment en déplacement l'un comme l'autre, mes parents passaient rarement la nuit ensemble. La plupart du temps, mon père sillonnait la campagne afin d'enquêter sur les conditions de vie en milieu rural, d'enregistrer les griefs des paysans et de régler toutes sortes de problèmes, en commençant par les approvisionnements. Lorsqu'il lui arrivait de se trouver en ville, il travaillait dans son bureau jusque tard le soir. Les deux époux se voyaient donc de moins en moins, et s'éloignaient imperceptiblement l'un de l'autre.

L'arrivée de ma grand-mère rouvrit d'anciennes blessures. On lui attribua une chambre dans la cour où demeuraient mes parents. A cette époque, tous les fonctionnaires vivaient grâce à un système global de prise en charge baptisé *gong-ji-zhi*. Ils ne percevaient pas de salaires, mais l'État leur fournissait un logement, de la nourriture, des vêtements et autres produits de première nécessité, outre une petite somme d'argent de poche, comme dans l'armée. Tout le monde mangeait à la cantine où l'on servait des repas frugaux et guère appétissants. Personne n'était autorisé à faire la cuisine à la maison, même si on en avait les moyens.

Peu de temps après son arrivée, ma grand-mère entreprit de vendre une partie de ses bijoux pour acheter des denrées alimentaires sur le marché ; la tradition voulant que les femmes enceintes se nourrissent convenablement, elle tenait à faire la cuisine pour ma mère. Très vite, des plaintes commencèrent à affluer, par l'intermédiaire de Mme Mi, accusant ma mère d'être une « bourgeoise », de bénéficier de faveurs particulières et de gaspiller du combustible précieux qu'il fallait aller chercher à la campagne, comme les vivres. On lui reprochait aussi de se faire « dorloter » ; la présence de sa mère nuisait à sa « rééducation ». Mon père fit son autocritique devant l'organisation du parti et ordonna à sa belle-mère d'arrêter de cuisiner à la maison. Ma mère s'en offusqua ; ma grand-mère aussi. « Ne pourrais-tu pas me soutenir, ne serait-ce qu'une seule fois ? lui lança un jour ma mère, non sans amertume.

L'enfant que je porte est le tien autant que le mien et il a besoin de nourriture. » Finalement, mon père fit une concession en autorisant ma grand-mère à cuisiner deux fois par semaine, mais pas davantage. C'était déjà une entorse au règlement, remarqua-t-il.

En réalité, ma grand-mère enfreignait par sa seule présence une autre règle beaucoup plus importante. Seuls les fonctionnaires d'un certain rang avaient le droit de recevoir leurs parents chez eux ; or ma mère n'avait pas un niveau suffisamment élevé. Comme l'État ne versait pas de salaires auxdits fonctionnaires, la charge de ces pensionnaires lui incombait, et il souhaitait par conséquent limiter leur nombre au maximum. En dépit de son rang élevé, mon père laissait sa sœur Jun-ying entretenir sa propre mère. Ma mère lui fit remarquer que sa belle-mère ne serait pas un poids pour l'État puisqu'elle avait suffisamment de bijoux pour subvenir à ses besoins ; d'autant plus que tante Jun-ying lui avait gentiment proposé de venir s'installer chez elle. Mme Mi décréta pourtant que ma grand-mère n'avait rien à faire à Yibin et qu'elle devait rentrer en Manchourie. Mon père partageait ce point de vue.

Ma mère se disputa violemment avec lui à ce sujet, mais il demeura inflexible. Il n'y avait rien à faire ; le règlement était le règlement. L'un des principaux travers de la Chine traditionnelle consistait à permettre aux individus dotés de pouvoirs de passer outre aux règles établies. En réaction, la révolution communiste imposait précisément à tout le monde, y compris à l'encadrement du parti, une soumission totale aux lois. Ma mère finit par éclater en sanglots. Elle redoutait une nouvelle fausse couche. Ne pouvait-il pas prendre sa sécurité en compte et autoriser sa mère à rester à ses côtés au moins jusqu'à la naissance de l'enfant ? Il refusa de se laisser fléchir. « La corruption commence toujours par des vétilles de ce genre. Ce sont ces choses-là qui éroderont notre révolution. » Ma mère se retrouva finalement à court d'arguments. Il n'avait donc pas de cœur, se dit-elle. Ses intérêts à elle passaient en dernier. Il ne l'aimait pas.

Ma grand-mère dut partir, et ma mère ne devait jamais le pardonner à mon père. La pauvre femme avait voyagé plus de deux mois à travers la Chine au péril de sa vie, pour passer en définitive à peine plus d'un mois avec sa fille. Elle craignait que ma mère subisse une deuxième fausse couche et les services médicaux de Yibin ne lui inspiraient pas la moindre confiance.

Avant de partir, elle alla voir tante Jun-ying et s'inclina solennellement devant elle en lui disant qu'elle lui confiait sa fille. Ma tante était triste, elle aussi. Elle se faisait du souci pour ma mère et elle aurait voulu que ma grand-mère soit là au moment de la naissance. A son tour, elle alla supplier son frère. En vain.

Un beau matin, ma grand-mère descendit sur le quai en trottinant en compagnie de ma mère, pour reprendre le bateau. Le cœur lourd d'amertume, le regard brouillé par les larmes, elle s'apprêtait à entamer la première étape du long et dangereux périple qui devait la ramener en Manchourie. Sur la berge, ma mère agita la main jusqu'à ce que le bateau ait disparu dans le brouillard, en se demandant si elle reverrait sa mère un jour.

On était en juillet 1950. La carte provisoire du parti octroyée à ma mère pour un an n'allait pas tarder à expirer et sa cellule la tourmentait impitoyablement. Celle-ci ne comptait en réalité que trois membres : le garde du corps de mon père, Mme Mi, sa supérieure hiérarchique, et ma mère. Les membres du parti étaient si peu nombreux à Yibin que l'on avait réuni ces trois-là de façon un peu arbitraire. Les deux autres, affiliés au parti à part entière, penchaient pour un rejet de la candidature de ma mère, sans toutefois l'exprimer ouvertement. Ils continuaient à la harceler en l'obligeant à d'interminables autocritiques.

A chaque aveu arraché, ils répondaient par un torrent de reproches. Ses deux camarades insistaient sur son comportement « bourgeois ». Ils soulignèrent qu'elle avait essayé de se soustraire à l'obligation de se rendre à la campagne pour aider à la collecte de vivres. Lorsqu'elle leur fit remarquer qu'elle y était allée quand même, ils lui rétorquèrent : « Certes, mais il n'empêche que tu ne voulais pas vraiment y aller. » Après quoi, ils l'accusèrent d'avoir bénéficié de repas spéciaux, préparés qui plus est par sa mère, à la maison, et de tomber malade plus souvent que les autres femmes enceintes. Mme Mi lui fit également des reproches parce que sa mère avait préparé la layette de l'enfant à naître. « Depuis quand les bébés portent-ils des vêtements neufs ? s'exclama-t-elle. Quel gaspillage bourgeois ! Pourquoi ne pourrait-elle pas envelopper l'enfant dans de vieux habits comme tout le monde ? » Par ailleurs, le chagrin qu'elle avait manifesté au départ de sa mère démontrait irréfutablement qu'elle «faisait passer la famille en premier»! Une faute impardonnable.

L'été 1950 fut exceptionnellement chaud et humide, avec des températures proches de 40° C. Ma mère se lavait tous les jours; cette hygiène lui valut aussi des remontrances. Les paysans, en particulier ceux du Nord d'où venait Mme Mi, se lavaient rarement, faute d'eau. Du temps de la guérilla, hommes et femmes faisaient des concours d'«insectes révolutionnaires» (de poux). La propreté était considérée comme anti-prolétarienne. Quand un automne plutôt frais succéda à cet été torride, le garde du corps de mon père concocta un nouveau grief contre ma mère: selon lui, elle se comportait comme une grande dame du Kuo-min-tang, car elle avait osé se servir de l'eau chaude inutilisée par mon père. Pour économiser du combustible, il avait été décidé que seuls les officiels auraient droit à de l'eau chaude pour se laver. Mon père faisait partie de cette élite, mais pas elle. Or, les femmes de la famille de mon père lui avaient fortement déconseillé d'utiliser de l'eau froide à l'approche de son accouchement. A la suite de la remarque de son garde du corps, mon père interdit à son épouse de se servir de son surplus d'eau chaude. Elle avait envie de hurler chaque fois qu'il prenait ainsi parti contre elle lorsque l'on s'immisçait dans les recoins les plus intimes de son existence.

Cette intrusion systématique du parti dans la vie privée des gens était l'un des piliers d'un processus essentiel qualifié de «réforme de la pensée». Mao n'exigeait pas seulement une discipline rigoureuse, mais une soumission absolue de tous les esprits, grands ou petits. Toutes les semaines, les «révolutionnaires» devaient impérativement prendre part à une réunion dite «d'analyse de la pensée». Chaque participant passait publiquement en revue ses mauvaises pensées et les soumettait aux critiques des autres. Ces assemblées étaient généralement dominées par une poignée d'individus pharisaïques et mesquins qui abusaient de la situation pour donner libre cours à leur jalousie et à leur frustration; quant aux communistes d'humble souche, ils en profitaient pour s'en prendre à leurs camarades d'origine bourgeoise. La révolution communiste étant par essence d'inspiration rurale, on partait du principe qu'il fallait réformer les gens afin qu'ils ressemblent davantage à des paysans. Ce système puisait toute sa force dans le sentiment de culpabilité des classes intellectuelles, conscientes d'avoir connu des conditions de vie préférentielles.

Ces réunions constituaient pour les communistes un remarquable instrument de contrôle : elles occupaient le peu de temps libre qu'il restait à chacun et supprimaient toute intimité. La mesquinerie qui y régnait se justifiait par le prétexte que décortiquer la vie de chacun garantissait une purification de l'âme. En réalité, cette étroitesse d'esprit était une caractéristique fondamentale d'une révolution qui glorifiait l'indiscrétion et l'ignorance, et qui s'appuyait sur la jalousie pour assurer son contrôle. Les deux camarades de cellule de ma mère la harcelèrent ainsi pendant des mois, en l'astreignant à d'interminables autocritiques.

Elle n'avait pas d'autre solution que de se plier à ce douloureux exercice. La vie d'un révolutionnaire perdait tout son sens s'il était expulsé des rangs du parti. Il se retrouvait à peu près dans la même situation qu'un catholique excommunié. Quoi qu'il en soit, ces pressions faisaient partie de la norme. Mon père avait dû s'y soumettre et les avait acceptées comme un élément indissociable de la révolution ; il en subissait d'ailleurs toujours. Le parti n'avait jamais caché qu'il s'agissait d'un processus pénible ; mon père expliqua à ma mère que son angoisse n'avait rien d'anormal.

En fin de compte, Mme Mi et le garde du corps votèrent contre l'intégration de ma mère au parti. Elle sombra alors dans la dépression. Elle s'était vouée tout entière à la révolution et ne pouvait accepter l'idée d'être ainsi rejetée ; elle trouvait particulièrement humiliant qu'on l'écartât pour des motifs hors de propos et sans conséquence, sur le conseil de deux individus dont le mode de pensée lui paraissait à des années-lumière de l'idéologie du parti telle qu'elle-même la concevait. Des esprits rétrogrades lui barraient l'accès d'une organisation fondamentalement progressiste, et pourtant les révolutionnaires semblaient lui dire que c'était elle qui avait tort. Au fond d'elle-même, une autre considération d'ordre pratique la tracassait, qu'elle n'osait même pas formuler mentalement : il lui fallait à tout prix entrer dans les rangs du parti, de peur d'être marquée au fer rouge et définitivement bannie.

A force de ruminer de telles pensées, ma mère se persuada que le monde entier était contre elle. Elle finit par avoir peur des gens et passait le plus clair de son temps seule, à pleurer.

192

Ses larmes même, il fallait les cacher, faute de quoi on l'aurait accusée de manquer de confiance en la révolution. Elle considérait qu'elle ne pouvait pas blâmer le parti, qu'elle estimait dans son droit ; aussi s'en prit-elle à mon père. Pour l'avoir mise enceinte, d'abord, et puis parce qu'il l'abandonnait, alors qu'elle était en butte aux attaques et au rejet des autres. Maintes fois, elle alla errer le long du quai et contempler les eaux bourbeuses du Yang-tzê en songeant à mettre fin à ses jours, pour le punir. Elle imaginait les remords qui le harcèleraient quand il apprendrait son suicide.

La décision de sa cellule devait être entérinée par une autorité supérieure qui se composait de trois intellectuels à l'esprit beaucoup plus ouvert. Ces derniers estimèrent que ma mère avait été traitée injustement ; seulement, les règlements du parti ne leur permettaient pas d'aller à l'encontre du verdict émis à l'échelon inférieur. Ils firent traîner les choses, sans grande difficulté d'ailleurs puisqu'ils se trouvaient rarement en ville au même moment. A l'instar de mon père et des autres fonctionnaires du parti, ils passaient en effet leur temps à sillonner les campagnes avoisinantes en quête de nourriture ou aux trousses de bandits.

Pendant ce temps-là, consciente qu'il n'y avait plus personne pour défendre Yibin et poussée au désespoir par le fait que toutes les routes de sortie — tant vers Taiwan que vers l'Indochine et la Birmanie, via le Yunnan — avaient été coupées, une importante armée composée de traînards de l'armée du Kuo-min-tang, de propriétaires terriens et de brigands assiégea la ville ; pendant quelques jours, on crut qu'elle allait tomber entre leurs mains. Dès qu'il apprit la nouvelle, mon père se hâta de regagner Yibin.

Les champs s'étendaient jusqu'aux murs de la ville ; il y avait encore de la végétation à quelques mètres des portes. Profitant de cette luxuriance pour se mettre à couvert, les assaillants réussirent à progresser jusqu'au pied de la muraille et entreprirent de défoncer la porte nord à coups de bélier. La fameuse Brigade du Sabre faisait partie de l'avant-garde ; elle se composait principalement de paysans sans armes qui se croyaient invulnérables parce qu'ils avaient bu de l'eau bénite ! Les soldats du Kuo-min-tang montèrent à l'assaut derrière eux. Dans un premier temps, le commandant de l'armée communiste s'efforça de diriger l'attaque contre les hommes du Kuo-min-tang en épargnant les paysans, qu'il espérait acculer à la retraite par la peur.

Bien qu'enceinte de sept mois, ma mère participa au ravitaillement des défenseurs postés sur les remparts et au transport des blessés vers l'arrière. Grâce à la formation qu'elle avait reçue à l'école, elle pouvait leur apporter les premiers soins. Elle était aussi très courageuse. Au bout d'une semaine, les assaillants abandonnèrent le siège. Les communistes s'empressèrent alors de contre-attaquer, liquidant pour ainsi dire toute la résistance armée locale une fois pour toutes.

Aussitôt après, la réforme agraire fut mise en route dans la région de Yibin. Cet été-là, les communistes avaient décidé une réforme agraire qui devait être la clé de leur programme de transformation de la Chine. L'idée de base, qualifiée de « retour de la terre à qui de droit », consistait à redistribuer toutes les terres cultivables, ainsi que les bêtes de trait et les fermes, de manière que chaque fermier détienne une superficie à peu près équivalente. Les propriétaires terriens seraient autorisés à conserver un lopin au même titre que les autres. Mon père faisait partie de l'équipe chargée de gérer ce programme. Cette fois-ci, ma mère fut dispensée de tout déplacement en raison de sa grossesse avancée.

Autrefois, Yibin était une ville riche. Un dicton local affirmait qu'avec un an de travail les paysans de la région pouvaient vivre deux ans à leur aise. Cependant, des dizaines d'années de combats incessants avaient dévasté la campagne. De surcroît, de lourds impôts avaient été levés pour couvrir les frais de ces guerres et les huit ans de conflit contre le Japon. Quand Chiang Kai-shek avait installé sa capitale dans la province du Setchouan, les pillages s'étaient multipliés et une pléthore de fonctionnaires véreux et d'aventuriers politiques avaient déferlé sur la ville. Un coup fatal avait été porté à la région en 1949, juste avant l'arrivée des communistes, lorsque le parti nationaliste avait fait du Setchouan son ultime refuge et perçu des taxes exorbitantes. Tout cela, sans parler de la cupidité des propriétaires terriens, avait concouru au développement d'une pauvreté effarante dans cette province jadis si opulente. 80 % des paysans ne pouvaient plus subvenir aux besoins de leur famille. Quand les récoltes étaient mauvaises, un grand nombre d'entre eux en étaient réduits à manger des herbes ou des feuilles de patates douces que l'on donne d'ordinaire aux cochons. La famine se répandait et l'espérance de vie ne dépassait guère quarante ans. La misère de cette région jadis si riche avait d'ailleurs contribué pour une large part à l'adhésion de mon père à la cause communiste.

A Yibin, l'instauration de la réforme agraire s'effectua sans trop de violence, pour la bonne raison que les propriétaires terriens les plus farouches, ayant participé aux rébellions des neuf premiers mois de domination communiste, avaient été exécutés, à moins qu'ils n'eussent trouvé la mort au cours des combats. Les choses ne se firent pas tout à fait en douceur, cependant. En une occasion, un membre du parti viola les femmes de la famille d'un propriétaire, après quoi il leur trancha les seins. Mon père ordonna son exécution.

Une bande de brigands captura un jour un jeune universitaire communiste en mission de ravitaillement dans la campagne. Le chef de la bande le fit scier en deux. Par la suite, on mit la main sur ce sinistre personnage. Le responsable de l'équipe chargée de la réforme agraire, ami du malheureux si affreusement occis, ordonna qu'il fût battu à mort; après quoi, il lui extirpa le cœur et le mangea en guise de vengeance. Mon père obtint que ce dernier fût démis de ses fonctions mais il lui laissa la vie sauve, sous le motif que son geste, d'une sauvagerie indéniable, s'en prenait non pas à un innocent mais à un assassin, cruel qui plus est.

Il fallut plus d'une année pour mettre en place la réforme agraire. Dans la majorité des cas, les propriétaires terriens durent se résoudre à perdre l'essentiel de leurs terres et de leurs domaines. Ceux d'entre eux qui avaient fait preuve d'ouverture d'esprit en s'abstenant de prendre part à la rébellion armée, ou en apportant même leur aide aux communistes clandestins, furent traités convenablement. Mes parents avaient des amis parmi les propriétaires terriens; ils avaient même été invités à dîner dans leurs grandes demeures ancestrales avant qu'on les leur confisquât et que l'on répartît leurs biens entre les paysans.

Mon père était tout entier absorbé par son travail. Il n'était donc pas en ville le 8 novembre, lorsque ma mère donna naissance à une petite fille. Parce que le docteur Xia lui avait donné le nom de De-hong, comportant le caractère *hong*, qui signifie «cygne sauvage» associé au nom de génération *de*, mon père décida d'appeler ma sœur aînée Xiao-hong, mot à mot «être comme Xiao», ma mère. Sept jours après l'accouchement, tante Jun-ying envoya deux hommes porteurs d'un brancard en bambou chercher ma mère à l'hôpital pour la ramener chez les Chang. A son retour, plusieurs semaines plus tard, mon père déclara à sa femme qu'en tant que communiste elle n'aurait jamais dû se laisser porter par d'autres êtres humains. Elle lui répondit qu'elle avait accepté parce que la sagesse traditionnelle recommandait aux femmes d'éviter de marcher pendant quelque temps après un accouchement. A cela, mon père lui rétorqua que les paysannes, elles, se remettaient à l'ouvrage aussitôt après.

Ma mère était toujours extrêmement déprimée, d'autant plus qu'elle ignorait encore si le parti la garderait dans ses rangs ou pas. Dans l'impossibilité de déverser sa colère contre mon père ou le parti, elle mit son malheur sur le compte de sa petite fille. Quatre jours après leur sortie de l'hôpital, l'enfant pleura toute une nuit. A bout de nerfs, ma mère la frappa assez fort en poussant des hurlements. Tante Jun-ying qui dormait dans la pièce à côté arriva en courant. «Tu n'en peux plus. Laisse-moi m'occuper d'elle», lui dit-elle. A partir de ce moment-là, ce fut ma tante qui se chargea de Xiao-hong. Quand ma mère rentra chez elle, quelques semaines plus tard, ma sœur resta auprès de Jun-ying dans la maison familiale.

Aujourd'hui encore, ma mère se souvient avec tristesse et remords de cette nuit où elle frappa ma sœur. Par la suite, lorsqu'elle allait la voir, Xiao-hong se cachait. En un renversement tragique de la situation qu'elle avait elle-même connue enfant, dans la demeure du général Xue, ma mère refusa catégoriquement que Xiao-hong l'appelle «maman».

Tante Jun-ying trouva une nounou pour ma sœur. Selon le système de prise en charge en vigueur, l'État couvrait les frais de nourrice de tous les nouveau-nés appartenant à des familles de cadres. Comme tout employé des services publics, ces femmes bénéficiaient de contrôles de santé gratuits. Elles n'étaient pas des domestiques; on ne les obligeait même pas à laver les couches. L'État pouvait se permettre de les payer dans la mesure où, selon le règlement du parti gouvernant les «révolutionnaires», seuls les hauts fonctionnaires étaient autorisés à se marier; d'autant plus qu'ils produisaient relativement peu d'enfants.

La nourrice de Xiao-hong n'avait pas vingt ans; son bébé était mort-né. Elle avait épousé un fils de propriétaire terrien, désormais privé de tout revenu agricole. Elle ne voulait pas travailler la terre et souhaitait vivre auprès de son mari qui habitait à Yibin, où il enseignait. Par l'intermédiaire d'amis, elle entra en contact avec ma tante; finalement, elle vint s'installer chez les Chang avec son époux.

Peu à peu, ma mère sortit de sa dépression. Après la naissance, elle avait droit à un mois de congé qu'elle passa en compagnie de tante Jun-ying et de sa belle-mère. Quand elle reprit le travail, on lui confia de nouvelles responsabilités auprès de la Ligue de la Jeunesse communiste de Yibin, dans le cadre d'une réorganisation totale de la région, qui couvrait une superficie de 10 000 km carrés et comptait une population de plus de deux millions d'habitants. On la divisa en neuf comtés ruraux, outre la ville de Yibin. Mon père devint membre d'un comité composé de quatre hommes et chargé de gouverner l'ensemble de cette zone; il fut simultanément nommé à la tête du département des Affaires publiques de la région.

Cette restructuration entraîna le transfert de Mme Mi. Ma mère se retrouva sous les ordres d'un nouveau chef, en l'occurrence la responsable du département des Affaires publiques de la ville de Yibin qui chapeautait la Ligue de la Jeunesse. Dans la Chine communiste, en dépit de la rigueur des règlements, la personnalité d'un supérieur hiérarchique jouait un rôle beaucoup plus important qu'en Occident. Ses décisions étaient automatiquement entérinées par le parti. Si l'on avait la chance d'être sous les ordres d'un individu sympathique, cela changeait tout.

La nouvelle supérieure de ma mère s'appelait Zhang Xi-ting. Son mari et elle avaient fait partie d'une unité incorporée dans les forces choisies pour prendre le Tibet en 1950. La province du Setchouan était une sorte de relais sur le chemin du Tibet, considéré comme le bout du monde par les Chinois hans. Le couple avait demandé à être mis en congé; au lieu de cela, on les avait affectés à Yibin. L'époux de Zhang s'appelait Liu Jie-ting, mais il avait changé son nom en Jie-ting (« Lié à Ting ») en témoignage de son admiration pour sa femme. En définitive, ils étaient connus sous le nom des « deux Ting ».

Au printemps suivant, ma mère fut promue à la tête de la Ligue de la Jeunesse, une situation importante pour une jeune femme de moins de vingt ans. Elle avait retrouvé son équilibre et presque tout son allant. Ce fut dans cette ambiance propice que je fus conçue, en juin 1951.

9

« Quand un homme accède au pouvoir, ses poulets et ses chiens montent aussi au ciel »

LA VIE AUX CÔTÉS D'UN INCORRUPTIBLE

1951-1953

Ma mère appartenait désormais à une nouvelle cellule composée, en plus d'elle-même, de Mme Ting et d'une autre femme qui avait pris part au mouvement clandestin de Yibin, et avec laquelle elle entretenait d'excellents rapports. Les perpétuelles ingérences du parti dans sa vie prirent fin brutalement, de même que les séances obligatoires d'autocritique. Ses nouvelles camarades ne tardèrent pas à voter en faveur de son incorporation au sein du parti ; dès le mois de juillet, elle en était membre à part entière.

Mme Ting, sa nouvelle supérieure hiérarchique, n'était pas une beauté, mais elle avait une silhouette élancée, une bouche sensuelle, des taches de rousseur et un regard vif, outre un remarquable esprit de repartie. C'était un être bouillonnant d'énergie, doté d'une personnalité hors du commun, et ma mère conçut immédiatement un grand attachement pour elle.

Au lieu de la harceler sans cesse comme Mme Mi, Mme Ting

la laissait libre de faire à peu près ce qu'elle voulait, y compris lire des romans. Auparavant, la lecture d'un ouvrage n'affichant pas une couverture marxiste vous valait un déluge de reproches; on vous aurait traité d'intellectuel bourgeois. Mme Ting permettait même à ma mère d'aller seule au cinéma, ce qui était un grand privilège: à l'époque, les «révolutionnaires» n'étaient autorisés à voir que des films soviétiques — séances auxquelles ils assistaient toujours en groupe —, alors que dans les salles publiques, appartenant à des intérêts privés, on passait encore de vieux films américains, des Charlie Chaplin notamment. Autre permission accordée par Mme Ting qui enchantait ma mère: elle avait le droit de prendre un bain un jour sur deux.

Un beau matin, ma mère se rendit au marché en compagnie de Mme Ting et y acheta deux mètres d'une ravissante cotonnade à fleurs roses importée de Pologne. Elle avait déjà remarqué ce tissu auparavant, mais elle n'avait pas osé l'acquérir de peur qu'on l'accuse de frivolité. Peu après son arrivée à Yibin, elle avait dû troquer son uniforme contre son vieux «costume Lénine», sous lequel elle portait une chemise en coton grossier, informe et non teinte. Aucun règlement n'imposait le port d'un tel vêtement, mais quiconque aurait cherché à se singulariser en revêtant à la place une chemise fantaisie se serait immanquablement exposé à des critiques acerbes. Or, ma mère rêvait depuis longtemps d'égayer sa tenue d'une tache de couleur. Mme Ting et elle se précipitèrent chez les Chang avec leur tissu sous le bras, en proie à une grande excitation. En peu de temps, elles confectionnèrent quatre petites blouses, deux pour chacune d'elles. Dès le lendemain, elles en mirent une sous leur veste Lénine. Ma mère fit ressortir son col rose et passa toute la journée dans un état fébrile où se mêlaient joie et nervosité. Quant à Mme Ting, elle fit preuve d'une audace encore plus grande: non contente d'exhiber le col de sa blouse, elle roula les manches de sa veste de sorte qu'une large bande rose ornait ses deux poignets.

Ma mère fut sidérée, pour ne pas dire terrifiée, par cette bravade. Comme on pouvait s'y attendre, les coups d'œil désapprobateurs ne manquèrent pas. Mme Ting ne se laissa pas impressionner pour autant: «Qu'est-ce que cela peut faire?» lança-t-elle à l'adresse de ma mère. Celle-ci se sentit très soulagée; dès lors que sa supérieure la soutenait, elle pouvait ignorer tous les reproches, exprimés de vive voix ou tacites.

Si Mme Ting ne craignait pas de faire quelques entorses au règlement, c'était en partie parce qu'elle avait un mari puissant, moins scrupuleux que d'autres dans l'exercice du pouvoir. Cet homme de l'âge de mon père, au nez et au menton pointus et aux épaules légèrement voûtées, dirigeait le département de l'Organisation du parti pour la région de Yibin. Un rôle très important, puisque ce département se chargeait des promotions, des rétrogradations, des sanctions, ainsi que de la mise à jour des dossiers des membres du parti. M. Ting appartenait également, comme mon père, au comité de quatre membres responsable de l'administration de la région de Yibin.

Au sein de la Ligue de la Jeunesse, ma mère travaillait avec des gens de son âge. Il s'agissait de jeunes plus cultivés, moins rigoristes et plus enclins à voir le côté humoristique des choses que les fonctionnaires plus âgées, autoritaires, et de souche paysanne, qu'elle côtoyait auparavant. Ses nouveaux collègues aimaient danser; ils faisaient des pique-niques ensemble et prenaient plaisir à discuter littérature et idées.

Maintenant qu'elle avait un poste à responsabilités, ma mère jouissait d'un plus grand respect, d'autant plus que son entourage ne tarda pas à prendre la mesure de ses aptitudes et de son dynamisme. Sa confiance en elle grandit, elle comptait moins sur mon père, et la déception qu'il lui avait inspirée se dissipa peu à peu. De plus, elle commençait à s'habituer à son comportement. Elle avait cessé d'espérer son soutien coûte que coûte; du coup, elle se sentait beaucoup plus sereine.

Autre avantage de sa promotion: elle avait enfin un grade suffisant pour faire venir sa mère de façon permanente. A la fin du mois d'août 1951, après un voyage éreintant, ma grand-mère débarqua à Yibin en compagnie du docteur Xia. Les transports fonctionnaient à nouveau normalement et ils avaient fait tout le trajet en train et en bateau. Au titre de parents d'un haut fonctionnaire, ils se virent allouer un logement gratuit: une maison de trois pièces dans une résidence réservée aux invités. L'État leur octroyait aussi gracieusement le ravitaillement de base, riz et combustible, que le gérant de la résidence leur livrait régulièrement; ils bénéficiaient aussi d'une petite somme d'argent pour compléter leur approvisionnement. Ma sœur et sa nourrice allèrent s'installer chez eux; ma mère passait chez ses parents ses rares instants de liberté, ravie de déguster à nouveau la délicieuse cuisine de ma grand-mère.

Ma mère était enchantée d'avoir auprès d'elle sa mère, ainsi que le docteur Xia pour lequel elle avait une grande affection. Elle se félicitait surtout qu'ils aient quitté Jinzhou avant que la guerre n'éclate en Corée, au seuil de la Manchourie. Depuis la fin de l'année précédente, des troupes américaines stationnaient sur les rives du Yalu, à la frontière entre la Corée et la Chine, et des avions de l'US Air Force avaient bombardé et mitraillé en rase-mottes plusieurs villes de Manchourie.

Dès l'arrivée de ses parents, ma mère voulut savoir ce qu'il était advenu du jeune colonel Hui-ge. Elle fut épouvantée d'apprendre qu'il avait été fusillé, près du méandre du fleuve, à l'extérieur de la porte ouest de Jinzhou.

Aux yeux des Chinois, on ne peut imaginer pire avanie que de priver un être humain d'obsèques en bonne et due forme. Ils pensent en effet que le défunt ne peut trouver la paix tant que sa dépouille n'est pas ensevelie dans les profondeurs de la terre. Cette conviction émane de sentiments religieux, mais il faut aussi y voir des considérations d'ordre pratique : faute d'inhumation, le corps du mort avait toutes les chances d'être mis en pièces par des chiens sauvages et dépecé jusqu'à l'os par des rapaces. Jadis, on exposait trois jours durant les cadavres des condamnés à mort en guise de mise en garde pour la population ; après quoi, ils avaient droit à un enterrement sans cérémonie. Les communistes décrétèrent que, dorénavant, les familles des exécutés se chargeraient elles-mêmes d'ensevelir leur mort ; au cas où cela leur était impossible, on faisait appel à des fossoyeurs embauchés par les autorités.

Ma grand-mère s'était rendue en personne sur les lieux de l'exécution. Elle avait retrouvé le corps de Hui-ge, criblé de balles, au milieu d'une rangée d'autres cadavres. Quinze prisonniers avaient été fusillés en même temps que lui. Leur sang faisait une immense tache rouge sombre sur la neige. Hui-ge n'avait plus aucun parent en ville ; aussi ma grand-mère loua-t-elle les services d'un entrepreneur de pompes funèbres afin qu'il soit enterré décemment. Elle alla même chercher une longue étoffe de soie rouge pour y envelopper sa dépouille. Ma mère lui demanda si elle avait rencontré des personnes de connaissance sur le site de l'exécution. Effectivement, ma grand-mère s'y était heurtée à une femme de ses relations, venue chercher les cadavres de son mari et de son père, tous deux anciens chefs de district du Kuo-min-tang.

Ma pauvre mère fut tout aussi horrifiée d'apprendre que ma

grand-mère avait été dénoncée par sa propre belle-fille, l'épouse de Yu-lin. Il y avait longtemps que cette dernière se sentait exploitée par ma grand-mère, dont le rôle consistait à gérer la maison pendant qu'elle-même effectuait toutes les basses besognes. Les communistes incitaient tout le monde à dénoncer «l'oppression et l'exploitation». Les griefs de Mme Yu-lin trouvèrent ainsi un mode d'expression «politique». Quand sa belle-mère alla chercher la dépouille de Hui-ge, elle l'accusa publiquement de montrer de la bonne volonté envers un criminel. Les voisins organisèrent une «réunion de lutte» pour «aider» ma grand-mère à comprendre ses «fautes». Elle ne put y échapper, mais résolut judicieusement de se taire et d'encaisser leurs critiques humblement, même si, en son for intérieur, elle fulminait bien évidemment contre sa belle-fille et les communistes.

Cet épisode n'améliora pas les relations entre ma grand-mère et mon père. En apprenant ce qu'elle avait fait, ce dernier devint furieux et l'accusa de montrer davantage de sympathie pour le Kuo-min-tang que pour les communistes. Il va de soi que la jalousie n'était pas étrangère à sa réaction. Sa belle-mère ne lui adressait pour ainsi dire jamais la parole, alors qu'elle avait toujours manifesté beaucoup d'affection pour Hui-ge et qu'elle l'avait considéré comme un excellent parti pour sa fille.

Quant à ma mère, elle était prise entre deux feux, entre son mari et sa mère, ses sentiments personnels, le chagrin que lui avait causé la nouvelle de la mort de Hui-ge, d'une part, ses convictions politiques et son engagement vis-à-vis des communistes, d'autre part.

L'exécution du jeune colonel s'inscrivait dans le cadre d'une campagne visant à «éliminer les contre-révolutionnaires». L'objectif était de supprimer tous les partisans du Kuo-min-tang investis de pouvoir ou d'influence. La guerre de Corée, déclenchée en juin 1950, était en fait à l'origine de cette campagne. Au moment où les troupes américaines s'étaient dangereusement rapprochées de la frontière manchoue, Mao avait craint que les États-Unis n'attaquent la Chine ou ne lâchent l'armée de Chiang Kai-shek contre le continent, ou les deux. Il avait donc envoyé plus d'un million d'hommes en Corée se battre aux côtés des Coréens du Nord contre les Américains.

Si l'armée de Chiang Kai-shek ne quitta jamais Taiwan, les États-Unis organisèrent bel et bien une invasion du sud-ouest de la Chine par les forces du Kuo-min-tang stationnées en Birmanie. On assista aussi à des raids fréquents le long du littoral où de nombreux agents furent débarqués, et les actes de sabotage se multiplièrent. Un grand nombre de soldats de l'armée nationaliste et de bandits couraient toujours, et il y eut plusieurs rébellions importantes à l'intérieur des terres. Les communistes redoutaient que les partisans du Kuo-min-tang ne tentent de faire basculer le nouvel ordre établi ; ils craignaient aussi qu'ils se constituent en cinquième colonne au cas où Chiang Kai-shek essayerait de revenir sur la scène. Ils voulaient montrer à la population qu'ils n'avaient pas l'intention de céder la place à qui que ce fût ; en se débarrassant de leurs opposants, ils confirmaient d'une certaine manière leur volonté de stabilité, qui faisait écho à celle du peuple. Toutefois, les opinions divergeaient sur le degré de rigueur nécessaire. Le nouveau gouvernement décida de faire preuve de fermeté. Comme le stipulait un document officiel : « Si nous ne les tuons pas, ils reviendront et ce sont eux qui nous tueront. »

Ma mère n'était pas du tout convaincue, mais elle estima superflu d'essayer d'en parler à mon père. De toute façon, elle le voyait rarement puisqu'il passait le plus clair de son temps dans la campagne à jouer les médiateurs. Lorsqu'il était en ville, elle ne l'apercevait d'ailleurs que de temps à autre. Les fonctionnaires étaient censés travailler de 8 heures du matin à 11 heures du soir, sept jours sur sept. Le plus souvent, ils rentraient tous les deux tellement tard qu'ils avaient juste le temps d'échanger deux mots. Leur petite fille ne vivait pas avec eux ; ils mangeaient à la cantine midi et soir. On ne pouvait pas vraiment parler d'une vie de famille.

Aussitôt la réforme agraire mise en place, mon père reçut une nouvelle mission : il s'agissait cette fois de superviser la construction de la première route de la région. Jusque-là, le fleuve avait été l'unique voie de communication entre Yibin et le reste du monde. Le gouvernement avait décidé de construire une route menant à la province du Yunnan, au sud. En moins d'un an, et sans le moindre équipement, on édifia plus de cent kilomètres de route dans une région très accidentée, entrecoupée de nombreuses rivières. La main-d'œuvre se composait de paysans qui trimaient en échange de leur nourriture.

Au cours des travaux de terrassement, les ouvriers se heurtèrent à un squelette de dinosaure qui fut légèrement endommagé. Mon père fit son autocritique à ce sujet, puis il s'assura que l'animal était exhumé soigneusement et expédié dans un musée de Pékin. Il envoya également des soldats monter la garde auprès de sépultures datant des environs du IIe siècle avant J.-C., et où des paysans étaient allés voler des briques pour consolider leurs porcheries.

Un glissement de terrain provoqua un jour la mort de deux ouvriers. En pleine nuit, mon père se rendit sur les lieux par des sentiers de montagne. C'était la première fois de leur vie que ces villageois voyaient un fonctionnaire d'un rang aussi élevé que mon père ; ils furent touchés de sa sollicitude. Jusque-là, ils s'étaient imaginé que les officiels n'avaient pas d'autre objectif que de se remplir les poches. Après le passage de mon père, ils ne tarirent plus d'éloges sur le communisme !

Pendant ce temps-là ma mère poursuivait sa propre mission qui consistait notamment à mobiliser des forces en faveur du nouveau gouvernement, parmi la population ouvrière en particulier. Depuis le début de 1951, elle passait beaucoup de temps dans des usines à faire des discours, à enregistrer les griefs des ouvriers et à essayer de résoudre leurs problèmes. Elle était aussi chargée d'expliquer aux jeunes travailleurs les fondements du communisme et de les encourager à adhérer à la Ligue de la Jeunesse et au parti. Elle fit ainsi plusieurs séjours prolongés dans différentes fabriques : les communistes étaient censés « vivre et travailler parmi les ouvriers et les paysans », comme le faisait aussi mon père, afin d'être capables d'évaluer leurs besoins.

L'une des usines situées dans les faubourgs de Yibin fabriquait des circuits isolants. Les conditions de vie y étaient épouvantables, comme dans tous les autres établissements du genre ; des douzaines de femmes dormaient dans un immense baraquement en paille et en bambou. La nourriture était lamentable : les ouvrières devaient se contenter de deux rations de viande par mois, alors qu'on leur demandait un travail éreintant. La plupart passaient chaque jour huit heures d'affilée debout dans une eau glaciale où elles nettoyaient les isolants en porcelaine. La tuberculose était très répandue, à cause de la malnutrition et du manque d'hygiène. On ne se donnait jamais la peine de laver les bols et les baguettes que l'on rangeait pêle-mêle.

Au mois de mars, ma mère commença à cracher du sang. Elle comprit tout de suite qu'elle avait attrapé la tuberculose, mais elle continua à travailler. Elle était heureuse parce que personne ne s'immisçait dans sa vie. Elle croyait à la mission dont elle avait été investie et se félicitait des résultats de ses efforts : les conditions de travail à l'usine commençaient à s'améliorer, les jeunes ouvrières l'aimaient bien et nombre d'entre elles avaient embrassé la cause communiste grâce à elle. Elle avait véritablement le sentiment que la révolution avait besoin de son dévouement et de son abnégation, et travaillait avec acharnement du matin jusqu'au soir, sept jours par semaine. Après avoir trimé ainsi pendant des mois, sans prendre un instant de répit, son état de santé devint manifestement préoccupant. On découvrit quatre cavités dans ses poumons. Pendant l'été, elle s'aperçut de surcroît qu'elle était de nouveau enceinte.

Un jour de la fin novembre, elle s'évanouit dans l'usine. On la transporta d'urgence dans un petit hôpital créé jadis par des missionnaires, où des catholiques chinois prirent soin d'elle. Quelques religieuses et un prêtre européens, en tenue ecclésiastique, s'occupaient encore des malades. Mme Ting encouragea ma grand-mère à lui apporter des vivres, et c'est ainsi que, tout au long de son hospitalisation, ma mère dévora des quantités énormes de nourriture — jusqu'à dix œufs, un poulet entier et une livre de viande par jour ! En conséquence de quoi, elle grossit de quinze kilos alors que je prenais moi-même des proportions impressionnantes dans ses entrailles.

L'hôpital disposait d'une petite réserve de médicaments américains contre la tuberculose. Mme Ting monta à l'assaut et s'empara de tout le lot à l'intention de ma mère. Quand mon père le sut, il la pria d'en restituer au moins la moitié. « Je n'en vois pas l'intérêt, lui rétorqua-t-elle. De toute façon, il n'y en a même pas assez pour soigner une seule personne. Si vous ne me croyez pas, demandez au médecin. En outre, votre femme travaille sous mes ordres et c'est moi qui prends les décisions pour elle. » Ma mère lui fut extrêmement reconnaissante d'avoir tenu tête à son mari. Il n'insista pas, manifestement tiraillé entre le souci que lui causait la santé de ma mère et ses principes, selon lesquels l'intérêt de son épouse ne devait en aucun cas passer avant celui d'autrui.

En raison du volume que j'occupais dans le ventre de ma mère et de ma position très en hauteur, les cavités creusées dans ses poumons se trouvèrent comprimées et commencèrent à se refermer. Les médecins lui expliquèrent qu'elle devait ce début de guérison à l'enfant qu'elle portait, mais ma mère pensa qu'il fallait plutôt l'attribuer aux médicaments fournis par Mme Ting. Elle passa trois mois à l'hôpital, jusqu'en février 1952, date à laquelle elle était à un mois de l'accouchement. Un jour, on la pria inopinément de partir « pour sa propre sécurité ». Un officiel l'informa que l'on avait trouvé des armes dans la maison d'un prêtre missionnaire à Pékin; tous les religieux étrangers faisaient désormais l'objet d'une méfiance extrême.

Ma mère n'avait aucune envie de s'en aller. L'hôpital se situait dans un joli jardin orné de magnifiques nénuphars, et elle trouvait un grand apaisement dans la propreté des lieux, chose rare en Chine, et les soins professionnels dont elle bénéficiait. Mais elle n'avait pas le choix; on la transféra à l'hôpital du Peuple numéro 1. Le directeur de cet établissement n'avait jamais procédé à un accouchement de sa vie. Il avait été médecin dans l'armée du Kuo-min-tang jusqu'au jour où son unité s'était mutinée, avant de passer dans le camp des communistes. Il redoutait que ma mère ne succombe à l'enfantement, car il se doutait bien qu'entre son passé et le rang de mon père il risquerait alors de gros ennuis.

A l'approche de la date prévue pour ma venue au monde, il suggéra donc à mon père de faire transférer sa femme dans un hôpital d'une ville plus importante, où l'on pourrait la confier à des obstétriciens équipés d'un matériel plus sophistiqué. Il avait peur qu'au moment de la délivrance le brusque relâchement de la pression ne provoque la réouverture des cavités pulmonaires et, partant, une hémorragie. Mon père refusa, sous le prétexte que sa femme devait être traitée comme tout le monde, les communistes s'étant juré d'éliminer les privilèges. En l'apprenant, ma mère pensa non sans amertume qu'il s'obstinait décidément à agir contre son intérêt. Peu lui importait, semblait-il, qu'elle fût ou non en vie.

Je naquis le 25 mars 1952. En raison de la complexité du cas de ma mère, on fit venir un deuxième chirurgien d'un autre hôpital. Outre Mme Ting, plusieurs autres médecins étaient présents, ainsi qu'une nuée d'infirmières tenant à leur disposition oxygène et matériel de transfusion. Traditionnellement, les époux chinois n'assistent jamais aux naissances; le directeur de l'hôpital pria cependant mon père de se tenir à proximité, dans le couloir, car il s'agissait d'un cas particulier. En réalité, il voulait surtout se protéger dans l'éventualité où les choses tourneraient mal. Ce fut un accouchement très difficile. Une fois ma tête sortie, mes épaules, d'une largeur inhabituelle, restèrent coincées. Et puis j'étais trop grosse. Les infirmières me tirèrent par la tête et j'émergeai finalement tout entière, violacée et à moitié étranglée. Les médecins me trempèrent tour à tour dans l'eau chaude puis dans l'eau froide et me soulevèrent par les pieds en me fessant sans ménagement. Finalement, je me mis à crier, et même à pleins poumons! Soulagé, tout le monde éclata de rire. Je pesais un peu plus de quatre kilos et demi. Les poumons de ma mère n'avaient subi aucun dommage.

Une doctoresse me prit dans ses bras et alla me montrer à mon père qui s'exclama aussitôt: «Oh mon Dieu! Cet enfant a des yeux globuleux.» Ma mère fut très contrariée par cette remarque. «C'est faux, rétorqua tante Jun-ying, elle a de grands yeux magnifiques.»

Comme pour toutes les grandes occasions en Chine, il existait un plat spécial considéré comme propice aux jeunes accouchées: il s'agissait d'œufs pochés cuits dans un sirop à base de sucre de canne et accompagnés de riz gluant fermenté. Ma grand-mère prépara ce plat à l'hôpital, équipé comme tous ces établissements de cuisines où les patients et leur famille pouvaient apprêter leurs repas. Tout était prêt lorsque ma mère fut capable de manger.

En apprenant la nouvelle de ma naissance, le docteur Xia s'était exclamé: «Oh, un nouveau cygne sauvage est né.» On m'appela donc Er-hong, qui signifie «deuxième cygne sauvage».

Le choix de mon nom fut pour ainsi dire l'ultime initiative de sa longue vie. Quatre jours après ma venue au monde, il rendait l'âme, à l'âge de quatre-vingt-deux ans. Couché dans son lit, il était en train de boire un verre de lait. Ma grand-mère sortit de la chambre une minute; quand elle revint, elle trouva le verre par terre au milieu d'une flaque de lait. Il était mort instantanément, sans souffrir.

Ma grand-mère aimait profondément son mari et voulait l'honorer par des obsèques somptueuses. Elle insista particulièrement sur trois points: elle tenait d'abord à ce que son époux ait droit à un cercueil de qualité. Elle voulait aussi qu'il fût tenu par des porteurs et non bringuebalé sur une charrette. Elle souhaitait enfin que l'on fît venir des moines bouddhistes qui chanteraient des sûtras à l'intention du défunt, accompagnés de musiciens jouant du *suona*, un bois aux sonorités perçantes traditionnellement utilisé à l'occasion des funérailles. Mon père approuva ses deux premières requêtes, mais il s'opposa catégoriquement à la troisième. Les communistes taxaient de « féodale » toute cérémonie fastueuse, estimant que cela suscitait des dépenses inutiles. Selon la tradition, seules les petites gens inhumaient leurs morts discrètement. Il convenait au contraire de faire d'un enterrement une affaire publique en produisant autant de bruit que possible ; on montrait par là même le respect qu'inspirait le défunt, tout en attirant sur soi la considération d'autrui. Pourtant, mon père ne voulut rien entendre : pas question de faire venir des moines ni des musiciens. Ma grand-mère eut avec lui une violente querelle. Elle ne voulait pas céder ; ces funérailles comptaient trop à ses yeux. Au milieu de l'empoignade, elle perdit connaissance sous l'effet de la colère et du chagrin. Elle souffrait d'autant plus qu'elle se retrouvait seule au moment le plus douloureux de son existence. Elle préféra ne rien dire à ma mère de ce qui s'était passé, de peur de l'inquiéter. En l'absence de cette dernière, toujours à l'hôpital, elle se trouvait dans l'obligation de traiter directement avec mon père. Finalement, après l'enterrement, elle subit une dépression nerveuse et fut hospitalisée à son tour pendant près de deux mois.

Le docteur Xia fut enseveli dans un cimetière juché en haut d'une colline dominant le Yang-tzê, à la lisière de Yibin. Un bouquet de pins, de cyprès et de camphriers abritait sa tombe. Dans la courte période où il avait vécu à Yibin, le brave homme avait acquis l'amour et le respect de tous ceux qu'il avait connus. A sa mort, le gérant de la résidence où il habitait prit en charge les préparatifs des funérailles afin de soulager ma grand-mère et entraîna tout son personnel dans le cortège funèbre privé de musique.

Mon grand-père avait eu une fin de vie heureuse. Il adorait Yibin et prenait un plaisir infini à contempler les fleurs exotiques qui s'épanouissaient dans ce climat subtropical, si différent de celui de la Mandchourie. Jusqu'à la fin de ses jours, il avait joui d'une santé remarquable. Son existence à Yibin était fort agréable, il disposait de sa propre maison et d'un jardin sans avoir à débourser un sou. On prenait bien soin de lui et de ma grand-mère, notamment en leur fournissant un abondant ravitaillement, livré qui plus est à domicile. Dans une société dénuée de système social, c'était un rêve d'être ainsi pris en charge dans sa vieillesse.

Le docteur Xia s'était donc très bien entendu avec tout le

monde, y compris mon père qui le respectait profondément parce qu'il avait des principes. Lui-même considérait mon père comme un homme très instruit. Il affirmait toujours qu'il avait rencontré de nombreux fonctionnaires dans sa vie, mais aucun que l'on pût comparer à mon père. Un dicton populaire disait qu'«administration rime avec corruption»; or mon père ne profitait jamais de sa situation, pas même pour servir les intérêts de sa propre famille.

Les deux hommes dissertaient souvent pendant des heures. Ils partageaient de nombreuses valeurs; si les principes de mon père s'inscrivaient dans un tissu idéologique complexe, ceux du docteur, en revanche, se fondaient sur des considérations strictement humanitaires. Un jour, il avait déclaré à mon père: «Je pense que les communistes ont fait beaucoup de bonnes choses. Mais vous avez tué trop de gens. Il n'aurait pas fallu les tuer.» «A qui faites-vous allusion, par exemple?» lui demanda mon père. «Aux maîtres de la Société de la Raison» — cette secte quasi religieuse à laquelle lui-même avait appartenu. Tous ses chefs avaient en effet été exécutés dans le cadre de la campagne destinée à «éliminer les contre-révolutionnaires». Le nouveau régime avait supprimé toutes les sociétés secrètes dans la mesure où elles exigeaient des allégeances, alors que les communistes ne voulaient pas de fidélités partagées. «Il s'agissait de braves gens et vous auriez dû laisser cette société en paix», insista le docteur. Ce commentaire fut suivi d'un silence pesant. Mon père prit cependant la défense des communistes une fois de plus, en soutenant que le combat contre le Kuo-min-tang était une question de vie ou de mort. Le docteur vit bien qu'il n'était pas complètement convaincu lui-même, mais qu'il estimait de son devoir de défendre le parti coûte que coûte.

En sortant de l'hôpital, ma grand-mère alla habiter chez mes parents. Ma sœur et sa nourrice s'y installèrent aussi. Je partageai une chambre avec ma propre nourrice, qui avait eu un enfant douze jours avant ma naissance et qui avait accepté cet emploi parce qu'elle avait désespérément besoin d'argent. Son mari, ouvrier, était en prison pour jeu et trafic d'opium, deux secteurs d'activités déclarés illicites par les communistes. Yibin avait été l'un des pivots du commerce de l'opium et comptait quelque 25 000 opiomanes; cette substance avait d'ailleurs à un moment donné servi de monnaie. Le trafic de l'opium était étroitement lié au milieu des gangsters et représentait une part importante du budget du Kuo-min-tang. Deux ans après leur arrivée à Yibin, les communistes proscrivirent la consommation d'opium.

Une femme dans la position de ma nourrice ne bénéficiait d'aucune assurance sociale ni allocation chômage. En travaillant à notre service, elle touchait un petit salaire versé par l'État qu'elle envoyait à sa belle-mère, chargée de la garde de son enfant. C'était une femme minuscule à la peau fine, aux yeux ronds, écarquillés, et dotée d'une chevelure exceptionnellement longue qu'elle relevait toujours en chignon. Très douce, elle me traitait comme sa propre fille.

Les canons de la beauté chinoise exigeaient que les femmes aient les épaules tombantes ; on enveloppa donc très tôt les miennes d'un bandage serré pour qu'elles acquièrent la forme requise. Ce carcan me faisait brailler si fort que ma nourrice me libérait les bras et les épaules, me laissant ainsi agiter la main à l'adresse de nos visiteurs et les serrer contre moi, ce que j'ai aimé faire dès le plus jeune âge. Ma mère a toujours attribué ma nature enjouée au fait qu'elle était heureuse à l'époque où elle était enceinte de moi.

Nous vivions désormais dans la demeure d'un ancien seigneur où mon père avait son bureau ; nous disposions d'un grand jardin planté de poivriers chinois, de bananiers et d'une foison de fleurs odorantes et de plantes tropicales, dont s'occupait un jardinier rémunéré par le gouvernement. Mon père cultivait des tomates et des piments, une tâche qui lui plaisait beaucoup et qui lui permettait de mettre en pratique l'un de ses principes, selon lequel un fonctionnaire communiste devait impérativement s'atteler à une activité physique, jadis tant méprisée par les mandarins.

Il se montrait très affectueux à mon égard. Dès que je pus ramper, il s'amusa à se coucher sur le ventre pour me servir de « montagne » et je l'escaladais à loisir.

Quelque temps après ma naissance, il fut nommé gouverneur de la région de Yibin, c'est-à-dire numéro deux de la hiérarchie locale, juste en dessous du premier secrétaire du parti. (Le parti et le gouvernement, officiellement distincts, étaient inséparables dans les faits.)

A l'origine, lorsqu'il était revenu à Yibin, sa famille et ses vieux amis avaient espéré qu'il ferait quelque chose pour eux. Les Chinois partaient en effet du principe que tout individu investi de pouvoir devait prendre ses parents sous son aile. Un dicton bien connu disait: «Lorsqu'un homme accède au pouvoir, ses poulets et ses chiens montent aussi au ciel. » Mon père considérait pour sa part toute forme de népotisme ou de favoritisme comme la porte ouverte à la corruption, source de tous les maux de l'ancienne Chine. Il savait par ailleurs que ses concitoyens l'observaient de près pour voir comment les communistes allaient se comporter et que ses actes influenceraient de manière décisive leur opinion sur le nouveau gouvernement.

Son rigorisme lui avait déjà aliéné une partie de sa famille. L'un de ses cousins lui avait demandé de le recommander pour un travail de caissier dans un cinéma. Mon père lui avait répondu de passer par la voie officielle. On n'avait jamais entendu parler d'un comportement pareil; après cela, plus personne ne sollicita quoi que ce soit auprès de lui. Peu de temps après sa nomination au poste de gouverneur, il se produisit pourtant un épisode similaire, encore plus déconcertant. L'un de ses frères aînés travaillait dans un bureau de vente de thé, denrée dont il était un spécialiste. L'économie prenait de l'essor en ce début des années cinquante, la production augmentait, et le Comité local du thé voulait faire de lui un gérant. Au-delà d'un certain niveau, toutes les promotions requéraient l'aval de mon père. Quand la recommandation dudit Comité atterrit sur son bureau, il la rejeta sans appel. Sa famille fut outrée, ainsi que ma mère. «Ce n'est pas toi qui lui donnes une promotion, explosa-t-elle. C'est sa direction. On ne te demande pas de l'aider. Mais tu n'as pas à le bloquer non plus! » Mon père riposta que son frère n'avait pas les capacités nécessaires pour ce poste, et qu'il n'aurait jamais bénéficié de cet avancement potentiel si lui-même n'avait pas été gouverneur. La tradition voulait depuis longtemps que l'on devance les volontés des supérieurs hiérarchiques, pour se les concilier, souligna-t-il. Le Comité du thé fut indigné par l'attitude de mon père qui prêtait à sa recommandation des motifs cachés. En définitive, il se mit tout le monde à dos, et son frère ne lui adressa plus jamais la parole.

Il estimait pourtant ne rien avoir à se reprocher. Il menait son propre combat contre les mœurs d'antan et s'obstinait à traiter tout le monde selon des critères identiques. Comme il n'existait pas de norme d'équité objective, il se fiait à son instinct, prêt aux pires excès au nom de la justice. Jamais il ne consultait ses collègues, sachant qu'aucun d'eux n'oserait lui dire qu'un de ses parents ne méritait pas de promotion.

Cette croisade éthique personnelle atteignit son apogée en 1953, date à laquelle fut instituée une hiérarchisation de l'administration. Tous les fonctionnaires et employés du gouvernement furent répartis en vingt-six catégories. Le salaire de l'échelon le plus bas, le grade 26, correspondait à un vingtième de celui du degré le plus élevé. En réalité, c'étaient les subsides et les avantages en nature qui faisaient la différence. Ce système hiérarchique déterminait pour ainsi dire tous les aspects de la vie, du tissu de votre manteau — coton grossier ou laine de qualité — au volume de votre logement, équipé ou non de sanitaires privés.

Cette classification définissait aussi l'accès de chaque fonctionnaire à l'information. Le modèle communiste chinois s'appuyait sur un contrôle étroit de l'information, en outre compartimentée et livrée au compte-gouttes, non seulement au grand public — que l'on renseignait du reste le moins possible — mais aussi à l'appareil du parti.

S'il était difficile au départ d'évaluer sa portée à long terme, les fonctionnaires comprirent tout de suite que cette hiérarchisation était appelée à jouer un rôle essentiel dans leur vie; chacun attendait donc avec impatience de savoir quel grade lui serait attribué. Mon père, dont l'échelon avait déjà été fixé à 11 par des autorités supérieures, avait pour mission de valider les rangs proposés pour tous les employés gouvernementaux de la région de Yibin, notamment celui du mari de sa plus jeune sœur, qu'il rétrograda de deux niveaux. Le département de ma mère avait recommandé qu'on lui allouât le grade 15; il la fit reléguer au 17e!

Cette hiérarchisation n'était pas directement liée à la position d'un individu au sein de l'administration. En d'autres termes, on pouvait être promu sans nécessairement grimper d'un échelon. En l'espace d'une quarantaine d'années, et en dépit de plusieurs promotions, ma mère n'est montée en grade qu'à deux reprises, en 1962 et 1982; chaque fois, elle ne gravit qu'un seul échelon, de sorte qu'en 1990 elle en était toujours au grade 15. Dans les années 1980, ce rang ne lui permettait même pas d'acheter un billet d'avion ou une «place confortable» dans un train, ces privilèges étant réservés aux fonctionnaires appartenant aux grades 14 ou supérieurs. Ainsi, du fait de l'intervention de mon père en 1953, près de quarante ans plus tard, elle se trouvait toujours un échelon trop bas dans la hiérarchie pour pouvoir voyager confortablement dans son propre pays. Elle n'avait pas non plus le droit de loger dans une chambre d'hôtel pourvue d'une salle de bains, celle-ci requérant un grade 13 ou supérieur. Lorsqu'elle sollicita la pose d'un compteur électrique à plus forte capacité dans son appartement, la gérance de son immeuble lui répondit que seuls les fonctionnaires de grade 13 ou supérieur étaient habilités à en posséder.

Ces brimades imposées par mon père, et qui rendaient sa famille tellement furieuse, étaient en revanche très appréciées de la population locale, au point que sa réputation a perduré jusqu'à aujourd'hui. Un jour de 1952, le directeur du lycée numéro 1 lui fit savoir qu'il avait toutes les peines du monde à trouver des logements pour ses enseignants. « Dans ce cas, prenez la maison de ma famille. Elle est beaucoup trop grande pour trois personnes seulement », lui répondit instantanément mon père, en dépit du fait que les trois personnes en question n'étaient autres que sa mère, sa sœur Jun-Ying et un de ses frères, retardé mental, et que nous adorions tous cette ravissante demeure et son jardin enchanté. Les enseignants furent évidemment ravis ; sa famille beaucoup moins, bien qu'il lui ait trouvé une petite maison au cœur même de la ville. Ma grand-mère prit assez mal la chose, mais, bienveillante et compréhensive de nature, elle ne lui fit aucun reproche.

L'encadrement du parti n'était pas toujours aussi incorruptible que mon père. Peu de temps après leur accession au pouvoir, les communistes furent confrontés à une crise grave. Ils avaient rallié les suffrages de millions de gens en promettant un gouvernement intègre, mais certains fonctionnaires commençaient à accepter des pots-de-vin et à gratifier leur famille et leurs amis de traitements de faveur outranciers. D'autres organisaient de somptueux banquets, une complaisance bien chinoise, presque une maladie ! On recevait ainsi ses amis tout en se faisant valoir, aux frais de l'État, bien sûr, et en son nom, à une époque où le gouvernement était à court de fonds puisqu'il s'efforçait de reconstruire une économie en miettes tout en menant en Corée un combat acharné qui absorbait environ la moitié du budget national.

Certains fonctionnaires n'hésitaient pas à détourner des sommes considérables. Les autorités s'inquiétaient, sentant que la bonne volonté qui les avait hissées au pouvoir, ainsi que la discipline et le dévouement, garants de leur succès, commençaient à chanceler dangereusement. A la fin de 1951, le gouvernement décida donc de lancer une vaste campagne contre la corruption, le gaspillage et les excès de la bureaucratie, baptisée «campagne des trois anti». Il ordonna l'exécution de quelques fonctionnaires véreux, en jeta un grand nombre en prison et en limogea beaucoup. Pour montrer l'exemple, on fusilla même certains vétérans de l'armée communiste notoirement impliqués dans des affaires de chantage ou de malversations. Dès lors, la corruption fut sévèrement punie et rares furent les fonctionnaires qui se hasardèrent à enfreindre la loi au cours des décennies suivantes.

Mon père fut chargé de cette fameuse campagne dans sa région. Aucun haut fonctionnaire de Yibin ne s'était rendu coupable de corruption, mais il estima important de démontrer malgré tout que les communistes restaient fidèles à leur promesse d'intégrité. Tous les membres de l'administration furent donc tenus de s'accuser publiquement de leurs moindres écarts, en précisant par exemple s'il leur était arrivé d'utiliser un téléphone du bureau pour un appel privé, ou une feuille de papier à en-tête gouvernemental dans leur correspondance personnelle. En définitive, ils devinrent tellement scrupuleux quant à la propriété de l'État que la plupart d'entre eux n'osaient même plus se servir de l'encre du bureau pour écrire quoi que ce soit, hormis des communications officielles. Lorsqu'ils passaient de la paperasserie administrative à un sujet personnel, ils changeaient de plume !

En obéissant à ces préceptes, ils manifestaient un zèle exagéré. Mon père estimait toutefois que, par le biais de ce rigorisme, les communistes engendreraient un comportement inconnu des Chinois : le bien public serait pour la première fois strictement séparé de la propriété privée. Les fonctionnaires cesseraient de traiter l'argent d'autrui comme s'il leur appartenait et de profiter de leur position. La majorité des collègues de mon père partageaient son point de vue; ils pensaient sincèrement que leurs efforts assidus auraient des conséquences directes sur la noble cause que constituait la naissance d'une Chine nouvelle.

La campagne des «trois anti» visait les gens du parti. Il faut néanmoins deux individus pour effectuer une transaction illégale, et les «corrupteurs» se trouvaient souvent hors des structures du système communiste, notamment parmi les

« capitalistes », propriétaires d'usines ou marchands que l'on n'avait pas encore vraiment inquiétés. Les vieilles habitudes demeuraient profondément ancrées. Au printemps de 1952, peu de temps après le lancement de la campagne des « trois anti », une autre campagne fut mise en place, qui chevauchait en quelque sorte la première. On la baptisa d'ailleurs la « campagne des cinq anti ». Elle visait cette fois les capitalistes, ses cinq objectifs étant les pots-de-vin, la fraude fiscale, la fraude commerciale, les détournements des biens publics et l'obtention d'informations d'ordre économique par des méthodes illégitimes. On estima la plupart des capitalistes coupables d'un ou plusieurs délits de ce genre, qui furent généralement punis d'une amende. Les communistes profitèrent de cette campagne pour amadouer (plus souvent encore, pour intimider) les capitalistes, de manière à maximiser leur contribution à l'économie. Ils n'en emprisonnèrent qu'un très petit nombre.

Ces deux campagnes associées renforcèrent les mécanismes de contrôle mis au point aux premiers jours du communisme et sans précédents en Chine, parmi lesquels il faut surtout citer la « campagne de masse » (*qiun-zhong yun-dong*), menée par des organes connus sous le nom d'« équipes de travail » (*gong-zuo-zui*).

Ces équipes de travail étaient des groupes *ad hoc*, composés principalement d'employés de l'administration et dirigés par de hauts cadres du parti. Le gouvernement central de Pékin dépêchait dans les provinces des comités chargés de superviser les fonctionnaires et employés locaux ; ces derniers constituaient à leur tour des équipes appelées à exercer un contrôle sur leurs subalternes. Le processus se perpétuait ainsi du haut en bas de la hiérarchie jusqu'aux échelons inférieurs. En principe, personne ne pouvait s'intégrer à une équipe qui n'aurait pas déjà été passée au crible par une instance supérieure.

Les équipes en question furent envoyées dans toutes les organisations où l'on avait prévu de mener une campagne de mobilisation. Des réunions obligatoires se tenaient presque tous les soirs dans le but d'analyser les instructions émanant des hautes autorités. Les responsables dissertaient et discouraient à n'en plus finir pour tâcher de convaincre leur auditoire de dénoncer les suspects. On encourageait les gens à déposer des plaintes anonymes dans des boîtes prévues à cet effet. L'équipe de travail enquêtait ensuite sur chaque cas ; si ses recherches confirmaient l'accusation ou laissaient planer un doute, elle rendait un jugement défavorable, transmis à l'échelon d'autorité supérieur pour approbation.

Il n'existait pas à proprement parler de système d'appel, bien qu'un suspect pût exiger de voir les preuves réunies contre lui et présenter, dans la plupart des cas, une sorte de plaidoyer. Les équipes de travail étaient habilitées à infliger toute une gamme de peines allant de l'accusation publique au licenciement, en passant par différentes mesures de surveillance ; au pire, le coupable écopait de travaux manuels forcés à la campagne. Seuls les cas les plus graves étaient soumis à l'infrastructure juridique officielle, sous le contrôle du parti. A l'occasion de chacune de ces campagnes, un ensemble de règles précises était fixé au plus haut niveau, et les équipes de travail devaient s'y conformer rigoureusement. Au niveau individuel, toutefois, le jugement, voire le tempérament, des membres d'une équipe spécifique pouvait jouer un rôle considérable.

A chaque campagne, tous les individus appartenant à la catégorie désignée comme cible par Pékin faisaient l'objet d'une enquête plus ou moins approfondie menée non pas par la police mais par leurs camarades de travail et leurs voisins. Ce fut là une des grandes inventions de Mao : impliquer la population tout entière dans cet appareil de contrôle. Selon les critères du régime, peu de contrevenants pouvaient échapper à la vigilance du peuple, surtout au sein d'une société dotée depuis toujours d'une mentalité « de concierge » ! Les Chinois payèrent néanmoins cette « efficacité » au prix fort : dans la mesure où ces campagnes s'opéraient sur la base de critères fort vagues, de nombreux innocents furent condamnés à la suite de vengeances personnelles ou de simples ragots.

Pour subvenir à ses besoins et à ceux de sa mère et de son frère retardé, tante Jun-ying travaillait comme tisserande. Chaque soir, elle besognait jusque très tard, et le médiocre éclairage finit par lui abîmer gravement la vue. En 1952, elle avait économisé et emprunté suffisamment d'argent pour acheter deux métiers à tisser supplémentaires et deux de ses amies trimaient à présent avec elle. Même si elles partageaient équitablement leurs gains, en théorie ma tante les payait puisqu'elle était propriétaire du matériel. Dans le cadre de la « campagne des cinq anti », quiconque employait d'autres personnes passait pour suspect. Même les toutes petites entreprises comme celle de tante Jun-ying, en réalité des coopératives, devaient faire l'objet d'une enquête. Elle songea à demander à ses amies de partir, mais elle ne voulait pas qu'elles aient l'impression d'être jetées dehors. Finalement, elles décidèrent elles-mêmes de s'en aller. Elles craignaient que, si quelqu'un la dénonçait, ma tante s'imaginât que cela venait d'elles.

A l'été 1953, les deux campagnes commencèrent à s'essouffler ; on avait maté les capitalistes, et le Kuo-min-tang avait été décimé. On mit fin aux réunions de masse, les responsables ayant conclu que la plupart des informations qui en émergeaient n'étaient pas dignes de foi. On étudiait désormais chaque cas individuellement.

Le 23 mai 1953, ma mère accouchait d'un troisième enfant, un garçon que l'on appela Jin-ming. Elle fut hospitalisée dans le même établissement que lors de ma naissance. Entre-temps, les missionnaires avaient été expulsés, comme partout ailleurs en Chine. Ma mère venait d'être promue à la tête du département des Affaires publiques de la ville de Yibin, mais elle continuait à travailler sous les ordres de Mme Ting, élevée pour sa part au rang de secrétaire du parti au niveau municipal. A ce moment-là, ma grand-mère qui souffrait de crises d'asthme aiguës se trouvait elle aussi à l'hôpital, ainsi que moi-même, atteinte d'une infection au nombril. Nous fûmes bien soignées, et gratuitement, puisque nous appartenions à une famille de «révolutionnaires.» Les médecins allouaient généralement les lits d'hôpital, en nombre insuffisant, aux fonctionnaires et à leur famille. La majorité de la population ne bénéficiait d'aucun service médical : les paysans, par exemple, devaient couvrir eux-mêmes leurs frais de santé.

Ma tante Jun-ying et ma sœur logeaient chez des amis à la campagne ; mon père était donc seul à la maison. Un jour, Mme Ting vint le trouver pour lui présenter un rapport sur son travail. Au bout d'un moment, elle lui annonça qu'elle avait mal à la tête et qu'elle voulait s'étendre. Mon père l'aida à s'installer sur un lit ; elle l'attira alors à elle et essaya de l'embrasser et de le caresser. Il recula aussitôt. «Vous devez être très fatiguée», lui dit-il avant de quitter la pièce. Quelques instants plus tard, il revint, très perturbé. Il lui apportait un verre d'eau qu'il posa sur la table de chevet. «Vous n'êtes évidemment pas sans savoir que j'aime profondément ma femme», lui dit-il encore, puis, avant qu'elle pût faire quoi que ce soit, il ressortit en refermant la porte derrière lui. Sous le verre, il avait glissé une feuille de papier sur laquelle il avait écrit : « moralité communiste ».

Quelques jours plus tard, ma mère sortit de l'hôpital. A l'instant même où elle franchissait le seuil de la maison, son bébé dans les bras, mon père lui annonça : « Nous quittons Yibin au plus tôt et pour de bon. » Ma mère n'avait pas la moindre idée des motifs de cette décision. Il lui expliqua ce qui s'était passé, en lui précisant que Mme Ting flirtait déjà avec lui depuis un moment. Cette nouvelle la choqua plus qu'autre chose. « Mais pourquoi tiens-tu à partir si vite ? » lui demanda-t-elle. « Mme Ting est une femme obstinée. J'ai peur qu'elle ne fasse une nouvelle tentative. Et puis elle est d'une nature vindicative. Je redoute surtout qu'elle cherche à te faire du tort. Ce ne serait pas très difficile, puisque tu travailles sous ses ordres. » « Est-elle donc si corrompue ? J'ai effectivement entendu certains ragots sur son compte. Quand elle était en prison, par exemple, sous le régime du Kuo-min-tang, on raconte qu'elle aurait séduit son gardien. Mais il y a des gens qui adorent faire circuler ce genre de rumeurs. Quoi qu'il en soit, acheva-t-elle en souriant, je comprends qu'elle te trouve à son goût. Mais crois-tu vraiment qu'elle s'en prendrait à moi ? C'est ma meilleure amie, ici. »

« Tu ne comprends pas, reprit mon père. Il existe une chose que l'on appelle *nao-xiu-cheng-nu* (" la rage provoquée par la honte "). Je sais que c'est ce qu'elle ressent. J'ai manqué de tact. J'ai dû la blesser. J'en suis désolé. Sur le moment, mon instinct a pris le dessus. Elle va vouloir se venger. »

Ma mère s'imaginait fort bien son mari repoussant avec brusquerie les avances de Mme Ting. Mais elle n'arrivait pas à croire que cette dernière ait pu agir de la sorte, pas plus qu'elle ne pouvait mesurer le désastre que cet incident risquait de provoquer à leurs dépens. Mon père lui parla alors de M. Shu, son prédécesseur au poste de gouverneur de Yibin.

M. Shu était jadis un paysan très pauvre. Il avait rallié l'Armée rouge au moment de la Longue Marche. Il n'aimait guère Mme Ting, qu'il accusait d'être une allumeuse. Il désapprouvait aussi la manière dont elle tressait ses cheveux en une multitude de nattes minuscules, une coiffure à la limite du scandale pour l'époque. A plusieurs reprises, il la pria de se couper les cheveux. Chaque fois elle refusa, en lui disant de s'occuper de ses affaires. Cette impertinence incita le gouverneur à multiplier ses critiques à son encontre ; elle n'en devint que plus hostile. Pour finir, elle décida de se venger de lui avec l'appui de son mari.

Parmi les collaborateurs de M. Shu se trouvait l'ancienne concubine d'un haut fonctionnaire du Kuo-min-tang, depuis lors réfugié à Taiwan. On avait surpris la jeune femme en train d'exercer ses charmes sur M. Shu, qui était marié, et des rumeurs circulaient selon lesquelles ils avaient une liaison. Mme Ting obtint de cette femme qu'elle signe une déclaration affirmant que M. Shu lui avait fait des avances et l'avait même forcée à coucher avec lui ; son amant présumé avait beau être gouverneur, les Ting lui inspiraient une terreur bien plus grande. M. Shu fut donc accusé d'avoir profité de sa position pour avoir des relations avec l'ancienne concubine d'un membre du Kuo-min-tang, une faute inadmissible de la part d'un vétéran communiste.

Pour ruiner la réputation de quelqu'un, il existait alors en Chine une technique courante qui consistait à réunir plusieurs plaintes contre lui, de manière à donner plus de poids à l'affaire. Les Ting dénichèrent un autre « délit » à mettre sur le compte de M. Shu. Un jour qu'il était en désaccord avec une mesure proposée par Pékin, il avait écrit aux dirigeants du parti pour leur exposer ses vues. Selon la charte communiste, il était parfaitement habilité à le faire ; en sa qualité de vétéran de la Longue Marche, il se trouvait de toute façon dans une position privilégiée. Il estimait donc pouvoir exprimer ses griefs assez ouvertement. Les Ting profitèrent de cette déclaration pour démontrer qu'il s'opposait au parti.

Fort de ces deux chefs d'accusation, M. Ting proposa d'expulser le coupable des rangs du parti et de le destituer de ses fonctions gouvernementales. Ce dernier repoussa vigoureusement les charges qui pesaient contre lui. La première était tout simplement fausse, affirmait-il. Il n'avait jamais fait d'avances à cette femme mais s'était toujours montré très courtois à son égard. Quant à la seconde, il estimait n'avoir rien fait de mal et n'avait aucunement l'intention de tenir tête au parti. Le comité qui gouvernait la région se composait de quatre personnes : M. Shu lui-même, M. Ting, mon père et le premier secrétaire. M. Shu devait par conséquent être jugé par les trois autres. Mon père prit sa défense, convaincu qu'il était innocent et considérant la lettre qu'il avait écrite comme parfaitement légitime.

Il fut le seul à voter en sa faveur. M. Shu fut limogé. Le

premier secrétaire du parti soutint M. Ting, motivé notamment par le fait que le présumé coupable avait appartenu à la « mauvaise » branche de l'Armée rouge. Au début des années trente, il avait été l'un des officiers de commandement de ce que l'on avait appelé le « Quatrième Front » dans la province du Setchouan. Lors de la Longue Marche, en 1935, ce corps d'armée avait rejoint les unités conduites par Mao. Or son commandant en chef, un personnage flamboyant du nom de Zhang Guo-tao, chercha à usurper le pouvoir que détenait Mao sur l'Armée rouge. Contraint de s'avouer vaincu, il abandonna la Longue Marche avec ses troupes. En définitive, après avoir subi de lourdes pertes, il dut rejoindre Mao. En 1938, pourtant, une fois les communistes parvenus à Yen-an, il rallia à nouveau le camp du Kuo-min-tang. Dans ces circonstances, tous les militaires ayant appartenu au « Quatrième Front » étaient suspectés, et leur allégeance vis-à-vis de Mao passait pour douteuse. Le problème était particulièrement délicat dans la mesure où l'essentiel des effectifs du « Quatrième Front » venaient de la province du Setchouan.

Après l'accession des communistes au pouvoir, cette flétrissure implicite fut étendue à toutes les forces révolutionnaires que Mao n'avait pas contrôlées directement, notamment les mouvements clandestins, qui regroupaient nombre de communistes parmi les plus courageux, les plus dévoués, les plus cultivés aussi. A Yibin, l'ensemble des anciens membres de la clandestinité subirent des pressions plus ou moins fortes. Beaucoup venaient de milieux aisés, et leur famille avait souffert par la faute des communistes ; cela ne contribuait pas à arranger les choses. D'autant plus qu'ils étaient généralement mieux éduqués et par conséquent jalousés par leurs camarades de la Longue Marche, le plus souvent d'origine paysanne et illettrés.

Bien qu'il eût lui-même combattu aux côtés des francs-tireurs, mon père se sentait d'instinct beaucoup plus proche des résistants clandestins. Quoi qu'il en soit, il refusait de cautionner cet ostracisme insidieux et défendait ouvertement les anciens membres de la clandestinité. « Il est absurde de vouloir faire une distinction entre les deux camps, l'un à couvert, l'autre à découvert », disait-il souvent. En fait, la plupart de ses proches collaborateurs étaient d'anciens clandestins, pour la bonne raison qu'ils étaient plus capables que les autres.

Mon père trouvait inacceptable de considérer les hommes du « Quatrième Front », tel M. Shu, comme suspects, et il se démena pour que ce dernier soit réhabilité. Il lui conseilla d'abord de quitter Yibin pour éviter des ennuis supplémentaires. Ce qu'il fit, après avoir pris son dernier repas avec ma famille. Il fut transféré à Chengdu, capitale du Setchouan, où on le relégua à un poste d'employé au Bureau provincial de la sylviculture. De là, il adressa plusieurs appels au comité central de Pékin, citant mon père comme référence. Mon père écrivit lui aussi pour soutenir sa requête. Des années plus tard, M. Shu fut absous de tout blâme quant à son attitude vis-à-vis du parti, mais il ne fut jamais innocenté de l'accusation portant sur ses « relations extra-maritales » présumées. L'ancienne concubine qui l'avait incriminé n'osa pas se rétracter, mais elle donna des prétendues avances qui lui avaient été faites un récit incohérent et fort peu convaincant, manifestement destiné à montrer au comité d'enquête qu'il n'y avait pas le moindre fond de vérité dans tout cela. Pour finir, M. Shu se vit confier des fonctions relativement élevées au sein du ministère de la Sylviculture à Pékin, mais il ne recouvra jamais son ancien statut.

En lui relatant cette affaire, mon père essayait de faire comprendre à ma mère que les Ting ne reculeraient devant rien pour régler leurs comptes. Il lui cita d'autres exemples et continua à insister pour qu'ils s'en aillent sur-le-champ. Dès le lendemain, il partait pour Chengdu, à une journée de voyage de Yibin, vers le nord. Là, il se rendit directement chez le gouverneur de la province, qu'il connaissait fort bien, pour lui demander son transfert, sous prétexte qu'il lui était très difficile de travailler dans sa ville natale et de faire face aux sollicitations des nombreux membres de sa famille. Il garda pour lui les motifs véritables de son initiative, puisqu'il n'avait aucune preuve avérée contre les Ting.

Le gouverneur, Lee Da-zhang, était l'homme qui avait soutenu à l'origine la demande d'adhésion de Jiang Qing, l'épouse de Mao, au sein du parti. Il se montra conciliant à l'égard de mon père et lui promit de l'aider à obtenir son transfert. Il insista toutefois pour qu'il attende un peu, tous les postes convenables de Chengdu étant pourvus pour l'instant. Mon père lui répondit que, ne pouvant attendre, il était prêt à accepter n'importe quelle fonction. Après avoir essayé en vain de l'en dissuader, le gouverneur céda, et lui offrit la direction du bureau des Arts et de l'Éducation. Mais il le mit en garde : « Ce poste est nettement en deçà de vos capacités. »

Mon père lui assura que peu lui importait, du moment qu'il avait un emploi.

Il était dans un tel état d'inquiétude qu'il ne retourna même pas à Yibin, préférant envoyer un message à ma mère pour lui enjoindre de venir le retrouver le plus vite possible. Sa mère et ses sœurs décrétèrent qu'il n'était pas question que ma mère voyage aussi rapidement après son accouchement. Seulement, mon père était terrorisé à la pensée de ce que Mme Ting pouvait faire ; dès la fin du traditionnel mois de convalescence post-natale, il envoya son garde du corps nous chercher.

Il fut décidé que mon frère Jin-ming resterait à Yibin. Il était trop petit pour voyager. La nourrice de ma sœur et celle de Jin-ming souhaitaient demeurer auprès de leur famille. Cette dernière adorait l'enfant ; elle demanda à ma mère si elle pouvait le garder auprès d'elle. Ayant toute confiance en elle, ma mère y consentit.

Une nuit de la fin juin, nous nous mîmes donc en route peu avant l'aube, ma mère, ma grand-mère, ma sœur et moi, ainsi que ma nourrice et le garde du corps de mon père. Nous nous entassâmes dans une jeep avec nos maigres bagages, deux ou trois valises. En ce temps-là, les fonctionnaires comme mes parents ne possédaient pour ainsi dire rien, hormis quelques vêtements. Nous roulâmes sur des routes de terre battue défoncées jusqu'à la ville de Neijiang, que nous atteignîmes dans la matinée. Il faisait une chaleur étouffante, et nous attendîmes des heures l'arrivée du train.

Au moment où il entrait en gare, je décidai tout à coup que j'avais besoin de me soulager. Ma nourrice me prit dans ses bras et me porta au bord du quai. Redoutant que le convoi ne se mît brusquement en branle, ma mère essaya de l'en empêcher. Ma nourrice, qui n'avait jamais vu de train de sa vie et n'avait aucune idée de ce que c'était qu'un horaire, se tourna alors vers elle et lui déclara avec emphase : « Ne pourriez-vous pas demander au conducteur qu'il attende ? Er-hong a besoin de faire pipi. » Elle s'imaginait que tout le monde ferait passer mes besoins en premier, comme elle le faisait elle-même !

Compte tenu de nos différents statuts, une fois dans le train, nous dûmes nous séparer. Ma mère se retrouva en wagon-lit de deuxième classe avec ma sœur, ma grand-mère bénéficiant pour sa part d'une « place confortable » dans une autre voiture. Ma nourrice et moi fûmes reléguées dans ce que l'on appelait le « compartiment des mères et des enfants », où on lui attribua un siège en bois et un petit lit pour moi. Le garde du corps occupait aussi un siège en bois dans un quatrième wagon.

Tandis que le train s'éloignait poussivement au milieu des rizières et des champs de canne à sucre, ma mère se plongea dans la contemplation du paysage. Les rares paysans qui avançaient dans les sillons boueux paraissaient à demi assoupis sous leurs chapeaux de paille à large bord ; les hommes étaient torse nu. Tout un réseau de ruisseaux s'étendait sous ses yeux, bloqués ici et là par des barrages miniatures qui permettaient l'acheminement de l'eau vers les innombrables rizières individuelles.

Ma mère était d'humeur mélancolique. Pour la deuxième fois en quatre ans, sa famille se trouvait contrainte de décamper d'un endroit auquel elle était très attachée, chassée tour à tour de sa ville natale, Jinzhou, puis de celle de son mari, Yibin. Il ne semblait pas que la révolution eût apporté la moindre solution à leurs problèmes. Pour la première fois, elle se prit à penser que, cette révolution étant l'œuvre d'êtres humains, elle subissait le poids de leurs travers. Mais il ne lui vint pas à l'idée que ses dirigeants ne faisaient pas grand-chose pour combattre ces faiblesses ; au contraire, ils tiraient parti de certaines d'entre elles, souvent les pires.

Comme le train approchait de Chengdu au début de l'après-midi, elle commença à se réjouir à la pensée d'y entamer une nouvelle vie. Elle avait beaucoup entendu parler de Chengdu, capitale d'un ancien royaume et jadis connue sous le nom de « Cité de la soie ». On disait aussi la « ville des hibiscus », ces derniers y jetant paraît-il un manteau de pétales après les orages estivaux. Elle avait vingt-deux ans. Au même âge, vingt ans plus tôt, sa mère vivait pour ainsi dire en captivité, sous la surveillance étroite de domestiques, dans une maison de Mandchourie appartenant à son « mari », qui n'y demeura pratiquement jamais avec elle. Elle n'était que le jouet et la propriété des hommes. Ma mère avait au moins son indépendance. Si pénible que fût son sort, elle était certaine qu'elle ne pouvait en aucun cas le comparer à celui de sa mère dans la Chine d'hier. Elle songea qu'elle devait beaucoup à la révolution communiste. Lorsque le train entra en gare de Chengdu, elle était déterminée à se lancer de nouveau à corps perdu dans la grande cause.

10

« Souffrir fera de toi un meilleur communiste »

MA MÈRE S'ATTIRE DES SOUPÇONS

1953-1956

Mon père nous attendait à la gare. L'air était immobile et oppressant, et ma mère et ma grand-mère n'en pouvaient plus après cette nuit de voyage dans un train cahotant. Il avait fait tout le long du chemin une chaleur étouffante. On nous conduisit dans une pension appartenant aux autorités provinciales du Setchouan, où nous devions loger temporairement. Le transfert de ma mère s'était produit si brutalement qu'on n'avait pas eu le temps de lui assigner un poste ni de procéder aux démarches nécessaires pour nous trouver un logement.

Chengdu était la capitale de la province du Setchouan, la plus peuplée de Chine, qui regroupait à l'époque quelque soixante-cinq millions d'âmes. C'était une grande ville, puisqu'elle comptait plus d'un demi-million d'habitants. Elle avait été fondée au Vᵉ siècle avant J.-C. Marco Polo, qui s'y rendit au XIIIᵉ siècle, fut extrêmement impressionné par sa prospérité. Sa configuration s'apparentait à l'origine à celle de Pékin les anciens palais et les portes principales de la ville se trouvant orientés selon un axe nord-sud qui divisait nettement la ville en deux parties. Dès 1953, elle débordait les limites rigoureuses de ce plan originel et se divisait en trois secteurs administratifs : l'est, l'ouest et les faubourgs.

Quelques semaines après son arrivée, ma mère se vit confier un emploi. On consulta mon père à ce sujet, et non pas la principale intéressée, conformément à la bonne vieille tradition chinoise. Mon père répondit que n'importe quel poste conviendrait, pourvu qu'elle ne travaille pas sous ses ordres : elle fut nommée à la tête du département des Affaires publiques du secteur Est de la ville. Son unité de travail, chargée de la loger, lui alloua quelques pièces appartenant à son département, dans une cour traditionnelle. Nous emménageâmes rapidement, mon père restant dans son logement de fonction.

Notre appartement se trouvait dans la même résidence que l'administration du secteur Est. Les bureaux gouvernementaux étaient le plus souvent installés dans de vastes demeures confisquées aux cadres du Kuo-min-tang ou à de riches propriétaires fonciers. Tous les employés du gouvernement, y compris les plus haut placés, vivaient sur leur lieu de travail. Ils n'étaient pas autorisés à faire la cuisine à la maison et mangeaient tous à la cantine. C'était là aussi qu'ils venaient s'approvisionner en eau bouillie, que l'on transportait dans des bouteilles Thermos.

Le samedi était l'unique jour de la semaine que les couples mariés avaient le droit de passer ensemble. Les fonctionnaires utilisaient d'ailleurs entre eux un euphémisme pour parler de faire l'amour : ils disaient «passer le samedi». Progressivement, ce mode de vie strictement réglementé se relâcha un peu et les époux furent autorisés à se voir plus souvent, même s'ils continuaient à vivre et à passer le plus clair de leur temps au bureau.

Le département de ma mère menait en parallèle une vaste gamme d'activités, allant de l'éducation primaire à la santé et aux loisirs en passant par les sondages d'opinion. A vingt-deux ans, ma mère était responsable de tous ces secteurs pour près d'un quart de million de personnes. Elle avait tellement de travail que nous ne la voyions presque jamais. Le gouvernement voulait établir sur le commerce des produits de base — céréales, coton, huile comestible et viande — un monopole baptisé «unification des achats et de la commercialisation». L'idée était d'obtenir des paysans qu'ils vendent ces denrées exclusivement aux autorités, qui se chargeraient ensuite de les distribuer à la population urbaine et dans les régions démunies.

Quand le parti communiste chinois lançait une nouvelle politique, celle-ci s'accompagnait immanquablement d'une campagne de propagande visant à faciliter son instauration. Ma mère avait notamment pour mission d'essayer de convaincre les gens de l'intérêt du changement en cours. Cette fois-ci, le message stipulait en substance que, la Chine regroupant une population énorme, le problème posé par l'approvisionnement et l'habillement des masses n'avait jamais pu être résolu; le gouvernement souhaitait à présent garantir une répartition équitable des produits de base, de manière que personne ne meure de faim tandis que certains accaparaient les céréales et autres denrées de première nécessité. Ma mère s'attaqua à sa nouvelle tâche avec enthousiasme, parcourant des kilomètres à bicyclette, animant chaque jour des réunions interminables, alors qu'elle en était aux derniers mois de sa quatrième grossesse. Elle aimait son travail et croyait sincèrement au bien-fondé de sa mission.

Elle attendit le dernier moment pour se rendre à l'hôpital où elle donna naissance à un autre garçon, le 15 septembre 1954. Ce fut à nouveau un accouchement à risque. Le médecin s'apprêtait à rentrer chez lui lorsque ma mère l'arrêta. Elle saignait anormalement et sentait que quelque chose n'allait pas. Elle insista donc pour que le médecin l'examine. Il s'avéra qu'une partie du placenta n'avait pas été expulsée. Pour l'extraire, il fallut une opération avec anesthésie générale, mais cela lui sauva probablement la vie.

Mon père se trouvait alors à la campagne en quête de soutiens pour le programme du monopole d'État. Il venait de gravir un nouvel échelon, atteignant ainsi le grade 10, et d'être promu vice-président du département des Affaires publiques pour l'ensemble de la province du Setchouan. L'une de ses tâches principales consistait à surveiller de près l'évolution de l'opinion publique: quels étaient les sentiments de la population à propos de telle ou telle politique? Quels griefs exprimait-elle? Dans la mesure où les paysans constituaient la grande majorité de la population, il allait souvent dans les campagnes sonder leurs points de vue et leurs sentiments. A l'instar de ma mère, il croyait passionnément à son travail, qui consistait à maintenir le parti et le gouvernement en contact avec le peuple.

Sept jours après l'accouchement de ma mère, l'un des

collègues de mon père envoya une voiture la chercher à l'hôpital pour la ramener à la maison. On partait du principe que, lorsqu'un mari était absent, l'organisation du parti se chargeait de prendre soin de sa femme. Ma mère accepta cette aide avec reconnaissance puisque «sa maison» se trouvait à une demi-heure de marche de là. A son retour, quelques jours plus tard, mon père réprimanda vertement son camarade si serviable. Le règlement stipulait en effet que ma mère n'avait pas le droit de monter dans un véhicule officiel à moins qu'il ne se trouve lui-même auprès d'elle. Faire usage d'une voiture du gouvernement en son absence risquait de passer pour un acte de népotisme, souligna-t-il. Le collègue de mon père lui précisa qu'il avait pris cette décision car ma mère venait de subir une grave opération qui l'avait laissée dans un état de grande faiblesse. Seulement, le règlement était le règlement, lui rétorqua mon père. Une fois de plus, ma mère accepta difficilement ce rigorisme intransigeant. C'était la deuxième fois que mon père s'en prenait à elle immédiatement après un accouchement difficile. Pourquoi ne s'était-il pas arrangé pour être là lui-même afin de la reconduire chez elle, de manière à éviter d'enfreindre le règlement? lui demanda-t-elle. Il avait été absorbé par son travail, qui comptait plus que tout, répondit-il. Elle comprenait fort bien son dévouement. Elle était tout aussi attachée à la cause que lui. Cela ne l'empêcha pas d'éprouver une terrible déception.

Deux jours après sa naissance, Xiao-hei, mon nouveau petit frère, commença à souffrir d'eczéma. Ma mère attribua ce mal au fait qu'elle s'était abstenue de manger des olives vertes bouillies pendant l'été, alors qu'elle travaillait si dur. Les Chinois pensent en effet que les olives débarrassent l'organisme d'un excès de chaleur qui, autrement, «ressort» sous forme de boutons: Pendant plusieurs mois, il fallut attacher les mains de Xiao-hei aux barreaux de son lit pour l'empêcher de se gratter. A l'âge de six mois, on l'envoya finalement dans une clinique dermatologique.

Au même moment, ma grand-mère dut repartir pour Jinzhou de toute urgence afin de soigner sa mère, malade. La nourrice de Xiao-hei était une paysanne de Yibin à la chevelure abondante et interminable et au regard enjôleur. Elle avait accidentellement tué son propre enfant: étendue pour l'allaiter, elle s'était endormie et l'avait ainsi étouffé. Peu après ce triste épisode, elle avait rencontré ma tante Jun-ying par l'intermédiaire d'une relation familiale, et l'avait suppliée de la recommander auprès de ma famille. Elle souhaitait aller vivre dans une grande ville pour s'amuser un peu. Ma tante lui donna la recommandation souhaitée, en dépit des protestations de certaines femmes de son entourage qui affirmaient que la jeune femme voulait se débarrasser de son mari, et que c'était là l'unique raison pour laquelle elle voulait aller à Chengdu. Bien que célibataire, Jun-ying n'était pas du genre à être jalouse du plaisir des autres, en particulier leur plaisir sexuel ; au contraire, elle s'en réjouissait pour eux. C'était une femme pleine de compréhension et de tolérance envers les faiblesses d'autrui, qui ne jugeait jamais personne.

De fait, au bout de quelques mois, des rumeurs circulèrent selon lesquelles la nourrice avait une liaison avec un fossoyeur habitant la même résidence que nous. Mes parents considéraient ces choses-là comme personnelles et firent la sourde oreille.

Quand mon petit frère fut hospitalisé à la clinique de dermatologie, sa nourrice l'accompagna. A cette date, les communistes avaient pratiquement réussi à éliminer les maladies vénériennes, mais il restait quelques patients atteints de ce fléau dans l'un des services de l'établissement ; un beau jour, on trouva la nourrice de mon frère au lit avec l'un d'entre eux. La direction de l'hôpital mit ma mère au courant, en l'avertissant qu'il fallait absolument que la jeune femme cesse d'allaiter Xiao-hei. Ma mère la pria de s'en aller. Dès lors, mon jeune frère fut pris en charge par ma propre nourrice et celle qui s'occupait de mon autre frère, Jin-ming, qui nous avait rejoints depuis peu.

A la fin de 1954, en effet, cette dernière avait écrit à ma mère pour lui dire qu'elle souhaitait venir vivre avec nous parce qu'elle ne supportait plus son mari, qui buvait et la battait. Ma mère n'avait pas vu Jin-ming depuis un an et demi, c'est-à-dire depuis qu'il avait un mois. Son arrivée fut néanmoins une source de tensions. Longtemps, il refusa de se laisser toucher par elle et s'obstina à appeler sa nourrice « maman ».

Mon père eut également des difficultés à établir des relations avec Jin-ming. En revanche, il était très proche de moi. Il glissait régulièrement quelques fleurs dans son col pour me les faire humer. Si par hasard il oubliait, je désignais le jardin du doigt en émettant des sons impériaux, pour lui signifier qu'il fallait aller en chercher sur-le-champ. Il m'embrassait souvent sur la joue. Un jour qu'il ne s'était pas rasé, je fis la grimace en criant: «Vieille barbe! Vieille barbe!» (*Lao hu-zi*). Ce surnom lui resta pendant des mois. Dès lors, il m'embrassa plus prudemment. J'adorais aller et venir dans les bureaux en trottinant et jouer avec les collègues de mon père. Je leur courais après en les appelant par des noms particuliers que j'avais inventés pour eux, et je leur récitais des contes. Avant l'âge de trois ans, je fus connue sous le nom de «Petit diplomate».

Je crois que ma popularité tenait en réalité au fait que ces fonctionnaires étaient ravis du petit intermède que je leur procurais; mes babillages d'enfant les distrayaient un peu. J'étais très ronde, et ils avaient plaisir à me prendre sur leurs genoux pour me pincer et me serrer dans leurs bras.

Lorsque j'eus un peu plus de trois ans, on nous envoya tous les quatre dans des crèches différentes. Trop jeune pour comprendre pourquoi on m'emmenait loin de la maison, je protestai vigoureusement en distribuant des coups de pied et en déchirant le ruban qu'on avait mis dans mes cheveux. Dans la pouponnière, je semai délibérément la zizanie, au grand dam des maîtresses, et m'appliquai à renverser chaque jour mon verre de lait dans mon pupitre, suivi de mes capsules d'huile de foie de morue. On nous obligeait à faire une longue sieste après le déjeuner; je racontais alors aux autres enfants couchés dans le vaste dortoir des histoires épouvantables que j'inventais au fur et à mesure. On ne tarda pas à me prendre sur le fait et l'on me punit en me faisant dormir sur le seuil de la pièce.

Si on nous avait tous placés dans des crèches jour et nuit, c'était tout bonnement parce qu'il n'y avait personne pour s'occuper de nous. Un jour du mois de juillet 1955, ma mère et les 800 employés du secteur Est reçurent l'ordre de demeurer sur leur lieu de travail jusqu'à nouvel avis. Une nouvelle campagne venait d'être lancée, cette fois dans le but de débusquer les «contre-révolutionnaires cachés». Tout le monde devait être passé au crible.

Ma mère et ses collègues obéirent sans discuter. Ils menaient de toute façon une existence déjà très réglementée. En outre, il leur paraissait naturel que le parti veuille s'assurer de la fiabilité de ses membres afin de garantir la stabilité de la nouvelle société. Comme la plupart de ses camarades, l'engagement inébranlable de ma mère en faveur de la cause communiste l'empêchait de se plaindre de la rigidité de cette mesure.

Au bout d'une semaine, la majorité de ses collègues furent disculpés et autorisés à sortir librement. Ma mère était l'une des rares exceptions. On lui fit savoir que certains éléments de son passé n'avaient pas encore pu être éclaircis. Elle dut abandonner sa chambre et dormir dans une pièce située dans une autre partie des locaux. Auparavant, on l'autorisa à passer quelques jours chez elle pour prendre les dispositions nécessaires au sujet de sa famille. Elle risquait en effet d'être retenue pendant une assez longue période, lui précisa-t-on.

Cette nouvelle campagne avait été déclenchée par la réaction de Mao devant le comportement d'un certain nombre d'écrivains communistes, notamment le célèbre Hu Feng. S'ils n'étaient pas nécessairement en désaccord avec Mao sur le plan idéologique, ils témoignaient néanmoins d'un esprit d'indépendance et d'une aptitude à penser par eux-mêmes que le dirigeant chinois trouvait inacceptables. Il redoutait que ce non-conformisme idéologique ne compromît la soumission totale qu'il exigeait. Il insistait sur le fait que la nouvelle Chine devait agir et penser à l'unisson, soutenant que des mesures rigoureuses devaient être prises pour assurer la cohésion de la nation, de peur qu'elle ne se désintègre. Il fit arrêter un certain nombre d'auteurs éminents, que l'on taxa de « conspirateurs contre-révolutionnaires », une accusation terrible puisque les activités de ce type étaient passibles des pires châtiments, y compris la peine de mort.

Ce fut le début de la fin de l'expression individuelle en Chine. L'ensemble des médias avait été pris en main par le parti au moment où les communistes avaient accédé au pouvoir. Dès lors, ce fut l'esprit même de tous les citoyens chinois qui fut placé sous un contrôle plus strict.

Mao déclara qu'il recherchait « des espions à la solde des pays impérialistes et du Kuo-min-tang, des trotskistes, d'anciens officiers de l'armée nationaliste et des traîtres parmi les communistes ». Il soutenait que ces gens-là travaillaient au retour du Kuo-min-tang et en faveur des « impérialistes américains » qui refusaient de reconnaître Pékin et entouraient la Chine d'un carcan hostile. Si la première campagne destinée à supprimer les contre-révolutionnaires, au cours de laquelle Hui-ge, l'ami de ma mère, avait été exécuté, visait effectivement les rangs du Kuo-min-tang, les cibles étaient cette fois des membres du parti ou des employés gouvernementaux ayant eu des relations avec le parti nationaliste dans le passé.

Avant même d'accéder au pouvoir, les communistes avaient entrepris de constituer des dossiers détaillés sur les antécédents de chacun; ce fut un des points forts de leur système de contrôle. Le département chargé de l'Organisation conservait tous les documents concernant les membres du parti. Quant aux dossiers de tous ceux qui travaillaient pour l'État sans être affiliés au parti, ils étaient réunis par les responsables des unités de travail qui les transmettaient ensuite à la direction du personnel. Chaque année, les chefs rédigeaient sur chacun de leurs employés un rapport, que l'on ajoutait aux informations déjà recueillies. Les intéressés n'avaient pas accès à leur dossier; seules des personnes munies d'une autorisation spéciale pouvaient en prendre connaissance.

Pour être visé par cette nouvelle campagne, il suffisait d'avoir eu un contact, si ténu ou vague fût-il, avec le Kuo-mintang. Des équipes de travail composées de fonctionnaires réputés pour leur passé irréprochable se chargeaient des investigations. Ma mère devint suspecte numéro un, de même que nos nourrices, en raison de leur appartenance à des familles suspectes.

Une de ces équipes de travail était spécifiquement chargée d'enquêter sur les domestiques et le personnel du gouvernement provincial — chauffeurs, jardiniers, domestiques, cuisiniers et gardiens. Le mari de ma nourrice étant en prison pour jeu et trafic d'opium, elle faisait évidemment partie des « indésirables ». Quant à la nounou de Jin-ming, elle avait épousé un ancien petit fonctionnaire à la solde du Kuo-mintang, fils d'un propriétaire terrien qui plus est. Toutefois, comme ni l'une ni l'autre ne jouait un rôle social important, le parti ne se donna pas la peine d'approfondir leur dossier. On leur interdit cependant de continuer à travailler pour notre famille.

Ma mère en fut informée lors de son bref séjour à la maison avant sa détention. En apprenant la nouvelle, les deux nourrices furent consternées. Elles nous adoraient, Jin-ming et moi. Ma nourrice s'inquiétait aussi de la manière dont elle gagnerait sa vie s'il lui fallait rentrer à Yibin; ma mère écrivit donc au gouverneur de la province pour le prier de lui trouver un emploi. Ce qu'il fit. Elle partit travailler dans une plantation de thé et fut autorisée à emmener sa petite fille avec elle.

Quant à la nourrice de Jin-ming, elle ne voulait pas retourner vivre auprès de son mari. Elle avait à présent un autre homme dans sa vie, un fossoyeur de Chengdu, et désirait l'épouser. En larmes, elle supplia ma mère de l'aider à obtenir le divorce afin qu'elle puisse lier son sort à son nouvel amant. Il était extrêmement difficile de divorcer à l'époque, mais la jeune femme savait qu'un mot de mes parents, de mon père en particulier, lui serait d'une grande aide. Ma mère avait beaucoup d'affection pour elle, et elle souhaitait l'aider. En divorçant et en épousant son fossoyeur, la nourrice passerait automatiquement de la catégorie «propriétaires terriens» à celle d'«ouvriers», auquel cas elle ne serait plus obligée de quitter ma famille. Ma mère en parla donc à mon père qui s'éleva violemment contre cette idée: «Comment peux-tu soutenir un divorce? Les gens diront que les communistes brisent les familles.» «Et nos enfants? lui rétorqua ma mère. Qui prendra soin d'eux si les nourrices s'en vont toutes les deux?» Mon père avait une réponse à cela: «Envoie-les dans des crèches.»

Quand ma mère annonça à la nourrice de Jin-ming qu'elle allait devoir partir, la malheureuse faillit s'évanouir. Jin-ming se souvient encore de son départ. Un soir, au moment du crépuscule, quelqu'un le porta jusqu'au seuil de la maison. Sa nounou était là, habillée en paysanne, d'une simple blouse en coton fermée sur le côté par une série de boutons-papillons, un baluchon sur l'épaule. Il voulait qu'elle le prenne dans ses bras, mais elle resta hors de sa portée tandis qu'il tendait ses petites mains vers elle. Des larmes inondaient son visage. Puis elle descendit les quelques marches conduisant au portail, au bout de la cour. Un inconnu l'accompagnait. Au moment de franchir le seuil, elle s'arrêta brusquement et se retourna. Jin-ming braillait de toutes ses forces en agitant les pieds, mais la personne qui le portait n'avança pas d'un pouce. Sa nourrice resta immobile un long moment dans l'encadrement du portail, sans le quitter du regard. Puis elle fit volte-face et disparut. Jin-ming ne la revit jamais.

Ma grand-mère était toujours en Mandchourie. Sa propre mère venait de mourir de la tuberculose. Avant d'être «confinée dans un baraquement», ma mère fut donc obligée d'expédier ses quatre enfants dans des crèches. Tout s'était passé si vite qu'aucun des établissements municipaux ne pouvait prendre plus qu'un enfant; il fallut donc nous répartir dans quatre institutions distinctes.

Au moment où ma mère partait en détention, mon père lui donna le conseil suivant: «Sois parfaitement honnête avec le parti. Aie pleinement confiance en eux. Tu peux être sûre que leur verdict sera équitable.» Une vague de répulsion monta en elle. Elle aurait souhaité des adieux plus chaleureux, plus intimes. Le cœur gonflé de rancœur vis-à-vis de mon père, par une journée d'été torride, elle partit subir la deuxième période de détention de sa vie, infligée cette fois par son propre parti.

Faire l'objet d'une enquête n'impliquait pas automatiquement que l'on fût coupable. Cela signifiait simplement que certains éléments du passé demandaient à être éclaircis. Ma mère souffrait de devoir se soumettre à une épreuve aussi humiliante, après tous les sacrifices qu'elle avait acceptés et l'inébranlable loyauté qu'elle avait manifestée à l'égard de la cause communiste. Pourtant, une partie d'elle-même, pleine d'optimisme, demeurait convaincue que l'obscur nuage de soupçon qui planait sur elle depuis près de sept ans finirait par se dissiper. Elle n'avait aucune raison d'avoir honte, et strictement rien à cacher. Elle était une communiste dévouée et ne doutait pas que le parti saurait le reconnaître.

Une équipe spéciale composée de trois personnes fut constituée pour enquêter sur son cas, sous la direction d'un certain M. Kuang, responsable des Affaires publiques pour la ville de Chengdu. Ce dernier se situait hiérarchiquement en dessous de mon père et au-dessus de ma mère. Nos familles se connaissaient bien. Dans les circonstances présentes, même s'il restait courtois avec ma mère, il lui fallait adopter une attitude plus officielle et plus réservée.

A l'instar des autres prisonnières, ma mère se vit assigner plusieurs «compagnes» qui la suivaient partout, y compris aux toilettes, et dormaient dans le même lit qu'elle. On lui affirma qu'il s'agissait d'une mesure de protection. Elle comprit implicitement qu'on cherchait en réalité à la «protéger» de l'envie de mettre fin à ses jours ou de comploter quelque chose avec ses codétenues.

Plusieurs femmes se relayaient ainsi jour et nuit à ses côtés. L'une d'elles fut relevée de ses fonctions pour être elle-même incarcérée et soumise à une enquête. Chaque compagne devait rédiger quotidiennement un rapport sur ma mère. Elle les connaissait toutes assez bien car elles travaillaient dans les bureaux de son secteur, même si elles ne faisaient pas partie du même département qu'elle. Elles se montraient plutôt gentilles à son égard et, en dehors du manque de liberté, ma mère était relativement bien traitée.

Ses interrogateurs, auxquels se joignait sa compagne du jour, menaient leurs séances comme s'il s'agissait de conversations amicales, quoique le sujet abordé fût on ne peut plus déplaisant. On ne la présumait pas coupable, mais pas exactement innocente non plus. Dans la mesure où il n'existait pas de procédures légales au sens propre, elle n'avait pas vraiment la possibilité de se défendre contre les insinuations.

Le dossier de ma mère contenait des rapports détaillés sur les différentes étapes de sa vie : lorsqu'elle était étudiante et travaillait pour le mouvement clandestin, lorsqu'elle avait rejoint la Fédération des Femmes, outre les différents postes qu'elle avait occupés à Yibin. Ces comptes rendus avaient été rédigés par ses supérieurs hiérarchiques successifs. La première question à l'ordre du jour fut sa libération de prison du temps du Kuo-min-tang, en 1948. Comment sa famille avait-elle réussi à la faire sortir, étant donné la gravité de son cas ? On ne l'avait même pas torturée ! Se pouvait-il que son arrestation eût été un stratagème destiné à établir sa crédibilité auprès des communistes, de manière qu'elle puisse parvenir à un poste de confiance en tant qu'agent du Kuo-min-tang ?

Et puis il y avait son amitié avec Hui-ge. Elle s'aperçut que ses supérieurs hiérarchiques de la Fédération des Femmes à Jinzhou avaient fait des commentaires dévastateurs à ce sujet dans son rapport. Dans la mesure où Hui-ge s'était efforcé d'assurer son avenir auprès des communistes par son intermédiaire, affirmait-on, n'avait-elle pas essayé elle-même d'obtenir une garantie similaire auprès du Kuo-min-tang au cas où il l'emporterait ?

On lui posa la même question à propos de ses prétendants membres du Kuo-min-tang. N'avait-elle pas encouragé leurs avances dans le but de se protéger ? Pis encore : l'un d'eux ne lui avait-il pas donné l'ordre de s'infiltrer discrètement au sein du parti communiste tout en travaillant pour l'ennemi ?

Ma mère se retrouva ainsi dans la position impossible d'avoir à prouver son innocence. Tous les gens sur lesquels on l'interrogeait avaient été exécutés ou s'étaient enfuis à Taiwan, ou bien elle ignorait où ils se trouvaient. De toute façon, ils appartenaient tous au Kuo-min-tang et jamais l'on ne se fierait à leur témoignage. Comment puis-je vous convaincre ? pensait-elle quelquefois avec désespoir, tout en passant inlassablement en revue les mêmes incidents.

On l'interrogea également sur les relations de ses oncles avec le Kuo-min-tang et sur ses rapports avec chacun de ses camarades de classe qui avaient rallié la Ligue de la Jeunesse du Kuo-min-tang lorsqu'ils étaient adolescents, avant que les communistes ne prennent Jinzhou. Les fondements de la campagne en cours voulaient que l'on qualifie de contre-révolutionnaires tous ceux qui avaient été nommés à la tête d'une branche de cette Ligue de la Jeunesse après la reddition des Japonais. Ma mère essaya de suggérer que la Manchourie constituait un cas particulier : après l'occupation japonaise, la population considérait le Kuo-min-tang comme le représentant de la Chine, la mère patrie. A un moment donné, Mao lui-même avait occupé un rang élevé au sein de la hiérarchie du Kuo-min-tang, quoiqu'elle n'osât pas le mentionner. De surcroît, en l'espace de quelques années, tous ses amis avaient rallié le camp des communistes. Pourtant on lui affirmait que ces anciens camarades étaient désormais taxés de contre-révolutionnaires. Ma mère, elle, n'appartenait à aucune catégorie condamnée, mais on s'obstinait à lui poser une question impossible : Comment se faisait-il qu'elle eût tant de relations auprès des gens du Kuo-min-tang ?

Elle resta en détention pendant six mois. Au cours de cette période, on l'obligea à assister à plusieurs rassemblements de masse regroupant souvent plusieurs dizaines de milliers de gens : on faisait défiler des « agents ennemis », menottes aux mains, dénoncés et condamnés publiquement et conduits en prison au milieu d'une avalanche de slogans et d'une impressionnante levée de poings. Il se trouvait aussi parmi eux des « contre-révolutionnaires » ayant passé des aveux et qui bénéficiaient par conséquent de « peines douces », à savoir qu'ils évitaient la prison. Une camarade de ma mère figurait dans ce groupe. Après cette parade obligatoire, elle mit fin à ses jours : au cours de son interrogatoire, poussée par le désespoir, elle avait fait une fausse déclaration. Sept ans plus tard, le parti reconnut son innocence.

Si l'on conduisait ma mère à ces rassemblements, c'était dans le but de lui « donner une leçon ». D'une nature solide, contrairement à beaucoup d'autres, elle ne se laissa jamais dominer par la peur ni troubler par la logique fallacieuse et les cajoleries de ses interrogateurs. Elle garda la tête claire et relata les épisodes de sa vie en toute sincérité.

Elle passait de longues nuits éveillée, incapable de réprimer l'amertume que lui causait un traitement aussi abusif. Tout en écoutant le vrombissement des moustiques qui tournoyaient autour de sa moustiquaire dans la chaleur irrespirable de l'été, puis la pluie d'automne tambourinant à la fenêtre, puis le silence pesant d'humidité de l'hiver, elle ressassa interminablement l'injustice des soupçons qui planaient sur elle — en particulier les doutes concernant son arrestation par le Kuomin-tang. Fière de la manière dont elle s'était alors comportée, elle n'aurait jamais songé qu'on pût un jour y trouver des raisons de l'éloigner de la révolution.

Elle finit par se persuader qu'elle ne devait pas en vouloir au parti d'essayer de conserver sa pureté coûte que coûte. En Chine, on était habitué à un certain degré d'injustice ; à présent, tout au moins, c'était pour une cause estimable. Elle se répétait aussi les paroles des dirigeants du parti lorsqu'ils demandaient un sacrifice à ses membres : « Vous êtes mis à l'épreuve et la souffrance fera de vous un meilleur communiste. »

Elle songea qu'elle risquait d'être rangée parmi les «contre-révolutionnaires». Dans ce cas, ses enfants seraient eux aussi flétris, et leur vie s'en trouverait ruinée. Le seul moyen d'éviter pareille catastrophe consistait à divorcer de mon père et à « renier » ses enfants. La nuit, en passant en revue ces tristes perspectives, elle apprit à retenir ses larmes. Elle ne pouvait même pas se retourner dans son lit, puisque sa « compagne » dormait à côté d'elle. Si bien disposée fût-elle à son égard, cette dernière n'en était pas moins contrainte de rapporter ses faits et gestes dans les moindres détails. Ses larmes seraient interprétées comme la preuve qu'elle s'estimait brimée par le parti ou qu'elle avait cessé d'avoir confiance en lui. L'une et l'autre éventualité étaient inacceptables et risquaient d'avoir un effet néfaste sur le verdict.

Elle serrait donc les dents et s'obligeait à garder sa confiance au parti. Elle souffrait néanmoins d'être totalement coupée de sa famille, et ses enfants lui manquaient affreusement. Elle ne reçut ni lettre ni visite de mon père ; le règlement l'interdisait. En un moment pareil, elle avait pourtant terriblement besoin d'une épaule sur laquelle s'appuyer, ou tout au moins d'un mot gentil.

Elle recevait cependant des appels téléphoniques. De l'autre bout du fil lui parvenaient des plaisanteries et des paroles d'espoir qui lui remontaient le moral. L'unique téléphone de tout le département se trouvait sur le bureau de la préposée aux dossiers secrets. Tant que durait la conversation de ma mère, ses compagnes restaient dans la pièce, mais, comme elles l'aimaient bien et voulaient lui offrir un peu de réconfort, elles lui montraient clairement qu'elles ne l'écoutaient pas. La responsable des dossiers secrets ne faisant pas partie de l'équipe chargée d'enquêter sur ma mère, elle n'avait pas le droit d'écouter ses communications ni de la dénoncer. Quant à ses compagnes, elles s'arrangeaient toujours pour que ces coups de fil ne lui posent pas de problèmes. «Le directeur Chang a téléphoné, se contentaient-elles de dire, ils ont parlé d'affaires de famille. » On vantait par conséquent la sollicitude de mon père vis-à-vis de ma mère, la prévenance et l'affection qu'il lui témoignait. L'une des jeunes compagnes de ma mère lui avoua même un jour qu'elle aimerait bien trouver un mari aussi gentil que lui.

Personne ne savait que l'interlocuteur de ma mère n'était pas son mari, mais un autre haut responsable qui avait quitté les rangs du Kuo-min-tang pour rallier la cause communiste pendant la guerre contre le Japon. En raison de son passé, il avait été soupçonné par les communistes qui l'avaient fait emprisonner en 1947, quoiqu'il eût été réhabilité par la suite. Il relata son histoire à ma mère pour la rassurer et resta d'ailleurs son ami pour toujours. Pas une seule fois mon père ne téléphona au cours de ces six interminables mois. Sa longue expérience de communiste lui avait appris que le parti préférait que les suspects n'eussent aucun contact avec le monde extérieur, pas même avec leur conjoint. A ses yeux, réconforter ma mère aurait sous-entendu qu'il ne faisait pas totalement confiance au parti. Ma mère ne lui pardonna jamais de l'avoir abandonnée à un moment où elle avait plus que jamais besoin d'amour et de soutien. Une fois de plus, il lui avait prouvé qu'il faisait passer le parti d'abord.

Un matin de janvier, alors qu'elle regardait fixement les touffes d'herbes tremblantes battues par une pluie diluvienne sous le treillis couvert de jasmins aux masses de pousses vertes enchevêtrées, on vint annoncer à ma mère qu'elle était attendue chez M. Kuang, le chef de l'équipe d'investigation. Ce dernier lui apprit qu'elle était autorisée à se remettre au travail et à sortir librement. Elle devait cependant se présenter à lui chaque soir et dormir en prison, le parti n'ayant pas encore pris de décision finale à son sujet.

Elle comprit qu'en fait l'enquête n'avait pas abouti, la plupart des soupçons émis contre elle n'ayant pu être confirmés ni démentis. Si elle ne pouvait évidemment se satisfaire d'une telle conclusion, elle oublia tout temporairement, tant elle était heureuse de revoir ses enfants après six mois d'isolement.

Toujours dans nos crèches respectives, nous ne voyions guère notre père. Il était perpétuellement en déplacement à la campagne. Les rares fois où il revenait à Chengdu, il envoyait son garde du corps nous chercher, ma sœur et moi, pour que nous passions le samedi à la maison. Jamais il ne faisait venir les deux garçons car il s'estimait incapable de s'en occuper, étant donné leur très jeune âge. « A la maison », cela voulait dire dans son bureau. Dès que nous arrivions, il fallait toujours qu'il se rende à une réunion quelconque ; aussi son garde du corps nous enfermait-il dans le bureau, où nous n'avions rien à faire, à part des concours de bulles de savon. Un jour, je m'ennuyais tellement que j'engloutis une grande quantité d'eau savonneuse qui me rendit malade pendant des jours.

Dès qu'elle sut qu'elle était libre, ma mère sauta sur sa bicyclette pour aller faire le tour des crèches. Elle s'inquiétait surtout pour Jin-ming, qui n'avait que deux ans et demi et qu'elle n'avait guère eu le temps de découvrir. Seulement, au bout de six mois d'inutilisation, les pneus de son vélo étaient à plat. A peine le portail de la prison franchi, elle dut s'arrêter pour les faire regonfler. Elle bouillait d'impatience tandis qu'elle arpentait la boutique en attendant que le marchand de bicyclettes s'exécute, avec ce qui lui parut une incroyable nonchalance.

Elle commença donc par aller voir Jin-ming. En la voyant arriver, la maîtresse la dévisagea avec froideur. Elle finit par lui expliquer que Jin-ming était l'un des rares pensionnaires à passer tous ses week-ends sur place. Son père n'était quasiment jamais venu le voir et ne l'avait jamais emmené à la maison. Au début, l'enfant avait réclamé « Maman Chen ». « Ce n'est pas vous, n'est-ce pas ? » demanda la femme. Ma mère admit qu'il s'agissait de la nourrice. Par la suite, Jin-ming alla systématiquement se cacher dans une autre pièce lorsque les autres parents venaient chercher leur progéniture. « Vous êtes sans doute sa belle-mère », lança la maîtresse d'un ton accusateur. Ma mère renonça à lui expliquer la situation.

On fit venir Jin-ming. Il alla se tapir au fond de la pièce et refusa d'approcher ma mère. Il resta planté là, sans dire un mot, le regard obstinément fixé au sol. Ma mère avait apporté quelques pêches et lui demanda de venir les manger au fur et à mesure qu'elle les lui pelait. Jin-ming ne voulait toujours pas bouger. Elle dut disposer les fruits sur un mouchoir et les pousser sur la table dans sa direction. Il attendit qu'elle eût retiré sa main pour en attraper une et la dévorer à belles dents. Puis il en prit une autre. En un rien de temps, les trois pêches furent englouties. Pour la première fois depuis qu'on l'avait conduite en prison, ma mère laissa libre cours à ses larmes.

Je me souviens du soir où elle vint me voir. J'avais presque quatre ans et j'étais dans mon petit lit entouré de barreaux en bois, comme une cage. On abattit l'un des panneaux pour qu'elle puisse s'asseoir auprès de moi et me tenir la main pendant que je m'endormais. Mais moi, j'avais envie de lui raconter toutes mes mésaventures.

Je craignais que, une fois que je me serais endormie, elle ne disparût à nouveau pour toujours. Chaque fois qu'elle essayait de retirer sa main, croyant que je m'étais assoupie, je m'y cramponnais désespérément et je me mettais à pleurer. Elle resta auprès de moi jusque vers minuit. Quand elle se leva pour partir, je poussai des hurlements, mais elle finit par se dégager avec douceur de mon étreinte. Je ne savais pas que l'heure était venue pour elle de regagner sa geôle.

11

« Après la campagne antidroitiste, plus personne n'ouvrit la bouche »

LA CHINE MUSELÉE

1956-1957

Comme nous n'avions plus de nourrices, et que ma mère devait retourner à la prison chaque soir pour faire son rapport, on nous laissa dans nos crèches respectives. De toute façon, notre mère n'aurait pas pu prendre soin de nous. Elle était bien trop occupée à «courir vers le socialisme», comme disait un chant de propagande, avec le reste de la société chinoise.

Pendant le temps de sa détention, Mao avait hâté le mouvement pour tenter de changer la face de la Chine. En juillet 1955, il avait lancé un appel en faveur d'une accélération de la collectivisation agricole et, en novembre, il annonça brusquement que l'ensemble de l'industrie et du commerce, demeurés jusque-là entre des mains privées, devait être nationalisé.

Ma mère dut se lancer à corps perdu dans cette nouvelle campagne. En théorie, l'État et les anciens propriétaires étaient censés posséder conjointement les entreprises. Aux seconds, on verserait 5 % de la valeur de leur affaire pendant vingt ans. Dans la mesure où il n'y avait officiellement pas d'inflation, ces derniers étaient supposés empocher ainsi de quoi être totalement remboursés. Ils continuaient à gérer leur entreprise

240

contre un salaire relativement élevé, mais ils seraient chapeautés par un «patron» désigné par le parti.

Ma mère fut nommée à la tête d'une équipe de travail chargée de superviser la nationalisation de plus d'une centaine d'usines alimentaires, de boulangeries et de restaurants de son secteur. Bien qu'elle fût toujours en liberté conditionnelle et contrainte de rendre des comptes chaque soir, sans même pouvoir dormir dans son propre lit, on lui confia cette mission de première importance.

Le parti lui avait attribué une étiquette peu flatteuse : *kong-zhi shi-yong*, qui signifie «employée sous stricts contrôle et surveillance». Cela ne fut pas rendu public, mais elle-même en fut informée, ainsi que les gens chargés de son cas. Les membres de son équipe de travail étaient au courant de sa détention ; ils ignoraient en revanche qu'elle était toujours sous surveillance.

Au moment de son emprisonnement, elle avait écrit à ma grand-mère en la priant de rester en Manchourie pour le moment. Elle avait inventé un prétexte pour éviter d'avoir à lui dire qu'elle était en détention, ce qui l'aurait terriblement inquiétée.

Ma grand-mère était donc toujours à Jinzhou au moment où le programme de nationalisation fut mis en place, et elle s'y trouva impliquée. Lorsqu'elle avait quitté la ville en 1951 avec le docteur Xia, son frère, Yu-lin, avait repris le cabinet médical. A la mort du docteur Xia, en 1952, elle en devint elle-même propriétaire. L'État envisageait à présent de le lui racheter. Dans le cas de chaque commerce ou entreprise, un groupe composé de membres d'une équipe de travail et de représentants des employés et de la direction était chargé d'évaluer le capital, afin que l'État puisse payer «un prix équitable». Ce groupe suggérait souvent un chiffre très bas pour contenter les autorités. La valeur attribuée à l'affaire du docteur Xia fut effectivement dérisoire, mais ma grand-mère y vit un avantage : cela signifiait en effet qu'elle entrait simplement dans la catégorie des «petits capitalistes». Elle avait donc plus de chances de passer inaperçue. Elle ne se réjouissait guère d'être quasi expropriée de la sorte, mais elle savait que mieux valait garder un profil bas.

Dans le cadre de la campagne de nationalisation, le régime organisait des défilés au son des tambours et des gongs, ainsi que d'interminables réunions, dont certaines réservées aux capitalistes. Ma grand-mère put ainsi se rendre compte que ces derniers manifestaient tous une remarquable bonne volonté, voire de la gratitude, devant cette mainmise de l'État. Certains avouèrent qu'ils avaient redouté bien pire. Ils avaient entendu dire qu'en Union soviétique, par exemple, les entreprises étaient purement et simplement confisquées. En Chine, au moins, on indemnisait les propriétaires; en outre, l'État n'obligeait personne à céder son affaire. Il fallait que les chefs d'entreprise fussent disposés à le faire... Tout le monde l'était, évidemment.

Ma grand-mère n'arrivait pas à déterminer quelle attitude prendre vis-à-vis des communistes. Devait-elle se rebiffer contre la cause que sa fille avait embrassée ou bien se réjouir de son sort, comme on le lui suggérait? Le docteur Xia avait travaillé dur pour monter son cabinet, et il avait permis sa survie et celle de sa fille. Elle renâclait à l'idée de devoir s'en défaire ainsi du jour au lendemain.

Quatre ans plus tôt, pendant la guerre de Corée, le gouvernement avait encouragé la population à faire don de ses objets précieux pour contribuer à l'achat de bombardiers. Ma grand-mère n'avait pas voulu se séparer de ses bijoux, cadeaux du général Xue et du docteur Xia, qui avaient été à plusieurs reprises son unique source de revenus. D'autant plus qu'elle y était profondément attachée. Toutefois, ma mère avait joint sa voix à celle des autorités. Elle estimait que ces joyaux étaient liés à un passé révolu et partageait le point de vue du parti selon lequel ils étaient le fruit de l'«exploitation du peuple» et devaient par conséquent lui être rendus. A cela, elle avait ajouté l'inévitable slogan de propagande selon lequel il fallait à tout prix protéger la Chine d'une invasion des «impérialistes américains», ce qui ne voulait pas dire grand-chose dans l'esprit de ma grand-mère. Sa fille rabâchait toujours les mêmes arguments: «Mère, à quoi bon te cramponner à ces bijoux? Plus personne ne porte ce genre de choses de nos jours. Et puis tu n'en as pas besoin pour vivre. Maintenant que nous avons le parti communiste, la Chine ne sera plus jamais pauvre. Tu n'as plus d'inquiétudes à avoir. De toute façon, je suis là. Je m'occuperai de toi. Tu n'auras plus jamais de soucis. Je dois convaincre les autres gens de faire des dons. Cela fait partie de mon travail. Comment puis-je leur demander de se défaire de leurs biens si ma propre mère s'y refuse?» Pour finir, ma grand-mère avait cédé. Elle était prête à tout pour sa fille. Elle renonça donc à tous ses bijoux, hormis quelques bracelets, une paire de boucles d'oreilles et une bague en or, cadeaux de mariage du docteur Xia. Le gouvernement lui donna un reçu et la félicita chaleureusement de son « dévouement patriotique ».

Pourtant, elle regrettait toujours de s'être séparée de ses bijoux, bien qu'elle s'en cachât. Outre son attachement sentimental, des considérations des plus pratiques l'incitaient à déplorer leur perte. Elle avait vécu toute sa vie dans l'insécurité. Pouvait-on vraiment faire confiance au parti pour s'occuper de tout le monde ? A jamais ?

Voilà que, quatre ans plus tard, elle se retrouvait dans la même situation. L'État lui demandait à nouveau de se défaire d'un bien qu'elle voulait à tout prix garder, en fait l'ultime possession qui lui restât. Cette fois, elle n'avait pas vraiment le choix. Elle fit preuve d'une grande coopération. Elle ne voulait pas décevoir sa fille et tenait à ce que cette dernière n'ait pas le moindre motif de rougir d'elle.

La nationalisation du cabinet médical était une entreprise de longue haleine, et ma grand-mère décida de rester en Mandchourie jusqu'au bout. Quoi qu'il en soit, ma mère préférait qu'elle ne revienne pas à Chengdu tant qu'elle n'aurait pas recouvré sa totale liberté de mouvement et réintégré son logement. Il fallut attendre l'été 1956 pour qu'elle reprenne une vie normale et que soient enfin levées les restrictions imposées par le système de libération sur parole. Même à ce moment, aucune décision définitive ne fut prise concernant son cas.

Ses juges parvinrent enfin à une conclusion à la fin de cette année-là. Le verdict, proclamé par les autorités du parti à Chengdu, établissait en substance que l'on avait cru à son témoignage. On estimait donc qu'elle n'avait aucun lien politique avec le Kuo-min-tang. C'était une décision nette qui l'innocentait totalement. Son soulagement fut grand. Elle savait que son cas aurait pu rester indécis, par « manque de preuves », comme tant d'autres affaires similaires. Dans cette éventualité, sa réputation aurait été flétrie à jamais. Ce sombre chapitre de sa vie était enfin clos. Elle éprouvait une gratitude sans borne à l'égard du chef de l'équipe chargée de son cas, M. Kuang. D'ordinaire, les fonctionnaires tendaient à faire des excès de zèle dans le but de se protéger. M. Kuang avait fait preuve d'un grand courage en acceptant de prêter foi à sa déposition.

Au bout de dix-huit mois d'anxiété extrême, elle était enfin blanchie. Elle avait eu de la chance. A la suite de cette campagne, plus de 160 000 hommes et femmes furent qualifiés de « contre-révolutionnaires » ; leur existence en fut anéantie pour trente ans. Parmi eux figuraient certains amis de ma mère, anciens cadres de la Ligue de la Jeunesse du Kuo-min-tang à Jinzhou. Ils furent sommairement inculpés d'« activités contre-révolutionnaires », débauchés et expédiés d'office à la campagne pour y exécuter des tâches manuelles.

La campagne destinée à éliminer les derniers vestiges du Kuo-min-tang remit au premier plan les antécédents et les relations de chaque famille. Depuis les débuts de l'histoire de la Chine, lorsqu'un individu était condamné, il arrivait qu'un clan entier — hommes, femmes, enfants, voire nouveau-nés — fût exécuté. On allait parfois jusqu'à fusiller des cousins très éloignés (*zhu-lian jiu-zu*). Un criminel présumé pouvait mettre en péril la vie de tout son entourage.

Jusque-là, les communistes avaient incorporé dans leurs rangs des gens au passé « indésirable ». Les fils et filles de leurs ennemis s'élevèrent en grand nombre aux échelons supérieurs de la hiérarchie. De fait, la majorité des dirigeants communistes de la première heure provenaient eux-mêmes de milieux « douteux ». Après 1955, toutefois, les origines familiales jouèrent un rôle de plus en plus déterminant. Au fil des années et des incessantes chasses aux sorcières lancées à l'initiative de Mao, le nombre des victimes se multiplia, chaque proie faisant boule de neige et en entraînant dans sa chute une foule d'autres, à commencer par sa famille.

En dépit de ces tragédies individuelles, ou peut-être justement en partie à cause de ce contrôle inflexible, la Chine était plus stable en 1956 qu'elle ne l'avait jamais été depuis le début du siècle. L'occupation étrangère, la guerre civile, l'hécatombe provoquée par la famine, les bandits, l'inflation faisaient, semblait-il, désormais partie du passé. La stabilité, rêve chinois par excellence, entretenait la foi de la population, comme ce fut le cas pour ma mère, en dépit des épreuves.

Au cours de l'été 1956, ma grand-mère regagna Chengdu. Elle commença par faire le tour des crèches pour nous ramener à la maison. Il faut dire qu'elle avait une sainte horreur de ce type d'institutions, estimant qu'il était impossible de s'occuper convenablement d'enfants en troupeau. Ma sœur et moi n'avions pas l'air trop mal en point, mais à peine l'aperçûmes-nous que nous nous mîmes à hurler en la suppliant de nous ramener à la maison. Quant aux deux garçons, c'était une autre histoire : la maîtresse de Jin-ming se plaignit de ce qu'il était terriblement renfermé, au point de refuser catégoriquement de laisser un adulte l'approcher. Il passait son temps à réclamer, calmement mais avec obstination, son ancienne nourrice. Ma grand-mère éclata en sanglots lorsqu'elle vit Xiao-hei. On aurait dit une marionnette en bois grimaçant un sourire insipide. Quel que soit l'endroit où on le posait, assis ou debout, il restait figé là, sans réagir. On ne lui avait jamais appris à se manifester quand il avait besoin d'aller aux toilettes et il paraissait incapable de pleurer. Ma grand-mère le prit dans ses bras, et il devint instantanément son préféré.

De retour chez sa fille, elle laissa éclater sa révolte. Entre deux sanglots, elle accusa mon père et ma mère d'être des « parents indignes ». Elle ignorait que sa fille n'avait pas eu le choix.

Ma grand-mère ne pouvant pas s'occuper de nous quatre, les deux aînées, à savoir ma sœur et moi, devaient passer la semaine à la crèche. Tous les lundis, mon père et son garde du corps nous hissaient sur leurs épaules et nous emmenaient de force malgré nos ruades, nos hurlements et les poignées de cheveux que nous leur arrachions.

Il en fut ainsi pendant un bon moment. Jusqu'au jour où je découvris inconsciemment une manière de protester contre cette situation. Je commençai en effet à tomber régulièrement malade à la crèche, en proie à de violents accès de fièvre qui alarmaient les médecins. Dès que j'étais de retour à la maison, mon mal se dissipait comme par miracle. Pour finir, on nous autorisa, ma sœur et moi, à rester chez nous, avec les garçons.

Selon ma grand-mère, les fleurs et les arbres, les nuages et la pluie étaient autant d'organismes vivants, dotés d'un cœur, d'un sens moral et capables de pleurer. A son avis aussi, nous étions à l'abri de tout danger dès lors que nous respections la règle chinoise traditionnellement imposée aux enfants, *ting hua* (« prêter attention aux mots », en d'autres termes : obéir). Dans le cas contraire, toutes sortes d'ennuis risquaient de nous arriver. Quand nous mangions des oranges, par exemple, ma grand-mère nous recommandait de ne pas avaler les pépins. « Si vous ne m'écoutez pas, un jour, vous ne pourrez plus rentrer dans la maison. Chaque petit pépin est un oranger miniature qui ne demande qu'à pousser, exactement comme vous. Il grandira discrètement dans votre ventre, toujours plus haut, et puis un beau jour, il surgira au sommet de votre crâne ! Ensuite, il aura des feuilles et produira des oranges, et pour finir, il dépassera la porte d'entrée... »

L'idée de porter un oranger sur ma tête me fascinait au point qu'un jour j'avalai délibérément un pépin. Un seul. Pas plus. Pas question que mon crâne se transforme en orangeraie! Ce serait trop lourd. Toute la journée, je me tâtai anxieusement la tête à chaque instant pour voir si elle n'était pas encore fendue. A plusieurs reprises, je faillis demander à ma grand-mère si j'aurais la permission de manger les oranges qui allaient me pousser sur le crâne, mais je me retins pour ne pas qu'elle sache que j'avais désobéi. J'avais décidé de prétexter un accident quand elle verrait l'arbre. Je m'endormis très mal cette nuit-là, persuadée de sentir une pression à l'intérieur de ma boîte crânienne.

Les autres soirs, toutefois, les histoires de ma grand-mère m'expédiaient toujours dans un sommeil bienheureux. Elle en connaissait toute une kyrielle, issue de l'opéra classique chinois. Nous avions aussi quantité de livres sur les animaux, les oiseaux, les mythes et les contes de fées, outre des recueils de légendes étrangères, notamment celles de Hans Christian Andersen et les *Fables* d'Ésope. *Le Petit Chaperon rouge*, *Blanche-Neige et les sept nains* et *Cendrillon* firent partie de mes compagnons d'enfance.

A côté de ces récits, j'adorais les chansons pour enfants qui furent ma première rencontre avec la poésie. La langue chinoise étant fondée sur des tonalités, notre poésie est particulièrement mélodieuse. J'étais fascinée quand ma grand-mère se mettait à chanter des poèmes classiques, dont le sens m'échappait pourtant complètement. Elle les lisait selon le mode traditionnel, en chantonnant, en faisant traîner les sons, en haussant et en baissant tour à tour la voix en cadence. Un jour, ma mère l'entendit nous réciter des poèmes datant des environs du vᵉ siècle avant J.-C.; elle trouvait que cette littérature était beaucoup trop compliquée pour nous, et voulut donc l'en empêcher. Mais ma grand-mère insista en soutenant que peu importait que nous comprenions le sens ou non si nous sentions la musicalité des sons. Elle disait souvent qu'elle regrettait d'avoir perdu sa cithare en quittant Yixian, vingt ans plus tôt.

Mes deux frères n'étaient guère intéressés par ces récits et ces lectures du soir. En revanche, ma sœur, avec laquelle je partageais une chambre, en raffolait autant que moi. Elle jouissait d'une mémoire extraordinaire et avait impressionné tout le monde en récitant une longue ballade de Pouchkine intitulée *Le Pêcheur et le Poisson rouge* sans une seule faute, à l'âge de trois ans !

Nous connaissions enfin une vie de famille paisible et chaleureuse. Si ma mère éprouvait certainement encore de la rancœur vis-à-vis de mon père, elle ne se disputait que très rarement avec lui, devant nous en tout cas. L'affection de notre père ne s'exprimait plus guère par des contacts physiques maintenant que nous étions plus grands. En Chine, il était exceptionnel qu'un père prenne ses enfants dans ses bras ou leur manifeste son attachement en les embrassant ou en les serrant contre lui. Il promenait souvent les garçons à califourchon sur son dos, et il lui arrivait de passer la main dans leurs cheveux ou de leur donner une petite tape affectueuse sur l'épaule. Les filles n'avaient pas droit à ces démonstrations fugitives d'affection. Au-delà de l'âge de trois ans, il se contenta de nous soulever prudemment par les aisselles, adhérant ainsi rigoureusement aux conventions chinoises qui recommandaient d'éviter toute intimité avec les enfants de sexe féminin. Jamais il n'entrait dans la chambre où ma sœur et moi dormions sans nous en avoir demandé la permission.

Ma mère ne nous manifestait pas non plus son affection autant qu'elle l'aurait souhaité. Cela parce qu'elle se pliait à un autre code éthique, celui imposé par le mode de vie rigoriste des communistes. Au début des années cinquante, une militante était censée se dévouer entièrement à la révolution et au peuple, au point que l'on blâmait tout témoignage d'attachement à ses enfants. Toutes les heures de la journée, hormis celles consacrées aux repas et au sommeil, appartenaient à la révolution et devaient être occupées par le travail. Tout acte considéré comme sans rapport avec cette cause, prendre ses enfants dans ses bras par exemple, devait être banni.

Au début, ma mère eut de la peine à s'habituer à une telle rigueur. Ses camarades du parti lui reprochaient constamment de «faire passer sa famille d'abord». En définitive, elle se fit à la nécessité de travailler sans relâche. Quand elle rentrait enfin à la maison, le soir, nous étions tous couchés depuis longtemps. Elle s'asseyait près de notre lit pour nous regarder dormir tout en écoutant notre respiration paisible. C'était pour elle le moment le plus heureux de la journée.

Dès qu'elle avait une minute, elle en profitait tout de même pour nous cajoler un peu. Elle aimait bien nous chatouiller, surtout au niveau des coudes, ce qui nous procurait un plaisir intense. Pour moi, le paradis consistait à poser la tête sur ses genoux pour qu'elle me titille l'intérieur des oreilles. C'est là une forme traditionnelle de plaisir chez les Chinois. Je me rappelle avoir vu dans mon enfance des professionnels ambulants du «grattage d'oreilles» armés d'une estrade, d'un fauteuil en bambou et d'une multitude de minuscules bâtons cotonneux.

A partir de 1956, on commença à donner congé le dimanche aux fonctionnaires du parti. Nos parents nous emmenèrent alors dans des parcs ou des terrains de jeu où nous faisions de la balançoire ou du manège; ou bien nous allions nous rouler dans l'herbe à flanc de coteau. J'ai le souvenir de galipettes en pente délicieusement périlleuses, censées se terminer dans les bras de mes parents, alors que nous allions finalement atterrir les uns après les autres dans les hibiscus.

Ma grand-mère était toujours aussi choquée des absences continuelles de sa fille et de son gendre. «Quelle sorte de parents sont-ils?» soupirait-elle en secouant la tête. Pour compenser leur absence, elle nous offrait tout son amour et toute son énergie. Seulement, elle ne pouvait pas faire face à quatre enfants en bas âge; aussi ma mère invita-t-elle tante Jun-ying à venir vivre avec nous. Ma grand-mère et elle s'entendaient très bien, et cette harmonie se prolongea lorsqu'elles furent rejointes par une domestique à demeure, au début de 1957. Cette arrivée coïncida avec notre installation dans un nouvel appartement situé dans l'ancienne cure d'un prêtre catholique. Mon père vint vivre avec nous, de sorte que, pour la première fois, toute la famille se trouva réunie sous un même toit.

La domestique avait dix-huit ans. Le jour de son arrivée, elle portait un pantalon et une blouse en coton à fleurs que des citadins, habitués à des tons mornes conformes à l'affectation urbaine autant qu'au rigorisme communiste, auraient trouvés plutôt voyants. Les femmes des villes faisaient par ailleurs couper leurs vêtements à la manière russe. Notre bonne portait une tenue paysanne traditionnelle, fermée sur le côté par des boutons en coton et non pas en plastique. Elle attachait son pantalon avec une cordelette en coton à la place d'une ceinture. En règle générale, les paysannes changeaient d'habits avant de venir en ville pour ne pas avoir l'air de rustaudes sorties tout droit de leur campagne. Notre servante, elle, s'en moquait complètement, ce qui dénotait une certaine force de caractère. Elle avait de grandes mains rugueuses et un sourire timide mais franc éclairait souvent son visage hâlé, creusant deux fossettes dans ses joues roses. Toute la famille se prit immédiatement d'affection pour elle. Elle mangeait avec nous et s'occupait des tâches ménagères avec ma tante et ma grand-mère. Cette dernière était ravie d'avoir deux compagnes, d'autant plus que ma mère n'était jamais là.

Notre domestique venait d'une famille de propriétaires terriens ; elle avait cherché désespérément un moyen de fuir la campagne et les incessantes mesures discriminatoires dont elle faisait l'objet. En 1957, il devint à nouveau possible d'embaucher des employés issus d'un milieu familial « douteux ». La campagne lancée en 1955 avait pris fin, et l'atmosphère générale était plus détendue.

Les communistes avaient institué un système selon lequel chacun devait faire enregistrer son lieu de résidence (*hu-kuo*), les citoyens officiellement inscrits ayant seuls droit à des rations alimentaires. Notre domestique figurant sur les listes de son village, elle n'avait aucune source de ravitaillement tant qu'elle vivait chez nous, mais les quotas alloués à ma famille étaient bien suffisants pour la nourrir elle aussi. Un an après son arrivée, ma mère l'aida à faire transférer son dossier à Chengdu.

Ma famille lui versait également des gages. Le système de prise en charge par l'État avait été aboli à la fin de 1956, date à laquelle mon père avait également perdu son garde du corps, remplacé par un domestique à temps partiel qui effectuait de menues besognes pour lui à son bureau, lui servant le thé par exemple, ou allant lui chercher une voiture. Mes parents percevaient dorénavant des salaires fixes correspondant à leur échelon dans l'administration. Ma mère avait toujours le grade 17, mon père ayant pour sa part accédé au grade 10, ce qui voulait dire qu'il gagnait deux fois plus qu'elle. Les produits de première nécessité étant bon marché, et le concept de société de consommation n'existant évidemment pas, leurs deux sources de revenus nous suffisaient amplement. Mon père appartenait à une catégorie particulière baptisée *gao-gan*, mot à mot « hauts fonctionnaires », un terme réservé aux bureaucrates de grade 13 et au-delà, limités à 200 au Setchouan. L'ensemble de la province comptait moins de vingt personnes de grade 10 et plus, sur une population globale d'environ 72 millions d'habitants.

Au printemps 1956, Mao annonça l'instauration d'une nouvelle politique dite « des Cent Fleurs », inspirée de la formule « laissez cent fleurs s'épanouir » (*bai-hua qi-rang*), qui signifiait en théorie une liberté plus grande dans le domaine des arts, de la littérature et de la recherche scientifique. Le parti voulait s'assurer le soutien des milieux cultivés dont le pays avait besoin au moment où il entrait dans une phase d'industrialisation après s'être remis sur pied.

Le niveau général d'éducation avait toujours été très bas. Dans l'ensemble du pays, la Chine regroupait une population énorme — déjà plus de 600 millions d'habitants à l'époque —, et la grande majorité des Chinois n'avait jamais connu un niveau de vie décent. Ils avaient depuis toujours subi le joug de dictatures bâties sur l'ignorance, partant la soumission du peuple. La langue posait aussi d'indicibles problèmes. L'écriture chinoise est extrêmement complexe; elle se fonde sur des dizaines de milliers de caractères distincts et compliqués, sans rapport avec les sons et devant être mémorisés individuellement. Des centaines de millions de citoyens étaient complètement analphabètes.

Quiconque avait pu bénéficier d'un minimum d'éducation se voyait octroyer le qualificatif d'«intellectuel». Sous le régime des communistes, dont les politiques reposaient sur les classes sociales, ces «intellectuels» représentaient une catégorie spécifique, si vague fût-elle, englobant infirmières, étudiants, acteurs, mais aussi ingénieurs, techniciens, écrivains, enseignants, médecins et scientifiques.

Avec la politique des Cent Fleurs, la nation chinoise connut une année de relative détente. Puis, au printemps 1957, le parti poussa les intellectuels à faire le procès des fonctionnaires jusqu'aux échelons les plus élevés. Ma mère s'imagina qu'il s'agissait de promouvoir une libéralisation accrue. Mao prononça à ce propos un discours, qui fut bien entendu transmis à son niveau après l'inévitable délai; elle fut tellement émue qu'elle ne put fermer l'œil de la nuit. Il lui semblait que la Chine allait véritablement se doter d'un parti moderne et démocratique, pleinement ouvert aux critiques dans le but de se revitaliser. Elle se sentait fière d'être communiste.

Si les fonctionnaires du parti appartenant au même grade que ma mère furent informés de l'allocution de Mao préconisant une critique en règle de tout l'encadrement, on omit en revanche de leur faire part d'autres remarques que le leader communiste fit à la même époque, invitant à «faire sortir les serpents de leur nid», à savoir démasquer quiconque osait s'opposer à lui ou à son régime. Un an auparavant, Khrouchtchev dénonçait Staline à l'occasion de son fameux «discours secret»; cet épisode avait profondément ébranlé Mao, qui s'identifiait à Staline. Le soulèvement hongrois, cet automne-là, avait ajouté à son désarroi, puisqu'il s'agissait de la première tentative réussie, même si son succès fut de courte durée, de renversement d'un régime communiste. Mao savait que l'ensemble des Chinois éduqués prônait la modération et la libéralisation. Il voulait à tout prix éviter «un soulèvement chinois à la hongroise». Il déclara effectivement par la suite aux dirigeants hongrois que son appel à la critique n'avait été qu'un piège; s'il avait poursuivi cette politique alors que ses collègues lui suggéraient de l'interrompre, c'était pour s'assurer qu'il avait bien débusqué tous les dissidents potentiels.

Les ouvriers et les paysans ne l'inquiétaient pas. Il ne doutait pas un seul instant de leur reconnaissance vis-à-vis des communistes qui leur avaient enfin permis de manger à leur faim et de stabiliser leur existence. Il éprouvait par ailleurs à leur égard un mépris profond, estimant qu'ils n'avaient pas les capacités intellectuelles nécessaires pour défier son pouvoir. En revanche, Mao s'était toujours méfié des intellectuels. Ils avaient joué un rôle important en Hongrie, et ils étaient évidemment plus enclins que quiconque à juger par eux-mêmes.

Ignorant les manœuvres secrètes de Mao, les cadres du parti et les intellectuels s'engagèrent à fond dans l'exercice de critique proposé. Le leader chinois leur avait demandé de «dire tout ce qu'ils avaient à dire, sans rien cacher». Ma mère répétait cette injonction avec enthousiasme dans les écoles, les hôpitaux et parmi les groupes d'artistes dont elle avait la charge. Toutes sortes d'opinions s'exprimèrent dans le cadre des séminaires organisés et sur les affiches prévues à cet effet. Les gens célèbres donnèrent l'exemple en développant leurs réserves dans les pages des journaux.

Ma mère fut elle-même critiquée, comme la grande majorité des gens. Le corps enseignant lui reprocha en particulier de faire preuve de favoritisme à l'égard des établissements «clés» (*zhong-dian*). L'État réservait l'essentiel de ses ressources, au demeurant limitées, à un certain nombre d'écoles désignées officiellement. Celles-ci, mieux équipées, bénéficiaient en outre des meilleurs enseignants et sélectionnaient les élèves les plus doués, ce qui leur garantissait évidemment un taux d'admission plus élevé dans les établissements d'enseignement supérieur, notamment dans les universités dites «clés». Certains professeurs attachés à des écoles ordinaires se plaignirent de ce que ma mère accordait trop d'attention à ces structures pédagogiques d'élite, à leurs dépens.

Les enseignants étaient eux aussi répartis en grades. Les meilleurs jouissaient de titres honorifiques leur donnant droit à des salaires plus élevés, à des rations alimentaires spéciales en période de pénurie, à des logements plus spacieux et à des billets de théâtre gratuits. La plupart des professeurs de haut niveau placés sous la responsabilité de ma mère semblaient provenir de familles « indésirables » ; certains de leurs confrères des échelons inférieurs lui reprochèrent d'accorder plus d'importance au mérite professionnel qu'à la « classe sociale d'origine ». Ma mère se plia à plusieurs autocritiques sur son manque d'équité, mais elle insista sur le fait qu'elle estimait agir à bon escient en utilisant les aptitudes pédagogiques de chacun comme critère de promotion.

D'autres critiques s'exprimèrent à son encontre, auxquelles ma mère, écœurée, fit la sourde oreille. Notamment celles de la directrice d'une école primaire ayant adhéré au parti dès 1946, c'est-à-dire avant ma mère, et qui supportait par conséquent très mal de recevoir des ordres d'elle. Cette femme s'en prit violemment à elle sous prétexte qu'elle n'aurait jamais obtenu ce poste à responsabilités si mon père n'avait pas occupé des fonctions aussi importantes.

Chacun y allait de sa complainte. Les proviseurs réclamaient le droit de choisir eux-mêmes leurs enseignants au lieu de se les voir imposer par une autorité supérieure. Les directeurs d'hôpitaux souhaitaient s'approvisionner personnellement en médicaments, dans la mesure où les fournitures de l'État ne satisfaisaient pas leurs besoins. Les chirurgiens exigeaient des rations alimentaires plus importantes ; ils estimaient leur métier tout aussi exigeant que celui des joueurs de kung-fu dans l'opéra traditionnel, auxquels on allouait des portions quatre fois supérieures. Un jeune cadre du parti se plaignit de la disparition sur les marchés de Chéngdu de certains articles familiers bien connus, tels que les « ciseaux Wong » et les « brosses Hu pour la barbe », remplacés par des objets de qualité inférieure, fabriqués en série. Ma mère partageait leur point de vue dans l'ensemble, mais elle ne pouvait guère intervenir dans la mesure où ces questions touchaient à la politique gouvernementale. Elle se contentait donc de rapporter ces griefs aux autorités supérieures.

Ce déballage de critiques, qui se résumaient au fond le plus souvent à des mécontentements individuels ou à des suggestions d'ordre pratique, sans aucune valeur politique, se prolongea pendant tout un mois au printemps 1957. Au début du mois de juin, les propos de Mao relatifs à la nécessité de «faire sortir les serpents de leur nid» parvinrent enfin aux oreilles de ma mère et des cadres du même rang qu'elle.

Dans ce discours, Mao déclarait que des «éléments de droite» s'en étaient violemment pris au parti communiste et au système socialiste chinois. Il précisait que ces gens-là représentaient entre 1% et 10% de l'ensemble des intellectuels et qu'il fallait à tout prix les exterminer. Pour simplifier les choses, le chiffre de 5%, à mi-chemin entre les deux extrêmes indiqués par Mao, avait été arrêté comme contingent de «droitistes» à éliminer coûte que coûte. Dans ce même but, ma mère était censée dénicher une centaine d'entre eux au sein de l'organisation qu'elle chapeautait.

Certaines des critiques qu'elle avait enregistrées lui avaient fortement déplu, mais rares étaient celles que l'on pouvait taxer d'anticommunistes ou antisocialistes, même en cherchant bien! A en juger d'après ce qu'elle avait lu dans les journaux, il semblait que le monopole communiste du pouvoir et le système socialiste aient été l'objet de certaines attaques. Toutefois, dans les écoles et les hôpitaux dont elle était responsable, personne n'avait pris de pareilles initiatives. Où allait-elle donc pouvoir trouver ces fameux «droitistes»?

Elle trouvait injuste de pénaliser des gens qui s'étaient exprimés librement parce qu'on les avait invités, pour ne pas dire poussés, à le faire. D'autant plus que Mao s'était engagé personnellement à ce qu'il n'y ait nulles représailles. A telle enseigne qu'elle avait elle-même avec enthousiasme incité ses subordonnés à formuler leurs critiques.

Sa crise de conscience ressemblait en tout point à celle que vivaient simultanément des millions de cadres du parti dans la Chine entière. A Chengdu, la campagne antidroitiste connaissait un démarrage lent et pénible. Les autorités provinciales décidèrent de châtier un homme pour l'exemple, en l'occurrence M. Hau, secrétaire du parti au sein d'un institut de recherches regroupant des scientifiques de haut niveau originaires de l'ensemble du Setchouan. On attendait de lui qu'il mette la main sur un nombre considérable de droitistes; il rapporta que son institut n'en comptait pas un seul. «Comment est-ce possible?» s'exclama son supérieur hiérarchique. Une partie des chercheurs employés dans cet institut avaient fait leurs études à l'étranger. «Ils ont sûrement été contaminés par la société occidentale. Comment concevoir qu'ils puissent être heureux sous un régime communiste? Il se trouve sans aucun doute plusieurs droitistes parmi eux.» A cela, M. Hau répondit qu'ils avaient délibérément choisi de revenir en Chine et que cela prouvait qu'ils n'étaient pas opposés aux communistes. Il alla même jusqu'à se porter garant pour eux. On lui recommanda à plusieurs reprises de revenir sur ce qu'il avait dit. En vain. Pour finir, on le taxa lui-même de droitiste. Il fut expulsé du parti et destitué de ses fonctions. On le rétrograda de plusieurs échelons et son salaire s'en trouva réduit comme une peau de chagrin. Il devint balayeur dans le laboratoire qu'il dirigeait auparavant.

Ma mère le connaissait bien et admirait son intégrité. Une grande amitié naquit alors entre eux, qui dure encore de nos jours. Elle passait de nombreuses soirées en sa compagnie, laissant libre cours à ses angoisses. Elle savait très bien qu'elle partagerait son sort si elle ne parvenait pas à apporter sa quote-part à la rafle des droitistes.

Chaque jour, après les habituelles réunions sans fin, elle devait rendre des comptes aux autorités municipales du parti sur l'évolution de la campagne. A Chengdu, cette campagne avait été placée sous la responsabilité d'un certain M. Ying, un homme grand et mince, d'une nature plutôt arrogante. Ma mère était censée lui fournir des chiffres indiquant le nombre de droitistes démasqués. Elle n'avait pas à lui donner de noms. Seuls les chiffres comptaient.

Mais où allait-elle pouvoir dénicher sa centaine de «droitistes anticommunistes et antisocialistes»? Finalement, M. Kong, un de ses adjoints chargés de l'éducation dans le secteur Est, lui annonça que plusieurs directrices d'école avaient identifié des suspects dans leur établissement. Notamment une institutrice dont le mari, officier du Kuo-min-tang, avait été tué pendant la guerre civile. Elle avait, paraît-il, déclaré que «la Chine était pire qu'autrefois» ou quelque chose d'approchant. Un jour, elle avait eu une dispute avec la directrice qui lui reprochait de se relâcher. Hors d'elle, elle l'avait giflée. Plusieurs de ses collègues étaient intervenues; l'une d'elles l'avait même mise en garde parce que la jeune directrice était enceinte. Elle aurait alors crié qu'elle voulait «se débarrasser de ce bâtard de communiste » (à propos du bébé dans le ventre de sa mère).

Une autre enseignante dont l'époux avait fui à Taiwan avec le Kuo-min-tang avait, dit-on, montré à plusieurs camarades des bijoux que son mari lui avait donnés pour essayer de les rendre jalouses de la vie qu'elle menait sous le régime nationaliste. Ces jeunes femmes affirmaient aussi l'avoir entendue dire qu'elle regrettait que les Américains n'aient pas gagné la guerre en Corée et envahi la Chine.

M. Kong fit savoir qu'il avait vérifié les faits. Il n'appartenait pas à ma mère de mener une enquête. Toute circonspection de sa part aurait été interprétée comme une volonté de protéger les droitistes en mettant en doute l'intégrité de ses collègues.

Les directeurs d'hôpital et l'adjoint qui gérait le département de la santé ne dénoncèrent personne, mais plusieurs médecins furent qualifiés de droitistes par les hautes autorités de la municipalité de Chengdu à la suite des critiques qu'ils avaient émises lors de réunions organisées antérieurement par ladite municipalité.

A eux tous, ces « droitistes » n'étaient pas plus de dix ; on était encore loin du compte. M. Ying commençait à se montrer excédé du manque de zèle déployé par ma mère et ses collègues. Il décréta donc que son incapacité à déceler les coupables prouvait qu'elle était « faite du même bois » qu'eux. L'étiquette de droitiste vous valait séance tenante une expulsion des rangs du parti, assortie d'une mise à pied. Plus grave encore, l'avenir de toute la famille du banni se trouvait en péril. Les enfants risquaient d'être exclus de l'école comme du quartier. Dès lors, le comité de voisinage se mettait à épier vos visites et vos moindres faits et gestes. Lorsqu'un droitiste était expédié à la campagne, les paysans lui confiaient toujours les travaux les plus rudes, à lui ainsi qu'à sa famille. En réalité, personne ne connaissait les conséquences exactes d'un tel bannissement, et cette incertitude était en elle-même un élément puissamment dissuasif.

Tel était le dilemme auquel ma mère était confrontée. Si elle figurait elle-même parmi les coupables, il lui faudrait renier ses enfants ou compromettre leur avenir à jamais. Mon père serait probablement contraint de divorcer de peur de se retrouver lui aussi sur la liste noire et soumis à une surveillance permanente. Même si ma mère se sacrifiait en proposant le divorce, toute la famille n'en serait pas moins considérée comme suspecte pour toujours. Seulement, pour sauver son foyer et sa réputation, il fallait en faire payer le prix à plus d'une centaine d'innocents et à leur famille.

Elle s'abstint de parler de tout cela à mon père. Quelle solution aurait-il pu lui proposer? Elle lui en voulait, car sa position élevée lui évitait d'avoir à trancher les cas particuliers. C'était en effet aux cadres de rang moyen et inférieur — les M. Ying, ma mère, ses adjoints, les directrices d'école — qu'il appartenait de prendre ces décisions déchirantes.

Le secteur de ma mère incluait notamment l'école normale numéro 2 de Chengdu. Les élèves de ce genre d'institution bénéficiaient de bourses qui couvraient leurs frais d'inscription, le logement et la nourriture. On y trouvait par conséquent de nombreux jeunes issus de familles démunies. La première ligne de chemin de fer ouvrant la province du Setchouan, «grenier du ciel», au reste de la Chine venait d'être achevée. De ce fait, des masses de denrées alimentaires partaient tout à coup pour d'autres régions du pays, et les prix de nombreux produits doublèrent, voire triplèrent, du jour au lendemain. Les élèves de l'école normale s'aperçurent que leur niveau de vie avait diminué quasiment de moitié. Ils organisèrent une manifestation pour obtenir une augmentation de leurs pensions. M. Ying établit aussitôt un parallèle entre cette action et celle du cercle Petöfi, lors du soulèvement hongrois de 1956, et il qualifia les étudiants responsables d'«âmes sœurs des intellectuels hongrois». Il ordonna que les manifestants fussent qualifiés de droitistes. Sur les 300 élèves que comptait l'école, 130 avaient pris part au mouvement de protestation. Bien que cet établissement ne fût pas sous la responsabilité de ma mère, puisqu'elle s'occupait exclusivement des écoles primaires, il se trouvait dans son secteur; les autorités municipales comptèrent arbitrairement cette moisson inespérée de coupables dans son quota.

On ne pardonna pas à ma mère son manque d'initiative dans cette campagne. M. Ying inscrivit son nom sur la liste des suspects requérant une enquête plus approfondie. Toutefois, avant d'avoir eu le temps de faire quoi que ce soit, il fut lui-même condamné comme droitiste.

En mars 1957, il s'était rendu à Pékin pour une conférence réunissant les responsables des départements des Affaires publiques provinciaux et municipaux de l'ensemble de la Chine. Au cours des débats, on encouragea les délégués à exposer leurs griefs au sujet de la manière dont les choses étaient gérées dans leur région. M. Ying avait émis quelques réserves relativement bénignes à l'encontre du premier secrétaire du comité du parti du Setchouan, Li Jing-quan, plus connu sous le nom de commissaire Li. Mon père conduisait la délégation du Setchouan présente à la conférence; il lui incombait par conséquent de rédiger le rapport de routine à son retour. Quand la campagne antidroitiste fut mise en place, le commissaire Li songea qu'il n'aimait décidément pas ce que M. Ying avait dit à son sujet. Il voulut vérifier la teneur exacte de ses propos auprès du numéro deux de la délégation, mais ce dernier s'était judicieusement absenté pour aller aux toilettes au moment où M. Ying avait pris la parole. Vers la fin de la campagne, le commissaire Li dénonça les opinions droitistes de M. Ying. En apprenant la nouvelle, mon père fut bouleversé. Il s'estimait en partie responsable de la chute de M. Ying. Ma mère essaya de le convaincre du contraire. « Ce n'est pas ta faute », lui dit-elle. Mais il continua à se tourmenter à ce sujet.

Un grand nombre de cadres du parti profitèrent de cette campagne pour régler leurs comptes personnels. Certains trouvèrent un moyen commode de remplir leur quota en proposant les noms de tous leurs ennemis. D'autres agirent par pur esprit de vengeance. A Yibin, les Ting se débarrassèrent de la sorte de nombreuses personnes fort efficaces dont ils étaient jaloux ou avec lesquelles ils ne s'entendaient pas. La plupart des anciens assistants de mon père, qu'il avait lui-même choisis et promus, tombèrent sous le coup de leur vindicte. L'un de ses vieux adjoints qu'il estimait beaucoup fut même taxé d'« extrême droite ». Son inculpation se fondait sur une simple remarque qu'il avait laissé échapper: la dépendance de la Chine vis-à-vis de l'Union soviétique ne devait pas être « absolue », avait-il dit. A l'époque, le parti proclamait le contraire. Il fut condamné à trois ans d'emprisonnement dans l'un des goulags chinois, et il travailla à la construction d'une route dans une région déserte et montagneuse où nombre de ses codétenus trouvèrent la mort.

La campagne antidroitiste épargna toutefois une grande partie de la société. Paysans et ouvriers continuèrent leur vie sans encombre. Quand la campagne prit fin, au bout d'un an, 550 000 personnes au bas mot avaient été déchues — étudiants, enseignants, écrivains, artistes, scientifiques et autres. La plupart furent destituées de leurs fonctions et employées à des tâches manuelles dans des usines ou des fermes. On en envoya même faire des travaux forcés dans des camps. Leur famille et elles-mêmes devinrent des citoyens de deuxième catégorie. La leçon était aussi claire qu'impitoyable : on ne tolérerait pas la moindre critique. A partir de ce moment-là, les gens cessèrent de se plaindre et d'exprimer leurs opinions, quelles qu'elles fussent. Un dicton populaire résumait la situation en ces termes : « Après la campagne des trois anti, plus personne ne voulait avoir charge d'argent ; depuis la campagne antidroitiste, plus personne n'ouvre la bouche. »

La tragédie de 1957 ne se borna pas à réduire la population au silence. Le système des quotas, associé aux vengeances personnelles, sous-entendait que tout le monde pouvait être victime de persécutions, sans aucun motif. Le risque de plonger dans l'abîme menaçait désormais chacun, à n'importe quel moment.

Le vocabulaire de l'époque reflétait l'atmosphère. Il existait plusieurs catégories de droitistes : certains se virent qualifiés de « droitistes tirés au sort » (*chou-qian you-pai*), quand ils avaient été choisis au hasard, d'autres de « droitistes des toilettes » (*ce-suo you-pai*), ceux qui découvraient qu'on les avait désignés en leur absence, lorsqu'ils n'avaient pas pu se retenir plus longtemps d'aller aux toilettes, au cours d'une des sempiternelles et interminables réunions. On disait aussi de certains droitistes qu'« ils avaient du poison en réserve » (*you-du bu-fang*), quand on les incriminait alors qu'ils n'avaient jamais émis la moindre critique à l'encontre de qui que ce soit. Lorsque votre supérieur hiérarchique ne vous aimait pas, il lui suffisait de dire : « Son visage ne me revient pas », ou encore « Son père a été exécuté par les communistes. Comment pourrait-il ne pas éprouver de rancœur ? C'est juste qu'il ne veut pas l'exprimer ouvertement. » Il arrivait toutefois que des chefs d'unité altruistes les prennent exactement à contre-pied en disant : « Qui faut-il épingler ? Je ne peux vraiment pas faire ça à qui que ce soit. Dites-leur que c'est moi le coupable. » Ces gens-là aussi avaient un nom : on les appelait des « droitistes déclarés » (*zi-ren you-pai*).

Pour beaucoup, l'année 1957 fut un tournant décisif. Ma mère restait dévouée à la cause communiste, mais elle hésitait de plus en plus sur la manière de mettre ses convictions en pratique. Elle s'en ouvrit à son ami, M. Hau, le directeur de l'institut de recherches devenu balayeur, mais n'en parla jamais à mon père. Non qu'il n'eût pas de doutes lui-même, mais il se serait refusé à les évoquer avec elle. A l'instar de l'armée, le parti interdisait à ses membres de discuter ensemble de ses décisions politiques. Les statuts du parti stipulaient que chacun devait obéir à son organisation *inconditionnellement*, et que tout cadre de rang inférieur devait se soumettre à son supérieur hiérarchique. Si vous n'étiez pas d'accord, vous pouviez le faire savoir à ce dernier, censé incarner l'organisation du parti, à lui et à personne d'autre. Cette discipline régimentaire à laquelle les communistes se cramponnaient depuis l'époque de Yen-an, et même avant, était nécessaire à leur succès. C'était un redoutable instrument de pouvoir, indispensable dans une société où les relations individuelles l'emportaient sur tout autre code. Mon père adhérait totalement à cette rigueur, convaincu que la révolution ne tiendrait pas le coup si l'on mettait ouvertement ces préceptes en doute. Dans le contexte d'une révolution, il fallait selon lui se battre ardemment pour le camp que l'on avait choisi, même si tout n'était pas parfait, tant que l'on estimait agir pour la bonne cause. L'unité était un impératif incontournable.

Ma mère savait bien que la relation de mon père avec son parti éclipsait tout le reste, y compris sa femme. Un jour qu'elle se hasardait à formuler quelques critiques timides sur la situation, voyant qu'il ne réagissait pas, elle s'exclama amèrement: «Tu es un bon communiste, mais un mari épouvantable!» Mon père hocha la tête. Il le savait.

Quatorze années plus tard, il nous raconta ce qui avait failli lui arriver cette année-là. A l'époque de Yen-an, quand il n'avait encore qu'une vingtaine d'années, il s'était lié d'amitié avec une femme écrivain de renom, Ding Ling. En mars 1957, alors qu'il se trouvait à Pékin à la tête de la délégation du Setchouan, elle lui fit parvenir un message l'invitant à venir lui rendre visite à Tianjin, près de la capitale chinoise. Mon père avait très envie d'aller la voir, mais il décida finalement de décliner cette invitation parce qu'il était pressé de rentrer. Plusieurs mois plus tard, Ding Ling fut taxée de «droitiste numéro un» de la Chine. «En imaginant que j'y sois allé ce jour-là, nous expliqua mon père, j'étais perdu.»

12

« Une femme habile est capable de préparer un repas sans nourriture »

LA FAMINE

1958-1962

A l'automne 1958, âgée de six ans, j'abordai l'enseignement primaire. Pour me rendre à l'école, il me fallait marcher une bonne vingtaine de minutes le long de ruelles pavées et boueuses. Chaque jour, à l'aller comme au retour, je scrutai consciencieusement le sol à la recherche de clous cassés, de chevilles rouillées ou de n'importe quel objet en métal enfoui dans la terre entre les pavés. Cette ferraille était destinée à alimenter les fourneaux d'une aciérie, notre principale activité à l'école. A six ans, je participais déjà à la production d'acier chinoise et je rivalisais avec mes camarades d'école en rapportant le plus de matériaux possible. Partout autour de moi, tandis que je marchais, des haut-parleurs beuglaient une musique entraînante, et des bannières, des affiches et d'immenses slogans peints sur les murs proclamaient : « Vive le Grand Bond en avant ! » et « Faites de l'acier, tout le monde ! » Même si je ne comprenais pas tout à fait pourquoi, je savais que le président Mao avait ordonné à la nation de produire de l'acier en quantité. Dans la cuisine de mon école, on avait remplacé une partie des *woks* par des creusets installés sur d'immenses fourneaux. On y déversait toute notre ferraille, y compris les anciens *woks* brisés en morceaux. Les fourneaux restaient allumés en permanence, jusqu'au jour où ils commencèrent eux-mêmes à fondre. Nos professeurs se relayaient vingt-quatre heures sur vingt-quatre pour les alimenter en bois et remuer le contenu des cuves avec une gigantesque cuillère. Nous avions très peu de cours ; notre aciérie miniature occupait trop de monde. Les élèves plus âgés y travaillaient eux aussi sans relâche. Quant aux autres, on les chargeait de nettoyer les appartements des enseignants ou de garder leurs bébés.

Je me souviens d'être allée un jour dans un hôpital avec quelques camarades rendre visite à une de nos institutrices gravement brûlée aux bras par des projections de fer en fusion. Des médecins et des infirmières en blouses blanches couraient dans tous les sens. Il y avait un fourneau dans le sous-sol de l'établissement qu'il fallait continuellement approvisionner en bûches, y compris la nuit, même si cela nécessitait d'interrompre une opération délicate.

Peu avant mon entrée à l'école, ma famille avait quitté la vieille cure pour s'installer dans une enclave spéciale, siège du gouvernement provincial. Celle-ci comprenait plusieurs rues bordées d'immeubles de bureaux et d'habitation, outre un certain nombre de maisons particulières, un mur élevé la séparait du reste du monde. Près du portail principal se trouvait l'ancien club des soldats américains pendant la Deuxième Guerre mondiale. Ernest Hemingway y avait séjourné en 1941. Il s'agissait d'un bâtiment de style chinois traditionnel, coiffé d'un toit de tuiles jaunes remontant sur les côtés et orné de lourds piliers rouge sombre. Il abritait à présent le bureau du secrétariat des autorités du Setchouan.

Un énorme fourneau avait été érigé sur le parking de la résidence où les chauffeurs attendaient les ordres. La nuit, le ciel s'illuminait d'une étrange lumière, et depuis ma chambre, à 300 mètres de là, j'entendais les rumeurs de la foule réunie autour du fourneau. Nos *woks* finirent dans le four en question, ainsi que tous nos ustensiles de cuisine en fonte. Ce ne fut pas une grande perte, puisque nous n'en avions plus l'usage. Plus personne n'avait le droit de faire la cuisine à la maison ; tout le monde mangeait à la cantine. Les fourneaux étaient insatiables. Le lit à ressorts de mes parents, pourtant si confortable, y passa, ainsi que les barrières en fer des trottoirs et tout ce que la ville comptait dans ce matériau.

Pendant des mois, je ne vis pour ainsi dire pas mes parents. Souvent, ils ne rentraient même pas le soir à la maison, car ils devaient assurer le maintien des fourneaux de leur bureau à une température constante.

Ce fut à cette époque-là que Mao donna toute son ampleur au rêve illusoire qu'il avait de faire de la Chine une puissance moderne de premier rang. Il baptisa l'acier «maréchal» de l'industrie et ordonna que l'on double la production en l'espace d'une année — de 5,35 millions de tonnes en 1957 à 10,7 millions en 1958. Toutefois, au lieu d'essayer de développer l'industrie sidérurgique elle-même en multipliant le nombre d'ouvriers qualifiés, il décida d'engager dans ce processus l'ensemble de la population. Chaque unité avait son quota d'acier à remplir et, pendant des mois, les gens cessèrent toute autre activité pour y parvenir. Le développement économique du pays se résumait à la question simpliste de savoir combien de tonnes d'acier pouvaient être produites, et la nation tout entière se consacra corps et âme à ce seul et unique secteur. Les chiffres officiels indiquent que près de 100 millions de paysans durent abandonner leurs travaux agricoles pour se lancer dans la production sidérurgique. Ils fournissaient jusque-là l'essentiel des approvisionnements alimentaires du pays. De surcroît, on dépouilla des montagnes entières de leurs forêts pour obtenir du combustible. Or les rendements de cette production de masse se limitèrent en définitive à ce que le peuple chinois appela «des bouses de vache» (*niu-shi-ge-da*), en d'autres termes des résidus inutiles.

Cette situation absurde reflétait non seulement l'ignorance de Mao en matière d'économie, mais aussi une indifférence presque métaphysique vis-à-vis de la réalité, sans doute intéressante de la part d'un poète mais plutôt problématique dans le cas d'un dirigeant investi d'un pouvoir absolu. En fait, cette attitude procédait surtout d'un profond mépris pour la vie humaine. Quelque temps auparavant, Mao avait déclaré à l'ambassadeur finnois: «Si les États-Unis disposaient de bombes atomiques plus puissantes et s'en servaient contre la Chine, creusant un trou dans la planète ou la réduisant en miettes, ce serait probablement une catastrophe pour notre système solaire, mais cela n'aurait qu'un impact insignifiant sur l'ensemble de l'univers.»

Le volontarisme de Mao avait été alimenté par sa récente expérience en URSS. Profondément déçu par Khrouchtchev depuis sa dénonciation de Staline en 1956, le leader chinois s'était rendu à Moscou à la fin de l'année suivante pour assister à un sommet communiste international. Il en revint convaincu que la Russie et ses alliés étaient en train de renoncer au socialisme pour devenir « révisionnistes », et considéra désormais la Chine comme la seule véritable adepte du communisme. Il fallait par conséquent qu'elle ouvre une voie nouvelle. Mégalomanie et volontarisme se mêlaient aisément dans l'esprit de Mao.

Personne ne mit en cause sa « fixation » sur l'acier, ni aucune de ses autres obsessions. Il se découvrit un jour une aversion pour les moineaux, parce qu'ils dévoraient les semis. Tous les foyers de Chine furent mobilisés. Nous passions des heures dehors à taper furieusement sur des objets en métal, cymbales ou casseroles, afin de les chasser des arbres dans l'espoir qu'ils finiraient par tomber raides morts d'épuisement! J'entends encore le vacarme que nous produisions, mes frères, ma sœur et moi, ainsi que des fonctionnaires du gouvernement, installés sous un arbre gigantesque dans notre cour.

Mao fixa des objectifs colossaux à l'économie chinoise. Il soutenait que notre production industrielle pouvait dépasser celle des États-Unis et de la Grande-Bretagne en l'espace de quinze ans. Aux yeux des Chinois, ces pays représentaient le monde capitaliste par excellence. Les surpasser sur le plan économique apparaissait comme une manière de triompher de l'ennemi. Cette éventualité flattait le peuple dans son orgueil et accroissait considérablement son enthousiasme. Le refus opposé par les Américains et la plupart des nations occidentales d'accorder une reconnaissance diplomatique à la Chine avait profondément humilié la population chinoise, tellement avide de montrer au monde qu'elle pouvait se débrouiller toute seule, qu'elle était prête à croire aux miracles. Mao lui offrait d'ailleurs à cet égard l'inspiration nécessaire. Le peuple cherchait un moyen de dépenser son énergie: il était là, tout trouvé. L'enthousiasme l'emporta sur la prudence et l'ignorance triompha de la raison.

Au début de 1958, peu après son retour de Moscou, Mao fit à Chengdu un séjour d'environ un mois. Il était électrisé à l'idée que la Chine pouvait tout faire, y compris reprendre aux Russes le *leadership* socialiste. Ce fut dans notre ville qu'il définit les grandes lignes de son fameux « Grand Bond en avant ». La municipalité organisa un grand défilé en son honneur, mais les participants ignoraient qu'il était là. Il resta caché, à l'abri des regards. A l'occasion de cette parade, un nouveau slogan fit son apparition : « Une femme habile est capable de préparer un repas sans nourriture », inversion d'un ancien proverbe chinois fort pragmatique qui disait : « Si habile qu'elle soit, une femme ne peut préparer un repas sans nourriture. » Les grands discours s'étaient changés en revendications concrètes. Des rêves irréalisables étaient censés s'accomplir.

Nous eûmes un printemps magnifique cette année-là. Un jour, Mao alla se promener dans un parc baptisé Demeure au toit de chaume de Du Fu, le poète tang du VIIIe siècle. Le département de ma mère, responsable du secteur Est, était chargé de la sécurité d'une partie du parc ; ses collègues patrouillèrent donc sur les lieux, en se faisant passer pour des touristes. Mao n'avait généralement pas d'horaire et il était rare qu'il informe son entourage de ses allées et venues. Aussi ma mère passa-t-elle des heures dans une maison de thé à boire tasse sur tasse, pour tâcher de rester vigilante. Elle finit par se lasser, et annonça à ses collègues qu'elle allait faire quelques pas. Elle s'aventura par mégarde dans la zone de sécurité du secteur Ouest. L'équipe de surveillance ne la connaissant pas, on la fila immédiatement. En apprenant la présence d'une femme « suspecte », le secrétaire du parti responsable du secteur Ouest décida d'aller voir lui-même ce qu'il en était. En la reconnaissant, il éclata de rire : « Mais c'est notre bonne vieille camarade Xia du secteur Est », s'exclama-t-il. Par la suite, ma mère se fit réprimander par sa supérieure hiérarchique, Mme Guo, pour « s'être promenée, sans égard pour la discipline ».

Mao visita aussi plusieurs fermes dans la plaine de Chengdu. Jusqu'alors, les coopératives agricoles étaient relativement petites. Ce fut ici que notre leader ordonna leur fusion en vastes sociétés baptisées par la suite « communes populaires ».

Au cours de cet été-là, toute la Chine fut ainsi organisée en nouvelles unités regroupant chacune entre 2000 et 20000 familles. La région de Xushui, située dans la province d'Hebei, au nord de la Chine, fut choisie comme l'une des zones pionnières de cette restructuration, Mao l'ayant trouvée particulièrement à son goût. Dans son empressement à prouver que ses habitants méritaient l'attention de leur grand leader, le responsable local du parti décréta qu'on allait multiplier la production de céréales par dix. Mao lui répondit avec un grand sourire : « Qu'allez-vous faire de toute cette nourriture ? Réflexion faite, ce n'est pas si mal d'avoir des excédents ! L'État n'en veut pas. Le reste du pays a tout ce qui lui faut. Vos paysans n'auront qu'à manger comme des gloutons. Vous pourrez faire cinq repas par jour ! » Grisé, Mao se laissait gagner par le rêve éternel de tout paysan chinois : avoir des surplus alimentaires. Après ces remarques, les villageois continuèrent à combler les désirs de leur grand leader en affirmant qu'ils produisaient plus de 450 tonnes de pommes de terre par *mou* (un *mou* équivalant à 0,065 hectare), soit 59 tonnes de blé par *mou*, et des choux pesant 225 kilos !

Ce fut une époque incroyable où tout le monde inventait des histoires pour soi-même comme pour les autres, en y croyant dur comme fer. Les paysans transportaient les récoltes de plusieurs champs sur un seul lopin de terre pour faire croire aux responsables du parti qu'ils avaient obtenu une moisson miraculeuse. On montrait ces productions « Potemkine » à des agronomes, des journalistes, des visiteurs étrangers ou originaires d'autres provinces, tous aussi crédules, ou volontairement aveugles, les uns que les autres. Ces récoltes pourrissaient le plus souvent en quelques jours parce qu'on n'aurait pas dû les transporter ni les amonceler en pareilles quantités, mais les gens l'ignoraient, ou ne voulaient pas le savoir. Une portion importante de la population fut entraînée dans ce monde insensé, royaume de la confusion. On appelait cela « se leurrer soi-même pour tromper les autres » (*zi-qi-qi-ren*). La nation tout entière se prit au jeu. Un grand nombre de gens, y compris des agronomes et des leaders du parti, affirmèrent avoir assisté à des miracles. Ceux qui ne parvenaient pas à égaler les formidables performances de leurs voisins en vinrent à douter d'eux-mêmes et à s'en vouloir. Sous une dictature comme celle de Mao, où l'information était livrée au compte-gouttes ou inventée de toutes pièces, les gens du commun n'arrivaient plus à se fier à leur propre expérience ou à leur savoir. D'autant qu'ils étaient confrontés à un raz de marée de zèle national qui promettait de submerger tout sang-froid individuel. Il était facile d'ignorer la réalité et de placer toute sa confiance en Mao. Il aurait été beaucoup plus malaisé de vouloir résister à la frénésie collective. Hésiter, réfléchir, marquer de la circonspection, c'était la porte ouverte aux ennuis.

Une caricature officielle de l'époque représente un scientifique aux allures de rongeur pleurnichant: «Un fourneau comme le nôtre ne peut guère servir qu'à faire bouillir de l'eau pour le thé.» Près de lui se tient un ouvrier gigantesque, soulevant une énorme vanne pour libérer un flot d'acier en fusion, qui lui rétorque: «Il y aura bien un moment où vous ne pourrez plus boire.» Le plus souvent, ceux auxquels l'absurdité de la situation n'échappait pas avaient bien trop peur d'exprimer leur opinion, surtout après la campagne antidroitiste de 1957. Les rares audacieux qui se hasardaient à émettre quelques doutes étaient immédiatement muselés ou licenciés; leur famille en subissait les conséquences et l'avenir de leurs enfants s'en trouvait compromis à jamais.

Dans bien des endroits, on battait les réfractaires qui refusaient de se glorifier d'augmentations massives de la production, jusqu'à ce qu'ils cèdent. A Yibin, quelques responsables d'unités agricoles furent ainsi ligotés, les mains dans le dos, sur la place du village pendant qu'on les bombardait de questions:

«Combien de blé produisez-vous par *mou*?

«Quatre cents *jin* (environ 200 kilos — un chiffre plausible).»

Puis, tout en les flagellant: «Combien de blé *pouvez-vous* produire par *mou*?

«Huit cents *jin*.»

Ce chiffre au demeurant impossible ne suffisait pas. Le malheureux recevait une nouvelle série de coups ou bien on le laissait sur place jusqu'à ce qu'il dise: «Dix mille *jin*.» Il mourait quelquefois là parce qu'il refusait d'indiquer un chiffre plus élevé, ou simplement parce qu'il n'avait pas eu le temps d'y arriver.

Un grand nombre de paysans et de militants de la base impliqués dans des scènes de ce genre ne croyaient pas un seul instant à ces fanfaronnades ridicules, mais, redoutant d'être eux-mêmes mis en cause, ils jouaient docilement le jeu. Ils mettaient à exécution les ordres du parti et, tant qu'ils suivaient Mao, ils n'avaient rien à craindre. Le système totalitaire qui les submergeait avait totalement déformé et sapé leur sens des responsabilités. Il arriva même que des médecins se vantent d'avoir miraculeusement guéri des malades incurables.

Régulièrement, des camions déversaient dans notre résidence des foules de paysans hilares venus nous informer de quelque réussite fantastique, battant tous les records. Un jour, c'était un concombre monstrueux long comme la moitié d'un poids lourd, une autre fois, une tomate que deux enfants avaient de la peine à porter. En une autre occasion, ils arrivèrent avec un cochon géant coincé sur la plate-forme d'un camion. Les paysans affirmaient qu'ils avaient réussi à élever un animal de cette taille; il s'agissait en réalité d'une bête en papier mâché, mais, dans mon imaginaire d'enfant, je le crus vrai. Peut-être étais-je troublée par les adultes de mon entourage qui ne semblaient jamais douter de ces prodiges. Les gens avaient appris à défier la raison et à vivre avec ces simulacres.

La nation tout entière glissa ainsi dans l'ambiguïté. Les mots n'avaient plus rien à voir avec la réalité, la responsabilité ni les opinions réelles des gens. On mentait sans peine, dans la mesure où ils n'avaient plus de sens et où plus personne ne prenait au sérieux ce que l'on disait.

Ce phénomène se répercuta sur les nouvelles réglementations sociales instaurées par le gouvernement. Au moment où il institua le système des « communes populaires », Mao mit en évidence l'un de leurs principaux avantages, à savoir qu'« elles étaient faciles à contrôler »; les paysans cesseraient d'être livrés à eux-mêmes, si l'on peut dire, pour s'intégrer à une structure organisée. On leur donnait des ordres précis, émanant du sommet de la hiérarchie, sur la manière de labourer la terre par exemple. Mao résuma l'ensemble de l'agriculture en huit éléments : « terre, engrais, eau, semis, culture intensive, protection, soins, technologie ». Le comité central du parti à Pékin distribuait des brochures de deux pages sur la façon dont les paysans de la Chine entière devaient améliorer l'état de leurs champs, une autre sur le mode d'utilisation des engrais, une autre encore sur la culture intensive. Ces instructions incroyablement simplistes devaient être suivies à la lettre.

A cette époque, Mao était obsédé par une autre forme de réglementation, l'établissement de cantines au sein des communes populaires. Avec son insouciance habituelle, il résumait à présent le communisme à cette formule : « des cantines publiques gratuites ». Peu lui importait que ces réfectoires eux-mêmes ne produisent pas de nourriture. En 1958, le régime interdit effectivement que l'on mange à la maison. Tous les paysans devaient impérativement manger dans une cantine communautaire. Les ustensiles de cuisine, tels les *woks*, étaient bannis; dans certains endroits, l'argent l'était aussi. Tout le monde allait être pris en charge par la commune et par l'État.

Chaque jour, après le travail, les paysans faisaient la queue à la cantine ; ils mangeaient à leur faim, ce qui ne leur était jamais arrivé auparavant, même les années les plus clémentes et dans les régions les plus fertiles. Ils consommèrent et gaspillèrent toutes les réserves alimentaires des campagnes. Ils étaient nombreux dans les champs. Mais l'ampleur du travail abattu ne comptait plus vraiment, puisque la production appartenait désormais à l'État et n'avait plus la moindre incidence sur leur vie. Mao annonça alors que la Chine était sur le point de devenir une société communiste, ce qui signifie en bon chinois le « partage des biens matériels ». Les paysans en conclurent qu'ils auraient leur part de toute façon, qu'ils travaillent ou pas. Démotivés, ils se contentèrent désormais d'aller aux champs pour faire la sieste.

L'agriculture aussi était négligée en raison de la priorité accordée à l'acier. La majorité des paysans tombaient de fatigue après avoir passé des heures à chercher du combustible, de la ferraille ou du minerai de fer pour alimenter les fourneaux. Les cultures étaient souvent abandonnées aux soins des femmes et des enfants, contraints de travailler uniquement à la main, puisque les bêtes de trait étaient elles aussi mises à contribution pour la sidérurgie. Au moment de la moisson, à l'automne 1958, il n'y avait pour ainsi dire personne dans les champs.

Ces récoltes ratées sonnèrent l'alarme de la famine, même si les statistiques officielles indiquaient une augmentation considérable de la production agricole. On annonça en effet qu'en 1958 la Chine avait produit davantage de blé que les États-Unis. L'organe de presse du parti, le *Quotidien du peuple*, lança un étonnant débat : « Comment faire face au problème de la surproduction alimentaire ? »

Le département de mon père était responsable de la presse setchouanne qui publiait des informations abracadabrantes, comme toutes les publications chinoises de l'époque. La presse était la voix du parti et, en matière de politique, mon père n'avait pas son mot à dire. Personne d'autre non plus, d'ailleurs. Les médias transmettaient fidèlement les instructions émanant du sommet. Mon père observait l'évolution de la situation avec inquiétude. Il n'avait pas d'autre solution que d'en appeler aux hautes autorités

A la fin de 1958, il adressa donc une lettre au comité central de Pékin, déclarant qu'à son avis cette production forcenée d'acier n'était qu'un gaspillage inutile ; les paysans n'en pouvaient plus, leur labeur ne servait à rien. On allait tout droit à la famine. Il était urgent d'agir. Il confia cette missive au gouverneur pour qu'il la transmette au comité. Le gouverneur, Lee Da-zhang, était le numéro deux de la province. Mon père lui devait son premier poste à Chengdu, après son départ précipité de Yibin, et il le traitait en ami.

Lee Da-zhang déclara à mon père qu'il ne transmettrait pas sa lettre. Elle n'apprendrait rien à personne. « Le parti connaît la situation. Ayez confiance en lui. » Mao avait dit qu'il ne fallait en aucun cas entamer le moral du peuple. Le Grand Bond en avant avait changé la psychologie des Chinois. Oubliant leur passivité, ils étaient devenus optimistes, entreprenants. Ce changement salutaire ne devait pas être mis en péril.

Le gouverneur informa également mon père que les responsables de la province, devant lesquels il avait manifesté ses incertitudes, l'avaient surnommé « Opposition ». Seuls ses qualités professionnelles, sa loyauté inébranlable à l'égard du parti et son sens rigoureux de la discipline lui avaient épargné le pire. « Heureusement pour vous, ajouta Lee Da-zhang, vous vous êtes contenté d'exprimer vos doutes aux camarades du parti plutôt qu'en public. » Il l'avertit qu'il risquait de sérieux ennuis s'il s'obstinait à soulever ces questions délicates. Sa famille en subirait les conséquences et d'« autres » aussi. Le gouverneur sous-entendait sans aucun doute sa propre personne, puisqu'ils étaient amis. Mon père n'insista pas. Il n'était qu'à moitié convaincu par les arguments qu'on venait de lui opposer, mais l'enjeu était trop important. Il avait atteint un stade où les compromis ne lui paraissaient plus inimaginables.

En attendant, les responsables des différents départements des Affaires publiques recueillaient à longueur de journée toutes sortes de plaintes qu'ils transmettaient à Pékin. Cela faisait partie de leurs attributions. Un mécontentement croissant se faisait sentir au sein de la population comme de l'administration. En réalité, le Grand Bond en avant provoqua la plus grave scission survenue au sommet de la hiérarchie du parti depuis la prise du pouvoir des communistes, dix ans plus tôt. Mao dut renoncer au moins important des deux principaux postes qu'il occupait, celui de président de la République, en faveur de Liu Shaoqi. Liu devint ainsi le numéro deux chinois, mais son prestige n'était rien à côté de celui de Mao qui conservait les fonctions clés de président du parti.

Les dissensions au sommet prirent une telle ampleur que le parti fut contraint d'organiser une conférence spéciale. Celle-ci eut lieu à la fin du mois de juin 1959, dans la station de ski de Lushan, au centre de la Chine. Au cours des débats, le maréchal Peng Dehuai, ministre de la Défense, adressa à Mao une lettre critiquant les méfaits du Grand Bond en avant et préconisant une approche réaliste de l'économie. Cette lettre était relativement modérée et s'achevait sur l'inévitable note d'optimisme (en l'occurrence, avec l'idée de rattraper l'Angleterre en quatre ans). Peng avait beau être l'un des plus anciens compagnons de route de Mao, et l'un de ses intimes, ce dernier ne pouvait supporter le moindre reproche, si timide fût-il. D'autant qu'il était sur la défensive, puisqu'il savait très bien qu'il avait tort. Recourant à ce langage excessif dont il raffolait, il qualifia cette missive de « bombardement destiné à raser Lushan ». Rongeant son frein, il fit traîner la conférence en longueur pendant plus d'un mois, tout en s'en prenant farouchement au maréchal. Peng et la poignée d'hommes qui le soutenaient furent qualifiés d'« opportunistes de droite ». Le maréchal fut finalement démis de ses fonctions et assigné à résidence. Par la suite, on l'expédia en retraite anticipée au Setchouan, où il fut affecté à un poste subalterne.

Mao avait dû multiplier les manœuvres pour préserver son pouvoir. Il était passé maître en la matière. Sa lecture favorite, qu'il recommandait du reste aux autres dirigeants du parti, était un recueil classique comportant d'innombrables volumes retraçant les intrigues et la structure du pouvoir au sein des anciennes cours chinoises. En fait, la meilleure manière de comprendre le régime de Mao est de le comparer à une cour médiévale, au sein de laquelle le souverain exercerait un pouvoir quasi ensorcelant sur ses courtisans comme sur ses sujets. Il excellait par ailleurs dans l'art de « diviser pour régner », et manipulait admirablement le penchant humain qui consiste à livrer autrui en pâture aux loups. En définitive, rares furent les cadres supérieurs du parti qui prirent la défense du maréchal Peng, en dépit de leur déception personnelle face à la politique gouvernementale. Le secrétaire général du parti, Deng Xiaoping, fut le seul à ne pas avoir à se mouiller ; le jour du vote, il était absent pour l'excellente raison qu'il s'était cassé la jambe. A la maison, sa belle-mère grommelait depuis quelque temps : « J'ai été paysanne toute ma vie ! On n'a jamais entendu parler de méthodes de culture aussi absurdes ! » Lorsque Mao apprit comment Deng s'était cassé la jambe — en jouant au billard —, il s'exclama : « Comme c'est commode ! »

Au lendemain de la conférence, le commissaire Li, premier secrétaire de la province du Setchouan, apporta à Chengdu un dossier contenant les remarques faites par Peng à Lushan. Des copies de ce document furent distribuées aux cadres de grade 17 et supérieur. On leur demanda d'indiquer officiellement s'ils partageaient ces idées. A cette époque, tout le monde avait pris l'habitude de dire oui à tout. Cette fois, cependant, la plupart d'entre eux flairèrent un piège. D'ordinaire, lorsqu'un document important paraissait, il portait le sceau de Mao, accompagné d'un commentaire du style « Lu et approuvé ».

Mon père avait entendu parler de la querelle de Lushan par l'intermédiaire du gouverneur du Setchouan. Lors de son entretien-« examen », il fit de vagues remarques à propos de la lettre du maréchal. Après quoi, il prit une initiative qui ne lui ressemblait guère : il avertit ma mère qu'il s'agissait d'un piège. Elle en fut profondément touchée. C'était la première fois qu'il faisait passer ses intérêts avant le règlement du parti.

Elle fut surprise de voir que beaucoup d'autres gens semblaient eux aussi au courant. Lors de son « examen » collectif, la moitié de ses collègues manifestèrent leur indignation à l'encontre de la lettre de Peng en soutenant que les critiques qu'elle contenait « n'avaient aucun fondement ». D'autres paraissaient avoir perdu le don de la parole et marmonnèrent des propos évasifs. Un homme parvint à éluder le problème en disant : « Je ne suis pas en mesure de vous dire si je suis d'accord ou pas car j'ignore si les données avancées par le maréchal Peng ont une réalité. Si tel était le cas, je le soutiendrais bien évidemment. Autrement, il est clair que non. »

Le chef du Bureau des céréales de Chengdu et celui de la Poste étaient des vétérans de l'Armée rouge qui avaient combattu sous les ordres du maréchal Peng. Ils déclarèrent l'un et l'autre qu'ils partageaient les opinions de leur ancien commandant vénéré, en ajoutant que leurs propres expériences à la campagne confirmaient les observations de Peng. Ma mère se demanda si ces vieux soldats étaient conscients du piège. Si tel était le cas, leur franchise tenait de l'héroïsme. Elle aurait voulu avoir leur courage. Mais elle pensa à ses enfants. Qu'adviendrait-il d'eux? Elle n'avait plus la liberté qu'elle avait connue du temps de ses études. Lorsque ce fut son tour de parler, elle se contenta de dire: «Les opinions exprimées dans cette lettre ne concordent pas avec les politiques du parti de ces dernières années.»

Son supérieur hiérarchique, M. Guo, lui fit savoir que sa remarque était totalement insatisfaisante car elle n'y exposait pas clairement son point de vue. Pendant des jours, elle vécut dans un état d'anxiété extrême. Les vétérans de l'Armée rouge qui avaient soutenu Peng furent taxés d'«opportunistes de droite». Démis de leurs fonctions, ils se retrouvèrent travailleurs manuels. Ma mère fut convoquée à une réunion où ses «tendances droitistes» furent sévèrement critiquées. A cette occasion, M. Guo fit allusion à une «erreur grave» qu'elle avait commise auparavant. En 1959, une sorte de marché noir de la volaille et des œufs avait fait son apparition à Chengdu. Les communes populaires ayant réquisitionné les poulets appartenant aux fermiers alors qu'elles étaient dans l'incapacité de les élever, ces produits avaient purement et simplement disparu des magasins d'État. Quelques paysans avaient réussi à garder un ou deux poulets chez eux en les dissimulant sous leur lit; ils vendaient désormais leur marchandise à la sauvette dans les ruelles sombres, à un tarif vingt fois supérieur au prix antérieur. Chaque jour, on envoyait des patrouilles chargées de les cueillir. Un jour que M. Guo avait prié ma mère de prendre part à l'une de ces rafles, elle lui avait répondu: «Quel mal y a-t-il à procurer aux gens ce dont ils ont besoin? Puisqu'il y a une demande, il faut bien qu'il y ait une offre.» Cette remarque lui avait valu un avertissement concernant ses «tendances droitistes».

La purge des «opportunistes de droite» secoua le parti une fois de plus, d'autant qu'un grand nombre de cadres partageaient l'avis de Peng. Il fallait en déduire que l'autorité de Mao ne pouvait être mise en cause, même s'il avait manifestement tort. Les fonctionnaires voyaient bien que, si élevé que l'on fût dans la hiérarchie (Peng n'était-il pas ministre de la Défense?), et quel que fût votre statut (tout le monde savait qu'il avait été le favori de Mao), en offensant le Grand Timonier, on tombait irrémédiablement en disgrâce. Ils savaient aussi qu'il ne pouvait être question d'exprimer ses opinions et de démissionner, ni même de renoncer à ses fonctions sans manifester d'opposition, toute démission étant considérée comme une forme de protestation inacceptable. Il n'y avait pas moyen de s'en sortir. Motus et bouches cousues : telle aurait pu être la devise des membres du parti comme du peuple. Après cette affaire, le Grand Bond en avant fut à l'origine d'autres excès encore plus insensés. Les hauts dirigeants imposèrent des objectifs économiques encore plus chimériques. On mobilisa une nouvelle portion de la population rurale pour produire de l'acier. Et une avalanche d'autres injonctions arbitraires allèrent semer la zizanie dans les campagnes.

A la fin de 1958, à l'apogée du Grand Bond en avant, un colossal projet de construction avait été entrepris à Pékin : dix édifices imposants devaient être achevés en l'espace de dix mois pour marquer le dixième anniversaire de la naissance de la République populaire de Chine, le 1er octobre 1959.

Parmi ces bâtiments figurait le Grand Hall du peuple, une construction à colonnes d'inspiration soviétique, située sur le flanc ouest de la place Tiananmen. Sa façade en marbre mesurait bien quatre cents mètres de long, et sa grande salle de banquet aux innombrables lustres pouvait accueillir plusieurs milliers de convives. C'était là que devaient se tenir les réunions importantes, que les leaders chinois accueilleraient leurs visiteurs étrangers. Les différents salons, tous de proportions colossales, portaient les noms des provinces chinoises. Mon père fut chargé de la décoration du salon setchouan ; une fois les travaux achevés, il convia les dirigeants du parti qui avaient eu à faire avec notre province à venir l'inspecter. Deng Xiaoping, originaire du Setchouan, répondit à son invitation, ainsi que le maréchal Ho Lung, personnage célèbre à la Robin des Bois, autrefois l'un des fondateurs de l'Armée rouge et un proche ami de Deng.

A un moment donné, mon père, appelé ailleurs, laissa les deux hommes en tête à tête avec l'un de leurs anciens collègues, en fait, le frère de Deng. A l'instant où il revenait dans la pièce, il entendit le maréchal Ho dire au frère de Deng, en lui désignant Deng : « C'est lui qui devrait être sur le trône à l'heure qu'il est. » En voyant mon père arriver, ils s'arrêtèrent aussitôt de parler.

Après cela, mon père fut en proie à une indicible angoisse, sachant qu'il avait accidentellement surpris des propos témoignant de dissensions au sommet de la hiérarchie. Désormais, toute action ou non-action pouvait lui être fatale. En définitive, il ne lui arriva rien, mais dix ans plus tard, lorsqu'il me relata cet incident, il m'avoua qu'il vivait dans la terreur depuis ce jour-là. « Le simple fait d'avoir entendu cette phrase pouvait passer pour une trahison », me dit-il, utilisant un mot signifiant en fait « un crime passible de décapitation ».

Ce qu'il avait entendu n'était qu'un reflet du terrible désenchantement suscité par Mao. Ce sentiment était partagé par de nombreux hauts dirigeants, à commencer par le nouveau président, Liu Shaoqi.

A l'automne 1959, Liu se rendit à Chengdu pour inspecter une commune baptisée «Splendeur rouge». L'année précédente, Mao avait été enthousiasmé par la production astronomique de riz provenant de cet endroit. Avant l'arrivée de Liu, les cadres locaux arrêtèrent tous ceux qu'ils estimaient susceptibles de les dénoncer et les enfermèrent dans un temple. Seulement, Liu bénéficiait des services d'une «taupe» et, au moment où il passait devant le temple, il s'immobilisa et demanda à jeter un coup d'œil à l'intérieur. Ses accompagnateurs alléguèrent toutes sortes de prétextes, allant jusqu'à prétendre que le bâtiment menaçait de s'effondrer, mais Liu refusa de se laisser berner. Pour finir, on ouvrit le gros cadenas rouillé, et un groupe de paysans en haillons sortirent dans la clarté en clignant des yeux. Les responsables, fort gênés, essayèrent d'expliquer à Liu qu'il s'agissait de «semeurs de troubles» qu'ils avaient enfermés de peur qu'ils ne causent du tort à leur honorable visiteur. Les paysans pour leur part gardèrent le silence. Quoique totalement impuissants sur le plan politique, les chefs des communes exerçaient un pouvoir considérable sur la vie des gens. S'ils voulaient punir quelqu'un, rien ne les empêchait de lui imposer les pires corvées, de restreindre ses rations ou d'inventer un prétexte pour qu'il soit importuné, dénoncé, voire arrêté.

Le président Liu posa des questions, mais les paysans se contentèrent de sourire en marmonnant des paroles incompréhensibles. De leur point de vue, mieux valait se mettre le visiteur à dos que leurs supérieurs immédiats. Le premier repartirait pour Pékin dans quelques minutes, tandis que les autres resteraient à proximité jusqu'à la fin de leurs jours!

Quelque temps plus tard, une autre grande figure se rendit en visite à Chengdu: il s'agissait du maréchal Zhu De, qu'accompagnait l'un des secrétaires personnels de Mao. Zhu De était originaire du Setchouan. A la tête de l'Armée rouge, il avait été l'architecte militaire de la victoire communiste. Depuis 1949, il n'avait guère fait parler de lui. Il visita plusieurs communes proches de Chengdu; après quoi, il alla se promener le long de la rivière de la Soie, admirant les pavillons, les bosquets de bambous et les maisons de thé coiffées d'un dais de saules qui bordaient la berge. « Le Setchouan est vraiment un endroit divin », s'exclama-t-il, soudain ému, comme s'il déclamait un poème. Le secrétaire de Mao lui donna la réplique, selon l'usage traditionnel des poètes: « Dommage que ces accablants vents de mensonges et de pseudo-communisme le gâtent ! » Ma mère qui les accompagnait pensa qu'elle partageait totalement leur point de vue.

Se méfiant de ses collègues et toujours furieux des attaques qu'il avait essuyées à Lushan, Mao se cramponnait obstinément à ses folles politiques économiques, inconscient des désastres qu'elles avaient causés. Même s'il acceptait avec réserve une révision des plus irréalisables, il était beaucoup trop orgueilleux pour les abandonner complètement. A l'aube des années soixante, une terrible vague de famine s'étendit sur l'ensemble de la Chine.

A Chengdu, la ration mensuelle accordée à chaque adulte fut réduite à 8,6 kilos de riz, 100 grammes d'huile comestible et 100 grammes de viande, si tant est que l'on pût en trouver. Il n'y avait pour ainsi dire rien d'autre à manger, pas même des choux. Un grand nombre de personnes souffraient d'œdèmes provoqués par la malnutrition; leur peau jaunissait et ils se mettaient à enfler. Le remède le plus populaire consistait à manger de la chlorelle, supposée riche en protéines. La chlorelle est une algue d'eau douce qui se nourrit d'urine humaine; les gens cessèrent d'aller aux toilettes pour faire leurs besoins dans des crachoirs où ils semaient des graines de chlorelle. Une fois poussées, au bout de quelques jours, ces algues ressemblent à des œufs de poisson verts. On les extrayait des crachoirs, on les lavait et on les faisait cuire avec du riz. C'était parfaitement ignoble, mais l'œdème s'en trouvait réduit.

Comme tout le monde, mon père avait droit à une ration alimentaire limitée. En tant que cadre supérieur du parti, toutefois, il jouissait de certains privilèges. Notre résidence comportait deux cantines, une petite pour les directeurs de départements et leurs familles, une plus grande pour tous les autres, où ma grand-mère, ma tante Jun-ying et notre domestique, par exemple, allaient se nourrir. La plupart du temps, nous allions chercher nos repas à la cantine et nous les rapportions à la maison. Il était plus facile de trouver à manger dans les cantines que dans les rues. Le gouvernement provincial disposait de sa propre ferme, et les autorités des comtés faisaient de nombreux «dons». Ces précieux approvisionnements étaient répartis entre les deux cantines, mais celle réservée à l'élite bénéficiait de traitements préférentiels.

En qualité de cadres du parti, mes parents avaient également droit à des coupons de nourriture spéciaux. J'accompagnais souvent ma grand-mère dans un magasin situé en dehors de la résidence où nous échangions ces coupons contre des provisions. Ma mère recevait des coupons bleus contre lesquels on nous donnait cinq œufs, près de 30 grammes de soja, et autant de sucre par mois. Ceux de mon père étaient jaunes; il bénéficiait de rations deux fois plus importantes. Nous rassemblions les vivres provenant des deux cantines et d'autres sources et nous mangions tous ensemble. Les adultes cédaient toujours une part de leur portion aux enfants. Je n'avais jamais faim en sortant de table. En revanche, toutes les grandes personnes souffraient de malnutrition, et ma grand-mère eut un léger œdème. Elle fit pousser de la chlorelle à la maison. Je voyais bien qu'ils en mangeaient tous, même s'ils ne voulaient pas me dire à quoi ça servait. Un jour, j'essayai d'en manger un petit bout, que je recrachai aussitôt. C'était dégoûtant. Ce fut mon seul et unique essai.

Je ne me rendais guère compte que la famine faisait rage autour de moi. Un jour, sur le chemin de l'école, j'étais en train de manger une boulette à la vapeur lorsque quelqu'un se jeta sur moi et me l'arracha des mains. Comme je me remettais de ce choc, j'aperçus mon voleur, très maigre, pieds nus, en short, dévalant l'allée tout en dévorant ma boulette. Quand je racontai à mes parents ce qui s'était passé, une terrible tristesse envahit le regard de mon père. Il me caressa les cheveux en disant: «Tu as de la chance. D'autres enfants comme toi meurent de faim.»

A l'époque, des problèmes de dents m'obligeaient à me rendre régulièrement à l'hôpital. Chaque fois que j'y allais, j'avais la nausée en découvrant la vision horrible de douzaines de personnes aux membres enflés, luisants, presque transparents, presque aussi volumineux que des tonneaux. On les transportait à l'hôpital sur des chariots plats, tant ils étaient nombreux. Quand je demandai à ma dentiste ce qu'ils avaient, elle me répondit avec un profond soupir : « Œdème. » J'insistai pour savoir ce que cela voulait dire, et elle marmonna quelque chose que j'associai vaguement à une histoire de nourriture.

La plupart de ces malades étaient des paysans. La famine ravageait les campagnes où l'on ne garantissait aucune ration. La politique gouvernementale consistant à approvisionner les villes en priorité, les chefs des communes populaires devaient s'emparer de force des céréales. Dans de nombreuses régions, les paysans qui essayaient de cacher une partie de leurs réserves furent arrêtés, battus, torturés. Les responsables des communes qui hésitaient à prendre ces vivres aux paysans affamés perdaient leur emploi ; certains furent maltraités physiquement. En conséquence, les hommes qui avaient eux-mêmes produit cette nourriture moururent par millions dans la Chine entière.

J'appris par la suite que plusieurs parents à nous, du Setchouan à la Manchourie, étaient morts de faim, notamment le frère retardé de mon père. Sa mère avait péri en 1958 et, quand la famine était venue, il n'avait pas pu faire face étant donné qu'il refusait d'écouter les conseils de qui que ce soit d'autre. Les rations étaient distribuées mensuellement : il mangea la sienne en quelques jours, sans rien garder pour le reste du mois. Il ne tarda pas à mourir de faim. Lan, la sœur de ma grand-mère, et son mari, « Loyauté » Pei-o, relégués dans une région inhospitalière de l'extrême nord de la Manchourie en raison de leurs liens passés avec les services secrets du Kuo-min-tang, succombèrent aussi l'un et l'autre à la famine. Lorsque les réserves commencèrent à s'épuiser, les autorités villageoises entreprirent de répartir les provisions selon des priorités totalement arbitraires. Étant donné le statut de renégat de Pei-o, sa femme et lui furent évidemment parmi les premiers à se voir refuser tout ravitaillement. Leurs enfants survécurent parce que le couple leur donnait systématiquement leurs parts. Le beau-père de Yu-lin périt lui aussi. À la fin, il avait mangé la bourre de son oreiller et des tresses d'ail.

Une nuit, alors que j'avais environ huit ans, une femme minuscule et très âgée, dont le visage n'était qu'un tissu de rides, apparut à la maison. Elle était si fluette et si faible qu'un souffle de vent aurait semble-t-il suffi à la renverser. Elle se prosterna devant ma mère, frappa le sol de son front en l'appelant «bienfaitrice de ma fille». C'était la mère de notre domestique. «Sans vous, ajouta-t-elle, la petite ne serait plus en vie...» Je ne compris pas vraiment de quoi elle voulait parler, jusqu'au jour où une lettre arriva pour notre jeune domestique, un mois plus tard. Elle lui apprenait que sa mère était morte peu de temps après sa visite chez nous, visite au cours de laquelle la pauvre femme lui avait déjà annoncé que son mari et son jeune fils avaient succombé à la famine. Je n'oublierai jamais les sanglots déchirants de notre servante, debout sur la terrasse, appuyée contre un pilier en bois, essayant d'étouffer ses gémissements dans son mouchoir. Assise en tailleur sur son lit, ma grand-mère pleurait aussi. J'allai me cacher dans un coin près de sa moustiquaire. Je l'entendais qui marmonnait: «Les communistes sont des gens bien, mais tous ces malheureux sont morts...» Des années plus tard, j'appris que l'autre frère de notre domestique ainsi que sa belle-sœur étaient morts peu après. Les familles des propriétaires terriens figuraient tout en bas de la liste d'approvisionnement, au sein d'une communauté affamée.

En 1989, un cadre du parti qui travailla jadis pour la campagne d'assistance contre la famine m'affirma qu'il estimait le nombre total des victimes à sept millions pour la seule province du Setchouan, soit environ 10 % de la population globale de cette région, riche au demeurant. Pour l'ensemble du pays, le chiffre se situait aux alentours de 30 millions.

Un jour de 1960, la petite fille de la voisine de ma tante Jun-ying à Yibin, âgée de trois ans, disparut. Quelques semaines plus tard, sa mère vit une enfant qui jouait dans la rue, vêtue d'une robe ressemblant à celle de sa fille. Elle s'approcha et l'examina avec attention. Elle aperçut une tache indélébile qui lui permit de reconnaître le vêtement à coup sûr. Elle fit part de sa découverte à la police. Il apparut bientôt que les parents de la fillette vendaient de la viande séchée; ils avaient enlevé et assassiné plusieurs bébés qu'ils avaient dépecés pour vendre leur chair, en prétendant qu'il s'agissait de lapin, à des prix exorbitants. Le couple monstrueux fut exécuté et l'on étouffa l'affaire, mais tout le monde savait que les meurtres d'enfants étaient relativement répandus à l'époque.

Des années plus tard, je rencontrai un ancien collègue de mon père, un homme très doux et fort capable, qui n'était pas du tout d'une nature à exagérer. Il me raconta avec beaucoup d'émotion ce qu'il avait vu dans une commune populaire pendant la famine. 35 % des paysans étaient morts, dans une région où les récoltes avaient été bonnes, bien que l'on n'eût pour ainsi dire rien ramassé, puisque la main-d'œuvre avait été réquisitionnée pour produire de l'acier. Par ailleurs, la cantine de la commune avait gaspillé une portion importante de ce dont elle disposait. Un jour, un paysan fit irruption dans son bureau et se jeta à terre en hurlant qu'il avait commis un crime épouvantable et en le suppliant de lui pardonner. En définitive, il apparut qu'il avait tué son propre enfant pour le manger. La faim avait été une force incontrôlable qui l'avait poussé à brandir son couteau. Le visage inondé de larmes, le fonctionnaire ordonna l'arrestation du coupable. Par la suite, il fut fusillé en guise d'avertissement contre les infanticides.

Les autorités expliquaient officiellement la famine en alléguant le fait que Khrouchtchev avait brusquement forcé la Chine à rembourser à l'URSS une dette colossale contractée pendant la guerre de Corée pour venir en aide à la Corée du Nord. Le régime jouait ainsi sur l'expérience vécue par une grande partie de la population, composée de paysans dépouillés qui se souvenaient fort bien d'avoir été harcelés par des créanciers sans cœur réclamant leur loyer ou le remboursement de prêts. En évoquant l'Union soviétique, Mao créait aussi un ennemi extérieur au pays auquel incombait toute la faute, et contre lequel le peuple chinois pouvait se mobiliser.

On invoqua aussi une autre cause, qualifiée de «catastrophes naturelles sans précédent». La Chine est un pays immense, et de mauvaises conditions météorologiques provoquent chaque année des pénuries dans une région ou une autre. En dehors des plus hautes autorités, personne n'avait accès à des informations d'envergure nationale relatives au temps. En fait, compte tenu de la sédentarité de la population, peu de gens étaient au courant de ce qui se passait dans la province voisine, voire au-delà de la montagne la plus proche. Beaucoup de Chinois s'imaginèrent alors, et pensent encore aujourd'hui, que la famine procédait de phénomènes climatiques. Je n'ai pas de données globales probantes, mais sur l'ensemble des gens originaires des quatre coins de la Chine avec lesquels j'ai pu m'entretenir à ce sujet, bien peu ont fait état de catastrophes naturelles. En revanche, ils avaient des foules d'histoires à raconter sur des malheureux mourant de faim.

Au début de 1962, à l'occasion d'une conférence réunissant

7 000 hauts responsables du parti, Mao déclara que la famine était due à 70 % à des causes naturelles, et à 30 % à des erreurs humaines. Le président Shaoqi intervint alors, apparemment sans guère réfléchir, et décréta qu'à son avis ces chiffres devaient être inversés. Mon père était dans l'assistance, et à son retour, il dit à ma mère : « J'ai peur que le camarade Shaoqi n'ait des ennuis. »

Lorsque les discours des différents orateurs de cette conférence furent transmis aux cadres de rang inférieur, comme ma mère, on s'aperçut que l'intervention du président Shaoqi avait été coupée. On ne prit même pas la peine d'informer la population des données énoncées par Mao. Cette dissimulation d'informations contribuait indiscutablement à endormir le peuple, et jamais aucune plainte ne se faisait entendre contre le parti communiste. La plupart des dissidents avaient été éliminés ou muselés d'une manière ou d'une autre au cours des années précédentes. Toutefois, il n'était pas du tout clair aux yeux des Chinois moyens qu'il fallût blâmer le gouvernement. On ne pouvait pas parler de corruption flagrante, d'accaparement de vivres par des fonctionnaires par exemple. Les membres du parti connaissaient un sort à peine plus enviable que le reste de la population. Dans certains villages, d'ailleurs, ils furent les premiers à mourir de faim. Jamais on n'avait connu pareille disette sous le Kuo-min-tang, mais la situation paraissait différente : auparavant, la faim procédait en effet d'abus notoires.

Avant la famine, un grand nombre de responsables communistes issus de familles de propriétaires avaient fait venir leurs parents de la campagne pour qu'ils vivent en ville auprès d'eux. Lorsque la faim commença à exercer ses ravages, le parti ordonna que l'on renvoie tous ces gens âgés dans leurs villages pour qu'ils partagent la rude existence de leurs camarades paysans, en d'autres termes pour qu'ils y meurent de faim. Il importait en effet de ne pas donner l'impression que les cadres du parti profitaient de leurs privilèges pour favoriser leurs parents « de la classe ennemie ». Les grands-parents de plusieurs de mes amis quittèrent ainsi Chengdu et moururent de faim.

La plupart des paysans vivaient dans un univers clos, sans vraiment se préoccuper de ce qui se passait au-delà des limites de leur village ; ils imputaient la famine à leurs chefs qui leur donnaient des ordres désastreux.

Le Grand Bond en avant et cette effroyable famine ébranlèrent gravement mes parents. Même s'ils avaient du mal à appréhender la situation dans son ensemble, ils savaient que l'on ne pouvait pas tout mettre sur le compte de « catastrophes naturelles ». Ils se sentaient surtout affreusement coupables. Engagés l'un et l'autre dans le système de propagande, ils œuvraient au cœur même de la machine de désinformation. Pour apaiser sa conscience et échapper à la facilité de la routine quotidienne, mon père se porta volontaire pour travailler dans le cadre du programme de lutte contre la famine dans les communes populaires. Cela voulait dire habiter sur place et mourir de faim avec les paysans. Ce faisant, il « partageait avec les masses le meilleur et le pire », conformément aux instructions de Mao. Son équipe accueillit très mal sa décision. Ses adjoints devaient en effet l'accompagner à tour de rôle, ce qu'ils détestaient car ils étaient alors toujours affamés.

De la fin de 1959 jusqu'en 1961, c'est-à-dire pendant la pire phase de la disette, je ne vis pour ainsi dire jamais mon père. Lorsqu'il était à la campagne, il se nourrissait de feuilles de patates douces, d'herbes et d'écorces d'arbres, comme les paysans. Un jour, il marchait le long d'une crête entre deux rizières quand il vit un homme squelettique qui approchait au loin d'un pas très lent, visiblement épuisé. Tout à coup, sa silhouette disparut. Mon père se précipita vers lui. En arrivant, il le trouva gisant dans le champ, mort de faim.

Il ne se passait pas une journée sans que mon père soit dévasté par ce qu'il voyait, bien que le pire lui fût le plus souvent épargné puisque les responsables locaux l'entouraient partout où il allait, conformément à leur habitude. Il souffrait d'une grave hépatomégalie et d'œdème, sans parler d'une profonde dépression. A plusieurs reprises, en revenant de ses expéditions, il dut se faire hospitaliser sur-le-champ. Au cours de l'été 1961, il passa trois mois à l'hôpital. Il avait beaucoup changé. Il n'était plus le rigoriste inflexible d'autrefois. Le parti n'était pas content de lui. On l'accusa de « laisser fléchir sa volonté révolutionnaire » et on l'expulsa finalement de l'hôpital.

Il passait beaucoup de temps à pêcher. En face de l'hôpital, coulait un ravissant cours d'eau appelé le Ruisseau de Jade. Des saules s'y penchaient pour effleurer de leurs pousses incurvées la surface de l'eau où les nuages se formaient et se dissipaient tour à tour en une myriade de reflets. Je passais des heures assise sur la rive escarpée à contempler ces formes changeantes tout en regardant mon père pêcher. Une odeur d'excréments humains flottait dans l'air. En haut de la pente s'étendaient les jardins de l'hôpital, jadis ornés de parterres de fleurs que l'on avait transformés en potagers pour apporter un surplus de légumes frais aux patients et au personnel de l'établissement. En fermant les yeux, je vois encore les larves de papillons dévorant les feuilles de choux. Mes frères en attrapaient pour mon père qui s'en servait comme appâts. Ces champs de fortune avaient un aspect bien misérable. Les médecins et les infirmières n'étaient manifestement pas des experts en agriculture.

Tout au long de l'histoire de la Chine, érudits et mandarins se sont pris d'un engouement pour la pêche lorsqu'ils étaient déçus par les agissements de leur empereur. C'était une manière de se réfugier dans la nature, d'échapper à la politique, une sorte de symbole du désenchantement et de la non-coopération.

Mon père attrapait rarement des poissons. Il écrivit un jour un poème qui commençait par ces mots : « Ce n'est pas pour les poissons que je vais pêcher. » Son compagnon de pêche, un autre chef adjoint de son département, lui donnait toujours une partie de sa prise. Cela parce qu'en 1961, en plein cœur de la disette, ma mère se retrouva enceinte une nouvelle fois. Or les Chinois considèrent le poisson comme un élément indispensable au développement des cheveux chez le nouveau-né. Ma mère ne voulait plus avoir d'enfant. Mes parents touchaient désormais un salaire, de sorte que l'État ne leur fournissait plus de nourrice ni de bonne. Avec quatre enfants, ma grand-mère et une partie de la famille de mon père à nourrir, ils avaient déjà de la peine à joindre les deux bouts. Une part importante des revenus de mon père servait à l'achat de livres, notamment d'énormes recueils d'œuvres classiques, qui lui coûtaient parfois deux mois de salaire. Quelquefois, ma mère maugréait un peu à ce propos. Certains de ses collègues se faisaient valoir auprès des maisons d'édition et obtenaient ainsi leurs exemplaires gratuitement « pour le travail », mais mon père tenait à payer pour tout.

La stérilisation, l'avortement, la contraception elle-même n'étaient guère aisés. En 1954, les communistes avaient entamé un programme de planning familial, dont ma mère était d'ailleurs responsable dans son secteur. Elle se trouvait alors enceinte de Xiao-hei et sur le point d'accoucher, et commençait souvent ses réunions d'information par une autocritique pleine d'humour. Mais Mao changea d'avis, se déclarant tout à coup farouchement opposé au contrôle des naissances. Il voulait une Chine grande et puissante, fondée sur une vaste population. Il décréta que, si les Américains larguaient des bombes atomiques sur la Chine, les Chinois quant à eux «continueraient à se reproduire» et reconstitueraient ainsi leur patrimoine humain au fur et à mesure. Il partageait en outre l'attitude traditionnelle des paysans chinois vis-à-vis des enfants : plus il y a de bras, mieux c'est. En 1957, il taxa personnellement un célèbre professeur de l'université de Pékin de droitiste parce qu'il préconisait le contrôle des naissances. Après cela, on ne parla pour ainsi dire plus jamais de planning familial.

Lorsqu'elle découvrit qu'elle était enceinte, en 1959, ma mère écrivit aux autorités de Pékin, selon la procédure en usage, afin d'obtenir la permission de se faire avorter. Il s'agissait à l'époque d'une intervention périlleuse, d'où la nécessité d'obtenir l'aval du parti. Ma mère avait précisé qu'étant donné son dévouement à la cause révolutionnaire, elle estimait pouvoir mieux servir le peuple sans un enfant supplémentaire. L'autorisation lui fut accordée, et elle subit une opération affreusement douloureuse, la méthode utilisée étant pour le moins archaïque. Quand elle tomba de nouveau enceinte, en 1961, les médecins estimèrent qu'il était hors de question de l'opérer une deuxième fois. Ma mère partageait d'ailleurs ce point de vue, de même que le parti qui exigeait un écart minimum de trois ans entre deux avortements.

Notre domestique était elle aussi enceinte. Elle avait épousé l'ancienne ordonnance de mon père qui travaillait à présent en usine. Ma grand-mère leur préparait donc à toutes les deux une concoction d'œufs et de soja, que nous nous procurions grâce aux coupons de mes parents, accompagnés de poisson pêché par le collègue de mon père.

A la fin de 1961, notre bonne donna naissance à un garçon et nous quitta presque aussitôt pour aller s'installer avec son mari. Quand elle était encore à notre service, c'était elle qui allait à la cantine chercher nos repas. Un jour, mon père l'aperçut dans le jardin en train d'engouffrer un peu de viande qu'elle se mit à mâcher avec voracité. Il lui tourna le dos et s'éloigna à grands pas pour ne pas la mettre mal à l'aise. Pendant des années, il ne parla à personne de l'angoisse qui l'avait saisi lorsqu'il avait pris conscience du décalage entre la réalité et ses rêves de jeunesse.

Une fois notre domestique partie, nous ne pûmes nous permettre de la remplacer, à cause de la disette. Les femmes qui ne demandaient qu'à travailler pour nous, généralement issues de la campagne, n'avaient pas droit à des rations. Ma grand-mère et ma tante furent bien obligées de s'occuper de nous tous.

Mon plus jeune frère, Xiao-fang, naquit le 17 janvier 1962. Il fut le seul d'entre nous que ma mère allaita. Quand elle était enceinte de lui, elle avait voulu s'en défaire, mais lorsqu'il arriva, elle s'attacha à lui si fort qu'il devint son préféré. Nous jouions tous avec lui comme s'il se fût agi d'un jouet. Il grandit entouré d'affection, ce qui expliquait selon ma mère son aisance et sa confiance en lui. Notre père passait beaucoup de temps avec lui, ce qu'il n'avait pas fait avec les aînés. Dès que Xiao-fang fut assez grand pour s'amuser avec des jouets, mon père le portait tous les samedis au magasin du bout de la rue pour lui en acheter un nouveau. Quand il se mettait à pleurer, pour quelque raison que ce fût, il abandonnait ce qu'il était en train de faire et se hâtait d'aller le consoler.

A la fin de 1961, le chiffre de plusieurs dizaines de millions de morts avait fini par obliger Mao à renoncer à ses politiques économiques. A contrecœur, il céda au pragmatique président Liu et à Deng Xiaoping, secrétaire général du parti, davantage de contrôle sur le pays. Il fut par ailleurs contraint de se soumettre lui-même à des séances d'autocritique, au demeurant empreintes d'apitoiement sur lui-même et tournées de telle manière qu'on avait l'impression qu'il payait la faute des fonctionnaires incompétents de la Chine entière. Il alla jusqu'à ordonner magnanimement aux membres du parti de «tirer les leçons» de cette expérience désastreuse, sans leur laisser le droit de juger de la teneur de ces leçons. Il leur déclara qu'ils s'étaient éloignés du peuple et qu'ils avaient pris des décisions qui ne reflétaient pas les sentiments des Chinois moyens. Chez Mao comme pour les autres, ces interminables autocritiques servaient au fond à occulter les vraies responsabilités que personne ne voulait assumer.

Les choses commencèrent malgré tout à s'arranger petit à petit. Les pragmatiques imposèrent une série de réformes importantes. Ce fut dans ce contexte que Deng Xiaoping fit une remarque qui resta dans les annales : « Peu importe que le chat soit blanc ou noir, tant qu'il attrape des souris. » Il n'était plus question de production forcenée d'acier. On abandonna les objectifs économiques absurdes au profit de visées plus réalistes. Les cantines publiques furent abolies, et l'on rétablit un rapport équilibré entre les revenus des paysans et leur travail. Ces derniers récupérèrent les biens confisqués par les communes populaires, y compris leurs instruments agricoles et leurs animaux domestiques. On leur alloua par ailleurs de petits lopins de terre qu'ils exploitèrent désormais individuellement. Dans certaines régions, les terres furent même louées à bail à des familles de fermiers. Dans les secteurs de l'industrie et du commerce, certains aspects de l'économie de marché furent approuvés officiellement, et, en l'espace de quelques années, le pays prospéra à nouveau.

Parallèlement à cette ouverture économique, on assista à une libéralisation sur le plan politique. Un grand nombre de propriétaires terriens purent enfin se débarrasser de l'étiquette d'«ennemis de classe». Par ailleurs, une foule de gens bannis lors des différentes campagnes d'«assainissement» politique furent réhabilités. Notamment des «contre-révolutionnaires» de 1955, des «droitistes» de 1957 et des «opportunistes de droite» de 1959. Ma mère ayant reçu un avertissement en 1959 pour ses «tendances droitistes», trois ans plus tard, en guise de compensation, elle fut promue d'un grade, passant ainsi au seizième. On observa aussi une libéralisation sur le plan littéraire et artistique. L'atmosphère générale était plus détendue. Aux yeux de mes parents, comme de beaucoup d'autres, le régime semblait montrer qu'il était capable de s'amender et de tirer les leçons de ses erreurs. Ils reprirent donc confiance dans le gouvernement.

Tout au long de cette période, je vécus dans un cocon, à l'abri des murs de notre résidence. Je n'avais aucune prise directe sur tous ces événements tragiques. Ce fut dans cette fausse quiétude que je sortis peu à peu de l'enfance.

13

« Petite chochotte dorée »

DANS UN COCON DE PRIVILÈGES

1958-1965

Le jour où ma mère m'emmena m'inscrire à l'école primaire, en 1958, je portais un pantalon de flanelle verte, une veste en velours rose toute neuve et un énorme ruban dans les cheveux, assorti à la couleur de ma veste. Nous allâmes directement dans le bureau de la principale, qui nous attendait en compagnie du superviseur académique et d'un des professeurs. Elles arboraient toutes les trois un grand sourire et s'adressèrent à ma mère avec beaucoup de respect en l'appelant « Directrice Xia » et en la traitant avec déférence. J'appris plus tard que l'établissement dépendait de son département.

Cet entretien particulier eut lieu parce que je n'avais que six ans. Normalement, les enfants n'étaient acceptés qu'à partir de l'âge de sept ans, dans la mesure où l'on manquait de places dans les écoles. Cette fois-ci, pourtant, mon père consentit à ce que l'on fît une entorse au règlement ; ma mère et lui tenaient en effet à ce que j'entame ma scolarité de bonne heure. Entre les poèmes classiques que je récitai sans la moindre hésitation et ma belle calligraphie, je réussis à convaincre les responsables de l'école que j'étais suffisamment avancée. Après avoir passé cet examen d'entrée auprès de la directrice et de ses collègues, je fus donc acceptée comme un cas spécial. Mes parents étaient très fiers de moi. La majorité des enfants de leurs collègues avaient été refusés par le même établissement.

Tout le monde voulait faire admettre ses enfants dans cette école, considérée comme la meilleure « école clé » de Chengdu, voire de la province. L'accès aux écoles et universités « clés » était très difficile. Les critères d'admission se fondaient exclusivement sur le mérite de chaque élève, et les fils et filles de cadres n'avaient pas de priorité particulière.

Lorsque l'on me présentait à un nouvel enseignant, c'était toujours comme « la fille du Directeur Chang et de la Directrice Xia ». Ma mère venait souvent à l'école à bicyclette pour s'assurer de la bonne gestion de l'établissement ; cela faisait partie de son travail. Un jour qu'il s'était mis à faire froid brusquement, elle me fit parvenir une veste chaude en velours vert brodée sur le devant. La directrice de l'école se déplaça en personne pour me l'apporter en classe. Je fus terriblement gênée par les regards curieux que mes camarades fixèrent sur moi. Comme la plupart des enfants, je ne demandais qu'à m'intégrer pleinement au groupe.

Nous passions des examens toutes les semaines. Les résultats étaient affichés sur un panneau. Il se trouve que j'étais toujours la première, ce que les autres élèves prenaient assez mal. Elles me manifestaient parfois leur rancœur en me surnommant par exemple « petite chochotte dorée » (qian-jinxiaojie), ou encore en cachant une grenouille dans mon pupitre ou en attachant le bout de mes tresses au dossier de ma chaise. Elles disaient que je n'avais pas l'« esprit collectif » et que je méprisais les autres. Mais moi je savais que j'aimais la solitude, voilà tout.

Notre programme scolaire ressemblait passablement à ceux des écoles occidentales, hormis pendant la période où nous dûmes produire de l'acier. Nous n'avions pas de cours de politique ; en revanche, nous faisions beaucoup de sport : de la course à pied, du saut en hauteur et en longueur, ainsi que de la gymnastique et de la natation, disciplines obligatoires. Chacune d'entre nous se voyait assigner d'office une activité sportive à pratiquer tous les jours après la classe ; je fus choisie pour le tennis. Au départ, mon père n'était guère emballé à l'idée que je devienne une sportive, ce qui était évidemment l'objectif de cette formation à haute dose. Toutefois, notre professeur de tennis, une très jolie jeune femme, lui rendit visite un jour, vêtue d'un short fort seyant. Entre autres activités, mon père avait la responsabilité des sports pour l'ensemble de la province. La jeune femme lui adressa son sourire le plus enjôleur et lui expliqua que dans la mesure où le tennis, le plus élégant des sports, était relativement peu pratiqué en Chine, il serait bon que sa fille donne l'exemple, « pour la nation », selon ses propres termes. Mon père fut contraint de céder.

J'adorais mes professeurs, qui étaient excellents et avaient vraiment le don de rendre fascinantes les matières qu'ils enseignaient. Je me souviens de notre professeur de sciences, M. Da-li. Il nous fit découvrir la théorie qui était à la base de la mise en orbite d'un satellite (les Russes venaient de lancer le premier Spoutnik), tout en évoquant la possibilité future de visiter d'autres planètes. Les élèves les plus indociles eux-mêmes étaient suspendus à ses lèvres. Certains de mes cama-rades chuchotaient qu'il avait été « droitiste », mais aucun d'entre nous ne savait ce que cela voulait dire. De toute façon, tout cela nous était bien égal.

Ma mère m'expliqua des années plus tard que M. Da-li avait écrit de nombreux ouvrages de science-fiction pour enfants. En 1957, on l'avait accusé d'être « droitiste » à cause d'un article signé de sa main et parlant de souris qui s'engraissaient en volant de la nourriture ; on l'avait considéré comme une attaque déguisée à l'encontre des cadres du parti. Dès lors, il n'eut plus le droit d'écrire et se serait retrouvé à la campagne si ma mère n'était pas parvenue à le faire entrer dans mon école. Rares étaient les membres du parti qui avaient le courage d'embaucher des « droitistes » présumés.

Ma mère avait suffisamment de cran pour cela, et c'était précisément la raison pour laquelle on lui avait confié la responsabilité de mon école. Étant située dans le secteur ouest de Chengdu, celle-ci aurait dû se trouver sous une autre tutelle. Les autorités municipales décidèrent cependant de l'assigner au secteur Est, parce qu'elles souhaitaient qu'on y emploie les meilleurs enseignants, même s'ils étaient issus de milieux « indésirables » ; or le responsable du département des Affaires publiques du secteur ouest n'osait pas embaucher des gens de cette espèce. Le superviseur académique de mon école se trouvait être la femme d'un ancien fonctionnaire du Kuo-min-tang, enfermé dans un camp de travail. *A priori*, des personnes au passé aussi chargé n'auraient jamais dû occuper ce genre de poste. Seulement ma mère se refusait à les faire transférer et leur consentait même des grades honorifiques. Ses supérieurs hiérarchiques l'approuvaient, mais ils tenaient à ce qu'elle assume pleinement la responsabilité d'initiatives aussi peu orthodoxes. Cela lui était égal. Grâce à la protection supplémentaire que lui offrait implicitement la position de mon père, elle se sentait plus en sécurité que ses collègues.

En 1962, mon père fut invité à inscrire ses enfants dans une nouvelle école, qui venait d'ouvrir ses portes à proximité de la résidence où nous habitions. On l'avait baptisée « Les Platanes » à cause des arbres qui formaient une avenue dans son parc. Elle avait été fondée par le secteur ouest dans le but d'en faire une école « clé », puisqu'il n'en existait aucune dans cette portion de la ville. On fit venir des enseignants de qualité d'autres établissements du secteur. « Les Platanes » ne tardèrent pas à devenir une école d'élite pour les enfants des VIP du gouvernement provincial.

Avant l'ouverture des « Platanes », il existait déjà un pensionnat à Chengdu, réservé à la progéniture des officiers supérieurs de l'armée. Quelques hauts fonctionnaires y envoyaient aussi leurs enfants. Cet établissement était d'un niveau scolaire assez bas et on le disait « snob », les élèves faisant apparemment grand cas des grades de leurs parents. On les entendait souvent énoncer des commentaires du genre : « Mon père est commandant de division alors que le tien n'est qu'un simple général de brigade. » En fin de semaine, de longues files de voitures s'alignaient devant le portail, nurses, gardes du corps et chauffeurs venant chercher les petits pour les ramener chez leurs parents. Beaucoup de gens pensaient que cette ambiance pourrissait ces enfants ; mes parents avaient toujours été opposés à cet établissement.

L'idée n'avait jamais été de faire des « Platanes » une école chic. Mes parents rencontrèrent le directeur et une partie des enseignants, et ils approuvèrent les critères d'éthique et de discipline qu'ils envisageaient de mettre en pratique. Il n'y avait pas plus de vingt-cinq élèves par classe. Dans l'école où j'étais auparavant, nous étions parfois une cinquantaine. La création des « Platanes » était évidemment destinée en partie à favoriser les cadres supérieurs du parti qui habitaient à deux pas, mais mon père, moins à cheval sur ses principes, voulut l'ignorer.

La plupart de mes nouveaux camarades de classe étaient des enfants de fonctionnaires travaillant au service du gouvernement provincial. Certains vivaient dans la même résidence que moi. En dehors de l'école, mon univers se limitait à ce site clos. Les jardins de la résidence abondaient en fleurs et en plantes luxuriantes. On y trouvait des palmiers, des agaves, des lauriers-roses, des magnolias, des camélias, des hibiscus et même un couple de trembles chinois d'une espèce fort rare qui avaient grandi en direction l'un de l'autre en mêlant leurs branches, tels des amants. Ils étaient très délicats. Si l'on égratignait l'un des troncs, même légèrement, les deux arbres se mettaient à trembler et leurs feuilles frémissaient. L'été, à l'heure du déjeuner, je m'asseyais sur un tabouret en pierre en forme de tambour sous un treillis de glycine, les coudes posés sur une table en pierre pour lire ou jouer aux échecs. De temps en temps, je levais les yeux vers les couleurs éclatantes qui m'entouraient ou le cocotier solitaire qui s'élançait vers le ciel avec arrogance à deux pas de moi. J'avais une nette préférence, toutefois, pour un jasmin très parfumé qui escaladait un grand treillage. Lorsqu'il était en fleur, il embaumait toute ma chambre. J'adorais m'asseoir à la fenêtre pour le regarder en savourant son délicieux arôme.

A notre arrivée dans la résidence, nous nous étions installés dans une ravissante maison de plain-pied entourée d'un jardin privatif. Elle avait été bâtie dans le style chinois traditionnel, sans équipement moderne: ni eau courante, ni toilettes ni baignoire en céramique. En 1962, plusieurs appartements modernes à l'occidentale parfaitement équipés furent construits dans un coin de la résidence, et l'un d'eux nous fut attribué. Avant notre déménagement, j'allai visiter cette merveille et examinai longuement tous ces robinets magiques, les chasses d'eau, les armoires à glace. Je fis glisser ma main sur le carrelage blanc, brillant, des murs de la salle de bains, agréablement frais et doux au toucher.

La résidence regroupait treize immeubles. Quatre d'entre eux étaient réservés aux directeurs de département, les autres étant habités par les chefs de bureau. Notre appartement occupait tout un étage, alors que les chefs de bureau devaient partager un étage entre deux familles. Les pièces étaient très spacieuses. Nous avions des moustiquaires aux fenêtres et disposions de deux salles de bains alors qu'eux n'en avaient qu'une. Nous avions droit à de l'eau chaude trois fois par semaine; eux n'en avaient jamais. Nous possédions un téléphone, chose extrêmement rare en Chine. Eux pas. Les cadres de rang inférieur logeaient dans des immeubles éparpillés dans une résidence plus petite, de l'autre côté de la rue, et bénéficiaient d'un confort encore plus restreint que les chefs de bureau. La demi-douzaine de secrétaires du parti qui composaient le noyau de la direction provinciale étaient quant à eux regroupés dans une résidence spéciale, située à l'intérieur de la nôtre. Deux portails gardés vingt-quatre heures sur vingt-quatre par des soldats armés donnaient accès à ce sanctuaire, et seul le personnel autorisé avait le droit d'y pénétrer. A l'intérieur de cette enclave, les familles des secrétaires du parti occupaient des maisons individuelles à étages. Sur le seuil du premier secrétaire, Li Jing-quan, une sentinelle armée montait la garde en permanence. Je grandis avec la conviction que la hiérarchie et les privilèges faisaient partie des choses normales.

Tous les adultes travaillant dans la résidence principale devaient impérativement montrer leur laissez-passer pour franchir le grand portail. Nous, les enfants, nous n'avions pas de laissez-passer, mais les gardes nous reconnaissaient. La situation se compliquait quand nous avions des visiteurs. Ces derniers devaient remplir des formulaires; après quoi on nous appelait depuis la loge du portier et l'un d'entre nous devait aller les chercher à l'entrée. Les responsables n'aimaient guère que nous fassions venir d'autres enfants; ils disaient qu'ils abîmaient les jardins. Cela nous dissuadait d'inviter des camarades d'école à la maison. Au cours des quatre années où je fréquentai les «Platanes», il ne m'arriva qu'à de très rares occasions de convier des amies.

Je ne sortais pour ainsi dire jamais de la résidence, hormis pour aller à l'école. J'allais quelquefois dans un grand magasin avec ma grand-mère, sans vraiment éprouver le besoin d'acheter quoi que ce soit. La notion de «shopping» m'échappait. Quoi qu'il en soit, mes parents ne me donnaient quasiment jamais d'argent de poche. Notre cantine servait des repas délicieux, presque comme au restaurant. Sauf au moment de la disette, nous avions le choix entre sept ou huit plats différents. Les chefs étaient sélectionnés avec soin et appartenaient tous au grade «un» ou «supérieur». On classait en effet les cuisiniers selon les mêmes critères que les enseignants. Il y avait toujours des fruits et des sucreries à la maison. Je n'avais aucune autre envie particulière, hormis les glaces. Un jour, à l'occasion de la fête des enfants, le 1er juin, où l'on me donnait un peu d'argent de poche, j'en dévorai 26 d'affilée!

La résidence constituait une cellule totalement autonome.

On y trouvait des boutiques, des coiffeurs, des cinémas et des salles de bal, aussi bien que des plombiers et des ingénieurs. Tout le monde aimait beaucoup danser. Le week-end, on organisait plusieurs bals pour les différents niveaux hiérarchiques du gouvernement provincial. Pour les familles des chefs de bureau et de leurs supérieurs, on utilisait l'ancienne salle de bal de l'armée américaine. Il y avait toujours un orchestre et l'on faisait venir des comédiens de la troupe provinciale de danse et de chant pour rendre l'atmosphère plus pittoresque et plus élégante. Certaines actrices venaient parfois dans notre appartement bavarder avec mes parents, après quoi elles m'emmenaient faire un tour dans la résidence. J'étais très fière d'être vue en leur compagnie, car les gens de théâtre jouissent en Chine d'un prestige considérable. Ils bénéficiaient de certaines tolérances et on admettait qu'ils s'habillent avec extravagance et qu'ils aient des liaisons. Étant donné que la troupe dépendait de son département, mon père était en fait leur patron. Ils ne le traitaient pourtant pas avec la même déférence que les autres. Bien au contraire, ils le taquinaient souvent et l'appelaient volontiers « la star de la danse ». Mon père se contentait de sourire et prenait des airs gênés. Ces bals se déroulaient dans une atmosphère assez détendue, les couples évoluant avec une solennité un peu affectée sur la piste cirée, étincelante. Mon père était effectivement un bon danseur, et il s'amusait manifestement beaucoup. Ma mère, en revanche, manquait de talent à cet égard ; elle n'arrivait jamais à trouver le rythme et se décourageait très vite. Pendant les pauses, les enfants avaient le droit d'aller sur la piste ; nous nous élancions alors dans des glissades endiablées en nous tenant par les mains. L'ambiance, la chaleur, les parfums, l'élégance des femmes, les visages rayonnants des hommes concouraient à créer un univers magique qui me donnait l'impression de vivre un rêve.

Tous les samedis soir, on passait des films. En 1962, la situation politique s'étant détendue, on en faisait même venir de Hong Kong ; c'était le plus souvent des histoires d'amour. Ils nous permettaient d'avoir un aperçu du monde extérieur, et tout le monde en raffolait. On nous montrait aussi des films de propagande révolutionnaire, bien entendu. Les projections avaient lieu dans deux endroits différents. L'élite se retrouvait dans une salle spacieuse garnie de grands fauteuils confortables. Les autres s'entassaient dans un vaste auditorium situé dans une autre résidence. Je m'y rendis une fois parce que l'on projetait un film que j'avais envie de voir. Tous les sièges étaient occupés bien avant le début du film. Les retardataires devaient apporter leur tabouret. Il y avait beaucoup de gens debout. Si vous restiez coincé au fond de la salle, il fallait grimper sur une chaise pour voir quelque chose. Je ne savais pas qu'il en serait ainsi et je n'avais donc pas apporté de siège. Je me retrouvai au fond, au milieu de la foule, incapable de voir quoi que ce soit. Au bout d'un moment, j'aperçus un cuisinier que je connaissais, debout sur un petit banc où il y avait de la place pour deux personnes. Lorsqu'il vit que je me frayais un passage dans sa direction, il me proposa de grimper à côté de lui. Le banc était très étroit et je me sentais dans un équilibre instable. Sans arrêt, des gens passant devant moi me bousculaient. Pour finir, quelqu'un me fit tomber. Je fis une chute brutale et me fendis l'arcade sourcilière en heurtant un tabouret. J'en garde encore la cicatrice.

Dans la salle réservée à l'élite, on passait des films particuliers que personne d'autre n'avait le droit de voir, pas même le public du grand auditorium. On appelait cela des «films de référence» et il s'agissait surtout de montages à partir d'extraits de films occidentaux. Ce fut ainsi que je vis pour la première fois de ma vie une minijupe ou les Beatles. Je me souviens aussi d'images montrant un voyeur au bord de la mer; les femmes qu'il avait espionnées finissaient par lui verser un seau d'eau sur la tête. Un autre petit documentaire présentait des peintres abstraits se servant d'un chimpanzé pour badigeonner de l'encre sur une feuille de papier, ainsi qu'un homme qui jouait du piano avec son derrière.

Je suppose que cette sélection visait à démontrer la décadence de l'Occident. Ces projections étaient réservées exclusivement aux cadres supérieurs du parti, auxquels on refusait au demeurant l'essentiel de l'information venant de l'Ouest. De temps en temps, il arrivait que l'on passe un film occidental dans une petite salle interdite aux enfants. Ma curiosité n'en était que plus forte et je suppliais toujours mes parents de m'y emmener. Ils cédèrent à deux reprises. Mon père se montrait à présent plus tolérant à notre égard. Une sentinelle montait la garde sur le seuil de la petite salle, mais comme mes parents m'accompagnaient, il ne fit pas d'objection. Je ne compris strictement rien à ces films. L'un d'eux relatait apparemment l'histoire d'un pilote américain ayant perdu la tête après avoir largué une bombe atomique sur le Japon. Quant à l'autre, c'était un long métrage en noir et blanc. A un moment, un chef syndicaliste se faisait attaquer par deux brutes dans une voiture ; un filet de sang suintait à la commissure de ses lèvres. J'en fus horrifiée. C'était la première fois que j'assistais à un acte de violence au cours duquel du sang était versé (les communistes avaient aboli les châtiments corporels à l'école). A cette époque-là, la Chine ne produisait que des films sentimentaux, suaves, émouvants. S'il arrivait qu'on y fît allusion à la violence, c'était toujours de manière stylisée, comme dans l'opéra chinois.

J'étais sidérée par la tenue des ouvriers occidentaux, vêtus de costumes impeccables, sans raccommodage. A mille lieues de ce que les masses opprimées d'un pays capitaliste étaient censées porter. Après la projection, j'interrogeai ma mère à ce sujet. En guise de réponse, elle fit une vague allusion à la « relativité des niveaux de vie ». Je ne compris pas du tout ce qu'elle voulait dire et cette question continua longtemps à me préoccuper.

J'imaginais l'Occident noyé dans la pauvreté et la misère, non sans ressemblance avec l'univers désolé de *La Petite Marchande d'allumettes* d'Andersen. Lorsque, à la garderie, je refusais de finir ce qu'il y avait dans mon assiette, la maîtresse me disait : « Pense à tous les enfants qui meurent de faim dans le monde capitaliste. » Plus tard, à l'école, pour nous forcer à travailler avec davantage d'acharnement, nos professeurs s'exclamaient souvent : « Vous avez tellement de chance de pouvoir aller à l'école et d'avoir des livres pour étudier. Dans les pays capitalistes, les enfants sont obligés de trimer pour faire vivre leurs familles affamées. » Souvent, lorsque les grandes personnes voulaient nous faire accepter quelque chose, elles nous disaient que les Occidentaux, eux, en auraient bien voulu, mais qu'ils ne pouvaient pas en avoir ; nous devions par conséquent nous réjouir de notre bonne fortune. J'en vins donc à penser systématiquement de cette manière. Un jour, je vis arriver en classe une de mes camarades vêtue d'un imperméable rose transparent comme je n'en avais jamais vu ; je songeai combien il serait agréable d'échanger mon vieux parapluie banal, en papier paraffiné, contre un imper comme celui-là. Mais aussitôt je m'en voulus de cette pensée « bourgeoise » et écrivis dans mon journal : « Pense à tous les enfants du monde capitaliste. Ils ne songent même pas à posséder un parapluie. »

Les étrangers étaient dans mon esprit des gens proprement terrifiants. Tous les Chinois ayant les cheveux noirs et les yeux bruns, ils trouvent bizarres les couleurs d'yeux et de cheveux différentes. Je partageais la vision plus ou moins stéréotypée de l'étranger type qu'avaient la plupart de mes compatriotes : j'imaginais un être à la chevelure rouge, désordonnée, aux yeux bizarres, au nez interminable, titubant d'ivresse, buvant du Coca-Cola à même la bouteille, les jambes écartées dans une posture pour le moins inélégante. Les Occidentaux disaient « hello » à tout bout de champ, sur un drôle de ton. J'ignorais ce que cela voulait dire. Je pensais que c'était un juron. Quand les petits Chinois jouaient à la « guérilla » — notre version des cow-boys et des Indiens —, les « ennemis » se collaient toujours des épines sur le nez et passaient leur temps à dire « hello » !

Au cours de ma troisième année d'école primaire — j'avais neuf ans —, mes camarades et moi décidâmes un beau jour de décorer notre classe avec des plantes. L'une des filles proposa de nous procurer des spécimens rares en provenance d'un jardin dont s'occupait son père, à l'église catholique, rue du Pont-Sûr. Jadis, un orphelinat était rattaché à l'église, mais on l'avait fermé. L'église était encore en service, sous le contrôle du gouvernement qui avait obligé les catholiques à rompre avec le Vatican et à rallier une organisation « patriotique ». La présence de cette église nous fascinait autant qu'elle nous effrayait, à cause de la propagande contre la religion. La première fois que j'avais entendu parler d'un viol, c'était dans un roman où ce crime était attribué à un prêtre étranger. Les hommes d'Église apparaissaient invariablement comme des espions impérialistes et de sinistres personnages qui se servaient des orphelins pour faire des expériences médicales.

Chaque jour, sur le chemin de l'école, j'empruntais le haut de la rue du Pont-Sûr, bordée d'arbres séculaires, et j'apercevais ainsi le portail de l'église, de profil. Ses colonnes en marbre blanc, cannelées dans le style grec, me semblaient tout à fait bizarres, comparées aux piliers chinois traditionnels en bois peint. Je mourais d'envie d'aller voir à l'intérieur et j'avais demandé à mon amie de me faire visiter sa maison, mais elle m'avait répondu que son père ne voulait pas qu'elle amène des camarades chez elle. Ce refus n'avait fait qu'accroître ma curiosité. De sorte que lorsqu'elle offrit d'aller prendre quelques plantes dans son jardin, je m'empressai d'aller avec elle.

Tandis que nous approchions du portail de l'église, je me raidis et mon cœur faillit s'arrêter de battre. Jamais je n'avais vu une porte aussi imposante. Mon amie se dressa sur la pointe des pieds et tendit le bras pour tirer sur un anneau en métal. Une petite porte s'ouvrit alors en grinçant dans le portail même et un vieillard au visage ridé apparut, plié en deux. Il me rappela une sorcière que j'avais vue dans une illustration d'un conte de fées. Je ne pouvais pas voir son visage, mais j'imaginai qu'il avait un long nez crochu, un chapeau pointu et qu'il n'allait pas tarder à s'envoler dans le ciel sur un balai. Peu m'importait qu'il ne fût pas du même sexe que ma sorcière. En évitant de le regarder, je franchis le portail à la hâte. Sous mes yeux s'étendait un jardin, au milieu d'une petite cour impeccablement entretenue. J'étais tellement nerveuse que je ne vis même pas ce qu'il contenait. Mes yeux n'enregistrèrent qu'une prolifération de couleurs et de formes, ainsi qu'une petite cascade qui dégringolait au centre de la rocaille. Mon amie me prit par la main et m'entraîna sous une arcade qui faisait le tour de la cour. A l'autre bout, elle ouvrit une porte et m'expliqua que c'était là que le prêtre faisait ses sermons. Des sermons ! J'avais lu ce mot dans un livre où un prêtre se servait de son « sermon » pour transmettre des secrets d'État à un espion à la solde des impérialistes. Mes nerfs se crispèrent encore plus quand j'eus franchi le seuil d'une grande salle sombre, pareille à un hall ; j'attendis un instant que mes yeux s'habituent à la pénombre. Puis je vis une statue tout au bout de l'immense pièce. Ce fut ma première rencontre avec un crucifix. Comme je m'approchai, il me sembla que le personnage crucifié, énorme, allait s'écraser sur moi. Le sang, sa position, l'expression de son visage me glacèrent d'effroi. Je fis volte-face et sortis de l'église en courant. Dehors, je faillis me heurter à l'homme à la tunique noire. Il tendit le bras pour m'aider à retrouver mon équilibre. Je crus qu'il voulait m'attraper. Je l'esquivai donc et poursuivis mon chemin à toutes jambes. Quelque part derrière moi, une lourde porte claqua. L'instant d'après, un silence terrifiant s'installa, hormis le murmure de la cascade. J'ouvris la petite porte et partis en courant jusqu'au bout de la rue, sans m'arrêter. Mon cœur battait à tout rompre et j'avais le tournis.

Contrairement à moi, mon frère Jin-ming, mon cadet d'un

an, manifesta dès son plus jeune âge un esprit indépendant. Il adorait les sciences et lisait une foule de magazines scientifiques populaires. Même si ces derniers véhiculaient l'inévitable propagande, comme toutes les autres publications de l'époque, ils n'en rendaient pas moins compte des progrès des nations occidentales en matière de sciences et de technologie, que Jin-ming trouvait tout à fait impressionnants. Il était fasciné par les photographies de lasers, d'aéroglisseurs, d'hélicoptères, d'instruments électroniques et de voitures qu'il y découvrait, et qui s'ajoutaient aux visions fugitives de l'Ouest que lui offraient de temps à autre les fameux «films de référence». Il en vint très vite à penser que l'on ne pouvait en aucun cas faire confiance à l'école, aux médias, ni aux adultes en général lorsqu'ils affirmaient que le monde capitaliste était l'enfer par rapport au paradis chinois!

Les États-Unis, en particulier, avec leur technologie moderne de pointe, enflammaient son imagination d'enfant. Un soir pendant le dîner, alors qu'il avait onze ans, il décrivit avec force enthousiasme les nouveaux développements américains en matière de lasers et acheva son exposé en déclarant à mon père qu'il «adorait» l'Amérique. Pris au dépourvu, ce dernier ne sut que répondre et se contenta de le fixer d'un air profondément inquiet. Pour finir, il passa sa main dans les cheveux de Jin-ming en disant à ma mère: «Il n'y a rien à faire. Quand il sera grand, cet enfant sera un droitiste!»

Avant l'âge de douze ans, Jin-ming avait réalisé plusieurs «inventions» fondées sur des illustrations d'ouvrages scientifiques pour enfants, et notamment un télescope, avec lequel il s'efforçait d'observer la comète de Halley, ainsi qu'un microscope confectionné à partir du verre d'une ampoule. Un jour, il mit au point une sorte de «fusil» à répétition muni d'une courroie en caoutchouc qui propulsait des petits cailloux et des baies d'if. Pour obtenir l'effet sonore voulu, il demanda à un de ses camarades de classe, dont le père était officier de l'armée, de lui trouver des douilles vides. Son ami dénicha quelques cartouches, les décapuchonna, vida la poudre et les donna à Jin-ming sans se rendre compte que les détonateurs étaient restés à l'intérieur. Mon frère boucha une douille avec un tube de pâte dentifrice coupé et voulut la faire chauffer sur le fourneau à charbon de la cuisine en la tenant avec des tenailles. Quelqu'un avait posé la bouilloire sur une grille. Jin-ming maintenait les tenailles sous la bouilloire lorsque, tout à coup,

297

une forte détonation retentit. Il y avait un énorme trou dans le fond de la bouilloire. Tout le monde se rua à la cuisine pour voir ce qui était arrivé. Jin-ming était épouvanté, non pas à cause de l'explosion, mais à cause de mon père qui nous effrayait toujours un peu.

Pourtant, mon père ne le frappa pas, il ne le gronda même pas. Il se contenta de le dévisager longuement d'un air glacial, puis il déclara que Jin-ming avait eu assez peur comme ça et qu'il ferait mieux d'aller faire un tour dehors. Mon frère était tellement soulagé qu'il eut toutes les peines du monde à se retenir de bondir de joie. Jamais il n'aurait pensé qu'il s'en tirerait si facilement. Après sa promenade, mon père lui ordonna de cesser séance tenante ses expériences, hormis en présence d'un adulte pour superviser l'opération. Toutefois, cet interdit ne resta pas en vigueur très longtemps. Jin-ming ne tarda pas à reprendre ses activités.

Je lui donnai un coup de main pour un certain nombre de projets. Un jour, nous fabriquâmes un prototype de broyeur fonctionnant à l'eau courante et capable de réduire de la craie en poudre. Jin-ming orchestrait évidemment tout. Moi, je me lassais très vite.

Nous fréquentions tous les deux la même école primaire « clé ». M. Da-li, le professeur de sciences condamné pour ses opinions droitistes, joua un rôle essentiel dans la vie de mon frère en lui faisant découvrir l'univers scientifique. Jin-ming lui en est toujours resté extrêmement reconnaissant.

Mon deuxième frère, Xiao-hei, né en 1954, était le préféré de ma grand-mère. En revanche, mes parents ne lui prêtaient guère d'attention, précisément parce qu'ils estimaient que notre grand-mère lui donnait suffisamment d'affection. Sentant qu'il n'avait pas leur faveur, Xiao-hei restait sur une attitude défensive vis-à-vis d'eux. Cela agaçait prodigieusement ces derniers, en particulier mon père qui avait horreur de tout ce qu'il considérait comme sournois.

Xiao-hei le mettait parfois dans une colère telle qu'il finissait par le frapper. Il regrettait toujours son geste après coup et, à la première occasion, il lui passait la main dans les cheveux en lui disant combien il s'en voulait d'avoir perdu ainsi le contrôle de lui-même. Ma grand-mère avait souvent des disputes avec lui ; mon père l'accusait de trop gâter Xiao-hei et elle se mettait à pleurer. C'était une source de tensions perpétuelles entre eux.

Inévitablement, ma grand-mère s'attacha davantage encore à Xiao-hei, et lui témoignait d'autant plus d'indulgence.

Mes parents estimaient que, contrairement aux garçons, les filles ne devaient pas être grondées ni battues. Ma sœur Xiaohong fut pourtant rossée à deux reprises. La première fois, elle avait cinq ans. Elle avait absolument tenu à manger des bonbons avant le repas. Lorsque nous nous mîmes à table, elle se plaignit du manque de saveur de la nourriture, à cause du goût sucré qu'elle avait dans la bouche. Mon père lui répondit qu'elle avait ce qu'elle méritait. Xiao-hong prit la mouche et commença à pousser des cris en jetant ses baguettes à l'autre bout de la pièce. Mon père lui donna alors une fessée. Elle saisit un plumeau pour le frapper à son tour mais il le lui arracha des mains. Elle s'empara alors d'un balai. Une bagarre s'ensuivit, après quoi mon père l'enferma dans sa chambre en marmonnant: «Trop gâtée! Décidément trop gâtée!» Ma sœur dut se passer de repas.

Xiao-hong manifesta dès l'enfance une volonté de fer. Pour une raison quelconque, elle refusait catégoriquement d'aller au cinéma, au théâtre et de voyager. Par ailleurs, elle était très difficile en ce qui concerne la nourriture: elle hurlait dès qu'on lui servait du lait, du bœuf ou de l'agneau. Sottement, je suivis son exemple et ratai ainsi de nombreux films et quantité de plats délicieux.

J'avais pourtant un caractère très différent. Bien avant l'adolescence, on me disait sensible et intelligente (*dong-shi*). Jamais mes parents ne levaient la main sur moi ni ne me réprimandaient. Les rares fois où ils me firent des reproches, ce fut avec une grande délicatesse, comme si j'avais été une adulte susceptible. Ils me manifestaient beaucoup d'affection, en particulier mon père. Il m'emmenait toujours en promenade après le dîner et m'invitait souvent à l'accompagner quand il allait rendre visite à des amis. La plupart de ses amis proches étaient d'anciens révolutionnaires, des hommes intelligents et capables; ils semblaient tous avoir commis une «faute» dans le passé et le parti les avait par conséquent cantonnés à des postes subalternes. L'un d'eux avait appartenu à l'unité de l'Armée rouge conduite par l'opposant de Mao, Zhang Guotao. Un autre était un véritable don Juan; son épouse, cadre du parti, que mon père essayait toujours d'éviter, se montrait d'une froideur insoutenable. Prendre part à ces réunions d'adultes me plaisait beaucoup, mais ce que j'aimais le plus au monde, c'était la lecture. Pendant les vacances scolaires, je passais des journées entières seule avec mes livres en suçant la pointe de mes mèches de cheveux. En dehors de la littérature, y compris des poèmes classiques relativement simples, j'avais une véritable passion pour la science-fiction et les récits d'aventures. Je me souviens en particulier de l'histoire d'un homme qui avait passé ce qu'il avait cru être quelques jours sur une autre planète, pour revenir finalement sur la terre au XXIe siècle, dans un monde totalement changé. Les gens ne mangeaient plus que des pilules, ils voyageaient en aéroglisseurs et utilisaient des téléphones à écrans. Je mourais d'impatience de vivre au XXIe siècle, avec toutes sortes de gadgets à ma disposition.

Je passai ainsi mon enfance à courir vers l'avenir, pressée d'être une adulte. Je rêvais continuellement à ce que je ferais quand je serais grande. Dès que je fus en mesure de lire et d'écrire, je préférai les livres aux albums d'images. J'étais toujours impatiente, pour tout: incapable de savourer un bonbon, il fallait que je morde dedans et que je le mâche sans attendre. Il en allait de même pour les pastilles contre la toux!

Mes frères, ma sœur et moi, nous nous entendions remarquablement bien. Traditionnellement, en Chine, les garçons et les filles ne jouent guère ensemble, mais nous étions proches les uns des autres. Il n'y avait ni jalousie ni rivalité entre nous et nos disputes étaient rares. Chaque fois que ma sœur me voyait pleurer, elle éclatait elle-même en sanglots. Elle ne prenait jamais ombrage quand on me faisait des compliments. Nos bons rapports fascinaient les gens, et les parents de nos camarades ne cessaient de demander aux nôtres comment ils avaient réussi ce miracle!

Notre grand-mère et nos parents créaient à eux trois une atmosphère familiale chaleureuse. Si ces derniers se disputaient parfois, nous n'étions jamais témoins de ces querelles. Pas une seule fois ma mère ne manifesta la déception que mon père lui causait parfois. Après la famine, comme la plupart des cadres du parti d'ailleurs, mes parents cessèrent d'être aussi passionnément dévoués à la cause qu'ils avaient pu l'être dans les années cinquante. La vie de famille prenait une place plus importante et n'était plus considérée comme une preuve de déloyauté. Mon père, qui avait largement dépassé la quarantaine, s'adoucit et se rapprocha de ma mère. Ils passaient davantage de temps ensemble et n'hésitaient plus à manifester devant nous l'affection qu'ils avaient l'un pour l'autre.

Un jour, j'entendis mon père répéter à ma mère un compliment que lui avait fait à son propos un de ses collègues, dont l'épouse avait la réputation d'être particulièrement jolie : « Nous avons de la chance d'avoir des femmes aussi remarquables, lui avait dit ce camarade. Regardez autour de vous : les autres ne leur arrivent même pas à la cheville. » Mon père, ravi, lui raconta cette scène avec un plaisir mal dissimulé. « J'ai souri poliment, bien sûr, poursuivit-il, mais en moi-même, je me disais : comment peut-il comparer son épouse à la mienne ? Ma femme est d'une classe inégalable. »

Une fois, mon père prit part à une excursion de trois semaines organisée à l'intention des directeurs des départements des Affaires publiques de chaque province, qui devait les conduire aux quatre coins du pays. Ce fut l'unique voyage qui lui fut offert au cours de sa carrière. Une chance inespérée ! Pendant toute l'expédition, le groupe bénéficia d'un traitement de faveur ; un photographe les accompagnait pour immortaliser leur périple. Au début de la troisième semaine, pourtant, alors qu'ils venaient d'arriver à Shanghai, mon père n'y tint plus. Nous lui manquions tellement qu'il annonça qu'il ne se sentait pas bien et prit le premier avion pour Chengdu. Après ce jour, ma mère le taquina souvent, en le taxant de « nigaud ». « Ta maison ne se serait pas envolée. Je n'aurais pas disparu. En tout cas pas cette semaine-là ! Comment as-tu pu passer à côté d'une occasion pareille ! » Quand elle disait cela, j'avais toujours l'impression qu'en réalité elle était ravie qu'il ait « craqué » en route.

Dans leurs rapports avec nous, nos parents paraissaient surtout se préoccuper de deux choses. Notre éducation d'abord. Si absorbés fussent-ils par leur travail, ils prenaient toujours le temps de nous faire réciter nos leçons. Ils étaient en relations permanentes avec nos professeurs et nous enfoncèrent bien dans le crâne que la réussite scolaire devait être notre objectif dans la vie. Après la famine, ils s'impliquèrent d'autant plus dans nos études qu'ils avaient davantage de temps libre. Ils se relayaient presque tous les soirs pour nous donner des cours supplémentaires.

Ma mère devenait notre professeur de maths, tandis que notre père nous enseignait la grammaire et la littérature chinoises. Ces soirées étaient pour nous des occasions solennelles, nous étions alors autorisés à lire ses livres dans son bureau, tapissé du sol au plafond d'épais ouvrages cartonnés et de classiques reliés. Il nous obligeait à nous laver les mains avant de tourner les pages. Nous lisions aussi bien Lu Xun, célèbre auteur moderne, que la poésie de l'âge d'or chinois, considérés l'un et l'autre comme difficiles, y compris pour des adultes.

Nos parents portaient une attention tout aussi grande à notre éducation morale. Mon père tenait à ce que nous devenions des citoyens honorables aux principes stricts, ce qui était à son avis le fondement même de la révolution. Conformément à la tradition chinoise, il donna à chacun de mes frères un surnom représentant ses idéaux : *Zhi*, qui signifie «honnête», à Jin-ming, *Pu*, «humble», à Xiao-hei, et *Fang*, «incorruptible», à Xiao-fang, dont le prénom du reste l'incluait déjà. Il estimait en effet que ces qualités avaient fait défaut à l'ancienne Chine et que les communistes allaient les restaurer. La corruption, en particulier, avait selon lui anéanti la Chine traditionnelle. Un jour, il réprimanda vertement Jin-ming pour avoir confectionné un avion avec une feuille de papier à en-tête provenant de son bureau. Lorsque nous voulions nous servir du téléphone à la maison, il fallait lui en demander la permission. Ses fonctions couvrant la presse, il recevait quantité de journaux et de magazines. Il nous encourageait à les lire mais nous interdisait de les sortir de son bureau. A la fin du mois, il les rapportait à son département afin qu'ils fussent recyclés. Je passai d'innombrables dimanches à vérifier avec lui qu'aucun ne manquait.

Notre père était toujours très strict avec nous, ce qui provoquait de perpétuelles tensions entre ma grand-mère et lui, ainsi qu'entre lui et nous. En 1965, l'une des filles du prince Sihanouk du Cambodge vint donner une représentation de danse à Chengdu, un événement quasi sans précédent dans une ville tellement isolée. Je mourais d'envie d'y aller. En raison de son poste, Père avait toujours droit à d'excellentes places gratuites pour les nouveaux spectacles et, le plus souvent, il m'en faisait profiter. Cette fois-là, pour je ne sais quelle raison, il ne pouvait s'y rendre. Il me donna malgré tout un billet en me précisant que je devais l'échanger contre une place au fond afin de ne pas bénéficier d'un des meilleurs sièges.

Ce soir-là, je me plantai près de l'entrée du théâtre, mon billet à la main, tandis que les spectateurs affluaient — tous munis de places gratuites distribuées selon leur rang. Il se passa un bon quart d'heure et j'étais toujours près de la porte. J'étais trop gênée pour oser demander à quelqu'un d'échanger son billet contre le mien. Finalement, la foule s'éclaircit : le spectacle allait commencer. J'étais au bord des larmes, maudissant presque mon père. A ce moment, je vis un jeune cadre attaché au même département que lui. M'armant de courage, je tiraillai le bord de sa veste par-derrière. Il sourit et accepta immédiatement de me céder sa place, qui se trouvait tout au fond de la salle. Ma requête ne l'avait guère surpris, la sévérité de mon père vis-à-vis de ses enfants étant légendaire dans toute la résidence.

En 1965, pour la Nouvelle Année, une représentation spéciale fut organisée au bénéfice des enseignants. Cette fois-ci, mon père s'y rendit avec moi mais, au lieu de me laisser m'asseoir à côté de lui, il échangea mon billet contre une place tout au fond, sous le prétexte qu'il n'était pas admissible que les professeurs conviés au spectacle se retrouvent derrière moi. Je voyais à peine la scène et j'étais affreusement triste. Par la suite, toutefois, j'appris de la bouche de certains enseignants que cette délicatesse de mon père les avait profondément touchés. Ils acceptaient assez mal que les enfants des hauts fonctionnaires du parti trônent au premier rang, jugeant cette prérogative pour le moins irrespectueuse.

L'histoire chinoise est remplie d'enfants de politiciens arrogants, abusant outrageusement de leurs privilèges. Une attitude génératrice de rancœurs infinies. Un jour, un garde en poste depuis peu à la grille de la résidence, n'ayant pas reconnu une jeune adolescente qui vivait là, refusa de la laisser entrer. Elle poussa des cris furieux et le frappa sans vergogne avec son cartable. Certains enfants parlaient aux cuisiniers, aux chauffeurs et au reste du personnel sur un ton impérieux et grossier. Ils les appelaient par leur nom, ce qu'un jeune ne doit jamais faire en Chine, car c'est la marque de l'irrévérence la plus absolue. Je n'oublierai jamais l'affliction que je lus un jour dans le regard d'un des chefs de la cantine lorsque le fils d'un des collègues de mon père lui rapporta son assiette en lui disant que ce n'était pas bon et en hurlant son nom. Profondément blessé, le cuisinier se garda bien de lui répondre. Il ne voulait pas offenser le père du gamin. Certains parents laissaient leurs enfants se comporter de la sorte, mais mon père, lui, trouvait cela outrageant. «Ces gens-là ne sont pas des communistes», disait-il.

Mes parents tenaient à ce que leurs enfants apprennent à se montrer courtois et respectueux vis-à-vis des adultes, quel que fût leur rang. Nous appelions les membres du personnel «oncle» ou «tante» X ou Y, comme le voulait la tradition dans le cas d'un enfant s'adressant à une grande personne. Quand nous avions fini de manger, nous rapportions toujours notre bol et nos baguettes à la cuisine. Mon père nous expliqua que nous devions nous donner cette peine par égard pour les cuisiniers, qui seraient forcés de desservir eux-mêmes si, nous, nous manquions à ce devoir. Ces petits riens nous valaient une infinie gentillesse de la part des employés de la résidence. Les cuisiniers gardaient nos repas au chaud quand nous étions en retard. Les jardiniers me donnaient souvent des fleurs ou des fruits. Et le chauffeur ne rechignait jamais à la perspective de faire un détour pour me prendre quelque part et me reconduire à la maison — à l'insu de mon père évidemment, puisqu'il s'opposait fermement à ce que nous utilisions la voiture hors de sa présence.

Notre nouvel appartement se trouvait au deuxième étage et notre balcon donnait sur une ruelle pavée longeant l'enceinte en briques de la résidence. De l'autre côté, cette allée étroite était bordée d'une rangée de maisonnettes uniformes de plain-pied en bois mince, comme en habitaient les pauvres de Chengdu. Elles avaient un sol en terre battue et ne disposaient pas de toilettes ni d'eau courante. Leurs façades se composaient de planches verticales dont deux faisaient office de porte. L'entrée s'ouvrait directement sur une pièce, conduisant elle-même à une autre, chaque logis étant ainsi formé d'une succession de petites pièces en enfilade. La chambre du fond donnait sur une autre rue. Les murs latéraux étant partagés entre voisins, ces maisons n'avaient donc pas de fenêtres. Il fallait laisser les portes ouvertes à chaque extrémité pour avoir un peu de lumière et d'air. Souvent, les soirs d'été en particulier, les occupants des lieux s'asseyaient sur l'étroit trottoir pour lire, coudre ou bavarder. Ils n'avaient qu'à lever les yeux pour voir les balcons spacieux de nos appartements aux vitres étincelantes. Mon père ne voulait pas que nous offensions les habitants de ces humbles logements, aussi nous interdisait-il de jouer sur le balcon.

Les soirs d'été, les garçons qui vivaient dans l'allée déambu-

304

laient souvent dans les rues avoisinantes pour y vendre de l'encens contre les moustiques. Ils fredonnaient un air particulier pour attirer l'attention des passants sur leur marchandise. Ma lecture du soir était généralement bercée par ce chant traînant, mélancolique. J'étais consciente de l'extraordinaire privilège dont je bénéficiais en ayant la possibilité d'étudier sans être dérangée, dans une grande pièce fraîche au parquet bien ciré, avec les fenêtres ouvertes tendues de moustiquaires; mon père me le rappelait à tout instant. « Il ne faut pas que tu te croies supérieure à eux, me disait-il. Tu as de la chance d'être ici, c'est tout. Sais-tu pourquoi nous avons besoin du communisme? Pour que tout le monde puisse vivre dans une belle maison comme la nôtre, et dans des logements encore plus confortables. »

Mon père réitérait ces choses-là si souvent que je finissais par avoir honte de mes privilèges. Quelquefois, des garçons de la résidence sortaient sur les balcons et s'amusaient à imiter les airs des vendeurs d'encens ambulants; je ne savais plus où me mettre. Quand je sortais en voiture avec mon père, j'étais toujours très gênée quand le chauffeur klaxonnait pour forcer la foule à s'écarter. Si les passants se retournaient pour nous observer, je m'enfonçais dans la banquette et tâchais d'éviter leurs regards.

Vers douze-treize ans, j'avais déjà une nature très sérieuse. J'aimais être seule, pour réfléchir, le plus souvent à des questions de morale qui me déconcertaient. Les jeux, les foires, les autres enfants ne m'intéressaient guère et l'on me voyait très rarement bavarder avec des petites filles de mon âge. J'étais pourtant sociable et bien vue de mes camarades, mais il semblait toujours qu'il y eût une certaine distance entre nous. En Chine, les gens établissent très vite des rapports d'intimité les uns avec les autres, les femmes en particulier. Depuis ma prime enfance, j'ai toujours préféré être seule.

Mon père avait remarqué cet aspect de ma personnalité, qu'il approuvait d'ailleurs. Mes professeurs répétaient sans cesse que je manquais d'«esprit d'équipe », mais Père me disait toujours qu'un excès de familiarité et la promiscuité risquaient d'avoir des effets néfastes. Ses encouragements m'aidèrent à préserver mon intimité et mon espace vital. Il n'existe pas véritablement de mots dans notre langue pour rendre compte de ces deux concepts, mais un grand nombre de Chinois y aspiraient instinctivement, à commencer par mes frères et sœur et moi. Jin-ming, par exemple, insistait tellement pour qu'on le laisse mener sa vie comme il l'entendait que ceux qui ne le connaissaient pas bien le qualifiaient facilement d'asocial ; il était pourtant d'une nature grégaire et très populaire parmi ses camarades.

Mon père nous disait souvent : « Je trouve merveilleux que votre mère ait choisi de vous lâcher dans le pré sans entraves. » Nos parents surent en effet respecter nos univers individuels et nous laisser seuls autant que nous le souhaitions.

14

« Ton père est proche de toi, ta mère l'est aussi, mais ni l'un ni l'autre ne l'est autant que le président Mao »

LE CULTE DE MAO

1964-1965

« Le président Mao », comme nous l'appelions toujours, commença à empiéter directement sur ma vie en 1964, lorsque j'eus douze ans. Quelque peu en retrait depuis la famine, il amorçait son retour sur la scène politique. En mars de l'année précédente, il avait lancé un appel à l'ensemble du pays, et en particulier aux jeunes, pour qu'« ils mettent à profit la leçon de Lei Feng ».

Lei Feng était un soldat qui serait mort en 1962, à vingt-deux ans. Il avait accompli quantité de bonnes actions, volant au secours des gens âgés, des malades et des pauvres. Il avait fait don de ses économies à des organismes d'entraide et cédé ses rations alimentaires à ses camarades de l'hôpital.

Lei Feng ne tarda pas à dominer mon existence. Tous les après-midi, nous quittions l'école « pour aller faire de bonnes actions comme Feng ». Nous nous rendions à la gare, dans l'intention d'aider des vieilles dames à porter leurs bagages, à l'instar de notre héros. Nous étions quelquefois obligés de leur arracher littéralement leurs paquets : certaines paysannes nous prenaient pour des voleurs. Les jours de pluie, je me postais dans la rue avec un parapluie, dans l'espoir qu'une femme âgée viendrait à passer et me donnerait ainsi l'occasion de l'escorter jusque chez elle, comme le faisait Lei Feng. Quand je voyais quelqu'un transporter des seaux d'eau suspendus à une perche en équilibre sur ses épaules — certains foyers n'ayant toujours pas l'eau courante —, j'essayais en vain de m'armer de suffisamment de courage pour lui proposer mon aide, sans savoir si je serais en mesure de supporter une telle charge.

Durant l'année 1964, le culte de Mao supplanta peu à peu ces bonnes actions dignes des *boys scouts*. Nos professeurs nous expliquèrent que la force de Lei Feng résidait dans « son amour et son dévouement infinis pour le président Mao ». Avant d'entreprendre quoi que ce soit, Lei réfléchissait toujours aux paroles de notre leader. On publia son journal, qui devint notre code éthique. A chaque page ou presque figurait une promesse du style : « J'étudierai les écrits du président Mao, j'obéirai aux préceptes du président Mao, je suivrai les instructions du président Mao, je serai un bon et loyal serviteur du président Mao. » Nous jurions d'imiter Lei Feng, et nous nous déclarions prêts à « escalader des montagnes de couteaux et à descendre dans des mers de flammes », à « voir nos corps réduits en poudre et nos os en cendres », à « nous soumettre inconditionnellement à l'autorité de notre Grand Leader ». Le culte de Mao et celui de Lei Feng étaient les deux facettes de la même médaille : côté pile, le culte de la personnalité, côté face, son corollaire, le culte de l'impersonnalité.

Je lus mon premier article rédigé par Mao en 1964, à une époque où deux de ses slogans dominaient nos vies : « Servez le peuple » et « N'oubliez jamais la lutte des classes ». Ces deux devises complémentaires étaient illustrées par un poème de Lei Feng intitulé *Les Quatre Saisons*, que nous apprîmes par cœur :

A l'instar du printemps, je traite mes camarades avec douceur,
A l'instar de l'été, je suis plein d'ardeur dans mon travail révolutionnaire,
Je chasse tout individualisme comme la tempête d'automne balaie les feuilles mortes,

Envers les ennemis de classe, je me montre aussi impitoyable et cruel que l'hiver.

Conformément à ces préceptes, nos enseignants nous incitaient à choisir avec soin les bénéficiaires de nos bonnes actions. Nous ne devions surtout pas aider les «ennemis de classe». Seulement, je ne comprenais pas du tout de qui il s'agissait. Quand je posais la question, mes professeurs et mes parents ne se montraient guère disposés à me donner des détails. On me répondait souvent: «Ils sont comme les méchants dans les films. » J'avais beau regarder autour de moi, je ne voyais personne qui ressemblât de près ni de loin aux personnages mauvais, très caricaturaux, du cinéma. Cela me posait un grave problème. J'hésitais désormais à m'emparer des ballots des vieilles dames. Je pouvais difficilement leur demander: «Faites-vous partie des ennemis de classe?»

En guise de b.a., nous allions parfois faire le ménage dans les humbles maisons d'une ruelle voisine de notre école. Dans l'une de ces masures vivait un jeune homme qui restait vautré paresseusement dans un fauteuil en bambou pendant tout le temps que nous astiquions ses fenêtres; il nous observait d'un œil cynique, un petit sourire aux lèvres. Au lieu de nous donner un coup de main, il allait jusqu'à sortir sa bicyclette de la remise en suggérant que nous la nettoyions par la même occasion. «Quel dommage que vous ne soyez pas vraiment Lei Feng, remarqua-t-il un jour, et qu'il n'y ait aucun photographe dans les parages pour vous prendre en photo pour les journaux. » (Les bonnes actions de Lei Feng avaient été miraculeusement immortalisées par un photographe officiel.) Nous détestions tous ce fainéant et sa bicyclette sale. Se pouvait-il qu'il fût un ennemi de classe? Seulement, nous savions qu'il travaillait en usine, et les ouvriers constituaient le haut du panier, la classe dirigeante de la révolution. On nous le répétait assez souvent. Je ne savais plus où j'en étais.

Entre autres corvées, j'avais également pris l'habitude d'aider à pousser des charrettes dans la rue après l'école. On y entassait en général des piles de blocs de ciment ou de grès. Ils étaient donc extrêmement lourds et chaque pas nécessitait un effort colossal de la part des hommes chargés de les tirer. Même par temps froid, certains étaient torse nu et des gouttelettes de sueur brillantes leur dégoulinaient sur le visage et sur le dos. Quand la rue montait, ne serait-ce que légèrement, ils avaient toutes les peines du monde à continuer. Chaque fois que j'en voyais un, une vague de tristesse m'envahissait. Depuis que la campagne Lei Feng avait commencé, je me postais régulièrement près d'une rampe dans l'espoir de voir arriver une de ces charrettes. Après en avoir poussé une, je n'en pouvais plus. Au moment où je lâchais prise, le malheureux qui la tirait m'adressait un sourire un peu narquois, presque imperceptible, en essayant de ne pas perdre son élan et de maintenir sa cadence.

Une de mes camarades de classe me déclara un jour très sérieusement que la plupart des charretiers étaient des ennemis de classe astreints à des travaux forcés. J'avais donc tort de vouloir les aider, m'assura-t-elle. J'interrogeai un de mes professeurs. Cette dernière, pourtant très sûre d'elle d'ordinaire, parut perplexe et me répondit qu'elle n'était pas certaine de la réponse à me donner, ce qui me laissa pantoise. En réalité, on avait effectivement imposé le métier de charretier à des gens accusés d'avoir eu des liens avec le Kuo-min-tang, ainsi qu'aux victimes des purges politiques. Mon professeur ne voulait évidemment pas me le dire; elle me pria cependant de ne plus leur prêter main-forte. A partir de ce moment-là, chaque fois que je tombais sur une charrette dans la rue, je détournais le regard pour ne pas voir la forme humaine pliée sous la charge, et déguerpissais au plus vite, le cœur gros.

Pour alimenter notre haine des ennemis de classe, les écoles entamèrent une série de séances régulières dites de « rappel des rigueurs d'autrefois et de réflexion sur le bonheur », au cours desquelles des adultes venaient nous raconter les misères de la Chine précommuniste. Notre génération avait vu le jour «sous le drapeau rouge», dans une Chine nouvelle, et n'avait pas la moindre idée de ce que pouvait être la vie sous la coupe du Kuo-min-tang. Lei Feng, lui, savait ce qu'il en était, nous affirmait-on. Ce qui expliquait qu'il pût abhorrer les ennemis de classe à ce point et aimer le président Mao de tout son cœur. On disait que sa mère s'était pendue après avoir été violée par un seigneur alors que Lei n'avait que sept ans.

Des ouvriers et des paysans venaient nous faire des discours à l'école: ils nous parlaient de leur enfance dominée par la faim, d'hivers glacials passés sans chaussures, d'interminables agonies, de morts prématurées. Ils nous expliquaient qu'ils seraient à jamais reconnaissants au président Mao de leur avoir sauvé la vie et de leur avoir donné de quoi se loger et se nourrir.

L'un de ces orateurs improvisés appartenait au groupe ethnique des Yi, qui conservèrent une forme d'esclavage jusqu'à la fin des années cinquante. Il avait été esclave lui-même et nous montra les cicatrices laissées par les innombrables flagellations que lui avaient infligées ses anciens maîtres. Chaque fois que nos conférenciers se mettaient à décrire les épreuves qu'ils avaient endurées, toute la salle était secouée de sanglots. Je sortais de ces séances horrifiée des abominables méfaits perpétrés par le parti nationaliste et passionnément dévouée à Mao.

Dans le but de nous montrer ce que serait la vie sans Mao, la cantine de l'école nous préparait de temps en temps une mixture à base d'herbes étranges, baptisée approximativement «repas des rigueurs d'autrefois», et censée représenter ce que les pauvres devaient avaler du temps du Kuo-min-tang. En mon for intérieur, je me demandais si les cuisiniers ne nous avaient pas fait une blague : c'était absolument immangeable. Les deux premières fois, je rendis mon déjeuner.

On nous conduisit un jour à une exposition d'«éducation de classe» concernant le Tibet : il y avait des photos de cachots infestés de scorpions et d'horribles instruments de torture, notamment un outil qui servait à extraire les yeux des orbites et des couteaux destinés à couper les tendons d'Achille. Un homme en fauteuil roulant dépêché dans notre école pour y faire une conférence nous révéla qu'il avait été serf au Tibet ; on lui avait tranché les tendons des chevilles pour le punir d'un délit mineur.

Depuis 1964, on avait ouvert de vastes bâtiments appelés «musées de l'éducation de classe», où l'on nous faisait découvrir le mode de vie luxueux des ennemis de classe avant la venue de Mao, notamment des propriétaires terriens nourris de la sueur et du sang des paysans. Pendant les vacances de Nouvel An, en 1965, mon père nous conduisit dans une célèbre demeure située à deux heures et demie de voiture de chez nous. Sous couvert d'une leçon politique, ce voyage était en réalité un prétexte pour faire une escapade dans la campagne en ce début de printemps, conformément à la tradition chinoise dite *ta-qing* («marcher dans l'herbe tendre»), afin d'accueillir la saison nouvelle. Ce fut l'une de nos rares expéditions en famille.

Tandis que nous roulions à travers la plaine verdoyante de Chengdu entre deux rangées d'eucalyptus, je dévorais des yeux les ravissants bosquets de bambous enveloppant les fermes et les maisonnettes aux toits de chaume, guignant entre les feuilles, dont les cheminées laissaient nonchalamment échapper des volutes de fumée. Ici et là, une branche de prunier en fleur se reflétait dans les ruisseaux qui serpentaient autour de la plupart des bosquets. Mon père nous avait annoncé que nous aurions à rédiger une dissertation sur notre voyage, décrivant le paysage, et j'observais tout avec une attention infinie. Une vision me laissa perplexe : celle des rares arbres éparpillés autour des champs et dépouillés de leurs branches et de leurs feuilles, hormis à leur cime. On aurait dit des mâts de drapeau surmontés d'une casquette verte. Mon père m'expliqua que le bois de chauffage manquait dans la plaine de Chengdu, fortement peuplée ; les paysans avaient donc coupé toutes les branches qu'ils avaient pu attraper. Il s'abstint toutefois de me dire que les arbres étaient beaucoup plus nombreux quelques années auparavant ; la plupart avaient servi à alimenter les bas fourneaux du temps du Grand Bond en avant.

La plaine de Chengdu me parut extrêmement prospère. Dans la bourgade où nous nous arrêtâmes pour déjeuner, une foule de paysans vêtus d'habits neufs déambulaient dans les rues, les plus âgés portant des turbans blancs immaculés et des tabliers bleu marine impeccables. Des canards rôtis dorés étincelaient dans les vitrines des restaurants bondés. De délicieux fumets s'échappaient des couvercles d'énormes paniers en bambou alignés sur les étals dans les rues encombrées. Notre voiture se faufila péniblement à travers le marché jusqu'aux bureaux gouvernementaux de la province, situés dans une construction ornée de deux lions de pierre qui montaient la garde devant la grille. Mon père avait vécu dans ce comté durant la famine de 1961. Quatre ans plus tard, les responsables locaux voulaient lui montrer à quel point les choses avaient changé. Ils nous emmenèrent dans un restaurant où ils avaient réservé un cabinet privé. Tandis que nous nous frayions un passage à travers l'établissement plein à craquer, les paysans nous dévisageaient, reconnaissant en nous des étrangers que les autorités locales ménageaient. Je ne pouvais détacher mon regard des mets aussi insolites qu'appétissants qui couvraient les tables. Je n'avais pour ainsi dire jamais rien mangé d'autre que ce qu'on nous servait à la cantine, et il y avait ici toutes sortes de victuailles aux noms curieux tels que « Boules de perles », « Trois coups de feu », ou encore « Têtes de lions ». Après le repas, le gérant du restaurant nous fit ses adieux sur le trottoir, sous le regard éberlué des villageois.

Sur le chemin du musée, nous dépassâmes un camion. Sur la plate-forme arrière, je reconnus quelques-uns de mes camarades d'école. Ils se rendaient de toute évidence au même endroit que nous. L'un de nos professeurs se trouvait parmi eux. Elle me reconnut, me sourit, et je me recroquevillai de honte en songeant au contraste entre notre automobile confortable conduite par un chauffeur et le camion cahotant sur la route défoncée dans l'air froid de ce début de printemps. Mon père était assis devant, mon plus jeune frère sur ses genoux. Lui aussi reconnut mon professeur et lui fit un signe. En se retournant pour attirer mon attention sur elle, il s'aperçut que j'avais totalement disparu. Il en fut ravi. Ma gêne témoignait de mes qualités de cœur. Mieux valait que je rougisse de mes privilèges plutôt que de m'en enorgueillir.

Je trouvai le musée incroyablement choquant. Il y avait des sculptures représentant des paysans spoliés contraints de payer des loyers exorbitants. L'une d'elles montrait comment un propriétaire terrien utilisait deux mesures distinctes, l'une pour collecter le grain, l'autre, plus petite, pour en prêter aux nécessiteux — à des taux d'intérêt prohibitifs, de surcroît. Je vis aussi une chambre de torture et un cachot équipé d'une cage en fer baignant dans une eau saumâtre. La cage en question était trop basse pour qu'on puisse s'y tenir debout, trop étroite aussi pour qu'il soit possible de s'y asseoir. On nous expliqua que le seigneur local s'en servait pour punir les paysans qui ne pouvaient pas s'acquitter de leur loyer. Dans une autre pièce logeaient, nous dit-on, trois nourrices qui l'approvisionnaient en lait, selon lui l'aliment le plus nourrissant qui fût. Sa concubine numéro cinq consommait, paraît-il, trente canards par jour — pas entiers, bien sûr, seulement les pattes, considérées comme un mets particulièrement succulent.

On évita cependant de nous préciser que le frère de cet individu monstrueux était à présent ministre du gouvernement de Pékin, un poste qu'il avait obtenu pour avoir livré Chengdu aux communistes en 1949. Pendant toute la visite, tandis que l'on nous décrivait avec force détails l'« époque cannibale du Kuo-min-tang », nos guides ne cessèrent de nous rappeler que nous devions une infinie reconnaissance à Mao.

Le culte de Mao allait de pair avec la manipulation des tristes souvenirs du passé. Les ennemis de classe étaient présentés comme de sinistres malfaiteurs qui cherchaient à ramener de force la nation chinoise à l'époque du Kuo-min-tang, ce qui signifiait notamment que nous autres enfants y laisserions nos écoles, nos souliers d'hiver et nos rations alimentaires. Telle était la raison pour laquelle il fallait à tout prix écraser ces ennemis, nous disait-on. Pendant la «période difficile» — l'euphémisme en vigueur pour parler de la famine —, Chiang Kai-shek avait, paraît-il, lancé plusieurs assauts contre le continent chinois; en 1962, il avait même essayé en vain de reprendre le pouvoir.

En dépit de ces explications multiples, les ennemis de classe restaient pour moi, comme pour la majorité de ma génération, des ombres abstraites et irréelles, un phénomène d'un autre temps, trop éloigné de notre propre existence. Mao n'avait pas réussi à leur donner une forme matérielle, tangible. Paradoxalement, cet échec tenait en partie au fait qu'il avait totalement anéanti le passé. Cependant, nous nous attendions à tout instant à voir surgir un de ces fameux ennemis de classe.

Dans le même temps, Mao semait les germes de sa propre déification. Nous fûmes tous entraînés dans ce tourbillon de propagande aussi simpliste qu'efficace. Pendant deux mille ans, la Chine avait été dominée par des empereurs cumulant le pouvoir et l'autorité spirituelle et morale. Les sentiments religieux qui, dans le reste du monde, s'appliquaient à un dieu, se sont toujours exprimés en Chine vis-à-vis d'un souverain. Mes parents, comme des centaines de millions de Chinois, ne pouvaient manquer d'être influencés par cette tradition.

Mao intensifia encore l'auréole divine qui l'entourait en s'enveloppant de mystère. Il semblait toujours lointain, hors de la portée des autres hommes. Il évitait la radio, et il n'y avait pas de télévision. Hormis son entourage proche, rares étaient ceux qui avaient un véritable contact avec lui. Ses collègues au plus haut niveau ne le rencontraient jamais hors des assemblées officielles. Après Yen-an, mon père ne le revit plus qu'une ou deux fois, dans le contexte de réunions de grande envergure. Quant à ma mère, elle ne l'aperçut qu'une seule fois dans sa vie, à l'occasion de son séjour à Chengdu en 1958, lorsqu'il convoqua tous les cadres du parti de grade 18 et supérieur pour une photographie de groupe en sa compagnie. Après l'échec retentissant du Grand Bond en avant, il disparut complètement.

Mao l'empereur cadrait avec l'un des schémas traditionnels de l'histoire chinoise : il avait présidé au soulèvement national de la paysannerie, grâce auquel une dynastie corrompue avait été balayée pour toujours, et il était ainsi devenu un souverain empreint de sagesse exerçant une autorité absolue sur son peuple. En un sens, on pouvait dire qu'il avait bien mérité ce statut d'empereur divin. N'avait-il pas mis un terme à la guerre civile et ramené la paix et la stabilité dont les Chinois rêvaient depuis toujours, à telle enseigne qu'ils disaient : « Mieux vaut être un chien vivant en temps de paix qu'un être humain en temps de guerre » ? Ce fut sous son régime que la Chine trouva sa place sur la scène internationale et que bon nombre de ses compatriotes cessèrent enfin d'avoir honte d'être chinois. En réalité, Mao renvoya la Chine à l'époque des Royaumes Combattants, et l'isola à nouveau du reste de la planète, avec l'aide des États-Unis. Il permit aux Chinois de se sentir importants et supérieurs en les rendant aveugles au reste du monde. Quoi qu'il en soit, l'orgueil national comptait tellement que l'essentiel de la population en fut reconnaissant à Mao et ne s'offusqua guère du culte de la personnalité dont il faisait l'objet, tout au moins au départ. L'absence quasi totale d'information, assortie de campagnes de désinformation systématiques, empêchait de toute façon la grande majorité des Chinois de faire la différence entre les succès et les échecs de leur leader ou de mesurer le rôle relatif joué par Mao et les autres dirigeants communistes dans la conduite du pays.

La peur faisait partie intégrante du culte de Mao. La plupart de nos concitoyens en étaient réduits à un point où ils n'osaient même plus penser, de crainte d'exprimer involontairement leurs opinions. Même lorsque leurs idées concordaient avec la norme, rares étaient ceux qui parlaient de ces choses-là à leurs enfants, de peur que ces derniers n'en touchent un mot à leurs camarades, ces indiscrétions pouvant être synonymes de véritables catastrophes pour les uns comme pour les autres. Au cours des années où sévit l'exemple de Lei Feng, on nous enfonça dans le crâne que nous devions fidélité à Mao. Une chanson populaire disait : « Ton père est proche de toi, ta mère l'est aussi, mais ni l'un ni l'autre ne l'est autant que le président Mao. » On nous persuada que quiconque n'était pas totalement dévoué à Mao devenait notre ennemi, y compris nos parents.

L'autocensure touchait aux informations les plus banales. Jamais on ne me parla de Yu-lin ni des autres parents de ma grand-mère. J'ignorais tout de la détention de ma mère en 1955, de la famine, ainsi que de tout ce qui était susceptible de semer le moindre doute dans mon esprit concernant le régime ou Mao. Comme tous leurs concitoyens ou presque, mes parents évitaient soigneusement d'aborder avec nous les sujets équivoques.

En 1965, ma résolution pour la Nouvelle Année fut: «J'obéirai à ma grand-mère», une formule traditionnelle voulant dire être sage. En l'apprenant, mon père secoua la tête: «Tu ne devrais pas dire ça, mais simplement: "J'obéis au président Mao".» A l'occasion de mon treizième anniversaire, en mars de cette même année, il m'offrit non pas des livres de science-fiction comme il en avait l'habitude, mais un volume contenant les quatre œuvres philosophiques de notre Grand Leader.

Un seul adulte se hasarda à me tenir des propos contraires à la propagande officielle, ce fut la belle-mère de Deng Xiaoping, qui occupait de temps à autre un appartement dans l'immeuble voisin du nôtre, avec sa fille, employée par les autorités provinciales. Elle aimait beaucoup les enfants et je lui rendais très souvent visite. Lorsque mes amis et moi volions des condiments à la cantine, ou quand nous cueillions des fleurs de melon ou des herbes dans le jardin de la résidence, nous n'osions jamais les rapporter chez nous de peur d'être réprimandés: nous allions donc chez elle, où elle les lavait et nous les faisait frire. Nous trouvions cela d'autant plus délicieux qu'il s'agissait de gâteries illicites. Notre protectrice avait alors près de soixante-dix ans, mais elle paraissait beaucoup plus jeune, avec ses tout petits pieds et son visage doux et lisse, aux traits pourtant puissants. Elle portait en permanence une veste en coton gris et des chaussures noires qu'elle fabriquait elle-même. Elle était très décontractée et nous traitait d'égal à égal. J'adorais m'asseoir dans sa cuisine pour bavarder avec elle. Un jour, j'allai la voir juste après une séance d'«expression de griefs» particulièrement bouleversante. Je débordais de compassion pour tous les malheureux qui avaient dû vivre sous le régime du Kuo-min-tang et m'exclamai tout à coup: «Grand-maman Deng, comme vous avez dû souffrir sous cet affreux Kuo-min-tang! Les soldats ont dû vous prendre tout ce que vous aviez! Et ces seigneurs sanguinaires! Que vous ont-il fait?» «Eh bien, me répondit-elle, ils ne pillaient pas toujours... et ils n'étaient pas toujours si méchants...» Ses paroles me firent l'effet d'une bombe. J'en fus si choquée que jamais je ne confiai à quiconque ce qu'elle m'avait dit.

A cette époque-là, personne ne se rendait compte que le culte de Mao et l'accent mis sur la lutte des classes entraient dans la préparation d'un conflit avec le président Liu Shaoqi et Deng Xiaoping, secrétaire général du parti. Notre leader n'était pas du tout satisfait de l'action des deux hommes. Depuis la famine, en effet, ils libéralisaient à tour de bras, tant l'économie que la société. A ses yeux, leur approche fleurait le capitalisme. Il était surtout furieux à l'idée que ce qu'il appelait la «voie capitaliste» puisse se révéler efficace alors que celle qu'il avait lui-même choisie, la voie «correcte», n'avait suscité que des catastrophes. Pragmatique de nature, Mao reconnaissait les faits, et il était bien obligé de les laisser faire. Il prévoyait cependant d'imposer à nouveau ses idées dès que le pays serait suffisamment remis pour le supporter, et dès qu'il aurait lui-même rassemblé assez de forces pour déloger ses puissants ennemis au sein du parti.

Mao trouvait la notion d'évolution progressive proprement insupportable. Soldat intrépide, poète-guerrier, il avait besoin d'action, d'action violente, et considérait le combat permanent de l'homme comme indispensable au développement social. En quête d'harmonie plus que de conflits, «ses» communistes étaient devenus trop mous et tolérants à son goût. Il n'y avait pas eu une seule campagne politique, aucun affrontement, depuis 1959!

Mao était décidément mécontent! Il avait le sentiment que ses adversaires l'avaient humilié en soulignant ses incompétences. Il voulait prendre sa revanche. Parce que ses opposants jouissaient d'un soutien important, il fallait d'abord qu'il accroisse considérablement son autorité. Pour ce faire, il devait avoir recours à la déification de sa personne.

Il rongea son frein en attendant que l'économie reprenne de l'essor. Dès que les choses commencèrent à s'améliorer, après 1964, il se prépara à frapper un grand coup. La relative libéralisation du début des années soixante touchait à sa fin.

A la résidence, les bals hebdomadaires disparurent en 1964,

ainsi que les projections de films venus de Hong Kong. Fini les coiffures floues de ma mère, remplacées par une coupe droite et très courte. Elle cessa de porter des vestes et des corsages ajustés, de couleur, pour revêtir à nouveau des vêtements informes aux tons mornes. Je regrettais surtout qu'elle eût abandonné ses jupes. Je me souvenais de l'avoir regardée descendre de sa bicyclette quelque temps plus tôt en soulevant gracieusement du genou sa jupe à carreaux bleus et blancs. J'étais adossée contre le tronc tacheté d'un platane, à l'entrée de la résidence. Tandis qu'elle roulait dans ma direction, sa jupe flottait dans l'air en éventail. Les soirs d'été, j'emmenais souvent Xiao-fang jusqu'au portail, dans son landau en bambou, pour attendre le retour de notre mère.

Bien qu'elle eût à présent près de cinquante-cinq ans, ma grand-mère entretenait davantage que sa fille les atouts de sa féminité. Si ses vestes, toujours coupées dans le style traditionnel, affichèrent toutes le même gris pâle, elle continua à prendre un soin particulier de ses longs cheveux noirs et épais. Selon la coutume chinoise, dont les communistes avaient hérité, les femmes d'âge mûr, en d'autres termes ayant dépassé la trentaine, devaient impérativement avoir les cheveux nettement au-dessus des épaules. Ma grand-mère portait au creux de la nuque un chignon impeccable qu'elle agrémentait toujours de quelques fleurs, parfois deux fleurs de magnolia ivoire, ou d'un brin de jasmin blanc entre deux feuilles vert foncé qui faisaient ressortir l'éclat de sa chevelure. Plutôt que d'utiliser du shampooing normal qui desséchait à son avis les cheveux et les rendait ternes, elle se servait de fruits d'acacia à trois épines bouillis, qu'elle frottait ensuite pour produire une mousse blanche délicieusement odorante. Elle faisait aussi tremper ses peignes en bois dans un jus préparé avec des graines de pamplemousse, de manière à ce qu'ils glissent aisément dans sa chevelure tout en la parfumant légèrement. Pour finir, elle se mettait quelques gouttes d'une essence de fleurs d'osmanthus qu'elle préparait elle-même, depuis que les parfums avaient disparu des étalages. Je la regardais souvent se coiffer. C'était la seule activité pour laquelle elle prenait son temps. Tout le reste était exécuté en deux temps trois mouvements. Elle se peignait aussi les sourcils subtilement avec un crayon noir et se tamponnait le nez avec un peu de poudre. Au souvenir de ses yeux rieurs se reflétant dans la glace tandis qu'elle se livrait à ces menues opérations avec une concentration infinie, j'en viens à penser que ces moments figuraient sans doute parmi les plus heureux de sa vie.

J'avais beau la regarder faire depuis mon plus jeune âge, je trouvais étrange qu'elle se maquille ainsi. Désormais, dans les livres comme au cinéma, les femmes qui s'occupaient de leur apparence étaient invariablement des personnages peu recommandables, des concubines par exemple. Je savais vaguement que ma chère grand-mère avait fait partie de cette catégorie jadis, mais je commençais à apprendre à vivre avec des pensées et des réalités contradictoires que je m'habituais à distinguer dans ma tête. A force d'aller faire les courses avec ma grand-mère, je finis par me rendre compte qu'elle était différente des autres gens, avec son maquillage, aussi discret fût-il, et ses fleurs dans les cheveux. Les gens se retournaient parfois sur elle. Elle marchait fièrement, en se tenant bien droite, avec un air légèrement affecté.

Elle pouvait se permettre ces écarts parce qu'elle habitait la résidence. Autrement, elle serait immanquablement tombée entre les griffes d'un des comités de résidents, chargés de surveiller tous les adultes sans emploi et n'appartenant donc pas à une unité de travail. Ces comités se composaient généralement de retraités et de ménagères âgées, et certains avaient la réputation de fourrer sans vergogne leur nez dans les affaires des autres. Si ma grand-mère avait dépendu de l'un d'eux, elle aurait certainement fait l'objet de remarques désapprobatrices, voire de critiques acerbes. A la résidence, toutefois, ces comités n'existaient pas. Elle était certes obligée de se rendre une fois par semaine à une réunion d'informations sur la politique du parti, en compagnie d'autres beaux-parents, des domestiques et des nourrices, mais en dehors de cela, on la laissait en paix. D'ailleurs, ces assemblées ne lui déplaisaient pas ; elles lui donnaient l'occasion de bavarder avec d'autres femmes. Elle rentrait toujours ravie d'avoir entendu les derniers ragots.

La politique envahit encore plus ma vie après mon entrée au lycée, à l'automne 1964. Dès le premier jour, on nous déclara que nous devions remercier le président Mao d'être là : nous bénéficions du fait que son «système de classe» avait été appliqué aux inscriptions de notre année. Notre Grand Leader avait reproché aux écoles et universités d'avoir accepté trop d'enfants de la «bourgeoisie». La priorité devait être donnée aux fils et filles issus de «bons milieux» (*chu-shen hao*), en d'autres termes aux ouvriers, aux paysans, aux soldats et aux enfants des cadres du parti. L'application de ce critère de classe à l'ensemble de la société signifiait que le sort de chacun était plus que jamais déterminé par les origines familiales et le hasard de la naissance.

Cependant, le statut d'une famille était souvent ambigu : il se pouvait très bien qu'un ouvrier ait travaillé jadis à la solde du Kuo-min-tang ; un employé n'appartenait à aucune catégorie ; un intellectuel était *a priori* un « indésirable », mais que dire s'il était membre du parti ? Comment convenait-il de classer les enfants de ces gens-là ? La plupart des responsables chargés des inscriptions décidèrent de jouer la sécurité en donnant la préférence aux candidats dont les parents appartenaient à l'encadrement du parti ; ces derniers représentaient ainsi plus de la moitié des effectifs dans ma classe.

Ma nouvelle école, le lycée numéro 4, était l'établissement « clé » le plus prestigieux du Setchouan et se réservait par conséquent les élèves ayant obtenu les meilleures notes aux examens d'entrée de toute la province. Au cours des années précédentes, l'admission avait été exclusivement fondée sur ces tests d'évaluation. En 1964, toutefois, notes et origines familiales jouèrent un rôle d'égale importance.

J'avais réussi un score de 100 % en maths et un résultat plus inhabituel encore de 100 % « plus » en chinois. Mon père me répétait sans arrêt qu'il ne fallait absolument pas que je compte sur mon nom de famille pour m'ouvrir les portes. Par ailleurs, je n'aimais pas du tout l'idée que « le système de classe » de Mao m'aidât à me faire accepter dans une école. Je ne perdis guère de temps à y réfléchir, cependant. Si le président Mao avait dit cela, il avait certainement raison.

Ce fut pendant cette période-là que les enfants des « hauts fonctionnaires » (*gao-gan zi-di*) en vinrent à former quasiment une couche sociale en soi. Ils se donnaient des airs qui permettaient de les identifier à coup sûr comme les membres d'un groupe d'élites, conscients du soutien puissant et sacro-saint dont ils jouissaient. Nombre d'entre eux se montraient encore plus arrogants et prétentieux, et leur comportement suscitait des inquiétudes au sein du parti, du haut en bas de la hiérarchie. Les allusions constantes de la presse ne faisaient que renforcer l'idée qu'ils constituaient une catégorie à part.

Mon père nous mettait fréquemment en garde contre cette

Ma mère (à gauche) en compagnie de sa mère et de son beau-père, le docteur Xia.
Au centre, De-gui, le deuxième fils du docteur Xia et le seul de sa famille à approuver son mariage avec ma grand-mère.
Le fils aîné se suicida en guise de protestation.
À l'extrême droite, le fils de De-gui. Jinzhou, vers 1939.

Mon grand-père, le général Xue Zhi-heng, chef de la police sous le gouvernement des seigneurs de la guerre à Pékin, de 1922 à 1924.

Le docteur Xia.

Ma mère en écolière, à treize ans. Manchukuo, 1944.

Cousin Hu, le premier petit ami de ma mère. Au recto de cette photographie figure un poème écrit par lui :
« Le vent et la poussière sont mes compagnons
Le bout de la terre est mon foyer. »
L'exilé.

Lan, ma grand-tante, et son mari, « Loyauté », avec leur nouveau-né, peu après que « Loyauté » eut intégré les services secrets du Kuo-min-tang. Jinzhou, 1946.

Des soldats communistes défilant sous des slogans du Kuo-min-tang placardés sur l'une des portes de la ville encore debout après le siège de Jinzhou. 1948.

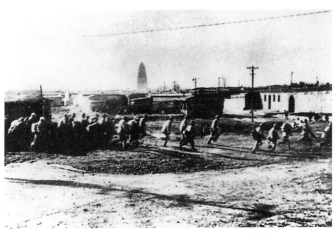

Les forces communistes attaquent Jinzhou. Octobre 1948.

Des slogans peints sur les semelles de chaussures dites « de la libération » pendant la guerre civile : « Sauvegardons notre terre » (à gauche) et « Piétinons Chiang Kai-shek. »

Mes parents à Nanjing, l'ancienne capitale du Kuo-min-tang, pendant leur voyage de la Manchourie au Setchouan. Septembre 1949. Ils sont tous les deux en uniforme de l'armée communiste.

Mon père, sur une photographie qui rend à mon avis particulièrement bien sa personnalité. Pendant le voyage de Manchourie au Setchouan. Fin 1949.

Ci-dessous :
Réunion d'adieux pour
ma mère avant son
départ de Yibin.
Juin 1953.
De gauche à droite
(deuxième rang) :
la jeune sœur de mon
père et ma mère ;
(premier rang) :
ma grand-mère
paternelle, moi, ma
grand-mère maternelle,
Xiao-hong, Jin-ming,
et tante Jun-ying.

Ci-dessus : Mes parents,
ma grand-mère (à
gauche) avec Xiao-hong,
et ma nourrice avec moi,
peu de temps après notre
arrivée à Chengdu.
Automne 1953.

Ma grand-mère tenant dans ses bras Jin-ming et moi (deux ans),
ma mère avec Xiao-hei, et Xiao-hong, debout. Chengdu, fin 1954.

En compagnie de Xiao-hong (à gauche), Xiao-hei (derrière), et Jin-ming (à droite), à l'exposition florale annuelle de Chengdu. 1958.
Peu après que cette photo fut prise, la famine éclata. Mon père était le plus souvent absent, de sorte que pendant plusieurs années il n'y eut plus de photographies de famille.

Ma mère avec (de gauche à droite) : Xiao-hong, Jin-ming, Xiao-hei et moi. Chengdu, début 1958.
Cette photographie fut prise à la hâte afin que mon père pût l'emporter à Yibin pour la montrer à sa mère, gravement malade. L'urgence est visible dans les cheveux de ma mère qui n'ont pas été coiffés et dans le mouchoir encore épinglé au costume de marin de Jin-ming, comme c'était la coutume pour les jeunes enfants.

Moi, à six ans.

Ma mère prononçant un discours.
Chengdu, 1958.

*Sur la place Tiananmen, à Pékin, moi en garde rouge (premier rang,
la deuxième à partir de la gauche), en compagnie de mes amies et
d'officiers de l'aviation (dont une femme) chargés de nous former. Je
porte un brassard de garde rouge, la « veste Lénine » de ma mère et
un pantalon rapiécé pour avoir l'air « prolétaire ». Nous tenons à la
main le Petit Livre rouge dans une position standard à l'époque.
Novembre 1966.*

Moi (debout, deuxième à partir de la droite), à la veille d'être envoyée aux confins de l'Himalaya, en compagnie de Jin-ming, Xiao-hong et Xiao-hei (debout), ainsi que de ma grand-mère, de Xiao-fang et de tante Jun-ying (assis). Chengdu, janvier 1969.
La dernière photographie de ma grand-mère et de ma tante.

Yu-lin, le frère de ma grand-mère, avec sa femme et ses enfants devant la maison qu'ils venaient de se construire après dix ans d'exil à la campagne. 1976. Ce fut à ce moment-là qu'ils décidèrent de reprendre contact avec ma grand-mère, après de longues années de silence. Ils lui envoyèrent cette photographie pour lui montrer que tout allait bien, ignorant qu'elle était morte depuis sept ans.

Mon père au camp de Miyi, avec Jin-ming. 1971.

La dernière photographie de mon père avant la Révolution culturelle. Printemps 1966.

Ma mère dans son camp, sur le plateau du Gardien de buffles, devant un champ de maïs qu'elle avait planté avec ses camarades. 1971.

Moi (premier rang au milieu) avec l'équipe d'électriciens de la fabrique d'outils. Chengdu. Les caractères chinois mentionnent : « Adieu à notre camarade Jung Chang, avant son départ pour l'université, 27 septembre 1973, l'Équipe des électriciens. »

Formation militaire à l'université du Setchouan (je suis au dernier rang, la deuxième à partir de la droite). Sur le mur, un slogan « Relation poisson-eau » (décrivant les liens existant entre l'armée et le peuple). On lit aussi : « Première année d'anglais, Département des langues étrangères, université du Setchouan, 27 novembre 1974. »

Avec les étudiants de ma classe (premier rang, la troisième à partir de la gauche), devant la porte de l'université du Setchouan. Chengdu, janvier 1975.

Avec des camarades et un marin philippin (au centre), lors d'un voyage à Zhanjiang, destiné à nous permettre de pratiquer notre anglais. Octobre 1975.
Les marins furent les seuls étrangers auxquels j'aie adressé la parole avant de quitter la Chine en 1978.

Aux obsèques de mon père. (Je suis avec ma famille, quatrième
à partir de la droite). Un officiel lit le discours d'adieux du Parti.
Cette allocution était extrêmement importante, dans la mesure où il
s'agissait d'un jugement sur mon père et où elle allait déterminer
l'avenir de ses enfants. Étant donné que mon père avait critiqué Mao,
qui vivait toujours, la première version de ce texte était
dangereusement négative. Ma mère se débattit pour qu'on y apporte
des modifications et parvint à un compromis. Cette cérémonie fut
organisée par un « comité funéraire » regroupant d'anciens collègues
de mon père, dont un certain nombre de ceux qui avaient contribué à
le persécuter. Elle fut soigneusement orchestrée, jusqu'au moindre
détail (y compris la taille des couronnes) et 500 personnes y prirent
part, comme le voulait l'étiquette.

15

*À Pékin,
en septembre 1978,
juste avant mon
départ pour la
Grande-Bretagne.*

*En Italie, été 1990.
(Photo Jon Halliday.)*

16

attitude déplorable et nous recommandait d'éviter à tout prix les cliques formées par la progéniture des hauts fonctionnaires. De ce fait, j'avais peu d'amis, puisque je n'avais guère la possibilité d'entrer en contact avec d'autres enfants. Quand il m'arrivait d'en rencontrer, du reste, je m'apercevais rapidement que nous étions tellement conditionnés par l'importance accordée à nos racines familiales et le peu d'expériences partagées que nous avions, me semblait-il, très peu de choses en commun.

Au moment de mon admission au lycée, deux de mes professeurs rendirent visite à mes parents pour leur demander quelle langue étrangère ils souhaitaient me voir apprendre. Ils choisirent l'anglais plutôt que le russe, seule autre option possible. Les deux enseignants voulaient également savoir si j'allais étudier la physique ou la chimie en première année. A cela, mes parents répondirent que l'école n'avait qu'à en décider.

Je raffolai de cette nouvelle école dès le premier jour. On y accédait par un imposant portail surmonté d'un vaste toit de tuiles bleues agrémenté d'auvents sculptés. Un grand escalier de pierre menait au hall principal, soutenu par six piliers en bois rouge. Des rangées symétriques de cyprès vert foncé ajoutaient encore à l'atmosphère de solennité des lieux.

Cet établissement avait été fondé en l'an 141 avant J.-C. C'était la première école ouverte par des autorités locales en Chine. Au milieu de la propriété trônait un temple magnifique, jadis consacré à Confucius; très bien conservé, il avait cependant perdu sa fonction religieuse. On y avait disposé une demi-douzaine de tables de ping-pong, éparpillées parmi des colonnes massives. Devant ses portes richement sculptées, au pied d'un escalier interminable, s'étendaient de vastes et majestueux jardins. On avait construit récemment un complexe de salles de classe à un étage qui séparait le temple d'un ruisseau enjambé par trois petits ponts en arc, ornés de statues de lions miniatures et d'autres animaux assis sur les parapets en grès. Au-delà des ponts, on découvrait un magnifique parc bordé de pêchers et de platanes. Deux gigantesques brûleurs d'encens en bronze se dressaient au pied de l'escalier du temple, même s'ils avaient depuis longtemps cessé d'envoyer vers le ciel des volutes de fumée bleutée et parfumée. De part et d'autre du temple, le parc avait été transformé en terrains de volley-ball et de basket-ball. Plus loin, on trouvait deux pelouses où nous nous prélassions au soleil pendant l'heure du déjeuner, dès les premiers jours du printemps. Derrière le temple, une autre pelouse menait à un vaste verger, au pied d'une petite colline tapissée d'arbres, de vignes et d'herbages.

Nous disposions de laboratoires de biologie et de chimie où nous apprenions à utiliser des microscopes et à disséquer des animaux, ainsi que des salles de conférences où l'on nous projetait des films passionnants. En guise d'activités extra-scolaires, j'optai pour le groupe de biologie : notre professeur nous emmenait nous promener sur la colline et dans le fond du parc pour nous y faire découvrir les noms et les particularités des plantes. Nous pouvions également observer la naissance des têtards et de petits canards dans des caisses à température contrôlée. Au printemps, les pêchers en fleur transformaient les jardins de l'école en une mer toute rose. Ce que j'appréciais le plus, toutefois, c'étaient les deux étages de la bibliothèque construite dans le style chinois traditionnel. Chaque étage était entouré par une galerie bordée d'une rangée de sièges en forme d'ailes magnifiquement peints. Je m'étais très vite choisi un coin à moi parmi ces «sièges ailés» (fei-lai-yi); j'y passais des heures à lire, en tendant de temps à autre le bras pour effleurer les feuilles en éventail d'un exceptionnel arbre aux quarante écus. Il y en avait deux devant l'entrée du bâtiment de la bibliothèque, aussi imposant qu'élégant. C'était l'unique spectacle qui pût me distraire de ma lecture.

J'ai gardé un souvenir très net de mes professeurs, les meilleurs qui soient dans leur domaine respectif. La plupart d'entre eux appartenaient au grade «un» ou «spécial». Leurs cours étaient un véritable bonheur et je regrettais toujours d'entendre la cloche sonner.

Cependant, l'endoctrinement politique prenait une place croissante dans notre vie scolaire. Les réunions du matin étaient largement consacrées aux enseignements de Mao, et l'on institua des séances particulières destinées à la lecture des documents du parti. Notre manuel de chinois contenait de plus en plus de propagande et de moins en moins de littérature classique, et la politique, à savoir essentiellement les écrits de Mao, faisait désormais partie de notre cursus scolaire.

Pour ainsi dire toutes nos activités étaient politisées. Un matin, lors de l'habituelle réunion, le proviseur nous annonça que nous allions faire des exercices pour les yeux. Le président Mao avait observé qu'un grand nombre d'écoliers chinois portaient des lunettes, preuve qu'ils s'étaient abîmé les yeux en travaillant trop dur. Il avait donc ordonné que l'on fît quelque chose pour remédier à cela. Nous étions tous profondément touchés de sa sollicitude. Certains d'entre nous en pleurèrent d'émotion. Dès lors, nous fîmes quinze minutes d'exercices oculaires chaque matin. Des médecins spécialistes avaient mis au point une série de mouvements que nous effectuions en musique. Après nous être frotté les orbites à divers endroits, nous devions fixer notre regard intensément sur les rangées de peupliers et de saules qui longeaient l'école, le vert étant censé être une couleur reposante. Tout au bien-être que ces exercices et la vue des feuilles tendres me procuraient, je pensais à Mao et lui jurais une nouvelle fois fidélité.

On nous répétait sans cesse que nous devions à tout prix empêcher la Chine de «changer de couleur», en d'autres termes de passer du communisme au capitalisme. La rupture entre la Chine et l'Union soviétique, initialement tenue secrète, avait éclaté au grand jour au début de 1963. On nous affirma que depuis l'accession au pouvoir de Khrouchtchev après la mort de Staline, en 1953, l'URSS avait cédé au capitalisme international; les enfants soviétiques en étaient donc réduits à la souffrance et à la misère, tout comme les petits Chinois du temps du Kuo-min-tang. Un jour, après nous avoir mis en garde pour la énième fois contre la voie périlleuse prise par les Russes, notre professeur de politique nous déclara: «Si vous ne faites pas attention, notre pays changera progressivement de couleur: du rouge vif, il passera au rouge clair, et de là au gris, puis au noir.» Il se trouve que le mot setchouan pour «rouge clair» se prononce exactement de la même façon que mon nom (er-hong). Mes camarades de classe se mirent à ricaner et plusieurs me jetèrent des regards en coulisse. Je résolus aussitôt de me débarrasser de ce nom maudit. Ce soir-là, je suppliai mon père de m'en donner un autre. Il suggéra *Zhang*, qui signifie à la fois «prose» et «mûrir de bonne heure», et exprimait son désir de me voir devenir un écrivain de talent à un jeune âge. Ce choix judicieux n'était pas à mon goût. J'expliquai à mon père que je voulais «quelque chose à résonance militaire». Un grand nombre de mes camarades avait modifié leur nom de manière à y incorporer les caractères signifiant «armée» ou «soldat». L'option de mon père reflétait sa culture classique. Mon nouveau nom, Jung (prononcez «Yung»), était un très vieux mot obscur voulant dire «affaires martiales », que l'on ne trouve guère que dans les poèmes classiques et quelques expressions surannées. Il évoque l'image des combats de jadis entre des chevaliers aux armures étincelantes, brandissant des lances en épis sur leurs destriers hennissants. Lorsque je fis connaître mon nouveau nom à l'école, certains de mes professeurs ne reconnurent même pas ce caractère.

Mao incitait à présent la nation à suivre l'exemple de l'armée, et non plus celui de Lei Feng. Sous l'égide du ministre de la Défense Lin Biao, qui avait succédé au maréchal Peng Dehuai en 1959, l'armée était en effet devenue le fer de lance du culte de Mao. Ce dernier souhaitait enrégimenter son peuple encore davantage. Il venait d'écrire un poème qui avait déjà largement circulé, incitant les femmes à « ôter leur féminité pour revêtir l'habit militaire ». On nous affirmait que les Américains attendaient une occasion de nous envahir et de restituer le pouvoir au Kuo-min-tang; pour mettre en échec une telle éventualité, Lei Feng s'était entraîné jour et nuit afin de surmonter sa faiblesse physique et de devenir un lanceur de grenade hors pair. L'exercice physique prit tout à coup une importance vitale. On nous faisait courir, nager, sauter; nous avions des séances obligatoires de barres parallèles, de lancer de poids et de grenade à main en bois. En plus des deux heures de sports hebdomadaires réglementaires, on nous imposa quarante-cinq minutes d'exercices quotidiens après les cours.

J'avais toujours été très mauvaise en sport et je les détestais tous, excepté le tennis. Jusque-là, cela n'avait guère eu d'importance, mais tout était différent depuis que la politique s'y trouvait mêlée, avec des slogans du style : « Bâtissez-vous un corps fort pour défendre votre patrie. » Malheureusement, ces pressions ne firent qu'accroître mon aversion pour l'exercice. Quand j'essayais de nager, j'étais toujours hantée par l'image d'envahisseurs américains me pourchassant jusqu'à la rive d'un fleuve déchaîné. Étant donné que je ne savais pas nager, il ne me restait plus qu'à couler ou à me laisser capturer et torturer par l'ennemi. La peur me donnait régulièrement des crampes dans l'eau, et je faillis me noyer un jour dans une piscine. En dépit des cours de natation hebdomadaires qui m'ont été prodigués pendant l'été, je n'ai jamais réussi à apprendre à nager jusqu'au jour où j'ai quitté la Chine.

Le lancer de grenade à main tenait une place très importante dans les activités qu'on nous imposait, pour des raisons qu'il est inutile d'expliquer. J'étais la plus nulle de la classe, ma grenade en bois ne dépassait jamais deux mètres. J'avais le sentiment que mes camarades mettaient en doute ma détermination à lutter contre les impérialistes américains. Un jour, lors de notre assemblée politique hebdomadaire, quelqu'un fit d'ailleurs une remarque sur mes échecs répétés au lancer de la grenade. Je sentis tous les regards de la classe se braquer sur moi, l'air de dire : « Tu n'es qu'un laquais à la solde des Américains ! » Le lendemain matin, j'allai me planter dans un coin du terrain d'athlétisme, les bras tendus, avec plusieurs briques dans chaque main. Dans le journal de Lei Feng, que j'avais appris par cœur, j'avais lu qu'il utilisait cette méthode pour se faire les muscles nécessaires à l'exercice du lancer. Au bout de quelques jours, les bras tout rouges et enflés, je renonçai à ce manège. Dès lors, chaque fois que l'on me tendait une grenade en bois, j'étais prise d'un tel accès de nervosité que mes mains se mettaient à trembler.

Un jour de 1965, on nous donna l'ordre d'aller arracher toute l'herbe des pelouses. Mao avait décrété que le gazon, les fleurs et les animaux domestiques étaient des « prérogatives bourgeoises » qu'il convenait d'éliminer. L'herbe qui couvrait les pelouses de l'école appartenait à une variété que je n'ai vue nulle part ailleurs en Chine. Son nom en chinois signifie « cramponnée au sol ». Elle tapisse toute la surface dure de la terre et étend largement ses milliers de racines qui s'enfoncent en profondeur dans le sol, telles des griffes d'acier. Sous la couche de terre, ces racines se divisent et produisent d'autres souches qui s'éparpillent dans toutes les directions. En un rien de temps coexistent deux réseaux, l'un au-dessus du sol et l'autre au-dessous, qui s'enchevêtrent l'un dans l'autre et se cramponnent à la terre comme des fils de métal noués que l'on aurait cloués au sol. Le plus souvent, nous n'arrachions strictement rien en dehors de la peau de nos doigts qui finissaient couverts de longues entailles. Il fallait des houes et des pelles pour déloger à grand-peine certains de ces nœuds de racines. Par ailleurs, il suffisait d'une légère hausse de température ou d'une petite pluie fine pour que le moindre fragment de racine épargné par le jardinier destructeur reprenne triomphalement vie. Tout était alors à recommencer.

Les fleurs posaient moins de problèmes, mais on les arrachait malgré tout avec difficulté, pour la bonne raison que personne ne voulait les voir partir. Mao s'en était déjà pris aux fleurs et à la verdure à plusieurs reprises, sous prétexte qu'il fallait les remplacer par des choux et du coton. Mais les gens aimaient trop leurs plantes, et certains parterres de fleurs survécurent à sa campagne.

J'étais extrêmement triste de voir disparaître toutes ces fleurs ravissantes, mais je ne reprochais rien à Mao. Bien au contraire, je m'en voulais d'être triste. J'avais fini par prendre l'habitude de m'«autocritiquer» systématiquement et de m'en prendre à moi-même lorsque mes instincts allaient à l'encontre des instructions de notre Grand Leader. Ces sentiments illicites me faisaient d'ailleurs très peur. Il n'était pas question d'en parler avec qui que ce soit. Je m'efforçais de les réprimer et de façonner ma pensée comme il convenait. Je vivais ainsi dans un état de culpabilité permanent.

Le côté religieux du culte de Mao n'aurait jamais été possible dans une société traditionnellement laïque comme la Chine sans une impressionnante réussite économique. Le pays s'était admirablement remis de la famine, et le niveau de vie des Chinois s'était considérablement amélioré. A Chengdu, même si le riz était toujours rationné, on avait suffisamment de viande, de volailles et de légumes pour nourrir tout le monde. Des piles de melons d'hiver, de navets et d'aubergines se dressaient sur les trottoirs devant les magasins, qui manquaient de place pour tout stocker. Ces denrées passaient la nuit dehors, mais presque personne ne se servait. Les épiciers les vendaient à des prix dérisoires. Quant aux œufs, jadis si précieux, ils pourrissaient désormais dans de grands paniers parce qu'on en produisait trop. Quelques années auparavant, il aurait été pour ainsi dire impossible de trouver une pêche; désormais, manger ce fruit était considéré comme un geste «patriotique», et des employés du gouvernement faisaient du porte à porte pour essayer de persuader les particuliers d'en acheter pour presque rien.

Plusieurs grands événements renforcèrent à ce moment-là l'orgueil de notre nation. En octobre 1964, explosa la première bombe atomique chinoise. On fit beaucoup de tapage autour de ce succès que l'on célébra comme le signe de la réussite scientifique et économique du pays, et la démonstration que la Chine pouvait «tenir tête aux brutes impérialistes». Cette explosion coïncida avec la chute de Khrouchtchev, présentée comme la preuve que Mao avait raison une fois de plus. En 1964, la France reconnut la Chine et y dépêcha un ambassa-

deur ; elle fut la première nation occidentale à s'engager ainsi.
Cette nouvelle fut reçue avec ravissement par les Chinois,
persuadés de tenir là une véritable victoire sur les Américains
qui refusaient obstinément d'admettre la place légitime de la
Chine dans le monde.

La persécution politique connaissait alors une accalmie et
les gens étaient relativement satisfaits. On en attribuait tout le
mérite à Mao. Si, au sommet, les dirigeants n'avaient aucun
doute sur sa contribution réelle, le peuple était maintenu à cet
égard dans l'ignorance la plus totale. Au fil des années, je
composai moi-même des éloges enflammés pour remercier
Mao de tout ce qu'il avait accompli et lui jurer fidélité à jamais.

En 1965, j'avais treize ans. Le soir du 1er octobre de cette
année, seizième anniversaire de la fondation de la République
populaire, nous eûmes droit à un magnifique feu d'artifice sur
la grande place de Chengdu. Au nord de ladite place se trouvait
le portail récemment restauré d'un ancien palais impérial
datant du IIIe siècle, lorsque la ville, prospère, véritable
forteresse, était la capitale d'un royaume. Cette entrée s'apparentait à la Porte de la Paix céleste de Pékin qui donne
aujourd'hui accès à la Cité interdite, hormis les couleurs : des
murs gris et d'immenses toits aux tuiles vertes. Sous le toit
étincelant du pavillon se dressaient d'énormes piliers rouge
sombre. Les balustrades étaient en marbre blanc. J'avais pris
place derrière elles sur une estrade avec ma famille et les
dignitaires du Setchouan pour mieux profiter de cette atmosphère de fête. Nous attendions que débute le spectacle. En
dessous de nous, sur la place, 50 000 personnes chantaient et
dansaient joyeusement. Bang ! Bang ! Le signal pour le coup
d'envoi des feux d'artifice retentit à quelques mètres seulement
de l'endroit où je me trouvais. En un instant, le ciel s'emplit
d'une profusion de fleurs géantes multicolores, toutes plus
spectaculaires et éblouisssantes les unes que les autres. Une
musique mêlée de cris de joie montait derrière le portail
impérial et venait s'associer à ces splendeurs. Le ciel fut clair
comme en plein jour, l'espace de quelques secondes. Puis une
explosion soudaine fit naître un somptueux bouquet, suivi du
déroulement d'une longue bannière soyeuse, gigantesque. Elle
se déploya au milieu du ciel en ondulant légèrement dans la
brise d'automne. Dans la clarté qui descendait sur la place, les
caractères inscrits sur cette bannière brillaient intensément :
« Longue vie à notre Grand Leader, le président Mao ! » Les

larmes me montèrent aux yeux. «Quelle chance incroyable j'ai de vivre cette formidable ère de Mao Tsê-tung!» Je ne cessais de me le répéter. «Comment les enfants des pays capitalistes peuvent-ils continuer à vivre sans être près de Mao et sans l'espoir de le voir un jour?» Je voulais de tout cœur faire quelque chose pour eux, les sauver de leur misère. A cet instant, je me promis de travailler aussi dur que possible à l'édification d'une Chine encore plus forte, afin d'apporter mon soutien à la révolution internationale. Il fallait aussi que je me donne du mal si je voulais que l'on m'octroie un jour le droit de voir le président Mao en personne. Car tel était le but ultime de ma vie.

15

« Détruisons d'abord, et la reconstruction se fera d'elle-même »

DÉBUT DE LA RÉVOLUTION CULTURELLE

1965-1966

Au début des années 1960, en dépit de tous les désastres qu'il avait provoqués, Mao demeurait le leader incontesté de la Chine, idolâtré par son peuple. Dans la mesure où les pragmatistes géraient en fait le pays, les Chinois jouissaient malgré tout d'une liberté relative dans le domaine littéraire et artistique. Une foule de pièces de théâtre, d'opéras, de films et de romans firent leur apparition après une longue période d'hibernation. Aucune de ces œuvres ne s'en prenait directement au parti : elles abordaient rarement des sujets contemporains. A cette époque-là, toutefois, Mao était sur la défensive ; par ailleurs, il se tournait de plus en plus vers sa femme, Jiang Qing, qui avait été comédienne dans les années 1930. Ils décidèrent d'un commun accord que l'exploitation des thèmes historiques servait en réalité à véhiculer toutes sortes d'insinuations contre le régime et contre Mao lui-même.

Les intellectuels chinois ont toujours fait grand usage des métaphores historiques pour exprimer leur opposition politique : aujourd'hui encore, les allusions les plus ésotériques en apparence font parfois fonction de références codées, accessibles malgré tout à la majorité des gens. En avril 1963, Mao proscrivit les « tragédies de spectres » ; un genre littéraire abondant en récits de vengeances perpétrées par l'esprit de défunts. A ses yeux, en effet, ces revenants ressemblaient un peu trop aux ennemis de classe morts sous son règne.

Les Mao s'intéressèrent à un autre type de création littéraire, les « tragédies du Mandarin Ming », dont le héros était un certain Hai Rui, un mandarin de la dynastie Ming (1368-1644). Illustre personnification de la justice et du courage, le mandarin Ming sermonnait l'empereur au nom des malheureux hommes du commun, au risque de sa vie. Il fut destitué, puis exilé. Les Mao soupçonnaient que l'on tirait parti de la triste aventure du mandarin Ming pour représenter le maréchal Peng Dehuai, ancien ministre de la Défense qui, en 1959, s'était élevé publiquement contre la politique catastrophique de Mao, responsable de la famine. Presque aussitôt après le renvoi de Peng, on assista en effet à un surprenant renouveau du « genre Ming ». Mme Mao essaya de faire condamner ces pièces, mais les auteurs et les ministres chargés des arts auxquels elle en parla firent la sourde oreille.

En 1964, Mao dressa une liste dénonçant trente-neuf artistes, écrivains et intellectuels. Il les taxa d'« autorités bourgeoises réactionnaires », une nouvelle catégorie d'ennemis de classe. Parmi les personnalités éminentes figurant sur cette liste noire, citons Wu Han, célèbre auteur dramatique spécialiste du « genre Ming » précisément, ainsi que le professeur Ma Yin-chu, jadis le premier grand économiste à prôner le contrôle des naissances. Pour cette raison, il avait déjà été qualifié de droitiste en 1957. Par la suite, Mao s'était rendu compte que le contrôle des naissances était nécessaire, mais il en voulait à Ma Yin-chu d'avoir eu raison contre lui.

Cette liste ne fut pas rendue publique, et les trente-neuf personnes concernées ne furent pas victimes de purges. Mao la fit cependant circuler dans les administrations, accompagnée d'instructions exhortant les responsables à mettre la main sur les autres « autorités bourgeoises réactionnaires ». Au cours de l'hiver 1964-1965, ma mère, à la tête d'une équipe de travail, fut envoyée dans une école baptisée « Marché aux bœufs ». Sa mission consistait à débusquer les suspects parmi les enseignants les plus éminents, et les auteurs de livres ou d'articles sujets à caution.

Elle fut écœurée de cette manœuvre, d'autant plus que cette nouvelle purge menaçait précisément ceux qu'elle admirait le plus. Par ailleurs, elle se rendait parfaitement compte que, même en cherchant bien, elle ne trouverait aucun «ennemi». D'abord, au vu de toutes les persécutions récentes, rares étaient ceux qui osaient encore ouvrir la bouche. Elle confia ses sentiments à son supérieur hiérarchique, M. Pao, responsable de la campagne à Chengdu.

L'année 1965 s'écoula sans que ma mère bronche. M. Pao n'exerça pas la moindre pression sur elle. Leur inaction reflétait l'humeur générale des cadres du parti. La plupart d'entre eux en avaient assez des persécutions; ils étaient surtout préoccupés d'améliorer les conditions de vie de la population et de se construire une vie normale. Ils ne s'opposaient évidemment pas aux décisions politiques de Mao et entretenaient au contraire le culte de la personnalité dont ce dernier souhaitait s'entourer. La poignée d'hommes qui considéraient sa déification avec inquiétude savaient qu'il n'y avait rien à faire pour l'empêcher, en raison du pouvoir et du prestige dont jouissait leur leader. Au mieux, il leur restait à recourir à une sorte de résistance passive.

Mao interpréta la réaction des cadres du parti à son appel en faveur d'une nouvelle chasse aux sorcières comme la preuve d'un déclin de leur loyauté envers lui: il était persuadé qu'ils abondaient désormais dans le sens de la politique poursuivie par le président Liu et Deng. Ses soupçons furent confirmés quand les organes de presse du parti refusèrent de publier un article auquel il avait donné son aval, dénonçant Wu Han et sa pièce sur le mandarin Ming. En faisant paraître cet article, Mao cherchait en réalité à impliquer le peuple dans sa chasse aux sorcières. Il s'apercevait maintenant que le système du parti, qui avait toujours été l'intermédiaire entre le peuple et lui, l'isolait de ses sujets. Il ne maîtrisait effectivement plus la situation. Le comité du parti de Pékin, où Wu Han occupait les fonctions de maire adjoint, et le département central des Affaires publiques, chargé des médias et des arts, lui tenaient tête, refusant obstinément de mettre Wu Han en cause ou de le destituer de ses fonctions.

Mao se sentait donc menacé. Il s'imaginait dans la peau d'un Staline sur le point d'être dénoncé par un Khrouchtchev, de son vivant qui plus est. Il était par conséquent déterminé à frapper préventivement et à détruire Liu Shaoqi, l'homme qu'il considérait comme le « Khrouchtchev chinois », son collègue Deng, ainsi que leurs partisans au sein du parti. Une initiative qu'il baptisa trompeusement « Révolution culturelle ». Il savait qu'il lui faudrait mener un combat solitaire, mais cela lui donnait l'extraordinaire satisfaction de défier le monde entier et d'opérer sur une grande échelle. On pouvait même percevoir un soupçon d'apitoiement sur lui-même dans la manière dont il se présentait, tel un héros tragique s'attaquant seul à un ennemi puissant, redoutable, colossal, en l'occurrence l'appareil du parti.

Le 10 novembre 1965, après avoir en vain tenté à plusieurs reprises de faire paraître à Pékin le fameux article vilipendant la pièce de Wu Han, Mao obtint finalement sa parution à Shanghai, où ses partisans tenaient la situation bien en main. Ce fut dans cet article que le terme « Révolution culturelle » apparut pour la première fois. Le *Quotidien du peuple* refusa de le publier, de même que le *Quotidien de Pékin*, voix du parti dans la capitale. A cette époque-là, mon père supervisait le *Quotidien du Setchouan*. Il s'opposait lui aussi à la publication de l'article en question, estimant à juste titre qu'il s'agissait d'une attaque contre le maréchal Peng et d'un appel en faveur d'une nouvelle chasse aux sorcières. Il décida d'aller consulter à ce sujet le responsable des affaires culturelles de la province. Ce dernier proposa de téléphoner à Deng Xiaoping. Deng n'était pas dans son bureau, mais le maréchal Ho Lung, un de ses proches, membre du Politburo, répondit à sa place. L'homme que mon père avait entendu chuchoter en 1959 : « C'est lui [Deng] qui devrait être sur le trône », lui conseilla de ne pas publier l'article.

En définitive, le Setchouan fut l'une des dernières provinces où parut le fameux article, le 18 décembre. La rédaction du *Quotidien du peuple* s'était finalement décidée à le faire, le 30 novembre, en l'accompagnant d'une note rédigée par Zhou Enlai, le Premier ministre, qui jouait un rôle de conciliateur dans la lutte pour le pouvoir. Dans ce post-scriptum, ce dernier stipulait, au nom du « rédacteur », que la Révolution culturelle devait être un débat académique, en d'autres termes, non politisé, et qu'elle ne devait pas donner lieu à des condamnations politiques.

Au cours des trois mois qui suivirent, on assista à toutes sortes de manœuvres orchestrées par les opposants de Mao et Zhou Enlai en vue de couper court à cette chasse aux sorcières.

En février 1966, alors que Mao se trouvait en déplacement, le Politburo fit passer une résolution établissant que les «débats académiques» ne devaient pas dégénérer en persécutions. Mao s'éleva contre cette résolution, mais on ne fit aucun cas de sa réaction.

En avril, on demanda à mon père de préparer un document dans l'esprit de cette résolution, destiné à servir de guide à la Révolution culturelle dans la province. Ce dossier, baptisé «document d'avril», disait en substance: les débats doivent demeurer strictement académiques; les accusations sans fondement sont formellement interdites; tous les hommes sont égaux face à la vérité, le parti ne doit pas user de la force pour éliminer les intellectuels.

Au moment où il allait être publié, en mai, ce document fut brusquement retiré de la circulation. Le Politburo avait pris une nouvelle décision. Cette fois, Mao était là et il avait eu le dessus, grâce à la complicité de Zhou Enlai. Mao déchira la résolution de février et déclara que tous les intellectuels dissidents, et leurs idées, devaient impérativement être «éliminés». Il soutint que des cadres du parti, qu'il qualifia de «potentats adeptes de la voie capitaliste», protégeaient ces rebelles ainsi que les autres «ennemis de classe», et leur déclara la guerre. On les baptisa bientôt «ceux-qui-suivent-la-voie-capitaliste». La Révolution culturelle était officiellement lancée.

Qui étaient donc «ceux-qui-suivaient-la-voie-capitaliste»? Mao lui-même n'en était pas sûr. En revanche, il savait qu'il voulait remplacer l'ensemble du comité du parti de Pékin, ce qu'il s'empressa de faire. Il souhaitait aussi se débarrasser de Liu Shaoqi, de Deng Xiaoping, et des «piliers bourgeois du parti». Seulement il n'avait pas la moindre idée du nombre de ses partisans au sein du vaste appareil du parti, ni de l'importance des effectifs dévoués à Liu, à Deng et à la «voie capitaliste». Il estima qu'il n'en contrôlait qu'un tiers. Pour être sûr qu'aucun de ses ennemis ne lui échappe, il résolut de faire un sort à l'ensemble du parti communiste. Ses partisans survivraient bien à ce bouleversement. Selon ses propres termes: «Détruisons d'abord, la reconstruction se fera d'elle-même.» Les conséquences éventuelles d'un anéantissement du parti ne l'inquiétaient pas le moins du monde. Mao l'empereur l'emportait toujours sur Mao le communiste. Il ne se préoccupa pas une seconde de blesser injustement ses disciples les plus fidèles. Au Ier siècle de notre ère, l'un de ses grands héros, le général Tsao Tsao, avait énoncé une maxime immortelle que Mao avait fait sienne : « Je préférerais faire du tort à tous les hommes de la terre, plutôt qu'un seul d'entre eux me fasse du tort à moi. » Ce mémorable adage avait été inspiré au général lorsqu'il s'était aperçu qu'il avait fait assassiner par erreur un couple âgé qu'il soupçonnait de l'avoir trahi, alors qu'il lui avait en réalité sauvé la vie.

Les appels bellicistes de Mao plongèrent la population et la majorité des cadres du parti dans une confusion totale, d'autant plus qu'ils restaient assez vagues. La plupart d'entre eux ignoraient où leur leader voulait en venir et avaient de la peine à définir l'ennemi. A l'instar de l'ensemble des hauts fonctionnaires, mes parents se rendaient bien compte que Mao avait décidé de châtier certains cadres du parti, mais ils ne voyaient pas du tout qui était visé. Il se pouvait fort bien qu'ils fissent partie du lot. La peur et la consternation s'emparèrent d'eux.

Quoi qu'il en soit, Mao venait de prendre l'initiative la plus importante de sa carrière présidentielle en établissant une structure de contrôle qui lui était propre, opérant de surcroît hors de l'appareil du parti — il pouvait cependant prétendre qu'elle agissait sous les ordres du parti, puisqu'il la plaça officiellement sous l'égide du Politburo et du comité central.

Il commença par choisir le maréchal Lin Biao comme adjoint. Ce dernier avait succédé à Peng Dehuai aux fonctions de ministre de la Défense en 1959, et il avait beaucoup contribué à renforcer le culte de la personnalité de Mao au sein de l'armée. Mao créa par ailleurs une nouvelle agence gouvernementale baptisée « Autorité de la Révolution culturelle », présidée par son ancien secrétaire Chen Boda et dirigée *de facto* par le chef des services secrets Kang Sheng et Mme Mao. Cet organe devint l'instrument par excellence de la Révolution culturelle.

Après quoi, Mao s'en prit aux médias, en particulier au *Quotidien du peuple*, reconnu comme organe officiel du parti. La population était habituée à ce qu'il soit la voix du régime. Le 31 mai, Mao nomma Chen Boda à la direction de ce journal, s'assurant de la sorte un canal d'information direct à l'intention de centaines de millions de Chinois.

A partir du mois de juin 1966, le *Quotidien du peuple* déversa sur la nation une kyrielle d'éditoriaux retentissants, prônant

« l'autorité suprême du président Mao », exhortant la population à « éliminer tous les diables-bœufs et les démons-serpents » (les ennemis de classe) et à suivre Mao dans l'entreprise gigantesque et sans précédent de la Révolution culturelle.

Dans mon école, les cours prirent fin dès le début du mois de juin, mais on nous obligea à continuer de venir tous les jours. Des haut-parleurs beuglaient les éditoriaux du *Quotidien du peuple*, et la une du journal, que nous devions étudier chaque matin, était souvent occupée par un portrait pleine page de notre Grand Leader. Ses devises remplissaient chaque jour une colonne entière. Je me souviens encore de ces slogans qui à force de répétitions se sont gravés dans les profondeurs de mon cerveau. « Le président Mao est le soleil rouge qui brille dans nos cœurs ! » « La Pensée de Mao Tsê-tung est notre ligne de conduite ! » « Nous écraserons impitoyablement quiconque s'opposera au Président Mao ! » « Le monde entier adore notre Grand Leader, le Président Mao ! » Il y avait des pages entières de commentaires dithyrambiques de personnalités étrangères et des images de foules européennes s'arrachant les œuvres de Mao. En flattant nos sentiments patriotiques, on ajoutait encore au culte de Mao.

La lecture quotidienne du journal ne tarda pas à être remplacée par la récitation des citations du président Mao, regroupées dans un livre de poche à la couverture en plastique rouge, bien connu sous le nom de Petit Livre rouge, que nous dûmes apprendre par cœur. Chacun eut droit à un exemplaire dont il devait prendre soin « comme de la prunelle de ses yeux ». Tous les jours, nous en chantions des passages à l'unisson, inlassablement. Aujourd'hui encore, je suis capable d'ânonner un grand nombre de ces citations.

Un jour, nous lûmes dans le *Quotidien du peuple* qu'un vieux paysan avait accroché trente-deux portraits de Mao sur les murs de sa chambre, « de manière à pouvoir voir le visage du Président Mao dès qu'il ouvrait les yeux, quelle que soit la direction vers laquelle il se tournait ». Nous couvrîmes à notre tour les murs de notre salle de classe d'images d'un Mao rayonnant et souriant d'un air bonasse. Il nous fallut bientôt les enlever en hâte. Une rumeur circulait en effet selon laquelle ce paysan s'était en réalité servi des portraits de Mao comme papier peint, les effigies de notre Grand Leader étant imprimées sur le meilleur papier qui soit, et distribuées qui plus est gratuitement. On disait aussi que le journaliste auteur de l'article le concernant s'était révélé ennemi de classe en prônant par ses écrits « la médisance à l'encontre du Président Mao ». Pour la première fois, la peur de notre Leader s'immisça dans mon subconscient.

A l'instar du « Marché aux bœufs », mon école avait une équipe de travail à demeure. Sans enthousiasme, celle-ci avait taxé plusieurs enseignants, parmi les meilleurs, d'« autorités bourgeoises réactionnaires », sans en avertir cependant les élèves. En juin 1966, paniquée par le raz-de-marée de la Révolution culturelle et consciente de la nécessité de trouver des victimes, l'équipe annonça tout à coup les noms des accusés à l'ensemble de l'école.

Elle persuada également les élèves et les professeurs qui avaient été épargnés d'écrire des slogans et des affiches de dénonciation, qui ne tardèrent pas à envahir les jardins. Les enseignants se prirent au jeu pour diverses raisons : le conformisme, leur loyauté à l'égard du parti, la jalousie vis-à-vis du prestige et des privilèges d'autres professeurs, et surtout la peur.

Parmi les victimes se trouvait mon professeur de chinois et de littérature chinoise, M. Chi, que j'adorais. A en croire l'une des affiches collées au mur, au début des années 1960, il avait déclaré : « Crier "Vive le Grand Bond en avant" ne remplira pas nos estomacs ! » Comme j'ignorais que le Grand Bond en avant avait provoqué la famine, je ne comprenais pas cette allusion, même si j'en évaluais sans peine le caractère irrévérencieux.

Il y avait quelque chose chez M. Chi qui le distinguait des autres. A l'époque, je n'arrivais pas à le définir, mais maintenant, je pense que c'était cette expression ironique dont il ne se départissait jamais. Il émettait souvent des petits rires brefs, un peu secs, s'apparentant à une toux, qui suggéraient qu'il n'avait pas dit tout ce qu'il avait à dire. Il eut cette réaction un jour que je lui posai une question. L'une des leçons de notre manuel de chinois était constituée par un passage des Mémoires de Lu Dingyi, alors chef du département central des Affaires publiques, concernant son expérience de la Longue Marche. M. Chi attira notre attention sur la description vivante des troupes escaladant un sentier de montagne en zigzag, à la lueur de leurs torches en pin dont les flammes étincelaient dans la nuit noire sans lune. Quand ils atteignaient enfin leur site de campement, « ils se jetaient tous sur leur bol de nourriture qu'ils avalaient en un rien de temps». Ce détail me surprit, car on disait toujours que les soldats de l'Armée rouge cédaient leur dernière bouchée à leurs camarades et crevaient eux-mêmes de faim. Il était impossible de les imaginer en train de «se jeter sur la nourriture». M. Chi toussota, m'expliqua que je ne savais pas ce que mourir de faim voulait dire et changea rapidement de sujet. Je ne fus pas convaincue.

J'avais quoi qu'il en soit le plus grand respect pour M. Chi. J'étais écœurée que l'on puisse le condamner sans fondement, lui et d'autres professeurs que j'admirais, en les injuriant de surcroît d'une manière infamante. Une véritable fureur s'empara de moi quand l'équipe de travail nous demanda de rédiger des affiches destinées à «les compromettre et à les dénoncer».

J'avais quatorze ans à l'époque, et répugnais instinctivement à toute activité militante. Je ne savais pas du tout quoi écrire sur mon affiche: les caractères d'un noir menaçant couvrant ces immenses feuilles de papier blanc me faisaient peur, autant que la violence et l'étrangeté du langage employé: «Écrasons la tête de chien d'Untel», ou «S'il ne cède pas, nous éliminerons Machin». J'en vins à faire l'école buissonnière, préférant rester à la maison. Cette attitude me valait des reproches incessants lors des interminables réunions qui constituaient désormais l'essentiel de notre vie scolaire. On m'accusait à mon tour de «faire passer la famille d'abord». Je redoutais ces réunions. J'avais le sentiment qu'un danger imminent me menaçait.

Un jour, le directeur adjoint de notre école, M. Kan, un homme jovial et énergique, fut accusé lui aussi de prôner le capitalisme et de protéger les enseignants incriminés. Tout ce qu'il avait fait depuis des années dans ses cours fut qualifié de «capitaliste», y compris l'étude des œuvres de Mao, sous le prétexte qu'il n'y avait pas consacré autant de temps qu'aux autres matières.

Je fus tout aussi choquée lorsque l'on inculpa M. Shan, le dynamique secrétaire de la Ligue de la jeunesse communiste de notre école, sous prétexte qu'il était «anti-président Mao». C'était un très beau jeune homme dont je m'étais efforcée d'attirer l'attention, sachant qu'il pourrait m'aider à rallier la Ligue lorsque j'aurais atteint l'âge minimum de quinze ans.

Il avait donné un cours de philosophie marxiste aux élèves de seize à dix-huit ans et leur avait demandé d'écrire plusieurs dissertations. Au moment de la correction, il avait souligné certains passages de leurs essais qu'il trouvait particulièrement bien tournés. Ces extraits sans aucun rapport les uns avec les autres furent réunis par ses élèves pour former un texte n'ayant évidemment ni queue ni tête, que les affiches collées sur les murs qualifièrent d'antimaoïste. Des années plus tard, j'appris que cette méthode absurde consistant à concocter une accusation par le lien arbitraire de phrases sans rapport entre elles était en usage depuis 1955, l'année où ma mère fut incarcérée pour la première fois par les communistes ; des écrivains s'en servaient alors pour vilipender certains de leurs collègues.

Longtemps après, M. Shan me confia que le directeur adjoint de l'école et lui-même avaient été choisis comme victimes pour la seule raison qu'ils n'étaient pas là au moment crucial. Étant membres d'une autre équipe de travail, ils n'avaient pas pu assister à la réunion décisive, ce qui faisait d'eux des boucs émissaires tout trouvés. Leur mésentente avec le proviseur, qui lui était présent, avait aggravé les choses. « Si nous nous étions trouvés là à sa place, ce fils de tortue n'aurait jamais pu remonter son pantalon, tellement il aurait c... dans son froc », m'expliqua crûment M. Shan.

Le directeur adjoint, M. Kan, avait toujours été très dévoué au parti et s'estimait par conséquent affreusement bafoué. Quelque temps plus tard, un soir, il écrivit une petite note avant de se trancher la gorge avec un rasoir. Sa femme, rentrée par hasard plus tôt que de coutume, le fit transporter à l'hôpital. L'équipe de travail responsable étouffa l'affaire. De la part d'un membre du parti comme M. Kan, cette tentative de suicide n'était ni plus ni moins qu'une trahison, une manière de chantage prouvant qu'il n'avait plus foi dans le parti. Le malheureux ne méritait donc aucune pitié. Pourtant, ses accusateurs n'en menaient pas large. Ils savaient pertinemment qu'ils « inventaient » des victimes de toutes pièces, sans la moindre justification.

Lorsque ma mère apprit ce qui était arrivé à M. Kan, elle éclata en sanglots. Elle avait beaucoup d'affection pour lui. Connaissant sa nature foncièrement optimiste, elle comprit qu'il avait dû être confronté à des pressions proprement inhumaines pour être poussé à de telles extrémités.

Dans sa propre école, ma mère refusait de céder au vent de panique et de persécution. Mis en émoi par l'article paru dans le *Quotidien du peuple*, les élèves commencèrent pourtant à se dresser contre leurs professeurs. L'organe de presse du parti prônait l'«élimination» du système des examens qui «traitait les élèves comme des ennemis» (citant en cela Mao) et faisait partie des stratagèmes insidieux conçus par l'«intelligentsia bourgeoise», à savoir la majorité des enseignants (*dixit* Mao toujours). Le journal accusait aussi les «intellectuels bourgeois» d'empoisonner l'esprit de la jeunesse à coups de fadaises capitalistes, en préparation d'un retour du Kuo-min-tang. «Nous ne pouvons plus admettre que ces intellectuels bourgeois dominent nos écoles!» avait décrété Mao.

Un jour, en arrivant à l'école à bicyclette, ma mère découvrit que les élèves avaient réuni le proviseur, le superviseur académique et les professeurs les plus gradés, qu'ils jugeaient «bourgeois et réactionnaires» à la lumière des propos tenus par la presse officielle, ainsi que tous les autres enseignants qu'ils n'aimaient pas. Après quoi, ils les avaient enfermés dans une salle de classe, sur la porte de laquelle on avait collé un écriteau: «classe des démons». Leurs victimes les avaient laissé faire, la Révolution culturelle ayant semé la confusion la plus totale dans leurs esprits. Il semblait que les lycéens jouissaient désormais d'une sorte de pouvoir, mal défini certes, mais néanmoins réel. Les jardins de l'établissement étaient couverts d'affiches géantes, constituées le plus souvent par les titres du *Quotidien du peuple.*

En se rendant dans la salle de classe transformée en «prison», ma mère passa à côté de plusieurs groupes d'élèves. Certains la regardèrent farouchement, d'autres paraissaient un peu honteux ou incertains, d'autres encore la dévisageaient d'un air inquiet. Plusieurs adolescents lui avaient emboîté le pas dès son arrivée. En tant que chef de l'équipe de travail, elle jouissait de l'autorité suprême; on l'identifiait au parti. Les élèves attendaient ses ordres. Maintenant qu'ils avaient incarcéré leurs professeurs, ils ne savaient plus du tout ce qu'il fallait faire.

Ma mère leur annonça d'un ton impératif que «la classe des démons» devait être relâchée. Il y eut un petit remue-ménage parmi l'assistance, mais personne ne mit son injonction en doute. Une poignée de garçons bougonnèrent quelque chose, mais ils sombrèrent dans le silence quand ma mère leur demanda de s'exprimer. Elle leur expliqua qu'ils n'avaient pas le droit de détenir des gens sans autorisation et qu'ils ne devaient pas maltraiter leurs professeurs qui méritaient au contraire leur gratitude et leur respect. On ouvrit la porte de la salle de classe, et les «prisonniers» furent ainsi libérés.

Ma mère avait fait preuve d'un grand courage en bravant de la sorte le courant du moment. Nombre d'autres équipes de travail s'en prirent à des gens parfaitement innocents dans le but de sauver leurs peaux. En réalité, ma mère avait des raisons toutes particulières d'être inquiète. Les autorités provinciales avaient déjà mis la main sur plusieurs boucs émissaires, et mon père avait le pressentiment qu'il serait leur prochaine victime. Certains de ses collègues lui avaient fait savoir discrètement qu'une rumeur circulait dans diverses organisations placées sous sa responsabilité, selon laquelle il fallait analyser son cas.

Mes parents ne me parlèrent jamais de tout cela, pas plus qu'à mes frères et sœur. Les craintes qui les avaient déjà incités si souvent à garder le silence en matière de politique les empêchaient de nous ouvrir leurs cœurs. Il leur était encore plus difficile de s'exprimer à présent. La situation était tellement complexe et confuse qu'ils n'arrivaient même pas à la saisir eux-mêmes. Qu'auraient-ils pu nous dire pour nous faire comprendre ce qu'il en était? A quoi cela aurait-il servi, de toute façon? Personne n'y pouvait rien changer. De surcroît, on risquait gros à en savoir trop. Aussi mes frères et sœur et moi-même n'étions-nous pas du tout préparés à la Révolution culturelle, même si nous avions le vague sentiment qu'une catastrophe se tramait.

Dans cette atmosphère de tension, le mois d'août arriva. Tout à coup, comme un ouragan balayant la Chine, des millions de gardes rouges firent leur apparition.

« Monte au ciel et déchire la terre »

LES GARDES ROUGES DE MAO

juin-août 1966

Sous le règne de Mao, une génération d'adolescents grandit avec la certitude qu'ils auraient à se battre contre les ennemis de classe. Les appels imprécis lancés par la presse en faveur d'une Révolution culturelle avaient fait naître le sentiment que la « guerre » était imminente. Certains jeunes très au fait sur le plan politique eurent le sentiment que leur idole, le président Mao, était directement engagé dans cette affaire ; l'endoctrinement dont ils avaient fait l'objet ne leur laissait pas d'autre solution que de prendre fait et cause pour lui. Dès le début du mois de juin, une poignée d'activistes d'un lycée rattaché à l'université de Qinghua, l'une des plus prestigieuses de Chine, qui se trouvait à Pékin, s'étaient rassemblés à plusieurs reprises pour débattre de leurs stratégies dans la bataille à venir : ils avaient décidé de s'appeler les « gardes rouges du président Mao ». Ils prirent pour devise une citation de Mao parue dans le *Quotidien du peuple* : « La rébellion est justifiée. »

Ce premier contingent de gardes rouges se composait d'enfants de hauts fonctionnaires. Ils étaient les seuls à se sentir suffisamment en sécurité pour entreprendre des activités de ce genre. Par ailleurs, la politique faisait partie intégrante de leur milieu, et les intrigues gouvernementales les intéressaient par conséquent beaucoup plus que la majorité des Chinois. Mme Mao les remarqua et les reçut en audience dès juillet. Le 1er août, Mao eut une initiative qui ne lui ressemblait guère en leur écrivant une lettre ouverte pour leur offrir « son appui chaleureux et ardent ». Dans cette missive, il modifia subtilement l'adage choisi comme devise par ses jeunes adeptes en « La rébellion contre les réactionnaires est justifiée ». Pour ces adolescents fanatiques, ce fut comme si Dieu en personne s'était adressé à eux. A partir de ce moment-là, les bandes de gardes rouges se multiplièrent à Pékin puis dans toute la Chine, tels des champignons.

Mao voulait faire d'eux ses troupes de choc. Il se rendait bien compte que le peuple ne réagissait pas à ses appels répétés en faveur de l'extermination des « véhicules du capitalisme ». Le parti communiste regroupait des effectifs importants. De surcroît, les gens avaient gardé en mémoire la leçon de 1957. Cette année-là déjà, Mao avait exhorté la population à critiquer les cadres du parti, mais ceux qui avaient répondu à son appel avaient fini par être taxés de droitistes, et on les avait condamnés. La plupart des gens se méfiaient d'une reprise de cette tactique, qui consistait à « faire sortir le serpent de son nid pour lui couper la tête ».

S'il voulait que le peuple réagisse, Mao devait donc dessaisir le parti de son autorité et monopoliser à son seul profit la loyauté et l'obéissance absolue de ses sujets. Pour parvenir à ses fins, il n'avait pas d'autre solution que de recourir à la terreur, une terreur intense qui couperait court à toute autre considération et effacerait les autres peurs. Il n'aurait pas pu rêver meilleurs émissaires que ces garçons et filles exaltés, élevés dans le culte de la personnalité fanatique de sa personne et la doctrine militante de la « lutte des classes ». Ils avaient toutes les qualités propres à la jeunesse : rebelles, sans peur, ils étaient avides de se battre pour « une juste cause ». Ils avaient soif d'aventure et d'action. Ils étaient aussi irresponsables, ignorants, faciles à manipuler et enclins à la violence. Eux seuls pouvaient lui fournir la force immense dont il avait besoin pour terroriser la société chinoise et provoquer le chaos qui ébranlerait, avant de les anéantir, les fondements du parti. Un slogan résumait la mission des gardes rouges : « Nous jurons de mener une lutte sanglante contre quiconque résistera à la Révolution culturelle, contre quiconque osera s'opposer au président Mao ! »

Jusqu'alors, toutes les directives, tous les ordres avaient été transmis par la voie d'un système étroitement contrôlé, entre les mains du parti. Mao renonça à ce canal pour se tourner directement vers les jeunes. Cela en associant deux stratégies tout à fait distinctes : des discours vagues mais emphatiques, véhiculés ouvertement par le biais de la presse, d'une part, des manœuvres de conspirateurs et d'agitateurs, d'autre part, conduites par l'Autorité de la révolution culturelle, et en particulier son épouse. Son auditoire se chargeait lui-même de donner un sens à ses déclamations : des formules telles que « rébellion contre l'autorité », « révolution de la pédagogie », « détruire un ancien monde pour donner naissance à un autre » et « créer un homme nouveau », qui exercèrent un fort attrait sur tant d'Occidentaux dans les années soixante, étaient interprétées comme autant d'exhortations à la violence. Mao était conscient de la violence latente des jeunes ; dans la mesure où ils étaient bien nourris, et à présent que les cours avaient cessé, il estima qu'il serait facile de les mobiliser pour qu'ils mettent leur énergie débordante au service du chaos.

Pour pousser la jeunesse à un déchaînement de violence massif mais contrôlé, il fallait des victimes. Dans n'importe quelle école, les cibles les plus évidentes étaient les enseignants, dont certains avaient déjà souffert du zèle des équipes de travail et des autorités scolaires au cours des derniers mois. Voilà que leurs élèves révoltés fondaient à présent sur eux. Les professeurs faisaient certes de meilleures cibles que les parents, forcément plus isolés, auxquels il aurait fallu s'attaquer séparément. Par ailleurs, dans la culture chinoise, ils représentaient davantage l'autorité. Dans la quasi-totalité des établissements scolaires chinois, les enseignants firent l'objet de sévices cruels qui leur furent parfois fatals. Certains lycéens allèrent jusqu'à ouvrir des « prisons » où ils torturaient leurs détenus.

Cela ne pouvait cependant suffire à générer le niveau de terreur que Mao souhaitait. Le 18 août, un rassemblement géant sur la place Tiananmen, au cœur même de Pékin, regroupa plus d'un million de jeunes manifestants. Lin Biao apparut en public pour la première fois en tant que vice-président et porte-parole de Mao. Il prononça un discours exhortant les gardes rouges à sortir de leurs écoles au pas de charge pour « réduire en pièces les quatre vieilleries », à savoir

« les anciennes idées, l'ancienne culture, les vieilles mœurs et les vieilles coutumes ».

A la suite de cet appel obscur, les gardes rouges de la Chine entière descendirent dans la rue, donnant libre cours à leur vandalisme, à leur ignorance et à leur fanatisme. Ils pillèrent les maisons particulières, cassant les meubles anciens, crevant toiles et calligraphies. Ils allumèrent des feux pour brûler les livres. Il ne resta bientôt plus rien de tous les trésors des collections privées. Un grand nombre d'écrivains et d'artistes mirent fin à leurs jours après avoir été cruellement battus et humiliés et après avoir vu leurs œuvres partir en fumée. Les jeunes firent aussi des razzias dans les musées et saccagèrent palais, temples, cimetières, statues, pagodes et murailles ; tout ce qui se rattachait au passé fut ainsi mis à sac. Les rares vestiges qui survécurent à ces ravages, telle la Cité interdite, bénéficièrent de la protection de l'armée dépêchée expressément sur place par le Premier ministre Zhou Enlai.

Mao félicita chaleureusement les gardes rouges de leurs actions et enjoignit à la nation de leur apporter son soutien. Il les encouragea à élargir le cercle de leurs victimes afin d'ajouter encore à l'épouvante ambiante. D'éminents écrivains, artistes et intellectuels, et la majorité des grands experts dans quelque domaine que ce soit qui avaient bénéficié de privilèges sous le régime communiste, passèrent dans la catégorie hautement condamnable des « autorités bourgeoises réactionnaires ». Avec l'appui d'une partie de leurs collègues qui les détestaient pour une raison ou une autre — jalousie ou fanatisme —, les gardes rouges se mirent en devoir de les discréditer. On revint aussi à la charge contre les vieux « ennemis de classe » : anciens seigneurs et capitalistes, « sympathisants » du Kuo-min-tang, « droitistes » déjà mis en cause lors des précédentes campagnes d'épuration, ainsi que contre leur progéniture.

Un certain nombre d'« ennemis de classe » avaient été maintenus « sous surveillance » et non exécutés ou expédiés dans des camps de travail. Avant la Révolution culturelle, la police n'était autorisée à fournir des renseignements les concernant qu'au personnel habilité. On changea de tactique. Xie Fuzhi, le chef de la police, l'un des hommes liges de Mao, ordonna à ses hommes d'« offrir » les ennemis de classe aux gardes rouges en précisant à ces derniers les crimes dont on les accusait, du style « volonté de renverser le gouvernement communiste ».

Jusqu'à l'avènement de la Révolution culturelle, la torture, à distinguer des sévices, était interdite. Xie enjoignit bientôt à ses hommes «de ne pas se laisser limiter par les vieux règlements, même s'ils avaient été établis par les responsables de la police ou par l'État». Après avoir décrété qu'il n'était pas d'accord pour que «l'on batte les gens à mort», il ajouta: «Mais si certains (gardes rouges) détestent les ennemis de classe au point de vouloir les tuer, on n'est pas obligé de les en empêcher.»

Flagellations et torture se répandirent alors dans le pays comme une traînée de poudre, en particulier lors des descentes chez les particuliers. Les gardes rouges ordonnaient presque invariablement aux familles de se mettre à genoux et de se prosterner devant eux; après quoi, ils les battaient à l'aide de leurs ceinturons de cuir munis d'une boucle en cuivre. Ils leur distribuaient aussi des coups de pied et leur rasaient la moitié de la tête, une coupe de cheveux affreusement humiliante baptisée «tête à la yin et yang», parce qu'elle rappelait le symbole chinois classique. Quant à leurs biens, ils les détruisaient en grande partie, puis emportaient le reste.

Ce fut pis encore à Pékin, car l'Autorité de la révolution culturelle était là pour aiguillonner les jeunes. Certains théâtres et cinémas du centre ville furent convertis en salles de torture. Les piétons évitaient de s'aventurer dans les parages, car les rues avoisinantes résonnaient des cris des victimes.

Aux fils de hauts fonctionnaires qui composaient à l'origine les gardes rouges s'associèrent bientôt d'autres fanatiques issus de milieux divers. Certains rejetons de l'élite réussirent cependant à conserver leurs propres bandes, tels les «Piquets». Mao et sa coterie prirent un certain nombre d'initiatives destinées à intensifier leur sentiment de puissance. Lors du deuxième grand rassemblement des gardes rouges, Lin Biao portait leur brassard pour montrer qu'il était l'un d'entre eux. Mme Mao fit appel à eux comme garde d'honneur devant la Porte de la paix céleste, sur la place Tiananmen, le 1er octobre, jour de la Fête nationale. En conséquence, certains jeunes conçurent une révoltante «théorie de la lignée», résumée dans les paroles d'une chanson: «Le fils d'un héros est toujours un grand homme; un père réactionnaire ne peut produire qu'un bâtard!» Forts de cette «théorie», certains rejetons de l'élite en vinrent à tyranniser, voire à torturer, leurs camarades issus de milieux «indésirables».

Mao les laissa faire une fois de plus, afin de générer le vent de terreur et le chaos dont il avait besoin. L'identité des suppliciés et de leurs bourreaux ne lui importait guère, en somme. Ces premières victimes n'étaient pas ses véritables cibles, et il n'aimait pas particulièrement les gardes rouges en qui il avait d'ailleurs une confiance toute relative. Il se servait d'eux, voilà tout. De leur côté, ces vandales et tortionnaires en herbe ne lui étaient pas toujours si dévoués que cela. Ils prenaient surtout du bon temps: puisqu'on leur avait donné carte blanche, ils se laissaient aller à leurs pires instincts.

En réalité, seule une fraction des gardes rouges participait à ces déchaînements de cruauté et de violence. La majorité d'entre eux y échappèrent dans la mesure où la Garde rouge était une organisation souple qui n'obligeait généralement pas ses membres à agir. De fait, jamais Mao ne leur donna directement l'ordre de tuer et ses instructions furent souvent contradictoires. On pouvait fort bien se dévouer à la cause maoïste sans user de violence. Ceux qui optaient pour cette voie pouvaient difficilement en rejeter la faute sur Mao.

Il n'empêche qu'insidieusement notre leader les incitait aux pires atrocités. Le 18 août, à l'occasion du premier des huit grands rassemblements qui réunirent à eux tous non moins de treize millions de personnes, il demanda à une jeune fille membre de la Garde rouge quel était son nom. Elle lui répondit: « Bin-bin », qui signifie « douce ». Il fit la moue et déclara: « Désormais tu seras *yao-wu-ma* (violente). » Mao prenait très rarement la parole en public, et cette remarque, qui fit grand bruit, fut naturellement reçue comme parole d'Évangile. Lors du troisième rassemblement, le 15 septembre, date à laquelle les atrocités perpétrées par les gardes rouges atteignirent leur paroxysme, Lin Biao, porte-parole officiel de Mao, clama, en présence de ce dernier: « Combattants de la Garde rouge, l'orientation de votre lutte a toujours été juste. Vous vous êtes acharnés de bon cœur contre les "véhicules du capitalisme", les autorités bourgeoises réactionnaires, vous avez roué de coups les sanguinaires et les parasites! Vous avez bien fait! Vous avez merveilleusement bien agi! » A ces mots, des cris hystériques et des braillements assourdissants de slogans tels que « Vive le président Mao! » s'élevèrent de la foule qui se pressait sur la place Tiananmen. Beaucoup ne purent retenir leurs larmes et hurlèrent leur fidélité éternelle au

Grand Leader. Mao agita paternellement la main à leur adresse, et la frénésie redoubla.

Par le biais de son Autorité de la révolution culturelle, Mao détenait la haute main sur les gardes rouges de Pékin. Il les dépêcha bientôt dans les provinces afin qu'ils donnent l'exemple aux autres jeunes. A Jinzhou, en Manchourie, ils administrèrent une rossée à Yu-lin, le frère de ma grand-mère, et à son épouse, qu'ils exilèrent ensuite, avec leurs deux enfants, dans une région désolée du pays. On se souvient que Yu-lin avait été mis en cause dès l'arrivée des communistes dans la province parce qu'il se trouvait en possession d'une carte des services secrets du Kuo-min-tang; jusque-là, ni lui ni sa famille n'avaient été inquiétés. Nous ne fûmes pas informés de cette affaire à l'époque. Les gens évitaient d'échanger des nouvelles compromettantes. La diffamation était si répandue et pouvait avoir des conséquences tellement effroyables que l'on ne savait jamais quelle catastrophe une brève confidence risquait de provoquer.

Les Setchouanais ne se rendaient guère compte de l'ampleur des atrocités commises dans la capitale. Dans leur province, la barbarie n'était pas aussi généralisée, sans doute parce que l'Autorité de la révolution culturelle n'exerçait pas d'influence directe sur les gardes rouges locaux. De surcroît, la police du Setchouan avait fait la sourde oreille aux injonctions de son responsable à Pékin, M. Xie, la sommant de livrer à la Garde rouge les « ennemis de classe » qui se trouvaient sous son contrôle. Quoi qu'il en soit, au Setchouan comme ailleurs, les gardes rouges imitèrent les actions de leurs homologues pékinois. Ce fut le chaos, mais un chaos contrôlé. Ils pillèrent les maisons qu'ils avaient le droit de saccager, mais il était très rare qu'on les vît voler dans les magasins. La plupart des secteurs publics, notamment la poste et les transports, continuèrent à fonctionner normalement.

Dans mon école, une Garde rouge fut constituée le 16 août, avec l'aide d'une poignée d'émissaires venus de Pékin. J'étais restée à la maison, prétextant une maladie, afin d'éviter les réunions politiques et les slogans qui me terrifiaient, et j'ignorais par conséquent tout de cette nouvelle organisation. Deux ou trois jours plus tard, un coup de téléphone m'avertit que j'étais convoquée à l'école pour « participer à la grande Révolution culturelle prolétarienne ». En arrivant, je remarquai que plusieurs élèves arboraient fièrement un brassard rouge indiquant en caractères dorés «Garde rouge».

A cette époque, ces gardes rouges frais émoulus jouissaient de l'insigne prestige d'être une «création» de Mao. Il ne faisait aucun doute que je devais poser ma candidature, ce que je fis immédiatement auprès de leur chef pour ma classe, un adolescent de quinze ans appelé Geng qui recherchait depuis un moment ma compagnie, mais devenait timide et gauche dès qu'il se trouvait en ma présence.

Je me demandais comment Geng avait pu devenir membre de la Garde rouge, mais il refusa de me donner des détails sur ses activités. Je me rendais bien compte que la Garde se composait principalement d'enfants issus de l'élite politique. Le chef des gardes rouges de notre école n'était autre que le fils du commissaire Li, premier secrétaire du parti pour la province du Setchouan. J'aurais donc dû être automatiquement intégrée, puisque mon père occupait l'un des postes les plus élevés parmi les parents d'élèves. Geng me confia cependant en tête à tête que l'on m'avait jugée trop indolente et «pas assez active» et qu'il fallait donc que je m'aguerrisse un peu avant qu'ils envisagent de m'accepter dans leurs rangs.

Depuis le mois de juin, une loi tacite contraignait tous les élèves de l'école à demeurer sur place vingt-quatre heures sur vingt-quatre afin de se consacrer corps et âme à la Révolution culturelle. J'étais l'une des rares à ne pas m'y conformer. A partir de ce jour-là, toutefois, j'eus le sentiment qu'en faisant l'école buissonnière j'aurais pris des risques certains. Dès lors, je me sentis obligée de rester. Les garçons dormaient dans les salles de cours, tandis que les filles occupaient les dortoirs. Les gardes rouges prenaient sous leurs ailes les exclus et les entraînaient par groupes dans leurs différentes activités.

Le lendemain de mon retour à l'école, je participai ainsi avec plusieurs douzaines d'autres enfants au changement des noms de rues, «afin de leur donner une consonance plus révolutionnaire». J'habitais rue du Commerce. Nous délibérâmes longuement sur le nouveau nom qu'il fallait lui donner. Certains proposèrent «rue du Phare», en référence au rôle joué par les leaders du parti de la province, d'autres «rue des Serviteurs du peuple», puisque telle était la fonction des cadres du parti, selon une citation de Mao. Finalement, nous repartîmes sans avoir pu régler la question, car un problème majeur d'un tout autre ordre se posait : la plaque était trop haute pour qu'un de nous puisse l'atteindre. Autant que je le sache, l'affaire en resta là.

Les gardes rouges de Pékin manifestaient beaucoup plus de zèle. On nous tenait au courant de leurs exploits : la mission britannique se trouvait désormais grâce à eux « rue de l'Anti-impérialisme », et l'ambassade soviétique « rue de l'Anti-révisionnisme ».

A Chengdu, les rues perdirent tour à tour leurs noms ancestraux tels que « la rue des Cinq générations sous un même toit » (une vertu confucéenne), celle du « Peuplier et du saule verts » (le vert n'était pas une couleur révolutionnaire), ou encore du « Dragon de jade » (symbole du pouvoir féodal). Elles devinrent rues « Détruisons les anciens piliers », de « l'Est rouge », de la « Révolution ». Un restaurant fameux, le « Parfum de la brise » eut son enseigne réduite en pièces ; on le rebaptisa « Bouffée de poudre à canon ».

La circulation routière fut gravement perturbée pendant des jours. Il n'était plus possible que le rouge, couleur de la révolution, fût synonyme d'arrêt ! Les véhicules ne devaient plus rouler à droite, mais à gauche. Pendant quelques jours, nous remplaçâmes au pied levé les agents de la circulation. Postée à un coin de rue, mon rôle consistait à dire aux cyclistes qu'ils devaient emprunter le côté gauche de la chaussée. A Chengdu, voitures et feux rouges étaient peu nombreux, mais une grande confusion régna tout de même à plusieurs carrefours. Pour finir, l'ancien code de la route reprit ses droits grâce à Zhou Enlai qui fit pression dans ce sens sur les chefs de la Garde rouge de Pékin. Les jeunes fanatiques trouvèrent un moyen de justifier ce retour en arrière : une jeune garde rouge de mon école m'assura en effet que nos véhicules devaient rouler à droite pour se démarquer de l'Angleterre, de manière à manifester nos convictions anti-impérialistes. Elle se garda bien de mentionner l'Amérique.

Depuis mon plus jeune âge, les activités collectives m'avaient toujours rebutée. Elles me répugnaient à présent plus que jamais. Je réprimais ces tendances, sous l'impulsion du sentiment de culpabilité que j'éprouvais chaque fois que ma volonté allait à l'encontre de celle de Mao. Je devais, me répétais-je, m'enfoncer dans le crâne les nouvelles théories et lignes de travail révolutionnaires. Même si je ne comprenais pas tout, je devais m'adapter et m'amender coûte que coûte. Cela ne m'empêchait pas de tout faire pour échapper aux actions militantes, qui consistaient à ce moment à arrêter les passantes pour leur couper les cheveux, rectifier leurs jambes de pantalon ou leur chemise, ou briser leurs talons hauts. Ces particularités de l'habillement étaient en effet considérées comme des signes de décadence bourgeoise par les gardes rouges de Pékin.

Mes camarades me firent de lourds reproches à propos de mes cheveux. Ils finirent par m'obliger à me les faire couper au-dessus du lobe de l'oreille. Consciente de n'être qu'une vile « petite bourgeoise », je n'en pleurai pas moins à chaudes larmes, mais en cachette, la perte de mes longues nattes. Quand j'étais petite, ma nourrice s'arrangeait pour me les faire tenir droites sur la tête, comme des branches de saule. Elle appelait ça « des feux d'artifice montant à l'assaut du ciel ». Jusqu'au début des années soixante, je portai deux macarons entourés de deux petites couronnes de fleurs en soie. Chaque matin, pendant que je prenais mon petit déjeuner à la hâte, ma grand-mère et notre domestique me coiffaient avec des gestes affectueux. J'avais une nette préférence pour les fleurs en soie de couleur rose.

Après 1964, conformément aux exhortations de Mao en faveur d'un mode de vie austère, mieux adapté à la lutte des classes, je cousis des pièces sur mon pantalon pour essayer d'avoir l'air « prolétarien » et me coiffai comme toutes les autres jeunes filles en tressant deux nattes toutes simples, sans ruban. On n'avait pas encore proscrit les cheveux longs. Par la suite, ce fut ma grand-mère qui me coupa les cheveux, manifestement sans enthousiasme. Sa longue chevelure à elle survécut car, à l'époque, elle ne sortait jamais.

Les célèbres « maisons de thé » de Chengdu furent elles aussi mises en cause. On les jugeait « décadentes ». Je ne comprenais vraiment pas pourquoi, mais je m'abstins de poser la question. Au cours de l'été 1966, j'appris à réprimer toute logique en moi. Il y avait belle lurette que la plupart des Chinois s'étaient résolus à le faire.

Les maisons de thé setchouanaises sont des endroits tout à fait particuliers. Elles se situent généralement à l'abri d'un bosquet de bambous ou sous le dais d'un grand arbre. Autour des tables basses en bois sont disposés des fauteuils en bambou qui, même après des années d'usage, exhalent encore un arôme délicat. Pour préparer le thé, on jette une pincée de feuilles dans une tasse, que l'on recouvre d'eau bouillante. Après quoi, on pose un petit couvercle sur la tasse sans fermer hermétiquement, de façon à laisser échapper une vapeur odorante, parfumée au jasmin ou à n'importe quelle autre essence. On consomme toute une gamme de thés au Setchouan. Il existe déjà cinq variétés de thés au jasmin.

Ces établissements jouent un rôle aussi important dans cette province chinoise que les pubs en Angleterre. Les vieux, notamment, y passent beaucoup de temps, sirotant leur thé tout en tirant sur leur pipe à long tuyau et en grignotant des noisettes ou des graines de melon. Le serveur se fraie un passage entre les sièges, sa bouilloire à la main, et remplit les tasses au fur et à mesure avec une précision extrême, bien qu'il se tienne à une certaine distance. Un serveur habile parvient à remplir la tasse à ras bord sans qu'elle déborde. Petite, je regardais toujours avec fascination l'eau couler du bec de la bouilloire. Mes visites dans les maisons de thé n'étaient pas très fréquentes, toutefois. Il y régnait en effet une atmosphère de laisser-aller que mes parents désapprouvaient.

A l'instar de certains cafés européens, les maisons de thé setchouanaises mettent à la disposition de leur clientèle les journaux, montés sur un cadre en bambou. Certains habitués y vont pour lire, mais l'on s'y retrouve surtout pour se voir et bavarder, échanger des nouvelles et les derniers ragots. Parfois, des conteurs tiennent en haleine l'assistance, ponctuant leur récit de coups de claquoirs retentissants.

Sans doute parce qu'il y régnait une atmosphère si détendue et qu'en s'y prélassant les gens oubliaient de faire la révolution, on ordonna la fermeture des maisons de thé. En compagnie de plusieurs dizaines de camarades de treize à seize ans, dont la plupart appartenaient à la Garde rouge, je me rendis un jour dans un petit établissement du genre, situé sur la berge de la Rivière de la Soie. Les tables étaient disposées dehors, sous un grand arbre. La brise estivale répandait dans l'air un parfum entêtant venu des arbres en fleur. Les clients, en majorité des hommes, levèrent la tête de leur échiquier en nous entendant approcher sur la rive couverte de pavés irréguliers. Nous nous arrêtâmes sous l'arbre. Quelques voix s'élevèrent parmi nous: « Rentrez chez vous! Rentrez chez vous! Ne vous attardez pas dans cet endroit bourgeois! » Un garçon de ma classe prit par un angle l'échiquier en papier posé sur la table la plus proche et l'envoya promener. Les pions en bois s'éparpillèrent sur le sol.

Les joueurs d'échecs étaient assez jeunes. L'un d'eux se leva d'un bond, les poings serrés, mais son ami le retint en tirant sur le bas de sa veste. Sans dire un mot, ils commencèrent à ramasser leurs pions. Le camarade qui avait si brutalement interrompu leur partie s'écria alors : «Fini les jeux d'échecs ! Ignorez-vous donc qu'il s'agit là d'une habitude bourgeoise ?» Puis il se pencha pour ramasser une poignée de pions qu'il jeta dans la rivière.

On m'avait appris le respect et la courtoisie vis-à-vis de mes aînés. Or l'agressivité faisait partie intégrante du comportement du «militant révolutionnaire». La douceur étant considérée comme une attitude «bourgeoise», mes camarades me reprochaient constamment ma trop grande clémence. Pendant toute la période de la Révolution culturelle, je fus témoin d'attaques contre des gens qui disaient «merci» trop souvent, une habitude taxée d'«hypocrisie bourgeoise». La politesse était en voie d'extinction.

Ce jour-là, toutefois, devant la maison de thé, il était visible que la plupart de mes camarades, y compris les gardes rouges, n'étaient pas encore très à l'aise avec l'arrogance et la brutalité verbale que l'on attendait de nous. Rares furent ceux qui ouvrirent la bouche. En silence, quelques-uns d'entre nous commencèrent à coller des dazibaos rectangulaires sur les murs de l'établissement et le tronc de l'arbre.

Sans dire un mot, les clients se levèrent l'un après l'autre et s'éloignèrent calmement le long de la berge. En les regardant partir, un sentiment d'égarement s'empara de moi. Quelques mois plus tôt, ces adultes nous auraient probablement envoyés promener sans ménagement. Mais ils savaient à présent que le soutien de Mao conférait aux gardes rouges un pouvoir indéniable. En y repensant aujourd'hui, je mesure l'exaltation que certains jeunes durent ressentir en imposant ainsi leur volonté à des adultes. L'un des slogans les plus populaires parmi les gardes rouges stipulait : «Nous pouvons monter au ciel et déchirer la terre car notre Grand Leader, le président Mao, est notre commandant suprême.» Comme le révèle cette proclamation, on ne pouvait guère parler de liberté d'action chez les gardes rouges. Dès le départ, ils furent les instruments d'un tyran.

Tandis que je piétinais sur la rive, devant la maison de thé, en ce mois d'août 1966, j'étais donc en proie à une grande confusion. Je suivis mes camarades à l'intérieur de l'établissement. Certains demandèrent au gérant de fermer son commerce. Plusieurs entreprirent de placarder d'autres slogans sur les murs. Certains clients se levèrent pour partir, mais, dans un coin, un vieil homme continuait tranquillement à siroter son thé. J'allai me planter près de lui, mortifiée à l'idée que j'étais censée faire preuve d'autorité à son égard. Il leva les yeux vers moi, puis se remit à boire bruyamment. Il avait un visage parcheminé, qui faisait presque de lui le stéréotype de l'«ouvrier» tel que le présentaient les affiches de propagande. Ses mains me firent songer à la description des mains d'un vieux paysan que j'avais lue dans un manuel scolaire; il aurait pu fabriquer des fagots de bois épineux sans ressentir la moindre douleur.

Peut-être le vieil homme se sentait-il sûr de lui à cause de son passé irréprochable, ou de son âge avancé qui lui avait valu jusque-là le respect d'autrui. Peut-être qu'il n'était pas très impressionné par moi, tout simplement. Toujours est-il qu'il resta impassible, dans son fauteuil, comme s'il n'avait même pas remarqué ma présence. Je pris mon courage à deux mains et le suppliai à voix basse: «Je vous en prie. Ne voudriez-vous pas vous en aller?» Sans me regarder, il me répondit de but en blanc: «Pour aller où?» «Chez vous, bien entendu», répliquai-je.

Il se tourna alors vers moi. L'émotion était perceptible dans sa voix, bien qu'il s'exprimât avec calme: «Chez moi! Quel chez-moi? Je partage une chambre minuscule avec mes deux petits-fils. Je dispose d'un coin dissimulé derrière un paravent en bambou. Le lit occupe tout l'espace. C'est tout ce que j'ai. Quand les enfants sont rentrés, je viens ici pour avoir la paix. Pourquoi faut-il que vous me retiriez mon unique plaisir?»

Ses paroles me glacèrent d'effroi. Je me sentis rougir de honte. C'était la première fois que j'entendais un témoignage direct sur un mode de vie aussi misérable. Je fis volte-face et m'enfuis au plus vite.

Cette maison de thé fut fermée pendant quinze ans, comme tous les autres établissements de ce genre dans la province du Setchouan. En 1981, les réformes mises en place par Deng Xiaoping autorisèrent sa réouverture. En 1985, je retournai sur les lieux avec un ami anglais. Nous prîmes place sous le dais gigantesque de l'arbre. Une vieille serveuse armée d'une bouilloire vint remplir nos tasses avec adresse, en se tenant à près d'un mètre de la table. Autour de nous, on jouait aux échecs. Ce fut un des moments les plus agréables de mon voyage.

Lorsque Lin Biao préconisa la destruction de tout ce qui représentait la culture ancienne, certains élèves de mon école entreprirent de tout casser. L'école en question datant d'il y a plus de deux mille ans, elle recelait quantité de pièces d'antiquités. Ils s'en donnèrent à cœur joie. Un vieux toit en tuiles orné d'auvents sculptés coiffait le portail d'entrée. Ils le démolirent à coups de marteau, de même que l'immense toiture bleue vitrifiée du grand temple transformé en salle de ping-pong. Les deux brûleurs d'encens en bronze géants furent eux aussi réduits en pièces, et certains garçons éprouvèrent le besoin d'uriner dedans. Dans le fond du jardin, des élèves armés de grands marteaux et de barres de fer déambulèrent sur les petits ponts de grès en brisant avec la plus parfaite désinvolture toutes les petites statues. Au bord du terrain de sports se trouvait une paire d'imposantes tours rectangulaires en grès rouge de six mètres de haut. On y avait gravé quelques lignes sur Confucius, dans une remarquable calligraphie. On attacha autour d'elles une très longue corde, et deux bandes de vandales se mirent au travail. Il leur fallut plusieurs jours pour arriver à leurs fins, les fondations étant profondes. Ils durent finalement faire appel à des ouvriers qui creusèrent un grand trou autour de leurs bases. Quand les deux monuments s'effondrèrent enfin au milieu d'un tonnerre d'acclamations, ils emportèrent dans leur chute un tronçon du sentier qui passait derrière eux.

Tout ce que j'aimais était en train de disparaître. Le plus triste pour moi fut sans aucun doute le saccage de la bibliothèque avec ses tuiles dorées, ses fenêtres délicatement sculptées, ses fauteuils peints en bleu. Les élèves déversèrent à terre le contenu des étagères : certains allèrent jusqu'à déchirer les livres pour le plaisir ! Après cela, on colla sur ce qui restait des portes et des fenêtres, en guise de scellés, des bandes de papier blanc en forme de X couvertes de caractères noirs.

L'ordre de destruction lancé par Mao visait notamment les livres. Sous prétexte qu'ils n'avaient pas été écrits au cours des derniers mois et ne citaient donc pas Mao à chaque page, certains gardes rouges les qualifièrent d'« herbes empoisonnées ». A l'exception des classiques marxistes et des œuvres de Staline, de Mao et de Lu Xun, on brûla les livres dans toute la Chine. Le pays perdit ainsi l'essentiel de son patrimoine écrit. De surcroît, la plupart des ouvrages qui survécurent à cette razzia finirent plus tard dans les poêles des particuliers.

Dans mon école, pourtant, nous évitâmes la catastrophe. Il se trouvait en effet que le chef de notre Garde rouge avait été un élève très consciencieux. Jeune homme de dix-sept ans, à l'allure efféminée, ce n'était pas son ambition qui l'avait propulsé à ce poste, mais le fait, je l'ai dit, que son père dirigeait le parti au niveau de la province. S'il ne put rien faire pour empêcher la vague de vandalisme, il parvint néanmoins à sauver les livres du brasier.

J'étais censée prendre part, comme tout le monde, aux « actions révolutionnaires ». Cependant, à l'instar d'un grand nombre de mes camarades, je pus m'y soustraire, dans la mesure où le « massacre » n'était pas organisé et où personne ne le surveillait. Je me rendais bien compte qu'une majorité des élèves s'offusquaient de ces ravages, mais personne n'osait s'interposer. Nous savions qu'on nous aurait châtiés sur-le-champ si nous avions soulevé la moindre objection.

Les « réunions de dénonciation » constituaient alors l'un des principaux outils de la Révolution culturelle. Une foule proprement hystérique y prenait part; elles se déroulaient rarement sans violence physique. L'université de Pékin en avait pris l'initiative, sous la surveillance personnelle de Mao. Lors de la première assemblée du genre, le 18 juin, plus de soixante professeurs et chefs de départements, y compris le chancelier, furent battus sans ménagement et contraints de rester à genoux pendant des heures. On les coiffa de bonnets d'âne couverts de slogans humiliants, puis on leur versa de l'encre sur le visage pour le rendre noir, couleur du mal, avant de leur coller d'autres affiches diffamatoires sur tout le corps. Deux étudiants empoignèrent chaque victime par les bras qu'ils leur tordirent dans le dos en les remontant quasiment jusqu'au point de dislocation de l'épaule. Cette posture, baptisée l'« avion à réaction », ne tarda pas à se généraliser dans toutes les réunions de dénonciation.

Les gardes rouges de ma classe me convoquèrent un jour à l'une de ces réunions. L'horreur me fit claquer des dents, en dépit de la chaleur étouffante de cet après-midi, lorsque je vis une douzaine d'enseignants debout sur une estrade installée sur le terrain de sports, tête baissée et les bras tordus dans la position de l'« avion à réaction ». Certains reçurent des coups violents derrière les genoux pour les forcer à s'agenouiller tandis que d'autres, parmi lesquels je reconnus mon professeur d'anglais, un homme âgé aux manières raffinées de gentleman, devaient se tenir debout sur de longs bancs étroits. Le pauvre homme avait toutes les peines du monde à garder son équilibre; il vacillait dangereusement et finit par tomber en s'entaillant le front sur le bord anguleux du banc. Un garde rouge proche de lui se baissa spontanément et lui tendit la main pour l'aider à se relever, mais très vite, il se redressa et prit une posture exagérément raide, les poings serrés, en criant: « Remonte sur le banc! » Il ne voulait pas qu'on le croie capable de concessions vis-à-vis de la classe ennemie. Un filet de sang ruisselait sur le front du professeur et souilla bientôt la moitié de son visage.

Comme les autres enseignants, on l'accusait de toutes sortes de crimes invraisemblables; ils étaient surtout là parce qu'ils avaient un grade relativement élevé, qu'ils faisaient partie des meilleurs, ou parce que certains élèves leur en voulaient pour une raison ou pour une autre.

J'appris des années plus tard que mes camarades lycéens avaient fait preuve d'une relative retenue dans la mesure où, fréquentant une des écoles les plus prestigieuses de la province, il s'agissait d'éléments studieux et doués. Dans d'autres établissements moins cotés qui admettaient des élèves plus indisciplinés, certains professeurs furent battus à mort. Mon professeur de philosophie avait quelque peu négligé les élèves qui ne réussissaient pas bien dans sa discipline, et certains lui en voulaient. Ils l'accusèrent d'être « décadente ». Leur « preuve », qui reflétait l'extrême conservatisme de la Révolution culturelle, touchait au fait qu'elle avait rencontré son futur mari dans un bus! Ils avaient commencé à bavarder par hasard et étaient ainsi tombés amoureux l'un de l'autre. Or, le « coup de foudre » était considéré comme un signe d'immoralité. Un groupe de garçons la conduisirent dans un bureau et « prirent des actions révolutionnaires » contre elle, l'euphémisme en vigueur pour un passage à tabac. Avant de se mettre au travail, ils me firent venir exprès pour que j'assiste à son supplice. « Que va-t-elle penser quand elle te verra parmi nous, toi, sa chouchoute! »

Les autres me considéraient comme son élève préférée parce qu'elle m'avait souvent félicitée de mon travail. On me précisa toutefois que j'étais là aussi parce que je n'avais pas été suffisamment énergique ; j'avais donc besoin d'une leçon « sur la révolution ».

Dès qu'ils commencèrent à la frapper, je me repliai derrière le cercle d'élèves qui s'étaient agglutinés dans le petit bureau. Deux ou trois camarades me poussèrent du coude pour que je m'avance et prenne part à la raclée. Je les ignorai. Au milieu du groupe, mon professeur, encaissant coup de pied sur coup de pied, se roulait par terre de douleur, les cheveux en bataille. Lorsqu'elle cria pour les implorer d'arrêter, ses assaillants s'exclamèrent d'un ton glacial : « Ah, tu nous supplies maintenant ! N'as-tu pas honte de ce que tu as fait ! Supplie-nous mieux que ça ! » Puis ils se remirent à la piétiner et lui ordonnèrent de se prosterner devant eux en leur disant : « Je vous en conjure, mes maîtres, épargnez ma vie. » On ne pouvait imaginer plus terrible humiliation. La malheureuse se redressa en fixant un point droit devant elle : à travers l'enchevêtrement de sa chevelure, son regard croisa le mien. J'y lus toute sa souffrance, son désespoir, un vide indicible. Elle luttait pour reprendre son souffle. Elle était pâle comme la mort. Je parvins à quitter la pièce sans que ses bourreaux s'en aperçoivent. Plusieurs élèves m'imitèrent. Derrière nous, j'entendais les autres crier des slogans d'une voix hésitante et mal assurée. Beaucoup de mes camarades devaient être pris de panique. Je m'éloignai rapidement, le cœur battant. Je redoutais qu'ils me surprennent et qu'ils me battent aussi. Mais personne ne se lança à ma poursuite, et il n'y eut pas de représailles contre moi.

En dépit de mon manque d'enthousiasme, on me laissait plutôt tranquille à l'époque. La désorganisation des gardes rouges y était indéniablement pour quelque chose, mais j'avais surtout le privilège d'être née, selon la « théorie des lignées », « rouge vif », parce que mon père occupait un poste élevé dans la hiérarchie du parti. Même si l'on condamnait mon attitude ; on se contentait de me critiquer sans jamais passer aux actes.

A ce moment, les gardes rouges classaient les élèves en trois catégories : il y avait les « rouges », les « gris » et les « noirs ». Les « rouges » étaient issus de familles « d'ouvriers, de paysans, de fonctionnaires révolutionnaires, d'officiers révolutionnaires ou de martyrs révolutionnaires ». Les « noirs » avaient des parents répertoriés parmi les « propriétaires, les paysans riches, les contre-révolutionnaires, les mauvais éléments ou les droitistes ». Quant aux « gris », ils provenaient de milieux ambigus, où l'on était plutôt employés ou vendeurs. Tous les élèves de ma classe auraient dû figurer parmi les « rouges », compte tenu du passage au crible qui précédait l'inscription. Toutefois, les pressions de la Révolution culturelle obligeaient à trouver des boucs émissaires. En conséquence, plus d'une douzaine d'entre eux passèrent *de facto* dans la catégorie des « gris » et des « noirs ».

Une de mes camarades de classe s'appelait Ai-ling. Nous étions amies depuis longtemps. Elle m'avait souvent invitée chez elle et je connaissais bien ses parents. Son grand-père avait été un économiste éminent et sa famille avait bénéficié d'une existence très privilégiée sous les communistes. Ils habitaient une grande maison luxueuse, meublée avec élégance, entourée d'un jardin exquis. C'était beaucoup mieux que chez nous. J'étais surtout fascinée par leur collection de meubles anciens, en particulier les blagues à tabac que le grand-père de mon amie avait rapportées d'Angleterre où il était allé faire ses études dans les années 1920.

Du jour au lendemain, Ai-ling se retrouva sur la liste des « noirs ». J'appris que des élèves de sa classe avaient fait une descente chez elle ; ils avaient démoli le mobilier, y compris les tabatières, et battu ses parents et son grand-père à coups de ceinture. Quand je la vis le lendemain, elle portait un foulard. Ses camarades lui avaient fait un crâne « à la yin et yang ». Elle avait dû se raser la tête. Nous pleurâmes ensemble. Je me sentis affreusement lamentable, car je n'arrivai pas à trouver les mots pour la consoler.

Les gardes rouges de ma classe organisèrent une réunion au cours de laquelle nous dûmes indiquer la profession de nos parents, de manière à être classés par catégories. J'annonçai « fonctionnaire révolutionnaire » avec un grand soulagement. Plusieurs élèves dirent : « employés de bureau ». Ces étiquettes, aussi vagues fussent-elles, devaient figurer sur plusieurs formulaires, comportant tous l'indication « antécédents familiaux ». Les enfants d'« employés de bureau », ainsi que la fille d'un vendeur, furent classés dans la catégorie des « gris ». On leur annonça qu'ils seraient désormais sous surveillance, qu'ils devraient balayer les cours de l'école, nettoyer les toilettes, garder la tête baissée et être prêts à écouter les remontrances de tout garde rouge qui aurait la bonté de leur adresser la parole. Il leur faudrait aussi faire un rapport quotidien sur leurs activités et leurs pensées.

Le comportement de ces élèves malchanceux changea soudain du tout au tout : ils devinrent soumis, effacés. Ils perdirent l'énergie et l'enthousiasme qu'ils avaient à revendre jusque-là. En apprenant la nouvelle, l'une des victimes piqua du nez et des larmes se mirent à ruisseler sur ses joues. Nous étions amies. Après la réunion, j'allai la trouver dans l'espoir de la réconforter un peu. Quand elle leva la tête vers moi, je fus frappée par la rancœur, proche de la haine, qui brillait dans son regard. Je m'éloignai sans dire un mot et déambulai longuement dans les jardins, sans but. On était à la fin du mois d'août. Les buissons de jasmin exhalaient un parfum délicieux. Je trouvai étrange qu'ils puissent encore sentir si bon.

Au moment du crépuscule, je regagnais le dortoir lorsque je vis quelque chose passer comme un éclair par une fenêtre, au deuxième étage d'un bâtiment de classes, à une cinquantaine de mètres de l'endroit où je me trouvais. Il y eut un bruit sourd au bas de l'immeuble. Les branches d'un oranger m'empêchaient de voir ce qui se passait, mais des gens commencèrent à accourir. Leurs exclamations confuses, haletantes, m'apprirent la vérité : « Quelqu'un s'est jeté par la fenêtre ! »

Je levai instinctivement les mains pour me couvrir les yeux et me précipitai dans ma chambre. J'étais épouvantée. L'image imprécise de la silhouette recroquevillée dans sa chute me hantait. Je m'empressai d'aller fermer les fenêtres mais le brouhaha des curieux, commentant nerveusement l'accident, me parvenait malgré tout à travers la vitre mince.

Une jeune fille de dix-sept ans avait voulu mettre fin à ses jours. Avant la Révolution culturelle, elle avait été l'un des leaders de la Ligue de la jeunesse communiste. On la montrait en exemple, tant elle mettait bien en pratique les enseignements du président Mao et les leçons de Lei Feng. Elle avait accompli d'innombrables bonnes actions, faisant la lessive de ses camarades et nettoyant les sanitaires, et prononçait régulièrement des discours à l'école. Pourtant, elle venait d'être classée parmi les « noirs ». Son père était « employé de bureau ». Il travaillait pour le gouvernement municipal et appartenait au parti. Mais certains de ses camarades qui la trouvait « casse-pied », et dont les pères occupaient des postes plus élevés, avaient arbitrairement décidé de la ranger dans la catégorie la plus infamante. Depuis quelques jours, elle était sous surveillance avec d'autres « noirs » et « gris » ; on l'avait obligée à arracher l'herbe du terrain de sports. Pour l'humilier davantage, on avait rasé ses magnifiques cheveux, la laissant grotesquement chauve. Ce soir-là, les « rouges » de sa classe lui avaient fait la leçon, ainsi qu'à d'autres victimes. Avilie, elle leur avait rétorqué qu'elle était plus loyale vis-à-vis du président Mao qu'eux-mêmes. Alors, ils l'avaient giflée en lui disant qu'elle n'était pas à même de parler de sa fidélité à Mao puisqu'elle faisait partie des ennemis de classe. Elle avait couru vers la fenêtre et s'était jetée dans le vide.

Abasourdis, apeurés, les gardes rouges l'emmenèrent d'urgence à l'hôpital. Elle survécut, mais resta handicapée à vie. Quand je la revis bien des mois plus tard dans la rue, elle marchait péniblement avec des béquilles, l'air absent.

La nuit de sa tentative de suicide, je ne pus dormir. Dès que je fermais les yeux, une forme indistincte m'apparaissait, maculée de sang. Je tremblais, épouvantée. Le lendemain, je demandai un congé qui me fut consenti. La maison me paraissait la seule échappatoire possible, loin de l'horreur de l'école. J'aurais donné n'importe quoi pour ne plus jamais y retourner.

17

«Voulez-vous que vos enfants deviennent des "noirs"?»

LE DILEMME DE MES PARENTS

août-octobre 1966

La maison ne fut qu'un piètre refuge, cette fois-ci. Mes parents paraissaient ailleurs et remarquèrent tout juste ma présence. Quand Père ne faisait pas les cent pas dans l'appartement, il s'enfermait dans son bureau. Pendant ce temps-là, Maman brûlait des corbeilles entières de papier froissé dans le poêle de la cuisine. Ma grand-mère elle-même avait l'air de s'attendre au pire. Elle jetait sur mes parents des regards anxieux. Je les observais pour ma part craintivement, sans oser demander ce qui n'allait pas.

Quelques jours plus tôt, mes parents avaient eu une conversation dont ils se gardèrent bien de me faire part. A la nuit tombée, ils avaient pris place près d'une fenêtre ouverte. Dehors, un haut-parleur attaché à un lampadaire beuglait sans discontinuer des citations de Mao, concernant notamment le caractère inéluctablement violent de la révolution, «tumulte barbare d'une classe en renversant une autre». Une voix haut perchée, qui suscitait la peur ou l'exaltation, selon les cas, scandait inlassablement ces maximes. De temps à autre, l'annonce d'une nouvelle «victoire» des gardes rouges en interrompait le cours : ces derniers avaient encore fait des descentes chez des « ennemis de classe » et « écrasé ces têtes de chiens ».

Mon père contemplait depuis un moment déjà le ciel incendié par le soleil couchant. Il se tourna vers ma mère. « Je ne comprends rien à la Révolution culturelle, dit-il en pesant ses mots. Mais je suis certain qu'il se passe quelque chose de terriblement répréhensible. Aucun principe marxiste ni communiste ne saurait justifier la situation actuelle. On a dépossédé le peuple de ses droits fondamentaux et de la protection la plus élémentaire. C'est proprement inadmissible. Je suis communiste, et mon devoir est d'empêcher que la situation empire. Il faut à tout prix que j'écrive à la direction de notre parti, au président Mao. »

Les Chinois n'avaient pour ainsi dire aucun moyen d'exprimer leurs griefs ou d'influencer la politique suivie, hormis en en appelant à leurs dirigeants. Dans ce cas particulier, Mao seul pouvait changer le cours des choses. Quelles que fussent les idées, ou les supputations de mon père sur le rôle de Mao, il n'avait pas d'autre solution que de lui présenter sa requête directement.

Ma mère était bien placée pour savoir qu'en agissant ainsi il prendrait des risques considérables. D'autres s'y étaient hasardés avant lui : eux-mêmes et leurs familles avaient subi de terribles représailles. Elle garda le silence un long moment, le regard rivé sur la lueur ardente du ciel, faisant un effort désespéré pour tâcher de réprimer son angoisse, sa colère, sa frustration. « Pourquoi veux-tu te brûler à la flamme comme un papillon ? » dit-elle enfin.

« Ce n'est pas une flamme ordinaire, lui répondit mon père. Il s'agit de vie ou de mort pour une foule de gens. Il faut que je fasse quelque chose cette fois-ci. »

« D'accord. Tu te fiches de ce qu'il t'arrive. Le sort de ta femme ne te préoccupe pas le moins du monde, reprit-elle d'un ton exaspéré. Je peux le comprendre. Mais tes enfants, y as-tu songé ? Tu sais très bien ce qu'il adviendra d'eux quand tu seras dans le pétrin. Veux-tu que tes enfants deviennent des "noirs" ? »

« Tous les pères aiment leurs enfants, poursuivit mon père d'un air pensif, comme s'il cherchait à se convaincre lui-même. Tu sais qu'au moment d'attaquer le tigre se retourne toujours pour s'assurer que son petit est hors de danger. Même un fauve réagit ainsi. Alors un être humain... Pourtant, un communiste doit aller au-delà de ces considérations. Il faut qu'il pense aux enfants des autres. Ceux des victimes de ces violences, par exemple. »

Ma mère se leva alors et s'éloigna. Il était inutile d'insister. Dès qu'elle fut seule, elle éclata en sanglots.

Mon père commença à écrire sa lettre, déchirant brouillon après brouillon. Il avait toujours été perfectionniste. Une lettre au président Mao n'était pas une mince affaire. Il fallait à tout prix qu'il formule avec une exactitude absolue ce qu'il avait à dire, pour essayer d'en minimiser l'incidence, notamment sur sa famille. En d'autres termes, il convenait de critiquer sans avoir l'air de critiquer. Il ne pouvait se permettre d'offenser Mao.

Depuis le mois de juin déjà, il songeait à écrire cette missive. Plusieurs de ses collègues, boucs émissaires des gardes rouges, avaient fait les frais de la Révolution culturelle. Il s'était juré de parler en leur nom. Seulement, les événements l'avaient empêché de mettre son projet à exécution. Entre autres choses, divers indices tendaient à montrer qu'il figurerait bientôt parmi les victimes. Ma mère tomba un jour sur une grande affiche en plein cœur de Chengdu qui l'incriminait directement. Son nom y était écrit en toutes lettres et on le qualifiait d'« opposant numéro un de la Révolution culturelle au Setchouan ». Cette mise en cause se fondait sur deux accusations : l'hiver dernier, il avait refusé de faire publier l'article dénonçant les tragédies du mandarin Ming, coup d'envoi de la Révolution culturelle ordonné par Mao lui-même. Par ailleurs, il était l'auteur du « document d'avril », plaidoyer contre la persécution visant à limiter la Révolution culturelle à un débat non politique.

Quand ma mère lui avait parlé de l'affiche, il s'était aussitôt écrié que les chefs provinciaux du parti étaient derrière ce coup-là. Seul un petit cercle de hauts dirigeants locaux connaissaient en effet ces deux « écarts » qu'on lui reprochait. Père ne doutait pas un instant qu'ils avaient résolu de le coincer à son tour, et il savait pertinemment pourquoi. Les étudiants des universités de Chengdu s'attaquaient de plus en plus aux dirigeants de la province ; l'Autorité de la révolution culturelle leur confiait davantage d'informations qu'aux lycéens. Ils savaient par exemple que l'objectif véritable de Mao était d'anéantir les « véhicules du capitalisme », à savoir les cadres du parti. Une minorité de ces étudiants seulement étaient fils de hauts responsables, car la plupart des membres de l'encadrement du parti s'étaient mariés après la création de la République populaire, en 1949; ils n'avaient pas encore d'enfants en âge de fréquenter les universités. Étant donné qu'ils n'avaient aucun intérêt matériel à maintenir le *statu quo*, les étudiants étaient ravis de s'en prendre aux cadres.

Les autorités du Setchouan étaient outrées par les violences perpétrées par les lycéens, mais ce n'était rien à côté de la panique que suscitaient chez elles les étudiants des universités. Elles comprirent qu'il leur fallait à tout prix trouver un bouc émissaire haut placé pour les apaiser. Mon père se trouvait être l'un des responsables les plus éminents dans le domaine de la « culture », cible première de la Révolution culturelle. Il avait la réputation de se montrer très à cheval sur ses principes. A un moment où l'on avait surtout besoin d'obéissance et de consensus, ces autorités estimèrent donc qu'elles pourraient fort bien se passer de lui.

Mon père se trouvait indubitablement en mauvaise posture. Le 26 août, on lui demanda d'assister à une assemblée destinée aux étudiants de la prestigieuse université du Setchouan. Ces derniers s'en étaient déjà pris au chancelier et à l'encadrement de la faculté; ils visaient à présent les dirigeants de la province. La réunion avait en principe pour objet de permettre aux étudiants de formuler leurs griefs à l'adresse des leaders provinciaux. Le commissaire Li prit place sur une estrade, au milieu de toute la smala des dirigeants locaux. L'immense auditorium le plus vaste de Chengdu était bourré à craquer.

Les étudiants avaient afflué en grand nombre, avec la ferme intention de semer la zizanie. Un désordre infernal régna bientôt dans la grande salle. Des jeunes gens, hurlant des slogans et brandissant des drapeaux, ne tardèrent pas à bondir sur l'estrade pour essayer de s'emparer du micro. Bien que mon père ne présidât pas l'assemblée, c'est lui qu'on chargea de rétablir la situation. Pendant qu'il était aux prises avec les étudiants, les autres responsables du parti se défilèrent.

« Êtes-vous des étudiants sensés ou des voyous? s'écria mon père. Cessez de dire des idioties! » D'ordinaire, en Chine, les officiels gardent toujours une attitude impassible, conforme à leur statut. Or, mon père hurlait comme n'importe quel étudiant. Malheureusement, sa spontanéité ne les impressionna guère, et il dut finalement s'en aller au milieu d'un vacarme épouvantable. Aussitôt après cette séance houleuse, de gigantesques affiches firent leur apparition, faisant de lui « le véhicule capitaliste le plus obstiné qui soit, opposant à tous crins de la Révolution culturelle ».

Cette réunion fit date. Dès lors, la Garde rouge de l'université du Setchouan se fit appeler « groupe du 26 août ». Il allait devenir le noyau d'une vaste organisation aux dimensions de la province, regroupant plusieurs millions d'individus, et le principal instrument de la Révolution culturelle au Setchouan.

Après la fameuse réunion, les autorités provinciales ordonnèrent à mon père de ne plus quitter son domicile, sous aucun prétexte, dans « son propre intérêt ». Il se rendait bien compte qu'on avait délibérément fait de lui la cible des étudiants, et qu'on le plaçait maintenant en résidence surveillée. Il mentionna ce fait dans sa lettre à Mao. Un soir, les larmes aux yeux, il pria ma mère de bien vouloir porter cette missive à Pékin, puisqu'il n'était plus autorisé à se déplacer lui-même.

Ma mère s'était farouchement opposée à l'idée de cette lettre, mais elle avait changé d'avis depuis qu'on avait fait de lui une victime. Ses enfants figureraient inéluctablement parmi les « noirs » ; elle savait fort bien ce que cela voulait dire. Aussi ténue fût-elle, sa seule chance de sauver son mari et ses enfants consistait désormais à aller à Pékin et à plaider la cause de son mari auprès des hauts dirigeants. Elle promit donc à mon père de porter sa lettre.

Le 31 août, je fus tirée brusquement d'un sommeil agité par un bruit provenant de la chambre de mes parents. Je me dirigeai sur la pointe des pieds vers la porte entrebâillée du bureau de mon père. Il se tenait au milieu de la pièce, entouré de plusieurs individus que je connaissais ; ils faisaient partie de son département. Je remarquai leur mine sévère, dénuée de leur habituel sourire servile. « Auriez-vous la gentillesse de remercier les autorités provinciales de ma part ? s'exclama mon père. Leur sollicitude me touche. Mais je préfère ne pas me cacher. Un communiste ne devrait pas avoir peur d'une poignée d'étudiants. »

Il paraissait très calme, mais je perçus dans sa voix une nuance d'émotion qui me glaça le sang. Un homme apparemment important prit alors la parole : « Docteur Chang, de toute évidence, le Parti sait de quoi il retourne. Les étudiants sont décidés à s'en prendre à vous. Ils peuvent être violents. Le parti estime que vous devriez être placé sous protection. Il a pris une

décision. Vous devez savoir qu'un communiste doit inconditionnellement se plier aux décisions du parti. »

Après un silence, mon père reprit la parole à voix basse.
« J'obéirai donc au parti. Je vous suis. » « Mais où ? » s'écria
alors ma mère. « Personne ne doit le savoir. Nous avons reçu
des instructions très strictes à ce sujet », lui répliqua un homme
d'un ton impatient. En sortant de son bureau, mon père
m'aperçut. Il me prit la main. « Je dois partir pour quelque
temps, me dit-il. Sois bien sage. »

Ma mère et moi l'accompagnâmes jusqu'à la porte latérale
de la résidence. Des membres de son département se tenaient
de part et d'autre de l'allée. Mon cœur battait à tout rompre
et j'avais les jambes en coton. Père paraissait très nerveux. Sa
main tremblait dans la mienne. Je la lui caressai de mon autre
main.

Une voiture attendait devant le portail. On lui ouvrit la
porte. Il y avait déjà deux hommes à l'intérieur, l'un devant,
l'autre sur la banquette arrière. Maman avait l'air bouleversé,
mais elle garda son calme. « Ne t'inquiète pas. J'irai », dit-elle
à mon père en plongeant son regard dans le sien. Sans même
nous serrer dans ses bras, il s'enfourna dans la voiture. Il est
rare que les Chinois manifestent leur émotion en public, même
dans les situations les plus exceptionnelles. L'instant d'après,
il était parti.

Je ne compris pas tout de suite qu'on avait arrêté mon père,
puisque l'on avait déguisé ce fait sous le couvert de « protection ». A quatorze ans, je n'étais pas encore capable de
déchiffrer le langage fallacieux du régime qui nous gouvernait.
Les autorités n'avaient pas décidé de ce qu'elles comptaient
faire de lui. C'était la raison pour laquelle elles prenaient des
voies détournées. En général, dans ce genre de situation, la
police n'intervenait pas. Mon père avait été appréhendé par des
membres de son département nantis d'une autorisation verbale
du comité provincial du parti.

A peine mon père parti, ma mère prépara à la hâte une valise.
Puis elle nous annonça qu'elle allait à Pékin. La lettre qu'il
avait écrite était encore à l'état de brouillon, couverte de
ratures et de gribouillages. Dès qu'il avait vu le détachement
de son département arriver, il la lui avait glissée dans la main.

Ma grand-mère prit mon jeune frère Xiao-fang, âgé de
quatre ans, dans ses bras et le serra contre elle en pleurant.
J'insistai pour accompagner ma mère à la gare. Elle n'avait pas

le temps d'attendre le bus. Nous sautâmes dans un pousse-pousse.

J'avais peur et je ne comprenais rien. Ma mère ne m'avait pas donné la moindre explication. Elle paraissait tendue, préoccupée, profondément abîmée dans ses pensées. Je lui demandai de me dire ce qui était arrivé. Elle me répondit brièvement que je serais mise au courant en temps utile, et elle en resta là. J'en conclus qu'elle devait penser que c'était trop compliqué à expliquer. J'avais de toute façon l'habitude de m'entendre dire que j'étais trop jeune pour savoir certaines choses. Je voyais bien qu'elle était occupée à analyser la situation et à planifier les démarches à entreprendre, et je ne voulais pas l'ennuyer. Ce que j'ignorais, c'était qu'elle s'efforçait elle-même d'élucider les divers éléments de l'affaire.

Nous atteignîmes la gare sans avoir échangé une parole. J'avais glissé ma main dans la sienne. Ma mère ne cessait de regarder par-dessus son épaule; elle savait fort bien que les autorités auraient vu d'un mauvais œil son départ pour Pékin. Elle m'avait d'ailleurs laissée l'accompagner pour que je serve de témoin en cas d'incident en cours de route. Elle acheta un billet «banquette en bois» pour le prochain train à destination de Pékin. Il ne partait pas avant le lendemain matin à l'aube; nous nous installâmes donc sur un banc, dans la salle d'attente, une sorte d'abri sans murs.

Je me serrai contre elle en prévision d'une nuit inconfortable. En silence, nous regardâmes l'obscurité tomber sur le sol en ciment de la place, devant la gare. Quelques rares ampoules faiblardes et nues suspendues au sommet des réverbères jetaient une lumière pâlotte qui se reflétait dans les flaques d'eau laissées par un violent orage, le matin même. J'avais froid dans mon chemisier estival. Ma mère m'enveloppa dans son manteau de pluie. Comme les heures s'égrenaient lentement, elle me suggéra de faire un petit somme. Épuisée, je finis par m'assoupir, la tête sur ses genoux.

Je fus réveillée par un mouvement de ses jambes. En relevant la tête, je vis deux individus en imperméables à capuchon qui se tenaient debout devant nous. Ils se disputaient à voix basse. Encore ensommeillée, je ne parvenais pas à comprendre de quoi ils parlaient. Je n'aurais même pas pu dire s'il s'agissait d'hommes ou de femmes. J'entendis vaguement ma mère dire d'une voix calme, avec une certaine contrainte, quelque chose comme: «Je vais appeler les gardes rouges.» Les deux inconnus sombrèrent dans le silence. Puis l'un d'eux chuchota quelque chose à l'oreille de l'autre et ils s'éloignèrent discrètement, visiblement déterminés à ne pas attirer l'attention.

A l'aube, ma mère monta dans le train pour Pékin.

Des années plus tard, elle m'expliqua que les deux intrus étaient en réalité des femmes de sa connaissance, cadres subalternes du département de mon père. Elles lui avaient déclaré que les autorités s'opposaient à son départ pour Pékin, considéré comme un acte «antiparti». Ma mère avait attiré leur attention sur un passage de la charte du parti, stipulant que tout membre était habilité à en appeler personnellement aux dirigeants dudit parti. Quand les deux émissaires lui avaient annoncé que des hommes étaient prêts à intervenir pour l'emmener de force dans une voiture garée non loin de là, ma mère leur avait répliqué que s'ils approchaient, elle appellerait au secours les gardes rouges en faction à proximité de la gare et leur dirait qu'on essayait de l'empêcher d'aller à Pékin pour voir le président Mao. Je lui demandai ce qui lui avait fait croire que les gardes rouges l'aideraient, elle, plutôt que ses poursuivants. «Imagine qu'ils t'aient dénoncée aux gardes rouges en tant qu'ennemi de classe en fuite», m'exclamai-je. Ma mère sourit. «Je me suis dit qu'ils ne prendraient pas ce risque. Et puis j'étais prête à tout. Je n'avais pas d'autre solution, de toute façon.»

A Pékin, elle porta la lettre de mon père dans un «bureau des doléances». Opposées à tout système juridique indépendant, les autorités chinoises avaient de longue date institué des bureaux permettant aux citoyens d'exposer leurs griefs contre leurs patrons. Les communistes avaient hérité de ce système. Lorsque, au cours de la Révolution culturelle, il apparut que les communistes aux commandes commençaient à perdre leur ascendant, bon nombre de ceux qu'ils avaient persécutés affluèrent à Pékin pour faire appel. Toutefois, l'Autorité de la révolution culturelle ne tarda pas à annoncer que les «ennemis de classe» n'avaient pas le droit de présenter leurs doléances, y compris contre les «véhicules du capitalisme». S'ils tentaient malgré tout leur chance, ils seraient doublement punis.

Le bureau des doléances recevait peu de plaintes concernant de hauts fonctionnaires tels que mon père. Ma mère bénéficia par conséquent d'une attention particulière. Elle était aussi l'une des rares épouses de victimes à avoir eu le courage d'entreprendre une pareille démarche ; la plupart d'entre elles choisissaient à contrecœur de «tirer un trait» entre l'accusé et elles-mêmes, plutôt que de s'attirer des ennuis en prenant la parole au nom de leur mari. Ma mère fut donc reçue presque immédiatement par le vice-premier ministre Tao Zhu, directeur du département central des Affaires publiques et l'un des leaders de la Révolution culturelle à ce moment-là. Elle lui transmit la lettre de mon père et plaida sa cause auprès de lui, le priant d'ordonner sa libération aux autorités du Setchouan.

Quelques semaines plus tard, Tao Zhu la convoqua. Il lui remit une lettre stipulant que mon père avait agi d'une manière parfaitement constitutionnelle, en accord avec la direction du parti de la province du Setchouan, et devait par conséquent être relaxé sur-le-champ. Tao n'avait pas fait la moindre enquête. Il avait cru ma mère sur parole, car ce qui était arrivé à mon père se produisait régulièrement. Dans toute la Chine, les responsables du parti cherchaient fébrilement des boucs émissaires dans le but de sauver leur peau. Conscient du désarroi de ma mère, Tao choisit de lui remettre la lettre en main propre plutôt que de l'envoyer par la voie administrative normale.

Tao Zhu lui laissa par ailleurs entendre qu'il comprenait et partageait les préoccupations exprimées par mon père dans sa lettre : l'épidémie de persécutions et la propagation de la violence gratuite. Ma mère se rendit compte qu'il aurait donné cher pour contrôler la situation. En définitive, et pour cette raison précise d'ailleurs, il ne tarda pas à être condamné lui-même en tant que «troisième véhicule national du capitalisme», après Liu Shaoqi et Deng Xiaoping.

Ma mère recopia soigneusement la précieuse lettre de Tao Zhu et expédia le deuxième exemplaire à ma grand-mère, la priant de la montrer au département de mon père en les informant qu'elle ne rentrerait que quand mon père aurait été libéré. En regagnant Chengdu, elle redoutait en effet que les autorités ne l'arrêtent, s'emparent de la lettre et gardent mon père en prison. Elle estimait que, pour le moment, le mieux était de rester à Pékin où elle pouvait continuer à exercer des pressions sur le gouvernement.

Ma grand-mère fit ce qu'elle lui avait demandé de faire : elle transmit la lettre de Tao Zhu recopiée par ma mère. Les autorités provinciales décrétèrent alors qu'il y avait un malentendu, leur objectif étant simplement de *protéger* mon père.

Elles insistèrent pour que ma mère revînt et mît un terme à ses menées individualistes.

Des cadres du parti nous rendirent visite à plusieurs reprises pour essayer de convaincre ma grand-mère d'aller à Pékin chercher sa fille. L'un d'eux lui déclara : « C'est à votre fille que je pense, vraiment. Pourquoi s'obstine-t-elle à induire le parti en erreur ? Nous nous efforcions seulement de protéger votre gendre. Votre fille n'a pas voulu nous écouter et elle est partie pour Pékin. J'ai peur pour elle. Si elle ne revient pas, on considérera qu'elle a agi à l'encontre du parti. Vous savez que c'est une accusation grave. Puisque vous êtes sa mère, vous devez intervenir pour son bien. Le parti a promis de lui pardonner dès lors qu'elle reviendrait et se soumettrait à une autocritique. »

Ma pauvre grand-mère était dans tous ses états. Au bout de deux ou trois entrevues de ce genre, elle commença à fléchir. L'inquiétude la minait. Un jour, elle se décida : on venait de lui apprendre que mon père avait eu une dépression nerveuse et qu'on ne l'enverrait pas à l'hôpital tant que ma mère ne serait pas de retour.

Le parti lui remit deux billets, un pour elle et un pour Xiao-fang. Le voyage dura trente-six heures. Dès que ma mère sut ce qui se passait, elle envoya un télégramme au département de mon père pour leur annoncer qu'elle se mettait en route ; puis elle entreprit les démarches nécessaires à son retour. Elle arriva au cours de la deuxième semaine d'octobre, en compagnie de ma grand-mère et de Xiao-fang.

Pendant son absence, durant tout le mois de septembre, j'étais restée à la maison pour tenir compagnie à ma grand-mère. Je voyais bien que l'inquiétude la rongeait, mais je ne savais pas ce qui se passait. Où était mon père ? L'avait-on arrêté ou le protégeait-on simplement ? Courions-nous un danger ou pas ? Je l'ignorais, et personne ne me disait rien.

Je n'eus aucun problème à rester à la maison dans la mesure où les gardes rouges n'exercèrent jamais un contrôle aussi rigoureux que le parti. Mon « patron » au sein de la Garde rouge, le dénommé Geng, ne fit pas la moindre tentative pour essayer de me faire revenir à l'école. A la fin du mois de septembre, pourtant, il me téléphona pour m'enjoindre d'y retourner le 1er octobre, jour de la Fête nationale. « Sinon, me dit-il, tu ne pourras jamais t'intégrer à la Garde rouge. »

Personne ne m'obligeait à entrer dans leurs rangs. C'était

moi qui souhaitais me joindre à eux. En dépit de ce qui se passait autour de moi, ma réticence, ma peur n'avaient pas d'objet bien défini. Il ne me vint pas une seule fois à l'idée de contester explicitement la Révolution culturelle ou les gardes rouges, ces « créatures » de Mao, lui-même au-dessus de tout soupçon.

A l'instar de la plupart des Chinois, j'étais incapable de penser de manière rationnelle. Nous étions tellement matés et déformés par la peur et l'endoctrinement qu'il nous aurait semblé inconcevable de nous écarter de la voie tracée par Mao. De surcroît, on nous avait noyés sous un torrent de paroles trompeuses, de désinformation, d'hypocrisie qui faisait qu'il était presque impossible de voir la situation clairement ou de la juger intelligemment.

De retour à l'école, j'appris qu'un grand nombre de « rouges » s'étaient plaints de ne pas faire partie de la Garde rouge. C'était la raison pour laquelle il importait d'être présent le jour de la Fête nationale, car on allait procéder à un recrutement massif, incorporant tous les « rouges » qui n'avaient pas encore été intégrés. C'est ainsi qu'au moment où la Révolution culturelle dévastait ma famille, je devins un garde rouge.

J'étais tout excitée par mon brassard rouge aux caractères dorés. A l'époque, les gardes rouges portaient volontiers d'anciens uniformes de l'armée dotés de ceintures en cuir comme celui que Mao arborait au début de la Révolution culturelle. J'avais très envie de suivre moi-même cette mode. Dès que je fus enrôlée, je me précipitai à la maison et, du fond d'une vieille malle, je sortis la veste gris pâle à la Lénine que ma mère portait au début des années 1950. Elle était un peu grande ; je demandai donc à ma grand-mère de la reprendre. Avec une ceinture en cuir récupérée sur un des pantalons de mon père, mon costume fut au complet. Arrivée dans la rue, toutefois, je me sentis très mal à l'aise, ma tenue me paraissant trop agressive. Je la gardai cependant sur moi.

Quelques jours plus tard, ma grand-mère partit pour Pékin. Comme je venais d'être admise dans la Garde rouge, je devais impérativement loger à l'école. Étant donné ce qui se passait alors à la maison, l'école me terrifiait. Quand je voyais des « noirs » ou des « gris » que l'on obligeait à nettoyer les toilettes ou les sols, j'avais des frissons d'angoisse, comme si je faisais moi-même partie du lot. Lorsque les gardes rouges partaient faire leurs razzias le soir venu, je me mettais à trembler de la tête aux pieds, convaincue qu'ils allaient chez moi. Si je remarquai des camarades en train de chuchoter quelque chose non loin de moi, j'en avais des palpitations : peut-être disaient-ils que j'étais devenue «noire» ou que mon père avait été arrêté?

Je me découvris un refuge, en l'occurrence le bureau d'accueil de la Garde rouge! L'école recevait de nombreux visiteurs, car depuis le mois de septembre 1966, un nombre croissant de jeunes voyageaient à travers la Chine. Pour les encourager à voir du pays et à faire de l'agit-prop, on leur offrait gracieusement logement, nourriture et transports.

Le bureau d'accueil occupait l'ancienne salle de conférences. Nous distribuions des tasses de thé aux voyageurs, souvent désemparés, qui transitaient par chez nous et nous bavardions avec eux. S'ils affirmaient avoir des affaires sérieuses à mener, le bureau leur prenait un rendez-vous avec l'un des leaders de notre Garde rouge. Je ne décollais pas de ce bureau, car les gens qui s'y trouvaient coupaient aux «actions» qui consistaient à garder les «noirs» et les «gris» ou à piller les maisons. J'aimais aussi beaucoup cet endroit à cause des cinq filles qui y travaillaient. Elles y faisaient régner une ambiance chaleureuse, dénuée de fanatisme, qui avait sur moi un effet des plus apaisants.

Il y avait souvent beaucoup de monde au bureau. La plupart des visiteurs s'y attardaient surtout pour converser avec nous. On faisait parfois la queue pour entrer, et nous avions même des habitués. En y repensant aujourd'hui, je me rends compte que ces jeunes gens recherchaient surtout une compagnie féminine. Ils n'étaient pas si obnubilés par la révolution que cela. Je me souviens que mon comportement était extrêmement sérieux : j'évitais pudiquement leurs regards appuyés et je ne répondais pas à leurs clins d'œil : en outre, je prenais consciencieusement des notes sur toutes les cornettes qu'ils débitaient.

Un soir particulièrement chaud, deux femmes d'âge moyen, un peu vulgaires, firent leur apparition au bureau d'accueil, aussi bruyant qu'à l'ordinaire. Elles se présentèrent à nous comme la directrice et la directrice adjointe d'un comité de résidents voisin de l'école. Elles s'exprimaient d'un ton grave et mystérieux, comme si elles étaient investies de quelque importante mission. Ce genre d'affectation m'a toujours déplu; je leur tournai par conséquent le dos. Soudain, je me rendis compte qu'elles venaient de révéler à l'assemblée une information importante. Ceux qui avaient écouté leurs propos s'exclamèrent tout à coup : « Il faut trouver un camion ! Il faut trouver un camion ! Partons tout de suite ! » Avant même que je comprenne de quoi il retournait, une foule en émoi m'entraîna hors de la pièce et je me retrouvai dans un camion. Mao ayant ordonné aux travailleurs de soutenir les gardes rouges, camions et chauffeurs étaient à notre disposition en permanence. Dans le véhicule, je me trouvai coincée contre l'une des deux responsables de ce tohu-bohu. Elle racontait de nouveau son histoire, visiblement avide de s'insinuer dans nos bonnes grâces. Elle expliqua qu'une de ses voisines, épouse d'un officier du Kuo-min-tang réfugié à Taiwan, avait caché un portrait de Chiang Kai-shek dans son appartement.

Cette femme ne me plaisait pas du tout. Son sourire servile me faisait froid dans le dos. Et puis je lui en voulais de m'obliger à participer à mon premier raid chez des particuliers. Le camion s'arrêta bientôt à l'entrée d'une allée étroite. Nous sortîmes tous et suivîmes nos deux guides dans la ruelle pavée. Il faisait nuit noire, l'unique source de lumière provenant des interstices entre les planches de bois qui constituaient les murs des maisons. Je trébuchai et me frottai longuement la cheville dans l'espoir de me laisser distancer. L'appartement de la coupable ne comptait que deux pièces, si petites que nous n'aurions jamais pu y tenir tous. J'étais on ne peut plus contente de rester dehors. Malheureusement, quelques instants plus tard, quelqu'un cria qu'on avait fait de la place à l'intérieur et que les exclus pouvaient donc entrer pour « recevoir une leçon sur la lutte des classes ».

Dès le seuil, une puanteur âcre d'urine, de selles et de corps malpropres m'assaillit les narines. La pièce était sens dessus dessous. J'aperçus l'accusée. Elle avait probablement une quarantaine d'années. Elle était à moitié dénudée et à genoux au milieu de la chambre qu'éclairait à peine une ampoule faiblarde. Dans la pénombre, la silhouette agenouillée par terre avait quelque chose de grotesque. Il me sembla voir du sang dans ses cheveux en désordre. Les yeux écarquillés par le désespoir, elle se mit à crier d'une voix étranglée : « Honorables gardes rouges ! Je ne possède aucun portrait de Chiang Kai-shek, je vous le jure. » Puis elle se tapa la tête contre le sol avec une telle violence qu'elle eut bientôt le front maculé de sang.

Son dos était couvert de plaies. Quand elle leva son arrière-train pour se prosterner, je distinguai des taches sombres sur son pantalon et une odeur d'excréments emplit la pièce. J'étais tellement épouvantée que je détournai le regard. A ce moment-là, j'aperçus son tortionnaire, un garçon de dix-sept ans du nom de Chian que je trouvais plutôt sympathique jusque-là. Il était avachi sur une chaise, tenant à la main une ceinture, dont il tripotait la boucle en cuivre. « Dis la vérité ou je te frappe encore », dit-il à sa victime d'un ton nonchalant.

Le père de Chian était officier de l'armée du Tibet. La plupart des officiers envoyés là-bas laissaient leur famille à Chengdu, la ville chinoise la plus proche, le Tibet étant considéré comme un lieu inhabitable et barbare. Auparavant, j'avais éprouvé une certaine attirance pour Chian et la langueur qui émanait de lui ; il me donnait plutôt l'impression d'être un gentil garçon. En faisant un effort désespéré pour essayer d'empêcher ma voix de trembler, je murmurai : « Le président Mao ne nous a-t-il pas appris à recourir à la lutte verbale (wen-dou) plutôt qu'à la lutte physique (wu-dou) ? Nous ferions peut-être mieux de ne pas...? »

Plusieurs voix firent écho à ma faible protestation. Pour toute réponse, Chian nous jeta un regard de dégoût en déclarant avec emphase : « Tirez un trait entre la classe ennemie et vous, nous a dit le président Mao. "La pitié envers l'ennemi est une cruauté pour le peuple !" Si le sang vous fait peur, ne soyez pas gardes rouges ! » Une exaltation fanatique déformait son visage et le rendait affreusement laid. Le silence tomba sur l'assistance. Même si la scène qui se déroulait sous nos yeux ne pouvait nous inspirer autre chose que de la révulsion, il n'y avait pas moyen de s'y opposer. On nous avait appris à être impitoyable avec nos ennemis de classe. En faisant preuve de faiblesse, nous courions le risque de nous retrouver nous-mêmes dans cette catégorie. Je fis volte-face et sortis à la hâte dans le jardin de derrière. J'y trouvai une foule de gardes rouges armés de pelles. Le bruit de coups de ceinturon me parvint à nouveau de l'intérieur, accompagné de cris qui firent se dresser mes cheveux sur ma tête. Les autres durent trouver ces hurlements tout aussi insupportables car la plupart d'entre eux interrompirent brusquement leurs fouilles. « Il n'y a rien par ici. Partons. Partons. » En passant par la chambre, j'entrevis Chian debout au-dessus de sa victime. Dehors, je tombai sur l'informatrice au regard servile. A présent, elle avait l'air terrifié. Elle ouvrit la bouche pour parler, mais aucun son ne sortit. En lui jetant un coup d'œil, je compris qu'il n'y avait jamais eu de portrait de Chiang Kai-shek. Elle avait dénoncé la malheureuse par vengeance. On se servait souvent des gardes rouges pour régler les vieilles querelles. Je remontai dans le camion, écœurée et folle de rage.

18

« Des nouvelles plus qu'immensément merveilleuses »

PÈLERINAGE À PÉKIN

octobre-décembre 1966

Je trouvai un nouveau prétexte pour quitter l'école et rester chez moi le lendemain matin. L'appartement était vide. Mon père était toujours en détention, et ma mère, ma grand-mère et Xiao-fang se trouvaient encore à Pékin. Quant à mes frères et sœur, ils vivaient déjà ailleurs.

Jin-ming s'était élevé dès le départ contre la Révolution culturelle. Nous fréquentions la même école, où il était en première année. Il voulait devenir chercheur scientifique, mais la Révolution culturelle jugeait ce métier « bourgeois ». Peu avant l'avènement de cette dernière, il avait formé une bande avec quelques camarades de sa classe. Ils adoraient l'aventure et le mystère et se faisaient appeler la « Confrérie du Fer forgé ». Jin-ming en était le « doyen ». Il était de grande taille et brillant dans ses études. Il faisait chaque semaine à sa classe des démonstrations de magie fondées sur sa connaissance de la chimie et manquait audacieusement les cours qui ne l'intéressaient pas et ceux où il n'avait plus rien à apprendre. Par ailleurs, il se montrait toujours très équitable et généreux envers ses camarades.

Dès que la Garde rouge de notre école vit le jour, le 16 août, la «confrérie» de Jin-ming y fut incorporée. Elle reçut pour mission d'imprimer des brochures et de les distribuer dans la rue. Ces tracts étaient rédigés par des gardes rouges un peu plus âgés que nous et portaient des titres tels que «Déclaration constituante de la première Brigade de la première Division de l'armée des gardes rouges de l'école numéro 4» (toutes les organisations de la Garde rouge avaient des noms grandiloquents). «Déclaration solennelle» (un élève annonçait qu'il prenait désormais le nom de «Huang le Garde du président Mao»), «Des nouvelles plus qu'immensément merveilleuses» (un membre de l'Autorité de la révolution culturelle venait d'accorder une audience à une poignée de gardes rouges), ou encore «Ultimes instructions suprêmes» (un mot ou deux que Mao venait de prononcer et que quelqu'un avait réussi à saisir).

Jin-ming ne tarda pas à en avoir par-dessus les oreilles de toutes ces fadaises. Il manqua bientôt à l'appel presque à chaque mission. Il commençait par ailleurs à s'intéresser à une fillette de son âge — treize ans. Il voyait en elle une vraie dame, jolie, douce, légèrement réservée, un peu timide. Il ne l'aborda pourtant pas, satisfait de l'admirer de loin.

Un jour, les élèves de sa classe reçurent l'ordre de faire une descente dans une maison. Les «anciens» parlèrent d'«intellectuels bourgeois». Tous les membres de la famille furent déclarés prisonniers; on leur ordonna de se réunir dans une pièce pendant que les gardes rouges fouillaient les lieux. Jin-ming fut chargé de les surveiller. A sa grande joie, il se trouva que la fillette qu'il aimait bien était l'autre «geôlière».

Les prisonniers étaient au nombre de trois: il y avait un homme d'âge moyen, son fils et sa belle-fille. Ils s'étaient manifestement attendus à une perquisition, à en juger d'après leur mine résignée et le regard impassible qu'ils posaient sur mon frère, comme s'il était transparent. Jin-ming se sentait très mal à l'aise, d'autant plus que sa coéquipière avait l'air de s'ennuyer à mourir et ne cessait de jeter des coups d'œil impatients en direction de la porte. Dès qu'elle aperçut plusieurs garçons transportant une énorme caisse remplie de porcelaine, elle marmonna qu'elle allait voir et quitta aussitôt la pièce.

Seul face à ces captifs, Jin-ming éprouva une gêne encore plus grande. A un moment donné, la prisonnière se leva et annonça qu'elle voulait aller dans la pièce voisine pour allaiter son nouveau-né. Mon frère y consentit avec empressement.

Dès qu'elle fut sortie, la « dulcinée » de Jin-ming réapparut. D'un ton sec, elle lui demanda où la prisonnière était passée. Il lui répondit qu'il lui avait donné la permission de s'absenter. Elle se mit alors à hurler en le traitant de « vendu à la cause des ennemis de classe ». Elle portait une ceinture de cuir autour d'une taille que Jin-ming imaginait « de guêpe ». Elle la retira et la lui brandit sous le nez, imitant en cela une des postures favorites des gardes rouges, tout en continuant à le sermonner vertement. Jin-ming n'en croyait pas ses yeux. La fille était méconnaissable. Brusquement, sa beauté, sa douceur, sa timidité s'étaient envolées. Elle n'était plus que laideur et hystérie. Ce fut la première déception amoureuse de mon frère.

Il lui tint tête malgré tout. La fillette ressortit et ne tarda pas à revenir en compagnie d'un garde rouge plus âgé, qui n'était autre que le chef du groupe. Il se mit à beugler tant et tant qu'il postillonnait allégrement sur Jin-ming. Lui aussi brandit sous le nez de mon frère sa ceinture roulée autour du poing. Puis, il s'arrêta, conscient qu'il valait mieux ne pas laver son linge sale sous les yeux d'ennemis de classe. Il ordonna alors à Jin-ming de retourner à l'école et d'y « attendre son jugement ».

Ce soir-là, les gardes rouges de la classe de mon frère se réunirent sans lui. Quand ils remontèrent au dortoir, ils évitèrent son regard. Pendant plusieurs jours, ils restèrent à distance. Finalement, ils lui expliquèrent qu'ils avaient eu une altercation avec la jeune militante. Elle avait dénoncé « l'abdication de Jin-ming face aux ennemis de classe » et réclamé un châtiment sévère. La « Confrérie du Fer forgé » avait pris sa défense. Certains membres n'aimaient guère la jeune fille, qui s'était déjà montrée très agressive à l'encontre de plusieurs autres camarades.

Jin-ming fut tout de même puni : on lui donna l'ordre d'aller arracher de l'herbe avec les « noirs » et les « gris ». Cette mission imposée par Mao nécessitait un renouvellement constant de la main-d'œuvre, en raison de la nature obstinée du végétal concerné. C'était là une forme de châtiment tout trouvé pour les nouveaux « ennemis de classe », qui semblaient se multiplier aussi vite que la mauvaise herbe.

L'épreuve de Jin-ming fut de courte durée, sa « confrérie » ne supportant pas de le voir souffrir. Il figurait à présent parmi les « sympathisants des ennemis de classe » ; du coup, on lui épargna les autres descentes, ce dont il s'accommoda fort bien. Peu après, il entreprit un long voyage avec ses «frères» à travers la Chine, découvrant ainsi des sites magnifiques, les fleuves et les montagnes de notre grand pays. A la différence de la plupart des gardes rouges, toutefois, il ne fit jamais le pèlerinage à Pékin pour aller voir Mao. Nous ne devions pas le revoir avant la fin de 1966.

A quinze ans, ma sœur Xiao-hong était membre fondateur de la Garde rouge de son école. Elle n'était évidemment pas la seule, loin de là, puisque l'établissement comptait des centaines d'enfants de cadres, dont un grand nombre rivalisaient âprement pour prendre une part active aux opérations. Elle détestait et redoutait tellement l'atmosphère de fanatisme et de violence qui régnait parmi ses camarades qu'elle ne tarda pas à être à bout de nerfs. Au début du mois de septembre, elle rentra à la maison dans l'intention de demander à mes parents de l'aider, mais ils avaient disparu tous les deux. L'anxiété de ma grand-mère la terrifiant encore plus, elle regagna l'école. Elle se porta volontaire pour «garder» la bibliothèque, pillée et mise sous scellés comme la nôtre. Elle passa plusieurs jours et plusieurs nuits à lire, dévorant à pleines dents tous les fruits défendus sur lesquels elle put mettre la main, ce qui lui permit de tenir le coup. A la mi-septembre, elle entreprit elle aussi un grand voyage autour du pays avec ses amis et ne revint qu'à la fin de l'année, comme Jin-ming.

Quant à mon frère Xiao-hei, il avait maintenant près de douze ans et fréquentait l'école primaire clé où j'étais allée avant lui. Dès que les Gardes rouges furent créées dans les lycées, Xiao-hei et ses amis n'eurent qu'une seule idée en tête : y adhérer. Ils y voyaient la liberté, la chance de ne plus vivre chez leurs parents, de passer la nuit éveillés et d'exercer un pouvoir sur les adultes. Ils se précipitèrent donc dans mon lycée et supplièrent les gardes rouges de les enrôler. Pour se débarrasser d'eux, l'un des responsables leur déclara en riant : «Vous n'avez qu'à former la première Division de l'unité 4969.» Xiao-hei devint ainsi le chef du département de propagande d'une troupe de vingt gamins, les autres occupant les fonctions de «commandant», «chef d'état-major», etc. Leur «division» ne comptait pas un seul soldat.

Xiao-hei participa à deux reprises au passage à tabac d'un enseignant. La première victime était un professeur d'éducation physique, considéré comme «un mauvais élément».

Plusieurs fillettes de l'âge de mon petit frère l'avaient accusé de leur toucher les seins et les cuisses pendant les cours. Les garçons fondirent sur lui, en partie pour impressionner leurs petites camarades. L'autre accusée enseignait la morale. Les châtiments corporels étant proscrits dans les écoles, elle s'en était plainte auprès des parents d'élèves qui battaient leur progéniture à sa place.

Xiao-hei et ses camarades furent un jour investis d'une mission importante : ils devaient effectuer une descente dans une maison que l'on disait occupée par une famille jadis partisane du Kuo-min-tang. Ils ne savaient pas très bien ce qu'ils étaient censés faire une fois sur place. On leur avait bourré le crâne d'idées excitantes, mais vagues ; ils espéraient donc trouver quelque chose comme un journal intime attestant de la haine de la famille pour le parti communiste et de son espoir de faire revenir Chiang Kai-shek.

La famille en question comptait cinq fils, tous bien bâtis et coriaces. Ils se plantèrent sur le pas de la porte, bras croisés, et dévisagèrent leurs assaillants de l'air le plus intimidant et le plus méprisant qui fût. L'un des gamins essaya de se glisser à l'intérieur à leur insu. Un des cinq frères le saisit aussitôt par le collet et le jeta dehors d'une seule main. Ce geste mit un terme une fois pour toutes aux « actions révolutionnaires » de la « division » de Xiao-hei.

Au cours de la deuxième semaine d'octobre, tandis que Xiao-hei vivait à l'école et profitait de sa liberté, que Jin-ming et ma sœur voyageaient, que ma mère et ma grand-mère étaient à Pékin, je me trouvai donc seule à la maison, lorsqu'un beau jour, sans prévenir, mon père apparut sur le pas de la porte.

Ce fut un retour d'un calme presque inquiétant. Mon père n'était plus le même homme. Il paraissait ailleurs, profondément abîmé dans ses pensées. Il ne prit même pas la peine de me dire où il était allé ni ce qui lui était arrivé. Je l'écoutai arpenter sa chambre la nuit entière, trop effrayée et trop inquiète pour dormir moi-même. Deux jours plus tard, à mon grand soulagement, ma mère revint de Pékin avec Xiao-fang et ma grand-mère.

A peine arrivée, elle se précipita au département de mon père pour remettre la lettre de Tao Zhu au directeur adjoint. On envoya aussitôt mon père dans une clinique et ma mère fut autorisée à l'accompagner.

J'allai leur rendre visite là-bas. C'était un endroit ravissant, en pleine campagne, bordé par un magnifique ruisseau aux reflets verts. Mon père avait droit à un petit appartement comprenant un salon doté d'une bibliothèque vide, une chambre à coucher avec un lit à deux places, et une salle de bains au carrelage blanc étincelant. Devant son balcon, plusieurs osmanthus répandaient dans l'air leur parfum entêtant. Quand le vent soufflait, leurs minuscules fleurs dorées descendaient se poser doucement sur la terre nue.

Mes parents paraissaient paisibles. Maman me confia qu'ils allaient tous les jours à la pêche. Je les sentais en sécurité et leur annonçai donc que j'avais l'intention d'aller à Pékin voir le président Mao. Il y avait longtemps que je rêvais de faire ce voyage, comme presque tous mes camarades, mais je ne m'étais jamais décidée parce que j'estimais devoir soutenir mes parents.

On nous encourageait fortement à entreprendre ce pèlerinage. Le logement, la nourriture et les transports étaient gratuits tout au long du voyage, mais il n'y avait rien d'organisé. Deux jours plus tard, je quittai Chengdu avec les cinq autres filles du bureau d'accueil. Tandis que le train s'acheminait poussivement vers le nord, j'étais partagée entre mon bonheur et une inquiétude lancinante concernant mon père. Par la fenêtre, j'admirais le patchwork que formaient les rizières dorées de la plaine de Chengdu récemment moissonnées, alternant avec des carrés de terre d'un noir étincelant. La campagne n'avait guère été touchée par les récents bouleversements, en dépit des instigations répétées de l'Autorité de la révolution culturelle dirigée par Mme Mao. Mao voulait que le peuple soit bien nourri afin de pouvoir faire la révolution. Aussi n'offrit-il à son épouse qu'un soutien limité. Les paysans étaient bien placés pour savoir que s'ils prenaient part aux «actions révolutionnaires» et cessaient de produire de la nourriture, ils seraient les premiers à mourir de faim: ils l'avaient appris à leurs dépens lors de la famine, quelques années plus tôt. Les fermettes paraissaient aussi paisibles et idylliques que jamais parmi les bouquets de bambous. Le vent balayait doucement les volutes de fumée, qui formaient d'insolites couronnes au-dessus des tiges de bambou et des cheminées invisibles. Il y avait moins de cinq ans que la Révolution culturelle avait commencé. Mon univers avait pourtant changé du tout au tout. La beauté sereine de l'immense plaine qui s'étendait sous mes yeux me plongea peu à peu dans une humeur songeuse. Heureusement, je n'avais pas à craindre qu'on me reproche ma «nostalgie», un état d'esprit considéré comme bourgeois, puisque aucune des filles qui m'accompagnaient n'était encline à la critique. Avec elles, je sentais que je pouvais me détendre.

La riche plaine de Chengdu céda bientôt le pas à des collines ondulées. Les sommets enneigés qui dominent l'ouest de la province du Setchouan étincelaient au loin. Nous ne tardâmes pas à franchir une série de tunnels creusés dans le flanc des monts Qin, la chaîne de montagnes désolée séparant le Setchouan du nord de la Chine. Entre le Tibet, situé à l'ouest, les périlleuses gorges du Yang-tzé à l'est, et ses voisins du sud, considérés comme des barbares, la province du Setchouan avait toujours été relativement isolée du reste du pays. Les Setchouanais étaient d'ailleurs réputés pour leur esprit d'indépendance. Mao voyait d'un mauvais œil cette légendaire volonté d'autonomie, et il avait fait en sorte que notre province fût placée sous l'emprise solide de Pékin.

Une fois franchie la chaîne des Qin, le paysage changea brutalement. A la douce verdure des rizières succéda une terre jaune et dure, tandis que des rangées de cahutes-grottes en boue séchée remplaçaient les maisonnettes aux toits de chaume. Jeune homme, mon père avait vécu cinq années dans une de ces habitations primitives. Nous n'étions qu'à une centaine de kilomètres de Yen-an, où Mao avait établi son état-major après la Longue Marche. C'était là que mon père avait fait tous ses rêves de jeunesse et qu'il était devenu un communiste convaincu. En pensant à lui, les larmes me vinrent aux yeux.

Le voyage prit deux jours et une nuit. Les employés du train venaient souvent bavarder avec nous et nous confièrent qu'ils nous enviaient d'aller voir le président Mao.

A la gare de Pékin, de gigantesques pancartes nous accueillirent : «Bienvenue aux invités du président Mao.» Il était plus de minuit. Pourtant, il faisait clair comme en plein jour sur la grande place devant la gare. Des faisceaux de projecteurs balayaient les milliers de jeunes qui s'y trouvaient réunis, tous nantis d'un brassard rouge. Bien qu'ils eussent en général le plus grand mal à se comprendre dans leurs dialectes respectifs, ils ne cessaient de bavarder, de crier, de ricaner et de se quereller au pied du gigantesque bloc d'architecture à la soviétique qu'était la gare elle-même. Seuls les toits en pavillon des deux horloges, à chaque extrémité de l'édifice, avaient un caractère chinois.

Lorsque je sortis de la gare, titubant de sommeil, au milieu des lumières aveuglantes, je fus impressionnée au plus haut point par ce bâtiment grandiose et son étincelante façade moderne, en marbre. J'étais habituée aux colonnes en bois sombre traditionnelles et aux murs de briques irréguliers. Je me retournai et découvris un énorme portrait de Mao suspendu au milieu de la façade, sous trois caractères chinois dorés, « Gare de Pékin », de sa propre calligraphie.

Des haut-parleurs nous dirigèrent vers les bureaux d'accueil situés dans un coin de la gare. A Pékin, comme dans toutes les autres villes de Chine, des administrateurs avaient la charge de fournir des logements et de la nourriture aux jeunes voyageurs. On réquisitionnait les dortoirs des universités, des écoles, les hôtels et même les bureaux. Après des heures d'attente dans la file, on nous attribua des lits à l'université de Qinghua, l'une des plus prestigieuses du pays. On nous y conduisit en bus et on nous fit savoir que nous serions nourries à la cantine. Le fonctionnement de l'énorme machine nécessaire à la prise en charge de millions de jeunes était supervisé par Zhou Enlai, toujours responsable des corvées dont Mao ne voulait pas entendre parler. Sans Zhou Enlai ou un homme comme lui, le pays aurait sombré dans le chaos, entraînant dans sa chute la Révolution culturelle. Aussi Mao prenait-il des dispositions pour que Zhou Enlai fût à l'abri de toute attaque.

Nous formions une petite bande très raisonnable. Nous n'avions qu'une seule idée en tête : voir le président Mao. Malheureusement, nous venions de manquer sa cinquième revue de la Garde rouge sur la place Tiananmen. Que faire dans ces conditions ? Il ne pouvait être question d'activités de loisir ou de tourisme — « contraires à la révolution ». Nous passions donc tout notre temps sur le campus à copier des affiches. Mao avait dit qu'un des buts de notre voyage était d'« échanger des informations sur la Révolution culturelle ». Nous allions donc nous y employer en rapportant à Chengdu les slogans des gardes rouges de Pékin.

En réalité, nous avions une raison supplémentaire de ne pas sortir : les moyens de transports étaient bondés. Or l'université se situait dans la banlieue, à une quinzaine de kilomètres du centre de la ville.

La vie sur le campus était extrêmement inconfortable. Je me

souviens aujourd'hui encore de la puanteur des latrines situées au fond du couloir où se trouvait notre chambre ; elles étaient bouchées en permanence, au point que de l'eau souillée d'urine et de matières fécales débordait des cuvettes et inondait le carrelage. Fort heureusement, un petit décrochement au niveau du seuil empêchait ce flot pestilentiel d'envahir le corridor. L'administration de l'université étant paralysée, il n'y avait personne pour faire procéder à des réparations. Les jeunes venus de la campagne continuaient malgré tout à utiliser les toilettes. Quand ils ressortaient, leurs souliers laissaient des taches nauséabondes tout le long du couloir ainsi que dans les chambres.

Une semaine s'écoula, sans qu'on nous eût annoncé d'organisation prochaine d'un rassemblement nous permettant d'apercevoir Mao. Soucieuses de quitter cet endroit déplaisant, nous décidâmes de nous rendre à Shanghai, où le parti communiste avait été fondé en 1921, puis à Hunan, lieu de naissance de notre Grand Leader, situé plus au sud.

Ces pèlerinages furent un véritable enfer : les trains étaient bourrés à craquer. Les enfants de hauts fonctionnaires l'emportaient de moins en moins chez les gardes rouges, pour la bonne raison que leurs parents commençaient à devenir la cible des autorités en tant que « véhicules du capitalisme ». Les « noirs » et les « gris » organisaient désormais leurs propres bandes de gardes rouges, et ils s'étaient mis à voyager. Cette catégorisation par couleurs n'avait plus guère de sens. Je me souviens d'avoir rencontré dans un train une jeune fille gracieuse d'environ dix-huit ans, aux grands yeux noirs de velours et aux longs cils épais. Elle était d'une beauté saisissante. Comme toujours, nous commençâmes par nous interroger mutuellement sur nos « antécédents familiaux ». Je fus sidérée de l'aisance avec laquelle elle me répondit qu'elle était « noire ». D'autant plus qu'elle ne semblait pas douter un seul instant que nous autres, « rouges », allions la traiter d'égale à égale.

Mes cinq camarades et moi-même n'étions pas particulièrement « militantes » dans notre attitude et nous bavardions constamment avec beaucoup d'entrain. La plus âgée d'entre nous avait dix-huit ans et tout le monde l'aimait beaucoup. On l'avait surnommée « Grassouillette » parce qu'elle était bien enrobée. Elle riait tout le temps. Elle avait un rire de gorge, profond, comme une chanteuse d'opéra. Elle chantait souvent aussi, uniquement des airs inspirés des citations de Mao, bien entendu. Toutes les chansons, en dehors de celles-ci et de quelques rengaines à la louange de Mao, étaient interdites, de même que tout divertissement. Il en fut ainsi pendant les dix ans de la Révolution culturelle.

Je n'avais jamais été aussi heureuse depuis le début de la Révolution culturelle, en dépit du souci que je me faisais pour mon père et des désagréments du voyage. Dans chaque train, le moindre espace était occupé, y compris les porte-bagages. Les toilettes aussi étaient bourrées à craquer; impossible d'y entrer. Seule notre détermination à visiter ces sites sacro-saints soutenait notre moral.

Une fois, j'eus désespérément besoin de me soulager. J'étais coincée près d'une fenêtre, parce que cinq personnes tenaient tant bien que mal sur un siège étroit prévu pour trois. Après m'être démenée comme un beau diable, je parvins enfin aux toilettes. Une fois sur place, toutefois, je me rendis compte que je ne pourrais jamais m'en servir. Même si le jeune garçon assis sur le couvercle du réservoir, les pieds sur la cuvette, pouvait lever les jambes ne serait-ce qu'un moment, même si l'on pouvait Dieu sait comment maintenir debout la fille qui avait pris place entre ses pieds, même si tous ceux qui me barraient le passage jusqu'à eux pouvaient s'écarter, je n'aurais jamais pu me résigner à faire mes besoins devant tous ces gens-là. Je regagnai ma place, au bord des larmes. La panique ne fit qu'aggraver la sensation de brûlure qui me rongeait le ventre j'avais les jambes qui tremblaient. Je résolus d'utiliser les toilettes au prochain arrêt. Après un temps qui me parut une éternité, le train s'immobilisa enfin dans une petite gare enveloppée par la pénombre du crépuscule. La fenêtre était ouverte; je l'escaladai et sautai à bas du train. A mon retour, je m'aperçus avec horreur que je ne pouvais plus remonter.

J'étais probablement la moins sportive de nous six. Jusqu'à ce jour, chaque fois qu'il m'avait fallu grimper dans un train par une fenêtre, une de mes amies m'avait soulevée depuis le quai pendant que les autres me tiraient de l'intérieur. Cette fois-ci, bien que quatre passagers m'aidassent autant qu'ils le pouvaient, je ne pouvais me hisser suffisamment haut pour faire entrer ma tête et mes coudes. Je transpirais profusément. Il faisait pourtant un froid de canard. Tout à coup, le train se mit en branle. Paniquée, je regardai autour de moi dans l'espoir que quelqu'un vienne me donner un coup de main.

Mon regard se posa sur le visage mince et sombre d'un garçon qui venait de se couler près de moi. Seulement, il n'avait pas du tout l'intention de me prêter main-forte.

Mon porte-monnaie se trouvait dans la poche de ma veste; à cause de ma position, il était tout à fait visible. Le garçon s'en saisit avec deux doigts. Il avait vraisemblablement attendu le moment du départ pour m'en déposséder. J'éclatai en sanglots. Il s'immobilisa, me regarda, hésita, puis remit le porte-monnaie en place. Après quoi, il s'empara de ma jambe droite et me souleva. J'atterris sur la tablette au moment où le train commençait à prendre de la vitesse.

Depuis cet incident, j'ai toujours eu une faiblesse pour les adolescents pickpockets. Au cours des premières années de la Révolution culturelle, à l'époque où l'économie était dans le marasme le plus total, les voleurs se multiplièrent. Je perdis ainsi un jour toute une année de coupons d'approvisionnement. Toutefois, quand j'entendais dire que la police ou d'autres gardiens «de la loi et de l'ordre» avaient battu un pickpocket, cela me donnait toujours un coup au cœur. Mon agresseur sur ce quai de gare n'avait-il pas manifesté davantage d'humanité que ces fourbes piliers de la société?

Nous couvrîmes un total de 3 500 km au cours de ce voyage. Je n'avais jamais été aussi fatiguée de ma vie. Nous visitâmes l'ancienne résidence de Mao, transformée en musée-sanctuaire. C'était une demeure grandiose, qui n'avait pas grand-chose à voir avec l'idée que je me faisais d'un logis de paysans exploités. Une légende figurant sous une gigantesque photographie de la mère de Mao précisait qu'elle avait été très bonne et qu'elle avait donné de la nourriture aux pauvres, sa famille ayant des moyens relatifs. Les parents de notre Grand Leader étaient donc de riches fermiers! Mais ces gens-là faisaient partie des ennemis de classe. Pourquoi les parents du président Mao étaient-ils des héros, alors qu'on haïssait les ennemis de classe? Cette question me faisait tellement peur que je l'écartai aussitôt de mon esprit.

Quand nous regagnâmes Pékin, à la mi-novembre, il faisait un froid épouvantable. Les bureaux d'accueil ne se trouvaient plus à la gare, car il n'y avait pas assez de place pour la foule de jeunes qui débarquaient désormais tous les jours. Un camion nous conduisit dans un parc où nous passâmes la nuit en attendant qu'on nous déniche un logement. Impossible de s'asseoir: le sol était gelé. Nous étions transies. Je m'assoupis une seconde ou deux, debout. Je n'étais pas habituée aux rigueurs de l'hiver pékinois. Nous avions quitté Chengdu à l'automne et je n'avais pas songé à emporter des vêtements chauds. Le vent me glaçait jusqu'aux os, et j'avais l'impression que la nuit ne finirait jamais. La file d'attente était interminable. Elle faisait plusieurs fois le tour du lac gelé au milieu du parc.

Le jour se leva, puis la nuit tomba à nouveau, et nous attendions toujours, transies et mortes de fatigue. Le deuxième soir, on nous emmena enfin dans notre refuge de fortune: l'école d'art dramatique centrale. Nous devions coucher dans une ancienne salle de chant: on y avait disposé deux rangées de matelas de paille à même le sol, sans draps ni oreillers. Des officiers de l'armée de l'Air nous y accueillirent. Ils nous informèrent que le président Mao en personne les avait chargés de prendre soin de nous et de nous faire suivre un entraînement militaire. Nous fûmes profondément touchées de l'attention que notre Grand Leader nous témoignait.

L'entraînement militaire des gardes rouges était une nouveauté. Mao avait en effet décidé de mettre un frein aux violences tous azimuts qu'il avait provoquées. Les officiers de l'armée de l'Air regroupèrent en un « régiment » les centaines de gardes rouges logés à l'école d'art dramatique. Nous avions de bons rapports avec eux, et nous nous liâmes d'amitié avec deux de ces officiers qui nous firent aussitôt connaître leurs « antécédents familiaux », comme le voulait l'usage. Le commandant de la compagnie était un paysan du Nord, tandis que le commissaire politique venait d'une famille d'intellectuels de la célèbre ville verdoyante de Suzhou. Un jour, ils proposèrent de nous emmener toutes les six au zoo, en nous recommandant de n'en rien dire aux autres, leur jeep ne pouvant transporter davantage de gens. De surcroît, ils nous firent comprendre qu'ils n'étaient pas censés nous inciter à des activités non conciliables avec la Révolution culturelle. Pour ne pas risquer de leur causer des ennuis, nous déclinâmes leur invitation, en leur disant que nous souhaitions « nous en tenir à la révolution ». Les deux officiers nous apportèrent des sacs remplis de grosses pommes bien mûres, comme on n'en voyait pour ainsi dire jamais à Chengdu, ainsi que des châtaignes d'eau enrobées de caramel, une des grandes spécialités de Pékin. Afin de les remercier de leur gentillesse, nous nous introduisîmes dans leur chambre pour prendre leurs habits sales que nous lavâmes avec un grand enthousiasme. Je me souviens de m'être démenée avec leurs grands uniformes kaki, incroyablement lourds et durs dans l'eau glacée. Mao avait dit au peuple de prendre des leçons de l'armée, cela afin que tout le monde fût aussi organisé, endoctriné et loyal vis-à-vis de lui — et de lui seul —, que l'était l'armée. L'attachement que nous leur témoignions était dans la ligne de cet enseignement ; d'innombrables livres, articles, chansons et danses évoquaient des jeunes filles aidant les soldats en faisant leur lessive.

J'allai jusqu'à laver leurs sous-vêtements, mais aucune pensée de nature sexuelle ne me vint jamais à l'esprit. Je crois que la plupart des jeunes filles chinoises de ma génération étaient par trop obnubilées par les terribles bouleversements politiques en cours pour songer à ces choses auxquelles pensent toutes les adolescentes. La plupart, mais pas toutes. L'absence de tout contrôle parental permit en effet à un certain nombre d'entre elles de connaître une grande liberté sur le plan sexuel. En rentrant à Chengdu, j'appris qu'une de mes anciennes camarades de classe, âgée de quinze ans, avait eu une liaison lors de son voyage à Pékin avec un groupe de gardes rouges. Elle était revenue enceinte. Son père l'avait battue, le regard accusateur de ses voisins la suivait partout et ses camarades se moquèrent d'elle à qui mieux mieux. Pour finir, elle se pendit, laissant un mot indiquant qu'elle avait « trop honte de vivre ». Personne ne mit en cause ce concept médiéval de la honte, qu'une « révolution culturelle » à proprement parler aurait dû battre en brèche. Seulement, Mao ne se préoccupa jamais de ce genre de choses et cela ne faisait pas partie des « vieilleries » que les gardes rouges avaient la charge d'anéantir.

La Révolution culturelle produisit au contraire un grand nombre de puritains militants, notamment parmi les jeunes femmes. Une autre fillette de ma classe reçut un jour une lettre d'amour d'un garçon de seize ans. Elle lui répondit sèchement en le traitant de « traître de la révolution » : « Comment oses-tu penser à des choses si scandaleuses quand les ennemis de classe sévissent toujours et que les gens du monde capitaliste continuent à travailler dans un gouffre de misère ? » Beaucoup de mes camarades affectaient ce style. Mao ayant préconisé un militantisme pur et dur chez les femmes, là féminité n'avait pas droit de cité dans les années où j'ai grandi. De nombreuses jeunes filles s'efforçaient de parler, de marcher, d'agir comme des hommes rustres et agressifs, et ridiculisaient celles qui se comportaient autrement. Nous n'avions guère la possibilité d'exprimer notre féminité, de toute façon. Pour commencer, nous portions toutes un pantalon et une veste informes bleus ou verts.

Nos officiers d'aviation nous faisaient manœuvrer tous les jours autour du terrain de basket-ball de l'école d'art dramatique. La cantine se trouvait à proximité. Dès que nous étions en rangs, mon regard se tournait inexorablement dans sa direction, même si je venais juste de finir mon petit déjeuner. J'étais obnubilée par la nourriture, sans vraiment savoir si cette obsession était due au manque de viande, au froid, ou à l'entraînement fastidieux qu'on nous faisait subir. Je rêvais de cuisine setchouanaise, de canard croustillant, de poisson à la sauce aigre-douce, de « poulet ivre » et d'une douzaine d'autres plats succulents.

Aucune d'entre nous n'avait l'habitude d'avoir de l'argent en poche. Nous estimions qu'acheter était un acte « capitaliste ». En dépit de ma fixation sur la nourriture, il ne m'arriva qu'une seule fois d'acquérir un petit paquet de châtaignes d'eau enrobées de caramel, celles que les officiers nous avaient données ayant aiguisé mon goût pour cette douceur. Je me résolus à céder à ce caprice après avoir longuement réfléchi à la question et consulté mes camarades à ce sujet. De retour à la maison, après notre voyage, je me jetai sur quelques biscuits rassis tout en remettant à ma grand-mère la somme qu'elle m'avait donnée avant de partir, pour ainsi dire intacte. Elle m'attira alors dans ses bras, sans cesser de répéter : « Quelle petite sotte ! Quelle petite sotte ! »

Je ramenai aussi à la maison... un rhumatisme. Il faisait tellement froid à Pékin que l'eau gelait dans les conduites. Je m'entraînais pourtant tous les jours dehors, sans manteau. Il n'y avait pas d'eau chaude pour réchauffer nos pieds transis. Au départ, on nous avait remis à chacune une couverture. Quelques jours plus tard, d'autres filles étaient arrivées. Il ne restait plus de couvertures. Nous décidâmes de leur en donner trois et de partager les trois autres. On nous avait appris à aider ceux qui étaient dans le besoin. Nos couvertures provenaient de réserves de matériel de guerre. Le président Mao avait ordonné, nous dit-on, qu'elles fussent mises à la disposition de ses gardes rouges. Nous exprimâmes notre infinie gratitude à notre Grand Leader. Lorsque nous nous retrouvâmes pour ainsi dire sans rien pour nous protéger la nuit, on nous décréta qu'il fallait que nous fussions encore plus reconnaissants à Mao, puisqu'il nous avait donné tout ce que la Chine possédait.

Les couvertures en question étaient petites et ne pouvaient donc couvrir deux personnes, à moins qu'elles ne dorment serrées l'une contre l'autre. Les cauchemars que j'avais commencé à avoir après la tentative de suicide de ma camarade de lycée n'avaient fait qu'empirer après l'arrestation de mon père et le départ de ma mère pour Pékin. Depuis lors, je m'agitais beaucoup dans mon sommeil, et je me retrouvais le plus souvent sans couverture du tout. La chambre n'était pour ainsi dire pas chauffée. Dès que je m'endormais, un froid intense m'envahissait. Lorsque nous quittâmes la capitale, j'avais les articulations tellement enflées que j'arrivais à peine à les plier.

Mon infortune ne s'arrêtait pas là. Certains de nos camarades venus de la campagne avaient des puces et des poux. Un jour, en rentrant dans notre chambre, je trouvai une de mes amies en larmes. Elle venait de découvrir un amas de minuscules œufs blancs sur l'ourlet de sa chemise de corps, près de l'aisselle : des lentes. La panique m'envahit, car je savais que ces parasites, liés à la crasse, provoquaient des démangeaisons insupportables. A partir de ce jour-là, j'eus constamment l'impression que ça me grattait partout, et j'examinai soigneusement mes sous-vêtements plusieurs fois par jour. J'attendais avec impatience que le président Mao veuille bien nous voir pour que nous puissions enfin rentrer à la maison !

L'après-midi du 24 novembre, je prenais part à une séance d'étude des citations de Mao, comme tous les jours, dans les quartiers des garçons (ces derniers et les officiers ne venant jamais dans nos chambres, par pudeur), lorsque notre gentil commandant de bataillon entra brusquement, arborant un air guilleret que je ne lui connaissais pas. Il proposa de battre la mesure pendant que nous entonnions la plus célèbre rengaine de la Révolution culturelle : « Pour sillonner les mers, nous avons besoin de notre Timonier. » Il n'avait jamais eu ce genre d'initiative auparavant, et nous en fûmes tous agréablement surpris. Il agitait les bras en cadence, le regard brillant, les joues empourprées. Dès que nous eûmes fini, il nous annonça avec une ardeur contenue qu'il avait de bonnes nouvelles pour nous. Nous sûmes immédiatement de quoi il s'agissait.

« Nous allons voir le président Mao demain ! » s'exclama-t-il. Le reste de ses paroles se noya dans un tonnerre d'acclamations. Après ce premier élan d'enthousiasme débridé, notre allégresse s'exprima sous la forme de slogans: « Vive le président Mao ! », « Nous suivrons notre Grand Leader à jamais ! »

Le commandant nous fit savoir qu'à partir de cet instant personne ne devait quitter le campus. Nous devions nous surveiller les uns les autres. Cela ne nous étonna guère; nous y étions habitués. De plus, nous nous attendions à ce que des mesures de sécurité particulières fussent prises en faveur de Mao; nous n'étions que trop heureux de nous y soumettre. Après le dîner, l'officier en chef nous réunit toutes les six et nous demanda d'un ton solennel et confidentiel si nous serions prêtes à faire quelque chose pour assurer la sécurité du président Mao. « Bien sûr ! » Il nous fit signe de ne pas faire de bruit, et continua à voix basse : « Avant de partir demain matin, voudriez-vous proposer que nous nous fouillions les uns les autres pour être sûrs que personne ne porte sur soi quelque chose qu'il ne devrait pas avoir ? Vous savez les jeunes oublient parfois le règlement... » Un peu plus tôt, il nous avait en effet précisé que nous ne devrions rien emporter de métallique, pas même des clés.

Nous étions tellement excitées que la plupart d'entre nous ne purent trouver le sommeil et passèrent la nuit à bavarder. A 4 heures du matin, nous nous rassemblâmes docilement en rangs; une bonne demi-heure de marche nous séparait de la place Tiananmen. Avant que la « compagnie » se mît en route, sur un clin d'œil du commandant, « Grassouillette » sortit du rang et suggéra une fouille généralisée. Je voyais bien que certains de nos camarades trouvaient que c'était une perte de temps, mais le commandant approuva sa proposition avec enthousiasme. Il offrit d'être le premier à se soumettre à cette perquisition. Un garçon fut chargé de cette mission; il dénicha sur lui un gros trousseau de clés. Le commandant fit semblant d'avoir été négligent et adressa à Grassouillette un sourire triomphant. Puis nous nous fouillâmes les uns les autres. Cette manière détournée de procéder reflétait une pratique toute maoïste: il fallait que l'on ait l'impression que le peuple décidait de tout, plutôt que d'obéir aux ordres. Depuis longtemps, l'hypocrisie et l'artifice ne gênaient plus personne.

Les rues bouillonnaient d'activités en dépit de l'heure matinale. Des gardes rouges affluaient vers la place Tiananmen depuis la ville entière. Des clameurs assourdissantes s'élevaient dans les airs, par vagues successives. Tout en psalmodiant des slogans, nous levions les mains vers le ciel, et nos Petits Livres rouges formaient ainsi une ligne impressionnante se détachant dans l'obscurité. Lorsque nous arrivâmes, le jour commençait à poindre. On me plaça au septième rang, sur le large trottoir situé au nord de l'avenue de la Paix éternelle, et à l'est de la place Tiananmen. Derrière moi se trouvait une multitude d'autres rangées. Après nous avoir alignés patiemment, nos officiers nous ordonnèrent de nous asseoir par terre, en tailleur. Cette position m'était affreusement inconfortable à cause de mon rhumatisme; je ne tardai pas à avoir des fourmis. De surcroît, j'étais transie et je mourais de sommeil, sans pouvoir dormir pour autant. Les commandants nous faisaient chanter sans discontinuer, incitant différents groupes à se répondre les uns aux autres, pour nous aider à tenir le coup.

Peu avant midi, des acclamations hystériques nous parvinrent de l'est: «Longue vie au président Mao!» A bout de forces, je mis un certain temps à comprendre que Mao était sur le point de passer dans une voiture découverte. Tout à coup, des tonnerres d'ovations retentirent autour de moi. «Longue vie au président Mao! Longue vie au président Mao!» Les gens qui se tenaient devant moi se levèrent brusquement et se mirent à bondir sur place dans une sorte de délire, en agitant frénétiquement leur Petit Livre rouge. «Asseyez-vous! Asseyez-vous!» hurlai-je. En vain. Notre commandant avait bien précisé que nous devions rester assis pendant toute la durée du rassemblement. Tout le monde, ou presque, avait oublié le règlement, tant leur désir d'apercevoir Mao était grand.

J'étais assise depuis tellement longtemps que j'avais les jambes engourdies. Pendant quelques secondes, je ne vis rien d'autre qu'une mer houleuse de nuques. Lorsque je parvins enfin à me redresser, j'entrevis la queue du défilé de voitures, et le visage du président Liu Shaoqi tourné dans ma direction.

Des pancartes attaquaient déjà Liu, principal opposant de Mao, qualifié de «Khrouchtchev chinois». Quoiqu'il n'eût pas encore été dénoncé officiellement, il était évident qu'il n'allait pas tarder à être déchu. Dans les communiqués de presse sur les rassemblements de gardes rouges, on ne parlait pour ainsi dire plus de lui. Ce jour-là, au lieu de se tenir juste derrière Mao, comme il seyait au numéro deux de la Chine, on l'avait relégué tout au bout de la parade, dans l'une des dernières voitures.

Il paraissait préoccupé et las. Quoi qu'il en soit, sa présence ne me faisait ni chaud ni froid. Il avait beau être le président, son nom ne disait strictement rien aux jeunes de ma génération. Nous étions obnubilés par le culte de Mao. Et puis, si Liu était contre Mao, il nous semblait naturel qu'il s'en aille.

A ce moment, face à cette marée de jeunes hurlant leur loyauté à Mao, Liu dut prendre la mesure de la situation désespérée dans laquelle il se trouvait. Paradoxalement, il avait lui-même joué un rôle dans la déification de notre leader qui avait abouti à cette explosion de fanatisme parmi la jeunesse d'une nation au demeurant athée dans l'ensemble. Liu et ses collègues favorisèrent sans doute cette idolâtrie dans le but de calmer Mao, persuadés qu'il se satisferait d'une gloire abstraite et qu'il les laisserait s'occuper des tâches plus prosaïques. Seulement, Mao voulait le pouvoir absolu, sur la terre comme au ciel. Et peut-être ne pouvaient-ils rien faire : le culte de Mao était sans doute imparable.

Ces considérations ne me vinrent pas à l'esprit en ce matin du 25 novembre 1966. Je ne pensais qu'à une seule chose : apercevoir Mao. Je détournai rapidement mon regard de Liu pour le fixer sur le début du défilé. Je repérai le dos robuste de Mao, agitant son bras droit en un geste régulier. L'instant d'après, il avait disparu. Mon cœur se serra. Était-ce tout ce que je verrais du président Mao ? Son dos, l'espace d'une seconde ? Le soleil me parut tout à coup grisâtre. Tout autour de moi, les gardes rouges faisaient un tintamarre d'enfer. La fille qui se tenait à côté de moi venait de se piquer l'index de la main droite et faisait sortir le sang pour essayer d'écrire quelque chose sur un mouchoir plié avec soin. Je connaissais par cœur les mots qu'elle allait utiliser. Des milliers de gardes rouges avaient déjà fait cela avant elle, et on l'avait rabâché *ad nauseam* : « Je suis la personne la plus heureuse de la terre aujourd'hui. J'ai vu notre Grand Leader, le président Mao. » En la regardant faire, mon désespoir s'accrût. La vie n'avait plus de sens. Une pensée me traversa l'esprit : « Je ferais peut-être mieux de me suicider ? »

Cette idée se dissipa aussitôt. En y songeant aujourd'hui, j'imagine qu'il s'agissait en réalité d'une tentative inconsciente pour mesurer mon désespoir, maintenant que mon rêve s'était envolé, surtout après toutes les épreuves que nous avions endurées pendant le voyage. Les trains bondés, mes genoux douloureux, la faim, le froid, les démangeaisons, les toilettes bouchées, la fatigue — tout cela, pour rien.

Notre pèlerinage s'achevait donc. Quelques jours plus tard, nous reprîmes le chemin de la maison. J'en avais vraiment assez et j'attendais avec impatience d'avoir chaud, de retrouver le confort et de pouvoir prendre un bain bouillant. J'éprouvais malgré tout une certaine appréhension à l'idée de rentrer. Aussi inconfortable qu'avait été ce voyage, il ne m'avait pas causé la moindre frayeur, alors que la période qui l'avait précédé avait été terrifiante pour moi. En vivant en contact étroit avec des milliers de gardes rouges pendant plus d'un mois, je n'avais pas assisté au moindre acte de violence ni connu la moindre peur. Les foules immenses, aussi hystériques fussent-elles, n'en restaient pas moins disciplinées et pacifiques. Les gens que j'avais rencontrés avaient tous été très gentils.

Juste avant mon départ de Pékin, je reçus une lettre de ma mère. Elle m'annonçait que mon père était complètement remis et que tout le monde allait bien à Chengdu. A la fin, elle ajoutait toutefois que mon père et elle avaient été taxés de «véhicules du capitalisme». Mon cœur se serra. A ce moment, j'avais enfin compris que les «véhicules du capitalisme», cadres du parti, étaient les cibles numéro un de la Révolution culturelle. Je n'allais pas tarder à me rendre compte de ce que cela signifiait pour ma famille comme pour moi.

19

« Quand on veut condamner, les preuves sont faciles à trouver »

MES PARENTS SUR LA SELLETTE

décembre 1966-1967

Un « véhicule du capitalisme » était censé être un fonctionnaire puissant conduisant une politique capitaliste. En réalité, aucun cadre n'avait le choix quant à la politique qu'il poursuivait. Les ordres de Mao et ceux de ses rivaux étaient tous présentés comme provenant du parti, et les administrateurs devaient impérativement s'y soumettre, même si, ce faisant, ils étaient contraints d'effectuer toutes sortes de zigzags, pour ne pas parler de virages à 90°! Lorsqu'une directive particulière leur répugnait vraiment, ils pouvaient au mieux y opposer une résistance passive, qu'ils avaient tout intérêt à essayer de déguiser. Il était par conséquent impossible de déterminer sur la seule base de leur travail s'ils faisaient partie de ces fameux « véhicules du capitalisme » ou non.

Un grand nombre de fonctionnaires avaient évidemment leurs opinions, mais le règlement du parti leur interdisait de les révéler en public. De toute façon, ils n'auraient jamais osé le faire. Quelles que fussent leurs sympathies, le peuple n'en avait aucune idée.

C'était à présent à ce peuple que Mao ordonnait de s'en

prendre aux nouveaux « génies malfaisants », sans lui fournir la moindre information, bien entendu, et sans lui donner le droit d'exercer son jugement d'une manière indépendante. Il arriva donc que des cadres fussent condamnés uniquement sur la base de la position qu'ils détenaient. L'ancienneté n'était pas un critère en soi. Le facteur déterminant tenait au fait que la personne concernée se trouvait ou non à la tête d'une unité relativement autonome. La population entière était regroupée en unités ; ceux qui représentaient le pouvoir aux yeux des Chinois moyens n'étaient autres que leurs supérieurs hiérarchiques immédiats — les chefs de ces unités. En les exposant aux attaques de leurs concitoyens, Mao tirait parti de la source de rancœur la plus évidente, de la même façon qu'il avait monté les élèves contre leurs professeurs. Les chefs d'unités constituaient aussi les maillons clés dans la chaîne du pouvoir communiste dont Mao souhaitait se débarrasser.

Ce fut précisément parce qu'ils dirigeaient un département que mes parents figurèrent parmi les inculpés : « Quand on veut condamner, les preuves sont faciles à trouver », dit le dicton chinois. Sur ces bases, tous les chefs d'unités de la Chine entière, grands et petits, furent dénoncés sommairement par leurs subordonnés sous prétexte qu'ils avaient mis en vigueur des politiques censément « capitalistes et anti-maoïstes ». Il pouvait aussi bien s'agir de l'instauration de marchés libres dans les campagnes, de l'incitation à une meilleure formation des ouvriers, de l'octroi d'une certaine liberté sur le plan littéraire ou artistique que d'un encouragement à la compétition en matière de sports — désormais baptisée « obsession bourgeoise des coupes et des médailles » ! Jusque-là, la plupart de ces cadres ignoraient que Mao fût opposé à cette politique. Après tout, les directives provenaient du parti, qu'il dirigeait lui-même. Voilà qu'on leur annonçait brusquement que ces instructions procédaient des « instances bourgeoises » du parti.

Dans chaque unité, on assista à l'émergence d'activistes purs et durs. On les appelait des gardes rouges rebelles, ou plus simplement, des « Rebelles ». Ils confectionnaient des pancartes proclamant « A bas les véhicules du capitalisme » et organisaient des réunions de dénonciation contre leurs patrons. Leurs accusations tombaient souvent à plat, dans la mesure où les accusés déclaraient simplement qu'ils s'étaient contentés d'exécuter les ordres du parti. Mao leur avait toujours dit de se conformer inconditionnellement à ces instructions et ne leur avait jamais parlé de l'existence d'«instances bourgeoises» au sein du parti. Comment auraient-ils pu le savoir? Comment auraient-ils pu agir autrement? Les cadres comptaient de nombreux appuis, dont un certain nombre prirent leur défense. On les appela les «loyalistes». Des affrontements tant physiques que verbaux les opposèrent aux Rebelles. Dans la mesure où Mao n'avait jamais dit explicitement que tous les responsables du parti devaient être condamnés, certains militants commencèrent à tergiverser. Qu'adviendrait-il s'il apparaissait en définitive que leurs patrons n'étaient pas des «véhicules du capitalisme»? En dehors des affiches, des slogans et des réunions de dénonciation, les gens n'avaient aucune idée de ce qu'on attendait d'eux.

Lorsque je regagnai Chengdu, en décembre 1966, une incertitude tangible flottait dans l'air. Mes parents avaient réintégré la maison. En novembre, la clinique leur avait demandé de s'en aller, les «véhicules du capitalisme» était supposés regagner leur unité pour y être dénoncés. La petite cantine de la résidence avait fermé ses portes; tout le monde devait s'approvisionner dans le grand réfectoire qui fonctionnait normalement. Mes parents continuaient à toucher leur salaire tous les mois, bien que le système du parti fût paralysé et qu'ils ne travaillassent pas. Mao vouait aux responsables culturels de Pékin une haine particulière. Ces secteurs avaient d'ailleurs été purgés dès le début de la Révolution culturelle. Dans la mesure où les départements que dirigeaient mes parents avaient des rapports avec le domaine culturel, ils se trouvaient en pleine ligne de mire. On s'attaqua à eux par la voie des habituelles pancartes: «Bombardons Chang Shou-yu» ou «Brûlons Xia De-hong». Les accusations portées contre eux étaient les mêmes que les calomnies dirigées contre pratiquement tous les directeurs de chaque département des Affaires publiques du pays.

Des réunions eurent lieu dans les bureaux où travaillait mon père. On le dénonça, on le couvrit d'injures. Comme toujours en Chine dans les luttes politiques, les rancœurs personnelles jouèrent un rôle essentiel. La principale accusatrice de mon père était une dénommée Shau, directrice adjointe d'une section; ce personnage guindé, d'une hypocrisie farouche, aspirait depuis longtemps à se débarrasser du qualificatif d'«adjointe». Elle estimait que mon père avait fait obstacle à son avancement, et elle était bien déterminée à prendre sa revanche. Un jour, elle lui cracha au visage et le gifla. Le plus souvent toutefois, elle parvenait à contenir sa colère. L'ensemble du personnel du département aimait bien mon père et le respectait; la plupart évitèrent de s'acharner contre lui. En dehors de son département, d'autres organes dont il était également responsable, tel le *Quotidien du Setchouan*, organisèrent des réunions de dénonciation contre lui. Cependant, aucun de leurs employés n'ayant de ressentiments à son encontre, ce furent de pures formalités.

Contre ma mère, il n'y eut pas une seule de ces réunions. En sa qualité de cadre de la base, elle avait la charge d'un plus grand nombre d'unités individuelles que mon père : des écoles, des hôpitaux, des troupes de spectacles. Normalement, dans sa position, elle aurait dû être dénoncée par les effectifs de ces organisations. On la laissa pourtant tranquille. Elle s'était attelée à résoudre toutes sortes de problèmes personnels, de logement, de transferts, de pensions, avec une générosité et une efficacité sans faille. Elle s'était efforcée, lors des précédentes campagnes, de ne faire aucune victime, et avait même réussi à protéger un certain nombre de gens. Ceux-ci savaient les risques qu'elle avait pris en agissant ainsi, et ils manifestèrent leur gratitude en refusant de la dénoncer.

Le soir de mon retour, ma grand-mère nous prépara des « boulettes-nuages » et du riz aux « huit trésors » cuit à la vapeur dans des feuilles de palmier. Ma mère me raconta avec entrain ce qui leur était arrivé, à elle et à mon père. J'appris qu'ils avaient décidé de renoncer à leur statut de cadres après la Révolution culturelle. Ils allaient demander à être rétrogradés au rang de citoyens ordinaires et jouiraient ainsi d'une vie de famille normale. Ce n'était en réalité qu'un rêve, comme je devais m'en rendre compte plus tard, dans la mesure où le parti ne laissait aucune porte de sortie. A l'époque, toutefois, mes parents avaient désespérément besoin de se raccrocher à quelque chose.

« Un président capitaliste peut devenir un citoyen comme un autre du jour au lendemain, ajouta mon père. Il vaut mieux que les gens ne bénéficient pas d'un pouvoir permanent, de peur qu'ils n'en abusent. » Après quoi, il s'excusa auprès de moi d'avoir été trop souvent autoritaire. « Vous êtes comme des cigales rendues muettes par les rigueurs de l'hiver, me dit-il. Or il est bon que les jeunes se rebellent contre nous, leurs aînés. » Il conclut en se parlant à moitié à lui-même : « Je n'ai rien à redire contre le fait que des fonctionnaires comme moi soient sujets à des rebuffades, à un certain abaissement et à quelques épreuves. » Là encore, mes parents s'efforçaient confusément de trouver un moyen de faire face à la Révolution culturelle. Ils admettaient la perspective de perdre leurs positions privilégiées ; ils essayaient même d'en voir l'aspect positif.

1967 arriva. Tout à coup, la « Révolution » en cours passa à la vitesse supérieure. Lors de sa première étape, sous l'égide de la Garde rouge, on avait fait régner une atmosphère de terreur. Mao s'attelait à présent à son véritable objectif, à savoir remplacer les « instances bourgeoises » et la hiérarchie existante du parti par sa propre structure de pouvoir. Liu Shaoqi et Deng Xiaoping furent officiellement dénoncés et emprisonnés, ainsi que Tao Zhu.

Le 9 janvier, le *Quotidien du peuple* et la radio annoncèrent qu'un « ouragan de janvier » avait éclaté à Shanghai, où les Rebelles tenaient désormais la situation en main. Mao appela tous les Chinois à les imiter en arrachant le pouvoir aux « véhicules du capitalisme », par la force s'il le fallait.

« S'emparer du pouvoir » (*duo-quan*). C'était la formule magique. Le pouvoir signifiait non pas un ascendant sur la politique, mais une mainmise sur le peuple. Il était synonyme de richesse, de privilèges, de respect, d'adulation, et vous offrait la chance de régler vos comptes. Il n'existait pour ainsi dire aucune soupape de sécurité pour les Chinois moyens. Le pays s'apparentait à une cocotte-minute à l'intérieur de laquelle se serait amoncelée une masse gigantesque de vapeur comprimée. Aucun exutoire. Ni matchs de football, ni groupes de pression, ni procès, pas même de films violents. Il était impossible de formuler la moindre protestation à l'encontre du système et ses injustices, et parfaitement impensable d'organiser une manifestation. Les conversations politiques elles-mêmes — moyen au demeurant commode d'alléger les tensions dans la plupart des sociétés —, étaient taboues. Les subordonnés n'avaient que fort peu de chances d'avoir raison face à leurs supérieurs. Si vous aviez la moindre autorité, en revanche, libre à vous d'exercer des représailles. Lorsque Mao lança son appel en faveur de la « prise de pouvoir », il fit naître un gigantesque contingent d'individus déterminés à prendre leur revanche contre quelqu'un. Dangereux, certes, le pouvoir était tout de même préférable à l'impuissance, en particulier dans l'esprit de ceux qui n'en avaient jamais eu. Tout à coup, Mao semblait vouloir dire que le pouvoir était à saisir.

Dans toutes les unités de Chine, ou presque, cette nouvelle remonta considérablement le moral des Rebelles. Et en augmenta le nombre tout autant. Quantité de gens — des ouvriers, des enseignants, des vendeurs et même des petits fonctionnaires — commencèrent à se qualifier de «rebelles». Suivant l'exemple de Shanghai, ils rossèrent les «loyalistes», eux-mêmes totalement désorientés, les forçant ainsi à se soumettre. Les bandes de gardes rouges apparues au début de la Révolution culturelle, telles celles de mon école, furent démantelées, car elles s'étaient constituées autour d'enfants de hauts fonctionnaires, désormais visés. Un certain nombre de gardes rouges déterminés à faire obstacle à la nouvelle phase de la Révolution culturelle furent arrêtés. L'un des fils du commissaire Li fut battu à mort par des Rebelles qui l'accusaient d'avoir insulté Mme Mao.

Les collègues de mon père qui étaient venus l'arrêter appartenaient maintenant au groupe des Rebelles. Mme Shau dirigeait l'organisation rebelle chapeautant tous les bureaux gouvernementaux du Setchouan, et donc la branche qui contrôlait le département de mon père.

A peine les groupes de Rebelles s'étaient-ils formés qu'ils se divisèrent en factions se disputant le pouvoir dans la plupart des unités de travail chinoises; ils s'accusaient mutuellement d'être «contre la Révolution culturelle» ou fidèles à l'ancien système du parti. A Chengdu, les innombrables bandes ne tardèrent pas à s'amalgamer en deux camps opposés, dirigés par deux groupes étudiants rebelles: celui du «26 août» de l'université du Setchouan, très activiste, et celui, moins excessif, de «Chengdu rouge», de l'université de Chengdu. Chacun comptait des millions d'adhérents disséminés dans toute la province. Au sein du département de mon père, la bande de Mme Shau était affiliée au groupe du «26 août», tandis que l'organe rival, regroupant principalement les gens plus modérés que mon père appréciait, qu'il avait promus, et dont il avait le respect, s'alignait sur le «Chengdu rouge».

Autour de notre appartement, au-delà des murs de la résidence, les deux groupes accrochèrent aux arbres et aux poteaux électriques des haut-parleurs qui s'insultaient les uns les autres vingt-quatre heures sur vingt-quatre. Un soir, j'appris que le groupe du «26 août» avait rassemblé des centaines de partisans et qu'ils avaient attaqué une usine, bastion du camp opposé. Ils capturèrent les ouvriers et les torturèrent, en utilisant diverses méthodes d'une cruauté indicible, telles que le « supplice de la fontaine chantante », qui consistait à fendre le crâne de leurs victimes pour faire jaillir le sang, ou les « peintures de paysages », à leur taillader le visage pour faire des dessins différents. Les bulletins d'information du « Chengdu rouge » indiquaient que plusieurs ouvriers s'étaient sacrifiés pour la cause en sautant du haut du bâtiment. J'en conclus qu'ils avaient dû se suicider parce qu'ils ne pouvaient supporter la torture.

L'une des cibles principales des Rebelles était l'élite de chaque unité, médecins éminents, artistes, écrivains et scientifiques, mais aussi ingénieurs et ouvriers qualifiés, sans oublier les « ramasseurs d'engrais nocturnes » modèles, chargés de recueillir les déchets humains, très précieux pour les cultures. Ils leur reprochaient d'avoir été promus par les « véhicules du capitalisme », bien que la jalousie fût à l'origine de cette persécution. Toutes sortes de comptes personnels furent ainsi réglés au nom de la révolution.

L'« ouragan de janvier » provoqua de terribles déchaînements de violence contre les « véhicules du capitalisme ». On arracha le pouvoir des mains des responsables du parti ; on poussa les gens à leur faire subir des sévices. Ceux qui détestaient leurs supérieurs profitèrent de cette occasion de prendre leur revanche, bien que l'on eût interdit toute action de représailles aux victimes des persécutions précédentes. Mao fit un peu traîner les choses avant de se décider à nommer de nouvelles têtes, dans la mesure où il ne savait plus qui choisir. Toutes sortes de carriéristes et d'ambitieux étaient avides de démontrer leur militantisme dans l'espoir d'être sélectionnés parmi les nouveaux détenteurs du pouvoir. Des factions opposées rivalisaient de violence. La majeure partie de la population prit part à ces brutalités, poussée par l'intimidation, le conformisme, leur dévouement à Mao, le désir de régler leurs comptes ou d'exprimer leur frustration.

Ma mère finit par être victime elle-même de ces brutalités. Les responsables ne furent pas ses subalternes, mais d'anciens détenus qui opéraient jadis dans des échoppes du secteur Est, des voleurs, des violeurs, des trafiquants de drogue et des proxénètes. Alors que les « criminels politiques » faisaient les frais de la Révolution culturelle, on encouragea ces criminels de droit commun à s'attaquer à des victimes désignées. Ils n'avaient rien contre ma mère en particulier, mais elle avait été l'un des principaux dirigeants de son district, et cela leur suffisait.

Lors des réunions destinées à la dénoncer, ces anciens prisonniers manifestèrent un zèle tout spécial. Un jour, elle rentra à la maison, le visage tordu par la douleur. Ils l'avaient obligée à s'agenouiller dans du verre cassé. Ma grand-mère passa la soirée entière à lui retirer des fragments de verre avec une pince à épiler et une aiguille. Le lendemain, elle lui confectionna une paire de coussinets pour les genoux. Elle en profita pour lui faire une large ceinture rembourrée, car les assaillants distribuaient toujours leurs coups de poing au niveau de la taille, plus sensible que d'autres parties du corps.

A plusieurs reprises, ma mère dut défiler dans les rues, affublée d'un bonnet d'âne et d'une lourde pancarte accrochée autour du cou, sur laquelle figurait son nom barré d'une croix, symbole de son humiliation et de sa mort. Tous les deux ou trois pas, on la contraignait, elle et ses collègues, à s'agenouiller pour se prosterner devant la foule. Les enfants se moquaient d'elle ; certains lui criaient que sa prosternation n'avait pas fait assez de bruit et exigeaient qu'elle recommence. Elle devait alors se taper bruyamment la tête contre le trottoir.

Un jour de cet hiver-là, une réunion de dénonciation fut organisée dans une échoppe. Avant l'assemblée, pendant que les participants déjeunaient à la cantine, on obligea ma mère et ses collègues à rester à genoux pendant une heure et demie, dehors, dans du gravier. Il pleuvait ; elle était trempée jusqu'aux os. Ses vêtements dégoulinants ne la protégeaient pas le moins du monde du vent glacial. Quand la réunion commença, ma mère était pliée en deux sur l'estrade, essayant désespérément de contrôler ses frissons. Elle ressentit bientôt une douleur insoutenable au cou et au niveau des reins. La foule hurlait sauvagement. Elle se tordit légèrement pour essayer de lever un peu la tête, dans l'espoir d'alléger sa souffrance. Soudain, un coup violent s'abattit sur sa nuque. Elle s'effondra à terre.

Elle ne sut pas tout de suite ce qui était arrivé. Une femme assise au premier rang, ancienne tenancière de bordel emprisonnée par les communistes au moment où ces derniers avaient mis le holà à la prostitution, s'en était prise à elle, probablement parce qu'elle était la seule femme sur l'estrade. A l'instant où ma mère avait redressé la tête, elle s'était levée d'un bond et lui avait lancé une alène. Le garde rouge qui se trouvait derrière ma mère, voyant arriver ce dangereux projectile, lui avait asséné un coup pour la faire tomber. Sans lui, ma mère aurait perdu l'œil gauche.

Elle se garda bien de nous parler de cet incident. Il était très rare qu'elle nous fît part de ce qui lui arrivait. Quand il fallait qu'elle avoue l'un des sévices qu'elle avait endurés, le verre cassé par exemple, elle abordait la question d'un ton léger, en essayant d'en minimiser la gravité. Jamais elle n'exhibait ses meurtrissures. Elle restait toujours calme, enjouée même. Elle ne voulait pas que nous nous inquiétions pour elle. Pourtant, ma grand-mère se rendait bien compte qu'elle souffrait. Elle la suivait des yeux d'un air anxieux, en faisant de son mieux pour dissimuler son chagrin.

Un jour, notre ancienne domestique vint nous rendre visite. Son mari et elle firent partie des rares personnes qui restèrent en contact avec notre famille tout au long de la Révolution culturelle. Je leur fus extrêmement reconnaissante de la chaleur qu'ils nous apportèrent, d'autant plus qu'ils couraient le risque d'être taxés de «sympathies vis-à-vis de véhicules du capitalisme». Maladroitement, la jeune femme mentionna qu'elle venait juste de voir ma mère dans la rue, avec sa pancarte. Ma grand-mère la pressa d'en dire davantage, puis brusquement, elle s'affaissa, son crâne heurtant bruyamment le sol. Le choc lui avait fait perdre connaissance. Petit à petit, elle revint à elle. Le visage inondé de larmes, elle murmura: «Qu'a donc fait ma fille pour mériter cela?»

Quelque temps plus tard, ma mère eut une hémorragie utérine. Pendant les six années suivantes, jusqu'au moment où elle subit une hystérectomie, en 1973, elle saigna presque tous les jours. Quelquefois si abondamment qu'elle s'évanouissait et qu'il fallait la transporter d'urgence à l'hôpital. Les médecins lui prescrivirent un traitement hormonal pour limiter le flot de sang; ma sœur et moi lui faisions ses piqûres. Ma mère savait qu'il était dangereux de dépendre des hormones, mais il n'y avait pas d'autre solution.

Pendant ce temps, dans le département de mon père, les Rebelles multipliaient les assauts à son encontre. Ce département étant l'un des principaux organes du gouvernement provincial, il comptait un nombre conséquent d'opportunistes. Auparavant instruments serviles de l'ancien système du parti, beaucoup étaient devenus de farouches Rebelles, conduits par Mme Shau sous la bannière du groupe du « 26 août ».

Un jour, une poignée d'entre eux firent irruption dans notre appartement et s'introduisirent dans le bureau de mon père. Après avoir passé en revue le contenu des étagères, ils le déclarèrent « immobiliste » parce qu'il possédait encore ses « livres réactionnaires ». Au lendemain des brasiers de livres provoqués par les jeunes gardes rouges, un grand nombre de gens avaient brûlé leur bibliothèque, mais pas mon père. Face à ces assaillants, il fit une pauvre tentative pour protéger ses chers livres en leur désignant un rayon d'ouvrages marxistes. « N'essaie pas de nous blouser, nous les gardes rouges ! hurla Mme Shau. Tu détiens quantité d'herbes empoisonnées. » Elle s'empara alors de plusieurs classiques chinois imprimés sur du papier de riz léger. « Que veux-tu dire par "nous les gardes rouges" ?, lui rétorqua mon père. Tu es en âge d'être leur mère. Et tu devrais avoir davantage de jugeote. »

Mme Shau le gifla de toutes ses forces. La foule, déchaînée, se mit à vociférer contre lui, bien qu'un certain nombre de Rebelles eussent de la peine à réprimer leurs ricanements. Puis ils sortirent ses livres des étagères et les jetèrent dans de grands sacs en jute qu'ils avaient apportés. Quand tous leurs sacs furent remplis, ils les descendirent, après avoir annoncé à mon père qu'ils les brûleraient le lendemain dans le jardin du département, au terme d'une réunion de dénonciation contre lui. On l'obligerait à assister au spectacle du brasier, pour qu'il « en tire la leçon ». En attendant, ajoutèrent-ils, il fallait qu'il brûle le reste de sa collection.

En rentrant à la maison ce soir-là, je trouvai mon père dans la cuisine. Il avait allumé un feu dans le grand évier en ciment et jetait ses livres dans les flammes, l'un après l'autre.

Pour la première fois de ma vie, je le voyais pleurer. C'était insupportable, indicible, barbare, de voir pleurer un homme qui contenait toujours ses larmes. De temps à autre, au milieu des sanglots qui le secouaient violemment, il tapait du pied par terre ou se cognait la tête contre le mur.

J'étais tellement bouleversée que, pendant un bon moment, je n'osai pas essayer de le consoler. Pour finir, je le pris dans mes bras, son dos tourné vers moi, et je le serrai de toutes mes forces, sans savoir quoi dire. Il ne prononça pas un mot non plus. Mon père avait dépensé tous les maigres sous qu'il avait pu économiser pour s'acheter des livres. Ils étaient toute sa vie.

Après ce déchirant épisode, je dus me résoudre à l'évidence que quelque chose ne tournait plus rond dans sa tête.

On l'obligea à participer à de nombreuses réunions de dénonciation. Mme Shau et son groupe faisaient généralement venir une foule de Rebelles étrangers au département pour grossir l'assistance et prendre part aux violences. Le plus souvent, ces assemblées débutaient par un chant: «Dix mille ans, encore dix mille ans et dix mille ans de plus pour notre Grand Maître, notre Grand Leader, notre Grand Commandant, notre Grand Timonier, le président Mao!» Chaque fois, tout le monde hurlait les trois «dix mille ans» et les quatre «Grands», en brandissant à l'unisson le Petit Livre rouge. Mon père s'y refusait. Il disait que la formule des «dix mille ans» était utilisée jadis à l'adresse des empereurs et qu'elle ne convenait pas au président Mao puisqu'il était communiste.

Sa réaction provoquait immanquablement un torrent de cris hystériques et une avalanche de coups. Une fois, tous les accusés reçurent l'ordre de s'agenouiller et de se prosterner devant un gigantesque portrait de Mao accroché au fond de l'estrade. Tous obéirent, sauf mon père. Il déclara que la prosternation était une pratique féodale humiliante que les communistes avaient résolu d'éliminer. Les Rebelles hurlèrent de plus belle, lui donnèrent des coups de pied dans les tibias et lui frappèrent le crâne, mais il continua à faire des efforts désespérés pour rester debout. «Je refuse de m'agenouiller! criait-il furieux. Je ne me prosternerai pas.» Et la foule déchaînée de renchérir: «Baisse la tête et avoue tes crimes!» «Je n'ai commis aucun crime, répondit-il, et je ne baisserai pas la tête!»

Plusieurs jeunes robustes lui sautèrent dessus pour essayer de le forcer à se mettre à genoux, mais dès qu'ils lâchèrent prise, il se redressa, releva la tête et fixa l'assemblée d'un air de défi. Ses assaillants lui tirèrent les cheveux et appuyèrent sur sa nuque. Mon père se débattait toujours farouchement. Lorsque la foule en délire beugla qu'il était «contre la Révolution culturelle», il répliqua avec fureur: «De quelle Révolution culturelle parlez-vous? Il n'y a rien de culturel là-dedans! Ce ne sont que des brutalités.»

«La Révolution culturelle est conduite par le président Mao, lui rétorquèrent les brutes qui s'étaient abattues sur lui. Comment oses-tu t'y opposer?» Mon père haussa encore le ton : « Je m'y oppose, même si c'est le président Mao qui la conduit. »

Sa réplique fut suivie d'un lourd silence. « S'opposer au président Mao », c'était commettre un crime passible de la peine de mort. Nombre de gens avaient été tués parce qu'on les avait accusés d'un tel forfait, sans même qu'il y eût de preuves. Les Rebelles furent sidérés de voir que mon père n'avait pas l'air d'avoir peur. Après s'être remis du choc initial, ils recommencèrent à le frapper en lui ordonnant de revenir sur ses paroles blasphématoires. Il refusa. Fous de rage, ils le ligotèrent et l'emmenèrent au poste de police local, où ils exigèrent qu'on l'arrête. Mais la police ne voulut rien entendre. La plupart des gendarmes aimaient l'ordre et la loi, et les cadres du parti ; ils détestaient les Rebelles. Ils déclarèrent qu'ils avaient besoin d'un mandat spécial pour arrêter un fonctionnaire aussi gradé que mon père ; personne ne leur avait donné cet ordre.

Mon père fut battu à maintes reprises. Il n'en resta pas moins sur ses positions. Il fut le seul de la résidence à montrer un tel courage, de fait le seul que j'ai personnellement connu ; de nombreuses personnes, y compris certains Rebelles, l'admiraient secrètement. De temps à autre, un inconnu nous abordait dans la rue et nous chuchotait discrètement qu'il avait été profondément impressionné par mon père. Certains camarades de mes frères leur confièrent qu'ils aimeraient bien avoir « des os aussi durs » que ceux de mon père.

Après une journée de harcèlements, mes parents rentraient à la maison pour se faire soigner par ma grand-mère. Celle-ci avait fini par oublier sa rancœur à l'encontre de mon père ; il s'était lui-même adouci. Elle enduisait ses meurtrissures de pommade, confectionnait des cataplasmes spéciaux pour alléger ses douleurs et lui faisait boire des potions préparées à partir d'une poudre blanche appelée *bai-yao*, et destinées à guérir ses lésions internes.

Mes parents avaient l'ordre de rester chez eux et d'attendre qu'on les convoque à une prochaine réunion. Il ne pouvait être question de se cacher. La Chine entière était devenue une prison. Chaque maison, chaque rue faisait l'objet d'une surveillance étroite par la population elle-même. Dans ce pays pourtant immense, il n'y avait pas moyen de se réfugier où que ce fût.

Ils ne pouvaient même pas sortir pour se détendre un peu.

La notion de «détente» n'avait plus lieu d'exister: livres, peintures, instruments de musique, sports, cartes, jeux d'échecs, maisons de thé, bars, tout avait disparu. Les parcs n'étaient plus que des terrains vagues désolés, vandalisés, où l'on avait arraché les fleurs et l'herbe; il ne restait plus un seul oiseau ni un seul poisson rouge. Tous les films, pièces de théâtre et concerts avaient été bannis; Mme Mao avait dégagé les scènes et les écrans au profit des huit «opéras révolutionnaires» qu'elle avait contribué à produire. Personne n'avait le droit de voir quoi que ce soit d'autre. Dans les provinces, les gens n'osaient même pas mettre ceux-ci en scène. Un directeur de théâtre avait été condamné parce que le héros torturé d'un de ces opéras portait un maquillage jugé excessif par l'épouse de Mao. On le jeta en prison sous prétexte qu'il avait «exagéré les rigueurs de la lutte révolutionnaire». Nous ne pensions même pas à aller nous promener. Il régnait dehors une atmosphère de terreur, avec les réunions de dénonciation au coin des rues, les affiches et les slogans sinistres qui couvraient les murs, les gens qui déambulaient comme des zombies, le visage figé par la dureté ou la peur. Sans compter que les hématomes qui couvraient les figures de mes parents témoignaient de leur statut de condamnés. Ils risquaient par conséquent de subir des sévices supplémentaires s'ils mettaient le nez dehors.

Pour preuve de l'épouvante qui gouvernait nos vies, qu'il suffise de dire que personne n'osait brûler ni jeter un journal. Le portrait de Mao figurait en effet à la une de tous les quotidiens, et ses citations apparaissaient toutes les trois ou quatre lignes. Ces journaux devaient être conservés précieusement et vous risquiez la catastrophe si quelqu'un vous voyait en jeter un. Les garder posait aussi un problème. Et si des souris se mettaient à grignoter la figure de Mao! De surcroît, le papier journal se détériore à l'humidité. Dans un cas comme dans l'autre, le coupable était jugé criminel. Le premier grand affrontement entre factions à Chengdu fut déclenché par le fait qu'une poignée de gardes rouges s'étaient accidentellement assis sur de vieux journaux où figurait le portrait de Mao. Une camarade de classe de ma mère fut acculée au suicide parce qu'elle avait écrit «J'aime Mao de tout mon cœur» sur une affiche. Par inadvertance, elle avait un peu écourté un des caractères, de sorte qu'au lieu de lire «de tout mon cœur», on lisait «tristement».

Un jour de février 1967, au plus profond de cette accablante vague de terreur, mes parents eurent une longue conversation dont on ne me fit part que plusieurs années plus tard. Ma mère était assise au bord de leur lit. Mon père lui faisait face, dans un fauteuil en osier. Il lui expliqua qu'il saisissait à présent la teneur de la Révolution culturelle ; cette prise de conscience avait dévasté tout son univers. Il se rendait parfaitement compte que la démocratisation n'avait rien à voir là-dedans et que le peuple s'en trouverait encore plus muselé qu'auparavant. Il s'agissait ni plus ni moins d'une purge meurtrière destinée à accroître le pouvoir de Mao.

Il avait parlé lentement, posément, en choisissant ses mots avec soin. « Mais le président Mao a toujours été tellement magnanime, lui répondit ma mère. N'a-t-il pas épargné Pou Yi ? Pourquoi ne tolérerait-il pas ses compagnons d'armes qui ont lutté à ses côtés pour une Chine nouvelle ? Comment peut-il être aussi intransigeant à leur égard ? »

« Qui était Pou Yi ? reprit mon père d'un ton ferme, mais à voix basse. Un criminel de guerre, privé de l'appui du peuple. Il n'avait aucun pouvoir. Mais... » Il laissa sa phrase en suspens. Dans le silence lourd de sens qui suivit, ma mère comprit ce qu'il voulait dire : Mao ne supportait pas le moindre défi. Puis elle lui demanda : « Mais pourquoi nous, alors que nous nous contentons au fond d'obéir aux ordres ? Et pourquoi incriminer tous ces innocents ? A quoi bon tant de destruction et de souffrances ? »

« Peut-être le président Mao a-t-il estimé qu'il n'atteindrait pas son but sans mettre le pays sens dessus dessous. Il n'a jamais fait les choses à moitié, et il n'a jamais reculé devant l'idée de faire des victimes », lui répondit mon père.

Après avoir marqué une pause, il reprit la parole : « Il ne peut absolument pas s'agir d'une révolution, dans aucun sens du terme. Faire payer un prix pareil au pays et au peuple pour asseoir son pouvoir personnel est de toute évidence inadmissible. Je trouve même cela criminel. »

Ma mère pressentait un désastre. Elle le connaissait bien. S'il raisonnait ainsi, mon père ne resterait pas sans rien faire. Elle ne fut donc pas surprise lorsqu'il ajouta : « Je vais écrire une lettre au président Mao. »

Ma mère prit son visage dans ses mains. « A quoi cela servirait-il ? s'exclama-t-elle. Comment peux-tu croire que le président Mao t'écoutera ? Pourquoi veux-tu te détruire —

pour rien? Ne compte pas sur moi pour apporter ta lettre à Pékin, cette fois-ci!»

Mon père se pencha vers elle et l'embrassa. «Ce n'était pas dans mon intention de te le demander. Je la posterai.» Puis il la saisit par le menton et plongea son regard dans le sien. «Que puis-je faire d'autre, ajouta-t-il d'un ton désespéré. Quelles autres solutions me reste-t-il? Il faut que je dise ce que j'ai sur le cœur. Cela servira peut-être à quelque chose. Il faut que je le fasse, ne serait-ce que pour soulager ma conscience.»

«Pourquoi ta conscience compte-t-elle tellement? demanda ma mère. Et nos enfants? Veux-tu qu'ils deviennent "noirs"?»

Il marqua une nouvelle pause, puis reprit d'un ton hésitant: «J'imagine qu'il faut que nous divorcions et que tu élèves les enfants comme tu l'entends.» Un silence pesant s'installa entre eux. Elle en conclut qu'il n'était peut-être pas totalement décidé à écrire sa lettre, compte tenu des conséquences qui ne pouvaient être que catastrophiques.

Plusieurs jours passèrent. A la fin du mois de février, un avion survola Chengdu à basse altitude, éparpillant des milliers de feuilles scintillantes qui émergèrent brusquement de l'épaisse couche de nuages. On y avait imprimé la copie d'une lettre datée du 17 février et signée par la Commission militaire du Comité central, l'organe suprême de l'état-major. Celle-ci enjoignait aux Rebelles de cesser immédiatement leurs actions. Même si elle ne condamnait pas directement la Révolution culturelle, il s'agissait clairement d'une tentative pour y mettre un terme. Un des collègues de ma mère lui montra ce tract. Mes parents connurent alors un regain d'espoir. Peut-être les vieux maréchaux chinois tant respectés allaient-ils intervenir. On organisa une grande manifestation dans les rues de Chengdu pour soutenir leur appel.

En réalité, ces tracts résultaient de «convulsions» politiques secrètes au sein du gouvernement de Pékin. A la fin janvier, Mao avait pour la première fois fait appel à l'armée afin qu'elle apporte son appui aux Rebelles. La majorité des chefs militaires, à l'exception de Lin Biao, ministre de la Défense, étaient fous furieux. Les 14 et 16 février, ils eurent deux longues entrevues avec les leaders politiques. Mao lui-même préféra rester à l'écart, de même que Lin Biao, de sorte que ce fut Zhou Enlai qui présida ces séances. Les maréchaux passèrent un accord avec les membres du Politburo qui n'avaient pas encore été éliminés. Ces hommes-là avaient commandé l'armée communiste ; ils étaient les vétérans de la Longue Marche, des héros de la révolution. Et ils s'élevaient contre la Révolution culturelle, parce qu'elle persécutait des innocents et déstabilisait le pays. Hors de lui, l'un des vice-premiers ministres, Tan Zhenlin, laissa échapper sa colère : « J'ai suivi le président Mao toute ma vie. Maintenant, c'est fini ! » Aussitôt après ces réunions, les maréchaux commencèrent à prendre des mesures pour essayer de faire cesser la violence. La lettre du 17 février avait été envoyée spécialement à notre province parce que les Rebelles y étaient particulièrement virulents.

Zhou Enlai refusa d'accorder son soutien à la majorité et resta fidèle à Mao. Les représailles contre l'opposition ne tardèrent pas. Mao fit organiser des agressions populaires contre les dissidents, membres du Politburo et chefs militaires, qui subirent les habituels pillages et réunions de dénonciation. Quand Mao ordonna que les maréchaux fussent châtiés, l'armée ne leva pas le petit doigt pour les soutenir.

Cette tentative unique et timide pour résister à Mao et à sa révolution culturelle fut baptisée « Courant adverse de février ». Le gouvernement en divulgua un compte rendu expurgé, de manière à intensifier la violence contre les « véhicules du capitalisme ».

Les réunions de février marquèrent pour Mao un tournant décisif. Il comprit que presque tout le monde était opposé à sa politique. Il en résulta une mise à l'écart totale du parti, qui ne conserva que son nom. Le Politburo fut remplacé dans les faits par l'Autorité de la révolution culturelle. Lin Biao entreprit bientôt de se débarrasser des commandants de l'armée fidèles aux maréchaux, et son bureau personnel, qu'il dirigeait par l'intermédiaire de sa femme, ne tarda pas à remplacer la Commission militaire du Comité central. Le régime de Mao s'apparentait désormais à une cour médiévale bâtie autour d'épouses, de cousins et de courtisans flagorneurs. Le Président dépêcha dans les provinces des délégués, chargés d'organiser des « comités révolutionnaires », les nouveaux instruments de son pouvoir, suppléant le système du parti jusqu'aux échelons les plus bas.

Au Setchouan, ses émissaires se révélèrent être de vieilles connaissances de mes parents, les Ting. Après notre départ de Yibin, les Ting avaient quasiment pris le contrôle de la région. M. Ting était devenu secrétaire du parti au niveau de la province, tandis que son épouse dirigeait la cellule du parti de la ville de Yibin, la capitale.

Les Ting avaient profité de leur position pour procéder à d'innombrables persécutions et vengeances personnelles. L'une de leurs victimes avait été le garde du corps de Mme Ting au début des années 1950. Elle avait tenté plusieurs fois de le séduire sans succès. Un jour, elle s'était plainte d'avoir mal à l'estomac et avait obtenu du jeune homme qu'il lui masse l'abdomen. Après quoi, elle avait guidé sa main vers des régions plus intimes de son anatomie. L'homme avait aussitôt retiré sa main et s'était éloigné d'elle. Mme Ting l'accusa d'avoir essayé de la violer et le fit condamner à trois ans de camp de travail.

Une lettre anonyme exposant toute l'affaire arriva au comité du parti setchouanais, qui ordonna une enquête. En tant qu'accusés, les Ting n'étaient pas censés prendre connaissance de cette missive, mais un de leurs acolytes la leur montra. Ils demandèrent alors à tous les membres du gouvernement de Yibin d'écrire un rapport, afin de vérifier leur écriture. Ils ne furent jamais en mesure d'identifier l'auteur de la lettre, mais l'enquête s'acheva par un non-lieu.

A Yibin, les Ting terrifiaient tout le monde, cadres ou citoyens ordinaires. Les campagnes politiques à répétition et le système des quotas leur fournissaient toutes sortes d'occasions de faire de nouvelles victimes.

En 1959, ils se débarrassèrent du gouverneur de Yibin, qui avait succédé à mon père en 1953. Cet ancien vétéran de la Longue Marche jouissait d'une telle popularité qu'ils en étaient jaloux. On l'avait surnommé « Li la Sandale de paille », parce qu'il portait toujours des sandales de paysans, en témoignage de sa volonté de rester près de ses racines campagnardes. De fait, à l'époque du Grand Bond en avant, il n'avait manifesté aucun empressement à forcer les paysans à produire de l'acier. En 1959, il s'éleva publiquement contre la famine. Les Ting l'accusèrent d'être un « opportuniste de droite » et le rétrogradèrent au rang d'acheteur pour la cantine d'une brasserie. Il mourut pendant la disette ; son nouvel emploi aurait pourtant dû lui valoir de meilleures chances de remplir son estomac que la majorité des gens. L'autopsie révéla la présence de paille dans son estomac, à l'exclusion de tout aliment. Il était resté honnête jusqu'à la mort.

La même année, les Ting mirent en cause un médecin qu'ils

taxèrent d'ennemi de classe parce qu'il avait fait un diagnostic véridique concernant plusieurs victimes de la faim, alors qu'il était officiellement proscrit de parler de la famine.

Il y eut toute une kyrielle d'affaires de ce genre, au point que des gens coururent le risque d'écrire aux autorités provinciales pour dénoncer les Ting. En 1962, du temps où les modérés avaient la haute main sur le gouvernement central, ils organisèrent une enquête nationale sur les campagnes précédentes et réhabilitèrent un grand nombre de victimes. Le gouvernement setchouanais forma une équipe chargée de mener des investigations sur le cas des Ting, qui furent jugés coupables d'abus de pouvoir avéré. Ils furent alors destitués de leurs fonctions et emprisonnés. En 1965, le secrétaire général du parti, Deng Xiaoping, les fit expulser du parti.

Au tout début de la Révolution culturelle, les Ting parvinrent à s'évader, inexplicablement, et gagnèrent Pékin où ils plaidèrent leur cause auprès de l'Autorité de la révolution culturelle. Ils se présentèrent comme des héros soutenant la «lutte des classes», ce pour quoi les anciennes autorités du parti les avaient, affirmèrent-ils, persécutés. Ma mère tomba d'ailleurs sur eux un jour dans un bureau des doléances. Ils lui demandèrent avec chaleur son adresse à Pékin. Elle refusa de la leur donner.

Les Ting se firent remarquer par Chen Boda, l'un des chefs de l'Autorité de la révolution culturelle, qui avait été le supérieur hiérarchique de mon père à Yen-an. Par son intermédiaire, ils furent reçus par Mme Mao, qui reconnut immédiatement en eux des âmes sœurs. Les objectifs de Mme Mao dans le contexte de la Révolution culturelle tenaient beaucoup moins à la politique qu'à sa volonté de régler des comptes personnels, particulièrement mesquins. Comme elle le confia d'ailleurs elle-même aux gardes rouges, elle avait contribué aux harcèlements perpétrés à l'encontre de Mme Liu Shaoqi parce qu'elle ne supportait pas que cette dernière fît des voyages à l'étranger avec son époux. Le président Mao n'était allé à l'étranger qu'à deux reprises, en URSS l'une et l'autre fois, et sans sa femme. Pis encore, au cours de ses périples, Mme Liu avait porté des vêtements élégants et des bijoux que personne n'avait le droit d'arborer dans l'austère Chine de Mao. Mme Liu fut accusée d'être un agent au service de la CIA et jetée en prison, échappant de justesse à la mort.

Dans les années 1930, à Shanghai, avant sa rencontre avec

son futur mari, Mme Mao avait été une actrice sans envergure. Elle avait alors eu le sentiment que les hommes de lettres de la ville la battaient froid. Certains d'entre eux, leaders de la clandestinité communiste, devinrent des figures éminentes du département central des Affaires publiques après 1949. En partie pour se venger de l'humiliation réelle ou imaginaire qu'ils lui avaient fait subir trente ans plus tôt, elle se démena pour trouver dans leurs œuvres des éléments « anti-socialistes et anti-président Mao ». Lorsque Mao se retira de la scène politique, pendant la famine, elle parvint à se rapprocher de lui et à lui faire toutes sortes de confidences pernicieuses sur l'oreiller. Pour conduire ses ennemis à leur perte, elle n'hésita pas une seconde à condamner tout le système qu'il chapeautait, à savoir l'ensemble des départements des Affaires publiques du pays.

Elle se vengea aussi des acteurs et des actrices de la période de Shanghai qui avaient éveillé sa jalousie. Une comédienne du nom de Wang Ying avait jadis obtenu un rôle qu'elle-même convoitait. Trente ans plus tard, en 1966, Mme Mao la fit emprisonner à vie, ainsi que son mari. Wang Ying se suicida dans sa cellule en 1974.

Une autre actrice célèbre, Sun Wei-shi, avait joué des dizaines d'années plus tôt à ses côtés dans une pièce donnée à Yen-an, en présence de Mao. Il semblerait que Mme Sun ait alors remporté un succès plus grand que sa rivale ; elle devint du reste une figure très populaire parmi les hauts dirigeants, et notamment auprès de Mao. Étant la fille adoptive de Zhou Enlai, elle n'estima pas nécessaire de passer la main dans le dos de Mme la Présidente. En 1968, pourtant, celle-ci la fit arrêter avec son frère et torturer à mort. Le pouvoir de Zhou Enlai ne put suffire à les protéger.

Le public apprit peu à peu les vengeances de Mme Mao par la voie du bouche à oreille. Sa personnalité se manifestait également dans ses discours, reproduits sur les affiches. Elle finirait par être haïe quasiment par la terre entière, mais au début de 1967, ses méfaits restaient encore relativement méconnus.

Mme Mao et les Ting appartenaient à la même race, à laquelle les Chinois donnent un nom : *zheng-ren*, « fonctionnaire persécuteur » ! La persévérance et l'opiniâtreté dont ils faisaient preuve dans la cruauté, les méthodes sanguinaires auxquelles ils recouraient atteignaient des proportions proprement horrifiantes. En mars 1967, un document signé de la main de Mao annonça que les Ting avaient été réhabilités et qu'ils avaient les pleins pouvoirs pour organiser le comité révolutionnaire setchouanais.

Une instance transitoire baptisée comité révolutionnaire préparatoire setchouanais fut mise en place. Elle incluait deux généraux — le commissaire politique en chef et le commandant de la région militaire de Chengdu (l'une des huit zones militaires de la Chine) —, outre les Ting. Mao avait décrété que chaque comité révolutionnaire devait regrouper trois composantes : l'armée locale, des représentants des Rebelles et des « cadres révolutionnaires ». Ces derniers devaient être sélectionnés parmi d'anciens fonctionnaires, et il appartenait aux Ting de les choisir.

A la fin du mois de mars 1967, les Ting rendirent visite à mon père. Ils voulaient l'inclure dans leur comité. L'honnêteté et l'équité de mon père lui valaient un grand prestige parmi ses collègues. Les Ting eux-mêmes appréciaient ses qualités, d'autant plus qu'ils savaient qu'à l'époque où ils étaient en disgrâce, mon père s'était abstenu d'ajouter ses accusations à celles des autres. Par ailleurs, ils avaient besoin de quelqu'un possédant ses capacités.

Mon père les accueillit avec la courtoisie d'usage. Ma grand-mère, en revanche, leur manifesta un réel enthousiasme. Elle n'était pas très au courant de leurs machinations, et savait que c'était Mme Ting qui avait permis l'administration des précieux remèdes américains qui avaient guéri ma mère de la tuberculose du temps où elle était enceinte de moi.

Lorsque les Ting disparurent dans le bureau de mon père, ma grand-mère s'empressa d'aller étendre de la pâte. Bientôt, la mélodie saccadée et bruyante d'un hachoir emplit la cuisine. Elle découpa des petits morceaux de viande auxquels elle ajouta une poignée de ciboulette et un assortiment d'épices, puis elle versa de l'huile de colza bouillante sur du piment en poudre pour faire une sauce d'accompagnement aux boulettes, plat traditionnel de bienvenue.

Pendant ce temps-là, dans le bureau, les Ting parlaient de leur réhabilitation et de leur nouveau statut. Ils expliquèrent à mon père qu'ils s'étaient rendus dans son département et que les Rebelles leur avaient fait part de ses ennuis. Toutefois, ajoutèrent-ils, ils l'avaient beaucoup apprécié du temps de Yibin, ils conservaient beaucoup d'estime pour lui et souhaitaient travailler à nouveau avec lui. Ils promirent que tout ce qu'il avait dit et fait de condamnable serait oublié s'il acceptait de coopérer. De plus, ils lui donnaient la chance de s'élever au sein des nouvelles structures, en prenant la responsabilité de toutes les affaires culturelles de la province, par exemple. Ils lui signifièrent clairement qu'il s'agissait là d'une offre qu'il ne pouvait se permettre de décliner.

Mon père avait appris la nomination des Ting par ma mère, qui avait lu cette nouvelle sur les affiches. Ce jour-là, il s'était exclamé : « Il ne faut pas prêter foi aux rumeurs. C'est impossible ! » Il n'arrivait pas à croire que Mao ait pu confier des postes clés à ce couple diabolique. « Je suis désolé, leur dit-il en s'efforçant de dissimuler sa répugnance, je ne peux accepter votre offre. »

« Nous vous faisons une énorme faveur, lâcha alors Mme Ting. D'autres gens nous auraient supplié à genoux d'en faire autant pour eux. Vous rendez-vous compte du pétrin dans lequel vous vous êtes mis ? Oubliez-vous qui vous avez en face de vous ? »

Mon père sentit la colère monter en lui. « Quoi que j'ai dit ou fait, j'en assume la responsabilité. Je ne veux pas être mêlé à vos histoires. » Au cours de la conversation animée qui s'ensuivit, il ajouta qu'il trouvait justifié le châtiment qu'ils avaient subi. Il estimait de surcroît qu'on n'aurait jamais dû leur confier des fonctions aussi importantes. Abasourdis, ils lui firent remarquer qu'il avait intérêt à prendre garde à ce qu'il disait : le président Mao lui-même les avait qualifiés de « bons cadres » ; c'était lui qui les avait réhabilités.

Dans son emportement, mon père ne put s'empêcher de continuer. « Mais le président Mao ne pouvait pas savoir la vérité sur votre compte. En quoi êtes-vous de "bons cadres" ? Vous avez commis des fautes impardonnables. » Il se retint de justesse pour ne pas dire « crimes ».

« Comment osez-vous mettre en doute les paroles du président Mao ? s'exclama Mme Ting. Le vice-président Lin Biao a dit : "Chaque mot prononcé par le président Mao est une vérité absolue universelle, et chacune de ses paroles équivaut à dix mille mots !" »

« Quand un mot a tout son sens, c'est déjà une prouesse humaine, lui rétorqua mon père. Il est inconcevable qu'un mot puisse en signifier dix mille. La remarque de Lin Biao était de nature rhétorique et ne devrait donc pas être prise littéralement. »

Les Ting n'en croyaient pas leurs oreilles, comme ils l'expliquèrent par la suite: Ils avertirent mon père que ses propos, son comportement, ses pensées elles-mêmes allaient à l'encontre de la Révolution culturelle, conduite par le président Mao. Mon père répliqua qu'il aimerait bien avoir l'occasion d'en débattre avec Mao lui-même. Ces paroles étaient tellement suicidaires que les Ting en restèrent bouche bée. Après un silence, ils se levèrent pour partir.

Ma grand-mère entendit des pas précipités. Elle sortit à la hâte de la cuisine, les mains couvertes de farine. Elle se retrouva nez à nez avec Mme Ting et pria le couple de rester déjeuner. Mme Ting l'ignora, sortit comme une furie de l'appartement et commença à descendre l'escalier d'une démarche lourde. En arrivant sur le palier du dessous, elle s'arrêta, fit volte-face et cria à mon père qui les avait suivis, d'une voix tremblante de rage: «Vous êtes fou? Je vous le demande pour la dernière fois: Refusez-vous toujours mon aide? Vous vous rendez bien compte que vous êtes à ma merci, à présent. »

« Je ne veux pas avoir à faire avec vous, riposta mon père. Vous et moi n'appartenons pas à la même race. »

Sur ce, il disparut dans son bureau, laissant ma grand-mère abasourdie et épouvantée en haut de l'escalier. Il ressortit presque aussitôt pour porter une table à encrer dans la salle de bains. Il y versa quelques gouttes d'eau et regagna son bureau d'un air songeur. Assis dans son fauteuil, il entreprit de réduire en poudre un bâton d'encre en le faisant tourner encore et encore sur la pierre, ce qui produisit un épais liquide noir. Après quoi, il étendit devant lui une feuille de papier blanc. En un rien de temps, il acheva sa deuxième lettre au président Mao, qui commençait par ces mots: «Monsieur le Président, je m'adresse à vous, en tant que communiste à un autre communiste, afin que vous mettiez un point final à la Révolution culturelle. » Il décrivait ensuite les calamités qui s'étaient abattues sur la Chine à cause d'elle, et concluait en ces termes: «Je crains le pire pour notre parti et pour notre pays si l'on accorde à des gens comme Liu Jie-ting et Zhang Xi-ting un pouvoir de vie et de mort sur des dizaines de millions d'individus. »

En guise d'adresse, il écrivit sur l'enveloppe: «Président

Mao, Pékin », puis il porta sa lettre à la poste, au bout de la rue. Il l'envoya en recommandé. L'employé derrière le comptoir prit l'enveloppe et y jeta un coup d'œil, conservant une expression d'indifférence totale. Après quoi, mon père rentra à la maison et attendit.

20

« Je refuse de vendre mon âme »

L'ARRESTATION DE MON PÈRE

1967-1968

Trois jours après que mon père eut posté sa lettre, dans l'après-midi, quelqu'un frappa à la porte de notre appartement. Ma mère alla ouvrir. Trois hommes entrèrent, vêtus du costume bleu et ample qui était l'uniforme de tous les Chinois. Mon père connaissait l'un d'entre eux, un militant rebelle qui avait été concierge dans son département. L'un de ses compagnons, un homme grand au visage mince parsemé de furoncles, annonça qu'ils étaient des « Rebelles de la police ». Ils venaient l'arrêter parce qu'il était « un contre-révolutionnaire en action bombardant le président Mao et la Révolution culturelle ». Ils saisirent mon père par les épaules et lui firent signe de se mettre en marche.

Ils ne se donnèrent même pas la peine de nous présenter leur carte d'identité, sans parler d'un mandat d'arrestation. Pourtant, il ne faisait aucun doute qu'il s'agissait de policiers rebelles en civil. Impossible de contester leur autorité, puisqu'ils étaient venus en compagnie d'un Rebelle attaché au département de mon père.

Ils ne mentionnèrent même pas la lettre adressée à Mao, mais mon père comprit qu'elle avait dû être interceptée. Il aurait difficilement pu en être autrement. Il savait pertinemment qu'on l'arrêterait, parce qu'il avait consigné son blasphème noir sur blanc mais aussi parce qu'il y avait désormais des gens habilités à cautionner son arrestation, à savoir les Ting. Cela ne l'avait pas empêché de saisir l'unique chance qu'il avait, aussi ténue fût-elle. Il était silencieux, visiblement nerveux, mais ne protesta pas. En arrivant sur le seuil de l'appartement, il s'arrêta et parla à ma mère à voix basse : « N'en tiens pas rigueur au parti. Sois sûre qu'il corrigera ses erreurs, aussi graves soient-elles. Engage une procédure de divorce et embrasse les enfants pour moi. Rassure-les. »

Lorsque je rentrai à la maison ce soir-là, mes parents étaient partis tous les deux. Ma grand-mère m'apprit que les Rebelles avaient emmené mon père et que ma mère avait pris le train pour Pékin afin d'aller plaider sa cause. Elle évita de parler de « police », parce que cela aurait été trop effrayant.

Je me précipitai au département de mon père pour demander où il était. Je n'obtins pas la moindre réponse en dehors d'une kyrielle d'aboiements orchestrés par Mme Shau : « Tu dois tirer un trait sur ce sale "véhicule du capitalisme" qu'est ton père. » « Quel que soit l'endroit où il se trouve, c'est bien fait pour lui. » Je ravalai tant bien que mal mes larmes. J'éprouvais une véritable haine pour ces adultes supposés intelligents ; ils n'étaient pas obligés d'être aussi impitoyables et brutaux. Un regard un peu plus doux, un ton moins hargneux, le silence même, auraient été parfaitement possibles, même dans le contexte de l'époque.

Ce fut à partir de ce jour-là que je pris l'habitude de répartir les Chinois en deux catégories distinctes : l'une humaine, l'autre inhumaine. Il avait fallu un bouleversement tel que la Révolution culturelle pour mettre en évidence ces caractéristiques chez mes concitoyens, qu'il s'agisse des adolescents gardes rouges, des Rebelles ou des « véhicules du capitalisme » adultes.

Pendant ce temps-là, ma mère se trouvait à la gare. Elle attendait le train qui devait l'emmener à Pékin pour la deuxième fois. Elle se sentait beaucoup moins sûre d'elle que six mois auparavant. Il lui semblait alors qu'elle avait une chance de faire respecter la justice, tandis qu'aujourd'hui, la situation lui paraissait quasi désespérée. Elle ne se laissa pourtant pas aller au défaitisme. Elle était déterminée à lutter coûte que coûte.

Elle avait décidé qu'il fallait absolument qu'elle obtienne

une entrevue avec le Premier ministre, Zhou Enlai. Il était le seul à pouvoir intervenir. En voyant n'importe qui d'autre, elle risquait de précipiter la fin de son mari, la sienne et celle de sa famille. Elle savait que Zhou Enlai était beaucoup plus modéré que Mme Mao et l'Autorité de la révolution culturelle; il jouissait par ailleurs d'un pouvoir considérable sur les Rebelles, auxquels il faisait transmettre ses instructions presque tous les jours.

Seulement, le voir était à peu près aussi facile que d'entrer dans la Maison Blanche, ou d'avoir un entretien en tête à tête avec le pape. Même si elle atteignait Pékin sans qu'on l'arrête en route, même si elle réussissait à dénicher le bureau des doléances approprié, elle réalisa tout à coup qu'elle ne pourrait jamais préciser le nom de la personne qu'elle voulait voir, dans la mesure où les autres leaders du parti prendraient cela comme une insulte, voire une attaque. Son angoisse s'accrût. Elle se demandait si les Rebelles avaient découvert son absence. Elle était censée attendre chez elle qu'on la convoque à une éventuelle réunion de dénonciation. Sa seule chance était que les différents groupes de Rebelles s'imaginent qu'elle se trouvait entre les mains d'une autre bande.

Pendant qu'elle attendait, elle aperçut une énorme bannière sur laquelle était écrit: «Délégation pétitionnaire de "Chengdu rouge" à Pékin.» Une foule d'environ 200 jeunes d'une vingtaine d'années était rassemblée autour de cet étendard. Leurs autres pancartes indiquaient clairement qu'il s'agissait d'étudiants en route pour Pékin où ils allaient protester contre les Ting. Leurs slogans proclamaient de surcroît qu'ils avaient obtenu un entretien avec Zhou Enlai!

«Chengdu rouge» était relativement modéré par rapport à son rival au sein des Rebelles, le groupe du «26 août». Les Ting avaient apporté leur soutien à ce dernier, mais les partisans de «Chengdu rouge» refusaient de se laisser faire. Les Ting ne bénéficiaient pas d'un pouvoir absolu, même s'ils bénéficiaient de l'aval de Mao et de l'Autorité de la révolution culturelle.

A cette époque, de violents affrontements opposaient les différentes factions rebelles, qui portaient ainsi préjudice à la Révolution culturelle. Ces bagarres avaient débuté presque aussitôt après que Mao leur avait donné l'ordre de s'emparer du pouvoir détenu par les «véhicules du capitalisme». Trois mois plus tard, la majorité des leaders rebelles n'avaient plus rien à voir avec les fonctionnaires communistes évincés. Loin d'être des maoïstes fanatiques, ils apparaissaient désormais comme une meute d'opportunistes indisciplinés. Mao leur avait enjoint de s'unir et de partager le pouvoir, mais ils se contentaient d'acquiescer, sans se conformer pour autant à ses instructions. Ils s'invectivaient les uns les autres à grand renfort de citations de Mao, utilisant ainsi non sans cynisme le langage évasif de leur gourou. Rien de plus facile que de sélectionner une citation de Mao pour illustrer une situation, quelle qu'elle soit, ou pour renforcer une thèse comme son antithèse. Mao se rendait bien compte que sa «philosophie» insipide faisait boomerang, mais il ne pouvait intervenir explicitement, de peur de se priver de son aura mystique.

Les adeptes de «Chengdu rouge» savaient que, pour anéantir leur rival, il leur fallait terrasser les Ting. Ils connaissaient la réputation de ces derniers, leur esprit vengeur, leur soif de pouvoir, dont on parlait beaucoup, à mots couverts ou ouvertement selon les cas. L'appui dont les Ting jouissaient auprès de Mao n'avait pas suffi à les faire rentrer dans le rang. Ce fut dans ce contexte que les responsables de «Chengdu rouge» décidèrent de dépêcher une délégation d'étudiants à Pékin. Zhou Enlai s'était engagé à les recevoir parce que, à l'instar de l'autre camp de Rebelles setchouanais, «Chengdu rouge» comptait des millions de partisans.

Quand le groupe gagna le quai où l'express de Pékin attendait en lâchant des jets de vapeur, ma mère n'hésita pas une seconde et suivit le mouvement. Au moment où elle se hissait péniblement dans le wagon où les autres avaient pris place, un étudiant l'arrêta. «Qui êtes-vous?» hurla-t-il. A trente-cinq ans, ma mère n'avait plus vraiment l'air d'une étudiante. «Vous ne faites pas partie du groupe. Descendez!»

«Moi aussi je vais à Pékin pour protester contre les Ting!, s'exclama-t-elle tout en se cramponnant à la poignée de la portière. Je les ai connus il y a longtemps.» Le jeune homme la dévisageait d'un air incrédule. Derrière lui, deux voix s'élevèrent, l'une masculine, l'autre féminine: «Laisse-la monter! Écoutons ce qu'elle a à dire!»

Ma mère s'introduisit dans le compartiment bondé; on lui fit une place entre l'homme et la femme qui avaient intercédé en sa faveur. Ils se présentèrent à elle comme deux leaders de «Chengdu rouge». Il s'appelait Yong et elle Yan. Ils étudiaient l'un et l'autre à l'université de Chengdu.

D'après ce qu'ils lui dirent, ma mère comprit que ses

compagnons de voyage ne savaient pas grand-chose sur les Ting. Elle leur raconta ce dont elle se souvenait des innombrables affaires de persécution auxquelles le couple diabolique avait été mêlé à Yibin, avant la Révolution culturelle ; elle leur parla de la manœuvre de séduction opérée par Mme Ting sur mon père en 1953. Elle leur relata aussi leur récente visite chez nous et leur expliqua que mon père avait refusé de collaborer. Elle conclut en disant que les Ting avaient fait arrêter son mari parce qu'il avait écrit une lettre au président Mao dans le but de faire obstacle à leur nomination à la tête des nouvelles autorités provinciales.

Yan et Yong lui promirent alors qu'elle les accompagnerait lors de l'entrevue avec Zhou Enlai. Ma mère resta éveillée pendant tout le voyage pour préparer son plaidoyer.

A la gare de Pékin, un représentant du Premier ministre attendait la délégation. On les conduisit dans une pension gouvernementale et on leur annonça que Zhou Enlai les recevrait le lendemain soir.

Le lendemain donc, pendant que les étudiants étaient sortis, ma mère rédigea un texte à l'intention du Premier ministre, sachant qu'elle n'aurait peut-être pas l'occasion de lui parler. De toute façon, mieux valait lui faire sa requête par écrit. A 9 heures, ce soir-là, elle se rendit dans le Grand Hall du peuple, sur le flanc ouest de la place Tiananmen, avec les étudiants. L'entrevue devait avoir lieu dans la Salle setchouanaise que mon père avait contribué à décorer en 1959. Les étudiants se disposèrent en arc de cercle face à leur interlocuteur. Il n'y avait pas suffisamment de sièges. Aussi un grand nombre d'entre eux s'assirent-ils sur la moquette. Ma mère prit place au dernier rang.

Elle savait que son discours devait être concis et succinct. Elle le répéta inlassablement dans sa tête pendant tout le temps de l'audience. Elle était par conséquent trop absorbée pour prêter attention aux propos des étudiants. Elle nota pourtant les réactions de Zhou Enlai. De temps à autre, il hochait la tête d'un air entendu, sans manifester ni approbation ni réprobation. Il se contentait d'écouter en faisant à l'occasion une remarque générale sur la nécessité de «suivre le président Mao» ou de «s'unir». Un assistant prenait des notes.

Tout à coup, elle l'entendit dire : «Rien d'autre ?» Sentant qu'il allait conclure, elle se leva d'un bond : «Monsieur le Premier ministre, j'ai quelque chose à ajouter.»

Zhou Enlai leva les yeux vers elle. Elle n'était manifestement pas étudiante. « Qui êtes-vous ? » demanda-t-il. Elle lui donna son nom, sa fonction, et poursuivit sans perdre une seconde : « Mon mari a été arrêté en tant que "contre-révolutionnaire en action". Je suis ici pour que justice lui soit rendue. » Elle lui indiqua alors le nom et la position de mon père.

Le regard de Zhou se figea. Mon père avait un poste important. « Les étudiants peuvent disposer, dit-il. Je veux avoir un entretien avec vous en privé. »

Ma mère mourait d'envie de parler avec lui en tête à tête, mais elle résolut de sacrifier cette chance au profit d'un objectif plus important. « Monsieur le Premier Secrétaire, je souhaiterais que les étudiants restent afin d'être mes témoins. » Tout en parlant, elle remit son plaidoyer à l'étudiant qui se trouvait devant elle afin qu'il fût transmis à son interlocuteur.

« C'est entendu, reprit ce dernier en hochant la tête. Allez-y. »

Rapidement mais avec beaucoup de clarté, elle lui expliqua que son mari avait été arrêté parce qu'il avait écrit une lettre au président Mao. Il désapprouvait la nomination des Ting à la tête du nouveau gouvernement provincial, en raison des nombreux abus de pouvoir dont il avait été témoin à Yibin. En dehors de cela, ajouta-t-elle sans s'étendre, « la lettre de mon mari contenait de graves erreurs concernant la Révolution culturelle ».

Elle avait longuement réfléchi à la manière d'exprimer cela. Il fallait qu'elle fasse à Zhou Enlai un compte rendu fidèle, mais elle ne pouvait pas répéter les mots exacts choisis par mon père, par crainte des Rebelles. Elle devait rester aussi abstraite que possible : « Mon mari avait des opinions très erronées qu'il ne dévoilait cependant pas en public. Il s'en est tenu à la charte du parti communiste en exprimant son point de vue au président Mao. Selon ladite charte, en effet, c'est le droit légitime de tout membre du parti. Cette clause ne devrait pas servir de prétexte pour l'arrêter. Je suis donc ici pour demander que justice lui soit rendue. »

Lorsque le regard de ma mère rencontra celui de Zhou Enlai, elle sut qu'il avait pleinement saisi le contenu réel de la lettre de mon père. Il avait aussi compris qu'elle ne pouvait lui donner davantage de détails compte tenu des circonstances. Il jeta un coup d'œil au plaidoyer qu'il tenait à la main, puis se tourna vers un de ses assistants assis derrière lui et lui chuchota quelque chose à l'oreille. Un silence de mort régnait dans la salle. Tous les yeux étaient rivés sur le Premier ministre.

Son aide de camp lui passa quelques feuilles portant l'en-tête du Conseil des ministres, baptisé Conseil des affaires d'État. Zhou commença alors à écrire avec une certaine difficulté (il s'était cassé le bras droit des années auparavant en tombant de cheval à Yen-an). Quand il eut fini, il tendit le papier à son assistant, qui en lut le contenu à haute voix : « 1. En tant que membre du parti communiste, Chang Shou-yu est habilité à écrire à la direction suprême dudit parti. Quelles que soient les erreurs graves qui figurent dans sa lettre, celle-ci ne doit pas servir à l'accuser d'être un contre-revolutionnaire. 2. En tant que directeur adjoint du département des affaires publiques de la province du Setchouan, Chang Shou-yu doit se soumettre aux investigations et aux critiques du peuple. 3. Tout jugement final concernant Chang Shou-yu devra attendre la fin de la Révolution culturelle. Zhou Enlai. »

Ma mère était tellement soulagée qu'elle ne put proférer un mot. La note n'était pas adressée aux nouveaux dirigeants du Setchouan, ce qui aurait dû être le cas. Rien ne l'obligeait par conséquent à la leur remettre, ni à eux ni à qui que ce fût d'autre. Zhou Enlai voulait qu'elle la conserve afin de la montrer à ceux qui pourraient lui être utiles.

Yan et Yong étaient assis à la gauche de ma mère. En se tournant vers eux, elle vit que leurs visages rayonnaient.

Elle reprit le train pour Chengdu deux jours plus tard, sans quitter ses deux nouveaux amis d'une semelle. Elle redoutait en effet que les Ting n'aient eu vent du mot de Zhou Enlai et n'envoient leurs hommes de main s'emparer d'elle et l'arrêter. Yan et Yong pensaient eux aussi qu'elle devait rester avec eux. « De peur que la bande du "26 août" ne vous enlève. » En arrivant, ils insistèrent pour la raccompagner chez elle. Ma grand-mère leur servit des crêpes au porc et à la ciboulette qu'ils dévorèrent en un rien de temps.

Je me pris immédiatement d'affection pour eux. Rebelles, et pourtant si gentils, si chaleureux, si attentionnés vis-à-vis de nous ! Cela me paraissait incroyable. Je vis tout de suite qu'ils étaient amoureux : cette façon de se regarder, de se taquiner, de se toucher était tout à fait inhabituelle en public. J'entendis ma grand-mère chuchoter à ma mère qu'elle aimerait bien leur donner des cadeaux pour leur mariage. Ma mère lui répondit que c'était impossible, qu'ils auraient des ennuis si cela se savait. Accepter des «pots-de-vin» d'un «véhicule du capitalisme» constituait un grave délit.

Yan avait vingt-quatre ans. Elle était en troisième année de comptabilité à l'université de Chengdu. Une paire de lunettes à monture épaisse dominait son visage animé. Elle riait fréquemment en rejetant ses cheveux en arrière. Ses accès d'hilarité vous réchauffaient le cœur. A l'époque, hommes, femmes et enfants portaient un costume standard composé d'un pantalon et d'une veste bleu marine ou gris. On n'avait droit à aucune fantaisie. En dépit de cette uniformité, certaines femmes réussissaient à manifester un soin particulier ou un raffinement dans leur tenue. Ce qui n'était pas le cas de Yan. Elle donnait toujours l'impression de s'être trompée de boutonnières et serrait systématiquement ses cheveux courts en une queue de cheval désordonnée. Il semblait que le fait d'être amoureuse ne pût même pas l'inciter à se soucier de son apparence.

Yong paraissait davantage conscient de son «look». Il portait des sandales en paille mises en valeur par ses jambes de pantalon roulées. Les sandales de ce type étaient en vogue parmi les étudiants, parce qu'on les associait aux paysans. Yong me semblait d'une intelligence et d'une sensibilité extrêmes. Il me fascinait.

Après un repas joyeux, Yan et Yong prirent congé de nous. Ma mère les raccompagna en bas, et ils lui chuchotèrent qu'elle devait conserver la note du Premier ministre dans un endroit sûr. Elle ne dit pas un mot à mes frères et sœur ni à moi de sa rencontre avec Zhou Enlai.

Ce soir-là, ma mère alla voir un de ses anciens collègues pour lui montrer son précieux message. Chen Mo avait travaillé avec mes parents à Yibin au début des années 1950, et il s'entendait bien avec eux. Il avait aussi réussi à rester en bons termes avec les Ting et, quand ils furent réhabilités, il attacha son sort au leur. Ma mère lui demanda, en pleurant, de l'aider à assurer la libération de mon père, au nom de leur vieille amitié. Il lui promit d'en toucher un mot aux Ting.

Le temps passa, puis, en avril, mon père réapparut brusquement. Je fus extrêmement heureuse et soulagée de le voir, mais, presque aussitôt, ma joie se changea en horreur. Une lueur étrange brillait dans son regard. Il refusa de nous dire où on l'avait emmené et, quand il se mit finalement à parler, j'arrivai à peine à comprendre ce qu'il disait. Il passa des jours et des nuits sans dormir, faisant les cent pas dans son bureau tout en se parlant à lui-même. Un jour, il força toute la famille à rester sous une pluie battante, sous le prétexte de «nous faire connaître l'orage révolutionnaire». Une autre fois, alors qu'il venait de recevoir son salaire, il le jeta dans le fourneau de la cuisine, pour «se défaire de sa propriété privée». La terrible vérité nous sauta alors aux yeux: mon père avait perdu la raison.

Ma mère devint la cible de sa folie. Il piquait des colères contre elle, la traitant de «lâche», d'«impudente», l'accusant de «vendre son âme». Puis, sans préambule, il devenait tout à coup d'une tendresse gênante vis-à-vis d'elle devant nous, répétant inlassablement combien il l'aimait, combien il avait honte d'avoir été un mari aussi peu digne d'elle, et la suppliant de «lui pardonner et de revenir».

Le jour de son retour, il l'avait dévisagée d'un air soupçonneux et lui avait demandé ce qu'elle avait manigancé. Elle lui avait répondu qu'elle était allée à Pékin pour plaider sa cause. Il avait secoué la tête, incrédule, et l'avait sommée de lui en fournir la preuve. Elle avait alors décidé de ne pas lui parler du mot de Zhou Enlai. Elle voyait bien qu'il n'était pas lui-même et elle craignait qu'il remette le papier aux Ting, si le «parti» le lui ordonnait. Elle ne pouvait même pas citer Yan et Yong comme ses témoins; il aurait pensé qu'elle avait eu tort de se frotter à une faction de la Garde rouge.

Il ne cessait de revenir inlassablement sur cette question. Tous les jours, il l'interrogeait; des contradictions apparentes émergèrent dans son récit. Les doutes et la confusion de mon père s'accrurent. Sa fureur contre ma mère frisa bientôt la violence. Pour aider cette dernière, mes frères et sœur et moi nous nous efforçâmes de rendre son histoire plus convaincante, bien que nous n'eussions nous-mêmes que de vagues notions de ce qui s'était passé. Évidemment, lorsque notre père commença à nous interroger à notre tour, l'affaire s'embrouilla encore davantage.

Pendant son séjour en prison, ses interrogateurs n'avaient cessé de lui répéter que sa femme et ses enfants l'abandonneraient s'il s'obstinait à ne pas vouloir rédiger ses «aveux». Cette confession forcée était une pratique courante. Il était aussi essentiel d'obliger les victimes à reconnaître leur «culpabilité» afin de briser leur moral. Seulement, mon père persistait à dire qu'il n'avait rien à avouer et qu'il n'écrirait rien.

Ses interrogateurs lui affirmèrent ensuite que ma mère l'avait dénoncé. Quand il demanda si on pouvait accorder à cette dernière la permission de lui rendre visite, on lui répondit que cela avait déjà été fait, mais que ma mère avait refusé, pour bien montrer qu'elle avait décidé de « tirer un trait » entre son mari et elle. Dès qu'ils se rendirent compte que mon père commençait à entendre des voix — un des symptômes de la schizophrénie —, ses geôliers attirèrent sournoisement son attention sur un vague brouhaha provenant de la pièce voisine, en lui soutenant que ma mère s'y trouvait, mais qu'il ne la verrait pas tant qu'il n'aurait pas rédigé ses aveux. Ils jouèrent si bien la comédie que mon pauvre père fut persuadé de reconnaître la voix de sa femme. Il commença alors à perdre véritablement la raison. Il s'obstina pourtant à refuser d'écrire quoi que ce soit.

Au moment de sa libération, un des hommes qui l'interrogeaient lui déclara qu'on l'autorisait à rentrer chez lui afin d'être placé sous la surveillance de sa femme, « désignée par le parti pour épier vos moindres faits et gestes ». Son appartement serait sa nouvelle prison. Il ignorait la raison de cet élargissement inespéré et, dans sa confusion, il goba l'explication.

Ma mère n'avait aucune idée de ce qui lui était arrivé en prison. Quand il lui demanda la raison de sa libération, elle fut incapable de lui fournir une réponse satisfaisante. Impossible de lui parler de la note de Zhou Enlai ni de sa visite chez Chen Mo, bras droit des Ting. Mon père n'aurait pas supporté l'idée qu'elle aille « mendier une faveur » auprès du couple. Dans ce cercle vicieux, le dilemme de ma mère et la démence de mon père s'intensifièrent en se nourrissant l'un de l'autre.

Ma mère essaya de le faire soigner. Elle se rendit à la clinique attachée à l'ancien gouvernement provincial. Elle tenta sa chance auprès des hôpitaux psychiatriques. Dès que les préposés entendaient le nom de mon père, ils secouaient la tête. Ils ne pouvaient le prendre en charge sans l'aval des autorités, et se refusaient à entreprendre eux-mêmes des démarches.

Elle alla trouver le principal groupe rebelle opérant au sein du département de mon père, afin d'obtenir l'autorisation de le faire hospitaliser. Il s'agissait de la bande dirigée par Mme Shau, sous l'autorité des Ting eux-mêmes. Mme Shau lui rétorqua que mon père faisait semblant d'avoir des troubles mentaux pour échapper à son châtiment et qu'elle-même l'aidait en se servant de son bagage médical, acquis grâce à son beau-père médecin. Mon père n'était qu'« un chien tombé dans l'eau, qu'il fallait battre sans la moindre compassion », décréta un des rebelles, citant un slogan en vogue qui exaltait le caractère impitoyable de la Révolution culturelle.

Conformément aux instructions des Ting, les Rebelles s'acharnèrent contre mon père par la voie d'une campagne d'affichage. Les Ting avaient apparemment rapporté à Mme Mao « les propos criminels » tenus par mon père lors des réunions de dénonciation, dans ses échanges avec eux, ainsi que dans sa lettre à Mao. Selon les pancartes, Mme Mao, poussée par l'indignation, s'était levée et avait déclaré : « Pour un homme qui ose s'attaquer au Grand Leader d'une manière aussi flagrante, l'emprisonnement, voire la peine de mort, est un châtiment trop doux ! Il sera puni comme il se doit avant que nous en ayons fini avec lui ! »

Ces affiches m'épouvantaient littéralement. Mme Mao en personne dénonçait mon père ! J'étais convaincue que, cette fois-ci, il ne s'en sortirait pas. Pourtant, curieusement, l'un des pires travers de Mme la Présidente allait en fait nous aider : Mme Mao se préoccupait davantage de ses vengeances personnelles que de la réalité des faits et, dans la mesure où elle ne connaissait pas mon père et ne lui en voulait donc pas directement, elle abandonna vite la partie. Nous l'ignorions, évidemment, mais j'essayai de me réconforter en me disant que cette terrible remarque qu'on lui attribuait n'était peut-être qu'une rumeur. Les textes des affiches n'avaient théoriquement aucun caractère officiel, puisqu'ils étaient rédigés par les « masses » et n'émanaient donc pas de la presse. Au fond de moi, cependant, je savais qu'ils disaient la vérité.

Avec le venin des Ting et la condamnation de Mme Mao, les réunions de dénonciation des Rebelles prirent un aspect encore plus violent, même si mon père continuait à être autorisé à vivre à la maison. Un jour, il revint avec un œil gravement endommagé. Une autre fois, je le vis debout sur un camion roulant à petite vitesse ; les bras affreusement tordus, attachés dans le dos, une énorme pancarte pendue autour du cou par un fil de fer mince qui lui entamait le cou, il défilait dans les rues de la ville. Il luttait pour garder la tête droite, malgré les coups répétés que lui assénaient les Rebelles. Je fus particulièrement peinée de voir qu'il paraissait indifférent à la douleur physique. Dans sa folie, son esprit semblait détaché de son corps.

Il déchira avec rage toutes les photographies de l'album de famille où figuraient les Ting. Il brûla ses draps et ses duvets, ainsi que l'essentiel de la garde-robe familiale. Il brisa les pieds des tables et des chaises qu'il jeta aussi au feu.

Un après-midi ma mère faisait la sieste dans son lit tandis qu'il se reposait lui-même dans son bureau, assis dans son fauteuil en bambou favori, lorsque, tout à coup, il se leva d'un bond et se précipita dans la chambre. Nous entendîmes des coups, et nous nous ruâmes dans la pièce à sa suite. Il avait saisi ma mère à la gorge. Nous essayâmes de la dégager en poussant des hurlements. On aurait dit qu'il allait l'étrangler. Et puis brusquement, il la lâcha et sortit de la chambre à grandes enjambées.

Ma mère se redressa lentement, le visage couleur de cendre. Elle appuya sa main contre son oreille gauche. Il l'avait réveillée en la frappant violemment. Elle parla d'une voix faible mais calme. «Ne t'inquiète pas», dit-elle à l'adresse de ma grand-mère, en larmes. Puis elle se tourna vers nous : «Allez voir comment va votre père. Ensuite, retournez dans vos chambres.» Elle s'adossa alors contre le miroir ovale encadré de bois de camphre qui formait la tête du lit. Dans la glace, je vis sa main droite cramponnée à l'oreiller. Ma grand-mère monta la garde toute la nuit devant la porte de la chambre de mes parents. Moi non plus, je n'arrivai pas à dormir. Qu'adviendrait-il si mon père attaquait ma mère lorsque leur porte était fermée à clé ?

Ma mère eut l'oreille gauche définitivement endommagée et perdit pour ainsi dire totalement l'ouïe de ce côté-là. Elle décida qu'elle risquait trop gros en restant à la maison. Dès le lendemain, elle se rendit dans son département, avec l'espoir d'y trouver un endroit où s'installer. Les Rebelles qui y opéraient se montrèrent très compatissants. Ils lui donnèrent une chambre dans la loge du jardinier, au fond du parc. C'était une toute petite pièce — deux mètres sur deux mètres cinquante. On ne pouvait guère y mettre autre chose qu'un lit et un bureau, sans espace entre les deux.

Cette nuit-là, je dormis là-bas avec ma mère, ma grand-mère et Xiao-fang. Nous étions tous entassés dans le lit. Impossible d'étendre les jambes ni de se tourner. Les saignements de ma mère s'aggravèrent. Dans notre nouveau logis, faute de poêle, nous n'avions aucun moyen de stériliser une aiguille et une seringue, de sorte qu'elle dut se passer de piqûre. Nous eûmes très peur pour elle. A la fin, j'étais tellement épuisée que je sombrai dans un sommeil troublé. Mais je savais que ni ma mère ni ma grand-mère ne fermeraient l'œil de la nuit.

Au cours des jours qui suivirent, tandis que Jin-ming demeurait auprès de mon père, je restai dans la chambrette de ma mère pour aider à la soigner. Dans la pièce à côté vivait un jeune chef rebelle du secteur Est. Je ne lui avais pas dit bonjour, parce que je n'étais pas sûre qu'il voulût adresser la parole à un membre de la famille d'un « véhicule du capitalisme ». A ma grande surprise, toutefois, il nous salua normalement lorsque nous le rencontrâmes. Il traita ma mère avec courtoisie, en dépit d'une certaine rigidité. Ce fut un grand soulagement après l'accueil glacial que nous avaient réservé les Rebelles attachés au département de mon père.

Un matin, quelques jours après notre arrivée, ma mère était en train de se laver la figure sous l'auvent — parce qu'il n'y avait pas de place à l'intérieur —, lorsque le jeune homme l'appela. Il lui demanda si elle voulait échanger sa chambre contre la sienne, deux fois plus grande. Nous déménageâmes dès l'après-midi. Il nous aida même à trouver un autre lit afin que nous puissions dormir un peu plus à notre aise. Nous fûmes très touchées de sa gentillesse.

Le jeune homme en question louchait furieusement. Il avait pourtant une petite amie très jolie qui passait la nuit avec lui, ce qui était tout à fait inouï pour l'époque. Le fait que nous fussions au courant n'avait pas pas l'air de les gêner le moins du monde. Bien entendu, en tant que « véhicules du capitalisme », nous n'étions guère en position de moucharder. Quand je tombais sur eux le matin, ils me souriaient toujours très gentiment. Je voyais bien qu'ils nageaient dans le bonheur. Je me rendis compte ainsi que, lorsqu'ils étaient heureux, les gens étaient gentils.

Dès que la santé de ma mère s'améliora, je retournai auprès de Père. L'appartement était dans un état épouvantable : les vitres étaient cassées et des morceaux de meubles et de vêtements brûlés jonchaient le sol. Mon père paraissait totalement indifférent à ma présence ; il ne cessait de tourner en rond. La nuit, je fermais la porte de ma chambre à clé. Comme il n'arrivait pas à dormir, il insistait en effet pour me parler pendant des heures, des propos sans queue ni tête. Il y avait une fenêtre au-dessus de la porte que je ne pouvais verrouiller. Une nuit, je me réveillai en sursaut : il était en train de se faufiler par l'étroite ouverture. Il sauta lestement à terre. Sans me prêter la moindre attention, il souleva plusieurs meubles en acajou pesants avec une facilité déconcertante, et les laissa ensuite retomber lourdement. Dans sa folie, il avait acquis une agilité et une force surhumaines. Ce fut un véritable cauchemar de vivre ainsi avec lui. A tout instant, j'avais envie de courir me réfugier chez ma mère, mais je ne pouvais me résigner à l'abandonner à lui-même.

Il me gifla à plusieurs reprises, ce qu'il n'avait jamais fait auparavant. J'allais alors me cacher dans le jardin de l'arrière, sous le balcon de l'appartement. Dans la fraîcheur de la nuit printanière, je tendais désespérément l'oreille en attendant le silence qui me prouverait qu'il était allé se coucher.

Un jour, il s'éclipsa sans que je m'en aperçoive. Saisie par un pressentiment, je sortis précipitamment de l'appartement. Un de nos voisins qui habitait au cinquième et dernier étage descendait à ce moment-là l'escalier. Nous avions cessé de nous saluer depuis quelque temps pour éviter les ennuis, mais cette fois-ci, il me parla : « J'ai vu ton père grimper sur le toit. »

Je montai à toutes jambes. Sur le palier du cinquième, une petite fenêtre donnait sur le toit plat et essenté de l'immeuble d'à côté qui ne comptait que quatre étages. Une rampe en fer basse faisait le tour du toit. Au moment où je me glissais par la fenêtre, j'aperçus mon père au bord du toit. J'eus même l'impression de le voir enjamber la balustrade.

« Père », m'écriai-je d'une voix tremblante bien que je m'efforçasse d'avoir un ton normal. Mon instinct me disait qu'il ne fallait pas l'alarmer.

Il s'arrêta et se retourna : « Qu'est-ce que tu fais là ? »

« Viens m'aider à m'extirper de cette fenêtre. »

Je parvins ainsi à l'attirer loin du rebord. Je lui pris fermement la main et l'entraînai vers le palier. Il tremblait. Quelque chose l'avait apparemment touché, et une expression presque normale avait remplacé son air indifférent et morne et ses constants roulements d'yeux. Il me porta dans l'appartement, m'étendit sur un canapé, et alla même chercher une serviette pour essuyer mes larmes. Toutefois, ce quasi-retour à la normale fut de courte durée. Avant de m'être totalement remise de ce choc, il me fallut me lever précipitamment et m'enfuir parce qu'il avait levé la main, prêt à me frapper.

Au lieu d'autoriser mon père à se faire soigner, les Rebelles firent de son insanité la cible de leurs railleries. Un feuilleton en affiches paraissait ainsi un jour sur deux, intitulé «La véritable histoire du fou Chang». Ses auteurs, anciens collègues de mon père, le ridiculisaient à grand renfort de sarcasmes. Ces affiches étaient collées bien en vue, juste devant le département des Affaires publiques, et attiraient une foule enthousiaste. Je m'obligeais à les lire, en dépit des regards insistants que posaient sur moi les autres lecteurs, qui me connaissaient pour la plupart. Je les entendais chuchoter mon nom à l'intention de ceux qui ne savaient pas qui j'étais. Je tremblais de rage et une douleur intolérable étreignait mon cœur, mais je savais que mes réactions seraient immanquablement rapportées à ses persécuteurs. Je m'efforçais donc de garder mon calme pour leur prouver que leurs manigances ne nous démoraliseraient pas. Je n'éprouvais ni peur ni honte. Seul m'habitait un profond mépris à leur égard.

Qu'est-ce qui avait bien pu changer ces hommes et ces femmes en monstres? Quelle était la cause de tant de vaines brutalités? Mon dévouement à Mao commença à s'émousser. Jusque-là, lorsque l'on persécutait des gens, je n'avais jamais pu être sûre de leur innocence. Mais je connaissais mes parents. Le doute m'assaillit quant à l'infaillibilité de Mao, mais à ce stade, comme la majorité de mes concitoyens, je blâmai surtout sa femme et l'Autorité de la révolution culturelle. Mao lui-même, empereur quasi divin, restait au-dessus de tout soupçon.

Nous assistions, impuissants, au déclin physique et intellectuel de mon père, jour après jour. Ma mère retourna demander de l'aide à Chen Mo. Il promit d'intervenir s'il le pouvait. Nous attendîmes, en vain. Son silence signifiait probablement qu'il n'avait pas réussi à obtenir des Ting l'hospitalisation de mon père. En désespoir de cause, ma mère se rendit au quartier général de «Chengdu rouge» pour consulter Yan et Yong.

La bande la plus active du collège médical du Setchouan faisait partie de «Chengdu rouge». Il y avait un hôpital psychiatrique rattaché audit collège. Il suffisait d'un mot du siège de l'organisation pour que mon père y fût admis. Yan et Yong étaient prêts à nous aider, mais il fallait encore qu'ils persuadent leurs camarades.

Mao avait condamné toutes les considérations humanitaires, qui émanaient selon lui d'une «hypocrisie bourgeoise». Il allait sans dire qu'il fallait être sans pitié envers les «ennemis de classe». Yan et Yong devaient trouver un motif politique à

432

l'hospitalisation de mon père. Ils en avaient un, fort convaincant: les Ting le persécutaient. Il pouvait donc fournir des arguments contre eux, voire contribuer à leur chute. Celle-ci avait des chances d'entraîner à son tour l'effondrement du «groupe du 26 août».

Ils avaient une autre raison d'agir. Mao avait précisé que les nouveaux comités révolutionnaires devaient regrouper des «fonctionnaires révolutionnaires», ainsi que des Rebelles et des membres de l'armée. «Chengdu rouge» et le «groupe du 26 août» s'efforçaient l'un et l'autre de trouver des cadres compétents pour les représenter au sein du Comité révolutionnaire du Setchouan. De surcroît, les Rebelles commençaient à prendre la mesure de la complexité de la politique et de la gestion administrative. Ils avaient besoin de trouver des conseillers parmi les hommes politiques de leur région. «Chengdu rouge» estima que mon père ferait parfaitement l'affaire, et consentit ainsi à son hospitalisation.

«Chengdu rouge» savait que mon père avait été condamné pour avoir tenu des propos blasphématoires contre Mao et la Révolution culturelle, et que Mme Mao s'en était prise personnellement à lui. Toutefois, seules les affiches rédigées par leurs ennemis rendaient compte de ces faits. Tout le monde savait qu'il était difficile de distinguer le vrai du faux dans les informations qu'elles communiquaient. Ils pouvaient par conséquent ne pas en tenir compte.

Mon père fut admis à l'hôpital psychiatrique rattaché à l'École de médecine du Setchouan. Cet établissement se situait dans la banlieue de Chengdu, au milieu des rizières. Des feuilles de bambou se penchaient sur les murs de briques et la porte principale. Un deuxième portail isolait une cour intérieure entourée de murs et tapissée de mousse verte, lieu de résidence des médecins et des infirmières. Au bout de cette cour, un escalier de grès rouge conduisait à un bâtiment d'un étage, sans fenêtres, flanqué de hauts murs solides. Ces marches constituaient l'unique accès à l'édifice qui regroupait les quartiers psychiatriques.

Les deux infirmiers qui vinrent chercher mon père portaient une tenue de ville. Ils lui indiquèrent qu'ils l'emmenaient à une réunion de dénonciation. En arrivant à l'hôpital, mon père essaya de leur échapper. Ils l'entraînèrent de force dans l'escalier et le menèrent dans une petite pièce vide en prenant soin de fermer la porte derrière eux, afin que ma mère et moi évitions de les voir lui mettre une camisole de force. J'étais navrée qu'on le traitât aussi rudement, mais je savais que c'était pour son bien.

Le psychiatre, le docteur Su, avait une trentaine d'années, un visage doux et un comportement très professionnel. Il expliqua à ma mère qu'il comptait garder mon père en observation pendant une semaine avant de se prononcer. Au bout de huit jours, il lui fit part de sa conclusion : schizophrénie. Il prescrivit des électrochocs et des injections d'insuline, pour lesquelles il fallait attacher le patient sur son lit. En quelques jours, mon père commença à recouvrer la raison. Les larmes aux yeux, il supplia ma mère de demander au médecin qu'il modifie le traitement. « C'est trop douloureux, lui dit-il, la voix brisée. C'est pire que la mort. » Mais le docteur Su soutint qu'il n'y avait pas d'autre solution.

Lorsque je revis mon père, il était assis sur son lit et bavardait avec Yan, Yong et ma mère. Ils souriaient tous. J'entendis même mon père rire. Il avait vraiment l'air de se sentir bien. Je fis semblant d'avoir envie d'aller aux toilettes pour pouvoir essuyer discrètement mes larmes.

Il bénéficiait de rations alimentaires spéciales et de l'assistance d'une infirmière à plein temps, conformément aux instructions de la direction de « Chengdu rouge ». Yan et Yong lui rendaient fréquemment visite, en compagnie de quelques membres de son département qui compatissaient à son sort et qui avaient eux-mêmes été victimes des réunions de dénonciation organisées par le groupe de Mme Shau. Mon père aimait beaucoup Yan et Yong. Peu observateur de nature, il s'aperçut toutefois qu'ils étaient amoureux et s'amusait à les taquiner gentiment. Je voyais bien que cela faisait très plaisir au jeune couple. J'avais le sentiment que le cauchemar s'achevait enfin. Maintenant que mon père était rétabli, nous pouvions affronter ensemble n'importe quelle catastrophe.

Son traitement dura quarante jours. A la mi-juillet, il avait totalement récupéré. Il sortit de l'hôpital et ma mère et lui se virent octroyer un petit appartement à l'université de Chengdu, dans une cour indépendante. Des étudiants sentinelles montaient la garde devant le portail. On donna à mon père un pseudonyme et on lui recommanda de ne pas sortir de l'enceinte pendant la journée, pour sa propre sécurité. Ma mère allait chercher leurs repas dans une cantine spéciale. Yan et Yong venaient le voir tous les jours, ainsi que les responsables de «Chengdu rouge», qui se montraient tous très courtois envers lui.

Je rendais souvent visite à mes parents là-bas en empruntant une bicyclette. C'était à environ une heure sur des routes de campagne infestées de nids-de-poule. Mon père paraissait serein. Il ne cessait de répéter à quel point il était reconnaissant à ces étudiants de lui avoir permis de se faire soigner.

Une fois la nuit tombée, on l'autorisait à sortir. Nous faisions alors de longues promenades paisibles sur le campus ; deux gardes nous suivaient à une distance respectable. Nous déambulions sur les sentiers bordés de buissons de jasmin du Cap. Les fleurs, de la taille d'un poing, exhalaient un parfum entêtant transporté par la brise estivale. C'était un véritable rêve, si loin de la terreur et de la violence. Je savais que mon père était toujours un prisonnier, mais je me réjouissais malgré tout du confort relatif dont il bénéficiait.

Au cours de l'été 1967, les affrontements entre groupes rebelles atteignirent des proportions de quasi-guerres civiles dans toute la Chine. L'antagonisme opposant les différentes factions dépassait leur hargne supposée contre les «véhicules du capitalisme», car ils se disputaient le pouvoir. Kang Sheng, chef des services secrets de Mao, et Mme Mao poussèrent l'Autorité de la révolution culturelle à aggraver encore ces rivalités en qualifiant ces luttes intestines d'«extension du combat opposant les communistes et le Kuo-min-tang», sans préciser qui représentait qui. L'Autorité ordonna à l'armée de donner des «armes aux Rebelles par mesure d'autodéfense», sans spécifier aux militaires quelles factions il s'agissait de soutenir. Inévitablement, les différents corps d'armées choisirent comme bénéficiaires des groupes distincts, selon leurs préférences.

Les forces armées connaissaient déjà de graves troubles, car Lin Biao s'efforçait de se débarrasser de ses opposants et de les remplacer par des hommes acquis à sa cause. Finalement, Mao se rendit compte qu'il ne pouvait se permettre de répandre l'instabilité au sein de l'armée et il retint son ministre de la Défense. Cependant, il paraissait hésiter à propos des rivalités entre Rebelles. Il souhaitait que les factions s'unissent afin de lui donner la chance d'établir ses propres structures de pouvoir. D'un autre côté, il semblait incapable de réprimer sa passion des combats. Alors même que des conflits sanglants se multipliaient dans tout le pays, il déclara : «Ce n'est pas une mauvaise chose de laisser les jeunes s'exercer à la lutte armée. Il y a tant d'années que nous n'avons pas eu de guerre. »

Dans la province du Setchouan, les combats furent particulièrement acharnés, en partie parce que l'industrie de l'armement s'y trouvait concentrée. Les deux camps s'approvisionnaient ainsi directement en tanks, véhicules blindés et artillerie dans les usines et les entrepôts locaux. La violence de ces affrontements tenait aussi à la présence des Ting, farouchement déterminés à écraser leurs rivaux. A Yibin, on se battit sans pitié, à grand renfort de fusils, de grenades à main, de mortiers et de mitrailleuses. Cette lutte coûta la vie à plus de 100 personnes, rien qu'à Yibin. « Chengdu rouge » fut finalement contraint d'abandonner la ville.

Un grand nombre de ses partisans se réfugièrent dans la ville voisine de Luzhou, qui se trouvait entre les mains de leur faction. Les Ting envoyèrent un détachement de 5 000 membres du « groupe du 26 août » attaquer la ville ; ces derniers finirent par s'en emparer, faisant près de 300 victimes et de nombreux blessés.

A Chengdu, il y eut des combats sporadiques auxquels seuls les plus fanatiques prirent part. Quoi qu'il en soit, je vis des dizaines de milliers de Rebelles transportant les corps ensanglantés de leurs morts, et des gens tirer des coups de feu dans les rues.

Dans ces circonstances, les leaders de « Chengdu rouge » présentèrent trois demandes à mon père : qu'il rende public le soutien qu'il leur apportait, qu'il leur parle des Ting et qu'il devienne leur conseiller et les représente enfin au Comité révolutionnaire du Setchouan.

Il refusa, déclarant qu'il ne pouvait accorder son appui à un groupe plutôt qu'à un autre, pas plus qu'il ne lui était possible de fournir des renseignements contre les Ting, de peur d'aggraver la situation et de susciter davantage d'animosité. Il précisa aussi qu'il n'était pas question qu'il représente une faction particulière au Comité révolutionnaire du Setchouan, d'autant plus qu'il n'avait aucune envie de s'y intégrer.

L'atmosphère, jusque-là si amicale entre eux, s'envenima. Les responsables de « Chengdu rouge » étaient partagés. Certains déclarèrent qu'ils n'avaient jamais rencontré quelqu'un d'aussi borné et pervers. Mon père avait été persécuté presque jusqu'à la mort ; pourtant, il refusait que d'autres le vengent. En outre, il osait tenir tête aux puissants Rebelles qui lui avaient sauvé la vie. Il déclinait sans vergogne la proposition qui lui était faite de le réhabiliter et de le remettre en position de pouvoir. Furieux, exaspérés, certains s'exclamèrent : « Administrons-lui une bonne rossée. On devrait au moins lui briser quelques os pour lui donner une leçon. »

Yan et Yong prirent sa défense, ainsi qu'une poignée de leurs camarades. « On rencontre rarement des personnages comme lui, fit remarquer Yong. Il serait injuste de le punir. Même si on le battait à mort, il ne cédera pas. Le torturer serait honteux de notre part. Nous avons affaire à un homme de principes ! »

En dépit des menaces de flagellation et de sa gratitude envers les Rebelles, mon père s'en tint résolument à ses principes. Un soir, à la fin du mois de septembre 1967, une voiture le ramena à la maison avec ma mère. Yan et Yong ne pouvaient plus le protéger. Ils raccompagnèrent donc mes parents et prirent congé d'eux.

Mes parents tombèrent immédiatement entre les mains des Ting et de la bande de Mme Shau. Les Ting firent clairement savoir aux membres du personnel que leur attitude vis-à-vis de mon père déterminerait leur avenir. Ils promirent à Mme Shau un poste équivalant à celui de mon père dans le futur Comité révolutionnaire du Setchouan, dès lors que ce dernier serait « anéanti une fois pour toutes ». Ceux qui manifestèrent de la sympathie envers mon père furent eux-mêmes condamnés.

Un jour, deux hommes de la bande de Mme Shau débarquèrent chez nous pour l'emmener à une « réunion ». Ils revinrent un peu plus tard et nous dirent, à mes frères et moi-même, d'aller chercher notre père au département et de le ramener à la maison.

Il était appuyé contre un mur de la cour, dans une position qui montrait qu'il avait essayé en vain de se relever. Il avait le visage bleu et noir, affreusement tuméfié. On lui avait rasé la moitié de la tête, manifestement avec brutalité.

Il n'y avait jamais eu de réunion de dénonciation. En arrivant au bureau, on l'avait entraîné dans une petite pièce où une demi-douzaine d'inconnus musclés s'étaient jetés sur lui. Ils l'avaient battu comme plâtre et l'avaient foulé aux pieds sans merci en concentrant leurs brutalités dans la région de l'abdomen et des parties génitales. Ils lui avaient versé de l'eau dans la bouche et dans le nez, avant de lui piétiner l'estomac, forçant l'expulsion d'eau, de sang et d'excréments. Mon père avait perdu connaissance.

Quand il retrouva ses esprits, les brutes avaient disparu. Mon père avait la gorge affreusement sèche. Il se traîna dans la cour et étancha sa soif dans une flaque d'eau. Puis il essaya de se relever sans y parvenir. Plusieurs acolytes de Mme Shau se trouvaient à proximité, mais personne ne leva le petit doigt pour l'aider.

Ses agresseurs provenaient de la faction du «groupe du 26 août» de Chongqing, à environ 200 km de Chengdu. Il y avait eu des combats importants là-bas, l'artillerie lourde avait expédié des obus par-dessus le Yang-tzé. Le «groupe du 26 août» avait été chassé de la ville; un grand nombre de ses membres avaient fui à Chengdu et certains avaient trouvé à se loger dans notre résidence. Ils étaient énervés, frustrés, et avaient déclaré à Mme Shau que «l'envie de jouer des poings pour mettre un terme à leur existence végétative et humer à nouveau l'odeur du sang et de la viande les démangeait». On leur proposa alors de régler son compte à mon père.

Cette nuit-là, mon père, qui n'avait pas geint une seule fois après ses précédents passages à tabac, hurla de douleur. Le lendemain matin, mon jeune frère, Jin-ming, âgé de quatorze ans, se rua à la cuisine de la résidence dès son heure d'ouverture, pour y emprunter une charrette afin de l'amener à l'hôpital. Xiao-heï, mon autre frère, d'un an son cadet, partit acheter une tondeuse et lui rasa le reste du crâne. Quand il se vit chauve dans la glace, mon père eut un sourire narquois. «C'est bien. Comme ça, la prochaine fois que j'irai à une réunion de dénonciation, je n'aurais pas à m'inquiéter qu'on me tire les cheveux.»

Nous l'installâmes tant bien que mal dans la charrette et le conduisîmes à l'hôpital orthopédique voisin. Cette fois, nous n'avions pas besoin d'une autorisation pour le faire examiner, puisque son mal n'avait rien à voir avec son état psychique. La maladie mentale était un domaine extrêmement délicat. Les os, eux, n'avaient pas de teneur idéologique. Le médecin qui nous reçut se montra très gentil. En le voyant toucher mon père avec des précautions infinies, j'en eus la gorge serrée. J'étais tellement plus habituée à la violence, à la brutalité, aux coups, qu'à la douceur.

Le médecin nous annonça que mon père avait deux côtes cassées. Impossible, toutefois, de l'hospitaliser sans le consentement des autorités. Par ailleurs, il y avait déjà de nombreux blessés graves à soigner. L'hôpital était rempli des victimes des réunions de dénonciation et des combats entre factions. Je vis un jeune homme étendu sur une civière auquel il manquait un tiers du crâne. Son compagnon nous expliqua qu'il avait reçu une grenade à main en pleine tête.

Ma mère retourna voir Chen Mo une nouvelle fois, et le supplia de demander aux Ting de mettre fin à ces brutalités contre mon père. Quelques jours plus tard, Chen lui fit savoir que les Ting étaient prêts à «pardonner» à mon père s'il acceptait de rédiger une affiche chantant les louanges des «bons cadres» Liu Jie-ting et Zhang Xi-ting. Il précisa que l'Autorité de la révolution culturelle venait de leur renouveler explicitement son entier soutien, tandis que Zhou Enlai avait déclaré publiquement qu'il considérait les Ting comme d'«excellents fonctionnaires». Vouloir s'opposer à eux à tout prix équivalait selon Chen à «lancer un œuf contre un rocher». Lorsque ma mère transmit ce message à mon père, ce dernier répliqua qu'«il n'y avait rien de bon à dire sur eux». «Il ne s'agit ni de récupérer tes fonctions ni même de te racheter, mais de sauver ta vie! l'implora-t-elle alors, les larmes aux yeux. Qu'est-ce qu'une affiche comparée à la vie?» «Je refuse de vendre mon âme», lui répondit mon père.

Pendant plus d'une année, jusqu'à la fin de 1968, il fit des séjours intermittents en prison, de même que la plupart des anciens hauts responsables du gouvernement provincial. Notre appartement était continuellement perquisitionné et mis à sac. La détention avait un nouveau surnom: on parlait désormais de «cours d'étude de la pensée de Mao Tsé-tung». La pression exercée sur les prisonniers était telle qu'un grand nombre d'entre eux finirent par s'aplatir devant les Ting; d'autres mirent fin à leurs jours. Mon père ne céda jamais aux exigences de ses bourreaux, bien déterminés à le rallier à leur cause. Plus tard, il dirait que le soutien chaleureux de sa famille lui avait été d'un grand secours. La plupart des suicidés avaient été désavoués par les leurs. Nous allions régulièrement voir mon père en prison quand on nous y autorisait, ce qui était malheureusement assez rare, et nous l'entourions d'affection lors de ses fugitifs passages à la maison.

Les Ting savaient que mon père aimait profondément sa femme. Ils essayèrent donc de l'atteindre par ce biais. On fit pression sur elle pour qu'elle le dénonce. Elle avait toutes sortes de raisons de lui en vouloir: il avait refusé d'inviter sa belle-mère à son mariage; il l'avait laissée marcher des centaines de kilomètres malgré sa santé précaire sans lui manifester la moindre compassion ; à Yibin, il s'était opposé à ce qu'elle aille dans un hôpital mieux équipé pour un accouchement difficile ; il avait toujours accordé la priorité au parti et à la révolution, plutôt qu'à elle. Ma mère l'avait compris et l'avait respecté. Par-dessus tout, elle n'avait pas cessé de l'aimer. Maintenant qu'il avait des ennuis, plus que jamais, elle veillait sur lui. Toutes les souffrances du monde ne suffiraient pas à la pousser à le dénoncer.

Son département lui-même fit la sourde oreille aux injonctions des Ting ordonnant de la harceler. En revanche, la bande de Mme Shau ne demandait que cela, de même que d'autres organisations qui n'avaient rien à voir avec elle. Au total, elle subit une centaine de réunions de dénonciation. Un jour, on la dénonça devant un rassemblement de plusieurs dizaines de milliers de personnes, dans le Parc du peuple, au cœur de Chengdu. La plupart des participants n'avaient jamais entendu parler d'elle. Elle était loin d'être suffisamment importante pour mériter un tel attroupement.

On lui reprocha une multitude de choses, notamment que son père ait été un seigneur de la guerre. Peu leur importait que le général Xue eût péri alors qu'elle n'avait même pas deux ans.

À cette époque-là, une ou plusieurs équipes étaient employées à étudier dans les moindres détails le passé de chaque «véhicule du capitalisme». Mao voulait en effet que l'on analyse en profondeur les antécédents de tous ses subordonnés, gros et petits. Ma mère eut jusqu'à quatre équipes enquêtant sur son cas, dont l'une ne regroupait pas moins de quinze personnes. Ces investigateurs étaient expédiés dans les quatre coins de la Chine. Ce fut par le biais de ces enquêtes minutieuses que ma mère retrouva la trace de parents et d'anciens amis avec lesquels elle avait perdu tout contact depuis des années. La majorité de ces enquêteurs improvisés se contentaient de faire du tourisme et revenaient évidemment bredouilles. L'une de ces équipes ramena pourtant un jour un vrai *scoop*.

À Jinzhou, à la fin des années 1950, le docteur Xia louait une chambre à l'agent communiste Yu-wu, chargé de collecter des informations militaires et de les faire passer clandestinement hors de la ville ; Yu-wu fut à un moment le « patron » de ma mère. Or, le superviseur de Yu-wu, dont ma mère ignorait alors l'identité, feignait de travailler pour le Kuo-min-tang. Pendant la Révolution culturelle il subit de terribles pressions pour le forcer à admettre qu'il avait été un espion à la solde du parti nationaliste, après quoi on le tortura sauvagement. Pour finir, il « avoua », inventant du même coup un réseau d'espionnage incluant Yu-wu.

Yu-wu subit lui-même d'atroces tortures. Pour éviter d'incriminer d'autres gens, il se donna la mort en se tailladant les poignets. Il ne mentionna jamais ma mère. L'équipe d'enquêteurs parvint malgré tout à découvrir leurs rapports passés et affirma qu'elle faisait partie du réseau.

On exhuma alors ses relations de jadis avec le Kuo-min-tang. Ses interrogateurs lui posèrent de nouveau toutes les questions qu'on lui avait déjà posées en 1955. Cette fois-ci, pourtant, il ne s'agissait plus d'obtenir des réponses. On lui ordonna purement et simplement d'admettre qu'elle avait travaillé à la solde du Kuo-min-tang. Elle souligna que l'enquête menée en 1955 l'avait blanchie. On lui répliqua que M. Kuang, le responsable des investigations d'alors, était lui-même « un traître et un espion du Kuo-min-tang ».

M. Kuang avait été incarcéré par le Kuo-min-tang dans sa jeunesse. Les nationalistes avaient promis de libérer les communistes clandestins s'ils signaient une rétractation, destinée à être publiée dans le journal local. Au départ, ses camarades et lui refusèrent, mais le parti leur enjoignit finalement d'accepter. On leur expliqua que le parti avait besoin d'eux, et que peu importait les « déclarations anticommunistes » tant qu'elles n'étaient pas sincères. M. Kuang suivit donc les ordres et fut relâché comme promis.

Beaucoup d'autres communistes avaient agi de la même façon. Lors d'une affaire célèbre datant de 1936, soixante et un détenus, membres du parti, furent ainsi libérés. L'ordre d'abjuration provenait du Comité central du parti; il était délivré par Liu Shaoqi. Quelques-uns de cette soixantaine de communistes s'élevèrent par la suite au sommet de la hiérarchie gouvernementale, parmi les vice-premiers ministres et les premiers secrétaires au niveau des provinces. Au cours de la Révolution culturelle, Mme Mao et Kang Sheng décrétèrent qu'il s'agissait de « soixante et un traîtres et espions ». Ce verdict fut confirmé par Mao en personne. Les malheureux furent alors soumis aux tortures les plus cruelles. Des gens n'ayant parfois que des liens fort minces avec eux connurent les pires ennuis.

Sur la base de ce précédent, des centaines de milliers d'anciens clandestins et leurs contacts, parmi lesquels figuraient les hommes et les femmes ayant lutté avec le plus grand courage pour une Chine communiste, furent incarcérés et torturés sous l'inculpation de «trahison et d'espionnage». Selon un compte rendu officiel ultérieur, dans la province du Yunnan, voisine du Setchouan, plus de 14000 personnes périrent ainsi. Dans la province du Hebei, qui ceinture Pékin, on dénombra 84000 détenus torturés et des milliers de morts. Ma mère apprit des années plus tard que son premier soupirant, cousin Hu, faisait partie du lot. Elle pensait qu'il avait été exécuté par le Kuo-min-tang, mais son père avait en fait acheté sa libération avec des lingots d'or. Personne ne voulut jamais dire à ma mère comment il était mort.

M. Kuang tomba sous le coup de la même accusation. Sous la torture, il fit une tentative de suicide qui échoua. Le fait qu'il avait innocenté ma mère en 1956 fut invoqué pour prouver sa «culpabilité». Elle-même subit diverses formes d'incarcération pendant près de deux ans, de la fin 1967 au mois d'octobre 1969. Ses conditions de détention dépendaient principalement de ses geôlières. Certaines se montraient gentilles à son égard, quand elles étaient seules. L'une d'elles, épouse d'un officier de l'armée, trouva des remèdes pour son hémorragie. Elle demanda également à son mari, qui avait accès aux approvisionnements réservés aux privilégiés, de lui apporter chaque semaine du lait, des œufs et un poulet pour ma mère.

Grâce à la compréhension de certaines de ces gardiennes, ma mère put faire plusieurs séjours à la maison. Les Ting l'apprirent, et ces geôlières compatissantes furent remplacées par une inconnue au visage dur qui ne cessait de harceler ma mère et de la torturer pour le plaisir. Quand l'envie l'en prenait, elle l'obligeait par exemple à rester des heures dans la cour, pliée en deux. L'hiver, elle la forçait à s'agenouiller dans l'eau glacée, jusqu'à ce qu'elle perde connaissance. A deux reprises, elle lui imposa le supplice dit du «banc du tigre». On faisait asseoir la victime sur un banc étroit, jambes tendues. Puis on lui attachait le torse à un pilier, ses jambes étant elles-mêmes ligotées au banc, afin qu'elle ne puisse ni les plier ni les bouger. Après quoi, on empilait des briques sous ses talons, l'idée étant de briser les rotules ou le bassin. Vingt ans plus tôt, à Jinzhou, les tortionnaires du Kuo-min-tang avaient menacé ma mère de lui faire subir cette torture. La gardienne dut interrompre son monstrueux manège. Elle avait besoin d'une aide masculine pour glisser les briques sous les talons de ma mère ; plusieurs hommes lui prêtèrent main-forte à contrecœur une ou deux fois, puis ils refusèrent d'en faire davantage. Des années plus tard, cette femme fut reconnue psychopathe ; elle vit aujourd'hui dans un hôpital psychiatrique.

Ma mère signa de nombreux « aveux », reconnaissant qu'elle avait sympathisé avec un « véhicule du capitalisme ». Elle refusa toutefois de dénoncer mon père et nia toutes les accusations d'« espionnage » qui auraient inévitablement entraîné la mise en cause d'autres personnes.

Pendant sa détention, on nous empêcha le plus souvent de la voir ; nous ignorions parfois même où elle se trouvait. J'errai dans les rues aux abords des différents sites d'incarcération dans l'espoir de l'apercevoir.

A une époque, elle fut emprisonnée dans un cinéma désaffecté situé sur la rue principale de Chengdu. On nous permettait quelquefois de lui remettre un paquet par l'intermédiaire d'une gardienne, ou même de la voir quelques minutes, mais jamais seule à seule. Lorsqu'une geôlière sans cœur était de garde, nous devions supporter tout le temps de l'entrevue son regard incendiaire. Un jour, j'allai y déposer un sac de provisions. On me fit savoir qu'il ne pouvait être accepté, sans m'en donner les raisons. On m'annonça aussi que ce n'était plus la peine de venir. Quand ma grand-mère apprit la nouvelle, elle perdit connaissance, persuadée que ma mère était morte.

Je ne supportais plus de ne pas savoir ce qu'il était advenu d'elle. Je pris mon petit frère Xiao-fang âgé de six ans par la main et retournai au cinéma. Nous fîmes les cent pas dans la rue devant la porte. Nous fouillâmes du regard les rangées de fenêtres du premier étage. En désespoir de cause, nous nous mîmes à hurler : « Maman ! Maman ! », inlassablement. Les passants nous dévisageaient, mais je ne le remarquai même pas. Je voulais juste la voir. Mon petit frère était en larmes. Mais ma mère n'apparut pas.

Des années plus tard, elle m'apprit qu'elle nous avait effectivement entendu ce jour-là. En fait, sa gardienne psychopathe avait entrouvert la fenêtre pour qu'elle puisse nous entendre encore mieux. On lui avait dit alors que si elle acceptait de dénoncer mon père et de reconnaître qu'elle avait été une espionne à la solde du Kuo-min-tang, on la laisserait nous voir immédiatement. « Dans le cas contraire, avait conclu sa sinistre geôlière, vous risquez fort de ne jamais sortir d'ici vivante. » Ma mère refusa pourtant, tout en enfonçant ses ongles dans la paume de ses mains pour ne pas pleurer.

21

«Apporter du charbon dans la neige»

MES FRÈRES ET SŒUR
ET MES AMIS

1967-1968

Tout au long de 1967 et 1968, tandis qu'il luttait pour mettre en place son système de pouvoir personnel, Mao maintint ses victimes, tels mes parents, dans un état d'incertitude et de souffrance perpétuel. L'angoisse des autres ne le préoccupait pas le moins du monde. Les gens n'existaient que pour l'aider à réaliser ses projets. Loin de lui l'idée d'un génocide! Il ne fut jamais question de laisser qui que ce soit mourir de faim. Mes parents continuaient à percevoir leurs salaires tous les mois, en dépit du fait qu'ils ne travaillaient évidemment pas et qu'ils étaient soumis à toutes sortes de dénonciations et de harcèlements. La principale cantine de la résidence restait ouverte normalement pour permettre aux Rebelles de mener à bien leur «Révolution», et nous étions nous-mêmes nourris, à l'instar de toutes les autres familles de «véhicules du capitalisme». Nous recevions aussi de l'État les mêmes rations que tous les autres citadins.

L'essentiel de la population urbaine était maintenue «en attente» au profit de la révolution. Mao voulait que le peuple se batte, mais il tenait aussi à sa survie. Conscient de ses remarquables aptitudes, il protégeait son Premier ministre, Zhou Enlai, afin qu'il continue à faire marcher l'économie. Il savait qu'il avait besoin d'un autre administrateur de talent en réserve, au cas où il arriverait quelque chose à Zhou Enlai; aussi assura-t-il à Deng Xiaoping une relative sécurité. Ce qui évita au pays de sombrer dans le marasme total.

La révolution se prolongeant indéfiniment, d'importants secteurs de l'économie furent frappés de paralysie. Plusieurs dizaines de millions de ruraux vinrent grossir la population citadine, sans qu'aucune mesure fût prise pour construire des logements ou améliorer les infrastructures. Tout était rationné, du sel au papier de toilette, en passant par la pâte dentifrice, les vêtements et les denrées alimentaires, quelles qu'elles fussent. Certains produits disparurent purement et simplement des étalages. A Chengdu, on manqua de sucre pendant toute une année, et six mois passèrent sans que l'on pût trouver un savon.

Depuis juin 1966, les écoles avaient fermé leurs portes, les enseignants ayant été dénoncés ou ayant organisé leur propre groupe rebelle. Faute de cours, nous jouissions de la liberté la plus totale. Mais que faire de tout ce temps libre? Il n'y avait pour ainsi dire plus de livres, pas de musique ni de films, ni théâtre, ni musées, ni maisons de thé, rien pour occuper nos journées, hormis les cartes qui avaient fait une réapparition discrète, quoique les autorités ne les eussent jamais approuvées officiellement. A la différence de la plupart des révolutions, celle de Mao nous laissait oisifs. Les « gardes rouges » devinrent naturellement une occupation à plein temps pour un grand nombre de jeunes. Quel autre moyen avaient-ils de décharger leur énergie et leurs frustrations que ces séances de dénonciation violentes et ces affrontements physiques ou verbaux?

Personne ne vous obligeait à vous joindre aux gardes rouges. Le système du parti se désintégrant, le contrôle qui s'exerçait sur la population se relâcha et on finit par laisser pour ainsi dire tout le monde tranquille. La plupart des gens passaient leurs journées chez eux, à ne rien faire. Il en résulta notamment une prolifération des bagarres. A la courtoisie et à la serviabilité de l'époque pré-révolutionnaire succédèrent une mauvaise humeur et une agressivité généralisées. On assistait régulièrement à des altercations dans la rue, avec le personnel des magasins, les conducteurs d'autobus ou les passants. Autre conséquence de ce désœuvrement, dans la mesure où plus personne ne s'occupait du contrôle des naissances, il y eut un véritable *baby boom*. La population chinoise augmenta de 200 millions d'individus pendant la Révolution culturelle.

A la fin de 1966, mes frères et sœur et moi avions décidé que nous en avions assez d'être des gardes rouges. Les enfants des familles condamnées étaient censés « tirer un trait » entre leurs parents et eux, ce que firent un grand nombre d'entre eux. L'une des filles du président Liu Shaoqi rédigea des affiches incriminant son père. Certains de mes camarades changèrent de nom pour montrer qu'ils reniaient leur père, d'autres s'abstinrent de rendre visite à leurs parents en prison, d'autres encore allèrent jusqu'à participer à des réunions de dénonciation contre leurs parents.

A un moment donné, on fit peser des pressions terribles sur ma mère pour qu'elle divorce de mon père, au point qu'elle finit par nous demander ce que nous en pensions. En prenant sa défense, nous risquions de passer dans le camp des « noirs » ; nous connaissions les tourments, tant physiques que moraux, auxquels ces derniers étaient exposés. Nous décrétâmes malgré tout que nous plaiderions la cause de notre père, quoi qu'il advînt. Ma mère nous dit alors qu'elle était fière de nous et que notre réponse la comblait. Notre attachement vis-à-vis de nos parents était encore accru par la compassion que nous inspiraient leurs souffrances, l'admiration que nous éprouvions face à leur intégrité et à leur courage, outre la haine que nous éprouvions envers leurs persécuteurs. Nous en vînmes à les aimer et à les respecter comme jamais auparavant.

Nous grandîmes vite, sans rivalités ni chamailleries, sans rancœur, loin des problèmes habituels de l'âge tendre, mais aussi de ses joies. La Révolution culturelle nous priva de l'adolescence et de ses tracas, et nous projeta directement dans le monde raisonnable des grandes personnes, au lendemain de la puberté.

A quatorze ans, mon amour pour mes parents avait une intensité qui n'aurait jamais existé dans des circonstances normales. Ma vie tout entière tournait autour d'eux. Chaque fois qu'ils faisaient un bref séjour à la maison, je surveillais leurs humeurs tout en m'efforçant de leur offrir une compagnie distrayante. Tout le temps qu'ils furent en prison, j'allai régulièrement trouver les Rebelles à la mine dédaigneuse pour requérir un droit de visite. De temps à autre, on m'autorisait à m'entretenir quelques minutes avec l'un ou l'autre de mes parents, sous la surveillance d'une sentinelle. Je leur disais alors à quel point je les aimais. Je finis par me faire connaître de l'ensemble du personnel de l'ancien gouvernement set-chouanais et du secteur Est de Chengdu. Quant aux persécuteurs de mes parents, ils me prirent rapidement en grippe, mon audace apparente les irritant au plus haut point. Un jour, Mme Shau hurla qu'elle ne supportait pas que je la regarde «comme si elle était transparente». Leur fureur les poussa à inventer une nouvelle accusation, placardée sur l'un de leurs panneaux d'affichage, selon laquelle j'avais usé de mes charmes pour séduire Yong afin d'obtenir que «Chengdu rouge» fasse soigner mon père.

En dehors des rares moments où l'on m'autorisait à voir mes parents, je passais l'essentiel de mes journées avec des amis. Après mon retour de Pékin, en décembre 1966, je me rendis pendant un mois dans un entrepôt chargé de l'entretien des avions et situé dans la banlieue de Chengdu, en compagnie de Grassouillette et de Ching-ching, une de ses camarades. Il fallait bien que nous nous occupions. Or Mao avait dit que la meilleure chose à faire pour les jeunes était d'aller dans les usines fomenter la rébellion contre les «véhicules du capitalisme». Il trouvait en effet que le secteur industriel ne bougeait pas assez vite.

En guise de troubles, nous nous contentâmes d'attiser l'ardeur des jeunes gens composant l'équipe de basket-ball de l'entrepôt, réduite elle aussi à l'inaction. Nous passâmes plusieurs soirées délicieuses à nous promener sur les routes de campagne, en humant le riche parfum des premières fleurs de haricots. Très vite, les conditions de détention de mes parents ayant empiré, il me fallut rentrer à la maison. Je renonçai ainsi, une fois pour toutes, à obéir aux injonctions de Mao et à prendre part à la Révolution culturelle.

Mon amitié avec Grassouillette, Ching-ching et les joueurs de basket-ball se prolongea malgré tout. Ma sœur Xiao-hong et plusieurs autres filles se joignirent à notre bande. J'étais la plus jeune du groupe. Nous nous réunissions fréquemment, chez les unes ou les autres, et passions la journée entière, et souvent aussi la nuit, à traîner. Nous n'avions rien d'autre à faire.

Nous discutions pendant des heures pour tâcher de déterminer lesquelles d'entre nous avaient les faveurs des joueurs de basket. Le capitaine de l'équipe, un beau jeune homme de dix-neuf ans prénommé Sai, était au centre de nos spéculations. Les filles n'arrivaient pas à déterminer s'il préférait Ching-ching ou moi. Il était d'une nature réservée et taciturne. Ching-ching était follement amoureuse de lui. Chaque fois que nous nous apprêtions à le voir, elle se lavait les cheveux et se coiffait méticuleusement, repassait ses vêtements avec soin et les ajustait de manière à se donner un genre ; elle mettait même un peu de poudre et de rouge à lèvres et se faisait les sourcils. Nous la taquinions gentiment.

J'étais moi-même très attirée par Sai. Mon cœur battait la chamade quand je pensais à lui, et je me réveillais souvent tout enfiévrée au milieu de la nuit en voyant son visage. Je murmurais fréquemment son nom et je lui parlais dans ma tête quand j'avais peur ou que j'étais inquiète. Pourtant, je n'avouai jamais mes sentiments, ni à lui, ni à mes amies, ni à moi-même d'ailleurs. Je me contentais de rêver timidement à lui. Mes parents dominaient ma vie et mes pensées conscientes. Je réprimais instantanément toute complaisance vis-à-vis de mes petites affaires, que j'estimais déloyale. La Révolution culturelle nous vola aussi nos amours d'adolescents.

Je ne manquais pas de coquetterie, toutefois. J'avais cousu de grands empiècements bleus, teints à la cire, aux dessins abstraits, sur les genoux et le fond de mon pantalon tout délavé. Mes amies éclatèrent de rire quand elles découvrirent ça. Quant à ma pauvre grand-mère, elle en fut scandalisée et poussa les hauts cris : « Aucune autre jeune fille ne s'habille comme toi ! », s'exclama-t-elle. Je m'obstinai. Je ne cherchais pas particulièrement à être belle. Je voulais simplement être différente.

Un jour, une de mes amies nous annonça que ses parents, des acteurs connus, venaient de mettre fin à leurs jours parce qu'ils ne supportaient plus les dénonciations. Quelque temps plus tard, nous apprîmes que le frère d'une de nos camarades s'était tué, lui aussi. Il étudiait l'aéronautique à Pékin ; on l'avait accusé d'avoir essayé d'organiser un parti anti-maoïste avec d'autres élèves de son école. Il s'était jeté d'une fenêtre du deuxième étage quand la police était venue l'arrêter. Plusieurs autres « conspirateurs » furent exécutés ; d'autres écopèrent de peines d'emprisonnement à vie, le châtiment habituel pour tout opposant avéré au régime, une espèce rare au demeurant. Ce genre de tragédies faisait partie de notre vie quotidienne.

Les familles de Grassouillette, de Ching-ching et de plusieurs autres de mes amies furent épargnées. Nous restâmes amies. Dans l'incapacité d'étendre leur pouvoir au-delà d'un certain rayon, les nouvelles autorités les laissèrent tranquilles. Mes camarades couraient cependant des risques certains en refusant de suivre le courant. Elles firent partie des millions de Chinois qui respectèrent le code chinois sacré de la loyauté, en apportant ainsi «du charbon dans la neige». Leur présence à mes côtés m'aida dans une large mesure à passer les pires années de la Révolution culturelle.

Elles me donnèrent aussi un bon coup de main sur un plan plus matériel. Vers la fin de 1967, «Chengdu rouge» commença à attaquer notre résidence, placée sous le contrôle du «groupe du 26 août»; notre immeuble se changea alors en forteresse. On nous ordonna d'abandonner notre appartement, qui se trouvait au deuxième étage, et de nous installer dans quelques pièces situées au rez-de-chaussée du bâtiment voisin.

Mes parents étaient en prison à ce moment-là. Le département de mon père, qui dans des circonstances normales se serait chargé du déménagement, se borna cette fois à nous signifier notre congé. Faute de compagnies de transports, sans l'aide de nos amis, nous nous serions retrouvés sans un seul lit. Nous nous contentâmes malgré tout d'embarquer l'essentiel, laissant sur place les lourdes étagères de mon père, par exemple. Impossible de les descendre sur nos épaules, sans parler de les bringuebaler sur un chariot dans l'escalier.

Notre nouveau logis se trouvait dans un appartement qu'occupait déjà la famille d'un autre «véhicule du capitalisme», à laquelle on avait donné l'ordre d'évacuer la moitié des lieux. Dans toute la résidence, on regroupait ainsi les gens de manière à libérer les étages pour en faire des postes de commandement. Je partageai une chambre avec ma sœur. Nous gardions la fenêtre ouvrant sur le jardin de l'arrière, à présent désert, fermée en permanence; dès qu'on l'ouvrait, une épouvantable odeur provenant des égouts bouchés s'engouffrait dans la pièce. La nuit, des injonctions à se rendre nous parvenaient de l'extérieur de la résidence, ainsi que des coups de feu sporadiques. Je fus réveillée une fois par un terrible bruit de verre brisé : une balle avait traversé la fenêtre et était allée se loger dans le mur d'en face. Je n'avais pas peur, bizarrement.

Après les horreurs que j'avais vécues, ce genre de projectile avait perdu son effet.

Pour m'occuper, je m'étais mise à écrire de la poésie en me conformant au style classique. Le premier poème qui devait me satisfaire fut composé le 25 mars 1968, c'est-à-dire le jour de mes seize ans. Pas question de fête d'anniversaire. Mes parents étaient en prison tous les deux. Ce soir-là, tandis que je gisais dans mon lit à écouter les coups de feu et les diatribes à vous glacer le sang que braillaient les haut-parleurs des Rebelles, je parvins à un tournant décisif. On m'avait toujours dit que je vivais dans un paradis terrestre, la Chine socialiste, aux antipodes de l'enfer capitaliste, et je l'avais cru. Si c'était vraiment le paradis, à quoi ressemblait donc l'enfer? me demandai-je. Je décidai que j'aimerais tout de même aller vérifier par moi-même s'il existait un endroit plus pétri de souffrances. Pour la première fois de ma vie, je commençai à haïr sciemment le régime qui gouvernait mon existence et à rêver d'autre chose.

J'évitai pourtant inconsciemment de penser à Mao. Il faisait partie de ma vie depuis mon enfance. Il était une idole, un dieu, notre inspirateur, le guide suprême de mon existence. Quelques années plus tôt, je lui aurais volontiers fait don de ma jeune vie. Même si son pouvoir « magique » ne s'exerçait plus sur moi, il demeurait sacré, incontestable. Même à présent, je ne le mettais pas en doute.

Ce fut dans cet état d'esprit que j'écrivis mon poème. J'y comparais la fin de mon passé innocent et endoctriné à une volée de feuilles mortes qu'un tourbillon aurait arrachées à un arbre pour les emporter dans un univers sans retour. J'y décrivais ma confusion face au nouveau monde, alors que je ne savais plus ni que penser ni comment penser. C'était un poème sur une quête désespérée, à tâtons, dans l'obscurité.

Je l'écrivis avant d'aller me coucher. J'étais au lit en train de le repasser dans ma tête quand on frappa à la porte avec une telle violence que je sus tout de suite qu'il s'agissait d'une descente. Les Rebelles de Mme Shau avaient pillé notre appartement à plusieurs reprises en emportant « des objets de luxe bourgeois », tels que les élégants habits de ma grand-mère datant de l'époque prérévolutionnaire, le manteau manchou de ma mère, doublé de fourrure, et les costumes de mon père, pourtant de style Mao. Ils avaient même confisqué mes pantalons en laine. Ils revenaient continuellement pour essayer de trouver «des preuves» contre mon père. J'avais fini par m'habituer à ces mises à sac systématiques.

Je fus saisie d'angoisse à la pensée de ce qui arriverait s'ils découvraient mon poème. La première fois que mon père avait été arrêté, il avait demandé à ma mère de brûler ses poèmes, sachant pertinemment que des écrits, n'importe quels écrits, pouvaient être dénaturés, de manière à incriminer leur auteur. Pourtant, ma mère n'avait pas pu se résigner à les détruire tous. Elle en avait gardé quelques-uns, qu'il avait composés pour elle. Cette imprudence coûta à mon père plusieurs réunions de dénonciation brutales.

Dans un de ces poèmes, mon père se moquait de lui-même pour n'avoir pas réussi à atteindre le sommet d'une magnifique montagne. Mme Shau et ses acolytes l'accusèrent d'exprimer ainsi «son ambition frustrée d'usurper le pouvoir suprême de la Chine».

Dans un autre texte, il était question du travail qu'il effectuait dans la quiétude de la nuit :

La lumière se fait plus blanche quand la nuit s'assombrit.
Ma plume court pour rejoindre l'aube...

Les Rebelles soutinrent qu'en parlant de «nuit noire», il faisait référence à la Chine socialiste, sa plume courant à coup sûr vers une «aube blanche» — un retour du Kuo-min-tang (le blanc n'était-il pas la couleur de la contre-révolution?). A cette époque, il arrivait fréquemment que l'on déforme ainsi de façon absurde les écrits de quelqu'un. Grand amateur de poésie classique, Mao ne pensa même pas à faire une exception à cette règle imbécile. Il devint ainsi extrêmement périlleux de s'adonner à la poésie.

En entendant frapper à la porte, je me précipitai dans les toilettes. Je tirai le loquet au moment où ma grand-mère ouvrait à Mme Shau et à sa bande. Je tremblais comme une feuille. Je réussis malgré tout à déchirer le poème en petits morceaux que je jetai dans la cuvette avant de tirer la chaîne. J'examinai scrupuleusement le sol pour m'assurer qu'aucun bout de papier n'y était tombé. Seulement, tous les fragments de mon poème ne disparurent pas du premier coup. Il me fallut attendre et tirer la chaîne une deuxième fois. Les Rebelles tambourinaient à présent sur la porte des toilettes, en m'ordonnant sèchement de sortir immédiatement. Je ne répondis pas.

Mon frère Jin-ming eut lui aussi très peur ce soir-là. Depuis le début de la Révolution culturelle, il fréquentait un marché noir spécialisé dans les livres. L'instinct commercial des Chinois est si fort qu'en dépit des épouvantables pressions qui s'exerçaient alors, ces marchés, bête noire capitaliste de Mao, continuèrent à fonctionner tout au long de la révolution.

Au cœur même de Chengdu, sur la principale rue commerçante, s'élevait une statue en bronze de Sun Yat-sen, leader de la révolution républicaine de 1911 qui avait mis un terme à deux mille ans de règne impérial. Elle avait été érigée avant l'arrivée au pouvoir des communistes. Mao n'aimait guère les chefs révolutionnaires qui l'avaient précédé. Toutefois, le peuple étant attaché à Sun, mieux valait honorer sa tradition. La statue resta donc en place et le petit bout de terrain qui l'entourait devint une pépinière. Au début de la Révolution culturelle les gardes rouges s'en prirent aux emblèmes de Sun Yat-sen, jusqu'au moment où Zhou Enlai ordonna qu'ils fussent protégés. La statue survécut, mais on renonça à la pépinière, considérée comme partie intégrante de la «décadence bourgeoise». Quand les gardes rouges entreprirent de piller les maisons et de brûler les livres, un petit groupe commença à se rassembler sur ce site désert pour échanger les ouvrages ayant échappé aux flammes. On y trouvait toutes sortes de gens : des gardes rouges qui voulaient se faire un peu d'argent en vendant les livres qu'ils avaient confisqués, des entrepreneurs frustrés attirés par l'odeur de l'argent, des intellectuels qui ne voulaient pas que l'on brûle leurs trésors mais qui redoutaient de les garder chez eux, et des amoureux inconditionnels de la lecture. Tous les livres vendus avaient été publiés ou approuvés sous le régime communiste avant la Révolution culturelle. Outre les classiques chinois, on pouvait y dénicher Shakespeare, Dickens, Byron, Shelley, Shaw, Thackeray, Tolstoï, Dostoïevski, Tourgueniev, Tchekhov, Ibsen, Balzac, Maupassant, Flaubert, Dumas, Zola, ainsi qu'un grand nombre d'autres ouvrages de renommée internationale, y compris *Sherlock Holmes* de Conan Doyle, pour lequel les Chinois avaient jadis un véritable engouement.

Le prix de ces livres dépendaient de divers facteurs. Les amateurs rejetaient en général ceux qui portaient le timbre d'une bibliothèque. Les autorités communistes avaient une telle réputation d'ordre et de contrôle que les gens ne voulaient pas prendre le risque d'être découverts en possession de biens publics acquis illicitement, ce qui ne pouvait manquer de leur valoir un châtiment sévère. Ils préféraient se procurer des livres ayant appartenu à des particuliers, sans marques d'identification. Il fallait payer le prix fort pour les romans contenant des passages érotiques, bien que leur acquisition fût extrêmement risquée. *Le Rouge et le Noir* de Stendhal, jugé érotique, coûtait l'équivalent de deux semaines d'un salaire moyen.

Jin-ming allait au marché noir tous les jours. Son capital initial provenait des livres qu'il avait pu se procurer auprès d'un magasin de recyclage de papier auquel les gens, effrayés, vendaient leurs collections. Mon jeune frère avait réussi à convaincre un des employés de l'établissement de lui céder pour un prix modique un grand nombre de ces volumes, qu'il avait ensuite revendus beaucoup plus cher. Après quoi, il acheta des livres au marché noir, les lisait, puis les revendait pour s'en procurer d'autres.

Entre l'avènement de la Révolution culturelle et la fin de 1968, un millier de livres au bas mot passa ainsi entre ses mains. Il en lisait un ou deux par jour. Il n'osait jamais en garder plus d'une douzaine à la fois, qu'il lui fallait cacher soigneusement. Il dissimulait régulièrement une partie de ses trésors sous un château d'eau situé dans la résidence, jusqu'au jour où une grosse averse détruisit un stock de ses livres favoris, notamment *L'Appel de la forêt*, de Jack London. Il en conservait quelques-uns à la maison, dissimulés dans des matelas ou dans les coins de la remise. Cette nuit-là, il avait caché *Le Rouge et le Noir* dans son lit. Mais, comme toujours, il avait enlevé la couverture en la remplaçant par celle des *Œuvres choisies de Mao Tsê-tung*, et Mme Shau et ses camarades omirent de l'examiner.

Jin-ming ne se contentait pas de faire du trafic de livres, Il restait passionné par les sciences. A cette époque-là, l'unique marché noir de Chengdu spécialisé dans la « marchandise » scientifique écoulait des semi-conducteurs de transistors. Ce secteur de l'industrie avait la faveur des autorités, car il permettait de « propager la parole du président Mao ». Jin-ming se procurait donc des pièces détachées pour fabriquer des radios qu'il vendait un bon prix. Il en achetait en quantité, car il avait un objectif caché: tester différentes théories de physique qui le turlupinaient depuis un moment !

Dans le but de se procurer de l'argent pour ses expériences, il alla jusqu'à faire le commerce de badges de Mao ! La plupart des usines avait arrêté leur production normale pour fabriquer des insignes en aluminium représentant le Président. Il était formellement interdit de collectionner quoi que ce soit, y compris les timbres et les tableaux. Encore une « manie bourgeoise » ! Aussi l'instinct des gens pour l'accumulation se focalisa-t-il sur cet objet autorisé, bien qu'ils fussent contraints de « trafiquer » en cachette. Jin-ming gagna ainsi une petite fortune. Le Grand Timonier était loin de savoir que son effigie elle-même était devenue un bien sujet à la spéculation capitaliste, qu'il avait pourtant tout fait pour l'extirper à jamais.

Les autorités tentèrent à maintes reprises de serrer la vis. Souvent, des Rebelles débarquaient par camions entiers ; ils barraient les rues et se jetaient sur tous ceux qui leur paraissaient douteux. Ils envoyaient parfois des espions, qui se promenaient parmi les marchands d'un air innocent. Puis un coup de sifflet retentissait, et ils fondaient alors sur les vendeurs. Ils leur confisquaient leurs biens et leur administraient le plus souvent une correction. L'un des châtiments de rigueur avait été baptisé « saignée » ; il consistait à infliger aux malheureux des coups de couteau dans les fesses. Certains furent torturés, et on les menaçait d'une peine deux fois plus lourde s'ils réitéraient. Dès que les Rebelles avaient le dos tourné, la plupart d'entre eux reprenaient leur commerce, sans souci des sanctions.

Mon autre frère, Xiao-hei, avait douze ans au début de 1967. Comme il n'avait rien à faire, il ne tarda pas à se retrouver mêlé à une bande de voyous. Pour ainsi dire inexistantes avant la Révolution culturelle, celles-ci proliféraient à présent. Ces gangs portaient le nom de « quais », leurs chefs s'appelaient des « timoniers ». Leurs membres étaient des « frères » et ils étaient dotés d'un surnom, généralement lié à un animal : « Chien maigre », pour un garçon mince, « Loup gris » dans le cas d'un de ses acolytes qui avait une mèche de cheveux gris. Xiao-hei avait été baptisé « Sabot noir » parce qu'une partie de son nom, *hei*, signifie « noir », mais aussi parce qu'il avait la peau foncée et qu'il faisait vite les corvées, l'une des principales tâches qui lui avaient été attribuées, puisqu'il était le plus jeune du gang.

Au début, ses amis « gangsters » le traitèrent avec déférence ; ils avaient rarement eu l'occasion de fréquenter des enfants de hauts fonctionnaires. La plupart d'entre eux venaient de milieux pauvres et avaient abandonné l'école avant la Révolution culturelle. Leurs familles n'étaient pas les cibles de la révolution et ils ne s'intéressaient pas plus à celle-ci qu'elle ne s'intéressait à eux.

Certains de ces garçons s'efforçaient d'imiter les manières des enfants de cadres supérieurs, en dépit du fait que ces derniers fussent tombés en disgrâce. Du temps des gardes rouges, la progéniture des fonctionnaires avait un faible pour les vieux uniformes de l'armée communiste, dans la mesure où ils étaient les seuls à pouvoir s'en procurer par l'intermédiaire de leurs parents. Certains voyous parvinrent à en dénicher sur le marché noir ; d'autres teignirent leurs vêtements en vert. Il leur manquait cependant cet air hautain caractéristique de l'élite, et leurs teintures n'étaient pas toujours très bien réussies. De sorte que les fils des cadres se moquaient d'eux, autant que leurs propres camarades qui les traitaient de « charlatans ».

Par la suite, les enfants de fonctionnaires troquèrent leurs uniformes contre des costumes bleu marine. La majorité de la population portait du bleu marine, mais leurs habits à eux n'étaient pas du même ton que ceux des autres ; par ailleurs, il était inhabituel d'arborer un pantalon et une veste de la même couleur. Lorsque cette tenue fut devenue leur marque distinctive, les garçons et les filles issus d'autres milieux durent éviter de calquer leur accoutrement sur le leur, s'ils ne voulaient pas qu'on les traite d'imposteurs. Il en allait de même pour un certain type de chaussures, en corde noire et à semelle en plastique blanche, séparée du dessus par une bande en plastique également blanche mais visible.

Certains de ces chenapans s'inventèrent un autre style. Ils superposaient sous leur veste plusieurs couches de chemises en faisant ressortir tous les cols. Plus ils avaient de cols qui dépassaient, plus ils étaient censés être élégants. Xiao-hei portait souvent six ou sept chemises les unes sur les autres ; en été, malgré la chaleur torride, ils en gardaient toujours au moins deux. Il fallait aussi que leur caleçon de sports dépasse de leur pantalon, qu'ils raccourcissaient à cette fin. Ils portaient des chaussures blanches sans lacets et des casquettes de l'armée doublées de bandes de carton pour faire tenir la visière plus droite et leur donner davantage d'allure.

Les « frères » de Xiao-hei occupaient l'essentiel de leurs journées oisives à voler. Quelle que fût leur prise, ils devaient la remettre au timonier qui la répartissait équitablement entre eux tous. Xiao-hei avait bien trop peur pour dérober quoi que ce soit, mais ses acolytes lui donnaient tout de même sa part sans faire d'objection.

Le vol était extrêmement répandu au temps de la Révolution culturelle, en particulier le vol à la tire et le chapardage de bicyclettes. La plupart des gens que je connaissais avaient eu affaire à un pickpocket au moins une fois. Quand j'allais faire des courses, il m'arrivait souvent de « perdre » mon porte-monnaie. Quand ce n'était pas moi la victime, j'entendais régulièrement quelqu'un hurler parce qu'il venait de découvrir le méfait. La police, divisée en factions, n'exerçait plus qu'une surveillance symbolique.

Quand les étrangers commencèrent à affluer en Chine, dans les années 1970, nombre d'entre eux furent impressionnés par la « propreté morale » de notre société : une chaussette égarée suivait son propriétaire à des milliers de kilomètres de Pékin, jusqu'à Guangzhou, où il la retrouvait lavée, pliée, dans sa chambre d'hôtel. Ces visiteurs ne se rendaient pas compte que seuls les étrangers et une catégorie restreinte de Chinois bénéficiaient d'une telle attention, ni que personne n'aurait osé leur voler quoi que ce soit : en leur dérobant un simple mouchoir, on risquait une condamnation à mort. La chaussette pliée avec soin n'avait aucun rapport avec l'état réel de la société : elle faisait partie de la comédie jouée par les autorités.

Les « frères » de Xiao-hei étaient aussi fort préoccupés par la gent féminine. Les plus jeunes de la bande, comme Xiao-hei, qui n'avaient guère que douze ou treize ans, étaient souvent trop timides pour oser courir après les filles. Ils devinrent donc les messagers de leurs aînés, portant aux jeunes dulcinées des lettres criblées de fautes d'orthographe. Xiao-hei frappait à la porte en priant pour que ce soit la jeune fille elle-même qui lui ouvre, et non pas ses parents ou son frère qui lui administrerait sûrement une bonne rossée. Quelquefois, lorsqu'il avait vraiment trop peur, il se contentait de glisser le mot sous la porte.

Quand une fille rejetait une proposition, Xiao-hei et les autres cadets devenaient les instruments de la vengeance de l'amoureux éconduit : ils allaient faire du tapage autour de sa maison et jetaient des pierres à sa fenêtre. Lorsque la malheureuse sortait, ils lui crachaient à la figure, l'injuriaient, la montraient du doigt et hurlaient des mots grossiers dont ils ignoraient le sens. Les insultes chinoises réservées aux femmes sont assez explicites : « navette », à cause de la forme du vagin, «selle de cheval», parce qu'on les «monte», «chaussure usée» (celle qui couche avec tout le monde), etc.

Certaines jeunes filles essayaient de trouver des protecteurs parmi les membres des gangs, les plus capables s'élevant elles-mêmes au rang de timonières. Les rares téméraires qui entrèrent dans cet univers de mâles portaient elles aussi des sobriquets évocateurs : «Pivoine noire couverte de rosée», «Cruche à vin cassée», ou «Charmeuse de serpents».

Après le chapardage et les filles, la troisième occupation des gangs consistait à se battre. A la moindre provocation, ils jouaient des poings. Xiao-hei adorait les bagarres. Seulement, à son grand regret, il pâtissait de ce qu'il appelait lui-même «une nature de lâche». Il fichait le camp à toutes jambes dès que le combat commençait à prendre mauvaise tournure. Grâce à sa couardise, il s'en sortit indemne alors qu'un grand nombre de ses camarades furent blessés, ou même tués, au cours de ces rixes ridicules.

Un après-midi, il rôdait comme d'habitude avec ses complices quand un membre du gang leur annonça que les membres d'une autre bande venaient de mettre à sac la maison d'un de leurs «frères», auquel ils avaient fait subir en prime le supplice de la «saignée». Ils retournèrent alors à leur base pour y chercher leurs armes — des bâtons, des briques, des couteaux, des fouets en fil de fer, des gourdins. Xiao-hei glissa un gourdin en trois sections dans sa ceinture en cuir. Ils coururent à la maison où l'incident avait eu lieu pour s'apercevoir que leurs ennemis avaient décampé pendant que la famille emmenait le blessé à l'hôpital. Le timonier de la bande rédigea une lettre remplie de fautes d'orthographe, jetant ainsi le gant au camp adverse, et Xiao-hei fut chargé d'aller la leur remettre.

La missive réclamait un combat loyal dans le stade du Peuple, où il y avait toute la place nécessaire. Plus personne ne venait y jouer, maintenant que les sports de compétition étaient interdits. Les athlètes devaient eux aussi se consacrer à la Révolution culturelle.

Le jour dit, la bande de Xiao-hei, comprenant plusieurs douzaines de garçons, attendait sur la piste de course. Deux heures passèrent, puis un jeune homme d'une vingtaine d'années arriva sur le stade en clopinant. C'était Tang le boiteux, figure célèbre du «milieu» de Chengdu. Malgré son jeune âge, on le traitait avec le respect habituellement réservé aux anciens.

Tang le boiteux devait son handicap à une poliomyélite. Son père avait été fonctionnaire à la solde du Kuo-min-tang, aussi le jeune homme s'était-il vu allouer un emploi ingrat dans un petit atelier situé dans l'ancienne maison de sa famille, confisquée par les communistes. Les employés des petites unités de ce genre ne bénéficiaient pas des mêmes avantages que les ouvriers des grosses usines : emploi garanti, soins médicaux gratuits, retraite.

Ses antécédents avaient empêché Tang d'entreprendre des études supérieures, mais il était extrêmement intelligent et s'imposa *de facto* à la tête de la pègre de Chengdu. Il venait à la demande de l'autre gang pour solliciter une trêve. Il sortit plusieurs cartouches de cigarettes qu'il distribua à la ronde. Il présenta à la bande les excuses de leurs adversaires et promit en leur nom que les dégâts de la maison seraient réparés et que la note de l'hôpital serait elle aussi couverte. Le timonier de Xiao-hei accepta : il était impossible de refuser quoi que ce soit à Tang le boiteux.

Tang le boiteux ne tarda pas à être arrêté. Au début de 1968, une nouvelle phase de la Révolution culturelle, la quatrième, avait commencé. Il y avait d'abord eu les Gardes rouges composées d'adolescents, puis les Rebelles s'en étaient pris aux « véhicules du capitalisme ». En troisième lieu, des combats violents avaient opposé différentes factions rebelles entre elles. Or, Mao venait de décider de mettre fin à ces bagarres. Pour s'assurer l'obéissance des masses, il sema la terreur partout afin de montrer que personne n'était à l'abri de ses foudres. Une partie importante de la population restée jusque-là indemne, notamment des Rebelles, fut touchée par cette nouvelle vague de persécutions. Une série de campagnes politiques se succédèrent à un rythme accéléré afin d'éliminer les nouveaux « ennemis de classe ». La plus dévastatrice de ces chasses aux sorcières, baptisée « Épurons nos rangs », eut raison de Tang le boiteux. Il fut libéré en 1976, à la fin de la Révolution culturelle, et devint au début des années 1980 un homme d'affaires millionnaire, l'une des grosses fortunes de Chengdu. La maison de sa famille lui fut rendue dans un état épouvantable. Il la fit abattre, et construisit à la place un édifice grandiose de deux étages. Du jour où l'engouement pour les discothèques s'empara de la Chine, on le vit souvent, assis à l'endroit le plus en vue d'un de ces établissements, regarder danser d'un œil bienveillant les jeunes garçons et filles de son entourage tout en comptant lentement une épaisse liasse de billets, avec une nonchalance délibérée. Il avait payé pour tout le monde, et se délectait du pouvoir nouveau que lui procurait l'argent.

La campagne baptisée « Épurons nos rangs » ruina l'existence de millions d'individus. A l'occasion d'une seule affaire, dite du Parti populaire de la Mongolie-Intérieure, 10 % de la population adulte de cette province fut soumis à des tortures ou des mauvais traitements, et 20 000 personnes, au bas mot, trouvèrent la mort. Cette campagne prit pour exemples des études pilotes concernant six usines et deux universités de Pékin, effectuées sous la supervision de Mao en personne. Dans un rapport sur l'une des six usines, l'unité d'imprimerie Xinhua, on pouvait lire : « Cette femme avait été taxée de contre-révolutionnaire. Un jour, alors qu'elle purgeait sa peine de travaux forcés, son gardien relâcha un instant sa surveillance. Elle profita de ce moment d'inattention pour se ruer au troisième étage des dortoirs et se jeta par la fenêtre, mettant ainsi fin à ses jours. Il est bien évidemment inévitable que les contre-révolutionnaires se suicident. Mais il est à regretter que nous ayons désormais, de ce fait, un "exemple négatif" de moins. » Mao écrivit en marge de ce document : « Cela est le meilleur rapport du genre que j'aie jamais lu. »

Cette campagne, comme toutes les autres, fut gérée par les comités révolutionnaires établis dans tout le pays. Le Comité révolutionnaire de la province du Setchouan vit le jour le 2 juin 1968. Sa direction se composait des quatre mêmes figures qui étaient à la tête du comité préparatoire : les deux chefs de l'état-major et le couple Ting, il incluait par ailleurs les chefs des deux principales factions rebelles. « Chengdu rouge » et le « groupe du 26 août », ainsi qu'un certain nombre de « responsables révolutionnaires ».

Cette consolidation du nouvel appareil du pouvoir de Mao eut des répercussions considérables sur ma famille. Pour commencer, il fut décidé que l'on retiendrait une partie des salaires des « véhicules du capitalisme », en octroyant simplement à chacune des personnes à leur charge une petite indemnité mensuelle en liquide. Notre budget familial s'en trouva réduit de moitié. Si nous avions encore de quoi nous nourrir, il ne nous était plus possible de nous approvisionner au marché noir. Or, le ravitaillement fourni par l'État baissait de jour en jour. Les rations de viande n'étaient plus que d'une demi-livre par mois et par personne. Ma grand-mère se faisait beaucoup de soucis et dressait des plans jour et nuit pour que nous mangions à notre faim et pour que nous puissions porter des paquets à nos parents à la prison.

Le Comité révolutionnaire décréta ensuite que tous les « véhicules du capitalisme » devaient évacuer la résidence pour laisser la place aux nouveaux dirigeants. On nous alloua quelques pièces au dernier étage d'un immeuble de deux niveaux qu'occupait jadis un magazine interdit par la loi. Il n'y avait ni eau courante ni toilettes à notre étage. Il fallait descendre rien que pour se brosser les dents ou vider une tasse de thé. Mais peu m'importait, car la maison était très belle et j'avais soif de belles choses.

A la différence de notre appartement dans la résidence, situé dans un bâtiment en ciment sans caractère, notre nouveau logis se trouvait dans une splendide demeure en briques et en bois à deux pignons en façade, ornée de fenêtres brun rouge magnifiquement encadrées et d'avant-toits gracieusement incurvés. Le jardin de derrière était peuplé d'une quantité de mûriers, celui de devant regroupait une épaisse vigne vierge, un bosquet de lauriers-roses, un mûrier blanc et un énorme arbre sans nom dont les fruits semblables à des poivrons poussaient en petites grappes à l'abri de feuilles plissées, brunes et craquantes, en forme de bateaux. J'aimais tout particulièrement les bananiers ornementaux et leurs longues feuilles en arc, une vision tout à fait inhabituelle dans notre climat non tropical.

A cette époque-là, on méprisait tellement la beauté qu'on nous envoya dans cette ravissante demeure en guise de punition! Notre appartement comprenait une grande pièce rectangulaire, parquetée et vitrée sur trois côtés, ce qui la rendait extrêmement claire. Les jours de grand beau temps, on avait une vue magnifique sur les lointains sommets enneigés de l'ouest du Setchouan. Le balcon n'était pas en ciment, comme à l'ordinaire, mais en bois peint d'une jolie teinte brun rouge, avec une balustrade délicate ornée d'une grecque. Une autre pièce donnant sur le balcon se caractérisait par un insolite plafond pointu haut de six mètres ; des poutres apparentes d'un rouge passé l'agrémentaient encore. J'eus le coup de foudre pour notre nouveau logis. L'hiver venu, je ne tardai pas à constater que la pièce rectangulaire était un véritable champ de bataille pour les vents soufflant de toutes les directions qui s'immisçaient sournoisement à travers la vitre mince, au point qu'une pluie de poussière tombait du plafond. Malgré cela, par temps calme, je passais des heures de bonheur intense, couchée dans mon lit, à regarder les lueurs de la lune filtrer à travers les fenêtres et le balancement de l'ombre du grand mûrier qui dansait sur le mur. J'étais tellement soulagée d'avoir quitté la résidence et toutes ses sales luttes politiques que j'espérais bien que nous n'y retournerions jamais.

J'aimais aussi beaucoup notre nouvelle rue, baptisée rue Météorite parce qu'un fragment d'étoile y était tombé des centaines d'années plus tôt. Elle était pavée de cailloux concassés que je préférais de loin à l'asphalte qui couvrait les allées de la résidence.

Unique rappel de cette maudite résidence, la présence de certains voisins qui travaillaient dans le département de mon père et appartenaient à la bande de Rebelles de Mme Shau. Lorsqu'il leur arrivait de lever les yeux sur nous, c'était toujours avec une froideur d'acier et, les rares fois où ils nous adressaient la parole parce qu'ils y étaient obligés, ils nous aboyaient littéralement après. L'un d'eux avait été le rédacteur en chef du magazine qui avait fermé ses portes; sa femme était une ancienne enseignante. Ils avaient un fils qui s'appelait Jo-jo, âgé de six ans comme mon petit frère Xiao-fang. Un petit cadre de l'administration et sa fille de cinq ans vinrent s'installer chez eux. Les trois enfants jouaient souvent ensemble dans le jardin. Ma grand-mère n'aimait guère que Xiao-fang s'amuse avec eux, mais elle n'osait pas le lui interdire, de crainte que les voisins n'interprètent sa réaction comme une forme d'hostilité à l'encontre des Rebelles du président Mao.

Au pied de l'escalier en spirale couleur lie-de-vin qui conduisait à notre appartement se trouvait une grande table demi-lune. Autrefois, on y aurait posé un immense vase en porcelaine orné d'un bouquet de jasmin ou de fleurs de pêcher. Elle était sans ornement à présent, et les petits s'amusaient souvent dessus. Un jour, ils jouèrent «au docteur»: Jo-jo était le médecin, Xiao-fang, infirmier, la petite fille de cinq ans tenait le rôle de la malade. Elle se coucha à plat ventre sur la table et releva sa jupe pour qu'on lui fasse une piqûre. Xiao-Fang brandit un petit bout de bois provenant du dossier d'une chaise cassée en guise d'«aiguille». A ce moment, la mère de la fillette apparut sur le palier. Elle poussa un hurlement et arracha la petite des mains de ses bourreaux.

Elle découvrit quelques égratignures à l'intérieur de la cuisse de la fillette. Au lieu de l'emmener à l'hôpital, elle alla chercher une poignée de Rebelles au bureau de mon père, situé à proximité. La bande fit tout à coup irruption dans le jardin. Ma mère, qui se trouvait par hasard à la maison pour quelques jours, fut immédiatement appréhendée. Puis ils s'emparèrent de Xiao-fang et l'accablèrent d'invectives. Ils lui déclarèrent qu'ils allaient «le battre à mort» s'il refusait de dénoncer ceux qui lui avaient appris à «violer les filles». Ils essayèrent de lui faire dire que c'était ses frères aînés. Mon petit frère ne pouvait proférer un mot, pas même pleurer. Jojo semblait avoir affreusement peur. Il se mit à pleurer en bredouillant que c'était lui qui avait demandé à Xiao-fang de faire la piqûre. La petite fille, en larmes elle aussi, jura qu'elle n'avait pas eu d'injection. Mais les adultes leur crièrent de se taire et continuèrent à harceler Xiao-fang. Pour finir, à la demande de ma mère, toute la troupe partit en trombe à l'hôpital populaire du Setchouan en entraînant ma mère et mon petit frère.

A peine arrivés aux urgences, la mère de la fillette, hors d'elle, et la foule en colère, commencèrent à débiter toutes leurs accusations à l'adresse des médecins, des infirmières et des autres patients: «Un fils de "véhicule du capitalisme" a violé la fille d'un Rebelle! Il faut qu'on fasse payer ça à ses parents.» Pendant qu'une doctoresse examinait la petite fille dans son cabinet, un jeune homme totalement étranger à l'affaire qui se trouvait dans le couloir s'exclama tout à coup: «Vous n'avez qu'à vous saisir des parents de ce misérable et les battre à mort!»

Dès que la doctoresse eut fini d'examiner l'enfant, elle vint annoncer à la ronde qu'il n'y avait absolument aucun signe que la petite eût été violée. Les égratignures qu'elle avait à la cuisse dataient de plusieurs jours; il était impossible qu'elles aient été causées par le bout de bois de Xiao-fang qui était peint et lisse, comme elle le montra à la foule. Elle s'était probablement fait cela en grimpant à un arbre. La foule se dispersa à contrecœur.

Ce soir-là, Xiao-fang eut le délire, il avait le visage rouge

foncé et divaguait en poussant des cris déchirants. Le lendemain, ma mère le porta à l'hôpital où un médecin lui
administra une forte dose de tranquillisants. Au bout de
quelques jours, il se remit, mais il cessa de jouer avec les
autres enfants. Cet incident marqua en fait la fin de son
enfance, il n'avait que six ans.

Ma grand-mère et nous cinq avions dû nous occuper du
déménagement rue Météorite, puisque mes parents étaient en
prison. Fort heureusement, nous bénéficiâmes de l'aide de
Cheng-yi, le petit ami de ma sœur Xiao-hong.

Le père de Cheng-yi avait été jadis un petit fonctionnaire à
la solde du Kuo-min-tang. Pour cette raison, et parce qu'il
souffrait de la tuberculose et d'un ulcère, après 1949, il lui
était devenu impossible de trouver un emploi correct. Il fit
plusieurs petits boulots, devenant tour à tour balayeur ou
caissier auprès d'un robinet municipal. Pendant la famine,
alors qu'ils vivaient à Chongqing, sa femme et lui moururent
de maladies, aggravées par la faim.

Cheng-yi était ouvrier dans une fabrique de moteurs
d'avion. Il avait fait la connaissance de ma sœur au début de
1968. A l'instar de la plupart des employés de son usine, il
appartenait à la principale cellule rebelle de l'établissement,
affiliée au «groupe du 26 août», sans y être vraiment actif.
Comme il n'y avait strictement aucune distraction à cette
époque, la plupart des groupes rebelles formaient leurs propres troupes de chant et de danse, qui donnaient en spectacle
les rares airs autorisés par le gouvernement, à base de
citations et d'éloges de Mao. Bon musicien, Cheng-yi faisait
partie d'une de ces troupes. Bien qu'elle ne travaillât pas à
l'usine, ma sœur, qui adorait danser, se joignit à la bande,
ainsi que ses comparses Grassouillette et Ching-ching. Cheng-
yi et elle ne tardèrent pas à tomber amoureux l'un de l'autre.
Leur relation fut rapidement soumise à des pressions tous
azimuts: la sœur et les camarades de travail du jeune homme
s'inquiétaient des risques qu'il prenait en entrant ainsi en
contact avec la famille d'un «véhicule du capitalisme»; notre
cercle d'enfants de hauts fonctionnaires le méprisait parce
qu'il n'était pas «de notre milieu». Je m'en pris moi-même à
eux, estimant bêtement qu'en cherchant à vivre sa vie ma
sœur abandonnait nos parents à leur triste sort. Leur amour
survécut à ces épreuves et aida ma sœur à supporter les

difficiles années qui suivirent. Je ne tardai pas à m'attacher à Cheng-yi et à le respecter, de même que le reste de ma famille. Comme il portait des lunettes, nous le surnommâmes « Besicles ».

Un des amis de Cheng-yi, lui aussi musicien dans la troupe, était charpentier et fils d'un camionneur. Il avait une nature enjouée... et un nez spectaculairement grand qui donnait l'impression qu'il n'était pas chinois. En ce temps-là, les seuls étrangers que nous voyions régulièrement en photo étaient des Albanais, pour la bonne raison que la minuscule Albanie, si loin de nous, se trouvait être l'unique alliée de la Chine ! (Les Coréens du Nord eux-mêmes étaient jugés trop décadents.) Ses amis l'avaient donc surnommé « Al », raccourci d'Albanais.

Al arriva avec une charrette pour nous aider à déménager. Pour ne pas trop l'importuner, je suggérai de laisser une partie de nos biens sur place. Mais il insista pour tout embarquer. Avec un sourire désinvolte, il serra les poings et fit jouer ses biceps. Mes petits frères tâtèrent ses muscles durs et gonflés avec admiration.

Al avait un faible pour Grassouillette. La veille du déménagement, il nous avait invités à déjeuner, Ching-ching, Grassouillette et moi, chez lui, dans l'une des maisonnettes ordinaires et sans fenêtres de Chengdu, au sol de terre battue, qui donnaient directement sur le trottoir. C'était la première fois que je pénétrais dans une de ces bicoques. En arrivant au coin de la rue, j'aperçus un groupe de jeunes garçons qui traînaient par là. Ils nous suivirent du regard et saluèrent Al avec emphase. Ce dernier rougit de fierté et s'approcha d'eux pour échanger quelques mots. Puis il nous rejoignit, avec un sourire jusqu'aux oreilles. D'un air dégagé, il nous déclara : « Je leur ai dit que vous étiez des enfants de hauts fonctionnaires et que j'étais devenu ami avec vous pour pouvoir m'emparer de vos biens de privilégiés quand la Révolution culturelle sera finie. »

J'étais abasourdie. D'abord parce que ses propos sous-entendaient que les gens s'imaginaient que les enfants de cadres avaient accès à des produits de consommation, ce qui n'était pas le cas. Ensuite, à cause du plaisir visible qu'il éprouvait à se voir associé à nous et du prestige évident que cela lui valait aux yeux de ses amis. Mes parents se trouvaient en détention, nous venions d'être expulsés de la résidence, le comité révolutionnaire du Setchouan venait de prendre ses fonctions, les «véhicules du capitalisme» avaient tous été évincés, et Al et ses amis croyaient encore que les officiels tels que mes parents retrouveraient un jour leur place! J'ai rencontré ce genre d'attitude à maintes reprises. Chaque fois que je passais l'imposant portail de notre cour, je sentais les regards insistants des gens de la rue Météorite qui me fixaient avec un mélange de curiosité et de crainte respectueuse. Il était évident que le peuple considérait les comités révolutionnaires comme éphémères, et non pas les «véhicules du capitalisme».

A l'automne 1968, des équipes d'un nouveau genre vinrent prendre possession de mon école. Baptisées «équipes de propagande de la pensée de Mao Tsê-tung», elles se composaient de soldats ou d'ouvriers ayant pris part aux combats entre factions, et avaient pour mission de restaurer l'ordre. Là comme ailleurs, elles convoquèrent tous les élèves inscrits au début de la Révolution culturelle, deux ans plus tôt, afin de les maintenir sous un contrôle strict. Les rares jeunes qui avaient quitté la ville entre-temps furent retrouvés; on leur envoya un télégramme les sommant de se présenter au plus vite. La grande majorité d'entre eux obéirent sans sourciller.

A l'école, les professeurs rescapés ne reprirent même pas leurs cours; ils n'osaient pas. Les anciens manuels scolaires, «poison bourgeois», avaient tous été condamnés, et personne n'avait le courage d'en écrire de nouveaux. Nous passions donc notre temps à réciter des articles de Mao et à lire les éditoriaux du *Quotidien du peuple*. Nous chantions les citations du Président ou nous nous rassemblions pour danser des «danses de loyauté» en brandissant nos Petits Livres rouges.

Dans la Chine entière, les comités révolutionnaires avaient en effet rendu obligatoires ces «danses de loyauté». Ces tortillements absurdes furent imposés partout, dans les écoles et les usines, dans la rue, les magasins, les quais de gare et même dans les hôpitaux, pour les patients qui pouvaient encore bouger.

Dans l'ensemble, l'équipe de propagande opérant dans mon école était relativement inoffensive, ce qui ne fut pas le cas de toutes. Par exemple, les membres de celle de l'université de Chengdu, siège de «Chengdu rouge», l'ennemi juré des Ting, furent triés sur le volet par ce couple diabolique. Yan et

Yong souffrirent plus encore que les autres. Les Ting ordonnèrent en effet à l'équipe de propagande de faire pression sur eux afin qu'ils condamnent mon père, ce qu'ils refusèrent de faire. Ils expliquèrent par la suite à ma mère que le courage de mon père leur avait inspiré une telle admiration qu'ils avaient décidé de le défendre coûte que coûte.

A la fin de 1968, tous les étudiants de Chine furent arbitrairement diplômés, en masse, sans examens ni emplois à la clé, avant d'être dispersés aux quatre coins du pays. On avertit Yan et Yong que, s'ils s'obstinaient à couvrir mon père, ils n'auraient aucun avenir. Ils restèrent malgré tout sur leurs positions. On expédia la pauvre Yan dans une petite mine de charbon située dans les montagnes de l'est du Setchouan. Difficile d'imaginer pire emploi : les conditions de travail étaient extrêmement primitives et on ne prenait pour ainsi dire aucune mesure de sécurité. Les femmes, comme les hommes, devaient descendre dans le puits en rampant et remonter péniblement de lourds paniers de charbon. Le sort lamentable réservé à Yan découlait en partie d'une absurde altération du discours en vigueur à l'époque : Mme Mao avait insisté pour que les femmes fassent le même genre de travail que les hommes. L'un des slogans du moment, sentence de Mao, proclamait : « Les femmes peuvent soutenir la moitié du ciel. » Celles-ci savaient très bien que la reconnaissance de l'égalité des sexes leur ouvrirait surtout l'accès aux travaux physiques pénibles !

Juste après l'expulsion des étudiants, ce fut au tour des lycéens d'apprendre qu'ils allaient être exilés dans de lointaines régions montagneuses et rurales, pour s'occuper de tâches agricoles éreintantes. Mao avait l'intention de faire de moi une paysanne pour le restant de mes jours.

22

«Réforme de la pensée par le travail»

À LA LISIÈRE DES HIMALAYAS

janvier-juin 1969

En 1969, mes parents, ma sœur, mon frère Jin-ming et moi-même fûmes expulsés de Chengdu l'un après l'autre et expédiés dans différentes régions reculées de la province du Setchouan. Nous faisions partie des millions de citadins exilés à la campagne. On évitait ainsi que la jeunesse désœuvrée rôde dans les rues des villes où elle serait source de désordres tout en offrant un «avenir» à la population adulte. La génération de mes parents appartenait en effet à l'ancienne administration, supplantée par les comités révolutionnaires de Mao. En les envoyant au diable effectuer des travaux manuels, on réglait aisément un problème épineux.

A en croire les discours de Mao, ce séjour dans la nature était censé nous «corriger». Notre président préconisait «la réforme de la pensée par le travail» pour tous les citoyens chinois, mais il n'explicita jamais la relation entre les deux. Inutile de préciser que personne ne demanda d'éclaircissements. Le seul fait de se poser la question équivalait à une trahison. En réalité, tout le monde savait que les travaux forcés, en particulier à la campagne, constituaient une forme de châtiment. On remarqua qu'aucun séide de Mao, pas un seul membre des Comités révolutionnaires de création récente ni officier de l'armée ne faisait partie du voyage. Quant à leurs enfants, ils furent dans leur grande majorité épargnés.

Mon père fut le premier à partir. Juste avant le Nouvel An 1969, on l'envoya dans le comté de Miyi situé dans la région de Xichang, à la lisière orientale de l'Himalaya, une zone si éloignée qu'elle abrite aujourd'hui la base de lancement des satellites chinois. Elle se trouve à près de 500 km de Chengdu, c'est-à-dire à quatre jours de route en camion, puisqu'il n'y avait pas de voie ferrée. Jadis, cette région servait de «dépotoir» pour les exilés; on disait que ses montagnes et ses eaux étaient empreintes d'un mystérieux «pouvoir néfaste». En termes actuels, il faut traduire par maladies tropicales.

On y avait établi un camp destiné à accueillir l'ancien personnel du gouvernement provincial. Des camps de ce genre, baptisés «écoles de cadres», il y en avait des milliers éparpillés dans toute la Chine. Ils n'avaient évidemment rien à voir avec une école et ne regroupaient pas uniquement des cadres, mais aussi des écrivains, des intellectuels, des scientifiques, des enseignants, des médecins et des acteurs devenus «inutiles» dans le contexte du nouvel ordre, inculte, instauré par Mao.

Parmi les responsables exilés, on comptait bien sûr un grand nombre de «véhicules du capitalisme», entassés dans ces camps avec d'autres «ennemis de classe». Mais aussi la plupart de leurs collègues des groupes rebelles, car le nouveau Comité révolutionnaire du Setchouan se trouvait dans l'incapacité de les caser, l'ensemble des postes administratifs ayant été remplis par des Rebelles issus d'autres milieux — des ouvriers, des étudiants, des militaires. «La réforme de la pensée par le travail» devint un moyen fort commode d'écarter les Rebelles surnuméraires. Au sein du département de mon père, il ne resta pas grand monde. Mme Shau fut nommée directrice adjointe des Affaires publiques auprès du Comité révolutionnaire du Setchouan.

Les «écoles de cadres» n'étaient pas véritablement des camps de concentration ni des goulags, mais plutôt des lieux de détention isolés où les prisonniers bénéficiaient d'une relative liberté tout en étant astreints à des travaux forcés sous une surveillance stricte. Les régions fertiles de la Chine regroupent une population très dense. Il ne restait donc plus que les zones montagneuses ou arides pour contenir tant d'exilés des villes. Ces derniers étaient censés produire eux-mêmes leurs denrées alimentaires, de manière à vivre en autarcie. Bien que l'on continuât à leur verser un salaire, il n'y avait pas grand-chose à acheter. Ils menaient une existence très rude.

Mon père fut libéré quelques jours avant son départ afin de préparer son voyage. Il n'avait qu'une seule envie, c'était de voir ma mère. Elle était toujours en prison, et il se disait qu'il ne la reverrait peut-être jamais. Il écrivit donc au Comité révolutionnaire une lettre aussi humble que possible pour implorer la permission de lui rendre visite. Le comité le débouta de sa demande.

Le cinéma où ma mère était détenue à ce moment-là se trouvait sur une rue encore très commerçante quelques mois auparavant. Les magasins étaient maintenant à moitié vides, mais le marché noir des semi-conducteurs que mon frère Jin-ming fréquentait assidûment se situait à proximité; il lui arrivait d'apercevoir notre mère marchant dans la rue parmi une file de prisonniers, tous munis d'un bol et d'une paire de baguettes. La cantine du cinéma n'était pas toujours ouverte; il fallait donc de temps à autre emmener les détenus manger dehors. Grâce à cette découverte fortuite de Jin-ming, nous pouvions parfois apercevoir notre mère : il suffisait de se poster dans la rue et d'attendre. Lorsqu'elle n'apparaissait pas avec ses codétenus, nous étions morts d'inquiétude. Nous ignorions alors que sa gardienne psychopathe la punissait parfois en lui refusant la permission de sortir et de manger. Elle réapparaissait le lendemain, ou plusieurs jours plus tard, au milieu d'une douzaine d'hommes et de femmes silencieux, marchant tête baissée d'un air lugubre, tous portant le même brassard blanc aux quatre caractères sinistres: «bœuf-diable, serpent-démon».

J'emmenai mon père dans cette rue plusieurs jours de suite. Nous attendîmes de l'aube jusqu'à l'heure du déjeuner. Aucun signe d'elle. Nous faisions les cent pas en tapant du pied le trottoir couvert de verglas pour essayer de nous réchauffer. Un matin, alors que nous regardions une fois de plus l'épaisse couche de brume se dissiper pour révéler les bâtiments en ciment sans vie, nous la vîmes tout à coup apparaître. Comme elle avait déjà aperçu ses enfants dans la rue à plusieurs reprises, elle se hâta de lever les yeux pour voir s'ils étaient là ce jour-là. Son regard rencontra celui de mon père. Leurs lèvres frémirent, mais aucun son ne sortit de leurs bouches. Ils ne se quittèrent pas des yeux jusqu'au moment où le garde lui cria de baisser la tête. Longtemps après qu'elle eut disparu à l'angle de la rue, mon père continuait à fixer ce point.

Quelques jours plus tard, il s'en alla. En dépit de sa réserve et de son calme apparents, certains signes m'avaient laissé supposer qu'il était à bout de nerfs. J'avais une peur affreuse qu'il ne sombrât à nouveau dans la folie, d'autant plus que, cette fois, il serait obligé d'endurer seul, sans le soutien de sa famille, les souffrances physiques et mentales qui l'attendaient. Je résolus d'aller le rejoindre au plus vite pour lui tenir compagnie. Seulement, il était extrêmement difficile de trouver un moyen de me rendre à Miyi, les transports publics étant inexistants dans ces régions isolées. Quelques jours plus tard, j'appris avec bonheur que tous les élèves de mon école allaient être envoyés dans un endroit appelé Ningnan, à soixante-dix kilomètres seulement du camp où se trouvait mon père.

En janvier 1969, tous les lycéens de Chengdu furent en effet transplantés dans différentes zones rurales du Setchouan. Nous devions vivre dans des villages, parmi les paysans, afin qu'ils nous «rééduquent». Personne ne leur avait spécifié ce qu'ils étaient censés nous apprendre, mais Mao soutenait toujours que les gens ayant reçu quelque éducation étaient inférieurs aux paysans illettrés et devaient par conséquent «se corriger» de manière à leur ressembler davantage. «Les paysans ont les mains sales et les pieds crottés mais ils sont bien plus propres que les intellectuels», disait-il.

Mon école et celle de ma sœur comptaient une proportion impressionnante d'enfants de «véhicules du capitalisme»; aussi nous envoya-t-on dans des sites particulièrement perdus. La progéniture des membres des comités révolutionnaires se vit épargner cet exil, préférant s'enrôler dans l'armée, seule autre possibilité, au demeurant beaucoup plus «pépère». Dès lors, l'un des signes de pouvoir les plus évidents fut d'avoir des enfants soldats.

Au total, quinze millions de jeunes furent envoyés à la campagne, ce qui constitua l'un des plus importants mouvements de population de l'histoire. Cet exode fut organisé rapidement et d'une manière remarquablement efficace, ce qui prouvait qu'un certain ordre régnait malgré tout dans ce chaos. Chaque voyageur se vit attribuer des subsides pour l'aider à acheter des vêtements supplémentaires, couvertures, draps, valises, moustiquaires et plastiques pour envelopper sa literie. Une attention méticuleuse fut apportée aux moindres détails:

on nous fournit même des chaussures de marche, des gourdes, des torches. Il fallut fabriquer spécialement l'essentiel de ce matériel, introuvable dans les magasins mal approvisionnés. Les plus démunis pouvaient demander une aide financière supplémentaire. La première année, l'État devait nous assurer de l'argent de poche et des rations alimentaires, notamment du riz, de l'huile et de la viande. Ces denrées proviendraient des villages dont nous devions dépendre.

Depuis le Grand Bond en avant, le monde rural était organisé en communes populaires, chacune regroupant plusieurs villages et pouvant ainsi inclure entre 2000 et 20000 foyers ! Des brigades de production opéraient sous l'égide de la commune et géraient à leur tour un certain nombre d'équipes de production — correspondant grosso modo à un village —, l'unité de base de la vie rurale. Chacune de ces équipes se vit assigner jusqu'à huit élèves ; nous avions le droit de former un groupe avec les camarades que nous voulions. Je choisis mes coéquipiers parmi la classe de Grassouillette. Quant à ma sœur, elle préféra venir avec moi plutôt qu'avec son école : on nous autorisait en effet à accompagner un parent si nous le désirions. Bien qu'il fréquentât la même école que moi, mon frère Jin-ming resta à Chengdu, car il n'avait pas encore seize ans. Grassouillette, étant fille unique, ne partit pas non plus.

J'étais impatiente d'arriver à Ningnan. Je n'avais pour ainsi dire aucune expérience du travail physique et je ne me rendais pas très bien compte de ce qui m'attendait. J'imaginais un endroit idyllique, loin de la politique. Un responsable de Ningnan était venu nous parler ; il nous avait vanté le climat subtropical, le ciel limpide, les immenses fleurs rouges des hibiscus, les bananes longues de trente centimètres, et le fleuve de Sable doré — le Yang-tzê près de sa source —, étincelant dans le soleil, sa surface ondulant sous l'effet de la douce brise.

Je vivais dans un monde de brume grise et de murs noirâtres recouverts de slogans. Le soleil, la végétation tropicale n'étaient pour moi qu'un rêve. En l'écoutant, je me voyais déjà au milieu d'une cascade de fleurs, sur la rive d'un fleuve aux reflets d'or. Il mentionna même le mystérieux «pouvoir néfaste» dont j'avais lu des descriptions dans les ouvrages de littérature classique, mais je trouvai que cela ne faisait qu'ajouter une touche d'exotisme un peu suranné. La notion de danger se bornait dans mon esprit aux campagnes politiques. J'étais aussi impatiente de partir car je pensais qu'il serait plus facile d'aller rendre visite à mon père. J'oubliais que des montagnes inaccessibles, hautes de 3 000 mètres, nous sépareraient. Je n'avais jamais très bien su lire une carte !

Le 27 janvier 1969, nous partîmes pour Ningnan. Chaque élève avait droit à une valise, outre sa literie. On nous chargea dans des camions, à raison de trois douzaines par véhicule. Il n'y avait que quelques sièges ; la plupart d'entre nous durent s'installer tant bien que mal sur leurs rouleaux de couchage, ou à même le sol. La colonne de camions cahota pendant trois jours entiers sur des routes de campagne sinueuses, jusqu'à la limite du Xichang. Nous traversâmes la plaine de Chengdu avant d'entamer l'ascension des montagnes longeant le flanc oriental de l'Himalaya, où il nous fallut nous arrêter pour mettre des chaînes. Je tâchai de m'asseoir à l'arrière pour pouvoir contempler les impressionnantes chutes de neige et de grêle qui créaient un univers de blancheur insolite et s'interrompaient presque instantanément pour céder la place à un ciel turquoise et à un soleil éblouissant. Tant de beauté me laissait sans voix. Au loin, dans la direction de l'ouest, se dressait un pic de plus de 8 000 mètres, au-delà duquel s'étendait un endroit infiniment ancien et sauvage, où l'essentiel de la flore du monde avait vu le jour. Ce fut seulement en arrivant en Occident que je me rendis compte que des plantes aussi courantes que les rhododendrons ou les chrysanthèmes, la plupart des roses et un grand nombre d'autres fleurs provenaient de ce site ancestral où l'on trouvait encore des pandas.

Le deuxième soir, nous parvînmes à un endroit baptisé comté de l'Amiante, principale production de la région. Quelque part dans la montagne, notre convoi s'arrêta afin que nous puissions utiliser les toilettes — en l'occurrence deux cabanes en terre abritant des fosses collectives rondes infestées de vers. Si l'intérieur de ces lieux avait de quoi écœurer, la vision que j'eus en en sortant fut un véritable cauchemar. Les ouvriers qui travaillaient dans la région avaient le visage gris plomb, rendu plus terrifiant encore par une absence totale d'expression. Épouvantée, je demandai au gentil membre de l'équipe de propagande chargée de nous conduire à destination, un dénommé Dong-an, qui étaient ces zombies. Des prisonniers d'un camp de *lao-gai* (« réforme par le travail »), me répondit-il. Les mines d'amiante étant terriblement toxiques, on y envoyait surtout des forçats, sans guère prendre de mesures de sécurité ni de précautions sanitaires. Ce fut mon seul et unique contact avec un goulag chinois.

Au bout du cinquième jour, le camion nous déchargea devant un grenier à grains, au sommet d'une montagne. Les discours de propagande m'avaient laissé imaginer que nous serions accueillis en fanfare par des villageois souriants épinglant des fleurs en papier rouge sur nos vestes ou jouant du tambour. En réalité, un responsable de la commune nous attendait seul devant la grange. Il nous fit un discours de bienvenue dans le jargon ampoulé des journaux. Quelques dizaines de paysans vinrent ensuite nous aider à sortir notre couchage et nos valises. Ils avaient des visages fermés, sans expression, et je ne comprenais pas un mot de ce qu'ils disaient.

Ma sœur et moi partîmes vers notre nouveau logis en compagnie des deux autres filles et des quatre garçons qui composaient notre groupe. Les quatre paysans chargés de porter une partie de nos bagages nous devançaient en silence. Nous leur posâmes des questions, mais ils n'en saisissaient manifestement pas le sens. Pour finir, nous nous tûmes aussi. Nous marchâmes pendant des heures à la queue leu leu, en nous enfonçant de plus en plus dans l'immensité vert foncé de la montagne. J'étais bien trop éreintée pour apprécier la beauté des lieux. A un moment donné, je m'adossai contre un rocher pour reprendre mon souffle. J'en profitai pour regarder autour de moi. Notre petit groupe paraissait tellement insignifiant au milieu de ce paysage montagneux sans limites, sans routes, sans maisons, sans aucun autre être humain en vue, où la vie se résumait au vent qui frémissait dans les arbres et au murmure de ruisseaux invisibles. J'avais le sentiment d'être engloutie par une nature étrangère et muette.

A l'aube, nous arrivâmes au village, plongé dans le noir. Il n'y avait pas d'électricité, et l'huile était bien trop précieuse pour qu'on la gaspille en allumant les lampes alors qu'il ne faisait plus tout à fait nuit. Debout sur le pas de leur porte, les gens nous regardèrent passer, bouche bée, sans que j'arrive à déterminer si cette hébétude dénotait de la curiosité ou de l'indifférence. Telle fut la réaction de la plupart des Chinois en découvrant les étrangers qui affluèrent dans notre pays à partir du début des années 1970. Nous étions effectivement de véritables étrangers aux yeux de ces paysans, et vice versa.

Le village nous avait préparé un local en bois et en torchis comprenant deux grandes pièces, une pour les garçons, l'autre pour les filles. Un couloir conduisait à la mairie, où l'on avait installé un four en briques afin que nous puissions nous faire à manger.

A bout de forces, je m'affalai sur la planche dure qui devait faire office de lit et que je partagerais avec ma sœur. Quelques enfants nous avaient suivis en poussant des petits cris d'excitation. Ils se mirent à taper à la porte, mais lorsque nous leur ouvrîmes, ils s'envolèrent comme une nuée d'oiseaux, pour revenir quelques instants plus tard et frapper à nouveau. Puis ils guignèrent par la fenêtre, une simple ouverture carrée, sans volet, en émettant des sons bizarres. Nous les invitâmes à entrer en souriant, mais notre amabilité resta sans réponse. J'avais terriblement envie de me laver. Nous clouâmes une vieille chemise sur l'encadrement de la fenêtre en guise de rideau et commençâmes à tremper nos serviettes dans l'eau glacée des lavabos. Je m'efforçai d'ignorer les ricanements des enfants qui soulevaient continuellement notre rideau improvisé. Il nous fallut garder sur nous nos vestes rembourrées pendant que nous nous débarbouillions.

Un des garçons de notre groupe, désigné comme responsable, était chargé des contacts avec les villageois. Nous avions quelques jours pour organiser notre vie quotidienne, en ce qui concerne l'eau, le kérosène et le bois de chauffage, nous expliqua-t-il; après cela, il faudrait que nous nous mettions au travail.

A Ningnan, tout se faisait manuellement. Rien n'avait changé depuis deux mille ans. Il n'y avait ni machines ni bêtes de trait. Les paysans n'avaient pas assez de nourriture pour se permettre d'entretenir des chevaux ou des ânes. Avant notre arrivée, les villageois avaient rempli un réservoir d'eau circulaire en argile cuite à notre intention. Dès le lendemain, je me rendis compte à quel point chaque goutte était précieuse. Pour aller chercher de l'eau, il fallait grimper au puits, à une bonne demi-heure du village par des sentiers étroits, en portant sur nos épaules, en équilibre sur une perche, deux tonneaux qui ne pesaient pas moins de quarante kilos quand ils étaient pleins. J'avais déjà affreusement mal au dos quand il n'y avait rien dedans. Je fus donc infiniment soulagée quand les garçons offrirent galamment de se charger de cette corvée.

Ils faisaient aussi la cuisine car, sur les quatre filles, trois, dont je faisais partie, n'avaient jamais touché à une casserole de leur vie. J'appris ainsi à cuisiner dans des conditions difficiles. Le riz qu'on nous donnait n'était jamais décortiqué ; il fallait le broyer au pilon dans un mortier en usant de toutes ses forces. Après quoi, on le versait dans un grand panier plat en bambou que l'on balançait longuement d'un mouvement particulier des bras, de manière à séparer les écorces légères rassemblées en surface du grain de riz tombé au fond. Au bout de quelques minutes, j'avais terriblement mal aux bras et je tremblais tellement que je n'arrivais même plus à tenir le panier. Chaque repas représentait une bataille épuisante.

Nous devions aussi nous procurer du combustible. La zone désignée par le règlement de protection de la forêt pour la collecte du bois se trouvait à deux heures de marche du village. Nous n'étions autorisés à couper que de petites branches ; nous grimpions donc au sommet des pins les plus petits, que nous tailladions férocement avec nos couteaux. Puis nous confectionnions des fagots que nous ramenions sur nos épaules. Comme j'étais la plus jeune de la bande, je ne portais qu'un panier d'aiguilles de pin. En arrivant au local, après les deux heures de marche du retour par des sentiers abrupts et sinueux, j'étais tellement exténuée que j'avais l'impression que ma charge pesait au moins soixante kilos. Je n'en croyais pas mes yeux lorsqu'en posant mon panier sur la balance je découvrais qu'il n'atteignait pas trois kilos. Ces piètres provisions brûlaient en quelques instants : mes aiguilles de pin ne suffisaient même pas à faire bouillir un *wok* d'eau.

Aller aux toilettes était toute une affaire. Il fallait dégringoler une pente abrupte et glissante, au pied de laquelle se trouvait une fosse profonde, voisine du parc à chèvres. On se retrouvait donc face aux chèvres, qui prenaient plaisir à distribuer des coups de corne aux intrus... ou le derrière tourné dans leur direction. J'avais tellement peur que je fus constipée pendant des jours. Une fois soulagé, il fallait remonter la pente abrupte. Chaque fois que j'en revenais, j'avais un nouveau bleu sur le corps.

Le jour où nous commençâmes à travailler, les paysans me donnèrent pour mission de porter des crottes de chèvre et du fumier provenant de nos toilettes sur les champs minuscules que l'on venait de défricher par le feu. Le sol était recouvert d'une couche de cendre végétale qui, mélangée aux excréments humains et animaux, devait fertiliser la terre avant le labourage, effectué manuellement.

Je chargeai mon lourd panier sur mon dos et escaladai

péniblement la côte à quatre pattes. Le fumier était relativement sec, mais un filet de liquide nauséabond commença malgré tout à imprégner ma veste en coton, puis mon sous-vêtement, et à me mouiller le dos. Un peu de purin débordait aussi du panier, imbibant mes cheveux. En arrivant près du champ, je remarquai que les paysannes déchargeaient habilement leur fardeau fétide en penchant leur panier tout en balançant leurs hanches latéralement avec grâce. Je les imitai maladroitement sans parvenir à vider mon panier. Pressée de me débarrasser du poids qui me brisait les reins, j'essayai de poser mon panier à terre. J'extirpai ma main droite de la lanière. Tout à coup, le panier se rabattit brutalement vers la gauche, entraînant mon épaule dans sa chute. Je m'affalai dans le fumier, les quatre fers en l'air. Quelque temps plus tard, une de mes amies se disloqua le genou de cette façon. Je m'en tirai pour ma part avec un léger tour de reins.

Ces épreuves faisaient partie de la «réforme de la pensée». En théorie, nous aurions dû nous en réjouir, dans la mesure où cela nous rapprochait des paysans auxquels nous étions censés ressembler. Avant la révolution, j'avais adhéré pleinement à cette philosophie naïve et je m'étais délibérément livrée à des travaux pénibles afin de m'améliorer. Une fois, au cours du printemps 1966, ma classe fut embauchée pour effectuer des réparations routières. Les filles furent chargées de menues besognes, comme trier les cailloux, que les garçons s'occupaient ensuite de broyer. J'offris vaillamment de faire le même travail que les garçons, et me retrouvai avec des bras affreusement enflés à force de taper sur ces pierres avec une énorme masse que j'arrivais tout juste à soulever. A présent, trois ans plus tard à peine, mes belles convictions étaient parties en fumée. Une fois dissipé le brouillard psychologique de l'endoctrinement, je m'aperçus que je détestais l'existence rude qu'on m'imposait dans les montagnes de Ningnan. Tout cela me paraissait complètement vain.

A peine arrivée, j'eus une éruption cutanée assez grave. Pendant plus de trois ans, ces boutons réapparurent dès que j'allais à la campagne, sans qu'aucun médicament pût, semble-t-il, y remédier. Je souffrais nuit et jour de démangeaisons insoutenables et je ne pouvais me retenir de me gratter. Moins de trois semaines après mon arrivée à Ningnan, j'avais plusieurs furoncles purulents et mes jambes infectées avaient doublé de volume. A cela s'ajoutaient diarrhées et nausées. Je me trouvais ainsi désespérément faible et malade au moment précis où j'avais le plus besoin de forces, et alors que la clinique de la commune se situait à une cinquantaine de kilomètres de notre village.

J'avais vite compris qu'il me serait difficile de rendre visite à mon père. La route la plus proche se trouvait à une journée de marche. Même en imaginant que j'arrive jusque-là, il n'existait aucun transport en commun, et il ne passait que quelques rares camions par jour. Il m'aurait fallu beaucoup de chance pour qu'ils aillent justement à Miyi. Fort heureusement, Dong-an, qui appartenait à l'équipe de propagande, ne tarda pas à venir dans notre village pour s'assurer que nous étions bien installés. Quand il vit mon piètre état de santé, il suggéra gentiment que j'aille me faire soigner à Chengdu. Lui-même s'apprêtait à rentrer avec le dernier des camions qui nous avaient conduits à Ningnan. Vingt-six jours après mon arrivée, je reprenais donc la route de Chengdu.

Au moment de partir, je me rendis compte que je connaissais à peine les paysans de notre village. Mon seul contact véritable avait eu lieu avec le comptable de la communauté. Plus instruit que les autres, il venait souvent nous voir pour bavarder un peu. Il m'avait fait visiter sa maison, la seule du village où j'avais pu mettre les pieds. Je me souviens surtout des regards soupçonneux que me jeta sa jeune épouse, au visage déjà buriné. Elle était en train de nettoyer les intérieurs sanglants d'un porc et portait sur le dos un nouveau-né silencieux. En arrivant, je la saluai. Elle me décocha un coup d'œil indifférent sans me répondre. Je me sentis étrangère, mal à l'aise et je pris rapidement congé.

Pendant les quelques jours où j'avais effectivement travaillé avec les villageois, je manquais d'énergie et je n'avais donc pas pris la peine de leur parler vraiment. Ils me semblaient distants, impénétrables, comme si les montagnes de Ningnan nous séparaient les uns des autres. Je savais que c'était à moi qu'il incombait de faire un effort en leur rendant visite, ce à quoi ma sœur et mes amis, plus valides que moi, s'astreignaient chaque soir ; mais j'étais fatiguée, malade, couverte de démangeaisons. De surcroît, en me pliant à cette simple règle de bienséance, j'aurais montré que je me résignais à la vie de paysanne qui devait être la mienne désormais. Or, inconsciemment, je ne voulais pas m'y résoudre. Même si je refusais de l'admettre, je rejetais l'existence que Mao avait choisie pour moi.

Lorsque le moment fut venu de partir, je pris conscience tout à coup que l'extraordinaire beauté de Ningnan allait me manquer. Je n'avais pas vraiment pu apprécier ces montagnes, car je luttais contre la maladie. Le printemps était venu de bonne heure, en février, et les jasmins d'hiver, dorés, étincelaient à côté des chandelles de glace qui pendaient des pins. Des myriades de ruisseaux composaient des chapelets de cristal éparpillés au fond des vallées, entre des rochers aux formes surprenantes. De somptueux nuages, les cimes d'arbres centenaires, et des fleurs inconnues qui sortaient des fissures de la roche se reflétaient dans l'eau. Nous lavions nos vêtements dans ces mares paradisiaques avant de les étendre sur les rochers pour qu'ils sèchent au soleil. Après quoi, nous nous allongions dans l'herbe pour écouter les murmures de la forêt de pins, dans la brise. Je m'émerveillais de la splendeur des pentes couvertes de pêchers sauvages, au loin, et j'imaginais les orgies roses qui les tapisseraient dans quelques semaines

Dès mon arrivée à Chengdu, après quatre jours d'un voyage interminable, bringuebalée sur la plate-forme d'un camion vide, en proie à des douleurs d'estomac constantes et à une diarrhée tenace, je me rendis à la clinique de la résidence. Quelques injections et médicaments me guérirent en peu de temps. Fort heureusement, l'accès à cette clinique nous restait ouvert, de même que celui de la cantine. Le Comité révolutionnaire du Setchouan, trop hétérogène, fonctionnait mal : il n'avait pas réussi à mettre en place une administration efficace, de sorte que de nombreux aspects de la vie quotidienne n'avaient pu être réglementés. On pouvait encore détourner le système de bien des manières ; les gens étaient en grande partie livrés à eux-mêmes. La plupart des anciens usages se perpétuaient. Les responsables de la cantine et de la clinique acceptaient de s'occuper de nous ; nous continuions donc à bénéficier des mêmes avantages.

En plus des piqûres et des médicaments occidentaux prescrits par la clinique, ma grand-mère insista pour me soigner à la chinoise. Un jour, elle rapporta à la maison un poulet, des racines d'astragale membraneuses et de l'angélique chinoise (*bu*), considérés comme très curatifs, et m'en fit une soupe dans laquelle elle ajouta des oignons frais finement hachés. Ces ingrédients étaient introuvables dans les magasins ; elle avait dû trottiner des kilomètres pour s'en procurer à la campagne, au marché noir.

Ma grand-mère ne se portait pas très bien elle-même. Elle allait souvent s'étendre, ce qui ne lui ressemblait guère. Elle avait toujours été tellement énergique que, jusqu'à présent, je ne l'avais pour ainsi dire jamais vue assise. Une fois couchée, elle fermait les yeux et se mordait les lèvres, ce qui me laissait penser qu'elle souffrait beaucoup. Quand je lui demandais ce qui n'allait pas, elle me répondait que ce n'était rien, et elle continuait à aller me chercher des remèdes et à faire la queue pour m'acheter de bons produits.

Je fus vite rétablie. Comme il n'y avait personne pour me donner l'ordre de retourner à Ningnan, je commençai à mettre sur pied une expédition pour aller voir mon père. C'est alors qu'un télégramme arriva de Yibin, nous annonçant que ma tante Jun-ying, qui se chargeait d'élever mon plus jeune frère, Xiao-fang, était gravement malade. Je résolus d'aller prendre soin d'eux.

Tante Jun-ying et toute la famille de mon père demeurant à Yibin s'étaient toujours montrés extrêmement gentils à notre égard, bien que mon père eût rompu avec la tradition chinoise en refusant de les prendre à sa charge. La coutume voulait par exemple qu'un fils accomplisse son devoir filial en préparant pour sa mère un lourd cercueil en bois enduit d'innombrables couches de peinture, et en assumant les frais d'un enterrement grandiose — qui grevait le plus souvent le budget familial. Or, le gouvernement préconisait la crémation, pour économiser la terre, et des funérailles simplifiées. Quand sa mère mourut, en 1958, mon père n'apprit la nouvelle qu'une fois cette dernière ensevelie, parce que sa famille redoutait qu'il ne s'opposât à une cérémonie pompeuse. Depuis que nous vivions à Chengdu, les parents de mon père avaient pour ainsi dire cessé de nous rendre visite.

Lorsque mon père commença à avoir des ennuis avec les autorités de la Révolution culturelle, ils vinrent cependant nous voir pour nous proposer leur aide. Tante Jun-ying, qui faisait souvent l'aller et retour entre Chengdu et Yibin, finit par prendre Xiao-fang sous son aile pour soulager ma grand-mère. Elle partageait une maison avec sa jeune sœur, et elle avait en outre eu la bonté de céder la moitié de la partie qu'elle occupait à la famille d'un parent éloigné, contrainte d'abandonner sa propre demeure mise à sac.

En arrivant, je trouvai ma tante assise dans un fauteuil en osier, près de la porte du hall d'entrée qui faisait office de salon. Un énorme cercueil en bois lourd rouge foncé trônait au milieu de la pièce : le sien. Ce fut l'unique faveur qu'elle s'accorda dans l'existence. En la voyant ainsi, une profonde tristesse m'envahit. Elle venait de subir une attaque qui lui avait laissé les jambes à demi paralysées. Les hôpitaux ne fonctionnaient que par intermittence. Maintenant qu'il n'y avait plus personne pour procéder aux réparations nécessaires, les locaux se détérioraient rapidement ; et puis, on manquait de médicaments. Les médecins avaient expliqué à tante Jun-ying qu'ils ne pouvaient rien faire pour elle. Elle restait donc à la maison.

Ma pauvre tante souffrait surtout de terribles problèmes intestinaux. Après avoir mangé, elle se sentait affreusement ballonnée, mais ne pouvait se soulager sans endurer d'épouvantables douleurs. Les remèdes préparés par son entourage l'aidaient à l'occasion, mais le plus souvent, ils restaient sans effet. Je lui massais régulièrement l'estomac. Un jour, sa souffrance était telle qu'à sa demande expresse je lui enfonçai un doigt dans l'anus pour essayer de la libérer. Tous ces expédients ne la calmaient pas très longtemps. En conséquence, elle n'osait presque plus manger. Elle était extrêmement faible et passait des heures entières dans son fauteuil à regarder les bananiers et les papayers du jardin. Jamais elle ne se plaignait. Une seule fois, elle me chuchota avec douceur : « J'ai tellement faim. J'aimerais bien pouvoir manger... »

Elle n'arrivait plus à marcher sans aide. La position assise lui demandait déjà de grands efforts. Pour lui éviter des escarres, je m'installais tout près d'elle afin qu'elle puisse prendre appui sur moi. Elle me disait que j'étais une bonne infirmière et qu'il devait être fastidieux pour moi de rester dans cette position. J'avais beau insister, elle n'acceptait de s'asseoir ainsi que quelques instants par jour, afin que je puisse « sortir et m'amuser ».

Je n'avais évidemment aucun moyen de me distraire. Je mourais d'envie de lire, mais en dehors des quatre volumes des *Œuvres choisies de Mao Tsê-tung*, je ne trouvai dans la maison qu'un dictionnaire. Le reste de la bibliothèque familiale s'était envolé en fumée. Je m'occupai en étudiant les 15 000 caractères que contenait cet unique ouvrage, apprenant par cœur ceux que je ne connaissais pas.

Je passai le reste de mon temps à prendre soin de mon petit

frère. Je l'emmenai faire de longues promenades. Quelquefois, il s'ennuyait et réclamait un jouet, un fusil par exemple, ou des bonbons colorés au charbon de bois, l'unique douceur que l'on trouvait encore dans les magasins. Seulement, je n'avais pas d'argent : nous avions tout juste de quoi vivre. A sept ans, Xiao-fang n'arrivait pas à le comprendre. Il se roulait par terre dans la poussière en donnant des coups de pied et en poussant des cris stridents, allant jusqu'à déchirer ses vêtements de rage. Je m'accroupissais près de lui pour le cajoler. Finalement, à bout de forces, je me mettais moi-même à pleurer. Mes larmes lui faisaient un effet tel qu'il s'arrêtait de hurler, et nous faisions la paix. Nous rentrions tous les deux éreintés à la maison.

Yibin était une ville très agréable même en pleine Révolution culturelle. Des méandres des rivières, des collines paisibles se détachant sur l'horizon brumeux émanait une impression d'éternité qui me consolait temporairement des malheurs qui m'entouraient. A la tombée de la nuit, les affiches se fondaient dans le noir, les haut-parleurs se taisaient dans toute la ville ; seule la lueur vacillante des lampes à huile filtrant à travers les interstices des portes et des fenêtres brisait l'obscurité des allées sans réverbères, enveloppées de brume. De temps en temps, un carré de lumière vous faisait cligner des yeux : un petit étal de nourriture ouvert. Il n'y avait pas grand-chose à vendre. C'était une table en bois, carrée, dressée sur le trottoir entourée de quatre bancs étroits, le tout brun foncé, usé, brillant à force d'avoir servi. Sur le plateau de la table, une minuscule flamme en forme de pois indiquait la présence d'une lampe à huile de colza. Jamais plus personne ne s'asseyait à ces tables pour bavarder, mais le propriétaire s'obstinait à ouvrir sa petite boutique. Jadis, les gens s'agglutinaient en masse autour de ces étals pour cancaner en buvant de la « liqueur aux cinq graines », accompagnée de bœuf mariné, de langue de porc au soja en ragoût, ou encore de cacahuètes rôties salées et poivrées. Ces endroits désormais déserts me rappelaient le bon temps, quand la vie à Yibin n'était pas encore totalement infestée par la politique.

Hors de ces allées paisibles, les haut-parleurs m'assaillaient à nouveau les oreilles. Jusqu'à dix-huit heures par jour, un incessant tintamarre mêlant chants et dénonciations envahissait le centre-ville. Sans même parler de la teneur des diatribes débitées, le niveau des décibels était insupportable en soi.

J'avais mis au point une technique m'obligeant à ne rien entendre, de manière à préserver ma santé mentale.

Un soir d'avril, pourtant, un message diffusé attira brusquement mon attention. Un congrès du parti venait de se tenir à Pékin. Comme d'habitude, on s'abstint de nous préciser l'objet de cette importante réunion des «représentants du peuple chinois». On annonçait toutefois l'instauration d'une nouvelle équipe au sommet. Mon cœur se serra quand j'entendis que les instances de la Révolution culturelle étaient confirmées dans leurs fonctions.

Ce IX⁰ congrès du parti communiste chinois marqua en fait l'établissement officiel du système de pouvoir personnel de Mao. Rares étaient les hauts dirigeants du précédent congrès qui avaient tenu le coup depuis 1956. Sur les dix-sept membres du Politburo, quatre seulement, à savoir Mao, Lin Biao, Zhou Enlai et Li Xiannian, avaient conservé leur poste. Tous les autres avaient été dénoncés et destitués, sans parler de ceux qui avaient péri. Une partie des survivants n'avaient d'ailleurs plus beaucoup de temps à vivre.

Le président Liu Shaoqi, numéro deux au VIII⁰ congrès, était en prison depuis 1967. On l'avait affreusement malmené au cours des réunions de dénonciation. Par ailleurs il souffrait depuis de nombreuses années d'un diabète et ses conditions de détention lui avaient valu une pneumonie qui s'éternisait. Il se mourait, faute de soins. On attendit qu'il soit à l'agonie pour lui administrer les médicaments dont il avait besoin, Mme Mao ayant explicitement ordonné qu'il fût maintenu en vie afin que le IX⁰ congrès pût «avoir une cible vivante». Au cours de cette réunion, Zhou Enlai lut à haute voix le verdict qualifiant Shaoqi de «traître criminel, [d']agent ennemi, [de] canaille à la solde des impérialistes, des révisionnistes modernes (les Russes) et des réactionnaires du Kuo-min-tang». Après le congrès, on laissa Liu mourir, dans d'atroces souffrances.

Le maréchal Ho Lung, ancien membre du Politburo et un des fondateurs de l'armée communiste, périt dans des circonstances analogues deux mois à peine après le congrès. Parce qu'il avait exercé un certain ascendant sur l'armée, il fut soumis à deux ans et demi de torture à petit feu, destinée, selon sa propre formule rapportée par son épouse, «à me démolir la santé afin qu'ils puissent m'assassiner sans verser une seule goutte de sang». Pendant les mois d'été, torrides, ses tortionnaires ne lui consentaient qu'un petit jerrican d'eau par jour, tandis qu'en hiver on le laissait sans chauffage, alors que le thermomètre pouvait descendre des mois entiers en dessous de 0° C. Ho Lung souffrait lui aussi d'un diabète que ses geôliers refusaient de soigner. Il mourut en définitive d'une dose trop forte de glucose administrée quand sa maladie eut empiré.

Tao Zhu, lui aussi membre du Politburo — c'est lui qui avait aidé ma mère au début de la Révolution culturelle —, fut détenu dans des conditions inhumaines pendant près de trois ans et perdit ainsi la santé. Une fois encore, les autorités interdirent tout traitement jusqu'au moment où, son cancer de la vésicule biliaire étant très avancé, Zhou Enlai consentit enfin à une opération. A l'hôpital, on couvrit les fenêtres de sa chambre de papier journal et sa famille se vit refuser le droit de le voir sur son lit de mort, et même après son décès.

Le maréchal Peng Dehuai mourut lui aussi après une longue période de torture qui, dans son cas, dura huit ans pour s'achever en 1974. Juste avant de rendre l'âme, il demanda à voir la lumière du jour et les arbres que lui dissimulait le papier journal camouflant les vitres de sa chambre. On lui répondit qu'il n'en était pas question.

Ces persécutions faisaient partie des méthodes typiques employées par Mao pendant la Révolution culturelle. Plutôt que de signer des arrêts de mort, le Président se bornait à indiquer ses intentions ; certains membres de son entourage se portaient volontaires pour l'exécution des tortures, en en improvisant les détails les plus macabres. Les supplices consistaient en un subtil mélange de pressions mentales et de violences physiques, outre le refus de soins médicaux. Il arrivait même que l'on fît usage de substances médicamenteuses pour tuer. Ces meurtres par procuration finirent par avoir un nom spécial : on disait *po-hai zhi-si* — « persécuté à mort ». Mao était pleinement conscient de ce qui se passait et encourageait les auteurs de ces crimes en leur donnant son « consentement tacite » (*mo-xu*). Cela lui permettait de se débarrasser de ses ennemis sans qu'on pût l'en blâmer. Il était indéniablement responsable, mais il n'était pas seul en cause. Les tortionnaires à sa solde prenaient un certain nombre d'initiatives. Ses subordonnés cherchaient constamment à lui être agréables en prévenant ses moindres désirs et en s'adonnant du même coup, évidemment, à leurs penchants sadiques.

Il fallut attendre des années avant que fussent révélées en détail les monstrueuses persécutions subies par un grand nombre de hauts dirigeants. Lorsque la vérité fut mise au jour, personne ne s'en étonna. Chacun connaissait dans son entourage un grand nombre de cas similaires.

Debout sur la place encombrée, j'écoutais toujours le communiqué que beuglaient les haut-parleurs. On énumérait à présent les noms des nouveaux membres du Comité central. Je dressai l'oreille avec effroi, m'attendant à tout instant à entendre les noms des Ting. Ils y figuraient effectivement : Liu Jie-ting et Zhang Xi-ting. Je sentis alors que les souffrances de ma famille ne connaîtraient plus de fin.

Quelques jours plus tard, un télégramme m'annonça que, cette fois, c'était ma grand-mère qui était tombée malade et qu'elle avait dû s'aliter. Cela ne lui était jamais arrivé. Tante Jun-ying m'incita à rentrer pour m'occuper d'elle. Je pris le premier train pour Chengdu en emmenant Xiao-fang avec moi.

Ma grand-mère n'allait pas tarder à avoir soixante ans et, pour la première fois de sa vie, la douleur avait eu raison de son stoïcisme. Cette douleur, elle la sentit transpercer son corps en divers points avant de se concentrer au niveau de ses oreilles. Les médecins de la résidence lui décrétèrent qu'il devait s'agir d'un problème de nerfs, pour lequel il n'y avait aucun remède hormis la bonne humeur ! Je la conduisis dans un hôpital, à une demi-heure de marche de la rue Météorite.

Bien à l'abri dans leur voiture conduite par un chauffeur, les nouveaux détenteurs du pouvoir ne se souciaient guère de l'existence quotidienne des petites gens. Plus aucun bus ne circulait à Chengdu, les transports en commun n'étaient pas considérés comme indispensables à la révolution. Quant aux pousse-pousse, on les avait bannis sous prétexte qu'ils exploitaient la main-d'œuvre. Ma grand-mère était dans l'incapacité de marcher tant elle souffrait. Il fallut l'asseoir sur le porte-bagages d'une bicyclette, pourvu d'un coussin. Elle se cramponnait à la selle. Moi je poussais la bicyclette pendant que Xiao-hei la soutenait. Quant à Xiao-fang, il avait pris place sur le guidon.

L'hôpital était encore ouvert, grâce au professionnalisme et au dévouement d'une partie du personnel. Sur l'enceinte en briques du bâtiment, d'immenses slogans peints par leurs collègues militants accusaient ces téméraires de « se servir du travail pour réprimer la révolution » — grief habituel contre ceux qui s'obstinaient à travailler. La doctoresse qui nous reçut clignait constamment des yeux ; elle avait des cernes impressionnants. Elle devait être épuisée par le défilé incessant de patients, sans parler des attaques politiques dont elle faisait l'objet. L'hôpital était plein à craquer de malheureux aux visages meurtris ; certains, souffrant de côtes cassées, gisaient sur des brancards. Autant de victimes des réunions de dénonciation.

Pas un seul médecin ne fut en mesure de diagnostiquer le mal qui rongeait ma grand-mère. Les appareils radiographiques étaient cassés, de même que le reste de l'équipement. Ils lui administrèrent divers analgésiques. Voyant qu'ils restaient sans effet, on finit par l'admettre dans l'établissement. Les salles étaient bondées, les lits serrés les uns contre les autres, y compris dans les couloirs. Les rares infirmières qui couraient d'une salle à l'autre ne pouvaient évidemment pas s'occuper de tout le monde. Je résolus donc de rester auprès de ma grand-mère.

Je retournai à la maison pour y chercher quelques ustensiles de cuisine afin de pouvoir lui préparer à manger sur place. Je rapportai aussi un matelas en bambou que j'étendis pour moi sous son lit. La nuit, ses gémissements me réveillaient à tout instant. Je m'extirpai alors de ma mince couverture pour la masser un peu, ce qui la soulageait temporairement. Dès que je regagnais ma couche, une forte odeur d'urine m'emplissait les narines. Un pot de chambre était placé au pied de chaque lit. Ma grand-mère tenait beaucoup à l'hygiène. Elle insistait toujours pour marcher jusqu'aux toilettes, au bout du couloir, quand elle en avait besoin, y compris la nuit. Les autres patients avaient moins de scrupules ; on mettait parfois des jours avant de vider leurs vases de nuit. Les infirmières étaient bien trop occupées pour s'en inquiéter.

Près du lit de ma grand-mère, il y avait une fenêtre qui donnait sur le jardin de devant. Les mauvaises herbes l'avaient envahi et ses bancs en bois s'effondraient. Un jour, mon attention fut attirée par un groupe d'enfants en train d'arracher les rares branches d'un petit magnolia qui arborait encore quelques fleurs. Les gens passaient à côté sans avoir l'air de s'en soucier. Ce vandalisme contre la nature faisait partie de la vie quotidienne, au point que plus personne ne le remarquait.

Un jour, par la fenêtre ouverte, je vis Bing, un de mes amis, descendre de sa bicyclette. Mon cœur se mit à battre la chamade et je sentis que je m'empourprais. Je jetai à la hâte un coup d'œil à mon reflet sur la vitre. Se regarder dans une vraie glace en public, c'était s'exposer au risque d'être taxée d'« élément bourgeois ». Je portais une veste à carreaux roses et blancs, une petite fantaisie que l'on venait de consentir aux jeunes filles. Nous avions à nouveau le droit de nous laisser pousser les cheveux, à condition de les réunir en deux nattes. Je mettais des heures avant de décider de la manière dont je ferais les miennes. Fallait-il les serrer l'une contre l'autre, ou au contraire les écarter? Le bout de la natte, droit ou rebiquant légèrement? La partie tressée devait-elle être plus longue que le reste, ou le contraire? Ces détails anodins me prenaient un temps fou. L'État ne réglementait plus nos coiffures ni nos styles vestimentaires. C'était ce que les autres portaient qui déterminait désormais «la mode». Dans la mesure où la gamme de nos possibilités était des plus restreintes, nous en étions réduites à concentrer notre attention sur des variations infimes. C'était vraiment tout un art que de se donner une allure distinctive et attrayante tout en s'apparentant suffisamment aux autres pour que personne n'y trouve à redire.

J'étais toujours en train de m'examiner discrètement dans la vitre quand Bing entra dans la salle. Il n'était pas particulièrement séduisant, mais quelque chose le distinguait des autres. Il manifestait un certain cynisme, qui détonait en ces temps dépourvus d'humour. J'étais très attirée par lui. Son père avait été directeur d'un important département provincial avant la Révolution culturelle, mais Bing ne ressemblait pas aux autres fils de hauts fonctionnaires. «Pourquoi m'enverrait-on à la campagne?» s'était-il exclamé quand on lui avait annoncé qu'il devait partir. Il s'était d'ailleurs arrangé pour ne pas y aller en se faisant faire un «certificat de maladie incurable». Il avait été la première personne à témoigner devant moi d'un esprit libre, questionneur, sarcastique, en refusant de tout accepter pour argent comptant. Le premier, il m'obligea à affronter les questions taboues que j'avais reléguées dans le fond de mon cerveau.

Jusqu'à ce moment-là, je m'étais dérobée à toute relation amoureuse. Mon dévouement vis-à-vis de ma famille, encore accru par l'adversité, éclipsait toute autre émotion. Même si, au fond de moi, un autre être humain, sexuel celui-là, luttait pour s'exprimer, j'avais toujours réussi à contenir ses élans. Avec Bing, pourtant, la tentation faillit être trop forte.

Ce jour-là, il débarqua à l'hôpital avec un œil au beurre noir. Il s'était battu avec un jeune homme appelé Wen, revenu de Ningnan pour escorter une fillette qui s'était cassé la jambe. Il nous décrivit la bagarre avec une désinvolture délibérée, manifestement très satisfait de lui, en précisant que Wen était jaloux de l'attention que je lui portais et du temps qu'il passait en ma compagnie. Par la suite, Wen me donna sa propre version des faits : il avait frappé Bing parce qu'il ne supportait pas « son air suffisant ».

Wen était petit et trapu, avec de grands pieds, d'immenses mains et des dents de travers. Son père faisait lui aussi partie des hauts fonctionnaires. Wen avait pris l'habitude de rouler ses manches et ses jambes de pantalon et de porter des sandales de paysan en paille, dans la ligne de la jeunesse moderne vantée sur les affiches de propagande. Un jour, il m'annonça qu'il retournait à Ningnan pour continuer à « se réformer ». Quand je lui demandai pourquoi, il me répondit d'un ton anodin : « Pour suivre Mao, évidemment. Je suis le garde rouge du président. » Sa réponse me laissa sans voix. J'avais commencé à croire que les gens se bornaient à débiter ce genre de discours en public, dans les occasions officielles. De surcroît, il n'avait pas pris le ton solennel qui accompagnait impérativement ces propos. Son attitude désinvolte me persuada qu'il était sincère.

Cela ne m'empêchait pas d'avoir envie de le voir. La Révolution culturelle m'avait appris à distinguer les gens non pas selon leurs convictions mais d'après leur capacité ou leur incapacité à se montrer méchants et cruels. Je savais que Wen avait une bonne nature et, lorsque je voulus quitter Ningnan une fois pour toutes, ce fut à lui que je demandai conseil.

Il y avait plus de deux mois que j'étais partie. Aucun règlement ne l'interdisait, mais le régime disposait d'une arme puissante pour me contraindre à regagner Ningnan tôt ou tard ; ma domiciliation avait été transférée là-bas. Tant que je resterais à Chengdu, je n'aurais droit à aucune nourriture ni produit rationné. Pour le moment, je vivais grâce aux rations alimentaires de ma famille, mais cette situation ne pouvait s'éterniser. Je compris qu'il me fallait faire transférer mon dossier une nouvelle fois, en un lieu proche de Chengdu.

Il aurait été inutile de tenter ma chance à Chengdu même, puisqu'il était formellement interdit de transférer une domiciliation de la campagne à la ville ainsi que d'un site montagneux et rude comme Ningnan à une région plus riche telle que la plaine de Chengdu. Il existait pourtant un moyen de contourner la loi : on avait le droit de déménager dès lors qu'un parent acceptait de vous prendre à demeure. Or ce genre de parent pouvait s'inventer, car qui serait capable de compter les innombrables cousins que possèdent les Chinois ?

Je préparai soigneusement mon transfert avec Nana, une de mes bonnes amies. Elle venait d'arriver de Ningnan pour essayer elle aussi de trouver un moyen de quitter cet endroit. Nous inclûmes ma sœur, restée sur place, dans notre plan. Pour parvenir à nos fins, il nous fallait d'abord trois lettres : une de la commune, stipulant qu'elle nous acceptait sur la recommandation d'un parent lui-même membre de ladite commune, une deuxième du comté dont dépendait cette dernière, confirmant la première, enfin une troisième lettre, du bureau du Setchouan chargé de la Jeunesse citadine, entérinant notre transfert. Une fois que nous aurions en main ces trois documents, il nous faudrait encore retourner à Ningnan auprès de nos équipes de production respectives, afin d'obtenir leur approbation avant que l'officier de l'état civil du comté de Ningnan nous accorde enfin notre décharge. A ce moment-là seulement, on nous confierait le précieux document, essentiel pour tous les citoyens chinois : notre attestation de domiciliation, que nous devrions remettre aux autorités de notre prochain lieu de résidence.

Les choses devenaient extrêmement complexes et décourageantes, chaque fois que l'on faisait le moindre écart hors du cadre rigide établi par les autorités. Dans la plupart des cas, on se heurtait à toutes sortes de complications inattendues. Pendant que je planifiais mon transfert, le gouvernement central vota inopinément une nouvelle loi bloquant tout transfert à partir du 21 juin. On était déjà dans la troisième semaine de mai. Je ne voyais pas du tout comment je pourrais trouver un vrai parent qui nous accepterait et parviendrait à effectuer à temps toutes les procédures.

Ce fut à ce moment-là que je me tournai vers Wen. Sans une seule seconde d'hésitation, il proposa de « créer » lui-même les trois lettres nécessaires. Falsifier des documents officiels était évidemment un délit grave, passible d'une longue peine d'emprisonnement. Pourtant, tout dévoué qu'il fût à la cause de Mao, Wen écarta ma mise en garde d'un haussement d'épaules.

Les sceaux constituaient l'élément le plus délicat de cette contrefaçon. Pour être valide, tout document officiel chinois doit impérativement en être muni. Wen était un calligraphe très habile et savait imiter les dessins des sceaux officiels. Pour ce faire, il utilisa du savon. En l'espace d'une soirée, il fabriqua de toutes pièces les trois lettres nécessaires à chacune de nous. Sans lui, il nous aurait fallu des mois pour les obtenir, et beaucoup de chance. Après quoi, il nous proposa de retourner à Ningnan avec nous pour nous aider dans la suite de notre entreprise.

Quand le moment fut venu de partir, mon cœur se serra à l'idée de laisser ma grand-mère à l'hôpital. Elle m'encouragea à partir en me disant qu'elle allait rentrer à la maison pour surveiller mes plus jeunes frères. Je ne fis rien pour l'en dissuader : cet hôpital était un endroit affreusement déprimant. Outre la puanteur, il y régnait jour et nuit un bruit incroyable, mélange de gémissements, de chocs divers et de conversations interminables dans les couloirs. Les haut-parleurs réveillaient tout le monde à 6 heures du matin et les agonisants rendaient le plus souvent l'âme sous les yeux des autres patients.

Le soir où elle sortit de l'hôpital, ma grand-mère ressentit une violente douleur au bas de la colonne vertébrale. Elle ne put s'asseoir sur le porte-bagages de la bicyclette ; Xiao-hei ramena donc celle-ci à la maison en emportant ses habits, ses serviettes, ses cuvettes, ses thermos et les ustensiles de cuisine que j'avais apportés. Je ramenai notre grand-mère à pied en la soutenant tout le long du chemin. Il faisait une chaleur accablante. Même en marchant très lentement, elle souffrait horriblement. Elle tremblait et serrait les lèvres ; je voyais bien qu'elle faisait des efforts surhumains pour ne pas gémir. Je lui racontai toutes sortes d'histoires et de ragots pour essayer de la distraire. Les platanes qui faisaient jadis de l'ombre sur les trottoirs n'avaient plus que quelques branches feuillues, pathétiques ; depuis le début de la Révolution culturelle, trois ans plus tôt, ils n'avaient jamais été taillés. Ici et là, des immeubles étaient gravement endommagés, conséquence des violents combats qui avaient opposé les différentes factions rebelles.

Il nous fallut plus d'une heure pour couvrir la moitié du chemin. Tout à coup, le ciel s'assombrit. Un coup de vent souleva brusquement la poussière et des lambeaux d'affiches déchirées. Ma grand-mère chancela. Je la serrai plus fort contre moi. Une pluie battante se mit bientôt à tomber; l'instant d'après, nous étions trempées. Faute d'abri, nous continuâmes notre chemin. Nos vêtements nous collaient à la peau, entravant nos mouvements. Je haletais. Ma grand-mère, pourtant si menue et si petite, pesait de plus en plus lourd dans mes bras. Le vent sifflait et fouettait nos corps ruisselants. J'eus tout à coup très froid. Ma grand-mère sanglotait : « Ô ciel, laissez-moi mourir! Laissez-moi mourir! » J'avais envie de pleurer moi aussi, mais je m'efforçai de l'encourager : « Nous n'allons pas tarder à arriver, grand-mère... »

Soudain, j'entendis le son d'une clochette. « Hé, voulez-vous qu'on vous reconduise? » Un pousse-pousse s'était arrêté à notre hauteur. Un jeune homme portant une chemise ouverte s'approchait de nous, le visage inondé de pluie. Il prit ma grand-mère dans ses bras et la porta dans le véhicule, où se trouvait déjà un vieil homme qui nous fit un vague signe de tête. Le jeune homme nous expliqua que c'était son père qu'il ramenait de l'hôpital. Il nous déposa devant notre porte, écartant mes remerciements confus d'un joyeux « Il n'y a pas de quoi », avant de disparaître dans l'obscurité. Je n'ai jamais su son nom.

Deux jours plus tard, ma grand-mère s'affairait dans la cuisine. Elle avait décidé de nous préparer des boulettes pour nous faire plaisir. Incapable de rester tranquille, comme d'habitude, elle avait aussi commencé à ranger les chambres. Je voyais bien qu'elle en faisait trop et la suppliai de rester au lit, mais elle ne voulut rien entendre.

Nous étions déjà en juin. Elle ne cessait de me dire qu'il était temps de partir et insistait pour que Jin-ming m'accompagne, pour prendre soin de moi, puisque j'avais été tellement malade la dernière fois, à Ningnan. Jin-ming venait d'avoir seize ans. Pourtant, on ne l'avait pas encore affecté à une commune. J'envoyai un télégramme à ma sœur pour lui demander de revenir s'occuper de ma grand-mère. Xiao-hei, qui n'avait que quatorze ans, jura que l'on pouvait compter sur lui, et Xiao-fang, sept ans, fit le même serment solennel.

Au moment où j'allai lui faire mes adieux, ma grand-mère éclata en sanglots. Elle me dit qu'elle n'était pas sûre de me revoir. Je caressai tendrement sa main osseuse et veinée et la pressai contre ma joue, réprimant de mon mieux mes larmes en lui promettant d'être très vite de retour.

Après une longue recherche, j'avais finalement trouvé un camion en partance pour la région de Xichang. Depuis le milieu des années 1960, Mao avait ordonné que de nombreuses usines (y compris celle où travaillait le petit ami de ma sœur) fussent transférées dans la province du Setchouan, et plus particulièrement autour de Xichang, où l'on construisait une zone industrielle. Il partait du principe que les montagnes du Setchouan constitueraient l'arme de dissuasion la plus sûre au cas où les Américains ou les Russes auraient l'idée d'attaquer la Chine. Des camions en provenance de cinq provinces différentes convergeaient par conséquent vers cette nouvelle zone industrielle pour y livrer de la marchandise. Grâce à l'entremise d'un ami, un camionneur de Pékin consentit à nous emmener — Jin-ming, Nana, Wen et moi. Nous devions voyager sur la plate-forme, car l'autre siège de la cabine était réservé au chauffeur prévu pour la relève. Notre camion appartenait à un convoi qui se forma dans la soirée.

Les routiers avaient la réputation de préférer les auto-stoppeuses aux auto-stoppeurs, ce en quoi ils ne différaient guère de leurs homologues du reste du monde. Dans la mesure où il n'y avait alors quasiment aucun autre moyen de transport, certains garçons prenaient cela très mal. Le long du chemin, je vis plusieurs slogans placardés sur des troncs d'arbres : « Nous protestons farouchement contre les camionneurs qui ne prennent que des filles ! » Certains jeunes gens plus audacieux allaient jusqu'à se planter au milieu de la chaussée pour tenter d'arrêter les poids lourds de force. Un de mes camarades d'école n'eut pas le temps de s'écarter et fut fauché par un camion.

Du côté des auto-stoppeuses, on rapporta certes quelques cas de viol, mais ces expéditions en camion donnèrent plus souvent lieu à de belles histoires d'amour, qui se terminèrent fréquemment par un mariage. Les routiers qui participaient à l'installation de cette zone stratégique bénéficiaient de certains privilèges, dont le droit de faire transférer l'enregistrement de leur épouse dans leur ville. Un grand nombre de jeunes filles sautèrent sur l'occasion qui s'offrait ainsi à elles.

Nos deux camionneurs étaient très gentils et se comportèrent d'une manière impeccable. Quand nous nous arrêtions pour la nuit, ils commençaient toujours par nous aider à trouver un lit dans un hôtel avant de rejoindre leur pension. Ils nous invitaient aussi à dîner avec eux afin que nous puissions partager gratuitement leurs rations spéciales.

Une fois seulement, je sentis que des considérations moins pures les avaient effleurés. A un arrêt, deux autres camionneurs nous avaient invitées, Nana et moi, à continuer la route avec eux. Quand nous fîmes part de leur proposition à notre chauffeur, son visage s'assombrit brusquement. D'une voix bougonne, il s'exclama : « Allez donc avec vos types si vous y tenez ! Puisque vous les aimez mieux que nous ! » Nana et moi nous nous regardâmes, avant de marmonner d'un ton très gêné : « On n'a pas dit qu'on les aimait mieux que vous. Vous êtes très gentils avec nous... » Nous décidâmes de rester avec eux jusqu'au terme du voyage.

Wen nous surveillait, Nana et moi. Il nous mettait constamment en garde, contre les camionneurs, contre les hommes en général, contre les voleurs. Il nous recommandait de faire attention à ce que nous mangions et de ne jamais sortir après la tombée de la nuit. Il portait nos sacs et c'était lui qui allait nous chercher de l'eau chaude. A l'heure du dîner, quand Nana, Jin-ming et moi rejoignions les chauffeurs pour dîner, il restait à l'hôtel pour garder nos sacs, le vol étant très répandu. Nous lui rapportions son repas.

Jamais il ne nous fit la moindre avance. Un soir, au moment où nous franchissions la limite du Xichang, Nana et moi eûmes envie de nous tremper dans le fleuve. Il faisait une chaleur étouffante et c'était une magnifique soirée. Wen nous trouva une petite anse tranquille où nous nous baignâmes au milieu des roseaux en compagnie de canards sauvages. La lune déversait sur l'eau ses rayons argentés, son reflet se dispersait en une multitude d'anneaux étincelants. Wen s'était assis près de la route et nous tournait consciencieusement le dos : il montait la garde. Comme la plupart des jeunes gens de son âge, il avait appris les bonnes manières avant l'émergence de la Révolution culturelle.

Pour obtenir une chambre dans un hôtel, nous devions montrer à la direction une lettre de notre unité. Wen, Nana et moi en avions chacun une que nous avait fournie notre équipe de production à Ningnan ; quant à Jin-ming, il avait un mot de son école. Les hôtels étaient bon marché, mais nous avions très peu d'argent, les salaires de nos parents ayant considérablement diminué. Nana et moi prenions un seul lit pour nous deux dans un dortoir ; les garçons en faisaient de même. Ces hôtels étaient généralement très crasseux et rudimentaires. Avant de nous coucher, nous examinions longuement la couverture pour faire la chasse aux puces et aux poux. Il y avait généralement des cercles grisâtres ou jaunâtres dans les cuvettes. Nous avions heureusement emporté les nôtres. Sans cela, nous avions toutes les chances d'attraper un trachome ou une bonne mycose.

Une nuit, nous fûmes réveillées en sursaut, à minuit, par des coups répétés à la porte : tous les clients de l'hôtel devaient se lever pour faire un « rapport nocturne » au président Mao. Cette activité burlesque participait du même phénomène que les « danses de la loyauté ». Elle consistait à se rassembler devant une statue ou un portrait de Mao, en psalmodiant des citations tirées du Petit Livre rouge, puis en criant « Longue vie au président Mao ! Longue longue vie au président Mao ! Longue longue longue vie au président Mao ! », tout en agitant le Livre rouge en cadence.

A moitié réveillées, Nana et moi sortîmes de notre chambre en titubant. D'autres voyageurs émergeaient par groupes de deux ou trois en se frottant les yeux, en boutonnant leur veste ou en enfilant leurs chaussures. Il n'y eut pas une seule plainte. Personne n'aurait osé protester. A 5 heures du matin, il fallut recommencer la même comédie, baptisée cette fois « demande d'instructions matinale » au président Mao. Un peu plus tard, quand nous eûmes repris la route, Jin-ming s'exclama ; « Le chef du comité révolutionnaire de cette ville est sûrement un insomniaque ! »

Il y avait déjà longtemps que ces formes grotesques d'adulation — déclamations, badges de Mao, Petits Livres rouges brandis — faisaient partie de nos vies. Pourtant, l'idolâtrie envers Mao s'était encore accrue à la fin de 1968, au moment où les comités révolutionnaires avaient été officiellement établis dans l'ensemble du pays. Les membres de ces comités estimèrent en effet que la ligne de conduite la plus sûre et la plus gratifiante était de ne rien faire, hormis promouvoir le culte de Mao, tout en continuant bien entendu à multiplier les persécutions politiques. Un jour, dans une pharmacie de Chengdu, un vieil employé au regard impassible derrière ses lunettes à monture grise me murmura sans même me regarder : « Quand nous parcourons les mers, nous avons besoin d'un timonier... » Un silence pesant suivit. Il me fallut un moment pour comprendre que j'étais censée lui répondre en complétant la phrase, citation flagorneuse de Lin Biao à propos de Mao. On venait d'imposer ces échanges comme forme de salut. « Quand nous faisons la révolution, nous avons besoin de la pensée de Mao Tsê-tung », me fallut-il marmonner.

A travers toute la Chine, les comités révolutionnaires ordonnèrent l'édification de statues de Mao. Une énorme effigie en marbre blanc devait être élevée au centre de Chengdu. Pour lui faire de la place, on dynamita l'élégant portail de l'ancien palais, sur lequel je m'étais tenue si fièrement quelques années plus tôt. On fit venir le marbre de Xichang ; des poids lourds spéciaux, baptisés « camions de la loyauté », transportaient le précieux matériau. Ils étaient décorés comme des chars de parade, croulant sous les rubans de soie rouge avec une énorme fleur en soie à l'avant. De Chengdu jusqu'aux montagnes, ils voyageaient à vide puisqu'ils étaient exclusivement réservés au transport de ce marbre. Quant aux camions qui approvisionnaient le Xichang, ils regagnaient Chengdu également à vide, pour ne pas risquer de souiller le matériau appelé à former le corps de Mao.

Après avoir fait nos adieux à notre chauffeur, dont l'itinéraire divergeait à présent du nôtre, nous nous embarquâmes au hasard sur l'un de ces « camions de la loyauté » pour le dernier petit bout de chemin jusqu'à Ningnan. En chemin, nous fîmes halte dans une carrière de marbre pour prendre un peu de repos. Un groupe d'ouvriers en sueur, nus jusqu'à la taille, buvaient du thé en fumant leur pipe d'un mètre de long. L'un d'eux nous confia qu'ils n'utilisaient aucun équipement ; il fallait en effet qu'ils travaillent de leurs mains nues afin de témoigner leur fidélité à Mao. Je fus horrifiée de découvrir un badge de Mao épinglé sur sa poitrine ! Une fois remontés dans le camion, Jin-ming me fit remarquer que le badge en question était peut-être collé. « Et puis, ils n'ont probablement pas de machines à leur disposition, ajouta-t-il. C'est pour cela qu'ils travaillent manuellement ! »

Jin-ming avait le don de lâcher des commentaires sceptiques de ce genre, qui nous faisaient toujours beaucoup rire. Peu de gens se hasardaient à pratiquer l'humour en ce temps-là car les railleries pouvaient avoir des incidences dangereuses. S'il prônait hypocritement la « rébellion », Mao s'opposait fermement à tout scepticisme et à toute remise en cause. Le fait de douter intérieurement fut dans mon cas un premier pas vers la

« lumière ». A l'instar de Bing, Jin-ming m'aida à me défaire du mode de pensée rigide que l'on m'avait inculqué.

Dès notre arrivée à Ningnan, à 1 500 mètres d'altitude environ, je commençai à avoir des problèmes digestifs. Je vomis mon déjeuner, et tout se mit à tourner autour de moi. Nous ne pouvions pas nous permettre de nous arrêter : nous devions à tout prix rejoindre nos équipes de travail au plus vite, afin de compléter les procédures de transfert avant le 21 juin. L'équipe de Nana étant la plus proche, nous décidâmes d'aller la trouver d'abord. C'était à une journée de marche à travers un paysage très accidenté. Maintenant que nous étions en été, de véritables torrents dévalaient les ravins en grondant ; le plus souvent, il n'y avait pas de pont. Wen partait devant pour vérifier la profondeur de l'eau ; puis Jin-ming s'engageait à son tour dans les tourbillons en me portant sur son dos osseux. Nous étions souvent obligés de nous suivre à la queue leu leu sur des sentiers à chèvres qui ne faisaient même pas cinquante centimètres de large, le long de précipices de plusieurs centaines de mètres de profondeur. Plusieurs de mes camarades étaient morts en rentrant à la nuit tombée par ce chemin périlleux. Il faisait un soleil de plomb et je commençai à peler. La soif m'obsédait au point que j'absorbai les réserves d'eau de toute la bande. En arrivant près d'un petit ruisseau, je me jetai à terre et avalai goulûment l'eau glaciale. Nana essaya de m'en empêcher. Elle m'assura que les paysans eux-mêmes ne boiraient pas cette eau sans l'avoir fait bouillir. Mais j'étais trop assoiffée pour m'en préoccuper. Bien évidemment, cette imprudence fut suivie de vomissements encore plus violents.

Finalement, nous atteignîmes une maison, entourée de châtaigniers gigantesques étendant leur dais majestueux. Les occupants des lieux nous invitèrent à entrer. En me léchant les babines — bien qu'elles fûssent fendillées —, je me précipitai vers le fourneau où j'apercevais un grand bol en argile contenant probablement du riz liquide. Dans les montagnes de cette région, cette mixture est considérée comme la boisson la plus délicieuse qui soit. Le propriétaire de la maison nous en proposa gentiment. Normalement le riz liquide est blanc, mais celui que contenait le bol était noir ! Noir et vrombissant. A mon approche, une nuée de mouches libéra la surface figée. Je plongeai mon regard dans le récipient et découvris plusieurs victimes noyées. Les mouches m'ont toujours écœurée, ce qui ne m'empêcha pas de m'emparer du bol, d'écarter les cadavres et d'engouffrer le liquide à grandes goulées.

Il faisait nuit quand nous arrivâmes au village de Nana. Le lendemain, les responsables de son équipe de production ne furent que trop heureux d'apposer leur sceau sur ses trois lettres et de se débarrasser d'elle. Au cours des derniers mois, les paysans s'étaient rendu compte qu'en fait de main-d'œuvre supplémentaire ils avaient surtout reçu de nouvelles bouches à nourrir. Dans l'impossibilité de chasser tous ces jeunes citadins à leur charge, ils étaient ravis qu'ils s'en aillent de leur plein gré.

J'étais trop malade pour continuer le voyage. Wen partit donc seul retrouver ma propre équipe de production, dans l'espoir d'obtenir ma décharge et celle de ma sœur. Nana et ses anciennes camarades de travail firent de leur mieux pour me soigner. Je ne mangeais et ne buvais plus que des aliments qui avaient été bouillis et rebouillis d'innombrables fois, mais je gisais toujours dans un état épouvantable, en rêvant de ma grand-mère et de sa soupe au poulet. Le poulet était considéré comme un mets très délicat. Nana se moquait de moi en disant que je réussissais inexplicablement à cumuler un estomac délabré et un appétit pour la nourriture la plus délicieuse. Néanmoins, Jin-ming, Nana et les autres filles se démenèrent pour essayer de trouver un poulet à acheter. Seulement, les paysans de la région ne mangeaient pas de poulet et n'en vendaient pas non plus, pour la bonne raison qu'ils en élevaient afin d'avoir des œufs. Ils mettaient cette coutume sur le compte de la tradition, mais mes amis nous affirmèrent que leurs poulets étaient atteints par la lèpre, endémique dans les montagnes de la région. Nous décidâmes donc de nous passer également d'œufs.

Jin-ming était déterminé à me faire une soupe comme celle de ma grand-mère. Il mit par conséquent à contribution ses dons d'inventeur. Sur la terrasse devant la maison, il installa un grand couvercle rond en bambou maintenu en l'air par une baguette, sous lequel il éparpilla un peu de céréales. Puis il attacha un bout de ficelle à la baguette et alla se cacher derrière une porte en tenant l'autre extrémité de la ficelle, et en plaçant un miroir de manière à pouvoir surveiller ce qui se passait sous le couvercle. Des nuées de moineaux ne tardèrent pas à venir se disputer le grain ; quelquefois même une tourterelle s'aventurait parmi eux. Jin-ming choisissait le meilleur moment pour tirer sur la ficelle afin de faire tomber le couvercle sur eux. Grâce à son ingéniosité, j'eus droit à une soupe succulente.

Derrière la maison, les versants étaient peuplés de pêchers couverts de fruits délicieusement mûrs ; chaque jour, Jin-ming et les filles revenaient avec de pleins paniers. Jin-ming ne voulait pas que je les mange crues, alors il me faisait de la compote.

Je me sentais prise en charge et je passais mes journées dans la grande salle à contempler les montagnes lointaines tout en lisant Tourgueniev et Tchekhov, que Jin-ming avait apportés pour le voyage. J'étais profondément sensible à l'atmosphère de Tourgueniev et j'appris par cœur de nombreux passages de *Premier Amour*.

Le soir, la courbe ondulante de certains sommets s'embrasait parfois comme un immense dragon de feu se découpant sur le ciel obscur. Le climat du Xichang était très sec. Les lois de protection de la forêt n'étaient pas appliquées et les services de lutte contre les incendies ne fonctionnaient pas. En conséquence, des incendies enflammaient régulièrement la montagne, ne s'arrêtant que lorsqu'un ravin bloquait leur progression ou quand un orage étouffait les flammes.

Au bout de quelques jours, Wen revint nanti d'un document nous autorisant, ma sœur et moi, à partir. Nous nous mîmes aussitôt en route à la recherche de l'officier de l'état civil, bien que je fusse encore très faible et ne pusse guère parcourir plus de quelques mètres sans que ma vue ne se brouille. Il ne nous restait qu'une semaine avant le 21 juin.

Nous atteignîmes finalement la capitale du comté de Ningnan, pour nous retrouver au milieu d'un véritable champ de bataille. Dans presque toute la Chine, les combats entre factions avaient quasiment cessé, mais dans les régions reculées comme celle-ci, les affrontements continuaient. Réfugiés dans les montagnes, les vaincus lançaient régulièrement des attaques-éclairs contre la ville. Les rues étaient envahies de gardes armés appartenant pour la plupart à l'ethnie des Yi, dont un grand nombre vivaient dans les profondeurs les plus lointaines de la région de Xichang. Selon la légende, les Yi dormaient non pas couchés mais accroupis, la tête repliée dans leurs bras. Les leaders de la faction locale, tous des Han, les avaient persuadés de se charger des besognes les plus périlleuses ; ils les faisaient monter en première ligne et leur confiaient la garde de la ville. Tandis que nous cherchions les bureaux de l'état civil du comté, nous eûmes souvent des échanges prolongés et compliqués avec ces sentinelles. Nous communiquions par gestes, à défaut d'une langue commune. Dès qu'ils nous voyaient approcher, ils nous mettaient en joue, le doigt sur la détente, en plissant l'œil gauche. Nous étions morts de peur, mais il fallait à tout prix que nous ayons l'air désinvolte. On nous avait en effet prévenus qu'ils interpréteraient la moindre manifestation de peur comme un signe de culpabilité et réagiraient en conséquence.

Nous finîmes par dénicher le bureau de l'officier de l'état civil, mais ce dernier était absent. Quelques instants plus tard, nous tombâmes sur une connaissance, qui nous révéla qu'il se cachait à cause des hordes de jeunes citadins qui l'assiégeaient dans l'espoir qu'il résoudrait leurs problèmes. Il ignorait où se trouvait l'homme en question, mais il nous parla d'un groupe de « jeunes de l'ancienne ville » qui sauraient peut-être où le trouver.

Ce curieux qualificatif faisait référence aux jeunes partis à la campagne avant la Révolution culturelle. Le parti avait essayé de convaincre ceux qui avaient échoué aux examens d'entrée dans les lycées et les universités d'aller « bâtir une nouvelle et splendide campagne socialiste ». Dans leur élan romantique, un certain nombre de jeunes avaient répondu à cet appel. Les dures réalités de la vie rurale, qui ne laissait aucune porte de sortie, et une inéluctable prise de conscience de l'hypocrisie du régime (les enfants de fonctionnaires étaient dispensés de ce changement radical de vie, même s'ils avaient raté leurs examens !) avaient fait d'un grand nombre de ces jeunes des cyniques.

La bande, que nous finîmes par trouver, se montra très coopérative. Ils commencèrent par nous servir un délicieux plat de gibier et nous proposèrent de se mettre en quête de l'officier. Un petit groupe partit à sa recherche pendant que les autres restaient bavarder avec nous, sur leur spacieuse véranda en pin, face à un fleuve tumultueux baptisé Eau noire. En haut des rochers imposants qui dominaient le fleuve, des aigrettes se balançaient sur une de leurs longues pattes minces, tout en levant l'autre en une série de postures gracieuses dignes d'une ballerine. Parfois elles prenaient leur envol, étalant avec panache leurs splendides ailes blanches comme neige. C'était la première fois de ma vie que je voyais ces élégants danseurs du ciel en liberté.

Nos hôtes nous firent remarquer une caverne obscure, de l'autre côté du fleuve. Une épée en bronze d'apparence oxydée pendait paraît-il du plafond. Cette grotte était inaccessible, en raison de sa proximité avec les eaux turbulentes du fleuve. On disait que l'arme avait été déposée là par le célèbre marquis Zhuge Liang, Premier ministre éclairé de l'ancien royaume du Setchouan, au IIIᵉ siècle. Il avait mené sept expéditions depuis Chengdu pour essayer de conquérir les tribus barbares qui sévissaient dans la région de Xichang. Je connaissais bien ce récit, et j'étais tout heureuse de découvrir ce site. A sept reprises, Liang avait capturé le chef de ces tribus et, chaque fois, il l'avait relâché dans l'espoir de le gagner à sa cause par sa magnanimité. Les six premières fois, le chef refusa de se laisser fléchir et reprit bravement la lutte, mais au bout de la septième fois, il jura fidélité éternelle au roi du Setchouan. La morale de cette histoire : pour soumettre un peuple à sa loi, ce sont leur cœur et leur esprit qu'il faut conquérir, une stratégie à laquelle souscrivaient Mao et les communistes. Je songeai au passage que c'était la raison pour laquelle on nous imposait cette «réforme de la pensée», afin que nous obéissions aux ordres de notre plein gré. Voilà pourquoi on nous montrait les paysans en exemple : n'étaient-il pas les sujets les plus soumis et les plus aveugles qui fussent ? En y repensant aujourd'hui, je me rends compte que la variante notée par Charles Colson, le conseiller de Nixon, en disait long aussi sur les intentions de son propre gouvernement : « Une fois qu'on les tient par les c..., leur cœur et leur esprit suivent. »

Mes réflexions furent interrompues par nos hôtes. Ils nous conseillèrent avec enthousiasme de préciser à l'officier de l'état civil les postes occupés par nos pères respectifs. «Quand il saura, il apposera son sceau sans hésiter une seconde», me déclara un jeune homme jovial. Il savait que nous étions des enfants de hauts fonctionnaires à cause de la réputation de mon école. Je n'étais pas sûre qu'il eût raison. «Mais nos parents ne détiennent plus ces fonctions, soulignai-je d'une voix mal assurée. Ils ont été taxés de "véhicules du capitalisme". »

«Qu'est-ce que ça peut faire ?» Plusieurs voix s'élevèrent pour dissiper mes doutes. «Ton père est un vétéran communiste, non ?»

«Oui», murmurai-je.

«Un haut fonctionnaire ?»

« En quelque sorte, marmonnai-je. Mais ça c'était avant la Révolution culturelle. Maintenant... »

« Peu importe. A-t-on annoncé sa révocation ? Non. Alors tout va bien. Il est clair que le temps des responsables du parti n'est pas révolu, vois-tu. Il te le dirait, lui », conclut le jeune homme en pointant son doigt dans la direction de l'épée du vieux Premier ministre si sage. A ce moment-là, je ne me rendais pas bien compte que, consciemment ou inconsciemment, les gens ne considéraient pas le système du pouvoir personnel de Mao comme définitif. Les leaders évincés reviendraient. Pour le moment, mon interlocuteur continuait son discours, en secouant énergiquement la tête pour lui donner plus de poids encore : « Aucun responsable d'ici n'oserait vous offenser, de peur de s'attirer des ennuis à l'avenir. » Les épouvantables vengeances des Ting me vinrent alors à l'esprit. Bien sûr, les Chinois continueraient à craindre d'éventuelles revanches de la part des détenteurs du pouvoir.

Au moment de partir, je leur demandai encore comment aborder la question de la position de mon père auprès de l'officier de l'état civil sans paraître vulgaire. Ils éclatèrent de rire. « C'est un vrai paysan ! Ces gens-là n'ont pas ce genre de sensibilité. Ils n'y comprennent rien de toute façon. Annonce-lui ça directement, sans préambule : "Mon père est le chef de...". » Leur ton dédaigneux me choqua. Par la suite, je découvris que la plupart des jeunes de la ville en venaient à mépriser profondément les paysans après leur séjour parmi eux. Mao avait évidemment espéré une réaction inverse.

Le 20 juin, après des jours de recherches fiévreuses dans la montagne, nous trouvâmes enfin notre homme. Le texte que j'avais savamment mis au point pour lui faire connaître le statut de mon père se révéla parfaitement inutile. Il prit lui-même l'initiative de me poser la question : « Que faisait votre père avant la Révolution culturelle ? » Après d'innombrables questions personnelles, posées plus par curiosité que par nécessité, il sortit de la poche de sa veste un mouchoir sale qu'il déplia pour faire apparaître un sceau en bois et une petite boîte plate en fer-blanc contenant un tampon encreur rouge. Il pressa solennellement le sceau sur son tampon, puis posa son cachet sur nos lettres.

Nous avions achevé l'étape essentielle de notre mission. Il ne nous restait plus que vingt-quatre heures pour trouver le responsable des registres d'état civil, mais nous savions que cela ne serait pas difficile. Nous avions l'autorisation nécessaire. Aussitôt je me détendis... cédant à nouveau aux crampes d'estomac et à la diarrhée.

Je suivis péniblement les autres sur le chemin du retour. Il faisait déjà nuit quand nous arrivâmes en ville. Nous nous dirigeâmes sans attendre vers la pension gouvernementale, un minable immeuble d'un étage au milieu d'une enceinte. La loge du portier était vide, et je ne vis personne dans le jardin. La plupart des chambres étaient fermées à clé mais, au premier, je découvris quelques portes entrouvertes.

Je pénétrai dans l'une des chambres, après m'être assurée qu'il n'y avait personne à l'intérieur. La fenêtre ouverte donnait sur des champs, au-delà du mur d'enceinte en briques. De l'autre côté du couloir se trouvait une autre rangée de chambres. Il n'y avait pas un chat. La présence de quelques effets personnels et d'une tasse de thé à moitié pleine m'indiqua que quelqu'un avait séjourné dans cette pièce peu de temps avant mon arrivée. Mais j'étais trop fatiguée pour me demander pourquoi la personne en question et tous les autres occupants des lieux avaient déserté le bâtiment. Sans même avoir l'énergie de fermer la porte, je me jetai sur le lit tout habillée et m'endormis aussitôt.

Je fus brusquement tirée de mon sommeil par un haut-parleur psalmodiant quelques citations de Mao, notamment: «Si nos ennemis ne rendent pas les armes, nous les éliminerons!» Je ne mis pas longtemps à retrouver mes esprits. Je venais de comprendre que le bâtiment allait être attaqué.

L'instant d'après, j'entendis un sifflement de balles, puis le fracas de vitres volant en éclats. Le haut-parleur beugla le nom d'une organisation rebelle, en lui intimant l'ordre de se rendre. Sinon, grésilla-t-il encore, le bâtiment serait dynamité.

A cet instant, Jin-ming fit irruption dans ma chambre. Une poignée d'hommes armés portant des casques en joncs se précipitèrent au même moment dans les autres chambres, face à celle que je m'étais appropriée. J'eus le temps d'apercevoir un garçonnet épaulant un fusil plus haut que lui. Sans un mot, ils se ruèrent sur les fenêtres, brisèrent les vitres avec la crosse de leurs fusils et se mirent aussitôt à tirer. Un homme qui paraissait être leur commandant nous expliqua à la hâte que l'immeuble dans lequel nous nous trouvions avait été le siège de sa faction et que leurs ennemis venaient de lui donner l'assaut. Nous avions tout intérêt à filer au plus vite, mais pas par l'escalier qui conduisait devant le bâtiment. Par où, alors ?

Nous déchirâmes frénétiquement les draps et les couvertures du lit pour confectionner une sorte de corde. Nous en attachâmes une extrémité à l'encadrement de la fenêtre et dégringolâmes ainsi les deux étages. Au moment où nous touchions le sol, des balles vinrent se loger dans la boue durcie autour de nous. Pliés en deux, nous courûmes à toutes jambes vers le mur effondré. Une fois ce mur franchi, nous continuâmes à détaler, jusqu'au moment où nous nous sentîmes suffisamment en sécurité pour nous arrêter. Le ciel et les champs de maïs commençaient à pâlir. Nous nous dirigeâmes vers la maison d'un ami, dans une commune voisine, le temps de reprendre notre souffle et de décider de ce qu'il fallait faire ensuite. En chemin, des paysans nous apprirent que la pension avait sauté.

Chez mon ami, un message m'attendait. Un télégramme de ma sœur restée à Chengdu était arrivé juste après notre départ du village de Nana. Comme personne ne savait où j'étais, mes amis avaient ouvert l'enveloppe et transmis ce message à tous ceux qui me connaissaient afin qu'on me mît au courant au plus vite.

Ce fut ainsi que j'appris la mort de ma grand-mère.

23

« Plus on lit de livres, plus on devient bête »

JE TRAVAILLE COMME PAYSAN ET MÉDECIN AUX PIEDS NUS

juin 1969-1971

Assis sur la berge du Sable doré, Jin-ming et moi attendions le bac. Le menton entre les mains, je regardais fixement le fleuve tumultueux défiler devant moi avec fracas, au fil de son interminable voyage entre l'Himalaya et la mer. Un peu plus tard, après avoir conflué avec le Min à Yibin, quelque 500 km plus loin, il deviendrait le Yang-tzê, le plus long fleuve de Chine. Vers la fin de son périple, le Yang-tzê s'élargit et ses méandres irriguent de vastes zones de plaines cultivées. Mais ici, dans les montagnes, il est trop déchaîné pour qu'un pont puisse l'enjamber. Seul un service de bacs reliait alors la province du Setchouan au Yunnan, plus à l'est. Au printemps, la fonte des neiges grossissait tellement ces flots que, chaque année, le fleuve réclamait des vies. Quelques jours plus tôt, il avait englouti un bateau: trois de mes camarades d'école avaient péri dans le naufrage.

La nuit tombait. Je me sentais affreusement mal. Jin-ming avait étendu sa veste à terre pour que je n'aie pas à m'asseoir sur l'herbe humide. Notre projet était de rejoindre le Yunnan et d'essayer de trouver un moyen de transport jusqu'à Chengdu. Les routes du Xichang étaient coupées du fait des combats entre factions rebelles. Il fallait donc faire un détour. Nana et Wen avaient proposé d'emmener mon attestation de domicile et mes bagages, ainsi que ceux de Xiao-hong, à Chengdu.

Une douzaine d'hommes robustes conduisaient le bac à contre-courant, en chantant à l'unisson. Une fois au milieu du fleuve, ils interrompaient leurs efforts et laissaient le flot porter l'embarcation vers l'aval, en direction du Yunnan. D'énormes vagues nous submergèrent à plusieurs reprises. Je devais me cramponner à la rambarde pendant que le bateau prenait inexorablement de la gîte. En temps normal, j'aurais été terrifiée. Mais, hantée par la mort de ma grand-mère, j'étais hébétée de chagrin.

En arrivant, nous aperçûmes un camion solitaire garé sur le terrain de basket-ball de la ville de Qiaojia, sur la rive du fleuve. Son chauffeur accepta de bon gré de nous laisser monter à l'arrière. Je ne cessai de réfléchir à ce que j'aurais pu faire pour sauver ma grand-mère. Pendant que le camion avalait la route en cahotant, je regardais tristement défiler des bosquets de bananiers, derrière des maisonnettes en pisé blotties au pied des montagnes coiffées de nuages. En voyant leurs feuilles gigantesques, je me souvins du petit bananier en pot, sans fruits, posé près de l'entrée de la salle où ma grand-mère avait été hospitalisée. Quand Bing venait me voir, nous nous asseyions par terre à proximité pour bavarder tard dans la nuit. Ma grand-mère n'aimait pas beaucoup Bing, à cause de son sourire narquois et de la désinvolture avec laquelle il traitait les adultes, qu'elle assimilait à un manque de respect. A deux reprises, elle se traîna jusqu'à nous pour me dire de revenir. Je m'en voulais terriblement de l'inquiéter ainsi, mais je ne pouvais pas m'en empêcher. J'avais trop envie de voir Bing. Combien j'aurais donné pour pouvoir revivre le passé et lui éviter tous ces soucis ! Je n'aurais plus pensé qu'à la soigner et à la guérir — même si je ne savais pas comment.

Nous traversâmes Yibin. La route descendait en serpentant la colline du Paravent d'émeraude, en lisière de la ville. Le regard perdu parmi les majestueux séquoias et les bosquets de bambous, je repensais au mois d'avril, à mon retour rue Météorite après mon séjour à Yibin. J'avais raconté à ma grand-mère comment, une belle journée de printemps, je m'étais mise en route pour nettoyer la tombe du docteur Xia, qui se trouvait sur le flanc de cette colline. Tante Jun-ying m'avait donné quelques «billets» argentés spéciaux pour les brûler sur sa pierre tombale. Dieu sait où elle les avait dénichés. Qualifiée de «féodale», cette coutume était formellement proscrite! J'avais déambulé dans les allées pendant des heures, sans pouvoir trouver la tombe de mon grand-père. Les gardes rouges avaient rasé le cimetière et démoli toutes les tombes sous prétexte que les enterrements étaient une pratique «ancienne». Je n'oublierai jamais l'intense lueur d'espoir qui illumina le regard de ma grand-mère quand je lui parlai de ma visite, et qui disparut dès que j'eus commis l'erreur imbécile de lui annoncer la profanation du site. La terrible déception qui se peignit sur son visage me hanta pendant des jours. Je me haïssais à présent de ne pas lui avoir menti. Mais il était trop tard.

Quand Jin-ming et moi arrivâmes à la maison, au bout d'une semaine de voyage, il n'y avait plus que son lit vide. Je la revoyais, étendue, ses cheveux défaits, soigneusement peignés, en train de se mordre la lèvre, les joues creusées. Elle avait enduré en silence d'épouvantables souffrances, sans jamais crier, ni se crisper, sans jamais se départir de sa dignité. Cet extraordinaire stoïcisme m'avait empêchée de me rendre compte à quel point elle était malade.

Ma mère était toujours en prison. Quand Xiao-hei et Xiao-hong me racontèrent les derniers jours de ma grand-mère, je fus prise d'une angoisse telle qu'il me fallut les prier d'arrêter. Des années plus tard, j'appris ce qui s'était passé après mon départ. Elle accomplissait quelques menues besognes ménagères et puis elle retournait se coucher et gisait là, les dents serrées, en essayant de lutter contre la douleur. Elle ne cessait de murmurer qu'elle s'inquiétait pour mon voyage et que mes deux petits frères lui donnaient du souci. «Qu'adviendra-t-il des garçons maintenant qu'il n'y a plus d'école?» soupirait-elle.

Et puis, un jour, elle ne put se lever. Aucun médecin ne voulait se déplacer, aussi Besicles, le petit ami de ma sœur, la portait-il à l'hôpital sur son dos, ma sœur marchant à côté de lui pour la soutenir. Au bout de quelques voyages, les docteurs les prièrent de ne plus revenir. Ils n'arrivaient pas à savoir ce qu'elle avait et ne pouvaient rien faire pour elle.

Alors, elle s'étendit pour attendre l'ange du trépas. La vie quitta son corps, progressivement. Ses lèvres remuaient de temps en temps, mais mes frères et ma sœur n'entendaient plus rien de ce qu'elle essayait encore de dire. Maintes fois, ils allèrent à la prison supplier qu'on laissât sortir ma mère. Chaque fois, on les renvoya sans qu'ils eussent pu la voir.

Il leur sembla bientôt que tout le corps de ma grand-mère était mort. Pourtant, ses yeux demeuraient ouverts et son regard fouillait avidement la pièce. Elle ne voulait pas les fermer tant qu'elle n'aurait pas revu sa fille.

Finalement, on autorisa ma mère à rentrer chez elle. Au cours des deux jours qui suivirent, elle resta au chevet de la malade. De temps en temps, ma grand-mère lui murmurait quelque chose. Ses dernières paroles furent pour expliquer pourquoi elle souffrait ainsi.

Elle raconta que les voisins appartenant au groupe de Mme Shau avaient organisé une réunion de dénonciation contre elle dans la cour. Lors d'une descente, des rebelles lui avaient confisqué le reçu correspondant aux bijoux dont elle avait fait don au gouvernement pendant la guerre de Corée. Ils lui décrétèrent qu'elle était «un sale membre de la classe des exploiteurs». Sinon, comment aurait-elle pu se procurer ses richesses à l'origine?

Ils l'avaient obligée à se mettre debout sur une petite table. Le sol était irrégulier: la table tanguait, elle avait la tête qui tournait. Les voisins l'insultaient. La femme qui avait accusé Xiao-fang d'avoir violé sa fille frappa férocement l'un des pieds de la table avec une masse. Ma grand-mère perdit l'équilibre et tomba violemment en arrière. Depuis ce moment, la douleur ne l'avait pas quittée.

Dans la réalité, aucune réunion de dénonciation n'avait eu lieu. Elle avait tout imaginé. Mais c'était l'image qui l'avait hantée jusqu'à son dernier soupir.

Elle mourut trois jours après le retour de ma mère. Quarante-huit heures plus tard, juste après la crémation, celle-ci dut regagner sa prison.

Depuis lors, j'ai souvent rêvé de ma grand-mère, pour me réveiller en larmes. C'était un personnage hors du commun — très vive, talentueuse, incroyablement habile. Tant de dons gaspillés! Fille d'un policier ambitieux mais sans envergure, concubine d'un seigneur de la guerre, marâtre au sein d'une grande famille profondément divisée, mère et belle-mère de cadres du parti, à aucune des étapes de son existence elle n'avait connu le bonheur ! Sa vie commune avec le docteur Xia avait été assombrie par le poids du passé. Ensemble, ils avaient enduré la pauvreté, l'occupation japonaise, la guerre civile. Elle aurait pu trouver un peu de joie en s'occupant de ses petits-enfants, mais leur avenir fut pour elle un souci de chaque instant. Elle avait vécu presque toute sa vie dans la peur. D'innombrables fois, elle avait été confrontée à la mort. C'était une femme très forte, mais, à la fin de son existence, les catastrophes qui s'étaient abattues sur mes parents, l'inquiétude vis-à-vis de ses petits-enfants, l'hostilité générale, tout avait conspiré pour l'anéantir. Le plus insoutenable était pour elle le sort infligé à sa fille. On aurait dit qu'elle ressentait dans sa chair, dans son âme, toutes les souffrances que ma mère endurait. Un trop-plein d'angoisse avait fini par avoir raison d'elle.

Peut-être autant que l'angoisse, l'absence de soins médicaux l'avait tuée, et aussi l'emprisonnement de sa fille, empêchée de s'occuper d'elle et même de la voir, alors qu'elle était gravement malade. Tout cela à cause de la Révolution culturelle. Comment cette révolution pouvait-elle être bénéfique si elle provoquait la destruction des hommes, pour rien ? me demandais-je. Je ne cessais de me répéter que je la détestais. Je me sentais encore plus mal quand je songeais que je ne pouvais rien y changer.

Je n'arrivais pas à me pardonner de ne pas m'être occupée de ma grand-mère aussi bien que j'aurais pu le faire. Elle était à l'hôpital à l'époque où j'avais fait la connaissance de Bing et de Wen. Mon amitié avec eux m'avait à la fois soutenue et isolée, tout en émoussant ma conscience de la souffrance. Je me méprisais d'avoir eu des instants de bonheur au chevet de ma grand-mère mourante, même si je ne me rendais pas compte alors de la gravité de la situation. Je décidai de ne plus jamais avoir d'amoureux, estimant que ce serait le seul moyen d'expier ma faute.

Au cours des deux mois suivants, je restai à Chengdu à chercher, désespérément, un « parent » d'une commune voisine susceptible de nous accepter, Nana, ma sœur et moi. Nous devions à tout prix en trouver un avant la fin des récoltes, à l'automne, quand les rations seraient distribuées. Sinon, nous n'aurions rien à manger de toute l'année suivante, les approvisionnements de l'État s'arrêtant en janvier.

Bing vint me voir. Je fus glaciale avec lui et le priai de ne plus jamais revenir. Il m'écrivit des lettres que je jetais dans le feu sans les lire — un geste probablement inspiré par ma lecture des auteurs russes. Wen revint de Ningnan avec mon attestation de domicile et mes bagages, mais je refusai de le voir. Un jour, je le rencontrai dans la rue. Je fis semblant de ne pas le reconnaître, mais j'eus le temps de voir la confusion et la douleur obscurcir son regard.

Par la suite, il retourna à Ningnan. Un jour de l'été 1970, un incendie de forêt éclata près de son village. Il se rua dehors avec un ami pour essayer d'éteindre les flammes, avec des balais! Une rafale de vent précipita une boule de feu sur le visage de son ami, le laissant défiguré. Les deux jeunes gens quittèrent Ningnan et pénétrèrent sur le territoire du Laos, alors en proie à une guerre entre les guérilleros de gauche et les États-Unis. A cette époque, un certain nombre d'enfants de hauts fonctionnaires partirent pour le Vietnam ou le Laos se battre clandestinement contre les Américains, dans l'espoir de retrouver l'adrénaline de leur jeunesse en combattant les « impérialistes américains ».

Un jour, peu après leur arrivée au Laos, Wen entendit la sirène annonçant l'arrivée des avions américains. Il fut le premier à se lever d'un bond et à sortir, mais, dans son inexpérience, il marcha sur une mine posée par ses camarades. Il fut réduit en miettes.

En attendant, ma famille était dispersée. Le 17 octobre 1969, Lin Biao déclara le pays en état de guerre, utilisant le prétexte des affrontements survenus quelques mois auparavant à la frontière avec l'Union soviétique. Au nom d'une prétendue « évacuation », il expédia ses opposants dans l'armée et plusieurs hauts dirigeants hors de la capitale. Ils furent emprisonnés ou assignés à résidence dans différentes régions de Chine. Les comités révolutionnaires profitèrent de l'occasion pour se débarrasser d'un grand nombre d'« indésirables ». Les 500 membres du personnel du secteur est furent chassés de Chengdu et expédiés vers un endroit baptisé plateau du Gardien de buffles, dans l'intérieur du Xichang. Ma mère fut autorisée à passer une dizaine de jours à la maison pour faire ses préparatifs. Elle envoya Xiao-hei et Xiao-fang à Yibin, par le train. Tante Jun-ying était à moitié paralysée, mais il y avait d'autres oncles et tantes pour s'occuper d'eux. Quant à Jin-ming, son école l'avait expédié dans une commune, à une centaine de kilomètres de Chengdu.

Au même moment, Nana, ma sœur et moi trouvâmes enfin une commune disposée à nous prendre, dans un comté appelé Deyang, non loin de l'endroit où se trouvait d'ailleurs Jinming. Un collègue de Besicles, le petit ami de ma sœur, était originaire de ce comté et se montrait prêt à affirmer que nous étions ses cousines ! Plusieurs communes de la région avaient besoin de main-d'œuvre. Bien que nous n'eussions évidemment aucune preuve de ces liens de parenté, personne ne nous posa de questions. La seule chose qui comptait pour les paysans, c'était que nous allions leur prêter main-forte.

Nous fûmes réparties entre deux équipes de production (Nana et moi d'un côté, ma sœur de l'autre), car aucun de ces groupes ne pouvait loger plus de deux personnes supplémentaires. Cinq ou six kilomètres nous séparaient. La gare se trouvait à cinq heures de marche, à effectuer le long de crêtes de quarante-cinq centimètres de large environ, entre les rizières.

Ma famille était à présent dispersée en six endroits différents. Xiao-hei avait été ravi de quitter Chengdu ; le nouveau manuel de chinois de son école, compilé par quelques enseignants et membres de l'équipe de propagande locale, contenait une condamnation de mon père, et ses camarades le battaient froid et le maltraitaient.

Au début de l'été 1969, son école avait été envoyée à la campagne, non loin de Chengdu, pour prendre part aux récoltes. Garçons et filles campaient séparément dans deux grandes salles. Le soir, sous la voûte étoilée du ciel, de jeunes couples déambulaient dans les étroits sentiers entre les rizières. L'amour enflammait les cœurs, notamment celui de mon jeune frère, âgé de quatorze ans, qui s'éprit d'une fillette du groupe. Après avoir passé plusieurs jours à s'armer de courage, il l'aborda nerveusement un après-midi alors qu'ils coupaient du blé, et l'invita à venir se promener avec lui ce soir-là. La fillette baissa la tête sans rien dire. Xiao-hei interpréta son geste comme un signe de « consentement tacite » *(mo-xu)*.

Le soir venu, il s'adossa à une botte de foin au clair de lune et attendit, le cœur battant. Tout à coup, il entendit un sifflement. Un groupe de garçons de sa classe apparut. Ils le bousculèrent en le traitant de tous les noms, puis lui enfoncèrent la tête sous sa veste et commencèrent à le tabasser.

Il parvint à s'enfuir, courut jusqu'à la porte d'un des professeurs qu'il appela à grands cris. Ce dernier ouvrit mais, en le voyant, il le repoussa sans ménagement : «Je ne peux pas t'aider ! Et tu as intérêt à ne pas revenir ! »

De retour à Chengdu, Xiao-hei alla trouver sa bande de voyous et leur demanda de l'aide. Ils se rendirent à l'école en roulant des mécaniques, en compagnie d'un énorme chien-loup, et sortirent de la classe le chef du groupe qui tyrannisait mon frère. Le garçon tremblait et il avait le visage couleur de cendre. Avant que le gang eût le temps de fondre sur lui, Xiao-hei fut pris de pitié. Il demanda à son timonier de le laisser partir.

On n'était plus guère habitué à cette magnanimité considérée maintenant comme un signe de stupidité. Après ce coup-là, Xiao-hei fut encore plus malmené. Lorsqu'il se hasarda à demander secours à sa bande une seconde fois, on lui répliqua qu'on n'aidait pas les «lavettes».

Aussi Xiao-hei était-il terrifié le jour où il arriva dans sa nouvelle école, à Yibin. A son grand étonnement, il reçut un accueil chaleureux, presque touchant. Les enseignants, les membres de l'équipe de propagande qui géraient l'établissement, les enfants, tout le monde semblait avoir entendu parler de mon père et parlait de lui avec admiration. Xiao-hei acquit immédiatement un certain prestige. La plus jolie fille de l'école devint sa petite amie. Les garçons les moins recommandables le traitaient avec respect. Mon père était manifestement un personnage vénéré à Yibin, même si la ville savait qu'il avait été disgracié et que les Ting détenaient le pouvoir. La population de Yibin avait affreusement souffert sous le joug du couple infernal. Des milliers de victimes innocentes avaient péri sous la torture ou lors des affrontements entre factions. Un ami de notre famille avait échappé de justesse à la mort : quand ses enfants étaient allés chercher sa dépouille à la morgue, ils avaient découvert qu'il respirait encore.

Les habitants de Yibin désiraient ardemment un retour à la paix ; ils voulaient des dirigeants qui n'abuseraient pas de leur pouvoir, un gouvernement qui s'attellerait à faire marcher les choses. Ils regrettaient particulièrement le début des années 1950, l'époque où mon père était gouverneur. C'est à ce moment que les communistes connurent leur plus grande popularité. Ils venaient de se substituer aux forces du Kuo-min-tang, ils avaient mis fin à la disette, rétabli l'ordre, et ils n'avaient pas encore entamé leur série de campagnes politiques (et provoqué une nouvelle vague de famine, par la faute de Mao). Dans la mémoire populaire, mon père était associé à cette période heureuse. On voyait en lui le bon cadre légendaire, à l'opposé des Ting.

Grâce à cela, Xiao-hei connut des jours heureux à Yibin, même s'il n'apprenait pas grand-chose à l'école. L'enseignement se fondait toujours sur les œuvres de Mao et les articles du *Quotidien du peuple*, et personne n'exerçait la moindre autorité sur les élèves.

Les professeurs et l'équipe de propagande essayèrent de s'assurer le concours de Xiao-hei pour restaurer la discipline. A cet égard, toutefois, la réputation de mon père n'était pas suffisante, et mon petit frère fut finalement rejeté par une partie de ses camarades qui lui reprochaient d'être un « laquais » à la solde des enseignants. Ils lancèrent contre lui une campagne de diffamation, affirmant qu'on l'avait vu embrasser sa dulcinée sous les réverbères, un geste considéré comme un « délit bourgeois ». Xiao-hei perdit ainsi sa position privilégiée. Il dut rédiger une autocritique et jurer de « réformer sa pensée ». La mère de sa petite amie exigea qu'elle soit examinée par un médecin pour prouver sa chasteté. Après une scène violente, elle retira sa fille de l'école.

Xiao-hei n'avait qu'un seul ami proche dans sa classe, un garçon de dix-sept ans, très aimé de ses camarades, qui avait cependant un point vulnérable : sa mère n'avait jamais été mariée bien qu'elle eût cinq enfants, tous de pères différents et inconnus. Une situation extrêmement inhabituelle dans une société où l'« illégitimité » était très mal vue, même si elle avait été abolie officiellement. Quelque temps plus tard, à l'occasion d'une nouvelle chasse aux sorcières, cette femme fut publiquement humiliée et qualifiée de « mauvais élément ». Le garçon avait affreusement honte de sa mère et avoua secrètement à Xiao-hei qu'il la détestait. Leur école décerna un jour le prix du meilleur nageur (Mao aimait beaucoup la natation) : l'ami de Xiao-hei fut désigné par ses camarades à l'unanimité ; au moment de la remise du prix, toutefois, on appela un autre élève. Une jeune enseignante avait apparemment soulevé des objections : « On ne peut pas lui donner ce prix. Sa mère est une "chaussure éculée". »

En apprenant cela, le garçon alla chercher un hachoir de cuisine et se rua dans le bureau du professeur en question.

Quelqu'un l'arrêta pendant que celle-ci filait se cacher. Xiao-hei savait à quel point cet incident avait blessé son ami : pour la première fois, il avait vu ce dernier pleurer à chaudes larmes. Ce soir-là, Xiao-hei et une poignée de ses camarades restèrent auprès de lui jusque tard dans la nuit pour essayer de le consoler. Le lendemain, il avait disparu. On retrouva son cadavre sur la berge du Sable doré. Il s'était attaché les mains avant de sauter.

La Révolution culturelle ne fit évidemment rien pour moderniser les structures médiévales de la culture chinoise. Elle leur conféra au contraire une respectabilité politique. La dictature « moderne » et l'intolérance d'hier se nourrissaient l'une de l'autre.

Ma nouvelle commune se trouvait dans le comté de Deyang, une région de collines parsemées de buissons et d'eucalyptus. Les terres y étaient plutôt fertiles et donnaient deux grandes récoltes par an, l'une de blé, l'autre de riz. Légumes, colza et patates douces poussaient aussi en abondance. J'étais surtout soulagée de ne pas avoir à grimper tout le temps, comme à Ningnan, et de pouvoir respirer normalement au lieu d'être perpétuellement à court de souffle. Du coup, cela m'était égal de jouer l'équilibriste le long des crêtes boueuses et étroites qui séparaient les rizières. Je tombais régulièrement sur le derrière, entraînant quelquefois dans ma chute la personne qui me précédait — généralement Nana — en essayant de m'accrocher à elle. La nuit, un vrai danger menaçait pourtant nos déambulations : celui d'être attaqué par des chiens dont quelques-uns étaient atteints de la rage.

Au départ, nous logions près d'une porcherie. Le soir, je m'endormais au son d'une curieuse symphonie composée de grognements de porcs, de bourdonnements de moustiques et d'aboiements de chiens. Une odeur de purin mêlé d'encens antimoustiques imprégnait en permanence la pièce où nous couchions. Au bout de quelque temps, notre équipe de production nous construisit une cahute sur un lopin ayant servi à la fabrication des briques de terre. Ce terrain était plus bas que la plantation de riz voisine, située de l'autre côté d'un étroit sentier, de sorte qu'au printemps et en été, quand les rizières regorgeaient d'eau, ou bien après une forte pluie, de l'eau bourbeuse sourdait du sol en terre battue de notre logis. Nana et moi devions retirer nos chaussures et remonter nos pantalons avant de patauger à l'intérieur. Fort heureusement, le lit double que nous partagions était haut sur pattes. Une cinquantaine de centimètres nous séparaient donc de ce véritable marécage. Au moment de nous coucher, nous installions une cuvette d'eau propre sur un tabouret, sur lequel nous grimpions pour nous laver les pieds avant de nous étendre. Dans de telles conditions d'humidité, j'avais constamment mal partout.

Et pourtant c'était amusant de vivre dans notre petite masure. Au moment de la «décrue», des champignons surgissaient sous notre lit et dans les coins de la pièce. Avec un peu d'imagination, on se serait cru dans un conte de fées. Je laissai un jour tomber une cuillerée de pois par terre. Quand l'eau se fut retirée, des pétales délicats s'épanouirent au bout d'une foison de tiges minces, comme si les rayons du soleil les avaient brusquement tirés d'un profond sommeil.

La vue me semblait magique. Près de notre porte d'entrée, il y avait une mare peuplée de nénuphars et de lotus. Le sentier qui passait devant chez nous conduisait à une brèche dans la colline, à 1000 mètres environ au-dessus de nous. Le soleil se couchait juste dans l'axe de ce défilé, bordé de rochers noirs. Avant la tombée de la nuit, une brume argentée flottait sur les rizières, au pied des collines voisines. Des hommes, des femmes, des enfants revenaient au village après leur journée de travail dans la brume vespérale, portant des paniers, des houes et des faucilles; des chiens jappant et bondissant venaient à leur rencontre. On aurait dit que tout ce petit monde flottait sur des nuages. Des serpentins de fumée s'élevaient au-dessus des toits de chaume du village. Des barriques de bois râclaient la pierre du puits à l'heure où les villageois allaient chercher l'eau pour le repas du soir. Les bosquets de bambous vibraient de voix; des groupes composés exclusivement d'hommes y bavardaient entre eux, accroupis, tout en fumant leur longue pipe mince. La tradition interdisait depuis toujours aux femmes de s'accroupir et de fumer, et ce n'était certainement pas la Chine «révolutionnaire» qui y changerait quoi que ce soit.

C'est à Deyang que j'ai vraiment découvert le mode de vie des paysans chinois. Chaque matin, le chef de l'équipe de production commençait par répartir les tâches. Tous les paysans devaient travailler, et ils gagnaient un nombre donné de «points de travail» (*gong-fen*) pour leur journée de labeur. Le nombre de «points de travail» accumulés jouait un rôle essentiel dans la distribution des denrées effectuée à la fin de l'année. Chaque famille recevait de la nourriture, du combustible et d'autres produits de première nécessité, ainsi qu'une infime somme d'argent. Après les récoltes, l'équipe de production donnait une partie de la moisson à l'État en guise d'impôts. On partageait le reste, en commençant par en assigner une quantité égale aux hommes, puis une mesure inférieure d'environ un quart aux femmes. Les enfants de moins de trois ans recevaient une demi-portion. Dans la mesure où un enfant de plus de trois ans ne pouvait évidemment pas manger la part d'un adulte, il était intéressant d'avoir autant d'enfants que possible. Ce système encourageait les naissances.

Le reste de la récolte était ensuite réparti selon le nombre de « points de travail » acquis par chacun. Deux fois par an, un grand rassemblement avait lieu pour fixer le nombre de points alloués quotidiennement par individu. Personne ne manquait ces réunions. En définitive, on octroyait généralement dix points par jour aux hommes jeunes et d'âge moyen et huit aux femmes. Un ou deux paysans auxquels l'ensemble du village reconnaissait une force exceptionnelle obtenaient un point supplémentaire. Les « ennemis de classe », notamment l'ancien seigneur du village et sa famille, recevaient quelques points de moins que les autres, même s'ils travaillaient tout aussi dur et bien qu'on leur confiât en général les tâches les plus ardues. Nana et moi, en tant que « jeunes de la ville » inexpérimentées, n'avions droit qu'à quatre points, c'est-à-dire un nombre équivalant à celui consenti aux enfants de dix ans et moins ! On nous expliqua que c'était « pour commencer », bien qu'en ce qui me concerne, il en ait été ainsi jusqu'à la fin !

Dans la mesure où il n'y avait guère de variation d'un individu à l'autre dans la distribution, par catégories, des points quotidiens, le score final de chacun dépendait principalement du nombre de jours de travail, plutôt que de la façon dont chacun accomplissait sa tâche quotidienne. C'était là une perpétuelle source de ressentiment entre les villageois, sans parler de l'effet très néfaste que cela ne manquait pas d'avoir sur le rendement. Chaque jour, les paysans passaient leur temps à regarder les autres travailler pour être sûrs qu'ils ne se faisaient pas flouer. Personne ne se donnait vraiment de peine, puisque, de toute façon, tout le monde avait droit au même nombre de points. Les femmes en voulaient aux hommes, qui exécutaient parfois exactement la même besogne qu'elles, alors qu'ils gagnaient deux points de plus. Il y avait constamment des disputes.

Nous passions souvent jusqu'à dix heures dans les champs à accomplir ce qui aurait pu se faire en cinq heures. Il fallait pourtant rester là-bas tout ce temps-là, sinon la journée ne comptait pas. Nous travaillions par conséquent au ralenti. Je fixais le soleil, impatiente de le voir descendre, et comptais les minutes jusqu'au moment où retentissait le coup de sifflet signalant la fin de la journée. Je découvris assez vite que l'ennui était aussi épuisant qu'un travail harassant.

Ici, comme à Ningnan et dans l'ensemble du Setchouan, il n'y avait absolument aucun matériel agricole. Les méthodes d'exploitation étaient les mêmes qu'il y a deux mille ans, exception faite des engrais chimiques, que l'équipe recevait du gouvernement en échange de céréales. On travaillait aussi sans l'aide de bêtes de trait, en dehors des buffles d'eau employés au labourage. Tout le reste, y compris le transport de l'eau, du purin, du combustible, des légumes et des céréales, se faisait à la main ou à dos d'homme, en utilisant des paniers en bambou ou des tonneaux suspendus à une perche. Cela me posait d'ailleurs un gros problème. Mon épaule droite était enflée en permanence et douloureuse à force d'aller chercher de l'eau. Chaque fois qu'un « soupirant » venait me rendre visite, j'avais l'air tellement désemparé qu'il ne manquait jamais de me proposer de remplir notre réservoir d'eau, de même que tous les pots, les bols et même les tasses de la maison.

Le chef d'équipe eut la gentillesse d'arrêter de me donner des charges à porter. A la place, il m'envoya effectuer de « menues » besognes auprès des enfants, des vieillards et des femmes enceintes. Je ne les trouvais pas si menues que cela. J'avais affreusement mal aux bras à force de ramasser le fumier à la fourche, et les gros vers qui grouillaient à la surface me soulevaient le cœur. Cueillir du coton au milieu d'un océan immaculé peut paraître idyllique, de loin. Je me rendis rapidement compte à quel point cette besogne était éreintante sous un soleil de plomb, par une température de plus de 30° C et dans une atmosphère saturée d'humidité. Sans parler des branches épineuses qui m'égratignaient partout.

Je préférais me charger du repiquage des pousses de riz. On considérait cette besogne comme pénible, parce que l'on était tout le temps penché. A la fin de la journée, les hommes les plus aguerris se plaignaient souvent de ne pas pouvoir se redresser complètement. Mais j'adorais la sensation de fraîcheur de l'eau dans laquelle je pataugeais, la vue des rangées bien ordonnées de tendres pousses et le contact doux et sensuel de la boue sous mes pieds nus. La seule chose qui me tracassait, c'était les sangsues. La première fois, je sentis quelque chose me chatouiller la jambe. En sortant mon pied de l'eau pour voir ce que c'était, je découvris avec horreur une grosse créature visqueuse plongeant la tête sous mon épiderme et essayant désespérément de se glisser en dessous. Je poussai un hurlement. Ma voisine, une petite paysanne, se mit à ricaner. Mon dégoût l'amusait beaucoup. Quoi qu'il en soit, elle s'approcha de moi et me frappa la jambe juste au-dessus de la bestiole qui tomba dans l'eau avec un « plouf ».

En hiver, très tôt le matin, pendant le « quart » précédant le petit déjeuner, je grimpai dans les collines avec les femmes « les plus faibles » pour chercher du petit bois. Il n'y avait pas d'arbres dans les collines et les buissons eux-mêmes étaient rares. Il fallait marcher longtemps. Nous utilisions une faucille, en saisissant les végétaux de notre main libre. Les buissons étaient couverts d'épines dont certaines se débrouillaient toujours pour s'enfoncer sous la peau. Au début, je passai un temps fou à essayer de les extirper, mais je m'habituai finalement à les laisser ressortir toutes seules, une fois que les petites plaies s'étaient enflammées.

Nous recueillions ce que les paysans appelaient du « combustible plume », un matériau pratiquement inutile qui brûlait en un rien de temps. Un jour, j'exprimai les regrets que m'inspirait l'absence d'arbres. Les femmes qui m'accompagnaient m'expliquèrent qu'il n'en avait pas toujours été ainsi. Avant le Grand Bond en avant, me dirent-elles, les collines étaient couvertes de pins, d'eucalyptus et de cyprès. On les avait abattus pour alimenter les « fourneaux » improvisés destinés à produire de l'acier. Ces femmes parlaient calmement, sans amertume, comme si cela n'avait strictement rien eu à voir avec leur bataille quotidienne pour trouver du combustible. On aurait dit que ce n'était pour elles qu'une calamité de plus. Je me trouvais pour la première fois face aux conséquences désastreuses du Grand Bond en avant que l'on m'avait toujours présenté comme un « remarquable succès », et je n'en revenais pas.

Je découvris petit à petit une foule d'autres choses. Une

séance d'«expression de griefs» fut organisée, afin que les paysans parlent des souffrances qu'ils avaient endurées sous le Kuo-min-tang et génèrent ainsi des sentiments de gratitude vis-à-vis de Mao, notamment au sein de la jeune génération. Quelques-uns évoquèrent la faim qui les avait tenaillés toute leur enfance et se plaignirent de ce que leurs propres enfants fussent tellement gâtés qu'il fallait souvent les forcer à finir leur repas.

Ils décrivirent ensuite en détail une période de disette particulièrement terrible. Ils avaient été obligés de se nourrir de feuilles de patates douces et de creuser les crêtes entre les champs dans l'espoir d'y trouver des racines. Il y avait eu de nombreux morts au village. En les écoutant, j'étais au bord des larmes. Après avoir insisté sur leur haine du Kuo-min-tang et leur amour pour le président Mao, ils mentionnèrent en passant que cette famine avait eu lieu «au moment de la création des communes». Je réalisai brusquement que la disette dont ils parlaient s'était produite sous le règne des communistes ! Ils avaient confondu les deux régimes. «N'y eut-il pas des catastrophes naturelles sans précédent pendant cette période? demandai-je. N'était-ce pas là la cause du problème?» «Oh! non, me répondirent-ils. Le temps n'aurait pas pu être plus propice, et les champs regorgeaient de grains. Seulement cet homme-là (ils désignèrent un individu d'une quarantaine d'années à la mine craintive) nous ordonna d'abandonner nos récoltes pour fabriquer de l'acier. La moitié de la moisson fut ainsi perdue. Peu importe, nous dit-il alors, vous êtes au paradis communiste et vous n'avez plus à vous inquiéter de la nourriture. Jusque-là, nous avions toujours dû limiter notre appétit. On nous annonça alors que nous pouvions manger à satiété. On jetait même les restes et l'on donnait du riz aux cochons. Et puis, un beau jour, il n'y eut plus de réserves dans les cantines. Cet homme ordonna alors à des sentinelles de monter la garde devant les entrepôts. Le reste de nos stocks de céréales devait être expédié à Pékin et à Shanghai; il y avait des étrangers, là-bas.»

Petit à petit, je reconstituai toute l'histoire. L'homme qu'ils avaient désigné dirigeait l'équipe de production du temps du Grand Bond en avant. Ses acolytes et lui avaient réduit en pièces les *woks* et les poêles des paysans afin qu'ils ne puissent plus se faire à manger, et de manière à alimenter leurs fourneaux. Il avait considérablement exagéré le volume des récoltes dans ses rapports aux autorités. Les impôts furent par conséquent tellement élevés qu'ils dépossédèrent les paysans du peu de céréales qu'il leur restait. Des dizaines de villageois étaient morts de faim. Après la famine, on lui avait imputé toutes les calamités qui s'étaient abattues sur le village. Qualifié d'«ennemi de classe», il avait été destitué de ses fonctions à l'unanimité.

A l'instar de la majorité des «ennemis de classe», il évita la prison. Toutefois, la commune le maintint «sous surveillance». Telle était la méthode imaginée par Mao: garder les mauvais éléments parmi la population, de façon à ce qu'elle ait toujours sous la main des gens qu'elle puisse haïr. Quand une nouvelle campagne d'épuration était lancée, cet homme faisait systématiquement partie des «suspects». On lui assignait les tâches les plus ingrates et on ne lui consentait que sept points par journée de travail, soit trois de moins que les autres hommes. Je n'ai jamais vu quelqu'un lui parler. A plusieurs reprises, je surpris des gamins du village en train de jeter des cailloux à ses fils.

Les paysans étaient reconnaissants au président Mao de l'avoir puni ainsi. Personne ne mettait en doute sa culpabilité ni son degré de responsabilité. J'allai le trouver un jour, toute seule, et lui demandai de me conter son histoire.

Il parut si touché que je m'intéresse à lui que c'en était pathétique. «J'exécutais les ordres, ne cessait-il de répéter, j'étais bien obligé...» Puis il soupira: «Je ne voulais pas perdre mon emploi, évidemment. Quelqu'un d'autre aurait pris ma place. Que serait-il advenu de mes enfants et de moi? Nous serions probablement morts de faim. Un chef d'équipe de production n'est pas grand-chose, mais il a au moins le privilège de mourir après les autres.»

Ses paroles et les récits des paysans m'avaient profondément ébranlée. Je découvrais brusquement le côté noir de la Chine communiste d'avant la Révolution culturelle. La réalité ne ressemblait guère à la version officielle. Au cours de mon séjour dans le Deyang, mes doutes sur le régime communiste ne firent qu'augmenter.

Je me suis parfois demandé si Mao s'était rendu compte de ce qu'il faisait en mettant ainsi la jeunesse urbaine protégée en contact avec la réalité. A ce moment, toutefois, il était convaincu que l'essentiel de la population serait incapable de faire des déductions rationnelles à partir des informations fragmentaires dont elle disposait. De fait, à dix-huit ans, je n'avais encore que de vagues doutes, sans parvenir à analyser en profondeur les mécanismes du régime qui régissait ma vie. Même si je haïssais la Révolution culturelle, je ne me posais pas encore de questions au sujet de Mao.

A Deyang, comme à Ningnan, rares étaient les paysans capables de déchiffrer un article de journal, aussi simple fût-il, ou de rédiger une lettre rudimentaire. La plupart d'entre eux ne pouvaient même pas écrire leur nom. Les perpétuelles chasses aux sorcières avaient mis fin aux velléités des communistes en matière de lutte contre l'analphabétisme. Le village possédait jadis une école primaire subventionnée par la commune. Au début de la Révolution culturelle, toutefois, les enfants avaient malmené leur instituteur. Ils l'avaient fait défiler dans le village, après avoir empilé sur sa tête des *woks* en fonte et lui avoir noirci le visage avec de la suie. Ils faillirent même un jour lui fracasser le crâne. Depuis lors, plus personne ne voulait enseigner.

La plupart des paysans se passaient fort bien de l'école. « A quoi cela nous sert-il ? disaient-ils. Il faut payer, on lit des livres pendant des années, et en définitive, on reste un paysan qui gagne sa vie à la sueur de son front. Le fait de savoir lire ne vous fait pas gagner un centime de plus. Pourquoi gaspiller notre temps et notre argent ? Mieux vaut commencer à accumuler des points de travail le plus vite possible. » Les enfants d'âge scolaire restaient par conséquent à la maison pour aider leur famille et s'occuper de leurs frères et sœurs plus jeunes. Avant dix ans, ils participaient déjà aux travaux des champs. Quant aux filles, les paysans trouvaient parfaitement inutile de les envoyer à l'école. « Elles se marient et appartiennent dès lors à d'autres gens. Cela revient à arroser là où il n'y a pas de semis. »

On vantait la Révolution culturelle sous prétexte qu'elle avait permis l'éducation des masses rurales par le biais des « cours du soir ». Un jour, mon équipe de production annonça qu'elle entamait des cours du soir et nous demanda, à Nana et à moi, de les prendre en charge. J'étais ravie. Malheureusement, dès la première leçon, je compris que l'instruction n'avait rien à voir là-dedans.

Le leader de l'équipe commençait invariablement par nous demander de lire des articles rédigés par Mao, ainsi que d'autres passages du *Quotidien du peuple*. Après quoi, il faisait un discours d'une heure composé de tirades indigestes et inintelligibles, truffées des dernières adjonctions au jargon politique. De temps à autre, il lançait des ordres spécifiques, énoncés solennellement au nom de Mao. « Le président Mao dit que nous devons manger de la bouillie de riz deux fois par jour et seulement une fois du riz en grains. » « Le président Mao dit qu'il ne faut pas donner des patates douces aux cochons. »

Après une dure journée de labeur dans les champs, les paysans ne pensaient qu'aux besognes qu'il leur restait à faire chez eux. Les soirées leur étaient précieuses. Pourtant, personne n'osait manquer ces cours. Ils restaient assis là, impassibles, et finissaient par piquer un petit roupillon. Je ne fus pas fâchée lorsque ce succédané d'éducation, conçu pour abrutir plutôt que pour éveiller les esprits, fut progressivement abandonné.

Faute d'éducation, pourtant, l'univers des paysans était déplorablement restreint. Leurs conversations tournaient en général autour des détails anodins de la vie quotidienne. Une femme passait par exemple toute la matinée à se plaindre de ce que sa belle-sœur avait utilisé dix fagots de « combustible plume » pour préparer le petit déjeuner, alors qu'elle aurait pu en faire autant avec neuf (le bois était mis en commun, comme tout le reste). Une autre ronchonnait pendant des heures parce que sa belle-mère avait mis trop de patates douces dans le riz (celui-ci étant considéré comme meilleur et plus précieux que les patates). Je savais bien que ce n'était pas leur faute s'ils avaient l'esprit aussi étroit, mais je trouvais tout de même leurs jacasseries insupportables.

Le sexe revenait évidemment très souvent dans leurs conversations. Une jeune femme d'une vingtaine d'années appelée Mei, originaire du comté de Deyang, avait été affectée au village voisin du mien. On disait qu'elle avait couché avec un grand nombre de jeunes de la ville et de paysans. Régulièrement, dans les champs, on racontait quelque nouvelle histoire salace sur son compte. On affirmait même qu'elle était enceinte et qu'elle se serrait la taille pour cacher ses rondeurs. Pour essayer de prouver qu'elle ne portait pas un « bâtard » dans ses entrailles, Mei faisait délibérément toutes les besognes qu'une femme enceinte n'était pas censée faire, en commençant par transporter de lourdes charges. Pour finir, on découvrit le cadavre d'un nouveau-né dans des buissons longeant un ruisseau, près du village où elle habitait. Les gens décrétèrent que c'était le sien. On ignorait s'il était mort-né. Le leader de son équipe fit creuser une fosse où l'on ensevelit l'enfant. L'affaire en resta là, mais les ragots continuèrent à aller bon train.

Cette histoire m'avait profondément écœurée. Il y en eut d'autres tout aussi choquantes. L'un de mes voisins avait quatre filles, des beautés à la peau sombre, aux yeux arrondis. Les villageois, eux, ne les trouvaient pas jolies du tout. Trop basanées, disaient-ils. Le teint clair était le premier critère de beauté pour la plupart des paysans chinois. Quand le moment fut venu pour l'aînée de se marier, son père décida de se mettre en quête d'un gendre qui viendrait vivre chez lui. De cette façon, il garderait les points de travail de sa fille, et récupérerait par la même occasion de la main-d'œuvre supplémentaire. Normalement, c'était à la jeune femme d'aller s'installer dans la famille de son époux, l'inverse étant considéré comme une terrible humiliation. Notre voisin finit pourtant par dénicher un jeune homme originaire d'une région montagneuse très pauvre, qui mourait d'envie d'aller vivre ailleurs — et qui n'avait pas d'autre moyen que ce mariage pour y parvenir. Ce dernier avait par conséquent un statut très bas. J'entendais son beau-père lui crier des injures à pleins poumons. Pour le tourmenter, il obligeait souvent sa fille à dormir seule. Elle n'osait pas se rebeller. Profondément enracinée dans l'éthique confucéenne, la «piété filiale» enjoignait aux enfants d'obéir à leurs parents. De plus, il n'aurait pas fallu qu'elle eût l'air d'avoir envie de coucher avec un homme, fût-il son mari. Les femmes n'étaient pas censées apprécier les plaisirs charnels, considérés comme honteux.

Je fus réveillée un matin par des bruits sous ma fenêtre. Le jeune homme avait mis la main sur quelques bouteilles d'alcool fait à base de patates douces qu'il avait englouties. Son beau-père avait longuement tapé sur sa porte pour qu'il aille travailler. Il avait fini par la défoncer, et avait trouvé son gendre mort.

Un jour, mon équipe de production emprunta ma cuvette en émail pour transporter de l'eau destinée à la fabrication de pâtes. Malheureusement, celles-ci s'agglomérèrent en une masse informe. La foule, qui s'était rassemblée avec enthousiasme et avait attendu impatiemment le résultat de cette préparation, commença à grommeler en me voyant approcher. Plusieurs paysans me dévisagèrent avec dégoût. Plus tard, un petit groupe de femmes m'expliquèrent que les villageois me rendaient responsable de ces pâtes toutes molles. Ils disaient que j'avais dû me servir de ma cuvette pour me laver quand j'avais mes règles. J'avais de la ohance d'être de la ville, m'assura-t-on. Si l'une d'elles avait été incriminée à ma place, les hommes lui auraient administré une bonne «râclée».

Une autre fois, un groupe de jeunes gens qui passaient par notre village chargés de paniers de patates douces prirent un instant de répit sur une route étroite. Ils avaient posé leurs perches par terre; elles bloquaient le passage. J'enjambai l'une d'elles. Aussitôt, l'un des garçons se leva brusquement, ramassa sa perche et se planta devant moi en me foudroyant du regard. Je crus qu'il allait me frapper. Les autres me révélèrent qu'il croyait superstitieusement qu'il allait avoir des plaies aux épaules parce qu'une femme était passée par-dessus sa perche. On me força à l'enjamber de nouveau dans l'autre sens pour «enlever le poison». Pendant tout le temps que je passai à la campagne, jamais personne ne fit la moindre tentative pour démystifier tout cela. On n'aborda même pas la question.

De tous les membres de mon équipe de production, le plus cultivé était indéniablement l'ancien seigneur du village. On m'avait appris à considérer ces gens-là comme des fléaux. Or, je m'aperçus à ma grande consternation que je m'entendais mieux avec sa famille qu'avec quiconque. Ils n'avaient rien à voir avec les stéréotypes que l'on m'avait inculqués. Le mari n'avait pas du tout un regard cruel et vicieux, et jamais je ne vis sa femme se trémousser ni faire les yeux doux aux autres hommes, comme je m'y attendais par réflexe conditionné.

Quelquefois, lorsque nous étions seuls, il me faisait part de ses doléances. «Chang Jung, me dit-il un jour, je sais que vous êtes gentille. Vous devez être raisonnable aussi, puisque vous avez beaucoup lu. Vous savez reconnaître l'équité de l'injustice.» Après quoi, il se mit en devoir de me raconter pourquoi on l'avait classé parmi les seigneurs. En 1948, il était serveur à Chengdu. A force d'économiser sou par sou, il avait réussi à amasser un petit pécule. A cette époque-là, conscients qu'une réforme foncière serait inévitable si les communistes parvenaient à s'emparer de la province du Setchouan, des seigneurs prévoyants vendaient leurs terres à bon marché. Peu averti en matière de politique, l'homme avait acheté quelques terres, persuadé de faire une bonne affaire. La réforme foncière n'avait pas tardé à tout lui prendre. Il devint de surcroît un « ennemi de classe ». « Hélas, conclut-il sur un ton résigné, citant une phrase classique, un petit écart coûte parfois des années de chagrin. »

Les villageois ne paraissaient pas particulièrement hostiles envers le « seigneur » et sa famille. Ils gardaient cependant leurs distances. A l'instar de tous les « ennemis de classe », les malheureux se voyaient confier les travaux que personne ne voulait faire. Les deux fils obtenaient un point de moins que les autres hommes, alors qu'ils abattaient plus de travail que n'importe qui. Ils me semblaient très intelligents, et beaucoup plus raffinés que leurs camarades. Leur douceur et leur grâce les distinguaient des autres villageois, et je me sentais plus proche d'eux que de quiconque. Quoi qu'il en soit, en dépit de leurs qualités, aucune fille ne voulait se marier avec eux. Leur mère me parla de tout l'argent qu'ils avaient dépensé pour acheter des cadeaux aux rares candidates que des intermédiaires leur avaient présentées. Elles acceptaient les vêtements et l'argent, puis disparaissaient sans plus donner de nouvelles. D'autres paysans auraient exigé la restitution de ces présents, mais la famille d'un seigneur ne pouvait pas se le permettre. La pauvre femme soupirait tristement en disant que ses fils n'avaient aucune chance de faire un mariage convenable. Les jeunes gens s'efforçaient de minimiser leur infortune : après chaque refus, ils consolaient leur mère du mieux qu'ils pouvaient et proposaient de travailler les jours de marché pour regagner l'argent perdu par ces cadeaux inutiles.

Tous ces malheurs m'étaient contés sans faire de drame ni manifester d'émotion. Il semblait qu'au village les morts les plus scandaleuses ne faisaient pas plus d'effet qu'un caillou jeté dans une mare : au bout de quelques secondes, la surface de l'eau retrouve sa tranquillité antérieure.

Dans la quiétude du village, dans le silence profond des nuits à l'intérieur de mon logis humide, je passai beaucoup de temps à lire et à réfléchir. Au moment de mon arrivée à Deyang, Jinming m'avait donné plusieurs caisses de livres provenant du marché noir ; il avait pu les accumuler car la plupart de ceux qui effectuaient les descentes dans les maisons avaient été expédiés à l'« école des cadres » de Miyi, où se trouvait aussi mon père. Tout le temps que je travaillais dans les champs, je n'avais qu'une seule envie : rentrer pour retrouver mes chers livres.

Je dévorai ainsi tous les ouvrages qui avaient échappé à la destruction de la bibliothèque de mon père. Notamment les œuvres complètes de Lu Xun, le plus grand écrivain chinois des années 1920 et 1930. Parce qu'il était mort en 1936, c'est-à-dire avant l'arrivée au pouvoir des communistes, Mao n'avait pas proscrit la lecture de ses livres. Il en avait même fait un de ses héros, alors que Hu Feng, l'élève préféré de Lu Xun et son plus proche assistant, qualifié de contre-révolutionnaire par notre Président, resta emprisonné pendant des années. C'était la persécution de Hu Feng qui avait provoqué la chasse aux sorcières responsable de l'incarcération de ma mère, en 1955.

Lu Xun était l'auteur favori de mon père. Lorsque j'étais enfant, il nous lisait souvent des essais de Xun. Je ne les avais pas compris à l'époque, en dépit des explications qu'il nous donnait, mais à présent, j'étais fascinée, trouvant que l'angle satirique de son œuvre pouvait aussi bien s'appliquer aux communistes qu'au Kuo-min-tang. Lu Xun n'avait pas d'idéologie, seul le guidait un humanitarisme éclairé. Son génie sceptique défiait toutes les hypothèses. Lui aussi m'aida à m'affranchir de mon endoctrinement grâce à l'audace de son intelligence.

La collection de classiques marxistes de mon père me fut aussi très utile. Je lisais des passages au hasard, en suivant les mots obscurs du bout du doigt, tout en me demandant ce que ces controverses allemandes du XIXᵉ siècle pouvaient avoir de commun avec la Chine de Mao. J'étais pourtant séduite par un élément que l'on rencontrait rarement en Chine : la logique qui soutenait l'argumentation. La lecture de Marx m'aida à penser rationnellement et à analyser les choses.

Ces nouvelles manières d'organiser mes pensées me procuraient une grande satisfaction. A d'autres moments, je laissais aller mon esprit vers des horizons plus nébuleux et j'écrivais de la poésie, dans un style classique. Pendant que je trimais dans les champs, je m'absorbais souvent dans la composition de poèmes, ce qui me rendait la tâche moins pénible, parfois même agréable. Pour cette raison, je préférais la solitude. Le moins que l'on puisse dire, c'est que je n'encourageais guère les conversations.

Un jour, j'avais travaillé toute la matinée dans un champ de canne à sucre, à couper les tiges avec une faucille et à manger les parties les plus juteuses, proches de la racine. Le fruit de notre labeur allait à l'usine de raffinage de la commune, en échange de sucre. On nous demandait de satisfaire un certain quota, mais la qualité importait peu. Nous nous régalions donc des portions les meilleures. Au moment de la pause du déjeuner, quelqu'un devait rester sur place pour monter la garde contre les voleurs. Je proposai mes services, de manière à passer un peu de temps seule. Je devais aller déjeuner une fois les autres revenus. De cette façon, je serais tranquille encore plus longtemps.

Je m'étendis sur un tas de cannes à sucre, le visage en partie dissimulé sous un chapeau de paille. A travers mon chapeau, je voyais l'immense ciel bleu turquoise. Une feuille disproportionnée émergeant du tas au-dessus de ma tête se détachait contre l'azur. Je fermai à demi les yeux, apaisée par la fraîcheur de cette feuille verte.

Elle me rappela le feuillage ondulant d'un bosquet de bambous, par un après-midi d'une semblable touffeur, bien des années auparavant. Assis à l'ombre, tout en pêchant, mon père avait écrit un poème nostalgique. Suivant le même *ge-lu* — structure de tons, de rythmes et choix de mots —, je commençai à composer moi-même un poème. Tout était immobile autour de moi, hormis les feuilles qu'une brise légère faisait frémir presque imperceptiblement. A cet instant, la vie me parut magnifique.

Pendant cette période, je profitai de toutes les occasions qui m'étaient données de m'isoler. Mon comportement montrait sans doute très clairement que je ne voulais rien avoir à faire avec le monde qui m'entourait, et l'on devait me trouver très arrogante. Parce que l'on prétendait me forcer à calquer mon attitude sur celle des paysans, je réagissais au contraire en concentrant mon attention sur leurs travers. Je ne fis aucun effort pour les connaître ou m'entendre avec eux.

Je n'étais pas très populaire au village, mais les paysans me laissaient plutôt tranquille. Ils me reprochaient de ne pas trimer aussi dur que j'aurais dû le faire selon eux. Le travail était toute leur vie, et leur principal critère d'évaluation des autres. Leur jugement était à la fois intransigeant et équitable. Ils voyaient bien que je détestais le travail physique et que je profitais de toutes les occasions pour rester à la maison et bouquiner. Dès mon arrivée à Deyang, j'avais recommencé à avoir des démangeaisons et des maux d'estomac. Je souffrais de diarrhée pour ainsi dire tous les jours et mes jambes ne tardèrent pas à se couvrir de plaies infectées. Je me sentais faible et j'avais régulièrement des étourdissements, mais cela ne m'aurait servi à rien de me plaindre auprès de mon entourage. Leur rude existence leur avait appris à considérer la maladie comme anodine, à moins qu'elle ne fût mortelle.

Mes absences fréquentes eurent un effet encore plus déplorable sur ma réputation. Je passais les deux tiers de mon temps à rendre visite à mes parents dans leur camp respectif ou à soigner ma tante Jun-ying à Yibin. Chaque voyage durait plusieurs mois, et aucune loi ne m'interdisait de partir ainsi. Bien que je fusse loin d'avoir un rendement suffisant pour gagner ma vie, le village me nourrissait. Les paysans y étaient contraints par leur système de répartition égalitaire. Dans le même temps, il fallait bien qu'ils m'acceptent. Ils ne pouvaient pas me jeter dehors. Naturellement, ils m'en voulaient, et je les comprenais. Moi aussi, je devais les accepter. Je ne pouvais pas m'en aller.

En dépit de leurs ressentiments, les membres de mon équipe de production me laissaient aller et venir comme je l'entendais, en partie parce que j'avais su garder mes distances. J'avais appris que le meilleur moyen pour qu'on vous fiche la paix consistait à faire bande à part, sans impudence. Une fois intégré «à la masse», on s'exposait immédiatement à l'intrusion et à la mainmise du groupe.

Pendant ce temps-là, dans le village voisin, ma sœur Xiaohong s'en tirait fort bien. Bien qu'elle fût victime, comme moi, des puces et du purin qui lui faisait quelquefois enfler les jambes au point qu'elle en avait la fièvre, elle continuait à travailler dur et recevait huit points par jour. Cheng-yi dit «Besicles» venait souvent de Chengdu pour lui donner un coup de main. L'usine qui l'employait, comme toutes les autres, était pour ainsi dire au point mort. La direction avait été anéantie, et le nouveau comité révolutionnaire veillait exclusivement à ce que les ouvriers prennent part à la révolution, plutôt qu'à la production : la plupart d'entre eux allaient et venaient par conséquent comme ils l'entendaient. Quelquefois, «Besicles» allait travailler dans les champs à la place de ma sœur pour qu'elle puisse prendre un peu de repos. A d'autres moments, il trimait avec elle, pour la plus grande joie des paysans. «C'est une affaire, disait-il. On a pris une jeune fille, mais on se retrouve avec deux paires de bras!»

Nana, ma sœur et moi avions l'habitude d'aller ensemble au marché, qui se tenait une fois par semaine. J'adorais ces allées bruyantes remplies de paniers et de perches. Les paysans couvraient des distances énormes pour aller vendre un poulet ou une douzaine d'œufs, ou encore quelques tiges de bambou. La majorité des activités rémunératrices, les cultures de rapport, la confection de paniers ou l'élevage des porcs pour la vente, taxées de «capitalistes», étaient bannies. Aussi les fermiers n'avaient-ils pas grand-chose à vendre en échange d'argent. Sans argent, il leur était impossible de se rendre dans les villes. Ces marchés hebdomadaires restaient l'une de leurs rares sources de distraction. Ils s'y retrouvaient en famille ou entre amis pour bavarder, accroupis sur le trottoir de terre battue.

Au printemps 1970, «Besicles» et ma sœur se marièrent. Il n'y eut pas de cérémonie. Dans l'atmosphère de l'époque, il ne leur vint même pas à l'esprit de célébrer leur union. Ils se contentèrent d'aller chercher leur certificat de mariage au quartier général de la commune, puis retournèrent au village de ma sœur avec des bonbons et des cigarettes destinés aux paysans. Ces derniers furent ravis : ils avaient rarement de quoi s'offrir de tels régals.

Pour les paysans, un mariage était toute une affaire. Dès que l'on sut la nouvelle, une foule afflua chez ma sœur pour la féliciter. Chacun lui apportait un cadeau, une poignée de nouilles séchées, une livre de germes de soja, quelques œufs, soigneusement enveloppés dans du papier rouge orné d'un nœud en paille élaboré. Ce n'étaient pas des présents ordinaires. Ils se privaient ainsi de denrées précieuses. Ma sœur et son mari en furent profondément touchés. Quand Nana et moi rendîmes à notre tour visite aux jeunes époux, nous les trouvâmes en train d'apprendre aux enfants du village à exécuter des «danses de loyauté», pour s'amuser.

Malgré son mariage, ma sœur resta à la campagne. On n'octroyait pas automatiquement aux couples un lieu de résidence commun. Bien entendu, si «Besicles» avait voulu renoncer à son enregistrement en ville, il aurait très bien pu s'installer avec sa jeune épouse. En revanche, elle ne pouvait pas venir vivre avec lui à Chengdu, car elle était inscrite sur un registre de campagne. Comme des dizaines de millions d'autres couples chinois, ils vivaient donc séparés, la loi les autorisant à passer ensemble douze jours par an en tout et pour tout. Heureusement pour eux, l'usine de Cheng-yi ne fonctionnant que par intermittence, il avait tout loisir de se rendre régulièrement à Deyang.

Après une année passée à la campagne, il y eut un grand changement dans ma vie : j'entrai dans la profession médicale. La brigade de production dont dépendait mon équipe administrait une clinique où l'on soignait les cas simples. L'établissement était financé par l'ensemble des équipes de production appartenant à cette brigade ; on y dispensait des soins certes limités, mais gratuits. Il y avait deux médecins à demeure. L'un d'eux, un jeune homme au visage fin et intelligent, avait passé son diplôme à l'école de médecine du comté de Deyang dans les années 1950 : puis il était revenu travailler dans son village natal. Son collègue était plus âgé et portait un bouc. Il avait entamé sa carrière comme assistant auprès d'un vieux médecin de campagne qui pratiquait la médecine chinoise. En 1964, la commune l'avait envoyé suivre des cours accélérés de médecine occidentale.

Au début de 1971, les autorités de la commune ordonnèrent à la clinique de prendre un médecin « aux pieds nus ». Ce terme procédait de l'idée qu'un médecin était censé vivre comme les paysans, qui chérissaient trop leurs chaussures pour les porter dans les champs boueux. A la même époque, on lança une vaste campagne de propagande visant à saluer les médecins aux pieds nus comme une invention de la Révolution culturelle. Mon équipe de production sauta sur cette occasion de se débarrasser de moi : si je travaillais pour la clinique, ce serait la brigade de production et non plus mon équipe qui se chargerait de me nourrir et de me donner de quoi gagner ma vie.

J'avais toujours voulu être médecin. Les maladies qui avaient affligé ma famille et surtout la mort de ma grand-mère m'avaient fait prendre la mesure du rôle du médecin dans la société. Avant de partir pour Deyang, j'avais commencé à prendre des cours d'acupuncture avec un ami et je m'étais plongée dans l'étude d'un livre intitulé le *Manuel du médecin aux pieds nus*, l'un des rares ouvrages autorisés en ce temps-là.

Cette propagande en faveur des « médecins aux pieds nus » était en réalité une nouvelle manœuvre politique conçue par Mao. Il avait condamné le ministère de la Santé d'avant la Révolution culturelle sous prétexte qu'il délaissait les paysans pour ne s'occuper que des citadins, et en particulier des cadres du parti. Il reprochait également aux médecins de refuser de travailler dans les campagnes, notamment dans les régions les plus reculées. Cependant, il ne prenait jamais la moindre responsabilité en tant que chef de l'État, et se garda bien d'ordonner la mise en vigueur de mesures pratiques pour remédier à la situation, en faisant construire davantage d'hôpitaux par exemple, ou en formant plus de médecins. Aussi les choses ne cessèrent-elles d'empirer tout au long de la Révolution. Les slogans faisant état de l'absence d'un encadrement médical convenable dans les campagnes avaient pour objectif réel de provoquer un mouvement de haine contre le système du parti pré-révolutionnaire et contre les intellectuels (dont les médecins et les infirmières faisaient partie).

Mao offrait ainsi aux paysans une véritable «potion magique» sous la forme de «médecins» que l'on pouvait «fabriquer» en masse. «Il n'est pas du tout nécessaire de suivre toute une formation compliquée, disait-il. Il faut plutôt qu'ils apprennent sur le tas.» Le 26 juin, il fit une remarque appelée à devenir une directive essentielle en matière de santé et d'éducation: «Plus on lit de livres, plus on devient bête.» Je me mis donc au travail sans la moindre formation médicale.

La clinique se trouvait dans une grande bâtisse, au sommet d'une colline, à une heure de marche de mon village. Juste à côté, il y avait une boutique où l'on vendait des allumettes, du sel et de la sauce de soja — autant de marchandises rationnées. L'une des salles d'opération fut transformée en chambre à coucher à mon intention. Quant à mes devoirs professionnels, ils étaient pour le moins vagues.

Je n'avais jamais ouvert un ouvrage de médecine de ma vie, en dehors du manuel mentionné plus haut que j'avais étudié à fond. Il ne contenait aucune théorie: il s'agissait simplement d'une suite de résumés de symptômes, suivis de conseils thérapeutiques. Quand je m'asseyais à mon bureau, à côté des deux autres médecins, vêtus comme moi d'habits ordinaires et poussiéreux, il apparaissait clairement que les patients venus se faire soigner ne voulaient rien avoir à faire avec une jeune fille de dix-huit ans, sans expérience, compulsant à tout instant une espèce de livre qu'ils ne pouvaient pas lire, et qui n'était même pas très épais. Ils se dirigeaient immédiatement vers mes deux collègues. Je me sentais plus soulagée qu'offensée. Je trouvais effectivement que ce n'était pas très sérieux pour un médecin de plonger le nez dans un bouquin chaque fois qu'un malade vous décrivait ses symptômes, pour recopier ensuite la prescription indiquée. Quelquefois, lorsque j'étais d'humeur sarcastique, je me demandais si nos nouveaux dirigeants seraient contents de m'avoir comme médecin, pieds nus ou non (le président Mao restait dans mon esprit au-dessus de tout soupçon). Puis je me ravisais : bien sûr que non ! Les médecins aux pieds nus étaient censés «servir le peuple, et non pas les cadres». Je me contentai finalement avec joie d'être une infirmière, distribuant des médicaments sur ordonnance et faisant des piqûres, ce que j'avais appris depuis longtemps en raison de l'hémorragie chronique de ma mère.

Tous les malades voulaient évidemment se faire soigner par le jeune médecin qui était allé à l'université. Les herbes chinoises qu'il prescrivait soignaient de nombreux maux. Il était extrêmement consciencieux, rendait régulièrement visite à ses patients dans leur village et occupait son temps libre à recueillir des herbes ou à les cultiver. L'autre médecin me terrifiait par son laxisme professionnel. Il utilisait la même aiguille pour faire des piqûres à plusieurs patients, sans la moindre stérilisation. Il injectait de la pénicilline sans prendre la précaution de vérifier si le patient n'était pas allergique à cet antibiotique, ce qui représentait un terrible danger dans la mesure où la pénicilline chinoise n'était pas pure et risquait par conséquent de provoquer de graves réactions, allant jusqu'à la mort. Je lui offris poliment de me charger de ces vérifications. Il me sourit, sans paraître s'offenser de mon intervention intempestive, et m'affirma qu'il n'y avait jamais eu d'accident. « Les paysans ne sont pas délicats comme les gens de la ville. »

J'aimais bien ces deux médecins. Ils étaient très gentils avec moi et toujours secourables quand je leur posais des questions. Ils ne me considéraient pas comme une menace, ce qui n'avait d'ailleurs rien d'étonnant. A la campagne, c'était les aptitudes professionnelles de chacun qui comptaient et non pas les discours politiques.

J'étais ravie de vivre au sommet de cette colline, loin de tout. Le matin, je me levais de bonne heure, j'allais marcher en haut de la crête et je me récitais à voix haute les tirades d'un ancien livre de poésie sur l'acupuncture tout en contemplant le lever du soleil. En bas, dans la vallée, le chant du coq tirait peu à peu les champs et les maisonnettes de leur sommeil. Vénus, solitaire et pâle, semblait nous observer depuis le ciel qui s'éclairait de minute en minute. J'aspirais avec bonheur des senteurs de chèvrefeuille dans la brise matinale pendant que les grands pétales de la morelle secouaient leurs perles de rosée. Les oiseaux piaillaient partout autour de moi, me distrayant de mes récitations. Je m'attardais un peu avant de regagner la clinique, où j'allumerais le fourneau pour préparer le petit déjeuner.

Avec l'aide d'une planche anatomique et de mes poèmes sur l'acupuncture, j'avais réussi à me faire une idée assez précise de l'endroit du corps où je devais piquer mes aiguilles pour guérir tel ou tel mal. J'attendais avec impatience une clientèle. J'eus droit à quelques volontaires enthousiastes — des garçons de Chengdu qui vivaient à présent dans les villages alentour et qui me trouvaient à leur goût. Ils marchaient pendant des heures pour se rendre à leur séance d'acupuncture. En relevant sa manche pour dégager un point d'acupuncture voisin de son coude, un de ces jeunes gens me déclara un jour avec un sourire courageux : « A quoi ça te sert, sinon, d'avoir des amis ? »

Malgré mes nombreux soupirants, je ne tombai pas amoureuse. Pourtant, la promesse que je m'étais faite de ne pas avoir de petit ami de manière à me consacrer à mes parents et à expier la faute que j'avais commise vis-à-vis de ma grand-mère commençait à perdre de sa force. Mais j'éprouvais des difficultés à ouvrir mon cœur, et mon éducation m'empêchait d'avoir une relation physique avec quelqu'un sans être éprise. Autour de moi, les autres garçons et filles de la ville vivaient assez librement leur vie. Moi, je restais toute seule sur mon piédestal. Le bruit courut que j'écrivais des poèmes, et cela ne fit que prolonger mon isolement.

Les jeunes gens de mon entourage se comportaient tous avec beaucoup de galanterie. L'un d'eux me donna un instrument de musique appelé *san-xian*, comprenant une caisse de résonance en peau de serpent, un long manche et trois cordes en soie que l'on pinçait. Il passa des jours à m'apprendre à jouer. Les mélodies autorisées chantaient toutes les louanges de Mao, et elles étaient peu nombreuses. Mais cela n'avait guère d'importance, mes talents de musicienne étant encore plus limités.

Dans la tiédeur des soirs d'été, j'allais m'exercer près du jardin médicinal délicieusement odorant au milieu des jasmins trompettes. Une fois que la boutique voisine était fermée, il n'y avait plus personne dans les environs. J'étais seule. Tout était sombre en dehors de la lune et du scintillement de quelques lumières lointaines. Parfois des lucioles passaient à proximité, pareilles à des torches microscopiques portées par des hommes volants minuscules et invisibles. Les parfums du jardin voisin me faisaient tourner la tête de plaisir. Ma musique n'était guère à la hauteur du chœur enthousiaste et tonitruant des grenouilles et du fredonnement plaintif des grillons, mais j'y trouvais un apaisement.

24

« Je t'en prie, accepte mes excuses, même si elles sont en retard d'une vie »

MES PARENTS EN CAMP

1969-1972

A trois jours de route en camion de Chengdu, dans le nord du Xichang, on atteint le plateau du Gardien de buffles. Là, la route fait une fourche, une branche conduisant vers Miyi, en direction du sud-ouest, où se situait le camp de mon père, l'autre s'orientant vers Ningnan, au sud-est.

Ce plateau doit son nom à une légende célèbre. La déesse Tisserande, fille de la reine-mère du Ciel, y descendit jadis de sa cour céleste pour se baigner dans un lac. (Le météorite qui avait atterri dans la rue où nous habitions était, disait-on, la pierre qui faisait tenir son métier à tisser en place.) Un jeune gardien de buffles qui vivait près du lac aperçut la déesse. Ils tombèrent amoureux l'un de l'autre. Ils se marièrent et eurent deux enfants, un garçon et une fille. La reine-mère du Ciel, jalouse de leur bonheur, envoya quelques dieux kidnapper la jeune déesse. Ils l'emportèrent avec eux, mais le gardien de buffles leur donna la chasse. Au moment où il allait les rattraper, la reine-mère sortit une épingle à cheveux de son chignon et dessina un énorme fleuve entre eux. La Rivière d'argent les sépare depuis, hormis le septième jour de la septième lune, lorsque des pies affluent de toute la Chine pour former un pont, de manière à ce que la famille soit de nouveau réunie un bref instant.

La Rivière d'argent est le nom que les Chinois donnent à la Voie Lactée. Dans le ciel du Xichang, elle paraît immense et criblée d'étoiles, l'étincelante Véga, la déesse Tisserande, d'un côté, Altaïr, le Gardien de buffles et ses deux enfants de l'autre. Cette légende fascine les Chinois depuis des siècles parce que leurs familles ont souvent été écartelées par les guerres, le banditisme, la pauvreté ou des gouvernements sans pitié. Paradoxalement, ce fut en ce site si réputé que l'on envoya ma mère.

Elle y arriva en novembre 1969, en compagnie de ses anciens collègues du secteur est, Rebelles et « véhicules du capitalisme » pêle-mêle, soit 500 personnes. Parce qu'on les avait chassés précipitamment de Chengdu, on n'avait pas pu prévoir de logements à leur intention. Une partie des effectifs se tassèrent dans quelques baraquements abandonnés, bâtis quelques années auparavant à l'intention d'ingénieurs militaires venus construire une voie ferrée entre Chengdu et Kunming, capitale de la province du Yunnan. Les autres installèrent tant bien que mal leur de couchage chez l'habitant.

On ne disposait d'aucun matériau de construction dans la région, hormis la boue et les herbages qu'il fallait aller chercher dans la montagne. En mélangeant la boue à de l'eau, on fabriquait des briques. Il n'y avait ni machines ni électricité, pas même de bêtes de trait. Sur le plateau, qui se trouve à environ 1 500 mètres au-dessus du niveau de la mer, c'est la journée plutôt que l'année qui se divise en saisons. A 7 heures du matin, à l'heure où ma mère commençait à travailler, il faisait près de 0° C. A midi, le thermomètre approchait souvent de 35° C. L'après-midi, des vents chauds balayaient les montagnes et vous soulevaient littéralement. A 7 heures du soir, quand il était temps de rentrer, la température chutait brutalement. Dans ces conditions climatiques extrêmement rudes, ma mère et les autres détenus travaillaient douze heures par jour, en ne faisant qu'une brève pause au moment du déjeuner. Au cours des premiers mois, on ne leur donna jamais rien d'autre à manger que du riz et du chou bouilli.

Le camp était organisé comme une caserne. Administré par des officiers de l'armée, il dépendait cependant du Comité révolutionnaire de Chengdu. Au début, on traita ma mère comme un «ennemi de classe» en l'obligeant par exemple à rester debout pendant toute la pause du déjeuner, tête baissée. Ce type de châtiment, baptisé «dénonciation des champs», était recommandé par la presse officielle afin de rappeler à ceux qui avaient le droit de s'asseoir qu'il fallait qu'ils conservent un peu d'énergie pour haïr! Ma mère alla protester auprès du commandant de sa compagnie en lui disant qu'elle ne pouvait pas travailler toute la journée sans se reposer une seule minute. L'officier en question avait appartenu au département militaire du secteur est avant la Révolution culturelle. Il la connaissait donc et s'entendait bien avec elle. Il mit fin à son supplice. On s'obstina toutefois à confier à ma mère les tâches les plus ardues et à la faire travailler le dimanche, alors que ses camarades avaient droit à un jour de repos. Ses saignements s'intensifièrent. Après quoi, elle attrapa une hépatite. Elle était jaune de la tête aux pieds et enflée, et pouvait à peine se lever.

Le camp avait au moins l'avantage d'abriter des médecins, puisque la moitié du personnel des hôpitaux du secteur est s'y trouvaient exilés. Seuls ceux dont les leaders du Comité révolutionnaire de Chengdu avaient un besoin impérieux étaient restés en ville. Le médecin qui soigna ma mère profita de l'occasion pour lui dire à quel point ses collègues et lui-même lui étaient reconnaissants de les avoir protégés avant la Révolution culturelle. Il ajouta que sans elle, en 1957, on l'aurait probablement taxé de droitiste. A défaut de remèdes occidentaux, il fit des kilomètres pour aller cueillir des plantes, du plantain asiatique et de l'hélianthe, par exemple, que les Chinois administrent pour traiter l'hépatite.

Il exagéra aussi la nature infectieuse de sa maladie auprès des autorités du camp, qui l'installèrent alors toute seule, à une distance respectable des autres. Ses harceleurs la laissèrent tranquille dès lors, par peur d'être contaminés. En revanche, le médecin lui rendait visite tous les jours et lui administrait quotidiennement une ration de lait de chèvre, fourni par un paysan local à l'insu des responsables. Le nouveau logis de ma mère était en fait une ancienne porcherie. Des détenus compatissants nettoyèrent l'endroit et le tapissèrent d'une épaisse couche de foin. Elle avait l'impression d'avoir un matelas de luxe. Un cuisinier proposa de lui apporter ses repas. Quand personne ne regardait, il ajoutait quelques œufs. Du jour où de la viande fut disponible, ma mère en mangea tous les jours, alors que les autres n'en avaient qu'une fois par semaine. Elle avait droit aussi à des fruits frais, des poires et des pêches, que ses amis allaient lui acheter au marché. En définitive, sa maladie fut presque une bénédiction.

Au bout d'une quarantaine de jours, rétablie, elle retourna à contrecœur parmi les autres, maintenant logés dans des cabanes en pisé toutes neuves. Le plateau est un endroit curieux, dans le sens où il attire la foudre et les éclairs, mais pas la pluie qui tombe sur les montagnes voisines. Les paysans de la région ne cultivaient pas les terres parce que les fréquents orages sans pluie risquaient de provoquer des catastrophes, le sol étant trop sec. Seulement, ces terres étaient la seule ressource à la disposition des occupants du camp; aussi semèrent-ils une espèce particulière de maïs résistant à la sécheresse, en allant chercher l'eau dans les contreforts de la montagne. Pour avoir du riz dans l'avenir, ils proposèrent par ailleurs aux paysans de les aider à faire leurs moissons.

Ces derniers acceptèrent. Cependant, la coutume locale voulait que les femmes ne portent jamais d'eau et que l'on interdise aux hommes de semer du riz. Cette activité devait impérativement être réservée aux femmes mariées ayant des enfants, et en particulier des fils. Plus une femme avait de fils, plus elle était sollicitée pour exécuter cette tâche éreintante. On croyait en effet qu'une femme ayant produit de nombreux fils garantirait une moisson plus abondante (les mots «fils» et «graines» s'expriment par le même son — *zi* —, en chinois). Ma mère fut la principale «bénéficiaire» de cette vieille coutume. Comme elle avait trois fils, c'est-à-dire davantage que la plupart de ses collègues, on l'obligeait à passer jusqu'à quinze heures par jour pliée en deux dans les rizières, malgré ses entrailles en feu et ses saignements.

La nuit, elle gardait les porcs quand c'était son tour. Il y avait des loups dans la région. Les cabanes en torchis étaient adossées à un pan de montagne baptisé fort à propos «le Refuge des loups». Les loups étaient très intelligents, avaient expliqué les paysans aux nouveaux arrivants. Lorsque l'un d'entre eux parvenait à s'introduire dans une porcherie, il grattait doucement un cochon et le léchait, en particulier derrière les oreilles, pour le mettre dans une sorte de transe afin qu'il ne fasse pas de bruit. Après quoi, il lui mordait l'oreille, pas trop fort, pour l'attirer hors de son abri, tout en lui frottant le corps avec la fourrure de sa queue. Le malheureux cochon rêvait toujours qu'un de ses condisciples le caressait au moment où le loup bondissait sur lui.

Ils racontèrent aussi aux citadins que les loups, comme les léopards que l'on voyait de temps en temps, avaient peur du feu. Chaque soir, on allumait donc un feu devant la porcherie. Ma mère passa de nombreuses nuits sans dormir à regarder les étoiles filantes traverser en flèche la voûte du ciel, criblée d'étoiles, sur laquelle se profilait la silhouette du Refuge des loups, tout en écoutant les loups hurler au loin.

Un soir, elle lavait ses vêtements dans une petite mare. Au moment où elle se redressa, son regard plongea dans celui d'un loup qui se tenait à vingt mètres d'elle, de l'autre côté de l'eau. Elle sentit ses cheveux se dresser sur sa tête. Brusquement, elle se souvint de ce que son ami, le vieux Lee, lui avait recommandé de faire si elle rencontrait un jour un loup : reculer lentement, sans montrer le moindre signe de panique. Surtout ne pas se retourner et courir. Elle s'éloigna donc à pas lents de la mare et marcha à reculons aussi calmement qu'elle le put en direction du camp, sans cesser de regarder l'animal qui la suivait. Quand elle atteignit la lisière du village, il s'arrêta. Le feu était en vue, et on entendait des voix. Elle se retourna d'un coup et se rua dans une maison.

Le feu était pour ainsi dire la seule source de lumière dans la profondeur des nuits du Xichang. Il n'y avait pas d'électricité. Quand on trouvait des bougies, elles coûtaient affreusement cher, et le kérosène était introuvable. De toute façon, il n'y avait presque rien à lire. A la différence de Deyang, où je jouissais d'une liberté relative qui me permettait au moins de lire les livres de Jin-ming, le camp de ma mère était strictement contrôlé. Les *Œuvres choisies* de Mao étaient les seules lectures autorisées, avec le *Quotidien du peuple*. On projetait quelquefois un film dans un des baraquements situés à quelques kilomètres. Il s'agissait invariablement d'un des opéras modèles de Mme Mao.

A mesure que les jours, les mois passaient, l'épreuve du travail quotidien et le manque de détente devinrent de plus en plus insupportables. Tous les prisonniers se languissaient de leur famille, de leurs enfants, y compris les Rebelles. Ils éprouvaient sans doute un ressentiment plus fort encore dans la mesure où ils se rendaient compte que leur fanatisme passé n'avait servi à rien. Quoi qu'ils fassent à présent, ils ne récupéreraient jamais le pouvoir à Chengdu. Les comités révolutionnaires s'étaient constitués en leur absence. Dans les mois qui suivirent leur arrivée sur le plateau, les dénonciations cédèrent le pas à la dépression. Il arrivait même aux Rebelles de venir trouver ma mère pour qu'elle leur remonte le moral. Ils la surnommèrent « Kuanyin » — la déesse de la Gentillesse.

La nuit, couchée sur son matelas de paille, elle pensait à ses enfants. Elle se rendait compte qu'ils ne devaient guère avoir de souvenirs de famille. Ils avaient grandi loin d'elle, parce qu'elle s'était consacrée à la cause, au prix de sa vie personnelle. Elle le regrettait d'autant plus maintenant que la mission qu'elle s'était fixée lui paraissait vaine. Le remords la tenaillait et ses enfants lui manquaient au point que c'en était presque insoutenable.

Dix jours avant la nouvelle année chinoise, en février 1970, trois mois après leur arrivée sur le plateau, la compagnie à laquelle elle appartenait reçut l'ordre de se mettre en rang devant le camp pour accueillir un commandant de l'armée venu faire une inspection. Après avoir attendu un long moment, ils virent une petite silhouette approcher sur le sentier qui reliait le site à la route lointaine. Les yeux rivés sur elle, ils décidèrent que ce ne pouvait pas être le personnage annoncé : il serait en voiture et entouré de toute une cour. Ce n'était pas non plus un paysan local. Le visiteur portait autour du cou une longue écharpe en laine noire élégamment enroulée autour de sa tête penchée. Finalement, ils s'aperçurent qu'il s'agissait d'une jeune femme portant un grand panier sur son dos. En la regardant approcher lentement, ma mère sentit son cœur battre de plus en plus fort. Elle trouvait qu'elle me ressemblait, mais elle pensa qu'elle devait être victime de son imagination. « Comme ce serait merveilleux si c'était Er-hong ! » se dit-elle. Bientôt, son entourage, tout excité, commença à la pousser du coude : « C'est ta fille ! Ta fille est venue te voir ! Er-hong est ici. »

Tel fut le récit que ma mère fit de mon arrivée au camp après un éloignement qui lui avait paru durer des siècles. J'étais le premier visiteur du camp, et l'on me reçut avec un mélange de chaleur et d'envie. J'avais voyagé dans le même camion qui m'avait amenée à Ningnan au mois de juin pour obtenir le transfert de mon dossier. Dans l'énorme panier que je portais sur mon dos, il y avait des saucisses, des œufs, des bonbons, des gâteaux, des nouilles, du sucre, de la viande en conserve. Mes trois frères, ma sœur, « Besicles » et moi avions mis en commun une partie de nos rations pour en faire don à nos parents. Je croulais pour ainsi dire sous le poids.

Deux choses me frappèrent immédiatement. Ma mère avait l'air d'aller bien — elle venait de se remettre de son hépatite, m'expliqua-t-elle plus tard. Et son entourage ne lui semblait pas hostile. De fait, j'entendis plusieurs personnes l'appeler Kuanyin, ce qui me parut absolument incroyable dans la mesure où elle faisait officiellement partie des «ennemis de classe».

Elle portait un foulard bleu marine noué sous le menton. Elle n'avait plus son teint délicat mais des joues rouges et un peu rêches, à cause du soleil et du vent. On aurait dit une paysanne du Xichang. Elle n'avait que trente-huit ans et en paraissait au moins dix de plus. Quand elle me caressa la joue, sa peau me fit l'effet d'une vieille écorce d'arbre craquelée.

Je passai dix jours auprès d'elle. Je devais impérativement partir pour le camp de mon père le jour du Nouvel An. Mon gentil camionneur avait promis de me prendre à l'endroit où il m'avait déposée. Ma mère était d'autant plus triste de me voir m'en aller que mon père et elle n'avaient pas le droit de se rendre mutuellement visite, alors que leurs camps se trouvaient à une courte distance l'un de l'autre. Je remis le panier sur mon dos sans y avoir touché. Ma mère avait en effet insisté pour que je porte le tout à mon père. Garder la nourriture, si précieuse, pour les autres a toujours été l'un des principaux véhicules de l'amour et de la sollicitude chez les Chinois. Elle regrettait aussi amèrement que je ne pusse être là pour le petit déjeuner traditionnel de la nouvelle année qui devait être servi au camp: des *tang-yuan*, des boulettes rondes, symboles de l'union familiale. Mais je ne pouvais pas attendre, de peur de rater mon chauffeur.

Ma mère m'accompagna au bord de la route, à une demi-heure du camp. Nous nous assîmes dans les herbes hautes pour attendre. Une brise légère faisait onduler les épais herbages qui nous entouraient à perte de vue et tout le paysage se balançait harmonieusement. Ma mère me serrait dans ses bras. Tout son corps semblait vouloir me dire son désir de me garder auprès d'elle, sa peur de ne jamais me revoir. A ce moment, nous ignorions si nos séjours respectifs au camp et dans la commune de Deyang auraient un jour une fin. On nous avait dit que nous resterions là jusqu'à la fin de nos jours. Il y avait tant de risques que nous mourions avant d'avoir la chance de nous revoir. La tristesse de ma mère finit par déteindre sur moi. Je pensai de nouveau à la mort de ma grand-mère survenue si peu de temps avant mon retour à Chengdu.

Le soleil montait à l'assaut du ciel. Toujours pas de camion en vue. En voyant se raréfier les anneaux de fumée qui s'étaient succédé toute la matinée au-dessus des cheminées du camp, ma mère fut saisie de remords à l'idée qu'elle n'avait même pas pu me régaler d'un petit déjeuner de Nouvel An. En définitive, elle insista pour aller m'en chercher un.

Pendant son absence, le camion arriva. En me tournant vers le camp, je la vis courir au loin, son foulard bleu se détachant sur les herbes jaune pâle. Elle tenait à la main un grand bol en émail coloré. Elle trottinait avec une précaution indiquant qu'elle voulait éviter de renverser la soupe avec les boulettes. Elle était encore loin, et je me rendais bien compte qu'il lui faudrait au moins vingt minutes pour me rejoindre. Je ne voyais pas très bien comment je pouvais demander au camionneur d'attendre si longtemps. Je grimpai donc sur la plateforme à regret. Ma mère courait toujours au loin. Il me sembla que le bol dans sa main avait disparu.

Des années plus tard, elle me raconta qu'en me voyant monter dans le camion, elle l'avait lâché. Elle avait continué à courir jusqu'à la route, pour s'assurer que j'étais vraiment partie, bien qu'elle en fût déjà convaincue. Il n'y avait personne d'autre à des lieues à la ronde. Au cours des jours qui suivirent, elle déambula autour du camp comme une âme en peine, égarée, la tête vide.

Après des heures de route, j'atteignis le camp de mon père, situé dans un coin perdu de la montagne. Il s'agissait en fait d'un ancien goulag. Les forçats avaient défriché le terrain nécessaire à une vaste exploitation. Après quoi, on les avait transplantés dans une zone vierge encore plus accidentée où ils avaient repris leurs haches, laissant ce site relativement cultivé à des cadres déportés, situés un rang en dessous dans l'échelon des châtiments chinois. Le camp était immense : il regroupait des milliers d'anciens employés du gouvernement provincial.

Il me fallut marcher deux heures pour rejoindre la « compagnie » de mon père. A un moment, je traversai un pont suspendu en corde enjambant un impressionnant précipice. A l'instant où je m'y engageai, toute la structure se mit à osciller et je faillis perdre l'équilibre. Malgré ma fatigue et le fardeau qui me sciait les épaules, je m'émerveillai de l'extraordinaire beauté du paysage qui m'entourait. C'était le tout début du printemps, mais une myriade de fleurs éclatantes tapissait déjà la montagne parmi les fromagers et les papayers. En arrivant à proximité du dortoir de mon père, j'aperçus un couple de faisans aux splendides couleurs qui se pavanaient majestueusement sous un ciel de poiriers, de pruniers et d'amandiers en fleurs. Quelques semaines plus tard, le chemin boueux disparaîtrait sous une avalanche de pétales roses et blancs.

La première vision de mon père après plus d'une année d'abandon me transperça le cœur. Il entra dans la cour en trottinant, chargé de deux paniers remplis de briques en équilibre sur une perche juchée sur ses épaules. Il flottait dans sa vieille veste bleue, et son pantalon remonté révélait des jambes affreusement maigres aux tendons proéminents. Son visage buriné était plissé de rides et il avait les cheveux gris. Tout à coup, il me vit. Il posa son fardeau avec maladresse, tant son excitation était grande. Déjà je courais vers lui. La tradition chinoise n'autorisant qu'un contact physique limité entre un père et sa fille, ce fut son regard, empreint d'amour et de tendresse, qui me témoigna son bonheur. J'y lus aussi la trace des épreuves qu'il avait traversées. A l'énergie et à la vivacité qui émanaient de lui autrefois avaient succédé une lassitude, une confusion, auxquelles se mêlait une détermination sereine. Il était encore jeune pourtant. Il n'avait que quarante-huit ans. Ma gorge se serra. Je scrutai ses yeux à la recherche des signes éventuels de ma pire crainte, un retour de la folie. Leur clarté me rassura. Je me sentis libérée d'un poids énorme.

Il partageait une chambre avec sept autres personnes de son département. Il n'y avait qu'une seule petite fenêtre, de sorte qu'il fallait laisser la porte ouverte en permanence pour laisser entrer un peu de lumière. Les occupants de la chambre se parlaient rarement et personne ne me salua. Je sentis tout de suite que l'atmosphère était beaucoup plus tendue que dans le camp de ma mère. Cela pour la bonne raison que l'«école de cadres» de mon père se trouvait placée sous le strict contrôle du Comité révolutionnaire du Setchouan, et, partant, des Ting. Les murs de la cour où s'alignaient des rangées de houes et de pelles en piteux état étaient toujours recouverts de couches d'affiches et de dazibaos où on lisait: «A bas Untel!» ou «Éliminez X ou Y.» Je ne tardai pas à découvrir que mon père continuait à subir régulièrement de pénibles réunions de dénonciation, le soir, après une rude journée de travail. Étant donné que, pour sortir de ce camp, la meilleure méthode consistait à se faire réintégrer au sein du Comité révolutionnaire, cela en amadouant les Ting, certains Rebelles redoublaient d'ardeur militante de façon à se mettre en avant. Mon père était leur principale victime.

Il n'avait pas le droit d'entrer dans la cuisine. En tant que «criminel anti-maoïste», on le jugeait dangereux au point d'être capable d'empoisonner la nourriture.

Mon père supportait toutes ces cruautés avec courage. Une seule fois, il laissa sa colère éclater. Peu de temps après son arrivée au camp, on lui donna l'ordre de porter un brassard blanc couvert de caractères noirs : «élément contre-révolutionnaire en action». Il repoussa violemment le brassard qu'on lui tendait en marmonnant entre ses dents : «Battez-moi à mort si vous voulez. Je ne porterai pas ça.» Les Rebelles abandonnèrent la partie. Ils savaient qu'il était sérieux et personne ne leur avait intimé l'ordre de le tuer.

Le camp offrait aux Ting une possibilité royale de se venger de leurs ennemis. Parmi ceux-ci se trouvait un homme qui avait pris part à l'enquête menée à leur sujet en 1962. Avant 1949, il travaillait dans la clandestinité ; le Kuo-min-tang l'avait emprisonné et torturé au point de lui ruiner la santé. En arrivant au camp, il tomba gravement malade. On l'obligea pourtant à continuer à travailler, sans lui laisser un seul jour de répit. Comme il était lent, on lui donna l'ordre de rattraper ses retards le soir. Des affiches dénonçaient sa paresse. «Camarades, avez-vous remarqué ce squelette grotesque aux traits hideux ?» clamait l'une d'elles. Sous le soleil impitoyable du Xichang, sa peau s'était flétrie et desséchée et pelait par lambeaux. Il était cruellement sous-alimenté. On lui avait retiré les deux tiers de l'estomac et il ne pouvait donc assimiler que de faibles quantités de nourriture à la fois. Or, on lui refusait la permission de faire régulièrement de petites collations, comme il aurait fallu qu'il le fît, de sorte qu'il était continuellement affamé. Un jour, à bout de forces, il alla dans la cuisine chercher quelque chose à grignoter. On l'accusa d'avoir voulu empoisonner la nourriture de ses camarades. Conscient que ses jours étaient comptés, il écrivit aux autorités du camp qu'il se mourait, et demanda qu'on allège un peu sa charge de travail. En guise de réponse, on déclencha contre lui une campagne d'affiches virulente. Quelque temps plus tard, il s'évanouit dans un champ où il était en train d'étaler du purin. Il faisait ce jour-là une chaleur épouvantable. On le transporta à l'hôpital du camp, où il mourut le lendemain. Aucun membre de sa famille ne vint à son chevet. Sa femme s'était suicidée.

Les « véhicules du capitalisme » n'étaient pas les seuls à souffrir à l'« école des cadres ». Certaines victimes n'avaient eu aucune relation, aussi ténue fût-elle, avec le Kuo-min-tang. Elles faisaient simplement l'objet de quelque vengeance personnelle. Il se trouvait même, parmi les douzaines de morts, certains leaders de factions rebelles vaincues. Un grand nombre d'entre eux s'étaient jetés dans le fleuve impétueux, baptisé *An-ning-he* (Tranquillité), qui coupait la vallée en deux. Au milieu de la nuit, le fracas de ses eaux turbulentes se propageait sur des kilomètres et donnait des frissons aux détenus qui comparaient ce vacarme lointain aux sanglots de fantômes.

La nouvelle de ces suicides en série me persuada de l'urgence qu'il y avait à soulager mon père des pressions physiques et mentales qui s'exerçaient sur lui, si tant est que cela fût possible. Il fallait que je trouve le moyen de le convaincre que la vie valait encore la peine d'être vécue, parce que nous l'aimions. Pendant les réunions de dénonciation, désormais non violentes dans l'ensemble, les détenus n'étant plus guère virulents, je m'asseyais dans l'assistance de manière à être dans son champ de vision afin qu'il se sente rassuré par ma présence. Dès que la foule se dispersait, je l'emmenais à l'écart. Je lui racontais des histoires réconfortantes pour essayer de lui faire oublier l'horreur de ces réunions, je lui massais la tête, le cou, les épaules. Lui me récitait des poèmes classiques. Pendant la journée, je partageais ses tâches ; il écopait toujours des corvées les plus pénibles et les plus humiliantes. Je portais parfois ses charges, qui pesaient plus de quarante-cinq kilos. Je réussissais miraculeusement à garder un visage détendu, alors que je tenais à peine debout.

Je restai auprès de lui plus de trois mois. Les autorités me laissaient manger à la cantine et me donnèrent un lit dans une chambre qu'occupaient cinq autres femmes. Celles-ci ne m'adressaient pratiquement jamais la parole. La plupart des détenus prenaient un air hostile dès que j'approchais. Je faisais comme si je ne les voyais pas. Quelques-uns, toutefois, se montrèrent plus gentils, ou plus courageux, que les autres en me témoignant une certaine bienveillance.

C'était notamment le cas d'un jeune homme d'une trentaine d'années aux traits sensibles et aux oreilles disproportionnées. Il s'appelait Young et il était allé à l'université. Il avait commencé à travailler dans le département de mon père juste avant l'avènement de la Révolution culturelle. Il commandait l'«escadron» de mon père à «l'école des cadres». Bien qu'on le contraignît à lui assigner les besognes les plus rudes, il s'efforçait dans la mesure du possible de réduire sa charge de travail, à l'insu des autorités. Lors d'une de mes brèves conversations avec lui, je lui confiai que je ne pouvais pas cuisiner les aliments que j'avais apportés avec moi, car je n'avais pas de kérosène pour mon petit réchaud.

Quelques jours plus tard, Young passa à côté de moi d'un air absent. A ce moment, je sentis un objet métallique dans ma main : c'était un brûleur en fil de fer de 20 centimètres de haut et 10 centimètres de diamètre environ qu'il avait fabriqué lui-même. Il consumait des boules de papier journal. On pouvait déchirer les journaux à présent, car le portrait de Mao n'y figurait plus. Notre Président lui-même avait mis un terme à cette pratique, considérant que son objectif — «établir son absolue autorité suprême de manière grandiose et spéciale» —, avait été atteint et qu'il ne servirait à rien de «sursaturer» les esprits. Sur les flammes bleu orangé de mon réchaud improvisé, je cuisinais des plats nettement supérieurs à ceux de la cantine. Quand une vapeur appétissante soulevait le couvercle de la casserole, je voyais les mâchoires des sept compagnons de chambrée de mon père mastiquer mécaniquement. Je regrettai de ne pouvoir proposer à Young de partager nos repas. Nous risquions tous les deux de graves ennuis si ses collègues militants venaient à l'apprendre.

Ce fut grâce à Young et à quelques autres personnes bien intentionnées que mon père put recevoir la visite de ses enfants. Young l'autorisa en outre à sortir de l'enceinte du camp les jours de pluie, ses seuls jours de congé puisque, à la différence des autres détenus, il devait travailler le dimanche, comme ma mère. Dès qu'il cessait de pleuvoir, mon père et moi partions dans la forêt chercher des champignons sauvages, au pied des pins, ou des pois sauvages, que j'apprêtais ensuite avec du canard en boîte ou une autre viande. Nous faisions alors un dîner divin.

Après le repas, nous allions souvent nous promener dans un endroit que j'aimais par-dessus tout et que j'avais surnommé mon «jardin zoologique». C'était en réalité une clairière en pente tapissée d'herbages, au milieu de laquelle trônait un groupe de rochers aux formes extraordinaires. On aurait dit une troupe d'animaux fantastiques paressant au soleil. Certains rochers comportaient des creux où nous pouvions nous lover. Nous nous étendions pour contempler le paysage lointain. Au bas du versant se trouvait une rangée de kapoks gigantesques aux fleurs écarlates, pareilles à celles d'immenses magnolias, qui poussaient directement sur ses branches noires, sans feuilles, pointées droit vers le ciel. Pendant les trois mois que je passai au camp, j'eus tout loisir d'observer l'éclosion de ces fleurs géantes, explosions de vermillon sur le noir des branches. A ces merveilles se substituaient ensuite des fruits gros comme des figues qui s'épanouissaient à leur tour en une sorte de boule de laine soyeuse que les vents chauds éparpillaient dans la montagne, telle une neige de plumes. Au-delà de la rangée de kapoks s'étendait la rivière de la Tranquillité, puis les montagnes, à perte de vue.

Un jour que nous profitions d'un instant de répit dans notre «jardin zoologique», un paysan vint à passer, si déformé, si malingre que je pris peur. Mon père m'expliqua que, dans ces régions isolées, les mariages consanguins étaient courants. Puis il ajouta: «Il y a tant à faire dans ces montagnes! C'est un si bel endroit! Les possibilités sont si grandes! J'aimerais tellement m'installer ici un jour pour m'occuper d'une commune, ou peut-être d'une brigade de production, et faire vraiment du bon travail. Quelque chose d'utile. Je serais même content d'être un paysan ordinaire. J'en ai tellement assez d'être un fonctionnaire. Je voudrais que toute la famille puisse vivre ici un jour et mener une existence paisible.» Je vis alors dans son regard toute la frustration d'un homme énergique, plein de capacités, avide de travailler. Je reconnus aussi dans son discours le rêve idyllique traditionnel de l'intellectuel chinois déçu par sa carrière de mandarin. Mais surtout, je compris que cette autre vie n'était plus pour mon père qu'une chimère, merveilleuse, inaccessible, parce qu'une fois que l'on appartenait à l'encadrement du parti communiste, il n'y avait plus moyen de s'en sortir.

Je me rendis à trois reprises à son camp, en y séjournant chaque fois plusieurs mois. Mes frères et sœur et moi, nous

nous relayions de façon à ce qu'il fût en permanence entouré d'affection. Il disait avec fierté que tout le camp était jaloux de lui parce que personne d'autre n'avait aussi souvent la visite de ses enfants. De fait, la plupart des détenus n'avaient pas de visite du tout : la Révolution culturelle avait porté un rude coup aux relations humaines, et brisé d'innombrables familles.

Chez nous, en revanche, plus le temps passait, plus les liens se resserraient. Mon frère Xiao-hei, que mon père avait battu jadis, lui était de plus en plus attaché. Au cours de sa première visite au camp, ils furent obligés de dormir dans le même lit, car les responsables du camp en voulaient à mon père de recevoir autant de visites des siens. Pour être sûr que ce dernier passerait une bonne nuit, ce qui était extrêmement important pour son équilibre mental, Xiao-hei s'empêchait de sombrer dans un sommeil profond de peur de bouger et de le déranger.

Mon père se reprochait d'avoir été aussi dur avec lui quand il était petit. Il ne cessait de s'en excuser en lui caressant les cheveux. « Je n'arrive pas à imaginer que j'aie pu te frapper si fort. J'étais trop sévère avec toi, disait-il. J'ai beaucoup réfléchi au passé et je me sens très coupable envers toi. C'est tout de même curieux de penser que la Révolution culturelle a pu me bonifier. »

On nourrissait surtout les détenus de chou bouilli. Ils avaient continuellement faim, en raison du manque de protéines. Chacun attendait avec impatience les rares jours où l'on servait de la viande, que l'on célébrait presque gaiement. Les Rebelles les plus rigoristes eux-mêmes paraissaient de meilleure humeur. Mon père insistait toujours pour nous donner sa viande. Cela finissait systématiquement par une sorte de bagarre entre baguettes et bols.

Il était la proie de remords incessants. Ce fut lui qui m'expliqua par exemple qu'il n'avait pas invité ma grand-mère à son mariage et qu'il l'avait honteusement renvoyée en Manchourie un mois seulement après son arrivée, alors qu'il s'agissait d'un voyage périlleux. Combien de fois l'ai-je entendu se reprocher de ne pas avoir manifesté plus d'affection à sa propre mère et de s'être montré inflexible, au point qu'on ne l'avait même pas préven', de la date de ses funérailles. « Il est trop tard maintenant ! » disait-il en secouant lamentablement la tête. Il s'en voulait aussi de la manière dont il avait traité sa sœur Jun-ying dans les années 1950, quand il avait essayé de la persuader de renoncer à sa foi bouddhiste et même de manger de la viande, alors qu'elle était végétarienne par conviction.

Tante Jun-ying mourut au cours de l'été 1970. La paralysie avait gagné progressivement tout son corps, et on ne l'avait pas soignée convenablement. Elle était sereine quand elle rendit le dernier soupir, comme elle l'avait été toute sa vie. Nous décidâmes de ne pas annoncer la nouvelle à mon père. Nous savions combien il l'aimait et la respectait.

Xiao-hei et Xiao-fang passèrent cet automne-là auprès de lui. Un jour qu'ils se promenaient après le dîner, Xiao-fang, qui n'avait que huit ans, mentionna involontairement la mort de tante Jun-ying. Brusquement, mon père changea de visage. Il resta immobile un long moment, le regard égaré, puis il s'éloigna de quelques pas, se laissa tomber à terre et couvrit son visage de ses mains. De violents sanglots secouaient ses épaules. Mes frères ne l'avaient jamais vu pleurer. Ils en restèrent bouche bée.

Au début de 1971, le bruit circula que les Ting avaient été chassés. Mes parents virent alors leurs épreuves quelque peu allégées, en particulier mon père. On leur octroya leur dimanche, et on cessa de leur confier les pires corvées. Même s'ils n'étaient toujours pas très chaleureux, les autres détenus commencèrent à adresser la parole à mon père. Au début de 1971, ma mère se rendit compte que les choses allaient vraiment changer quand elle vit arriver au camp une nouvelle victime, en l'occurrence Mme Shau, l'ancienne tortionnaire de mon père, tombée en disgrâce en même temps que les Ting. Peu de temps après, ma mère fut autorisée à passer deux semaines avec mon père. C'était la première fois qu'ils se retrouvaient depuis des années. De fait, ils ne s'étaient pas même aperçus depuis ce matin d'hiver, dans la rue de Chengdu, juste avant le départ de mon père pour le camp, un peu plus de deux ans auparavant.

Pourtant, ils n'étaient pas encore tirés d'affaire, loin de là. La Révolution culturelle battait toujours son plein. Si Mao avait ordonné l'éviction des Ting, ce n'était pas à cause de leurs méfaits, mais parce qu'il les soupçonnait d'être en liaison étroite avec Chen Boda, l'un des principaux dirigeants de l'Autorité de la révolution culturelle qu'il avait pris en grippe. Cette purge fit de nouvelles victimes. Chen Mo, le bras droit des Ting, qui avait contribué à la libération de mon père, se suicida.

Un jour de l'été 1971, ma mère eut une hémorragie particulièrement violente. Elle perdit connaissance et il fallut l'emmener d'urgence à l'hôpital. Mon père n'eut pas le droit de lui rendre visite, bien qu'ils fussent tous les deux dans la région du Xichang. Dès que son état s'améliora quelque peu, on l'autorisa à regagner Chengdu pour y être soignée. Là, ses saignements s'arrêtèrent enfin. Cependant, les médecins s'aperçurent qu'elle souffrait d'une maladie de peau appelée sclérodermie. A l'origine, elle avait eu derrière l'oreille droite une plaque dure, qui s'était étendue. Le côté droit de sa mâchoire était considérablement plus petit que le côté gauche, et elle entendait de moins en moins de l'oreille droite. En dessous, son cou s'était raidi et son bras droit commençait à s'engourdir. Les dermatologues lui dirent que cette sclérose risquait de toucher finalement les organes internes, auquel cas elle continuerait à «rétrécir» ainsi, et mourrait d'ici trois ou quatre ans. Ils conclurent en lui disant que la médecine occidentale ne pouvait rien pour elle. Ils ne pouvaient guère lui recommander autre chose que de la cortisone, qu'on lui administra sous forme de comprimés et d'injections dans le cou.

Je me trouvais auprès de mon père lorsque la lettre de ma mère lui annonçant cette nouvelle inquiétante arriva. Il se hâta d'aller demander la permission de rentrer chez lui pour la voir. Young n'y voyait évidemment aucun inconvénient, mais les autorités du camp refusèrent. Mon père éclata alors en sanglots devant tous les autres détenus réunis dans la cour. Les gens de son département n'en croyaient pas leurs yeux. Ils le considéraient comme «un homme de fer». De bonne heure le lendemain matin, il alla à la poste avant qu'elle n'ouvre et attendit devant la porte pendant des heures. Ce jour-là, il envoya à ma mère un télégramme de trois pages qui commençaient en ces termes: «Je t'en prie, accepte mes excuses, même si elles sont en retard d'une vie. C'est parce que je me sens coupable vis-à-vis de toi que je suis prêt à accepter avec joie n'importe quel châtiment. Je n'ai pas été le mari que tu méritais. Je t'en supplie, guéris et donne-moi encore une chance.»

En octobre 1971, «Besicles» vint me voir à Deyang, pour m'annoncer une nouvelle retentissante. Lin Biao était mort.

Aux ouvriers de l'usine où il travaillait, on avait officiellement déclaré qu'il avait essayé d'assassiner Mao. Sa tentative ayant échoué, il avait voulu s'enfuir en Union soviétique, mais son avion s'était écrasé en Mongolie.

Enveloppée de mystère, la mort de Lin Biao était liée à la chute de Chen Boda, un an auparavant. Mao avait commencé à soupçonner les deux hommes lorsqu'ils avaient un peu trop forcé sur la déification de son personnage. Il se douta que ces manœuvres devaient faire partie d'une tactique destinée à l'expédier «au Ciel», de manière à le priver en définitive du pouvoir. Mao se méfiait surtout de Lin Biao, le successeur qu'il s'était choisi, connu pour «ne jamais se défaire du Petit Livre rouge», tandis que pas un seul instant il ne cessait de murmurer «Vive Mao!», tout au moins à en croire une chanson récente.

Mao finit par conclure que, décidément, ce prétendant au trône devait avoir de mauvaises intentions. Est-ce lui, ou Lin, qui résolut d'agir pour sauver son pouvoir et sa vie? A moins que ce ne fût les deux. Quoi qu'il en soit, peu de temps après, notre commune nous fit part de la version officielle de l'affaire. Les paysans n'y comprirent pas grand-chose. Le nom de Lin ne leur disait rien. En revanche, je fus transportée de joie par cette nouvelle. Comme je n'arrivais toujours pas à mettre Mao en cause dans mon esprit, c'était à Lin que j'imputais la responsabilité de la révolution culturelle. Le fossé qui les séparait de toute évidence signifiait que Mao avait dû désavouer la révolution et qu'il allait enfin mettre un terme au malheur et à la destruction de la nation. La mort de Lin réaffirma en un sens ma foi en Mao. Beaucoup de gens partagèrent mon optimisme, car certains indices tendaient à prouver que la Révolution culturelle s'essoufflait. Presque aussitôt, on commença à réhabiliter un certain nombre de «véhicules du capitalisme», qui furent libérés.

Mon père apprit la mort de Lin à la mi-novembre. Dès ce moment, le sourire réapparut par intermittence sur le visage de certains Rebelles. Lors des réunions qui suivirent, on le pria de s'asseoir, ce qui ne lui était jamais arrivé, et de «dénoncer Yeh Chun» — Mme Lin Biao, qui avait été l'une de ses collègues à Yen-an au début des années 1940. Il garda obstinément le silence.

Si un grand nombre de ses collègues étaient effectivement réhabilités et partaient par camions entiers, mon père, lui, fut convoqué par le commandant du camp qui lui déclara: «Ne vous imaginez pas que vous vous en sortirez maintenant. » Le crime qu'il avait commis contre Mao était jugé impardonnable.

Sa santé s'était considérablement détériorée sous l'effet des intolérables pressions physiques et mentales qu'il avait subies, auxquelles s'ajoutaient des années de flagellations brutales, suivies de travaux forcés exécutés dans des conditions déplorables. Depuis près de cinq ans, il consommait d'importantes quantités de tranquillisants afin de ne pas perdre le contrôle de lui-même. Il lui arrivait de multiplier la dose quotidienne par vingt, et cela avait fini par épuiser son organisme. Il souffrait en permanence, il était facilement à bout de souffle et commença bientôt à cracher le sang. Il avait fréquemment des étourdissements prolongés. A cinquante ans, il en paraissait soixante-dix. Les médecins du camp le recevaient toujours froidement et se contentaient de lui prescrire de nouveaux sédatifs. Ils refusaient de l'examiner et même de l'écouter. Chaque fois qu'il allait à la clinique, les Rebelles lui faisaient la leçon en lui aboyant dans les oreilles : « Ne crois pas que tu vas t'en tirer en faisant semblant d'être malade. »

Jin-ming se trouvait auprès de lui en 1971. L'état de mon père l'inquiétait tellement qu'il resta jusqu'au printemps de l'année suivante. Puis il reçut une lettre de son équipe de production lui ordonnant de revenir immédiatement, s'il voulait recevoir ses rations au moment des récoltes. Le jour de son départ, mon père l'accompagna à la gare. Depuis peu, la voie ferrée venait en effet jusqu'à Miyi, en raison du transfert des industries stratégiques dans le Xichang. Tout le long du chemin, ils restèrent silencieux l'un et l'autre. Bientôt, mon père manqua de souffle, et Jin-ming dut l'aider à s'asseoir au bord du chemin. Longtemps, il lutta pour reprendre sa respiration. Puis Jin-ming l'entendit soupirer profondément en disant : « J'ai l'impression que je n'en ai plus pour longtemps. La vie me semble un rêve. » Jin-ming ne l'avait jamais entendu parler de la mort. Troublé, il s'efforça de le réconforter. Mais mon père continua à parler lentement : « Je me demande si j'ai peur de mourir. Je ne crois pas. La vie que j'ai maintenant est pire que la mort et je ne pense pas que cela prendra fin autrement. Parfois je me sens très faible. Debout près de la rivière de la Tranquillité, je me dis : "Un saut et je peux mettre un terme à tout cela". Et puis je me dis qu'il ne faut pas. Si je meurs sans être réhabilité, vous aurez des ennuis à jamais... J'ai beaucoup réfléchi ces derniers temps. J'ai eu une enfance difficile. La société était injuste, alors. C'est pour obtenir une société équitable que je me suis joint aux communistes. J'ai fait de mon mieux pendant des années. En quoi cela a-t-il servi le peuple? Quant à moi, comment se fait-il qu'en définitive j'aie apporté le malheur à ma famille? Certains disent que ceux qui finissent mal ont quelque chose sur la conscience. J'ai beaucoup pensé à ce que j'ai fait dans ma vie. J'ai donné des ordres pour que l'on exécute des gens... »

Il parla alors à Jin-ming des arrêts de mort qu'il avait signés, en lui dévoilant les noms et les histoires d'*e-ba* («despotes féroces»), du temps de la réforme agraire à Chaoyang, et ceux de chefs de bandits à Yibin. «Mais ces gens-là avaient fait tellement de mal que Dieu lui-même aurait ordonné de les fusiller, à ma place. Qu'ai-je donc commis de si terrible, alors, pour mériter cela?»

Après une longue pause, il ajouta: «Si je meurs tel que je suis, cessez de prêter foi au parti communiste. »

25

« Le parfum de la brise »

UNE NOUVELLE VIE,
AVEC LE *MANUEL*
DES ÉLECTRICIENS ET *SIX CRISES*

1972-1973

La mort, l'amour, les tourments et les répits avaient jalonné 1969, 1970 et 1971. A Miyi, les saisons sèches et pluvieuses se suivaient impitoyablement. Sur le plateau du Gardien de buffles, la lune croissait et décroissait, le vent se déchaînait, puis s'apaisait, les loups hurlaient puis se taisaient. Dans le jardin médicinal de Deyang, les herbes fleurirent une fois, puis deux, puis trois. Je ne cessais de courir, entre les camps de mes parents, le chevet de ma tante et mon village. J'étalais du fumier dans les rizières et je composais des poèmes à la gloire des nénuphars.

Ma mère se trouvait à la maison, à Chengdu, lorsqu'elle apprit la nouvelle de la mort de Lin Biao. Elle fut réhabilitée en novembre 1971. On lui fit savoir qu'elle n'avait pas besoin de retourner au camp. Elle recommença à recevoir son salaire mais on ne lui rendit pas son poste, confié à quelqu'un d'autre. Le département du secteur est ne comptait à présent pas moins de sept directeurs — les membres des comités révolutionnaires en place plus les cadres réhabilités de retour des camps. La mauvaise santé de ma mère expliquait en partie qu'elle ne se remît pas au travail. Mais le fait que mon père n'avait pas été réhabilité, contrairement à la plupart des «véhicules du capitalisme», y était évidemment pour beaucoup.

Mao n'avait pas donné son aval aux réhabilitations en masse non pas parce qu'il avait enfin retrouvé le sens des réalités, mais parce que, avec la mort de Lin Biao, et l'inévitable purge de ses partisans, il avait perdu la haute main sur l'armée. Il avait remercié ou s'était aliéné la grande majorité des autres maréchaux, opposés à la Révolution culturelle, pour finalement ne plus pouvoir compter que sur Lin. Il avait confié à sa femme, à des parents, les «stars» de la Révolution culturelle, des postes de commandement dans l'armée. N'ayant pas de passé militaire, ces gens ne pouvaient évidemment compter sur la loyauté de l'armée. Une fois Lin parti, Mao fut par conséquent obligé de faire appel aux chefs qu'il avait répudiés, et que les soldats respectaient toujours, notamment Deng Xiaoping, qui n'allait pas tarder à prendre une place prépondérante. La première concession que dut faire Mao fut le rappel de la plupart des cadres condamnés.

Mao savait que son pouvoir dépendait aussi de la bonne situation de l'économie. Ses comités révolutionnaires, désespérément médiocres et divisés, n'arrivaient pas à remettre le pays en marche. Là encore, il n'avait pas d'autre solution que de se tourner vers les anciens responsables disgraciés.

Mon père se trouvait toujours à Miyi. On lui versa cependant d'un bloc les parts de salaire retenues depuis le mois de juin 1968, de sorte que nous nous retrouvâmes tout à coup avec ce qui nous paraissait une somme colossale à la banque. On nous rendit aussi les affaires personnelles que les Rebelles nous avaient prises lors de leurs descentes chez nous, à l'exception de deux bouteilles de *mao-tai*, la liqueur la plus prisée en Chine. Il y eut d'autres signes encourageants. Zhou Enlai, qui jouissait d'un pouvoir accru, se mit en devoir de relancer l'économie. L'ancienne administration retrouva dans l'ensemble sa place, et l'on mit l'accent sur la production et l'ordre. Des mesures d'incitation furent prises. On autorisa les paysans à s'adonner à une culture de rapport pendant leur temps libre. La recherche scientifique reprit. Les écoles rouvrirent leurs portes après six ans, et mon petit frère, Xiao-fang, put enfin entamer son éducation, à l'âge de dix ans.

Avec la reprise, les usines commencèrent à recruter. On les

autorisait à donner la priorité aux enfants de leurs employés que l'on avait expédiés à la campagne. Bien que mes parents ne fussent pas ouvriers, ma mère alla trouver les gérants d'une fabrique de machines, jadis sous le contrôle de son département et appartenant désormais au 2e bureau de l'industrie légère de Chengdu. Ils acceptèrent de me prendre sans se faire prier. Quelques mois avant mon vingtième anniversaire, je quittai donc Deyang une fois pour toutes. Ma sœur, elle, fut obligée de rester ; les jeunes citadins qui s'étaient mariés après leur départ pour la campagne n'avaient plus le droit de revenir, même si leur conjoint figurait sur les registres de la ville.

Je n'avais pas d'autre solution que de devenir ouvrière. La plupart des universités étaient toujours fermées et il n'y avait pas d'autres carrières possibles. En usine, on ne travaillait que huit heures par jour, au lieu de trimer de l'aube jusqu'au crépuscule comme les paysans. Il n'était plus question de porter des charges qui vous brisaient les reins, et puis je pouvais vivre auprès de ma famille. Plus important encore, je pouvais me réinscrire sur les registres de la ville ; l'État me garantissait ainsi une alimentation de base et les produits de première nécessité.

L'usine se situait dans les faubourgs de Chengdu, à quarante-cinq minutes à bicyclette de la maison. Mon itinéraire longeait d'abord la Rivière de la Soie, puis je quittais la berge pour prendre des routes de campagne boueuses au milieu des champs de blé et de colza. J'atteignais finalement une enceinte délabrée, parsemée de tas de briques et de rouleaux de fil de fer rouillé. C'était mon usine, une installation pour le moins primitive : certaines machines dataient du début du siècle. Après cinq ans de réunions de dénonciation, de slogans, de bagarres entre factions au sein même de l'usine, les administrateurs et les ingénieurs venaient de se remettre au travail et la fabrication de machines-outils reprenait doucement. Les ouvriers me réservèrent un accueil très chaleureux, à cause de mes parents. Les ravages de la Révolution culturelle les avaient incités à regretter ardemment l'ancienne administration, qui avait su faire régner l'ordre et la stabilité.

On m'affecta à la fonderie en qualité d'apprentie. Je travaillais sous les ordres d'une femme que tout le monde appelait « tante Wei ». Enfant, elle avait vécu dans le dénuement le plus total, sans même posséder un pantalon convenable. L'arrivée des communistes avait métamorphosé sa vie ; elle leur vouait une reconnaissance sans borne. Elle avait rallié le parti et, au début de la Révolution culturelle, elle figurait parmi les loyalistes qui défendirent les anciens cadres du parti. Lorsque Mao avait apporté ouvertement son soutien aux Rebelles, son groupe avait dû céder devant la violence. On l'avait affreusement torturée. Un de ses amis ouvriers, qui devait lui aussi beaucoup aux communistes, avait succombé au supplice dit de la « nage du canard » (suspendu à l'horizontale par les poignets et les chevilles). Tante Wei me raconta l'histoire de sa vie en pleurant. Elle disait que son sort était à jamais lié à celui du parti, qu'elle considérait comme ruiné par des « éléments anticommunistes » tels que Lin Biao. Elle me traitait comme sa fille, principalement parce que je venais d'une famille de communistes. Je ne me sentais pas toujours à l'aise avec elle, car sa foi dans le parti me dépassait.

Nous étions une trentaine d'hommes et de femmes à faire le même travail, qui consistait à bourrer des moules de terre. On soulevait la masse de fer en fusion, incandescente, que l'on versait dans les moules, provoquant ainsi une pluie d'étincelles blanches. Le treuil suspendu au-dessus de notre atelier grinçait si lamentablement que je craignais toujours qu'il lâche le creuset rempli de liquide bouillonnant sur les ouvriers qui travaillaient en dessous.

C'était un labeur harassant et sale. J'avais les bras enflés, mais j'étais tout de même de très bonne humeur, puisque je croyais naïvement que la Révolution culturelle touchait à sa fin. Je travaillais par conséquent avec une ardeur qui aurait surpris les paysans de Deyang.

En dépit de ce nouvel élan d'enthousiasme, je fus soulagée d'apprendre mon transfert dans un autre atelier, un mois environ après mon arrivée à l'usine. Je ne crois pas que j'aurais pu tenir le coup beaucoup plus longtemps à la fonderie. Grâce à la bonne volonté que suscitaient mes parents, on me laissa choisir entre plusieurs emplois : tourneur, opératrice de treuil, téléphoniste, charpentier ou électricien. J'hésitai entre les deux derniers. L'idée de travailler le bois me ravissait, mais je n'étais pas très habile de mes mains. En qualité d'électricien, j'aurais l'insigne prestige d'être la seule femme de l'usine à faire ce travail. Il y en avait déjà une, mais elle s'apprêtait à changer de fonctions. On l'admirait beaucoup. Quand elle grimpait en haut des pylônes, les gens la regardaient, sidérés. Nous fûmes amies dès notre première rencontre. Elle m'apprit une chose qui acheva de me décider : les électriciens n'étaient pas obligés de rester plantés huit heures par jour devant une machine. Ils attendaient qu'on les appelle lorsque l'on avait besoin d'eux. Cela voulait dire que j'aurais le temps de lire.

Je reçus cinq décharges électriques au cours du premier mois. Il n'y avait pas plus de formation pour les électriciens que pour les médecins aux pieds nus ! Les six hommes de mon équipe m'apprirent patiemment leur métier, mais mon ignorance des bases élémentaires atteignait une profondeur abyssale. J'ignorais même ce que c'était qu'un fusible ! La jeune femme que j'avais remplacée me donna son exemplaire du *Manuel des électriciens* que j'étudiai consciencieusement, ce qui ne m'empêcha pas de continuer à confondre courant électrique et voltage. En définitive, honteuse de gaspiller le temps de mes collègues, j'essayai d'imiter ce qu'ils faisaient sans comprendre grand-chose à la théorie. De cette manière, je me débrouillais plutôt mieux et je fus progressivement en mesure d'effectuer toute seule de menues réparations.

Un jour, un ouvrier demanda que l'on vînt réparer un interrupteur défectueux sur un panneau de distribution. J'allai voir derrière ce panneau pour examiner le câblage des fils électriques et conclus qu'une vis avait dû se desserrer. Au lieu de commencer par couper l'alimentation électrique, je dirigeai impétueusement mon tournevis doublé d'un vérificateur d'accus droit sur la vis. L'arrière du panneau était un enchevêtrement de fils électriques véhiculant 380 volts. Une fois mon tournevis à l'intérieur de ce champ de mines, je devais le pousser très prudemment dans un petit interstice. J'atteignis la vis en question pour m'apercevoir qu'elle tenait parfaitement bien. Mon bras tremblait légèrement à présent, en raison de ma nervosité et de ma position incommode. Je commençai à le retirer lentement, en retenant mon souffle. Presque en arrivant au bord, au moment où j'allais me détendre, une série de secousses colossales m'agitèrent le bras droit, puis des pieds à la tête. Je fis un bond en l'air, et le tournevis s'envola. J'avais effleuré une épissure à l'entrée du réseau de distribution. Je m'effondrai à terre, consciente que j'y aurais laissé ma peau si le tournevis avait glissé une seconde plus tôt. Je m'abstins d'en parler aux autres électriciens, de peur qu'ils se sentent obligés de m'accompagner à chaque déplacement.

Je finis par m'habituer aux décharges. Les autres n'en faisaient pas une histoire non plus. Un vieil électricien me raconta qu'avant 1949, à l'époque où l'usine appartenait encore à des intérêts privés, il devait se servir du dos de sa main pour tester le courant! Il avait fallu attendre la venue des communistes pour que l'établissement s'équipe de vérificateurs d'accus.

Le local des électriciens comportait deux pièces. Quand ils n'étaient pas en déplacement, la plupart de mes collègues jouaient aux cartes dans l'une pendant que je lisais dans l'autre. Dans la Chine de Mao, si vous refusiez de vous joindre aux gens qui vous entouraient, on vous accusait à coup sûr de vous «couper des masses». Au début, je redoutais un peu de m'isoler pour lire. Je posais mon livre dès qu'un de mes collègues entrait dans la pièce et je m'efforçais de bavarder avec lui, d'une manière quelque peu maladroite. En conséquence de quoi, ils me laissaient plutôt tranquille. Je fus très soulagée de voir que mon excentricité ne les gênait apparemment pas. Leur gentillesse m'incita à me porter volontaire pour les réparations aussi souvent que possible.

Un des jeunes gens de l'équipe, appelé Day, avait fréquenté un lycée jusqu'au début de la Révolution culturelle. Il était considéré comme très cultivé. C'était un bon calligraphe et il jouait magnifiquement de plusieurs instruments de musique. Je l'aimais beaucoup. Tous les matins, je le trouvais debout devant la porte de notre local; il m'attendait pour me dire bonjour. Je finis par effectuer avec lui de nombreuses missions. Un jour, au tout début du printemps, après avoir fini un travail d'entretien, nous passâmes la pause du déjeuner adossés contre une meule de foin derrière la fonderie, à savourer la première journée de soleil de l'année. Des moineaux se disputaient les grains de riz qui restaient sur les tiges en pépiant autour de nos têtes. Le foin exhalait un arôme de terre chaude. Je découvris avec bonheur que Day partageait mon intérêt pour la poésie classique chinoise, et que nous pourrions composer des poèmes l'un pour l'autre en utilisant la même séquence de rythme, comme le faisaient jadis les grands poètes. Rares étaient les gens de ma génération qui comprenaient et appréciaient les poèmes classiques. Nous arrivâmes très en retard cet après-midi-là, mais personne ne nous en tint rigueur. Nos collègues se contentèrent de nous adresser des sourires lourds de sens.

Day et moi ne tardâmes pas à compter les minutes lorsque nous étions en congé, tant nous étions impatients de nous revoir. Nous profitions de toutes les occasions pour être à côté l'un de l'autre, nous effleurer, sentir l'exaltation d'être si proches, humer nos odeurs, trouver des raisons d'être fâchés ou émus par les propos maladroits de l'autre.

Puis, un bruit commença à circuler selon lequel Day n'était pas digne de moi. Cette désapprobation tenait en partie au fait qu'on me considérait comme un élément particulier. J'étais le seul enfant de hauts responsables employé à l'usine ; de fait, la plupart des ouvriers n'en avaient probablement jamais vu d'aussi près. Ces jeunes avaient la réputation d'être arrogants et gâtés. Je leur avais apparemment causé une surprise agréable, et certains de mes collègues pensaient qu'aucun employé de l'usine n'était digne de moi.

Ils en voulaient à Day, parce que son père avait été officier du Kuo-min-tang et avait séjourné dans un camp de travail. Ils étaient persuadés qu'un avenir glorieux m'attendait et que je ne devais pas me laisser « entraîner au malheur » en m'associant à lui.

En réalité, le hasard seul avait voulu que son père occupât jadis ces fonctions. En 1937, il était en route pour Yen-an en compagnie de deux amis afin de lutter contre les Japonais aux côtés des communistes. Ils avaient presque atteint leur but, lorsqu'un barrage routier élevé par des partisans du parti nationaliste les arrêta. Les officiers du Kuo-min-tang auxquels ils eurent affaire les incitèrent à choisir leur camp. Ses amis voulurent à tout prix continuer leur chemin, mais le père de Day opta pour le Kuo-min-tang : peu lui importait à quelle armée il appartenait, tant qu'il participait aux combats contre l'envahisseur. Quand la guerre civile éclata à nouveau, ses amis et lui se retrouvèrent ainsi face à face sur le champ de bataille. Après 1949, on l'envoya dans un camp de travail, alors que ses deux compagnons devenaient des officiers haut gradés de l'armée communiste.

Ce coup du sort expliquait qu'à l'usine Day fût en butte aux pires attaques, sous prétexte qu'en « m'importunant » il oubliait qui il était. Certains l'accusaient même d'être un arriviste. Ses traits tendus, ses sourires amers montraient bien que ces ragots insidieux le faisaient souffrir, mais il ne m'en parlait jamais. Nous n'avions fait que suggérer les sentiments que nous éprouvions l'un pour l'autre à travers certaines allusions dans nos poésies. Brusquement, il cessa de m'écrire des poèmes. La confiance en lui qu'il avait manifestée au début de notre amitié disparut. Désormais, lorsque nous étions seuls, il adoptait une attitude humble et soumise. En public, il s'efforçait d'apaiser les esprits qui le réprouvaient en leur montrant maladroitement qu'il ne faisait pas grand cas de ma personne. Quelquefois, je trouvais son comportement tellement inqualifiable que je ne pouvais m'empêcher d'être agacée et triste. Du fait de mon éducation privilégiée, je ne me rendais pas compte qu'en Chine la dignité est un luxe réservé à une élite restreinte. Je ne pris pas vraiment la mesure du dilemme qui tiraillait Day, ni du fait qu'il me cachait son amour de peur de ruiner ma réputation. Peu à peu, nous nous éloignâmes l'un de l'autre.

Pendant les quatre mois où nous nous étions assidûment fréquentés, jamais le mot « amour » n'avait été prononcé. J'avais même réussi à l'éliminer de mon esprit. Nous ne pouvions pas nous laisser aller, tant la question de nos antécédents familiaux dont on nous avait imprégnés occupait nos pensées. Les conséquences d'un rapprochement éventuel avec la famille d'un « ennemi de classe » tel que Day étaient trop risquées. Cette autocensure inconsciente m'empêcha de tomber vraiment amoureuse de lui.

Ma mère avait renoncé à la cortisone et essayait de soigner sa sclérodermie avec des remèdes chinois. Nous explorions les marchés de campagne à la recherche des ingrédients bizarres qu'on lui avait prescrits : carapace de tortue, vésicule biliaire de serpent, écailles de fourmilier. Les médecins lui avaient recommandé d'aller consulter des spécialistes à Pékin, tant pour son affection cutanée que pour ses saignements. Dès les beaux jours, elle se décida à partir. En compensation des souffrances qu'on lui avait fait endurer, les autorités proposèrent de lui fournir une accompagnatrice. Ma mère demanda si elle ne pouvait pas plutôt m'emmener.

Nous nous mîmes en route en avril 1972. Nous devions loger chez des amis de la famille, que nous pouvions désormais contacter sans danger. A Pékin et à Tianjin, ma mère vit plusieurs gynécologues qui diagnostiquèrent une tumeur bénigne de l'utérus. Ils recommandèrent une hystérectomie. En attendant, ils lui affirmèrent que ses saignements cesseraient à condition qu'elle se repose beaucoup en essayant de rester de bonne humeur ! Quant aux dermatologues, ils pensaient que sa sclérodermie était probablement localisée, auquel cas elle survivrait. Ma mère suivit les conseils de ces médecins. L'année suivante, elle subit l'ablation de l'utérus. Ses problèmes de peau restèrent effectivement locaux.

Nous allâmes rendre visite à de nombreux amis de mes parents. Partout où nous nous trouvions, les réhabilitations se multipliaient. Certains de nos hôtes sortaient à peine de prison. Le *mao-tai* coulait à flots, comme d'autres liqueurs précieuses, et les larmes. Dans presque toutes les familles, il manquait une ou deux personnes, victimes de la Révolution culturelle. La mère d'un vieil ami âgée de quatre-vingts ans avait péri en tombant d'un palier où elle dormait parce que sa famille avait été expulsée de son appartement. Un autre ami lutta désespérément pour retenir ses larmes en me voyant. Je lui rappelais sa fille qui aurait eu le même âge que moi si elle avait vécu. On l'avait expédiée dans un endroit perdu, à la lisière de la Sibérie, avec son école. Là-bas, elle était tombée enceinte. Épouvantée, elle était allée consulter une faiseuse d'anges qui lui avait attaché du musc autour de la taille, en lui disant de sauter du haut d'un mur pour se débarrasser du bébé. Elle mourut des suites d'une terrible hémorragie. Dans toutes les familles, des histoires tragiques resurgissaient. Mais nous parlâmes aussi beaucoup d'espoir et des jours plus heureux à venir.

Un jour, nous rendîmes visite à Tung, un vieil ami de mes parents qui venait d'être libéré. Ma mère l'avait eu pour chef lors de sa marche de Manchourie au Setchouan; puis il avait été nommé à la tête d'un département du ministère de la Sécurité publique. Au début de la Révolution culturelle, on l'avait accusé d'être un espion à la solde des Russes et d'avoir supervisé l'installation de magnétophones dans les appartements de Mao, ce qu'il avait apparemment fait, conformément aux ordres. Chaque mot prononcé par Mao était supposé si précieux qu'il fallait le préserver. Seulement, ce dernier s'exprimait dans un dialecte que ses secrétaires avaient de la peine à comprendre; de surcroît, il arrivait souvent qu'on les chassât de la pièce. Au début de 1967, Tung fut arrêté et expédié à Qincheng, une prison spéciale réservée aux hauts responsables. Il y passa cinq années enchaîné, à l'écart des autres prisonniers. Il avait des jambes maigres comme des allumettes, tandis que le haut de son corps était affreusement gonflé. On avait obligé sa femme à le dénoncer; elle avait changé le nom de famille de leurs enfants, leur donnant celui qu'elle portait jeune fille, pour montrer qu'ils n'avaient plus rien à faire avec lui. On lui avait volé la plupart de ses biens, y compris ses vêtements, lors de perquisitions à son domicile. Après la chute de Lin Biao, le supérieur hiérarchique de Tung, un ennemi de Lin, était revenu au pouvoir ; Tung fut alors libéré. On fit venir sa femme du camp où elle se trouvait, au nord du pays, afin qu'ils fussent à nouveau réunis.

Le jour où il fut libéré, elle lui apporta de nouveaux habits. « Tu n'aurais pas dû m'apporter des biens matériels, lui dit-il sans préambule, mais de la nourriture spirituelle (en d'autres termes, les œuvres de Mao). » Il y avait cinq ans qu'il les lisait et les relisait dans sa solitude. Nous logions chez eux. Chaque jour, il réunissait sa famille pour leur faire étudier des articles de Mao avec un sérieux que je trouvais plus tragique que ridicule.

Quelques mois après notre visite, on envoya Tung superviser une affaire survenue dans un port, au sud du pays. Son incarcération prolongée l'avait affaibli au point qu'il était incapable de faire face aux exigences d'un travail ardu et il ne tarda pas à avoir une attaque. Le gouvernement dépêcha un avion spécial pour le transporter à l'hôpital de Guangzhou. L'ascenseur de l'hôpital ne fonctionnait pas. Il insista pour monter à pied les quatre étages, disant que la morale communiste lui interdisait formellement de se faire porter. Il mourut sur la table d'opération, loin de sa famille, car il avait laissé pour consigne qu'« ils ne devaient sous aucun prétexte interrompre leur travail ».

Pendant notre séjour chez Tung, à la fin du mois de mai 1972, ma mère et moi reçûmes un télégramme nous annonçant que mon père était autorisé à quitter son camp. Après la chute de Lin Biao, les médecins du camp l'avaient enfin examiné. Il souffrait d'une hypertension alarmante, de troubles cardiaques et hépatiques graves, et de sclérose vasculaire. Ils lui recommandèrent de se rendre à Pékin pour un examen complet.

Il prit le train pour Chengdu, puis l'avion pour Pékin. Les moyens de transport publics jusqu'à l'aéroport étant réservés aux passagers, nous l'attendîmes au terminal situé en ville. Il était maigre et presque brûlé par le soleil. C'était la première fois qu'il quittait les montagnes de Miyi depuis trois ans et demi. Pendant les premiers jours, il sembla perdu dans la ville. Il disait « traverser la rivière » au lieu de la rue et « prendre un bateau » à la place d'un bus. Il avançait d'une démarche hésitante dans les rues encombrées et semblait déconcerté par la circulation. Je lui servais de guide. Nous habitions chez un de ses vieux amis de Yibin qui avait lui-même atrocement souffert de la Révolution culturelle.

En dehors de Tung et de notre hôte, mon père ne vit personne, parce qu'il n'avait pas été réhabilité. Contrairement à moi, toujours pleine d'optimisme, il était accablé. Pour tâcher de lui remonter le moral, je les emmenai, lui et ma mère, visiter la ville, par des températures dépassant parfois 30° C. Un jour, je le forçai presque à m'accompagner à la Grande Muraille dans un bus bondé, poussiéreux, où il faisait une chaleur épouvantable. Tandis que je babillais sans discontinuer, il m'écoutait vaguement, un sourire pensif aux lèvres. Tout à coup, un bébé que portait une paysanne assise en face de nous se mit à brailler; celle-ci le frappa sans ménagement. Mon père se leva de son siège d'un bond et la prit à partie : « Je vous interdis de taper cet enfant ! » Je m'empressai de le tirer par la manche pour qu'il se rassît. Tout le monde nous regardait. Il était tellement rare qu'un Chinois se mêle ainsi des affaires des autres. Je soupirai en songeant à quel point mon père avait changé depuis l'époque où il frappait Jin-ming et Xiao-hei.

A Pékin, je lus des livres qui m'ouvrirent de nouveaux horizons. Le président Nixon avait séjourné en Chine en février. On avait officiellement annoncé qu'il était venu avec « un drapeau blanc ». L'idée que l'Amérique était l'ennemi numéro un s'était effacée de mon esprit, ainsi que l'essentiel de mon endoctrinement. J'étais folle de joie que Nixon soit venu, car sa visite avait contribué à créer un climat nouveau, propice à la traduction d'ouvrages étrangers. Ces livres portaient la mention « circulation interne seulement », ce qui signifiait en théorie qu'ils devaient être lus exclusivement par des individus triés sur le volet, mais aucun règlement ne spécifiait de qui il s'agissait, de sorte qu'on les échangeait librement entre amis quand quelqu'un y avait accès par son travail.

Je pus me procurer plusieurs de ces publications. Ce fut avec un immense plaisir que je dévorai l'ouvrage de Nixon lui-même, intitulé *Six Crises*, quelque peu expurgé, bien entendu, étant donné son passé anticommuniste, ainsi que *On les disait les meilleurs et les plus intelligents*, de David Halberstam, *Le IIIᵉ Reich des origines à la chute*, de William L. Shirer, et *Le Souffle de la guerre*, de Herman Wouk, qui m'offraient une perspective contemporaine sur le monde extérieur. La description du gouvernement Kennedy dans *On les disait...* m'émerveilla : l'atmosphère détendue du régime américain contrastait tellement avec le nôtre, si distant, si inquiétant, si secret. J'étais fascinée par le style froid et détaché de ces ouvrages. Même les *Six Crises* de Nixon me parut un modèle de sérénité par rapport au style péremptoire de la presse chinoise, tissu de sermons, de dénonciations et d'arguments massues. *Le Souffle de la guerre* m'impressionna moins par son analyse superbe de l'époque que par certains passages décrivant l'attention infinie et sans complexes que les Occidentales apportaient à leur tenue, et l'ampleur des choix à leur disposition, du point de vue du style comme des couleurs. A vingt ans, je ne possédais que quelques vêtements, coupés comme ceux de tout le monde et dans des tons ternes, bleus, gris ou blancs. Je fermai les yeux et caressai mentalement toutes sortes de robes somptueuses que je n'avais jamais vues ni portées.

L'accès accru aux informations provenant de l'étranger s'inscrivait évidemment dans le contexte de la libéralisation générale suscitée par la chute de Lin Biao. Toutefois, la visite de Nixon fut un prétexte commode : les Chinois ne devaient pas perdre la face en se montrant totalement ignorants de l'Amérique. A cette époque-là, la moindre initiative prise dans le sens de la détente devait trouver une justification politique, même tirée par les cheveux. Apprendre l'anglais, considéré jusque-là comme un acte délictueux, devint ainsi une cause honorable, destinée à « se faire des amis dans le monde entier ». Pour ne pas alarmer ni effrayer notre hôte distingué, les rues et les restaurants furent dépouillés des noms militants que les gardes rouges leur avaient imposés au début de la Révolution culturelle. A Chengdu, qui ne figurait pourtant pas sur l'itinéraire de Nixon, le restaurant rebaptisé « La Bouffée de poudre à canon » retrouva son ancien nom, « Le Parfum de la brise ».

Je restai cinq mois à Pékin. Dès que j'étais seule, je pensais à Day. Nous ne correspondions pas, mais je lui écrivais des poèmes que je gardais pour moi. Pour finir, l'espoir eut raison de mes regrets. Une nouvelle en particulier occulta bientôt toutes mes autres préoccupations. Pour la première fois depuis l'âge de quatorze ans, j'entrevis la possibilité d'un avenir auquel je n'osais plus rêver : j'allais peut-être pouvoir étudier à l'université. A Pékin, quelques étudiants avaient pu s'inscrire depuis un ou deux ans, et le bruit courait que les universités de l'ensemble du pays n'allaient pas tarder à rouvrir leurs portes. Zhou Enlai faisait grand cas d'une citation de Mao stipulant que l'on avait encore besoin des universités, en particulier dans le domaine de la science et de la technologie. Je brûlais d'impatience de rentrer à Chengdu pour me mettre à étudier, dans l'espoir d'être moi-même acceptée.

Je regagnai l'usine en septembre 1972 et revit Day sans que cela fût trop pénible. Il était devenu serein lui aussi, même s'il sombrait de temps à autre dans la mélancolie. Nous étions bons amis, mais nous ne parlions plus jamais de poésie. Je m'absorbai dans l'étude pour me préparer à l'université, bien que je n'eusse aucune idée de la matière qui me serait imposée. Mao avait dit en effet que « l'éducation devait être entièrement révolutionnée ». Cela signifiait notamment que les étudiants se verraient assigner tel ou tel cursus sans considération aucune de leurs intérêts personnels — il s'agissait de refuser l'« individualisme », vice capitaliste par excellence. J'entrepris donc d'étudier simultanément toutes les matières principales : chinois, maths, physique, chimie, biologie et anglais.

Mao avait également décrété que les nouveaux étudiants devaient provenir des milieux ouvriers et paysans, et non des lycées. Cela me convenait, puisque j'avais été une vraie paysanne et que je travaillais maintenant en usine.

Zhou Enlai avait décidé qu'il y aurait un examen d'entrée, bien qu'il fût contraint de remplacer le terme « examen » (*kaoshi*) par une formule complexe inspirée d'une autre citation de Mao, à savoir « investigation de la capacité des candidats à manifester des connaissances de base et à analyser et résoudre les problèmes concrets ». Mao n'aimait pas les examens. Selon le nouveau système de sélection, il fallait d'abord être recommandé par l'unité de travail dont on dépendait. Venaient ensuite les examens d'entrée. Après quoi, les responsables du recrutement évaluaient vos résultats ainsi que votre « comportement politique ».

Pendant près de dix mois, je passai toutes mes soirées, tous mes week-ends ainsi que les trois quarts de mes journées à l'usine, plongée dans des manuels qui avaient échappé aux flammes des gardes rouges. Je les tenais de plusieurs amis. Je disposais aussi d'un réseau de « répétiteurs » qui n'hésitaient pas à me faire profiter de leurs soirées et de leurs congés. Des liens solides unissaient alors les passionnés de savoir. C'était là une réaction compréhensible, au sein d'une nation dotée d'une civilisation hautement sophistiquée que l'on s'était évertué à réprimer.

Au printemps 1973, Deng Xiaoping fut réhabilité et nommé vice-premier ministre, devenant ainsi le bras droit de Zhou Enlai, lui-même en mauvaise santé. J'étais ravie. Le retour de Deng m'apparaissait comme la preuve indubitable d'une fin prochaine de la Révolution culturelle. Il avait la réputation d'un remarquable administrateur, enclin à construire plutôt qu'à détruire. Mao l'avait expédié dans une fabrique de tracteurs, en sécurité, afin de le garder « au chaud » au cas où il arriverait quelque chose à Zhou Enlai. Même si le pouvoir lui faisait parfois perdre la tête, Mao eut toujours la prudence de ne pas brûler les ponts.

J'avais des raisons plus personnelles de me réjouir de la réhabilitation de Deng. J'avais très bien connu sa belle-mère lorsque j'étais enfant, et sa demi-sœur avait habité à côté de chez nous pendant des années à la résidence ; nous l'avions surnommée « Tante Deng ». Au début de la Révolution culturelle, son mari et elle avaient été dénoncés, simplement parce qu'ils étaient apparentés à Deng, et les voisins qui l'adulaient jusque-là lui tournèrent le dos. Nous continuâmes pour notre part à la saluer comme d'habitude. Par ailleurs, elle fut l'une des rares personnes de la résidence à oser nous exprimer l'admiration que lui inspirait mon père, en prison depuis des mois. En ce temps-là, un simple hochement de tête, l'esquisse d'un sourire comptaient beaucoup. En définitive, des liens chaleureux unirent nos deux familles.

Les inscriptions à l'université s'ouvrirent au cours de l'été 1973. J'avais l'impression d'attendre un verdict de vie ou de mort. Une seule place au sein du département des langues étrangères de l'université du Setchouan avait été allouée au 2e bureau de l'industrie légère de Chengdu, qui chapeautait vingt-trois usines, dont la mienne. Chacune de ces usines devait sélectionner un candidat pour passer les examens. Nous étions plusieurs centaines d'ouvriers, parmi lesquels six seulement souhaitaient se présenter, y compris moi. On organisa des élections pour choisir le postulant en question, et je fus sélectionnée par quatre ateliers sur cinq.

Dans mon atelier, il y avait une autre candidate de dix-neuf ans, avec laquelle j'étais amie. Nos camarades de travail nous aimaient toutes les deux beaucoup, mais ils ne pouvaient élire qu'une d'entre nous. Son nom fut mentionné le premier, provoquant un petit remue-ménage. Les gens n'arrivaient manifestement pas à se décider. J'étais sens dessus dessous. Si elle recueillait un grand nombre de voix, il ne me resterait plus beaucoup de chances. Tout à coup, elle se leva souriante, et déclara : « Je voudrais renoncer à ma candidature en faveur de Chang Jung. J'ai deux ans de moins qu'elle. Je réessaierai l'année prochaine. » Visiblement soulagés, les ouvriers éclatèrent de rire et promirent de voter pour elle l'année prochaine. Ils tinrent leur promesse. Elle entra à l'université en 1974.

Son geste m'avait profondément touchée, ainsi que le résultat des élections. J'avais le sentiment que mes camarades ouvriers m'aidaient à réaliser mes rêves. Mes antécédents familiaux y étaient aussi pour quelque chose. Day n'avait même pas posé sa candidature, sachant qu'il n'avait aucune chance.

Je passai les examens de chinois, de maths et d'anglais. J'étais tellement nerveuse que je n'avais pas fermé l'œil de la nuit. Quand je rentrai à la maison pour la pause du déjeuner, ma sœur m'attendait. Elle me massa gentiment le crâne et je finis par faire un petit somme. Les épreuves étaient très élémentaires et abordaient à peine les sujets que j'avais étudiés assidûment. J'obtins d'excellents résultats dans toutes les matières, et la note la plus élevée de toute la ville de Chengdu à l'oral d'anglais.

Avant même que j'eusse le temps de me réjouir de cette réussite, une terrible nouvelle vint tout remettre en cause. Le 20 juillet, un article avait paru dans le *Quotidien du peuple* à propos d'une «copie blanche». Incapable de répondre aux questions de l'examen d'entrée à l'université, un candidat du nom de Zhang Tie-sheng, envoyé à la campagne près de Jinzhou, avait rendu une copie blanche accompagnée d'une lettre taxant les examens de «restauration du capitalisme». Cette lettre s'était retrouvée entre les mains de Mao Yuanxin, neveu et secrétaire personnel du président, qui gouvernait la province. Mme Mao et ses acolytes condamnèrent à leur tour l'accent mis sur les normes académiques, considérées comme une particularité de la «dictature bourgeoise». «Qu'est-ce que cela peut faire si tout le pays est illettré? décrétèrent-ils. La seule chose qui compte, c'est que la Révolution culturelle triomphe. »

Les examens que j'avais passés furent déclarés nuls. Le «comportement politique» était désormais l'unique critère de sélection pour les futurs étudiants. Restait à savoir comment l'évaluer. Après une «réunion d'appréciation collective» de l'équipe des électriciens, mon usine envoya une lettre de recommandation me concernant. Day l'avait rédigée, puis il l'avait transmise à la jeune femme que j'avais remplacée à l'atelier d'électricité, afin qu'elle la peaufine. Cette lettre faisait de moi un parangon absolu, l'ouvrière modèle par excellence. J'étais persuadée que les vingt-deux autres candidats bénéficiaient de certificats tout aussi dithyrambiques. Il n'y avait par conséquent aucun moyen de les différencier les uns des autres.

La propagande officielle ne nous facilitait guère les choses. Un «héros» figurant sur quantités d'affiches s'exclamait fièrement : «Vous voulez savoir quelles sont mes qualifications pour l'université ? Les voilà !», et il levait les mains pour exhiber ses callosités. Nous en avions tous. Nous avions tous travaillé en usine et la plupart d'entre nous avaient aussi été agriculteurs.

Il n'y avait qu'une seule solution : passer par la porte de derrière.

La majorité des directeurs du comité du Setchouan chargé des inscriptions étaient d'anciens collègues de mon père réhabilités depuis peu ; ils admiraient son courage et son intégrité. Cependant, si mon père tenait à ce que je bénéficie d'une formation universitaire, il n'était pas disposé pour autant à intercéder en ma faveur. «Ce ne serait pas juste vis-à-vis des gens qui n'ont pas de pouvoir, me dit-il. Que deviendrait notre pays s'il fallait procéder ainsi ?» Nous finîmes par nous disputer et j'éclatai en sanglots. Je devais vraiment paraître malheureuse car, en définitive, d'un air affligé, il marmonna : «C'est bon. Je vais voir ce que je peux faire.»

Je lui pris le bras et nous nous rendîmes ensemble à l'hôpital où des directeurs du comité en question subissaient des examens pour un bilan de santé : la plupart des victimes de la Révolution culturelle étaient en fort mauvais état physique, du fait des innombrables épreuves qu'on leur avait fait endurer. Mon père marchait très lentement, avec l'aide d'une canne. Il avait perdu son énergie et sa vivacité d'esprit. En le voyant avancer en traînant les pieds, s'arrêtant de temps en temps pour reprendre son souffle, luttant avec ses pensées comme avec ses jambes, j'avais envie de lui dire : « Rentrons. » Mais l'envie d'aller à l'université était trop forte.

Une fois parvenus dans les jardins de l'hôpital, nous nous arrêtâmes sur le rebord d'un petit pont de pierre pour nous reposer. Mon père avait l'air tourmenté. Finalement, il parla : « Il faut que tu me pardonnes. C'est trop difficile. Je ne vais pas y arriver... » L'espace d'une seconde, la colère m'envahit. J'allais lui crier qu'il ne pouvait pas faire autrement. Je voulais qu'il sache à quel point j'avais rêvé d'aller à l'université, qu'il comprenne que je le méritais parce que j'avais beaucoup travaillé, que mes résultats étaient bons, qu'on m'avait sélectionnée. Mais tout cela, il le savait. C'était lui qui avait insufflé en moi cette passion du savoir. Seulement, il avait des principes. Je l'aimais, et je devais donc l'accepter tel qu'il était et mesurer son dilemme d'homme juste, isolé dans un monde où la justice n'existait pas. Je retins donc mes larmes et murmurai : « Bien sûr. » Nous rebroussâmes chemin en silence.

Quelle chance j'ai eu d'avoir une mère aussi pleine de ressources ! Elle alla trouver l'épouse du chef du comité des inscriptions, qui parla à son mari. Elle contacta aussi les autres directeurs et obtint d'eux qu'ils me soutiennent. Elle insista sur mes résultats d'examens, sachant pertinemment que ce serait l'argument irréfutable pour ces anciens « véhicules du capitalisme ». En octobre 1973, j'entrai à la faculté des langues étrangères de l'université du Setchouan, à Chengdu, pour étudier l'anglais.

26

« Renifler les pets des étrangers en prétendant qu'ils embaument »

J'APPRENDS L'ANGLAIS DANS LE SILLAGE DE MAO

1972-1974

Depuis son retour de Pékin, à l'automne 1972, ma mère s'était surtout préoccupée d'aider ses cinq enfants. Mon plus jeune frère, Xiao-fang, alors âgé de dix ans, avait besoin d'un soutien quotidien pour rattraper les années d'école qu'il avait manquées. Par ailleurs, l'avenir des quatre autres dépendait d'elle en grande partie.

Après une semi-paralysie de plus de six ans, la société chinoise souffrait d'une multitude de problèmes que l'on n'avait même pas commencé à résoudre. Par exemple, celui que posait les millions de jeunes citadins expédiés à la campagne et qui avaient hâte de revenir en ville. Après la mort de Lin Biao, une partie d'entre eux purent rentrer chez eux : l'État avait grand besoin de main-d'œuvre pour soutenir l'économie urbaine qu'il s'efforçait à présent de revitaliser. Cependant, les autorités étaient contraintes d'imposer des limites strictes au nombre des retours, dans la mesure où la politique officielle chinoise exigeait depuis toujours un contrôle démographique : le gouvernement s'engageait en effet à garantir à la population des villes nourriture, logements et travail.

Inutile de préciser que la concurrence pour ces «billets de retour» limités était farouche. L'État créa de nouvelles lois afin de restreindre les candidatures. Parmi les critères d'exclusion: le mariage. Les instances citadines, quelles qu'elles fussent, repoussaient toute demande provenant de gens mariés. Ce fut sous ce prétexte que l'on empêcha ma sœur de chercher du travail ou de s'inscrire à l'université, seules voies légitimes pour regagner Chengdu. Elle était évidemment très malheureuse, et rêvait de rejoindre son mari. L'usine qui employait ce dernier avait recommencé à fonctionner normalement. Il ne pouvait donc plus se permettre d'aller la voir régulièrement à Deyang en dehors des congés officiellement consentis aux époux, réduits à douze jours. Sa seule chance de rentrer consistait à se faire établir un certificat attestant qu'elle souffrait d'une maladie incurable, ce que n'hésitaient pas à faire un grand nombre de jeunes dans son cas. Ma mère l'aida à en obtenir un auprès d'un ami médecin, qui écrivit que Xiao-hong souffrait d'une cirrhose du foie. Elle arriva à Chengdu à la fin de 1972.

Il fallait à présent des recommandations pour tout. Chaque jour, des gens venaient trouver ma mère — des enseignants, des médecins, des infirmières, des acteurs ou des petits fonction-naires — pour qu'elle les aide à faire revenir leurs enfants de la campagne. Elle était souvent leur seul espoir, alors qu'elle se trouvait elle-même sans emploi. Elle tirait les ficelles pour eux avec une énergie inébranlable. Mon père, lui, refusait de se mêler de tout cela. Il était trop conventionnel pour se mettre à «pistonner» les gens.

Même lorsque la voie officielle fonctionnait *a priori*, les appuis personnels restaient essentiels si l'on voulait que les choses se déroulent sans anicroche. Les pires ennuis risquaient toujours de vous arriver. Mon frère Jin-ming put quitter son village en mars 1972. Deux organisations recrutaient alors de la main-d'œuvre dans sa commune: une fabrique d'appareils électriques située dans le chef-lieu de son comté, et une autre entreprise qui se trouvait dans le secteur ouest de Chengdu et dont l'activité n'était pas spécifiée. Jin-ming tenait à revenir à Chengdu. Ma mère, prudente, mena sa petite enquête auprès de ses amis du secteur ouest et découvrit que la firme en question était un abattoir. Mon frère retira sa candidature sur-le-champ, et prit un emploi à la fabrique.

Il s'agissait en fait d'une grosse usine transférée de Shanghai en 1966, dans le cadre du projet établi par Mao pour cacher l'industrie nationale dans les montagnes du Setchouan au cas où les Américains ou les Russes s'aviseraient de nous attaquer. Jin-ming impressionna ses camarades ouvriers par son travail et son équité. En 1973, il fit partie des quatre jeunes gens élus par l'ensemble du personnel de l'établissement pour suivre des cours à l'université. Les candidats étaient à l'origine plus de 200. Il passa ses examens brillamment et sans difficulté. Seulement, mon père n'avait pas encore été réhabilité. Ma mère dut amadouer les responsables de l'université venus faire leur inéluctable « enquête politique », et les convaincre que son époux était sur le point d'être blanchi. Elle s'assura aussi que Jin-ming ne risquait pas d'être évincé par un candidat mal-chanceux bénéficiant de meilleures relations que les siennes. En octobre 1973, au moment où j'entrai à l'université du Setchouan, Jin- ming fut lui-même admis à l'École d'ingénie-rie, de Wuhan au centre de la Chine, pour y étudier le moulage. Il aurait préféré faire de la physique, mais il était tout de même au septième ciel !

Pendant que Jin-ming et moi nous préparions à entrer à l'université, mon autre frère aîné, Xiao-hei, connaissait une terrible période de découragement. Pour avoir des chances d'être admis dans un établissement d'enseignement supérieur, il fallait avoir été ouvrier, paysan, ou soldat. Xiao-hei n'avait jamais appartenu à aucune de ces trois catégories. Les autorités continuaient à expédier les jeunes citadins en masse vers les régions rurales. Il n'avait pas d'autre avenir envisageable, à moins de s'engager dans l'armée. Pour chaque place disponi-ble, des douzaines de gens posaient leur candidature. Seul le « piston » pouvait changer le cours des choses.

Ma mère parvint à tirer Xiao-hei d'affaire, alors que tout jouait contre elle puisque mon père n'avait toujours pas été réhabilité. En décembre 1972, contre toute attente, mon jeune frère fut envoyé dans une école d'aviation, située au nord du pays ; au bout de trois mois de formation, il devint opérateur-radio. Il travaillait cinq heures par jour, d'une manière suprêmement détendue, et passait le reste de son temps à « étudier la politique » et à cultiver des légumes.

Au cours de ces séances d'« études », chacun prétendait qu'il s'était enrôlé dans l'armée «pour obéir aux ordres du parti, protéger le peuple, et sauvegarder la patrie». Les véritables motivations de ces soldats en herbe étaient bien moins glorieuses: les jeunes citadins voulaient surtout éviter qu'on les envoie à la campagne; les paysans espéraient que l'armée leur servirait de tremplin pour accéder à la ville. Quant aux plus pauvres d'entre eux, ils se satisfaisaient d'avoir l'estomac plein.

À mesure que le temps passa, l'adhésion au parti, comme l'enrôlement dans l'armée, fut de moins en moins liée à des considérations d'ordre idéologique. Les demandes de candidature affirmaient uniformément que le «parti était grand, glorieux, irréprochable», qu'y adhérer, c'était «consacrer sa vie à la plus formidable cause de l'humanité: la libération de tous les prolétaires du monde». Dans la plupart des cas, cependant, des motifs tout personnels expliquaient ces envolées lyriques. Cela faisait partie du parcours obligé si l'on souhaitait devenir officier dans l'armée. Et, quand un officier était libéré, il obtenait automatiquement le statut de «fonctionnaire de l'État», assorti d'un salaire assuré, de prestige, de pouvoir, sans parler d'une domiciliation en ville. Alors qu'un simple soldat n'avait plus qu'à retourner dans son village et reprendre sa faucille. Chaque année, avant l'époque des libérations militaires, les suicides se multipliaient, ainsi que les dépressions nerveuses.

Un soir, Xiao-hei assistait à une projection en plein air parmi une foule de militaires de tous grades, accompagnés de leur famille. Tout à coup, une mitraillette crépita; puis il y eut une énorme explosion. Le public se dispersa en poussant des hurlements. Les coups de feu provenaient d'un soldat sur le point d'être libéré et renvoyé dans ses foyers parce qu'il n'avait pas réussi à se faire admettre au parti ni à obtenir un grade d'officier. Il tua d'abord le commissaire de sa compagnie, qu'il estimait responsable de son infortune, puis il tira au hasard sur la foule, avant de jeter une grenade à main au milieu de la débandade. Cinq autres personnes trouvèrent la mort lors de cet assaut imprévisible: tous des femmes et des enfants d'officiers. Il y eut aussi une douzaine de blessés. Après quoi, le coupable se réfugia dans un immeuble résidentiel que ses camarades assiégèrent aussitôt en lui criant, par haut-parleur, de se rendre. Toutefois, dès que le criminel s'était remis à tirer par une fenêtre, les attaquants s'enfuirent en tous sens, au grand amusement de centaines de badauds. Pour finir, on fit venir une unité spéciale. Après un échange de coups de feu intense, ces renforts firent irruption dans l'immeuble pour s'apercevoir qu'entre-temps le soldat devenu fou s'était donné la mort.

A l'instar de tous ceux qui l'entouraient, Xiao-hei voulait à tout prix entrer au parti. C'était moins une question de vie ou de mort pour lui que pour ses camarades paysans, puisqu'il savait qu'à la fin de sa carrière militaire on ne l'obligerait pas à aller à la campagne. Le règlement voulait en effet que l'on retourne d'où l'on venait. Il était donc certain d'obtenir un poste à Chengdu, qu'il fût membre du parti ou pas. Seulement, la qualité du travail qu'on lui proposerait dépendrait de son appartenance au parti. Le fait d'en être membre lui garantirait un meilleur accès à l'information, ce qui comptait énormément à ses yeux, dans la mesure où la Chine de l'époque était un véritable désert intellectuel, où les textes de propagande rudimentaires représentaient quasiment la seule lecture possible.

A côté de ces considérations d'ordre pratique, la peur jouait dans cette affaire un rôle primordial. Pour un grand nombre de gens, entrer au parti revenait à contracter une assurance. En devenant membre du parti, on acquérait indubitablement une certaine considération ; on méritait davantage la confiance. Cette relative sécurité avait quelque chose de très rassurant. De surcroît, dans un environnement extrêmement politisé comme celui dans lequel se trouvait Xiao-hei, en boudant le parti, il s'exposerait inévitablement à la méfiance de son entourage, et l'on pouvait être certain que ce fait figurerait dans son dossier. Ceux qui postulaient et n'étaient pas acceptés avaient eux aussi des chances de faire naître des doutes sur leur personne.

Xiao-hei lisait les classiques marxistes avec beaucoup d'intérêt ; c'était les seuls livres à sa disposition, et il lui fallait bien quelque chose pour étancher sa soif intellectuelle. Selon la charte du parti communiste, l'étude du marxisme-léninisme était la première qualification requise des candidats à l'adhésion ; il pensa que ce serait une bonne idée de conjuguer ainsi son intérêt et ses chances pour l'avenir. Ses supérieurs et ses camarades n'apprécièrent guère son ingéniosité. Ils trouvèrent même qu'il faisait preuve de mépris à leur égard, étant donné que leurs origines rurales et leur quasi-analphabétisme ne leur permettaient pas de comprendre Karl Marx. Xiao-hei fut accusé d'être arrogant et de «se couper des masses». S'il voulait que le parti l'accepte, il allait lui falloir trouver un autre moyen.

Il comprit vite que l'essentiel était de plaire à ses supérieurs immédiats. Mais il devait aussi séduire ses camarades. Se faire aimer et travailler avec acharnement ne suffisait pas, il lui fallait en outre «servir le peuple», au sens littéral du terme.

Contrairement à la plupart des armées qui assignent des besognes serviles et humiliantes aux simples soldats, les officiers chinois, eux, attendent que ces derniers se portent volontaires pour les corvées, chercher l'eau pour les ablutions matinales, par exemple, ou balayer. Le réveil avait lieu à 6 h 30 du matin; «la tâche honorable» de devancer cet appel revenait à ceux qui aspiraient à une intégration au sein du parti. Ils étaient si nombreux qu'ils se disputaient les balais. Pour être certains d'en avoir un, ils se levaient d'ailleurs de plus en plus tôt. Un jour, Xiao-hei entendit quelqu'un s'affairer dès 4 heures du matin.

Il y avait d'autres corvées importantes, et l'une d'elles consistait à trouver de la nourriture. Les rations alimentaires de base étaient minimes, y compris pour les officiers. On ne servait de la viande qu'une fois par semaine. Chaque compagnie devait par conséquent cultiver ses propres céréales et légumes, et élever ses cochons. A l'époque des récoltes, le commissaire de la compagnie prononçait souvent d'éloquents discours d'encouragement: «Camarades, le moment est venu pour le parti de nous mettre à l'épreuve! Nous devons finir ce champ avant ce soir! C'est vrai, pour accomplir ce travail, il faudrait dix fois plus de main-d'œuvre que nous n'en avons. Mais nous autres combattants révolutionnaires pouvons abattre la besogne de dix hommes! Les membres du parti communiste sont appelés à jouer un rôle majeur. Pour ceux qui veulent adhérer au parti, c'est le moment de faire leurs preuves! Ceux qui passeront ce test pourront rallier le parti ici même, sur le champ de bataille!»

Si les membres du parti devaient se donner de la peine pour remplir «leur rôle majeur», c'était surtout les candidats aspirants qui se mettaient en quatre. Un jour, Xiao-hei s'effondra de fatigue au milieu du champ. Pendant que les nouveaux membres du parti qui avaient obtenu «leur enrôlement sur le champ de bataille» levaient le poing et juraient «de lutter toute leur vie pour la glorieuse cause communiste»,

Xiao-hei était conduit à l'hôpital où il dut rester plusieurs jours.

En définitive, le meilleur moyen d'entrer au parti, c'était d'élever des cochons! La compagnie en possédait plusieurs douzaines, et ils occupaient une place sans égale dans le cœur des soldats. Officiers et soldats passaient un temps infini aux abords de la porcherie à observer les bêtes et à les bichonner dans l'espoir qu'elles grossiraient vite. Quand les cochons allaient bien, les porchers étaient les chouchous de la compagnie; on se disputait pour occuper cette fonction *a priori* peu gratifiante.

Xiao-hei devint porcher à plein temps. C'était un travail difficile, sale, sans parler de la pression psychologique. Chaque nuit, ses collègues et lui se relayaient pour nourrir les bêtes. Lorsqu'une truie mettait bas, ils passaient toutes les nuits éveillés de peur qu'elle n'écrase ses petits. On triait soigneusement des pousses de soja qui étaient ensuite lavées, écrasées, filtrées et réduites à l'état de «lait» afin d'alimenter la mère avec amour pour qu'elle produise davantage de lait. La vie dans cette compagnie d'aviation ne ressemblait pas vraiment à ce que Xiao-hei avait imaginé. L'agriculture occupa plus d'un tiers de son temps dans l'armée. Après avoir passé l'essentiel de ses journées à s'occuper de cochons pendant toute une année, il fut enfin accepté par le parti. Comme la plupart de ses camarades, il se relâcha et commença à prendre les choses un peu plus à la légère.

Une fois admis au parti, tout le monde n'avait plus qu'une idée en tête: accéder au rang d'officier. Quels que fussent les avantages garantis par l'adhésion au parti, cette promotion les multipliait par deux. Pour être nommé officier, il fallait être choisi par un de ses supérieurs; il importait par conséquent de ne jamais décevoir ces derniers. Un jour, Xiao-hei fut convoqué par un des commissaires politiques de son école militaire. Mon frère était sur des charbons ardents; il ignorait s'il devait s'attendre à un incroyable coup de chance ou à une catastrophe absolue. Le commissaire, un homme rondelet d'une cinquantaine d'années aux yeux bouffis et au ton impérieux, lui parut extrêmement inoffensif tandis qu'il allumait sa cigarette. Il l'interrogea sur ses antécédents familiaux, son âge, son état de santé. Il lui demanda aussi s'il avait une fiancée; Xiao-hei lui répondit que non. Mon frère trouva que ces questions personnelles étaient de bon augure. Ensuite, le commissaire vanta ses mérites : « Vous avez consciencieusement étudié le marxisme-léninisme et la pensée de Mao Tsê-tung. Vous avez travaillé très dur. Les masses ont une bonne opinion de vous. Bien sûr, il faut rester modeste. La modestie vous fait progresser... » Lorsque le commissaire écrasa sa cigarette, Xiao-hei était convaincu que sa promotion était dans la poche.

Le commissaire alluma une deuxième cigarette et commença à lui raconter l'histoire d'un incendie dans une filature de coton, et d'une fileuse qui avait été grièvement brûlée en se ruant à l'intérieur du bâtiment en flammes pour sauver « des biens de l'État ». En fait, il avait fallu lui amputer les quatre membres. Elle n'était donc plus qu'une tête et un torse, bien que son visage fût resté intact, et, plus important encore, souligna le commissaire, bien qu'elle conservât son aptitude à produire des enfants. C'était une héroïne, insista le commissaire, et l'on allait beaucoup parler d'elle dans la presse. Le parti voulait satisfaire tous ses désirs. Elle avait dit qu'elle voulait épouser un officier de l'aviation. Xiao-hei était jeune, beau, il n'avait pas de fiancée et l'on pouvait faire de lui un officier d'un jour à l'autre...

Xiao-hei éprouvait de la compassion pour cette jeune femme, mais l'épouser, c'était une autre histoire. Seulement, comment opposer un refus au commissaire ? Il n'arrivait pas à trouver de raisons convaincantes. L'amour ? L'amour était supposé indissociable des « sentiments de classe ». Or, qui pouvait mériter davantage de « sentiments de classe » qu'une héroïne communiste ? Souligner qu'il ne la connaissait pas n'aurait pas servi à grand-chose non plus. Un grand nombre de mariages étaient arrangés par le parti. En tant que membre de celui-ci, surtout s'il espérait devenir officier, Xiao-hei était censé dire : « J'accepte sans condition la décision du parti ! » A cet instant, il regretta amèrement d'avoir admis qu'il n'avait personne dans sa vie. Il réfléchissait à toute vitesse pour trouver un moyen de dire non avec tact, tandis que le commissaire continuait à lui parler de tous les avantages de l'opération : promotion immédiate au statut d'officier et de héros, infirmière à plein temps, pension conséquente, à vie.

Le commissaire alluma une autre cigarette, puis il marqua une pause. Xiao-hei pesa ses mots. Prenant un risque calculé, il demanda si le parti avait déjà pris une décision irréversible en ce qui le concernait. Il savait que l'on préférait les « volontaires ». Comme il s'y attendait, le commissaire lui répondit que non : c'était à lui de décider. Xiao-hei décida de bluffer jusqu'au bout : il «avoua» que s'il n'avait pas de petite amie, sa mère lui avait trouvé une fiancée. Il savait que cette dernière devait avoir de grandes qualités pour éclipser l'héroïne qu'on lui proposait. Il fallait qu'elle possède deux attributs essentiels, à savoir qu'elle appartienne à la classe sociale qui convenait et qu'elle ait un bon emploi — dans cet ordre. Elle devint donc la fille d'un commandant d'armée dans une région stratégique, et il lui inventa un emploi dans un hôpital militaire. Ils venaient juste de commencer à «parler d'amour».

Le commissaire fit alors marche arrière, disant qu'il avait seulement voulu savoir ce qu'en pensait Xiao-hei, qu'il n'avait jamais eu l'intention de lui imposer cette femme. Mon frère ne fut pas puni. Peu de temps après, il devint officier et responsable d'une unité de communications radio à terre. Un jeune paysan épousa finalement l'héroïne handicapée.

Pendant ce temps-là, Mme Mao et ses acolytes multipliaient les efforts pour empêcher le pays de travailler. Pour l'industrie, ils avaient un nouveau slogan : «Arrêter la production est une révolution en soi.» En ce qui concerne l'agriculture, dont ils commençaient à se mêler sérieusement, ils clamaient : «Nous préférons avoir des mauvaises herbes socialistes que des récoltes capitalistes.» Acquérir de la technologie étrangère, c'était désormais «renifler les pets des étrangers et dire qu'ils embaument»! Dans le domaine de l'éducation : «Nous voulons des travailleurs illettrés et non pas des aristocrates intellectuels et raffinés.» Ils appelèrent une fois de plus les écoliers à se rebeller contre leurs professeurs. En janvier 1974, comme en 1966, les fenêtres, les tables et les chaises des écoles de Pékin furent réduites en miettes. Mme Mao compara cette action à «la rébellion des ouvriers anglais détruisant leurs machines au XVIIIe siècle». Toute cette démagogie n'avait qu'un seul but : mettre Zhou Enlai et Deng Xiaoping en mauvaise posture et semer la zizanie. C'était seulement en persécutant les gens et par la *destruction* que Mme Mao et les autres meneurs de la Révolution culturelle avaient une chance de «briller». En matière de *construction*, ils n'avaient aucun rôle à jouer.

Zhou et Deng avaient fait de timides tentatives pour ouvrir le pays sur l'extérieur. Mme Mao s'empressa de lancer une nouvelle attaque contre les cultures étrangères. Au début de 1974, on assista à une vaste campagne médiatique dénonçant le metteur en scène italien Michelangelo Antonioni à propos d'un film qu'il avait réalisé sur la Chine, alors qu'aucun Chinois n'avait vu le film et que pour ainsi dire personne n'en avait entendu parler (du film mais aussi d'Antonioni). Cette xénophobie s'étendit à Beethoven, après un concert donné à Pékin par le Philadelphia Orchestra.

Au cours des deux années qui s'étaient écoulées depuis la chute de Lin Biao, mon enthousiasme initial avait fait place au désespoir et à la fureur. La seule chose qui me réconfortait, c'était que l'on se battait malgré tout contre cette folie, qui ne régnait donc plus inconditionnellement comme au début de la Révolution culturelle. Pendant cette période, en effet, Mao s'abstint d'apporter son soutien absolu à l'un ou l'autre camp. Les efforts déployés par Zhou Enlai et Deng Xiaoping pour inverser le cours de la révolution le rendaient fou de rage, mais il savait que son épouse et ses complices n'arriveraient jamais à faire fonctionner le pays de la manière dont ils s'y prenaient.

Mao laissa à Zhou Enlai la charge d'administrer le pays, mais il lança son épouse à l'assaut de ce dernier, notamment à l'occasion d'une nouvelle campagne de diffamation — à l'encontre de Confucius. Les slogans dénonçaient Lin Biao en apparence, mais en réalité ils visaient Zhou Enlai qui incarnait, disait-on, les vertus prônées par le grand sage. En dépit de la loyauté inébranlable de Zhou, Mao ne pouvait le laisser tranquille. Pas même maintenant, alors que le malheureux se mourait d'un cancer de l'estomac et des intestins.

Ce fut à ce moment-là que je commençais à comprendre que Mao était vraiment responsable de la Révolution culturelle. Pourtant, je ne parvenais toujours pas à le condamner explicitement, y compris dans mon esprit. C'était si difficile de détruire un dieu ! Psychologiquement, toutefois, j'étais prête à ce que l'on me mette les points sur les i à son égard.

L'éducation devint la cible première du sabotage perpétré par Mme Mao et son équipe, dans la mesure où ce secteur n'était pas essentiel à l'économie, et parce que chaque étudiant, chaque enseignant représentait en soi un désaveu de l'ignorance portée aux nues par la Révolution culturelle. De sorte qu'en arrivant à l'université je me retrouvai au milieu d'un véritable champ de bataille.

L'université du Setchouan avait été le siège du groupe rebelle

«26 août», le bras armé des Ting; les bâtiments portaient d'ailleurs les cicatrices des sept années de la Révolution culturelle. Il n'y avait pratiquement pas une seule fenêtre intacte. Le bassin qui trônait au milieu du campus, jadis réputé pour la beauté de ses lotus et de ses poissons rouges, n'était plus qu'un marécage nauséabond, infesté de moustiques. Quant aux platanes qui longeaient l'avenue menant à l'entrée principale, ils avaient été mutilés.

Au moment où j'entrai à l'université, une nouvelle campagne politique fut mise en place pour protester contre «la nécessité de passer par la porte de derrière». Bien sûr, personne ne mentionnait le fait que c'était la Révolution culturelle qui avait bloqué «la porte de devant»! Je remarquai la présence d'un grand nombre d'enfants de hauts responsables parmi les nouveaux étudiants «ouvriers-paysans-soldats». Pour ainsi dire tous les autres avaient des relations: les paysans, auprès des chefs de leur équipe de production ou des secrétaires de leur commune, les ouvriers, auprès des directeurs de leur usine, à moins qu'ils ne fussent eux-mêmes de petits employés du gouvernement. Il n'y avait pas d'autre solution que de passer par la porte de derrière. Mes camarades étudiants ne manifestèrent guère de zèle au cours de cette campagne.

Chaque après-midi, le soir aussi parfois, on nous faisait «étudier» des articles emphatiques tirés du *Quotidien du peuple*, dénonçant telle ou telle chose. Nous avions ensuite d'absurdes «débats» au cours desquels chacun répétait les formules ampoulées et insipides du journal. Nous devions rester sur le campus en permanence, hormis le samedi soir et le dimanche, et être impérativement de retour le dimanche soir.

Je partageai une chambre avec cinq autres filles. il y avait trois lits superposés alignés le long des murs. Au milieu de la pièce trônait une table entourée de six chaises où nous travaillions. Nous avions tout juste assez de place pour nos cuvettes. La fenêtre donnait sur un égout pestilentiel.

J'étais donc là pour apprendre l'anglais, une véritable gageure. Il n'y avait pas un seul étudiant de langue anglaise, pas un seul étranger non plus, le Setchouan leur étant fermé. De temps en temps, on en laissait passer un ou deux, toujours «amis de la Chine», mais leur adresser la parole sans autorisation était considéré comme un acte délictueux. En écoutant la BBC ou *Voice of America*, on risquait la prison. Aucune publication étrangère ne nous parvenait, en dehors de

The Worker, organe de presse du minuscule parti maoïste de Grande-Bretagne, que l'on enfermait d'ailleurs dans une pièce à part. Je me souviens encore de l'émoi que j'ai éprouvé le jour, unique, où l'on m'a autorisé à y jeter un coup d'œil. Mon enthousiasme tomba quand mon regard se posa sur la une, qui faisait écho à la campagne de dénigrement contre Confucius. Tandis que je restais assise là, totalement déconcertée, un professeur que j'aimais bien passa derrière moi et me dit avec un sourire : « Ce journal n'est probablement lu qu'en Chine ! »

Nos manuels de cours n'étaient qu'un fatras de propagande ridicule. La première phrase que j'ai apprise en anglais ? « Longue vie au président Mao ! » Personne n'osa nous expliquer cette phrase d'un point de vue grammatical. En chinois, le terme utilisé pour rendre l'optatif (exprimant le souhait) veut dire « quelque chose d'irréel ». En 1966, un professeur de l'université du Setchouan avait été battu « parce qu'il avait eu l'audace de suggérer que "Longue vie au président Mao !" était irréel » ! Un des chapitres de notre manuel d'anglais relatait l'histoire héroïque d'un jeune Chinois qui s'était noyé en sautant dans un fleuve en crue pour sauver un poteau électrique parce qu'il devait être utilisé pour transmettre la parole du président Mao.

Je parvins non sans mal à me procurer quelques manuels d'anglais publiés avant la Révolution culturelle, auprès d'une poignée de professeurs de mon département et grâce à Jinming, qui m'envoyait régulièrement des livres par la poste. Ces ouvrages contenaient des morceaux choisis d'auteurs tels que Jane Austen, Charles Dickens ou Oscar Wilde, et des récits tirés de l'histoire européenne ou américaine. Leur lecture me procurait un grand bonheur, mais je passais le plus clair de mon temps à essayer de dénicher des livres, et ensuite de les garder le plus longtemps possible.

Chaque fois que quelqu'un approchait, je couvrais rapidement mes précieux livres avec un journal, en partie à cause de leur contenu « bourgeois », mais surtout pour ne pas avoir l'air d'étudier trop consciencieusement. Je redoutais en effet d'éveiller la jalousie de mes camarades en lisant des choses qui les dépassaient. Bien que censés étudier l'anglais et payés par le gouvernement pour ce faire — en grande partie pour des raisons de propagande —, il ne fallait surtout pas paraître trop intéressés par cette matière, de peur d'être taxés de « blancs et experts ». Dans la logique insensée de cette époque, savoir faire son métier (« expert ») équivalait automatiquement à être sujet à caution : politiquement (« blanc ») en d'autres termes, dans l'opposition.

J'avais le malheur d'être meilleure en anglais que mes camarades, et par conséquent fort mal vue d'une partie des « responsables étudiants », superviseurs au plus bas niveau, chargés d'exercer un contrôle sur les séances d'endoctrinement politique et de vérifier « les conditions de pensée » des autres étudiants. La plupart d'entre eux venaient de la campagne. Ils étaient avides d'apprendre l'anglais, seulement, la majorité ne savaient pour ainsi dire pas lire et n'avaient guère d'aptitudes. Je comprenais leur angoisse et leur frustration, et leur envie me paraissait on ne peut plus normale. Le concept de « blanc et expert » imaginé par Mao les incitait à s'enorgueillir de leurs incapacités, conférait une respectabilité politique à leur jalousie et leur donnait l'occasion d'exprimer leur mécontentement avec hargne.

De temps en temps, un de ces responsables étudiants réclamait une conversation « à cœur ouvert » avec moi. Le chef de la cellule du parti de ma classe était un ancien paysan du nom de Ming, devenu chef d'une équipe de production après un passage dans les rangs de l'armée. Il était très pauvre. Je me souviens encore des interminables propos qu'il me débitait sur les derniers développements de la Révolution culturelle, « des glorieuses missions qui nous sont confiées, à nous les ouvriers-paysans-soldats-étudiants » et de la nécessité de « réformer notre pensée ». J'avais paraît-il besoin de ces discours moralisateurs à cause de mes « travers », mais Ming n'allait jamais droit au but. Il laissait ses critiques en suspens par des formules telles que « Les masses se sont plaintes de toi. Sais-tu pourquoi ? », suivies d'un long regard appuyé destiné à voir l'effet que cela me faisait. Il finissait tout de même par me révéler certaines allégations portées contre moi. Un jour, on m'accusait d'être « blanche et experte » ; il fallait bien s'y attendre. Un autre jour, on me reprochait d'être « bourgeoise » parce que je ne m'étais pas démenée pour avoir la chance de nettoyer les toilettes ou de faire la lessive des autres — des BA obligatoires. Une autre fois encore, on m'attribua des motivations méprisables ; celles de refuser de passer l'essentiel de mon temps à donner des cours à mes camarades sous prétexte que je ne voulais pas qu'ils me rattrapent.

Ming me blâmait aussi pour mon attitude distante. Quand

il abordait cette question, ses lèvres tremblaient. J'en conclus que cet aspect déplorable de ma personnalité lui était particulièrement insupportable. « Les masses affirment que tu es constamment sur la réserve. Tu te coupes des autres. »

A l'échelon supérieur aux responsables étudiants se trouvaient les superviseurs politiques, qui ne connaissaient pour ainsi dire pas un mot d'anglais. Ils ne m'aimaient pas beaucoup, et je ne les aimais guère. De temps à autre, je devais rendre compte de mes pensées à celui qui chapeautait ma classe. Avant chacune de nos rencontres, je déambulai pendant des heures autour du campus afin de m'armer de courage pour frapper à sa porte. Il n'était pourtant pas méchant, me semblait-il, mais je le craignais. Je redoutais surtout l'inévitable diatribe finale, ambiguë et fastidieuse. Comme beaucoup d'autres personnes, j'adorais jouer au chat et à la souris pour flatter ses sentiments de pouvoir. Je prenais un air humble et sincère et lui faisais toutes sortes de promesses que je n'avais absolument aucune intention de tenir.

J'en vins à regretter les années passées à la campagne et en usine, où l'on m'avait laissée plutôt tranquille. Un contrôle beaucoup plus strict s'exerçait sur les universités, du fait que Mme Mao s'y intéressait particulièrement. Je faisais à présent partie des gens qui *profitaient* de la Révolution culturelle. Sans elle, la plupart d'entre nous n'auraient jamais pu se trouver là.

Un jour, plusieurs étudiants de ma classe se virent confier la tâche de compiler un dictionnaire d'abréviations anglaises. Le département avait en effet décidé que celui dont nous disposions était «réactionnaire», dans la mesure où il contenait, bien entendu, beaucoup trop de termes «capitalistes». Comment se faisait-il que Roosevelt eût droit à une abréviation — FDR —, alors que le président Mao, lui, n'en avait pas? s'étaient indignés certains de mes camarades. Avec une extrême solennité, ils se mirent en devoir de rechercher les abréviations acceptables. En définitive, ils durent renoncer à leur «mission historique» faute de termes recevables.

Je trouvais cet environnement insupportable. Je comprenais l'ignorance, mais ne pouvais admettre qu'on la glorifiât ni encore moins qu'on la laissât régner en tout.

On nous obligeait souvent à quitter l'université pour entreprendre des missions qui n'avaient rien à voir avec les matières que nous étudiions. Mao avait déclaré que nous devions «faire notre apprentissage dans les usines, à la campagne, à l'armée», sans préciser ce que nous étions censés apprendre. Nous commençâmes par l'«apprentissage à la campagne». En octobre 1973, et pendant toute une semaine, dès le premier trimestre, les étudiants de l'université furent envoyés dans un endroit baptisé source du mont Dragon, dans la banlieue de Chengdu, que Chen Yonggui, un des vice-premiers ministres chinois, avait par malheur visité. Ce dernier autrefois avait dirigé une brigade de production agricole appelée Dazhai, dans la province montagneuse du Shanxi, au nord du pays; cette brigade était devenue le modèle du genre aux yeux de Mao, apparemment parce que son «succès» reposait davantage sur l'ardeur révolutionnaire des paysans que sur les avantages matériels qu'on leur offrait. Mao n'avait pas remarqué, ou bien il n'avait pas voulu voir, que les rendements affichés par la brigade de Dazhai étaient de toute évidence amplement exagérés. Lorsqu'il s'était rendu en visite officielle à la source du mont Dragon, Chen s'était exclamé : « Ah, vous avez des montagnes ici ! Imaginez le nombre de champs que vous pourriez faire naître ! », comme si ces collines fertiles tapissées de vergers ressemblaient aux montagnes désolées de son village natal. Une remarque de Chen avait force de loi. Les étudiants reçurent l'ordre de dynamiter les vergers qui offraient à Chengdu quantité de pommes, de prunes, de pêches et de fleurs. Nous transportâmes sur le site des monceaux de pierres chargées, à des kilomètres de là, dans des charrettes ou des paniers portés à dos d'homme, dans le but de construire des rizières en terrasse.

Il était indispensable de faire preuve de zèle dans cette mission, comme dans toute autre action commandée par Mao. La plupart de mes camarades se démenaient pour se faire remarquer. On considérait que je manquais d'enthousiasme, parce que j'avais de la peine à dissimuler l'aversion que ce travail m'inspirait d'une part, d'autre part parce que je ne transpire pas facilement, quelle que soit l'énergie que je déploie. Les étudiants qui suaient à grosses gouttes avaient invariablement droit à des louanges lors des séances d'évaluation qui se déroulaient tous les soirs.

Mes camarades d'université étaient moins capables qu'avides de bien faire. Les bâtons de dynamite qu'ils enfonçaient dans le sol n'explosaient généralement pas, ce dont il fallait plutôt se réjouir dans la mesure où aucune précaution de sécurité n'était prise. Les murs en pierre édifiés autour des lopins en terrasse ne tardèrent pas à s'effondrer. Quand le moment fut venu de repartir, deux semaines après notre arrivée, le versant de la montagne était réduit à l'état de terrain vague, criblé de trous de mine, de ciment solidifié en masses informes et de tas de cailloux. Personne n'avait l'air de s'en préoccuper. Toute cette affaire n'était en définitive qu'un « numéro », une mise en scène, un moyen inutile d'arriver à une fin tout aussi vaine.

J'avais ces expéditions en horreur. Je supportais surtout très mal l'idée que notre travail, notre existence même, soient mis à contribution dans le cadre d'un jeu politique totalement illusoire. Pour mon plus grand agacement, mon université au complet fut à nouveau expédiée en « mission » à la fin de 1974, cette fois auprès d'une unité de l'armée.

Le camp, à quelques heures de route de Chengdu, se situait dans un cadre magnifique, au milieu des rizières, des pêchers en fleur et de bosquets de bambous. Pourtant, les dix-sept jours passés sur place me firent l'effet d'une année entière. J'étais perpétuellement à court de souffle après les interminables *footings* du matin. J'avais des bleus partout à force de tomber et de ramper sous les feux imaginaires des tanks ennemis ; les heures entières que nous passions à apprendre à viser ou à lancer des grenades à main en bois achevaient de m'éreinter. J'étais censée manifester la passion que m'inspiraient ces activités et déployer des talents de soldat aguerri, alors que j'étais complètement nulle dans ce domaine. Être bonne en anglais, la matière qu'après tout on m'avait imposée, voilà qui était impardonnable. Ces tâches militaires avaient une portée *politique* ; il fallait impérativement que je fisse mes preuves. Paradoxalement, au sein même de l'armée, l'adresse au tir et à tout autre exercice militaire valait automatiquement aux soldats d'être classés parmi les « blancs et experts ».

Je faisais partie de la poignée d'étudiants qui lançaient les grenades à main en bois à une distance tellement ridicule, et partant dangereuse, qu'on nous refusa le grand honneur de nous exercer avec une vraie grenade. Tandis que notre bande pathétique de rejetés attendait patiemment en haut d'une colline tout en écoutant les explosions lointaines provoquées par les autres, une des filles éclata en sanglots. Notre faiblesse au lancer pouvait très bien être interprétée comme la preuve de notre appartenance au clan des « blancs », et je redoutais autant qu'elle les incidences éventuelles de ce « délit ».

La deuxième épreuve était le tir. Au moment où nous arrivâmes au champ de tir, je me rendis compte que je ne pouvais absolument pas me permettre d'échouer cette fois-ci. On appela mon nom. Je me couchai à terre, fixant la cible à travers le viseur. Tout à coup, ce fut le noir complet. Plus de cible, plus de sol, plus rien. Je tremblais tellement que je n'avais même pas la force d'appuyer sur la détente. L'ordre de tirer me parvint de loin, très loin, comme s'il avait flotté longuement sur des nuages. Je pressai la détente, mais aucun son ne suivit. Je ne voyais toujours rien. On alla vérifier mon score. Les instructeurs étaient pour le moins perplexes : aucune de mes dix balles n'avait atteint le carton, sans parler de la cible.

Je n'arrivais pas à le croire. J'avais une vue parfaite. J'expliquai à l'instructeur que le canon de mon fusil devait être tordu. Il parut me croire : mon échec était trop spectaculaire pour que l'on pût s'imaginer que c'était entièrement ma faute. On me donna un autre fusil, ce qui provoqua des plaintes parmi ceux qui s'étaient vu refuser la même faveur. Ma seconde tentative fut légèrement meilleure : deux balles sur dix atterrirent dans les cercles extérieurs. Malgré cela, je figurais parmi les derniers de toute l'université. En voyant les résultats affichés sur le mur, tel un dazibao, je compris que je risquais encore plus de me retrouver parmi les « blancs ». Je surpris l'un des responsables-étudiants en train de faire des remarques insidieuses à mon égard : « Hmm ! Se faire donner une deuxième chance ! Comme si cela pouvait arranger les choses dans son cas ! Si elle n'a pas de sentiments de classe, cent essais ne suffiront pas à la sauver ! »

Dans ma détresse, je m'absorbai dans mes pensées, au point que je remarquai à peine les jeunes paysans soldats qui nous donnaient des instructions. Un unique incident attira mon attention sur eux. Un soir que j'étais allée, avec d'autres filles, chercher mes habits qui séchaient sur un fil, nous remarquâmes que nos culottes étaient tachées par un liquide qui ne pouvait être que du sperme.

A l'université, je trouvais parfois refuge chez les quelques professeurs qui avaient obtenu leurs postes avant la Révolution culturelle, sur la base de leurs mérites. Plusieurs d'entre eux avaient séjourné en Grande-Bretagne ou aux États-Unis avant la prise du pouvoir par les communistes. Je pouvais me détendre en leur compagnie et j'avais le sentiment agréable que nous parlions la même langue. Ce qui ne les empêchait pas de se montrer prudents, à l'instar de la grande majorité des intellectuels, conséquence des années de répression qu'ils avaient vécues. Nous évitions les sujets dangereux. Ceux qui connaissaient l'Occident n'en parlaient que très rarement. Je mourais d'envie de leur poser des questions, mais je me retenais, par crainte de les mettre dans une situation délicate.

Pour la même raison, je ne dévoilais jamais mes pensées à mes parents. Comment auraient-ils pu me répondre : en me disant la vérité, à leurs risques et périls, ou en me mentant pour se protéger ? Par ailleurs, je ne voulais pas que mes idées hérétiques les inquiètent. Je tenais à ce qu'ils les ignorent de façon à pouvoir véritablement dire qu'ils ne savaient rien s'il m'arrivait quelque chose.

Les seules personnes auxquelles je communiquais mes pensées étaient des amis de mon âge. De fait, nous ne pouvions pas faire grand-chose, hormis parler, en particulier lorsque nous étions en compagnie de camarades du sexe opposé. «Sortir» avec un homme — en d'autres termes être vus seuls en public — équivalait à des fiançailles ! De toute façon, il n'y avait toujours pour ainsi dire aucun divertissement possible. Les cinémas ne présentaient guère qu'une poignée de films ayant reçu l'approbation de Mme Mao. De temps à autre, on passait un film étranger, albanais par exemple, mais la plupart des billets étaient raflés en peu de temps par les privilégiés qui avaient des relations. Une foule déchaînée envahissait le hall d'entrée et se bousculait au guichet afin de récupérer les quelques places restantes. C'était le triomphe des trafiquants. De sorte que, la plupart du temps, nous restions à la maison pour bavarder. A nous voir, on aurait pu se croire au temps de l'Angleterre victorienne. Notre comportement était irréprochable. En ce temps-là, il était rare qu'une femme ait des amitiés masculines. Un jour, une de mes amies me fit une réflexion à ce sujet : «Je n'ai jamais connu une fille ayant autant d'amis garçons. Normalement, les filles se voient entre filles.» Elle avait raison. J'ai connu un grand nombre de jeunes filles qui ont épousé le premier homme qui s'était approché d'elles. Toutefois, les rares manifestations d'intérêt que j'obtins de mes «soupirants» se limitèrent à des poèmes à l'eau de rose et à des lettres pleines de retenue, dont l'une avait tout de même été rédigée en lettres de sang (elle provenait du gardien de but de l'équipe de football).

Mes amis et moi parlions souvent de l'Occident. Avec le

temps, j'en étais arrivée à la conclusion que ce devait être un endroit merveilleux. Paradoxalement, Mao et son régime avaient été les premiers à me mettre cette idée dans la tête. Pendant des années, tout ce qui m'attirait instinctivement avait été condamné en tant que maux de l'Occident : les jolis vêtements, les fleurs, les livres, les spectacles, la politesse, la douceur, la gentillesse, la spontanéité, la bienveillance, la liberté, le refus de la cruauté et de la violence, l'amour et non pas la « haine des classes », le respect des vies humaines, la solitude, la compétence professionnelle... Dans ces conditions, comment ne pas être séduit par l'Occident ? Je me le demandais souvent moi-même.

J'étais extrêmement curieuse de connaître ces modes d'existence apparemment aux antipodes de la vie que j'avais menée. Mes amis et moi échangions des rumeurs et des fragments d'information que nous pêchions tant bien que mal dans les publications officielles. J'étais moins frappée par les progrès technologiques des Occidentaux, et leur niveau de vie élevé, que par l'absence de chasses aux sorcières politiques, la libre consommation, la dignité humaine et l'incroyable liberté individuelle dont ils semblaient jouir. A mes yeux, le fait que tant de gens paraissaient critiquer l'Occident et vanter la Chine, sans qu'il leur arrive quoi que ce soit, était la preuve absolue de cette liberté. Presque chaque jour, *Reference*, qui publiait en Chine des articles de la presse étrangère, faisait paraître en première page un éloge de Mao et de la Révolution culturelle. Au début, ces panégyriques me rendaient furieuse, mais ils me firent vite prendre conscience de la tolérance dont cette « autre » société faisait preuve. Je compris alors que c'était le type de société au sein de laquelle je voulais vivre, où les gens avaient le droit d'avoir des opinions différentes, voire choquantes. Je commençai à entrevoir que c'était précisément en tolérant ces oppositions, ces protestataires, que l'Occident parvenait à progresser aussi vite.

Quoi qu'il en soit, je ne pouvais pas m'empêcher d'être agacée par ces commentaires. Un jour, je lus un article rédigé par un Occidental venu en Chine voir de vieux amis, des professeurs d'université. Ces derniers lui avaient déclaré joyeusement qu'ils étaient ravis d'avoir été dénoncés et expédiés à des lieues de chez eux, et qu'il se félicitaient d'avoir été réformés. L'auteur de l'article concluait en disant que Mao avait vraiment fait des Chinois un « peuple neuf », capable de

588

considérer comme un plaisir ce que les Occidentaux considéraient comme un malheur. J'étais sidérée. Se rendait-il compte que le summun de la répression était atteint quand plus personne n'osait se plaindre? Qu'elle était cent fois plus puissante lorsque la victime se sentait obligée de sourire, en plus? Ne voyait-il donc pas l'existence minable à laquelle ces professeurs étaient réduits? Ne mesurait-il pas les horreurs par lesquelles ils avaient dû passer pour être avilis à ce point? Je ne me rendais pas compte que les Occidentaux n'étaient pas habitués au bluff des Chinois et qu'ils étaient incapables de le décoder.

Je n'imaginais pas davantage que les Occidentaux avaient de la peine à se procurer des informations sur la Chine, que, dans l'ensemble, ils les comprenaient mal et que, faute d'expérience d'un régime comme le nôtre, ils pouvaient très facilement prendre la propagande et les discours au pied de la lettre. En conséquence, j'en conclus que leurs apologies de la Chine étaient forcément mensongères. Mes amis et moi plaisantions à ce sujet, en disant qu'ils s'étaient fait «acheter» par l'«hospitalité» de notre gouvernement. Quand les étrangers furent autorisés à accéder à certaines zones restreintes de la Chine, à la suite de la visite de Nixon, partout où ils allaient, les autorités prirent soin de limiter encore leurs déplacements à l'intérieur d'enclaves savamment conçues. Les moyens de transport les plus efficaces, les meilleurs restaurants, magasins, pensions et sites leur étaient réservés. On posa même des enseignes indiquant: «Exclusivement destiné à nos hôtes étrangers.» Le *mao-tai*, cette liqueur si prisée, était pour ainsi dire introuvable pour les Chinois; en revanche, les étrangers pouvaient se la procurer facilement. On leur gardait aussi la meilleure nourriture. Les journaux annonçaient fièrement que Henry Kissinger avait déclaré avoir pris de l'embonpoint à la suite des innombrables banquets à douze plats auxquels il avait eu droit au cours de ses visites en Chine. C'était l'époque où, dans le Setchouan, le «grenier du ciel», nos rations de viande se limitaient à une demi-livre par personne et par mois. Les rues de Chengdu étaient envahies de paysans sans logis ayant fui la famine qui sévissait dans le Nord; ils vivaient comme des mendiants. Le peuple voyait d'un très mauvais œil le fait que l'on traitât ces étrangers comme des princes. Nous commencions à nous demander pourquoi nous nous en étions jadis pris au Kuo-min-tang parce qu'il autorisait des pancartes du style «interdit aux Chinois et aux chiens». Notre régime n'était-il pas en train de suivre le même chemin?

La collecte des informations sur cet autre monde finit par tourner à l'obsession. Le fait de savoir lire l'anglais était pour moi un avantage considérable. Si la bibliothèque de l'université avait été pillée pendant la Révolution culturelle, la plupart des livres ainsi détruits étaient en chinois. Les rayonnages d'ouvrages de langue anglaise avaient été mis sens dessus dessous, mais la plupart des livres étaient intacts.

Quant aux bibliothécaires, ils étaient ravis que quelqu'un, en particulier un étudiant, s'intéresse à ces livres ; ils se montrèrent par conséquent d'un grand secours. Le fichier aussi ayant été mis sens dessus dessous, ils fouillaient consciencieusement les piles d'ouvrages pour trouver ceux que je voulais. Grâce à leur bonne volonté et à leurs efforts, je pus mettre la main sur certains classiques anglais, tels que *Les Quatre Filles du docteur March*, de May Alcott, le premier roman que je lus en anglais. Je trouvai les femmes écrivains telles que Jane Austen ou les sœurs Brontë beaucoup plus faciles à lire que leurs homologues de l'autre sexe, Dickens par exemple ; je me sentais aussi plus proche de leurs personnages. Je lus également une brève histoire de la littérature européenne et américaine. La tradition grecque de la démocratie m'impressionnait autant que l'humanisme de la Renaissance et le scepticisme du Siècle des Lumières. Quand je tombais sur le passage des *Voyages de Gulliver* à propos de l'empereur qui publia un édit ordonnant à tous ses sujets, sous peine de terribles châtiments, de casser la petite extrémité des œufs, je songeai que Swift s'était probablement rendu en Chine ! Il est difficile de décrire la joie indicible que me procurait cette formidable occasion de m'ouvrir l'esprit.

Être seule dans la bibliothèque, c'était pour moi le paradis. Mon cœur se mettait à battre à tout rompre quand je m'en approchais, généralement à la tombée de la nuit. Quand je me trouvais parmi les livres, le monde extérieur cessait d'exister. Dès que je grimpai quatre à quatre les marches de l'édifice pseudo-classique, l'odeur des vieux livres accumulés depuis longtemps dans des pièces sans air me faisait trembler d'excitation.

Avec l'aide de dictionnaires prêtés par des professeurs, je pus me familiariser avec Longfellow, Walt Whitman et l'histoire américaine. J'appris par cœur la déclaration d'Indépendance, et mon cœur s'enflait d'émotion quand je récitais « Nous tenons pour évidentes pour elles-mêmes les vérités suivantes : tous les hommes sont créés égaux », ou que j'en arrivais aux « droits inaliénables », et parmi eux, « la liberté et la recherche du bonheur ». Ces concepts inconnus en Chine m'ouvraient des horizons merveilleux. Mes journaux, que je gardais avec moi en permanence, étaient remplis de passages comme ceux-ci, recopiés avec soin, les larmes aux yeux, passionnément.

Un jour d'automne, en 1974, une de mes amies vint me trouver avec des airs de conspiratrice et me montra un exemplaire de *Newsweek* contenant des photographies de Mao et de son épouse. Elle ne connaissait pas l'anglais et elle était très curieuse de savoir ce que disait l'article. C'était le premier vrai magazine étranger que j'avais entre les mains. Une des phrases de l'article sur Mao me fit l'effet d'un coup de foudre : elle disait que Mme Mao « était les yeux, les oreilles et la voix du Président ». Jusqu'à cet instant, je ne m'étais jamais laissée aller à envisager la relation évidente entre les méfaits de Mme Mao et son mari. Soudain, j'y voyais clair. Ma vision floue du personnage de Mao devint tout à coup d'une clarté limpide : il était responsable de la souffrance et de la destruction de notre nation. Sans lui, Mme Mao et ses acolytes n'auraient pas tenu le coup un seul jour. Je connus alors l'extraordinaire émoi de défier mentalement Mao pour la première fois de ma vie.

27

« Si c'est le paradis, qu'est-ce que l'enfer? »

LA MORT DE MON PÈRE

1974-1976

Pendant tout ce temps-là, à la différence de la plupart de ses anciens collègues, mon père n'avait toujours pas été réhabilité et il n'avait pas de travail. Depuis son retour de Pékin, avec ma mère et moi, en 1972, il végétait à la maison, rue Météorite. Le problème était qu'il avait critiqué Mao ouvertement, en mentionnant son nom. Plutôt conciliante, l'équipe chargée de l'enquête sur lui s'était efforcée d'imputer en partie cette faute à son trouble mental. Elle se heurta cependant à l'opposition farouche des autorités supérieures, qui tenaient à lui imposer une peine sévère. La plupart des collègues de mon père compatissaient à son sort: ils éprouvaient même de l'admiration pour lui. Mais il leur fallait défendre leur peau. De surcroît, mon père n'appartenait à aucune clique; il n'avait aucun protecteur puissant susceptible d'intercéder en sa faveur. Les gens bien placés qu'il connaissait étaient tous ses ennemis.

Un jour de 1968, ma mère, alors en liberté pour quelques jours, avait rencontré un vieil ami de mon père devant un étal de nourriture, à un coin de rue. L'homme en question avait lié son sort à celui des Ting. Il se trouvait en compagnie de sa femme, que ma mère et Mme Ting lui avaient présentée du temps où elles travaillaient ensemble à Yibin. En dépit de la répugnance évidente du couple à échanger quoi que ce soit avec elle, en dehors d'un signe de tête à peine perceptible, ma mère alla jusqu'à leur table et s'assit à côté d'eux. Elle leur demanda d'intervenir auprès des Ting afin qu'ils épargnent mon père. Après l'avoir écoutée, l'homme se contenta de secouer la tête en disant : « Ce n'est pas si simple... ». Après quoi, il trempa un doigt dans sa tasse de thé et écrivit le caractère *Zuo* sur la table. Il jeta à ma mère un dernier regard lourd de sens, se leva en même temps que sa femme et s'éloigna sans dire un mot.

Zuo était un ancien collaborateur de mon père; il faisait partie des rares hauts fonctionnaires que la Révolution culturelle avait laissés parfaitement indemnes. Devenu la « coqueluche » des Rebelles de Mme Shau, intimement lié aux Ting, il leur survécut pourtant, ainsi qu'à Lin Biao, et conserva le pouvoir.

Mon père refusait obstinément de revenir sur ce qu'il avait écrit à propos de Mao. Toutefois, quand l'équipe chargée de l'enquête lui proposa de mettre ses propos diffamatoires sur le compte de son état mental, il finit par céder, non sans angoisse.

A présent, la situation générale le laissait totalement indifférent. Aucun principe ne gouvernait le comportement du peuple ni la conduite du parti. La corruption avait à nouveau tout investi. Les hauts responsables s'occupaient avant tout de leur famille et de leurs amis. De peur d'être battus, les professeurs donnaient des notes maximales à tous leurs élèves, quelle que fût la qualité de leur travail; les conducteurs de bus ne faisaient plus payer les voyageurs. On se moquait ouvertement de ceux qui se souciaient encore du bien public. La Révolution culturelle de Mao avait anéanti aussi bien la discipline du parti que la morale et le civisme.

Mon père avait du mal à ne pas exprimer des pensées risquant de confirmer sa culpabilité et d'impliquer en outre sa famille. Il était obligé de prendre des tranquillisants en permanence. Quand le climat politique se détendait, il diminuait les doses; lorsque les campagnes s'intensifiaient, il les augmentait à nouveau. Chaque fois qu'il venait chercher une nouvelle ordonnance, les psychiatres secouaient la tête, en lui disant qu'il prenait de gros risques en s'obstinant à en absorber d'aussi fortes quantités. Seulement, il ne tenait jamais le coup très longtemps sans ses médicaments. En mai 1974, il se sentit au bord d'une dépression et requit un traitement psychiatrique. Cette fois, il fut hospitalisé rapidement, grâce à ses anciens collègues désormais responsables du service de santé.

J'obtins un congé des autorités de l'université, de manière à aller lui tenir compagnie à l'hôpital. Le docteur Su, le psychiatre qui l'avait déjà soigné auparavant, s'occupait à nouveau de lui. Les Ting l'avaient fait condamner pour avoir diagnostiqué correctement le mal dont souffrait mon père; ils voulurent l'obliger à rédiger un aveu établissant que ce dernier avait feint la folie. Ayant refusé, il fut soumis à des réunions de dénonciation, battu et rayé de l'ordre des médecins. Je le vis un jour de 1968 en train de vider les poubelles et de nettoyer les crachoirs de l'hôpital. Ses cheveux étaient devenus gris, alors qu'il n'avait même pas quarante ans. Après la chute des Ting, il avait été réhabilité. Il était très gentil avec mon père et avec moi, comme tous les autres médecins et les infirmières d'ailleurs. Ils me promirent qu'ils prendraient bien soin de mon père et m'affirmèrent que je n'étais pas obligée de rester auprès de lui. Mais j'y tenais. Je pensais qu'il avait besoin d'amour plus que de tout autre chose. Je redoutais qu'il rechutât sans qu'il y eût personne auprès de lui. Il souffrait d'une hypertension artérielle alarmante et avait déjà subi plusieurs petites crises cardiaques, qui lui avaient laissé une démarche chancelante. On avait l'impression qu'à tout instant il pouvait glisser. Les médecins m'avaient avertie qu'une chute pouvait lui être fatale. Je m'installai donc auprès de lui dans le service réservé aux hommes. Il avait la même chambre qu'au cours de l'été 1967; elle devait en principe accueillir deux patients, comme toutes les autres, mais mon père avait le privilège d'être seul dans la sienne. Je dormais donc dans le lit vacant.

Je ne le quittais pas d'une semelle de crainte qu'il ne tombe. Quand il allait aux toilettes, j'attendais devant la porte. Lorsqu'il s'y attardait trop longtemps, je commençais à m'imaginer qu'il avait eu une crise cardiaque et je me ridiculisais en l'appelant désespérément. Chaque jour, nous faisions une longue promenade dans le jardin, où déambulaient d'un air hagard une foule d'autres patients du service psychiatrique, en pyjama rayé gris. Leur vue me terrifiait toujours et me rendait affreusement triste.

Le jardin regorgeait pourtant de fleurs multicolores. Des papillons blancs voltigeaient gaiement parmi les pissenlits de

la pelouse. Dans les haies qui formaient une couronne autour du jardin, trembles, bambous gracieux et grenadiers aux fleurs écarlates se cachaient derrière une rangée de lauriers-roses. Tandis que nous marchions, je composais des poèmes.

Dans le fond du jardin se trouvait une grande salle où les malades jouaient aux cartes et aux échecs, ou feuilletaient les quelques journaux et livres autorisés. Une infirmière m'expliqua qu'au début de la Révolution culturelle cette pièce servait à l'étude des œuvres du président Mao. Mao Yuanxin, le neveu du Président, avait en effet «découvert» que le Petit Livre rouge soignait beaucoup mieux les malades mentaux que n'importe quel remède. Toutefois, ces séances n'avaient pas duré longtemps, poursuivit-elle, car «chaque fois qu'un patient ouvrait la bouche, nous étions morts de peur. Dieu sait ce qu'il allait dire ! ».

Les malades n'étaient pas violents, leur traitement les privant de toute vitalité physique ou mentale. Cependant, vivre parmi eux n'avait rien de rassurant, notamment la nuit, quand les médicaments que prenait mon père le plongeaient dans un profond sommeil et que tout le bâtiment sombrait dans le silence. Les chambres ne fermaient pas à clé. A plusieurs reprises, je m'éveillai en sursaut pour trouver un homme debout près de mon lit, soulevant la moustiquaire et me fixant de son regard intense de dément. J'avais alors des sueurs froides et tirais ma couverture contre mon visage pour étouffer un cri ; je ne voulais surtout pas réveiller mon père. Le sommeil était indispensable à son équilibre mental. Finalement, l'intrus repartait comme il était venu.

Au bout d'un mois, mon père rentra à la maison. Mais il n'était pas complètement guéri. Il y avait trop longtemps qu'il supportait des pressions, et l'environnement politique demeurait trop répressif pour qu'il pût se détendre. Il fallait qu'il continue de prendre des calmants. Les psychiatres ne pouvaient rien pour lui. Son système nerveux s'épuisait, de même que son organisme et son esprit.

Pour finir, l'équipe chargée de l'enquête rendit une ébauche de verdict, déclarant que mon père «avait commis de graves erreurs politiques», ce qui revenait presque à dire qu'il faisait partie des «ennemis de classe». Conformément aux statuts du parti, ce verdict lui fut remis afin de recevoir sa signature. Après l'avoir lu, il éclata en sanglots. Mais il signa.

Les autorités supérieures refusèrent ce verdict qu'elles trouvaient trop tolérant.

En mars 1975, mon beau-frère Cheng-yi ou « Besicles » devait bénéficier d'une promotion au sein de son usine; les responsables du personnel se rendirent à l'ancien département de mon père afin de procéder à l'enquête politique d'usage. Un ancien Rebelle membre de la bande de Mme Shau les reçut et leur déclara que mon père était un « anti-maoïste ». « Besicles » dut se passer de sa promotion. Il s'abstint d'en parler à mes parents pour ne pas les tracasser, mais un ancien collègue de mon père, en visite chez nous, glissa un jour cette information à l'oreille de ma mère, et mon père l'entendit. Il s'excusa auprès de Cheng-yi d'avoir mis son avenir en péril. Une douleur indicible se lisait alors sur son visage. En larmes, désespéré, il s'exclama à l'adresse de ma mère : « Qu'ai-je donc fait pour que mon gendre lui-même soit traîné dans la boue? Que dois-je faire pour que vous soyez épargnés? »

En dépit des fortes doses de calmants qu'il absorbait, mon père dormit à peine au cours des nuits qui suivirent. Le 9 avril, dans l'après-midi, il annonça qu'il allait faire une sieste.

Quand ma mère eut achevé de préparer le dîner dans notre petite cuisine située au rez-de-chaussée, elle se dit qu'elle allait le laisser dormir un peu plus longtemps. Pour finir, elle monta dans la chambre et essaya en vain de le réveiller. Elle comprit alors qu'il avait eu une crise cardiaque. Nous n'avions pas le téléphone. Elle se rua à la clinique provinciale, dans la rue voisine de la nôtre, et alla trouver le directeur de l'établissement, le docteur Jen.

C'était un médecin extrêmement capable. Avant la révolution, il s'occupait de soigner l'élite habitant la résidence. Il venait souvent chez nous et prenait soin de la santé de toute la famille. Du jour où nous tombâmes en disgrâce, au lendemain de la révolution, son comportement changea: désormais, il se montra froid et même méprisant à notre égard. Un grand nombre de gens modifièrent ainsi du jour au lendemain leur attitude vis-à-vis de nous, et cela me choquait toujours profondément.

Quand ma mère alla trouver le docteur Jen, il réagit avec un agacement évident. Il lui déclara qu'il viendrait quand il aurait fini ce qu'il était en train de faire. Elle lui répliqua qu'un cardiaque ne pouvait pas attendre. Pour toute réponse, il la dévisagea comme pour lui signifier qu'il n'était pas dans son

intérêt de se montrer impatiente. Une heure plus tard, il daigna venir chez nous en compagnie d'une infirmière, mais sans sa trousse! Il fallut que l'infirmière repartît la chercher. Le docteur Jen retourna mon père une ou deux fois dans son lit, puis il s'assit sur une chaise à côté de lui et attendit. Une demi-heure passa ainsi, à la fin de laquelle mon père était mort.

Ce soir-là, j'étais dans mon dortoir, à l'université, en train de travailler à la lueur d'une bougie parce que l'électricité était en panne, comme souvent. D'anciens collègues de mon père vinrent me chercher et me conduisirent à la maison, sans me donner d'explication.

Mon père gisait sur le côté. La sérénité de son expression me surprit. On aurait dit qu'il avait sombré dans un sommeil paisible. Il n'avait plus l'air sénile, il paraissait très jeune au contraire, plus jeune en tout cas que ses cinquante-quatre ans. J'eus l'impression que mon cœur éclatait en mille morceaux et je me mis à pleurer sans pouvoir me contrôler.

Pendant des jours, je sanglotai en silence. Je pensais à la vie gaspillée de mon père, à son dévouement inutile, à ses rêves brisés. Pourtant, sa mort paraissait inévitable. Il n'y avait pas de place pour lui dans la Chine de Mao, pour la bonne raison qu'il avait essayé d'être un homme honnête. Il avait été trahi par la cause même à laquelle il avait voué toute son existence, et cette trahison l'avait tué.

Ma mère exigea que le docteur Jen fût puni. S'il n'avait pas été si négligent, mon père aurait peut-être survécu à cette nouvelle crise cardiaque. Sa requête, qualifiée « de sensiblerie de veuve », fut rejetée. Elle résolut de ne pas insister, préférant concentrer ses efforts sur une autre bataille qui comptait davantage à ses yeux : obtenir que l'on prononçât un discours convenable à la mémoire de mon père.

Ce discours était extrêmement important, dans la mesure où chacun devait y voir le jugement prononcé par le parti sur mon père. Il serait intégré dans son dossier personnel de sorte que, même dans l'au-delà, il continuerait à déterminer l'avenir de ses enfants. Ces proclamations *post mortem* étaient toutes bâties sur le même modèle et se composaient de formules consacrées. Dans le cas d'un cadre réhabilité, tout écart par rapport à la norme pouvait être interprété comme l'expression de réserves de la part du parti, voire d'une condamnation manifeste du défunt. On rédigea un projet de discours que l'on fit lire à ma mère ; il comportait toutes sortes d'allusions diffamatoires. Ma mère savait que si elle ne parvenait pas à en faire modifier le contenu, des soupçons pèseraient sur nous à jamais. Nous vivrions à coup sûr dans un état d'insécurité permanente, et notre famille courrait le risque d'être bannie pendant des générations. Elle repoussa ainsi plusieurs ébauches de discours.

Les chances étaient contre elle, mais elle savait que mon père avait eu de nombreux sympathisants. Le moment était venu pour notre famille de faire un peu de chantage émotionnel, comme le voulait la tradition en pareil cas. Après la mort de mon père, ma mère avait dû s'aliter mais, de son lit, elle continua à se battre avec une détermination inébranlable. Elle menaça finalement de dénoncer les autorités pendant les funérailles si on s'obstinait à lui proposer des discours du même acabit. Elle convoqua les amis et les collègues de mon père à son chevet et leur fit savoir que l'avenir de ses enfants était entre leurs mains. Ils promirent de défendre la mémoire de mon père. Finalement, les autorités cédèrent. Bien que personne n'osât encore parler de réhabilitation, l'évaluation de ses torts fut révisée à la baisse.

Les funérailles de mon père eurent lieu le 21 avril. Conformément au système en vigueur, la cérémonie fut organisée par un «comité funéraire» composé d'anciens collègues de mon père, et incluant des gens qui avaient contribué à le persécuter, notamment Zuo. Ces obsèques furent orchestrées jusqu'au moindre détail et quelque 500 personnes y prirent part, comme le voulait l'étiquette. Les participants venaient de plusieurs douzaines de départements et agences du gouvernement provincial, ainsi que des bureaux dépendant de l'ex-département de mon père. L'odieuse Mme Shau elle-même était là. On pria chaque organisation d'envoyer une couronne de fleurs en papier d'une taille spécifiée. D'une certaine manière, ma famille se félicita que l'on en eût fait une cérémonie officielle. Il ne pouvait être question d'un enterrement dans l'intimité dans le cas d'un homme ayant le statut de mon père; on eût interprété cela comme une manière de répudiation de la part du parti. La plupart des gens qui se trouvaient là m'étaient parfaitement inconnus, mais tous mes amis proches qui étaient au courant de la mort de mon père étaient présents, notamment Grassouillette, Nana et les électriciens de la vieille usine. Mes camarades de l'université du Setchouan se déplacèrent aussi, y compris le responsable étudiant, Ming. Mon vieux copain Bing que j'avais refusé de voir après le décès de ma grand-mère me fit la surprise de venir lui aussi, et nous nous retrouvâmes comme si nous ne nous étions pas quittés, six ans auparavant.

Le rituel voulait qu'un «représentant de la famille du défunt» prît la parole, et ce rôle m'échut. J'évoquai la nature de mon père, ses principes éthiques, sa foi dans le parti, et son absolu dévouement à la cause du peuple. A la fin, j'ajoutai que j'espérais que la tragédie de sa mort inciterait l'assistance à réfléchir.

A la fin de la cérémonie, lorsque les participants défilèrent pour nous serrer la main, je vis briller des larmes dans les yeux d'un grand nombre d'anciens Rebelles. Mme Shau elle-même avait l'air lugubre. Ces gens-là avaient un masque pour chaque occasion. Certains Rebelles me murmurèrent même : «Nous sommes désolés de ce que votre père a enduré.» Peut-être étaient-ils sincères ! Qu'est-ce que cela pouvait faire maintenant ? Mon père était mort, et ils avaient tous concouru d'une manière ou d'une autre à précipiter sa fin. Seraient-ils prêts à faire subir le même sort à quelqu'un d'autre à la prochaine campagne ? Je ne pouvais m'empêcher de me le demander.

Une jeune femme que je ne connaissais pas posa sa tête sur mon épaule, secouée de sanglots violents. Je sentis qu'elle me glissait un mot dans le creux de la main. Je le lus plus tard. Elle y avait écrit : «J'ai été profondément touchée par la personnalité de votre père. Nous devons tirer la leçon de sa vie. Reprenons dignement le flambeau de sa cause : la grande cause révolutionnaire prolétarienne.» Était-ce là ce que mon discours leur avait inspiré ? me demandai-je. Il semblait que rien ne pût échapper à l'appropriation des principes ethiques et des nobles sentiments d'autrui par les communistes

Quelques semaines avant le décès de mon père, je me trouvais dans la gare de Chengdu en sa compagnie. Nous attendions l'arrivée d'un de ses amis, dans la salle d'attente à demi couverte où ma mère et moi nous étions assises près de dix ans auparavant, lorsqu'elle s'apprêtait à prendre le train pour Pékin afin d'y plaider la cause de mon père. L'endroit n'avait guère changé, si ce n'est qu'il me paraissait encore plus délabré et que quantité de gens s'y pressaient ce jour-là. D'autres déambulaient lamentablement sur la grande place devant nous. Certains s'y étaient même couchés pour dormir.

Des femmes allaitaient leurs enfants, d'autres mendiaient. C'était des paysans du Nord chassés de chez eux par la famine, conséquences des intempéries et, dans certains cas, des opérations de sabotage effectuées par la coterie de Mme Mao. Ils étaient venus en train, en se cramponnant sur les toits des wagons. Beaucoup de ces malheureux tombaient en cours de route ou se faisaient décapiter dans les tunnels.

Sur le chemin de la gare, j'avais demandé à mon père s'il m'autorisait à descendre le Yang-tzê pendant l'été. « Ce qui m'importe avant tout dans la vie, lui avais-je déclaré, c'est de m'amuser. » Il avait secoué la tête d'un air désapprobateur. « Lorsque l'on est jeune, on devrait donner la priorité à l'étude et au travail. »

J'étais revenue à la charge dans la salle d'attente. Une employée était en train de balayer. A un moment, elle fut bloquée par une paysanne du Nord assise sur le sol en ciment entre un baluchon tout déchiré et deux enfants en haillons. Un troisième petit tétait, cramponné à son sein qu'elle avait dénudé sans l'ombre d'une gêne et que la crasse noircissait. La balayeuse continua sur sa lancée, comme s'ils n'étaient pas là, et la paysanne ne broncha pas.

Mon père se tourna alors vers moi en disant : « Avec des gens aussi malheureux tout autour de toi, comment peux-tu songer à t'amuser ? » Je restai silencieuse, sans lui répondre : « Mais que puis-je faire, seule, contre ça ? Dois-je vivre dans le malheur moi aussi, et à quoi cela servirait-il ? » J'aurais paru affreusement égoïste. J'avais été élevée dans la tradition qui consistait à « considérer l'intérêt de l'ensemble de la nation comme mon devoir » *(yi tian-xia wei ji-ren)*.

A présent, dans le vide que je ressentais après la mort de mon père, je commençais à m'interroger sur tous ces préceptes. Je n'aspirais plus à aucune mission ni « grandes causes » ; je voulais juste vivre tranquillement, d'une manière peut-être même un peu frivole. J'annonçais donc à ma mère que j'envisageais de descendre le Yang-tzê pendant les vacances d'été.

Elle m'encouragea à y aller. De même que ma sœur qui vivait avec nous, avec son mari, depuis qu'elle avait pu regagner Chengdu. L'usine de Cheng-yi, qui aurait dû se charger de le loger, n'avait entrepris aucune construction pendant la Révolution culturelle. A cette époque-là, la plupart des employés étaient célibataires ; ils dormaient dans des dortoirs où on en logeait huit par chambre. A présent, dix ans plus tard, la majorité d'entre eux étaient mariés et avaient des enfants. Faute de logements prévus pour eux, ils étaient obligés de demander l'hospitalité à leurs parents ou à leurs beaux-parents. Il arrivait fréquemment que trois générations vivent dans la même pièce.

Ma sœur n'avait pas de travail. Le fait qu'elle se fût mariée avant d'avoir obtenu un emploi en ville la privait de ce privilège. La loi stipulait toutefois qu'en cas de décès d'un employé du gouvernement, l'un de ses descendants pouvait prendre sa place; elle se vit donc attribuer un poste dans les services administratifs de l'École de médecine chinoise de Chengdu.

En juillet, je me mis en route avec Jin-ming qui faisait ses études à Wuhan, une grande ville située au bord du Yang-tzê. Notre première étape fut les montagnes proches de Lushan, qui bénéficiaient d'un climat excellent et d'une végétation luxuriante. D'importantes conférences du parti avaient eu lieu dans cette région, notamment en 1959, lorsque le maréchal Peng Dehuai avait été dénoncé. Ce site était par conséquent considéré comme un lieu intéressant pour «une éducation révolutionnaire». Lorsque je suggérai à Jin-ming d'aller y jeter un coup d'œil, il me considéra d'un œil incrédule. «Je pensais que tu en avais assez de "l'éducation révolutionnaire"?» me dit-il.

Nous y allâmes malgré tout. Nous prîmes quantité de photos dans la montagne et il ne nous en resta plus qu'une seule sur une bobine de trente-six poses. En redescendant, nous passâmes devant une villa de deux étages, cachée derrière un bosquet de pins parasols, de magnolias et de pins. A première vue, on aurait presque pu croire qu'il s'agissait d'un amas de pierres, tant la façade se confondait avec les rochers environnants. L'endroit me parut d'une grande beauté, et je pris ma dernière photo. Tout à coup, un homme surgit de nulle part et me demanda d'un ton calme, mais impérieux, de lui remettre mon appareil. Il était en tenue civile mais portait un revolver. Il ouvrit mon appareil, exposant ainsi toutes mes photos à la lumière. Après quoi, il disparut comme si le sol l'avait englouti. Un petit groupe de touristes non loin de moi chuchotèrent alors qu'il s'agissait d'une des résidences d'été de Mao. Je sentis monter en moi une nouvelle vague de répulsion envers Mao, moins à cause de ses privilèges que pour l'hypocrisie qu'il manifestait en s'autorisant le luxe, tout en disant à son peuple que le confort était mauvais pour lui. Dès que nous fûmes hors de portée du gardien invisible, tandis que je continuais à me lamenter sur la perte de mes photos, Jin-ming me lâcha avec un sourire narquois : « Tu vois où ça te mène, d'aller rouler de gros yeux devant les lieux saints ! »

Nous quittâmes Lushan en bus. Comme tous les bus de Chine, le nôtre était bondé et il fallait allonger désespérément le cou pour arriver à respirer. Pour ainsi dire aucun bus n'avait été construit pendant la Révolution culturelle, au cours de laquelle la population urbaine chinoise avait augmenté de plusieurs dizaines de millions d'individus. Au bout de quelques minutes, nous nous arrêtâmes brusquement. La porte avant s'ouvrit et un homme en civil d'aspect autoritaire monta à bord tant bien que mal. « Descendez ! aboya-t-il. Descendez. Des hôtes américains arrivent. Il serait nuisible au prestige de notre patrie qu'ils voient toutes ces têtes en pagaille ! » Nous essayâmes de nous accroupir, mais il y avait trop de monde dans le bus. L'homme s'écria alors : « Il est du devoir de chacun de sauvegarder l'honneur de notre patrie ! Nous devons donner l'illusion de l'ordre et de la dignité ! Baissez-vous ! Pliez les genoux ! »

Tout à coup, la voix tonitruante de Jin-ming se fit entendre : « Je croyais que le président Mao nous avait donné l'ordre de ne jamais plier les genoux devant les impérialistes américains ? » Une telle riposte allait lui valoir des ennuis. On n'appréciait guère ce genre d'humour. L'homme décocha un coup d'œil malveillant dans notre direction, mais il ne fit aucun commentaire. Il passa rapidement en revue les voyageurs et déguerpit. Il ne voulait surtout pas que nos « hôtes américains » fussent témoins d'une scène. Toute manifestation de discorde devait impérativement être épargnée aux étrangers.

Partout où nous allâmes, le long des rives du Yang-tzê, nous découvrîmes les ravages de la Révolution culturelle : des temples démolis, des statues renversées, de vieilles villes mises à sac. La plupart des vestiges de l'ancienne civilisation chinoise avaient été anéantis. Mais le mal était plus profond encore : si la Chine avait perdu tous ses trésors, elle avait aussi perdu le sens de la beauté et l'art de la faire naître. En dehors de ses paysages, défigurés parfois mais souvent encore somptueux, la Chine était devenue un pays laid.

À la fin des vacances, je pris seule le vapeur à Wuhan pour

remonter le fleuve jusqu'aux gorges du Yang-tzê. Le voyage dura trois jours. Un matin, j'étais penchée au-dessus du bastingage quand un coup de vent défit mon chignon; ma pince à cheveux tomba dans l'eau. Un passager avec lequel je bavardais me désigna un affluent qui rejoignait le Yang-tzê à l'endroit précis où nous nous trouvions à cet instant, puis il me raconta une histoire.

En l'an 33 avant J.-C., dans l'espoir d'apaiser les Huns, ses puissants voisins du nord, l'empereur de Chine décida d'envoyer une femme épouser leur roi barbare. Il fit son choix parmi les portraits de 3 000 concubines de sa cour; il n'avait jamais vu la majorité d'entre elles. Ce cadeau en chair et en os étant destiné à un barbare, il sélectionna le portrait le plus laid. Le jour du départ de la malheureuse, toutefois, il s'aperçut qu'elle était en réalité d'une grande beauté. Le peintre de la cour l'avait défigurée parce qu'elle avait refusé de le soudoyer. Pendant que la jeune femme, assise au bord du fleuve, pleurait à l'idée de devoir quitter son pays pour aller vivre chez les barbares, l'empereur ordonna l'exécution du peintre fautif. Le vent déroba à la malheureuse sa pince à cheveux qui tomba dans l'eau, comme s'il voulait qu'il restât quelque chose d'elle dans sa patrie. En définitive, elle se donna la mort.

La légende raconte qu'à l'endroit où sa pince à cheveux était tombée dans l'eau, le fleuve devint d'une limpidité de cristal, au point qu'on le baptisa désormais fleuve de Cristal. Mon compagnon de voyage m'expliqua qu'il s'agissait de l'affluent que nous venions de dépasser. Avec un sourire, il me déclara: «Mauvais signe! Vous vous retrouverez peut-être un jour dans un pays étranger, mariée à un barbare!» Je songeai avec ironie à cette manie ancestrale qu'ont les Chinois de qualifier les autres races de «barbares», me demandant si cette femme de l'ancien temps n'aurait pas été heureuse en épousant ce roi «barbare». Elle aurait au moins pu jouir quotidiennement de la nature, admirer herbes et chevaux. Auprès de l'empereur chinois, elle vivait dans une prison de luxe où il n'y avait pas un seul arbre, de peur que les concubines ne cherchent à escalader un mur pour s'enfuir. Je me pris à penser que nous ressemblions fort aux grenouilles d'une autre légende, qui affirmaient que le ciel n'était pas plus grand que l'ouverture ronde en haut du puits. J'éprouvais un besoin de plus en plus pressant de voir le monde.

A l'âge de vingt-trois ans, et bien qu'étudiant l'anglais

depuis près de deux ans, je n'avais jamais parlé avec un étranger. A Pékin, en 1972, j'en avais vu quelques-uns, de loin. Un «ami de la Chine» était apparu un beau jour à l'université. C'était un jour d'été; il régnait une chaleur étouffante et je faisais la sieste quand une camarade fit irruption dans la chambre et me réveilla en hurlant: «Il y a un étranger! Allons vite voir à quoi il ressemble!» Plusieurs de mes amis y allèrent, mais je décidai de dormir encore un peu. Je trouvais ridicule d'aller reluquer ainsi le malheureux étranger comme un zombie. De toute façon, à quoi bon le dévisager puisque nous n'avions pas le droit de lui adresser la parole, alors qu'il était prétendument un ami de la Chine?

Je n'avais jamais entendu un étranger parler, hormis par le biais d'un disque de Linguaphone, le seul que possédât l'université. Lorsque je commençai à apprendre l'anglais, j'avais emprunté ce disque, ainsi qu'un phonographe, pour l'écouter à la maison. La première fois, plusieurs voisins s'étaient rassemblés dans la cour, les yeux écarquillés, s'exclamant en secouant la tête: «Quels drôles de bruits!» Après quoi, ils me demandèrent maintes fois de leur repasser le disque.

Parler à un étranger était évidemment le rêve de tout étudiant, et l'occasion allait enfin m'être donnée de le faire. A mon retour de voyage, j'appris en effet qu'en octobre nous devions séjourner dans un port du sud appelé Zhanjiang, afin de nous exercer à parler anglais avec des marins étrangers. J'étais folle de joie.

Zhanjiang se situait à environ 1 200 kilomètres de Chengdu, soit à deux jours de voyage en train. C'était le plus grand port de la Chine méridionale, voisin du Vietnam. Entre les maisons de style colonial datant du début du siècle, les arches pseudo-romanes, les vitres roses, les amples vérandas aux parasols multicolores, j'eus l'impression de me trouver dans un autre pays que le mien. Les gens parlaient le cantonais, une langue presque étrangère. Un parfum d'iode et de végétation tropicale et exotique embaumait l'air, et je pris tout à coup la mesure de l'immensité du monde.

Toutefois, mon enthousiasme fut rapidement réprimé. Un superviseur politique nous accompagnait, ainsi que trois professeurs. D'un commun accord, ils décidèrent qu'en dépit du fait que nous logions à moins d'un kilomètre de la mer il était hors de question que nous en approchions. Le port était fermé aux non-résidents, par crainte de «sabotage» ou de défection. On nous raconta que, quelque temps plus tôt, un étudiant de Guangzhou avait réussi à monter clandestinement à bord d'un cargo. Il s'était caché dans la cale, sans savoir que celle-ci resterait fermée pendant des semaines. A la fin du voyage, on l'avait retrouvé mort. Nos allées et venues étaient par conséquent limitées à un périmètre clairement défini autour de notre résidence.

Ce type de règlement faisait partie de notre vie quotidienne, mais je les supportais toujours aussi mal. Un jour, je fus saisie d'un besoin impérieux de sortir de ce périmètre imposé. Je fis semblant d'être malade et obtins la permission de me rendre à l'hôpital, situé au centre de la ville. Je hantai désespérément les rues dans l'espoir de voir la mer. En vain. Les gens ne me furent d'aucune assistance: ils n'aimaient pas les «étrangers» qui ne parlaient pas le cantonais et refusèrent de comprendre ce que j'essayais de leur dire. Nous restâmes trois semaines à Zhanjiang; une seule fois, on nous autorisa à aller voir la mer.

L'objectif de ce voyage étant de parler avec des marins, nous nous relayions par petits groupes pour travailler dans les deux endroits que nous avions la permission de fréquenter: le magasin de l'Amitié, qui vendait des marchandises en échange de devises, et le club des Marins, qui comprenait un bar, un restaurant, une salle de ping-pong et une salle de billard.

Des règles très strictes régissaient toute communication avec ces fameux marins. Nous n'avions pas le droit de leur parler seul à seul, hormis les brefs échanges que l'on pouvait avoir au comptoir du magasin de l'Amitié. S'ils nous demandaient nos nom et adresse, nous devions à tout prix leur fournir des renseignements erronés. Nous nous inventâmes tous un faux nom et une adresse inexistante. A la suite de chaque conversation, nous devions rédiger un rapport détaillé de ce que nous nous étions dit, comme le voulait la règle pour tous ceux qui entraient en contact avec des étrangers. On nous répétait inlassablement qu'il fallait observer «la discipline dans nos échanges avec les étrangers» (*she wai ji-lu*), faute de quoi nous risquions de graves ennuis, et nous priverions d'autres étudiants de ce même privilège.

En réalité, les occasions d'exercer nos talents linguistiques étaient plutôt rares. Les bateaux n'arrivaient pas tous les jours, et les marins ne descendaient pas toujours à terre. De surcroît, la plupart d'entre eux ne parlaient pas l'anglais; ils étaient grecs ou japonais, yougoslaves, africains, le plus souvent philippins (ces derniers connaissaient en général quelques mots d'anglais). Toutefois, nous eûmes la visite d'un capitaine écossais et de son épouse, ainsi que celle de plusieurs Scandinaves qui s'exprimaient fort bien en anglais.

Tandis que nous attendions nos précieux marins au club, je m'installais souvent sur la véranda derrière le bâtiment pour lire ou admirer les palmiers et les cocotiers qui se détachaient sur le ciel couleur de saphir. Dès que les marins arrivaient de leur démarche nonchalante, nous nous levions d'un bond et leur sautions littéralement dessus — en essayant de rester aussi dignes que possible —, tant nous étions avides de parler avec eux. Je remarquais souvent une lueur de perplexité dans leur regard quand nous refusions le verre qu'ils nous offraient. On nous avait évidemment interdit d'accepter. De fait, nous n'avions pas le droit de boire du tout : les jolies bouteilles et canettes rangées sur les présentoirs derrière les comptoirs étaient réservées à l'usage des étrangers. Nous les attendions, simplement, par groupes de quatre ou cinq, l'air aussi sérieux qu'intimidé. Je ne me rendais pas du tout compte à quel point cet accueil devait leur paraître bizarre et différait de celui qui leur était réservé dans les autres ports du monde !

Quand les premiers marins de race noire débarquèrent, nos professeurs mirent gentiment les étudiantes en garde : « Ces gens-là sont moins développés que les autres ; ils n'ont pas encore appris à contrôler leurs instincts. Ils ont tendance à manifester leurs sentiments quand cela leur chante : ils risquent d'essayer de vous toucher, de vous prendre dans leurs bras et même de vous embrasser. » Face à une assistance de jeunes filles épouvantées et dégoûtées, ils nous racontèrent qu'une de nos camarades du groupe précédent avait poussé des hurlements en pleine conversation avec un marin gambien qui avait essayé de la serrer contre lui. Elle pensait qu'il allait la violer (au milieu d'une foule, chinoise qui plus est !). La pauvre avait eu tellement peur qu'il lui avait été impossible d'échanger un seul mot avec un étranger jusqu'à la fin de son séjour.

Les étudiants, en particulier les responsables, avaient la charge d'assurer la sécurité de leurs camarades du sexe faible. Chaque fois qu'un marin noir engageait la conversation avec l'une d'entre nous, ils échangeaient des regards entendus et venaient aussitôt s'interposer entre les marins et nous. Il est probable que les victimes de ces manigances n'en prenaient même pas conscience, d'autant plus que les étudiants s'empressaient de leur parler de «l'amitié unissant la Chine et les peuples d'Asie, d'Afrique et d'Amérique latine». «La Chine est un pays en développement, ânonnaient-ils, récitant notre manuel, et défendra à jamais les masses opprimées et exploitées du tiers monde dans leur lutte contre les impérialistes américains et les révisionnistes soviétiques. » Les Noirs les dévisageaient alors d'un air perplexe, visiblement touchés. Quelquefois, ils donnaient l'accolade à ces Chinois qui leur rendaient chaleureusement leur étreinte.

Le régime faisait grand cas de l'appartenance de la Chine aux pays du tiers monde, en voie de développement, conformément à la «glorieuse théorie de Mao». Toutefois, Mao l'avait formulée de telle manière qu'on aurait dit qu'il s'agissait non pas d'un fait mais d'une volonté magnanime de la part de la Chine de s'abaisser à ce niveau par esprit de solidarité. Il ne faisait aucun doute que nous avions rallié les rangs du tiers monde dans le but de guider ces nations démunies et de les protéger, le monde entier sachant que nous appartenions en réalité à des sphères beaucoup plus élevées.

Cette arrogance m'irritait au plus haut point. De quel droit nous estimions-nous supérieurs? Par notre population? La taille de notre pays? Depuis que nous étions à Zhanjiang, j'avais vu ces marins du tiers monde avec leurs montres élégantes, leurs appareils photo sophistiqués, leurs alcools — dont nous ignorions l'existence même jusqu'alors. Je me rendais bien compte qu'ils étaient plus riches, et immensément plus libres que nous tous.

Je me posais un tas de questions à propos de ces étrangers et je brûlais de les découvrir dans leur réalité. En quoi nous ressemblaient-ils? Quelles différences nous séparaient? Je devais pourtant m'efforcer de dissimuler ma curiosité, considérée comme dangereuse politiquement et susceptible de me faire perdre la face. Sous le règne de Mao, comme jadis, les Chinois attachaient une grande importance au maintien de leur «dignité» devant des étrangers, ce qui voulait dire qu'ils devaient se donner des airs distants ou impénétrables. On en arrivait ainsi à un manque d'intérêt absolu vis-à-vis du monde extérieur: la plupart de mes camarades ne posaient jamais de questions.

A cause peut-être de ma curiosité insatiable, ou de mon anglais plus compréhensible que celui de mes camarades, les marins paraissaient tous empressés de me parler. Je faisais pourtant bien attention de m'exprimer le moins possible, de manière à laisser aux autres la chance de le faire. Certains étrangers refusaient même de converser avec les autres étudiants. M. Long, le directeur du club des Marins, un homme de forte carrure et extrêmement corpulent, se prit d'amitié pour moi, ce qui provoqua la colère de Ming et de nos surveillants. Nos réunions politiques incluaient maintenant un examen de la manière dont nous observions « la discipline dans nos relations avec les étrangers ». On m'accusa bientôt d'avoir enfreint le règlement sous prétexte que mon regard trahissait « un trop grand intérêt », que « je souriais trop souvent » en « ouvrant trop la bouche » ! On me reprocha aussi d'agiter les mains quand je parlais ; les femmes étaient censées garder leurs mains sous la table et rester immobiles quand elles conversaient.

La société chinoise attendait toujours de la gent féminine qu'elle se comporte avec réserve, en baissant les yeux face aux regards des hommes et en limitant ses sourires à un imperceptible mouvement des lèvres, sans révéler les dents. Elles n'étaient pas supposées faire le moindre geste avec les mains. Toute infraction à ce code rigoureux passait pour une manœuvre de séduction. Sous le règne de Mao, de telles coquetteries vis-à-vis d'un étranger constituaient un délit inqualifiable.

Ces insinuations me mirent hors de moi. Conformément aux préceptes communistes, mes parents s'étaient attachés à me donner une éducation libérale, considérant les restrictions imposées aux femmes comme le type même des absurdités auxquelles la révolution devait mettre un terme. Et voilà que l'oppression des femmes allait de pair avec la répression politique.

Un jour, nous vîmes arriver un bateau pakistanais. L'attaché militaire pakistanais se rendait en visite officielle à Pékin. Long nous ordonna de nettoyer le club de fond en comble ; il organisa un banquet pour lequel il me pria d'être son interprète, ce qui rendit certains de mes camarades extrêmement jaloux. Quelques jours plus tard, les Pakistanais donnèrent un dîner d'adieu sur leur vaisseau et je fus conviée. L'attaché militaire connaissait le Setchouan : il voulait faire préparer un plat setchouanais spécial. Long était ravi de cette invitation ; je l'étais autant que lui.

Mais, en dépit d'une requête spéciale du capitaine et de la

menace formulée par Long de ne plus accepter d'étudiants au club, mes professeurs décrétèrent que personne n'avait le droit de monter à bord d'un navire étranger. « Qui serait responsable si l'une de nos étudiantes partait avec un bateau ? » s'exclamèrent-ils. On me demanda de dire que j'étais occupée ce soir-là. A ce moment, je pus croire que j'avais ainsi renoncé à la seule chance qui me serait jamais donnée d'aller en mer, de manger des mets étrangers, d'avoir une conversation en anglais et un aperçu du monde extérieur.

Malgré le refus de mes professeurs, les remarques insidieuses allèrent bon train. « Pourquoi les étrangers l'aiment-ils tant ? » demanda sournoisement Ming, comme s'il y avait quelque chose de douteux dans l'intérêt qu'on me portait. Le rapport établi sur moi à la fin du voyage qualifia mon comportement de « politiquement ambigu ».

Dans ce ravissant port méridional, avec son soleil, ses brises marines, ses cocotiers, tout ce qui aurait pu inspirer la joie devenait un motif de chagrin. J'avais au sein du groupe un bon ami qui s'efforçait de me remonter le moral en me montrant combien ma détresse était relative : mes petites misères n'avaient guère d'importance, comparées à ce qu'avaient enduré les victimes de la jalousie au début de la Révolution culturelle. Mais la pensée que je vivais peut-être là l'un des meilleurs moments de mon existence me déprimait encore plus.

Cet ami était le fils d'un collègue de mon père. Les autres étudiants de la ville se montraient eux aussi plutôt gentils à mon égard. Je les distinguais facilement des étudiants d'origine rurale, parmi lesquels figuraient tous les « responsables ». Les premiers étaient beaucoup plus sûrs d'eux face à l'univers insolite de ce port ; moins angoissés, ils n'éprouvaient pas le besoin de se montrer aussi agressifs à mon égard. Zhanjiang représentait un choc culturel violent pour mes camarades paysans, et leurs sentiments d'infériorité expliquait leur malveillance.

Au bout de trois semaines, je fus à la fois désolée et soulagée de quitter Zhanjiang. Sur le chemin du retour, je me rendis avec quelques amis sur le site légendaire de Guilin, où montagnes et fleuves paraissent sortis tout droit d'une peinture chinoise classique. Il y avait là plusieurs groupes de touristes étrangers, et nous vîmes un homme portant un bébé dans ses bras, marchant à côté de sa femme. Nous nous sourîmes, échangeâmes de rapides « bonjour » et « au revoir ». A peine avaient-ils disparu qu'un policier en civil nous arrêta pour nous poser des questions.

En décembre, je regagnai Chengdu, pour trouver la ville en effervescence. Le peuple chinois venait en effet de réagir avec force contre Mme Mao et les trois hommes de Shanghai, Zhang Chunqiao, Yao Wenyuan et Wang Hongwen, qui s'étaient ligués pour assurer la pérennité de la Révolution culturelle. De tels liens les unissaient que, dès juillet 1974, Mao les avait mis en garde contre le risque de former une « bande des Quatre », ce que nous ignorâmes à l'époque. Depuis quelque temps, toutefois, notre Président les soutenait à fond, excédé du pragmatisme de Zhou Enlai, puis de Deng Xiaoping. Ce dernier gérait les affaires de l'État au jour le jour depuis janvier 1975, lorsque Zhou, atteint d'un cancer, avait dû être hospitalisé. Les perpétuelles mini-campagnes de la bande, parfaitement vaines, avaient fini par pousser la population à bout. Toutes sortes de rumeurs circulaient donc en privé; elles étaient l'unique forme de défoulement possible.

De lourds soupçons planaient notamment sur Mme Mao. Voyant qu'elle avait apprécié tout particulièrement les compagnies successives d'un chanteur d'opéra, d'un joueur de ping-pong, puis d'un danseur de ballet, tous trois fort jeunes et fort beaux, et promus par ses soins au plus haut niveau de leur spécialité, on l'accusa de les avoir pris comme « concubins », une initiative qu'elle avait du reste recommandé ouvertement à ses compatriotes du sexe faible. Mais tout le monde savait que ce relâchement des mœurs ne s'appliquait pas au commun des mortels. Pendant la Révolution culturelle, sous l'inspiration de Mme Mao en personne, les Chinois connurent en effet une période de répression sexuelle sans précédent. En contrôlant d'une main de fer la presse et les arts pendant près de dix ans, elle parvint à éliminer toute allusion à l'amour. Lors d'une représentation donnée par une troupe d'acteurs de l'armée vietnamienne, les rares privilégiés autorisés à y assister entendirent l'annonceur déclarer que la chanson mentionnant le mot « amour » faisait référence à « l'esprit de camaraderie entre soldats ». Dans les quelques films européens que l'on projetait encore, principalement d'origine albanaise ou roumaine, on coupait toutes les scènes entre personnages de sexe opposé, sans parler des baisers !

Souvent, dans les bus, dans les trains ou les magasins bondés, on voyait des femmes insulter des hommes ou les gifler. Quelquefois, l'homme incriminé ripostait qu'il n'avait rien fait, et un échange d'injures s'ensuivait. Je fus personnellement importunée de nombreuses fois. Chaque fois, je m'écartais de ces mains ou de ces genoux tremblants, sans faire de commentaire. Ces hommes-là m'inspiraient de la pitié. Ils vivaient dans un monde où ils ne pouvaient trouver aucun exutoire à leur sexualité, à moins d'avoir fait un mariage heureux, ce qui se produisait rarement. Le secrétaire adjoint du parti, à mon université, un homme d'un âge certain, fut surpris un jour en train d'éjaculer dans son pantalon. La foule l'avait pressé contre une femme qui se trouvait devant lui. On le conduisit au commissariat, puis il fut expulsé du parti. La situation n'était pas plus facile pour les femmes. Dans chaque organisation, on en condamnait une ou deux en les traitant de «chaussures éculées», sous prétexte qu'elles avaient eu des liaisons.

Ces normes ne s'appliquaient évidemment pas à nos dirigeants. A quatre-vingts ans, Mao était entouré d'une nuée de jolies femmes. Si l'on se contentait de chuchoter avec prudence les rumeurs le concernant, en revanche, sa femme et ses acolytes de la bande des Quatre donnaient lieu à des déferlements de ragots. A la fin de 1975, des rumeurs enflammées circulèrent sur leur compte dans toute la Chine. Au cours de la mini-campagne baptisée «Notre patrie socialiste est le paradis», beaucoup abordèrent ouvertement la question que je m'étais moi-même posée pour la première fois huit ans plus tôt: «Si c'est le paradis, qu'est-ce que l'enfer?»

Le 8 janvier 1976, Zhou Enlai mourait. A mes yeux comme pour un grand nombre d'autres Chinois, il avait incarné un gouvernement relativement sain et libéral qui s'efforçait au moins de faire fonctionner le pays. Tout au long des sombres années de la Révolution culturelle, Zhou Enlai avait été notre seul espoir. Sa mort m'accabla, ainsi que tous mes amis. L'affliction que nous causa sa disparition et notre haine de la Révolution culturelle, de Mao et de sa coterie, furent inséparablement liées dans nos esprits.

Zhou Enlai, cependant, avait collaboré avec Mao tout au long de la Révolution culturelle. N'était-ce pas lui qui avait accusé Liu Shaoqi d'être «un espion à la solde des Américains»? Ne rencontrait-il pas presque quotidiennement gardes rouges et Rebelles pour leur donner ses instructions? A l'époque où une majorité des membres du Politburo et les maréchaux avaient voulu mettre le holà à la Révolution culturelle, en février 1967, Zhou leur avait refusé son soutien. Il restait le serviteur fidèle de Mao. Seulement, peut-être avait-il agi ainsi pour empêcher une catastrophe plus dévastatrice encore, une guerre civile par exemple, qu'un défi flagrant du pouvoir de Mao n'aurait pu manquer de provoquer. En continuant de faire marcher la Chine, il avait permis à Mao de perpétrer ses ravages; il est probable aussi qu'il avait évité au pays de s'effondrer totalement. Il avait protégé un certain nombre de personnes, y compris mon père et quelques-unes des sommités culturelles chinoises, jusqu'au moment où cela lui avait paru trop risqué. Il semble qu'il ait été confronté à un dilemme moral insoluble, même si cela ne veut pas dire qu'il ne se préoccupait pas avant tout de sauver sa peau. Il devait savoir qu'en se hasardant à affronter Mao, il serait immanquablement écrasé.

Un océan de couronnes mortuaires en papier blanc et de slogans de deuil envahit notre campus. Tout le monde arborait un brassard noir, une fleur en papier blanc sur la poitrine et un visage triste. Ces démonstrations étaient à la fois spontanées et organisées. Nous savions que, à la veille de sa mort, Zhou Enlai avait fait l'objet d'attaques acerbes de la part de la bande des Quatre, qui avait du reste ordonné de minimiser les manifestations de deuil. En les multipliant au contraire, les autorités locales comme le peuple trouvaient le moyen de témoigner la répugnance que leur inspirait cette fameuse bande. Chacun avait ses raisons de regretter Zhou Enlai. Ming et les autres responsables étudiants de ma classe le portaient aux nues pour avoir prétendument contribué à «réprimer le soulèvement hongrois contre-révolutionnaire de 1956», à étendre le prestige de Mao au niveau international, et parce qu'il avait voué à notre Grand Leader une fidélité absolue.

En dehors du campus, des signes de dissension plus encourageants commençaient à se manifester. Dans les rues de Chengdu, des graffiti rédigés en caractères minuscules firent leur apparition dans les marges des affiches devant lesquelles les gens se rassemblaient, allongeant désespérément le cou pour tâcher de déchiffrer ces messages subversifs. L'une de ces affiches proclamait:

Le ciel s'est obscurci,
Une grande étoile nous a quittés...

Quelqu'un avait gribouillé à côté: «Comment le ciel peut-il être sombre! Et le soleil rouge, rouge, alors?» (en référence à Mao). Un autre commentaire apparut en marge d'un slogan qui déclarait: «Faisons frire les persécuteurs du Premier ministre Zhou Enlai!» Il disait: «Votre ration mensuelle d'huile est de deux *liang* (120 grammes). Comment voulez-vous qu'on fasse frire des persécuteurs?» Pour la première fois depuis dix ans, humour et ironie reprenaient publiquement leurs droits. Du coup, je retrouvai le moral.

Mao nomma un incapable du nom de Hua Guofeng pour succéder à Zhou, et lança aussitôt une campagne destinée «à dénoncer Deng et à porter un coup décisif contre le retour d'un mouvement de droite». La bande des Quatre publia les discours de Deng Xiaoping, dans le but d'en faire la cible de nouvelles dénonciations. A l'occasion d'une de ses allocutions, en 1975, Deng avait reconnu que les paysans de Yen-an connaissaient des conditions de vie beaucoup plus dures qu'avant l'arrivée des communistes, quarante ans plus tôt, au moment de la Longue Marche. Ailleurs, il avait déclaré qu'un chef du parti devrait dire aux experts: «Guidez-moi, je vous suis.» Dans un autre discours, il avait développé les grandes lignes de plusieurs projets préparés par lui et destinés à améliorer les conditions de vie des Chinois, à leur concéder davantage de liberté et à mettre un terme aux persécutions politiques. En comparant ces documents aux actions de la bande des Quatre, le peuple en vint à faire de Deng un héros et à haïr Mme Mao et son clan. Ces derniers semblaient mépriser la population chinoise au point de croire que nous détesterions Deng au lieu de l'admirer pour avoir eu le courage d'écrire de tels discours. Ils s'imaginaient même que nous allions nous mettre à les aimer!

A l'université, on organisait d'interminables réunions de masse pour que nous dénoncions Deng. La plupart des étudiants ne manifestaient guère qu'une résistance passive; certains déambulaient dans l'amphithéâtre, d'autres bavardaient ou tricotaient, ou feuilletaient des livres, ou encore dormaient d'un bout à l'autre de ces mises en scène rituelles. Les orateurs lisaient leurs discours préparés à l'avance d'une voix monocorde et presque inaudible.

Deng étant originaire du Setchouan, d'innombrables rumeurs circulèrent comme quoi on l'avait renvoyé en exil à

Chengdu. Je voyais souvent des foules rassemblées dans les rues parce que quelqu'un avait entendu dire qu'il allait passer par là. Certains jours, des dizaines de milliers de personnes l'attendirent ainsi en vain.

Dans le même temps, l'animosité de la population ne faisait que grandir à l'encontre de la bande des Quatre, également connue sous le nom de groupe de Shanghai. Brusquement, les bicyclettes et autres marchandises en provenance de cette ville cessèrent de se vendre. Quand l'équipe de football de Shanghai vint disputer un match chez nous contre celle de Chengdu, elle fut huée du début à la fin de la rencontre. Une foule attendait les joueurs à la sortie du stade pour les insulter.

Dans toute la Chine, les manifestations de protestation se multiplièrent. Elles atteignirent leur apogée au printemps 1976, pendant la Fête du «balayage des tombes», au cours de laquelle les Chinois rendent traditionnellement hommage à leurs morts. A Pékin, des centaines de milliers de citoyens se rassemblèrent pendant des jours et des jours sur la place Tiananmen pour honorer la mémoire de Zhou Enlai. Des couronnes furent confectionnées spécialement, et l'on se relayait pour lire des poèmes et écouter des discours passionnés. A travers des symboles et un langage codé que tout le monde comprenait, chacun déversa sa haine contre la bande des Quatre, et même contre Mao. Cette vague de désapprobation fut réprimée la nuit du 5 avril, quand la police s'attaqua à la foule, arrêtant plusieurs centaines de manifestants. Mao et la bande des Quatre parlèrent d'une «rébellion contre-révolutionnaire à la hongroise». Deng Xiaoping, alors tenu au secret, fut accusé d'avoir manigancé ce mouvement de protestation et taxé de «Nagy chinois» (Nagy étant le Premier ministre hongrois en 1956). Mao le démit officiellement de ses fonctions et intensifia la campagne menée contre lui.

Ces manifestations furent certes étouffées et condamnées par la presse. Il n'en demeure pas moins qu'elles modifièrent la face de la Chine. C'était la première fois que le régime était ouvertement remis en cause depuis son avènement, en 1949.

En juin 1976, ma classe fut envoyée pour un mois dans une usine, à la montagne, afin d'«y tirer la leçon des ouvriers». A la fin de ce séjour, j'allai escalader le mont Emei, «Sourcil de Beauté», à l'ouest de Chengdu, en compagnie d'un groupe d'amis. En redescendant, le 28 juillet, nous entendîmes le son intense d'un transistor que transportait un touriste. J'avais toujours déploré l'amour insatiable des gens pour cet outil de propagande. Dans un cadre aussi magique qui plus est! Comme si nos oreilles n'avaient pas encore assez souffert des balivernes qu'hurlaient les haut-parleurs installés partout où nous allions! Cette fois, le message transmis retint mon attention. Il y avait eu un tremblement de terre dans une ville minière proche de Pékin, appelée Tangshan. Je compris qu'il devait s'agir d'une catastrophe sans précédent, car les médias évitaient en général de nous tenir au courant des mauvaises nouvelles. On annonça officiellement les chiffres de 242 000 morts et 164 000 blessés graves.

Tout en submergeant la presse d'une propagande exposant le chagrin que leur causait le nombre des victimes, la bande des Quatre avertit la nation que cette tragédie ne devait pas détourner notre attention de notre priorité: «Dénoncer Deng.» «Il ne s'agit que de plusieurs centaines de milliers de morts, déclara publiquement Mme Mao. Et alors? La dénonciation de Deng Xiaoping concerne huit cents millions de personnes.» Même venant de Mme Mao, une telle formule paraissait trop choquante pour être vraie; elle nous fut pourtant transmise officiellement.

Il y eut d'innombrables alertes sismiques dans la région de Chengdu. Dès que je fus de retour du mont Emei, ma mère, Xiao-fang et moi partîmes pour Chongqing, considérée comme plus sûre. Ma sœur, restée à Chengdu, dormait sous une table en chêne massif où s'empilait un amas de couvertures. Les responsables officiels incitèrent les gens à bâtir des abris de fortune, et plusieurs équipes furent chargées de surveiller vingt-quatre heures sur vingt-quatre le comportement d'un certain nombre d'animaux supposés capables de prédire les tremblements de terre. Pendant ce temps-là, les partisans de la bande des Quatre placardaient des affiches enjoignant à la population de «rester en alerte face à la tentative criminelle entreprise par Deng Xiaoping pour exploiter la phobie des séismes dans le but de réprimer la révolution!». Ils organisèrent même un rassemblement destiné à «condamner solennellement les "véhicules du capitalisme" qui profitent de la peur d'un tremblement de terre pour saboter la dénonciation de Deng». Cette manifestation fut un fiasco.

Je regagnai Chengdu au début du mois de septembre, lorsque la menace d'un séisme sembla écartée. Dans l'après-midi du 9 septembre 1976, j'assistai à un cours d'anglais. Vers

2 h 40, on nous annonça qu'un bulletin important serait diffusé à 3 heures précises. Nous reçûmes l'ordre de nous rassembler dans la cour. Ce n'était certes pas la première fois qu'on nous réunissait ainsi, et je sortis, un peu agacée. C'était une journée d'automne nuageuse comme elles le sont toujours à Chengdu. J'entendais le frémissement des feuilles de bambou dans le vent. Peu avant 3 heures, tandis que les haut-parleurs grésillaient et qu'on effectuait les derniers réglages, la secrétaire du parti de notre département s'installa devant l'assemblée. Elle leva sur nous un regard empreint de tristesse et d'une voix basse, altérée par l'émotion, elle bredouilla : «Notre Grand Leader, le président Mao, Sa Vénérable Révérence (*ta-lav-ren-jia*) est...»

Tout à coup, je compris que Mao était mort.

28

LUTTER POUR PRENDRE MON ENVOL

1976-1978

Cette nouvelle me mit dans un tel état d'euphorie que, l'espace d'un instant, je fus sur le point de perdre le contrôle de moi-même. Mon système d'autocensure invétéré prit rapidement le dessus: je me rendis compte tout à coup que tout le monde pleurait autour de moi. Il fallait que je joue convenablement la comédie. Il me sembla qu'il n'y avait pas d'endroit plus approprié pour dissimuler mon absence de chagrin que les épaules de la jeune femme qui se tenait devant moi, une responsable étudiante, visiblement très affectée. Je m'empressai donc d'enfouir mon visage contre son omoplate en feignant de sangloter. Comme cela arrive si souvent en Chine, cette ruse eut l'effet escompté. Tout en reniflant bruyamment, elle fit mine de se retourner pour me prendre dans ses bras. Je me laissai aussitôt aller de tout mon poids contre elle pour l'en empêcher, dans l'espoir de donner l'impression que je m'abandonnai tout entière à mon chagrin.

Au cours des jours qui suivirent la mort de Mao, je passai beaucoup de temps à réfléchir. Sachant qu'on le considérait comme un philosophe, je m'efforçai de déterminer en quoi consistait vraiment sa pensée. Il m'apparut que sa «philosophie » s'axait en définitive autour d'un perpétuel besoin — ou d'un désir? — de conflit, fondé sur la notion que les luttes humaines constituaient le moteur de l'histoire. Pour figurer dans l'histoire, il fallait donc générer continuellement une masse d'« ennemis de classe ». Je me demandai si beaucoup d'autres philosophes avaient édifié des théories à l'origine de tant de souffrances et de morts! La terreur et la misère dans lesquelles la population chinoise avait vécu toutes ces années m'obnubilaient. A quoi bon? me disais-je.

La philosophie de Mao n'était probablement qu'une extension de sa personnalité. Il me semblait qu'il était au fond, par nature, un insatiable générateur de conflits, fort habile qui plus est. Il avait un sens aigu des instincts humains les plus néfastes, tels que la jalousie et la rancœur, et savait s'en servir à ses propres fins. Il avait assis son pouvoir en poussant les gens à se haïr les uns les autres. Ce faisant, il avait obtenu des Chinois qu'ils accomplissent un grand nombre de tâches confiées ailleurs à des spécialistes. Mao avait réussi à faire du peuple l'arme suprême de sa dictature. Voilà pourquoi sous son règne la Chine n'avait pas eu besoin d'un équivalent du KGB. En faisant valoir les pires travers de chacun, en les nourrissant de surcroît, il avait créé un véritable désert moral et une nation de haine. Quelle responsabilité incombait donc à chaque citoyen chinois dans cette sinistre affaire? Je n'arrivais pas à le déterminer.

L'ère du maoïsme s'était aussi distinguée, me semblait-il, par le règne de l'ignorance. A cause de son calcul selon lequel la classe intellectuelle ferait une cible facile pour une population illettrée dans l'ensemble, à cause de la profonde rancune qu'il éprouvait personnellement à l'encontre de l'éducation et des gens cultivés, à cause enfin de sa mégalomanie, qui l'incitait à mépriser les grandes figures de la culture chinoise et les aspects de notre civilisation qu'il ne comprenait pas, notamment l'architecture, l'art et la musique, Mao en était arrivé à détruire l'essentiel de l'héritage culturel de son pays. Il laissait derrière lui une nation meurtrie, mais aussi un pays enlaidi, pour ainsi dire dépourvu de ses gloires passées.

Les Chinois paraissaient le pleurer sincèrement. Je me demandais pourtant si ces larmes leur venaient vraiment du fond du cœur. Les gens jouaient la comédie depuis tellement longtemps qu'ils ne savaient plus quels étaient leurs sentiments véritables. Ce chagrin manifeste n'était-il pas un nouvel acte téléguidé dans des existences programmées de A à Z ?

En revanche, il apparaissait clairement que le peuple chinois souhaitait mettre un terme à la politique suivie par Mao. Moins d'un mois après sa mort, le 6 octobre, Mme Mao fut arrêtée, ainsi que ses acolytes. Plus personne ne les soutenait, ni l'armée ni la police, pas même leurs propres gardes. Mao avait été le seul à leur apporter son appui. La bande des Quatre avait résisté contre vents et marées pour la seule raison qu'il s'agissait en réalité d'une bande des Cinq !

En apprenant avec quelle facilité les Quatre avaient été détrônés, une profonde tristesse m'envahit. Comment un petit clan de tyrans minables avait-il pu ravager pendant tant d'années l'existence de centaines de millions d'individus ? La joie finit pourtant par l'emporter. Les derniers despotes de la Révolution culturelle avaient enfin leur compte ! Je n'étais pas la seule à m'en réjouir. Comme la grande majorité de mes concitoyens, lorsque je sortis acheter de la liqueur dans l'intention de célébrer l'événement en compagnie de ma famille et de mes amis, je m'aperçus que les magasins avaient été dévalisés !

Il y eut de nombreuses célébrations officielles, qui ne différaient en rien des rassemblements organisés pendant la révolution, ce qui me mit hors de moi. Au sein de mon département, avec un imperturbable pharisaïsme, les superviseurs politiques et les responsables étudiants montèrent toute une cérémonie, ce qui m'irrita au plus haut point.

Le nouveau gouvernement était dirigé par le successeur désigné de Mao, Hua Guofeng, qui ne se distinguait à mon avis par rien, hormis sa médiocrité. Il commença par annoncer l'édification d'un immense mausolée à la mémoire de Mao sur la place Tiananmen. J'étais folle de rage en songeant que des centaines de milliers de Chinois étaient toujours sans abri à la suite du tremblement de terre de Tangshan, et vivaient dans des cabanes de fortune construites sur les trottoirs.

Son expérience avait permis à ma mère de comprendre sans délai qu'une nouvelle ère allait commencer. Le lendemain de la mort de Mao, elle se rendit dans son département pour demander du travail. Il y avait cinq ans qu'elle ne faisait plus rien et souhaitait se remettre à l'ouvrage. On lui concéda un poste de directrice adjointe, au septième rang de la hiérarchie d'un département qu'elle dirigeait avant la Révolution culturelle. Mais peu lui importait.

Dans mon impatience, j'avais le sentiment que rien n'avait changé. En janvier 1977, j'achevai mes études universitaires. On ne nous fit passer aucun examen, et personne n'eut de notes. Malgré la disparition de Mao et de la bande des Quatre, on continuait à appliquer leurs préceptes: les étudiants devaient impérativement retourner d'où ils venaient. Dans mon cas, cela voulait dire que je devais reprendre mon travail à l'usine. Mao avait en effet décrété qu'une formation universitaire ne devait rien changer à la carrière de quiconque.

Je cherchais désespérément un moyen d'éviter qu'on me renvoie à l'usine, auquel cas je perdrais toute occasion de me servir de mes connaissances en anglais. Il n'y aurait personne à qui parler dans cette langue, ni rien à traduire. Une fois encore, j'allai trouver ma mère. Elle m'expliqua qu'il n'y avait qu'une seule solution: il fallait que l'usine refuse de me reprendre. Mes camarades ouvriers persuadèrent la direction d'écrire un rapport destiné au 2ᵉ Bureau de l'industrie légère, et établissant qu'en dépit de mes aptitudes au travail d'usine ils estimaient devoir sacrifier leurs propres intérêts à une plus noble cause: notre patrie devait tirer profit de ma maîtrise de l'anglais.

Une fois cette lettre envoyée, ma mère me suggéra d'aller voir le directeur du 2ᵉ Bureau en personne, un certain M. Hui. C'était un de ses anciens collègues et il m'aimait beaucoup quand j'étais petite. Ma mère savait qu'il continuait à avoir une prédilection pour moi. Le lendemain de mon rendez-vous avec lui, le comité d'administration de son bureau fut convoqué pour discuter de mon cas. Ce comité se composait d'une vingtaine de directeurs, contraints de se réunir au grand complet pour prendre toutes les décisions, aussi triviales fussent-elles. M. Hui parvint à les convaincre de me donner une chance de me servir de mon anglais. Ils écrivirent une lettre officielle à la direction de mon université.

Si cette dernière ne m'avait guère facilité la vie, elle avait besoin d'enseignants. En janvier 1977, je fus officiellement nommée professeur assistant d'anglais à l'université du Setchouan. L'idée de travailler là-bas m'inspirait certaines réserves dans la mesure où il me faudrait vivre sur le campus, sous l'œil vigilant des superviseurs politiques et de mes collègues ambitieux et envieux. Pis encore, je ne tardai pas à apprendre que, pendant un an, je ne devais rien faire qui fût en rapport avec ma profession. Une semaine après ma nomination, en effet, on m'envoya à la campagne dans les environs de Chengdu, dans le cadre d'un programme destiné à me « rééduquer ».

Je travaillai tout le jour dans les champs et passai mes soirées dans des réunions aussi fastidieuses qu'interminables. L'ennui, l'insatisfaction et les pressions que l'on faisait peser sur moi sous prétexte que je n'avais toujours pas de fiancé à l'âge de vingt-cinq ans finirent par me pousser à tomber amoureuse à deux reprises, coup sur coup. Je m'entichai d'un premier homme sans l'avoir jamais rencontré ; il m'écrivait cependant de très belles lettres. Dès que je le vis, j'eus le coup de foudre. Le deuxième, Hou, était l'ancien chef d'une bande de Rebelles. Brillant, sans scrupules, il était en quelque sorte un produit de son époque. Je fus éblouie par son charme.

Au cours de l'été 1977, Hou fut arrêté dans le contexte d'une nouvelle campagne destinée à appréhender « les partisans de la bande des Quatre ». Ceux-ci étaient définis comme les « chefs des Rebelles ». Il s'agissait d'incarcérer tous ceux qui avaient pris part à des actions violentes, à savoir « torture, meurtre et destruction ou pillage des biens de l'État », expliquait-on sans plus de précision. Cette campagne s'essoufla au bout de quelques mois, pour la bonne raison que ni Mao ni la Révolution culturelle n'avaient été répudiés. Tous ceux que l'on accusait de ces méfaits se contentaient de clamer qu'ils avaient agi par loyauté envers Mao. Aucun critère précis ne définissait l'acte criminel en soi. Hormis le cas de meurtriers ou de tortionnaires avérés, il était difficile de juger. Tant de gens avaient participé à des pillages, à la destruction de sites historiques, d'antiquités, de livres, aux combats entre factions. La pire horreur de la Révolution culturelle, cette répression accablante qui avait conduit des centaines de milliers de Chinois à la folie, au suicide, à la mort, avait été l'œuvre collective de la population tout entière. Pour ainsi dire tout le monde, y compris les jeunes enfants, avait pris part aux réunions de dénonciation. Beaucoup avaient prêté main-forte lors des tabassages. De surcroît, les victimes s'étaient souvent retrouvées dans la peau des bourreaux, et vice versa.

Faute d'un système juridique indépendant faisant autorité, il incombait aux responsables du parti de décider qui devait être châtié ou ne pas l'être. Les sentiments individuels jouaient souvent un rôle décisif. Certains Rebelles furent punis à juste titre. D'autres écopèrent de peines trop lourdes, d'autres encore s'en sortirent presque indemnes. Parmi les persécuteurs de mon père, Zuo passa entre les mailles du filet et Mme Shau se vit simplement rétrograder à un poste légèrement moins prestigieux.

Les Ting étaient en prison depuis 1970, mais aucune action judiciaire ne fut menée contre eux, le parti n'ayant pas défini de critères permettant de les juger. On se contenta de les astreindre à des réunions non violentes, au cours desquelles leurs victimes pouvaient déverser leur fiel contre eux. Au cours d'une de ces assemblées, ma mère parla des persécutions que le couple avait fait subir à mon père. Les Ting restèrent en détention sans jugement jusqu'en 1982, date à laquelle M. Ting écopa de vingt ans d'emprisonnement et sa femme de dix-sept années.

Hou, dont l'incarcération m'avait fait passer de nombreuses nuits blanches, fut rapidement libéré. Toutefois, les sentiments d'amertume réveillés au cours de ces quelques jours de réflexion avaient étouffé mon engouement pour lui. Bien que je n'aie jamais su l'ampleur véritable de ses responsabilités, il était clair à mes yeux qu'en tant que chef des gardes rouges dans les années les plus barbares de la Révolution culturelle, il ne pouvait pas être innocent. Je n'arrivais pas à le haïr vraiment, mais il ne m'inspirait pas la moindre compassion. J'espérais que justice serait faite, dans son cas comme dans celui de tous ceux qui le méritaient.

Pouvais-je vraiment l'espérer? Se pouvait-il que justice fût rendue sans débordement d'amertume et d'animosité, alors que les tensions étaient encore si fortes? Partout autour de moi, des factions qui s'étaient affrontées dans le sang cohabitaient sous le même toit. D'anciens «véhicules du capitalisme» travaillaient côte à côte avec les Rebelles d'hier qui les avaient dénoncés et impitoyablement harcelés. Le pays restait une véritable poudrière. Quand allions-nous nous débarrasser du cauchemar provoqué par Mao, si tant est que ce fût possible?

En juillet 1977, Deng Xiaoping fut à nouveau réhabilité et rétabli dans ses fonctions de vice-premier ministre, aux côtés de Hua Guofeng. Chacun de ses discours nous faisait l'effet d'une bouffée d'air frais: on allait mettre fin aux campagnes politiques; il fallait à tout prix faire cesser les «études» gouvernementales qui grevaient inutilement le budget; la politique du parti devait se fonder sur la réalité et non pas sur le dogme ; plus important encore, il convenait de ne plus suivre à la lettre les principes établis par Mao. Deng était en train de changer la face de la Chine. Une nouvelle angoisse m'envahit pourtant : je redoutais que ce bel avenir dont il semait les germes ne vît jamais le jour.

Conformément au nouveau courant mis en place par Deng, mon stage de « rééducation » en milieu rural s'interrompit en décembre 1977, soit un mois avant la date prévue. Cette différence de trente jours me fit l'effet d'un miracle. Dès mon retour à Chengdu, j'appris que l'administration de l'université allait organiser des examens d'entrée rétroactifs pour 1977, les premiers depuis 1966. Deng avait déclaré que l'admission des étudiants devait s'effectuer sur la base d'examens et non plus « par la porte de derrière ». Il avait fallu retarder le trimestre d'automne, de façon à préparer la population aux nouveaux caps de la politique.

On m'envoya dans les montagnes du nord du Setchouan recruter des étudiants pour mon département, ce que je fis volontiers. Ce fut au cours de ce voyage solitaire, de comté en comté sur des routes sinueuses et poussiéreuses, qu'une idée germa peu à peu dans mon esprit : celle d'aller poursuivre mes études en Occident !

Quelques années plus tôt, un ami m'avait raconté une histoire. En 1964, il avait quitté Hong Kong pour venir vivre en Chine. Après cela, il n'avait jamais pu retourner voir sa famille jusqu'en 1973, date à laquelle on lui avait accordé la permission de sortir du pays, grâce au relâchement suscité par la visite de Nixon. Le soir de son arrivée à Hong Kong, il avait entendu sa nièce parler au téléphone à un interlocuteur de Tokyo auquel elle se proposait d'aller rendre visite. Cette anecdote apparemment anodine m'avait profondément marquée. Cette liberté de voyager, inconcevable pour moi, me hantait. Mes rêves de voyage, de toute façon irréalisables, étaient restés enfouis dans les profondeurs de mon inconscient. On entendait parfois parler de bourses d'études à l'étranger, mais, bien sûr, les candidats étaient sélectionnés par les autorités ; il fallait impérativement être membre du parti pour être pris en considération. Je n'avais donc aucune chance, même si, par le plus grand des hasards, une de ces bourses échouait dans mon université. Maintenant que l'on rétablissait les examens, si vraiment la Chine devait se débarrasser de sa camisole de force maoïste, peut-être les choses changeraient-elles. Je sentis poindre en moi une lueur d'espoir, que je m'empressai d'occulter, tant je redoutais l'inévitable déception.

En revenant de mon voyage, j'appris que mon département avait obtenu une bourse d'études à l'étranger pour un enseignant jeune ou d'âge moyen. Leur choix s'était déjà fixé sur quelqu'un d'autre.

Ce fut le professeur Lo qui m'annonça cette terrible nouvelle, une femme de plus de soixante-dix ans qui marchait avec une canne mais qui n'en était pas moins guillerette et rapide dans tous les sens du terme. Elle parlait d'ailleurs l'anglais à toute vitesse, comme si elle était impatiente d'aligner tout ce qu'elle savait. Elle avait vécu aux États-Unis pendant près de trente ans. Son père avait été juge à la Cour Suprême du temps du Kuo-min-tang, et il avait tenu à lui donner une éducation occidentale. En Amérique, elle se faisait appeler Lucy; elle était tombée amoureuse d'un étudiant américain prénommé Luke. Ils projetaient de se marier mais, lorsqu'ils avaient appris la nouvelle à la mère de Luke, cette dernière s'était exclamé: «Je vous aime beaucoup, Lucy, mais à quoi vos enfants vont-ils ressembler? Ce sera très difficile pour eux...»

Lucy avait rompu avec Luke, car elle était trop fière pour se faire accepter de force par sa famille. Au début des années 1950, après l'arrivée au pouvoir des communistes, elle avait regagné la Chine, persuadée que les Chinois allaient enfin recouvrer leur dignité. Elle n'avait jamais oublié Luke et avait fini par se marier à un âge avancé avec un de ses compatriotes, professeur d'anglais, qu'elle n'aimait pas. Ils se querellaient sans arrêt. Ils avaient été expulsés de leur appartement pendant la Révolution culturelle et vivaient désormais dans une pièce minuscule, encombrée de vieux journaux et de livres poussiéreux. C'était bouleversant de voir ce couple fragile aux cheveux blancs, incapable de se supporter, l'un assis au bord du lit, l'autre sur l'unique chaise qui pût tenir dans la pièce.

Le professeur Lo m'aimait beaucoup. Elle affirmait voir en moi sa jeunesse passée, lorsque, cinquante ans plus tôt, elle débordait d'énergie et rêvait de bonheur. Si elle avait échoué dans sa propre quête du bonheur, me disait-elle, elle voulait que je réussisse. En apprenant qu'un professeur allait pouvoir bénéficier d'une bourse, probablement en Amérique, elle avait bondi de joie. Puis elle avait réfléchi que je n'étais pas là pour défendre ma candidature, et à la joie avait fait place l'anxiété. En définitive, la bourse avait été attribuée à une certaine Mlle Yee, qui avait un an d'avance sur moi et bénéficiait du statut de responsable du parti. Plusieurs jeunes enseignants de mon département, dont elle, diplômés depuis la Révolution culturelle, avaient à l'époque suivi un cours de formation spécial destiné à améliorer leur anglais, pendant que je me promenais dans la campagne. Le professeur Lo, notamment, était chargée de ce cours. Pour enseigner, elle utilisait beaucoup d'articles provenant de publications en anglais qu'elle s'était procurées auprès d'amis habitant des villes plus libérales telles que Pékin et Shanghai (le Setchouan était toujours fermé aux étrangers). Chaque fois que je revenais de la campagne, je participai à tous ses cours.

Un jour, nous étudiâmes un texte sur l'utilisation de l'énergie atomique dans l'industrie américaine. Une fois que le professeur Lo eut expliqué le sens de cet article, Mlle Yee leva les yeux, se redressa et s'exclama avec indignation : « Cet article doit être lu d'une manière critique ! Comment les impérialistes américains peuvent-ils faire un usage pacifique de l'énergie atomique ? » Je sentis la colère monter en moi en l'entendant singer ainsi la propagande du parti. Impulsivement, je lui rétorquais : « Qu'est-ce que tu en sais ? » Elle me dévisagea d'un air incrédule, ainsi que la majorité de la classe. La question que j'avais posée restait encore à leurs yeux inconcevable, voire blasphématoire. A cet instant, je vis une lueur briller dans le regard du professeur Lo, et l'ébauche d'un sourire d'estime que je fus la seule à remarquer. J'eus le sentiment d'être comprise et protégée.

Elle n'était pas la seule enseignante de l'université prête à défendre ma candidature plutôt que celle de Mlle Yee. Toutefois, même s'ils commençaient à jouir d'un certain respect dans le nouveau climat, aucun d'eux n'avait son mot à dire. Si quelqu'un pouvait m'aider, c'était ma mère. Sur son conseil, j'allai voir les anciens collègues de mon père, à présent responsables de l'université, pour leur présenter ma requête. Je leur déclarai à brûle-pourpoint que, le camarade Deng Xiaoping ayant décrété que l'admission à l'université devait être fondée sur le mérite individuel et non plus sur les relations de chacun, on se trompait certainement en refusant de suivre une procédure identique pour les bourses à l'étranger. Je les suppliai de nous mettre équitablement en concurrence, en nous faisant passer un examen.

Pendant que ma mère et moi multipliions les pressions ici et là, un ordre émanant de Pékin fut tout à coup porté à notre connaissance : pour la première fois depuis 1949, les bourses d'études à l'étranger devaient être attribuées sur la base d'un examen national qui aurait lieu simultanément à Pékin, Shanghai et Xi'an, l'ancienne capitale chinoise où l'on retrouverait quelques années plus tard toute une armée en terre cuite.

Mon département devait envoyer trois candidats à Xi'an. On retira sa bourse à Mlle Yee et l'on choisit deux nouveaux postulants, l'un et l'autre excellents professeurs âgés d'une quarantaine d'années, qui enseignaient déjà avant la Révolution culturelle. En conséquence de l'ordre donné par Pékin d'établir la sélection sur les aptitudes professionnelles des candidats, mais aussi des pressions exercées inlassablement par ma mère, il fut décidé que le troisième concurrent serait choisi parmi les deux douzaines d'étudiants diplômés pendant la révolution, par le biais d'un examen écrit et oral fixé au 18 mars.

J'obtins les meilleures notes à l'écrit comme à l'oral, bien qu'ayant passé ce dernier dans des conditions quelque peu irrégulières. Nous devions nous présenter l'un après l'autre dans une pièce où avaient pris place deux examinateurs, en l'occurrence le professeur Lo et un autre enseignant âgé. Sur la table devant eux, il y avait plusieurs boules de papier. Nous devions en choisir une au hasard et répondre à la question posée en anglais. Je lus la mienne avec appréhension : « Quels étaient les principaux points abordés dans le communiqué de la deuxième séance plénière du XIᵉ congrès du parti communiste chinois qui s'est tenu récemment ? » Je n'en avais évidemment pas la moindre idée et restai plantée là, hébétée. Le professeur Lo me dévisagea longuement, puis elle tendit la main vers le bout de papier. Elle y jeta un rapide coup d'œil, avant de le passer à l'autre examinateur. Finalement, sans dire un mot, elle le glissa dans sa poche et me fit signe d'en prendre un autre : « Parlez-nous de la situation glorieuse de notre patrie socialiste ! »

Toutes ces années d'exaltation obligatoire de la « situation glorieuse » de ma patrie socialiste avaient provoqué chez moi une quasi-allergie à la question, mais ce jour-là, je fus intarissable. De fait, je venais d'écrire un poème passionné sur le printemps de 1978. Hu Yaobang, le bras droit de Deng Xiaoping, venait d'être nommé à la tête du département de l'organisation du parti; il avait entrepris de réhabiliter en masse tous les ennemis de classe. Le pays était sans conteste sur le point de secouer le joug du maoïsme. L'industrie était en plein essor et l'on commençait à trouver des magasins bien approvisionnés. Les écoles, les hôpitaux, et autres services publics fonctionnaient convenablement. On publiait des livres interdits depuis des années; les gens faisaient parfois la queue pendant deux jours devant les librairies pour pouvoir en acheter. On entendait les gens rire dans les rues et chez eux.

J'entrepris de me préparer frénétiquement pour l'examen de Xi'an, à moins de trois semaines de là. Plusieurs enseignants me proposèrent leur aide. Le professeur Lo me fournit une liste de lectures, ainsi qu'une douzaine de livres en anglais. Je me rendis compte toutefois que je n'aurai jamais le temps de les lire tous. Elle se hâta alors de libérer sur son bureau encombré la place pour une machine à écrire, et passa les deux semaines suivantes à taper des résumés de ces livres en anglais. C'était ainsi que Luke l'avait aidée à réussir ses examens cinquante ans plus tôt, me dit-elle avec un clin d'œil malicieux, sans quoi elle aurait tout raté parce qu'elle préférait danser et sortir.

Je pris le train pour Xi'an en compagnie des deux autres candidats et du secrétaire adjoint du parti auprès de l'université. Le voyage devait durer plus de vingt-quatre heures. Pendant presque tout ce temps-là, je restai étendue à plat ventre sur ma « couchette dure », à annoter la pile de feuilles du professeur Lo. Personne ne savait le nombre exact de bourses destinées aux lauréats ni leur pays de destination, les informations étant en Chine considérées comme des secrets d'État. En arrivant à Xi'an, toutefois, nous apprîmes que vingt-deux candidats se présentaient au concours organisé sur place, principalement des professeurs d'université en provenance des quatre provinces de l'ouest du pays. Les sujets de l'examen, scellés, étaient arrivés de Pékin la veille, par avion. La partie écrite comportait trois volets, dont un long passage de *Racines* que nous devions traduire; elle prit toute la matinée. Par les fenêtres de la salle, j'apercevais de temps en temps les pluies de fleurs de saule blanches qui s'abattaient sur la ville en ce mois d'avril en une danse gracieuse. A la fin de la matinée, on ramassa nos copies; puis elles furent scellées, avant d'être expédiées à Pékin pour y être corrigées, en même temps que celles rendues sur place et à Shanghai. L'examen oral eut lieu dans l'après-midi.

A la fin du mois de mai, on m'annonça officieusement que j'avais réussi l'un et l'autre examens avec les honneurs. Dès qu'elle apprit la nouvelle, ma mère donna un nouveau coup de pouce à sa campagne destinée à réhabiliter mon père. Malgré son décès, son dossier continuait à déterminer notre avenir ; or, il contenait un verdict provisoire établissant qu'il avait commis des «erreurs politiques graves». Ma mère savait que même si la Chine se libéralisait, l'existence de ce document risquait de remettre en cause mon séjour éventuel à l'étranger.

Elle fit pression auprès des anciens collègues de mon père, revenus au pouvoir, dans la province, en se servant cette fois de la note de Zhou Enlai déclarant que mon père était parfaitement habilité à adresser une pétition à Mao. Cette précieuse note était restée cachée pendant toutes ces années, grâce à l'ingéniosité de ma grand-mère qui l'avait cousue à l'intérieur de la doublure d'une de ses chaussures. Onze ans après l'avoir reçue des mains de Zhou Enlai lui-même, ma mère avait décidé de la remettre aux autorités provinciales, désormais sous le contrôle de Zhao Ziyang.

Le moment était bien choisi. Le sortilège de Mao commençait à perdre de son pouvoir paralysant, grâce à Hu Yaobang surtout, responsable des réhabilitations. Le 12 juin, un haut responsable vint nous rendre visite rue Météorite, porteur du verdict du parti concernant mon père. Il tendit à ma mère une simple feuille de papier sur laquelle il était écrit que mon père avait été «un bon fonctionnaire et un bon membre du parti». Il était ainsi réhabilité officiellement. Il fallut attendre ce moment pour que le ministère de l'Éducation, à Pékin, donne enfin son aval à la bourse qu'il m'avait attribuée.

Des amis de l'université, tout excités, m'apprirent que je devais partir pour l'Angleterre, avant même que les autorités ne m'annoncent officiellement la nouvelle. Des gens que je connaissais à peine m'exprimèrent leur satisfaction, et je reçus un grand nombre de lettres et de télégrammes de félicitations. On organisa des soirées pour fêter l'événement et bon nombre de mes amis pleurèrent de joie. Partir pour l'Occident était une chose extraordinaire. Les frontières de la Chine étaient fermées depuis des années et tout le monde étouffait. J'étais la première étudiante de l'université et, à ma connaissance, la première personne de la province (qui comptait alors 90 millions d'habitants) à être autorisée à étudier en Occident depuis 1949. De surcroît, j'avais obtenu cet extraordinaire privilège sur la base de mes aptitudes professionnelles, et non pas parce que j'appartenais au parti. C'était là encore un signe des bouleversements qui secouaient le pays. L'espoir gagnait les cœurs, et les gens commençaient à envisager des possibilités auxquelles ils n'auraient même pas osé songer auparavant.

Je ne me laissai pourtant pas totalement aller à mon bonheur. Je bénéficiais d'une chance tellement incroyable et tant de gens m'enviaient que je me sentais coupable vis-à-vis de mes camarades. Je trouvais qu'il aurait été gênant, voire cruel, de manifester ma joie ; en même temps, la cacher eût été malhonnête. J'optai donc inconsciemment pour une attitude intermédiaire. J'étais un peu triste aussi de songer à l'étroitesse d'esprit et au caractère monolithique de mon pays : un si grand nombre de mes compatriotes s'étaient vu refuser l'occasion de développer leurs talents... J'étais consciente de la chance que j'avais d'appartenir à une famille privilégiée, même si nous avions souffert. Maintenant qu'une Chine nouvelle et équitable allait voir le jour, il me tardait d'assister à ces changements et à la métamorphose de notre société.

Absorbée par mes pensées, je me soumis néanmoins avec docilité à l'inévitable « parcours du combattant » imposé aux futurs voyageurs. Je commençai par aller à Pékin pour y suivre un cours de formation spécialement conçu pour les ressortissants appelés à quitter le pays : nous eûmes droit à un mois de séances d'endoctrinement, suivi d'un autre mois de voyage dans toute la Chine. L'objectif étant de nous émouvoir par la beauté de notre pays afin de nous dissuader de déserter. En dehors de cela, toutes les démarches nécessaires étaient prises en charge par les autorités, qui nous octroyèrent même des subsides pour nous constituer une garde-robe. Il importait de se faire beau pour impressionner les étrangers.

La Rivière de la Soie serpentait à travers le campus et j'allai souvent me promener le long de ses rives, au cours des soirées qui précédèrent mon départ. La surface de l'eau étincelait dans le clair de lune et la brume estivale. Je passai en revue les vingt-six années que j'avais déjà vécues. J'avais connu des privilèges mais aussi la dénonciation, le courage comme la peur, la gentillesse, la loyauté autant que les aspects les plus méprisables de l'âme humaine. Malgré les souffrances, la destruction, la mort, j'avais découvert la force de l'amour et l'inébranlable aptitude de l'homme à survivre coûte que coûte et à rechercher le bonheur.

Toutes sortes d'émotions se mêlaient en moi, surtout quand je songeais à mon père, à ma grand-mère, à ma tante Jun-ying. Jusqu'à ce moment-là, je m'étais efforcée de ne pas trop penser à eux, car leurs morts m'avaient profondément meurtrie. A présent, j'imaginais combien ils auraient été ravis et fiers de moi.

Je pris l'avion pour Pékin, où je devais rejoindre treize autres professeurs d'université, dont un superviseur politique, eux aussi du voyage. Notre avion partait à 8 heures du soir, le 12 septembre 1978. Je faillis le manquer. Une bande d'amis étaient venus me faire leurs adieux à l'aéroport, et je n'osais pas regarder ma montre de peur de les froisser. Une fois installée dans mon siège, je me rendis compte que j'avais à peine pris le temps de serrer ma mère dans mes bras. Elle était venue, elle aussi, me dire au revoir à l'aéroport, avec désinvolture presque, sans verser une seule larme, comme si mon départ pour l'autre côté de la planète n'était qu'un épisode de plus dans nos vies agitées.

Tandis que la Chine s'éloignait, je regardai par le hublot et découvris un immense univers sous l'aile argentée de l'avion. Je jetai mentalement un dernier regard vers mon passé, puis orientai résolument mes pensées vers l'avenir. J'étais impatiente d'explorer le monde.

ÉPILOGUE

J'ai fait de Londres mon lieu de résidence. Pendant dix ans, j'ai évité de penser à la Chine que j'avais laissée derrière moi. Et puis, en 1988, ma mère est venue me rendre visite en Angleterre. Pour la première fois, elle m'a raconté son histoire et celle de ma grand-mère. Quand elle eut regagné Chengdu, mes propres souvenirs revinrent à la surface et les larmes contenues inondèrent mes pensées. Je résolus d'écrire *les Cygnes sauvages*. Le passé avait cessé d'être trop douloureux à évoquer parce que j'avais trouvé l'amour, l'accomplissement de mes vœux et, partant, la sérénité.

La Chine a totalement changé depuis mon départ. A la fin de 1978, le parti communiste renonça à la « lutte des classes » si chère à Mao. Les parias, y compris les « ennemis de classe » tels que je les concevais, furent réhabilités, parmi eux les amis manchous de ma mère, qualifiés de contre-révolutionnaires en 1955. Les autorités mirent fin aux harcèlements contre eux et leurs familles. Ils purent quitter leur emploi pénible et subalterne et on leur proposa de meilleurs postes. Un grand nombre d'entre eux furent invités à s'intégrer au parti communiste et devinrent fonctionnaires. En 1980, Yu-lin, mon grand-oncle, son épouse et leurs enfants furent autorisés à rentrer à Jinzhou après dix années passées à la campagne. Il fut nommé comptable en chef d'un organisme médical, et ma grand-tante devint directrice d'un jardin d'enfants.

On rédigea des fiches de réhabilitation qui furent versées aux dossiers des victimes. Les anciens registres rendant compte de leur culpabilité furent brûlés. Dans toutes les organisations chinoises, on alluma de grands feux pour consumer ces minces feuilles de papier qui avaient ruiné d'innombrables vies.

Le dossier de ma mère était bourré de témoignages accusateurs sur ses relations avec le Kuo-min-tang du temps de son adolescence. Toutes ces pages partirent en fumée. On les remplaça par un verdict de deux pages, daté du 20 décembre 1978 et établissant en termes clairs que toutes les accusations portées contre elle étaient fausses. De surcroît, ce document redéfinissait son passé familial : elle ne descendait plus d'un indésirable «seigneur de la guerre», mais d'un inoffensif «docteur».

En 1982, lorsque je décidai de rester en Grande-Bretagne, il s'agissait encore d'un choix tout à fait inhabituel. Songeant que ma présence à l'étranger risquait de lui causer des ennuis dans son travail, ma mère requit une retraite anticipée qui lui fut consentie en 1983. Mon exil ne lui valut aucun problème, toutefois, ce qui n'aurait certainement pas été le cas du temps de Mao.

Les portes de la Chine se sont ouvertes progressivement. Mes trois frères vivent tous en Occident aujourd'hui. Jin-ming, un scientifique de renommée internationale dans le domaine des semi-conducteurs, fait des recherches à l'université de Southampton, en Angleterre. Xiao-hei, devenu journaliste après avoir quitté les forces aériennes, travaille à Londres. Ils sont mariés tous les deux et ont chacun un enfant. Xiao-fang a obtenu un diplôme en commerce international à l'université de Strasbourg et travaille aujourd'hui au service d'une société française.

Ma sœur Xiao-hong est la seule d'entre nous à être restée en Chine. Elle travaille dans le service administratif de l'École de médecine chinoise de Chengdu. Quand les autorités chinoises autorisèrent l'établissement d'un secteur privé, dans les années 1980, elle prit un congé de deux ans pour aider à mettre sur pied une société de confection, ce dont elle avait toujours rêvé. A la fin de son congé, il lui fallut choisir entre l'excitation et le risque d'une entreprise privée et la routine et la sécurité de son poste administratif. Elle opta pour la deuxième solution. Son mari est cadre dans une banque locale.

Les communications avec le monde extérieur font désormais partie de la vie quotidienne en Chine. Une lettre expédiée de Chengdu met une semaine pour atteindre Londres. Ma mère m'envoie des fax de la poste locale. Je lui téléphone chez elle, directement, où que je sois dans le monde. La télévision chinoise présente chaque jour des nouvelles internationales, passées au crible, à côté de la propagande officielle. Les grands événements qui secouent notre planète, y compris les révolutions et les soulèvements en Europe de l'Est et dans l'ancienne URSS, sont dûment couverts.

Entre 1983 et 1989, je suis retournée en Chine chaque année pour voir ma mère. Ce qui m'a sans doute le plus frappée, c'est l'extraordinaire amoindrissement d'un élément qui caractérisait sans doute le mieux l'époque de Mao : la peur.

Au cours du printemps 1989, j'ai voyagé en Chine afin de faire des recherches pour ce livre. J'ai assisté aux prémices des manifestations, de Chengdu à la place Tiananmen. Je me suis rendu compte que les Chinois avaient oublié la peur au point que, parmi les millions de manifestants, rares étaient ceux qui percevaient le moindre danger. La plupart d'entre eux furent pris au dépourvu quand l'armée ouvrit le feu sur eux. De retour à Londres, j'arrivai à peine à croire au massacre qui se déroulait sous mes yeux, sur l'écran de ma télévision. Était-il possible que ce carnage eût été ordonné par l'homme que moi-même et bien d'autres considérions comme notre libérateur ?

La peur ressurgit alors mais sans l'intensité et la force paralysante qui la caractérisaient du temps de Mao. De nos jours, dans les réunions politiques, les gens critiquent ouvertement les leaders du parti en citant leurs noms. Le courant de libéralisation est irréversible. Pourtant le regard de Mao plane toujours sur la place Tiananmen.

Les réformes économiques des années 1980 ont entraîné une amélioration sans précédent du niveau de vie des Chinois, en partie grâce au commerce et aux investissements internationaux. Partout en Chine, les fonctionnaires et la population accueillent les hommes d'affaires étrangers avec un empressement non dissimulé. En 1988, lors d'un voyage à Jinzhou, ma mère logea dans le petit appartement sombre et primitif de Yu-lin, voisin d'un dépotoir. En face s'élève le meilleur hôtel de Jinzhou où des repas somptueux sont servis chaque jour à l'intention d'investisseurs étrangers potentiels. Un jour, ma mère vit un de ces visiteurs sortir d'un banquet, au milieu d'une cour de flagorneurs auxquels il était en train de montrer des photographies de sa luxueuse maison et de ses voitures à Taiwan. C'était Yao-han, le superviseur politique du Kuo-min-tang dans son école, responsable de son arrestation quarante ans plus tôt.

Mai 1991.

REMERCIEMENTS

Jon Halliday m'a beaucoup assistée dans la rédaction des *Cygnes sauvages*. Ses contributions ont été nombreuses, le polissage de mon anglais n'étant en fait que la plus évidente. A travers nos discussions quotidiennes, il m'a forcée à clarifier tant le récit que mes pensées, tout en m'aidant à fouiller la langue anglaise à la recherche d'expressions exactes. Sa précision méticuleuse d'érudit et d'historien m'a permis de me sentir plus sûre de moi et je me suis par conséquent appuyée sur son bon jugement.

On ne peut rêver meilleur agent que Toby Eady. Je lui dois de m'avoir poussée, avec douceur et gentillesse, à écrire cet ouvrage.

Je m'estime privilégiée d'être associée à des professionnels aussi remarquables qu'Alice Mayhew, Charles Hayward, Jack McKeown et Victoria Meyer, chez Simon & Schuster, à New York, et Simon King, Carol O'Brien, Kate Parkin et Helen Ellis, chez HarperCollins à Londres. A Alice Mayhew, mon éditeur, chez Simon & Schuster, je tiens à exprimer tout particulièrement ma gratitude pour ses commentaires perspicaces et son précieux dynamisme. Robert Lacey chez Harper-Collins a fait un travail remarquable de correction pour lequel je lui suis profondément reconnaissante. L'efficacité et la chaleur d'Ari Hoogenboom, tangibles à travers les lignes téléphoniques transatlantiques, ont été formidablement stimulantes. Je remercie aussi tous ceux qui ont travaillé sur ce livre.

L'intérêt enthousiaste de mes amis a été une source perpétuelle d'encouragement. Je souhaite leur témoigner ici ma reconnaissance. Il s'agit en particulier de Peter Whitaker, I Fu En, Emma Tennant, Gavan McCormack, Herbert Bix, R.G. Tiedemann, Hugh Baker, Yan Jiaqi, Su Li-qun, Y.H. Zhao, Michael Fu, John Chow, Clare Peploe, André Deutsch, Peter Simpkin, Ron Sarkar et Vanessa Green. Clive Lindley a joué un rôle spécial en me donnant dès le départ des conseils précieux.

Mes frères et sœur, mes parents et mes amis en Chine m'ont généreusement autorisée à raconter leur histoire, sans laquelle *Les Cygnes sauvages* n'aurait pas vu le jour. Je ne pourrai jamais les remercier suffisamment.

L'essentiel de cet ouvrage parle de ma mère. J'espère que je lui ai rendu justice.

Jung Chang
Mai 1991
Londres, Angleterre

CHRONOLOGIE

Année	Famille/Auteur	Situation générale
1870	Naissance du docteur Xia.	Empire manchou (1644-1911).
1876	Naissance de Xue Zhi-heng (grand-père).	
1909	Naissance de ma grand-mère.	
1911		Renversement de l'empire; république; seigneurs de la guerre.
1921	Naissance de mon père.	
1922-24	Le général Xue, chef de la police du gouvernement des seigneurs de la guerre, à Pékin.	
1924	Ma grand-mère devient concubine du général Xue. Le général perd le pouvoir.	
1927		Le Kuo-min-tang, sous Chiang Kai-shek, unifie presque toute la Chine.
1931	Naissance de ma mère.	Le Japon envahit la Manchourie.
1932		Les Japonais occupent Yixian, Jinzhou. Le Manchukuo est établi sous Pou Yi.
	Grand-mère et mère à Lulong.	
1933	Mort du général Xue.	
1934-35		Longue Marche: les communistes à Yen-an.
1935	Grand-mère épouse le dr Xia.	
1936	Ils s'installent à Jinzhou avec ma mère.	
1937		Incursions des Japonais en Chine. Alliance des communistes et du Kuo-min-tang.
1938	Père rallie le parti communiste.	
1940	Père marche jusqu'à Yen-an.	
1945		Reddition des Japonais. Jinzhou occupée par les Russes, les communistes chinois et le Kuo-min-tang.

	Père à Chaoyang.	
1946-48	Père dans une unité de guérilla autour de Chaoyang.	Guerre civile Kuo-min-tang et communistes (jusqu'en 1949-50).
	Mère devient leader du mouvement estudiantin; rallie la clandestinité communiste.	
1948	Arrestation de ma mère.	
		Siège de Jinzhou.
	Rencontre de mes parents.	
1949	Mariage; ils quittent Jinzhou, marchent jusqu'à Nanjing. Fausse couche de ma mère.	
		Proclamation de la République populaire.
	Père arrive à Yibin.	
		Les communistes prennent Setchouan.
		Chiang Kai-shek à Taiwan.
1950	Mère arrive à Yibin. Collecte de vivres, lutte contre les bandits.	
		Réforme agraire.
		La Chine entre dans la guerre de Corée (jusqu'en juillet 1953).
	Naissance de Xiao-hong.	
1951		Campagne de répression contre les contre-révolutionnaires (exécution de Hui-ge).
	Mère à la tête de la Ligue de la jeunesse de Yibin sous Mme Ting; incorporée au parti. Grand-mère et le dr Xia à Yibin.	
1952	Ma naissance.	Campagne des trois-antis. Campagne des cinq-antis.
	Mort du dr Xia. Père gouverneur de Yibin.	
1953	Naissance de Jin-ming. La famille s'installe à Chengdu. Mère chef du département des Affaires publiques du secteur est.	
1954	Père directeur-adjoint du département des Affaires publiques du Setchouan. Naissance de Xiao-hei.	
1955	Détention de ma mère. Enfants dans des crèches.	

Année	Événements personnels	Événements politiques
		Campagne pour «démasquer les contre-révolutionnaires cachés» (amis de Jinzhou dénoncés). Nationalisation.
1956	Mère relâchée.	Les Cent Fleurs. Campagne anti-droitiste.
1958		Grand Bond en avant: hauts fourneaux et communes populaires.
	Je commence l'école.	
1959		Famine (jusqu'en 1961). Peng Dehuai défie Mao, il est condamné. Campagne contre les «opportunistes de droite».
1962	Naissance de Xiao-fang.	
1963		«La leçon de Lei Feng»; culte de Mao en plein essor.
1966		Début de la Révolution culturelle.
	Père, pris comme bouc-émissaire, est emprisonné. Mère fait appel à Pékin. Père libéré. Je rallie les gardes rouges; pèlerinage à Pékin. Je quitte les gardes rouges.	
1967	Harcèlements contre mes parents.	
		Les maréchaux échouent dans leur tentative pour mettre un terme à la Révolution culturelle. Les Ting au pouvoir au Setchouan.
	Mon père écrit à Mao. Arrêté. Dépression nerveuse. Mère à Pékin, rencontre Zhou Enlai. Mes parents en détention par intermittence à Chengdu (jusqu'en 1969).	
1968		Formation du Comité révolutionnaire du Setchouan.
	La famille expulsée de la résidence.	
1969	Père au camp de Miyi. Je suis exilée à Ningnan.	
		Le IXe Congrès rend la

Année	Événements personnels	Événements historiques
		Révolution culturelle officielle.
	Mort de ma grand-mère.	
	Je deviens paysanne à Deyang.	
	Mère au camp de Xichang.	
1970	Mort de tante Jun-ying.	
	Je deviens médecin aux pieds nus.	
		Les Ting démis de leurs fonctions.
1971	Mère très malade, à l'hôpital de Chengdu.	
		Mort de Lin Biao.
	Réhabilitation de ma mère.	
	Je retourne à Chengdu, deviens ouvrière et électricienne dans une aciérie.	
1972		Visite de Nixon.
	Libération de mon père.	
		Réapparition de Deng Xiaoping.
	J'entre à l'université du Setchouan.	
1975	Mort de mon père.	
	Je rencontre pour la première fois des étrangers.	
1976		Mort de Zhou Enlai.
		Deng congédié.
		Manifestations sur la place Tiananmen.
		Mort de Mao.
		Arrestation de la bande des Quatre.
1977	Je deviens professeur assistant ; envoyée dans un village.	
		Deng de nouveau au pouvoir.
1978	J'obtiens une bourse d'études en Grande-Bretagne.	

Imprimé en France par **CPI**
en septembre 2018
N° d'impression : 2038880

POCKET – 12, avenue d'Italie – 75627 Paris Cedex 13

Dépôt légal : avril 1993
Dépôt légal de la nouvelle édition : novembre 2011
Suite du premier tirage : septembre 2018
S22703/06